ro
ro
ro

Als Valerie Jakob schreibt eine der erfolgreichsten Übersetzerinnen für Romane aus dem Angloamerikanischen und dem französischen Sprachraum. Sie kann sich für ihr Debüt auf eigene Erfahrungen stützen, denn der französische Sud-Ouest ist ihre zweite Heimat. Heute lebt und arbeitet sie in Berlin, verbringt ihre Urlaube aber noch immer am liebsten an der südfranzösischen Atlantikküste.

«Valerie Jakob erzählt eine neuzeitliche Tragödie. Sehr bemerkenswert und äußerst souverän. Noch mal, bitte!» *Radio Bremen*

«Eine wunderbare Sommerlektüre: geistreich und unterhaltsam.» *Hörzu*

«Ein bemerkenswertes Debüt.» *Leanders Bücherwelt*

«Hochaktuell. Eine vielschichtige Krimilektüre mit Anspruch.» *Buch.de*

«Viel Lokalkolorit und Lebensgefühl ... Jakobs Figuren haben Charakter, der Plot ist klug angelegt ... sehr unterhaltsam. Ein Krimi für den Strandkorb.» *Mokka*

«Elegante, spannende Urlaubslektüre mit baskischem Flair.» *Öko-Test*

VALERIE JAKOB

Hôtel Atlantique

ROMAN

Rowohlt Taschenbuch Verlag

Veröffentlicht im Rowohlt Taschenbuch Verlag,
Reinbek bei Hamburg, Juni 2018

Die Zitate aus Herman Melvilles Roman *Moby Dick*
in den Kapiteln 4 und 21 stammen aus
der Übersetzung von Alice und Hans Seiffert, Aufbau,
Berlin und Weimar, 1986, S. 22 und 571
Umschlaggestaltung Hauptmann & Kompanie Werbeagentur, Zürich
Umschlagabbildung plainpicture/BY
Satz aus der ITC Legacy, InDesign,
bei Pinkuin Satz und Datentechnik, Berlin
Druck und Bindung CPI books GmbH, Leck, Germany
ISBN 978 3 499 29038 1

MIX
Papier aus verantwortungsvollen Quellen
FSC® C083411
FSC
www.fsc.org

Das für dieses Buch verwendete Papier ist FSC®-zertifiziert.

Hôtel Atlantique

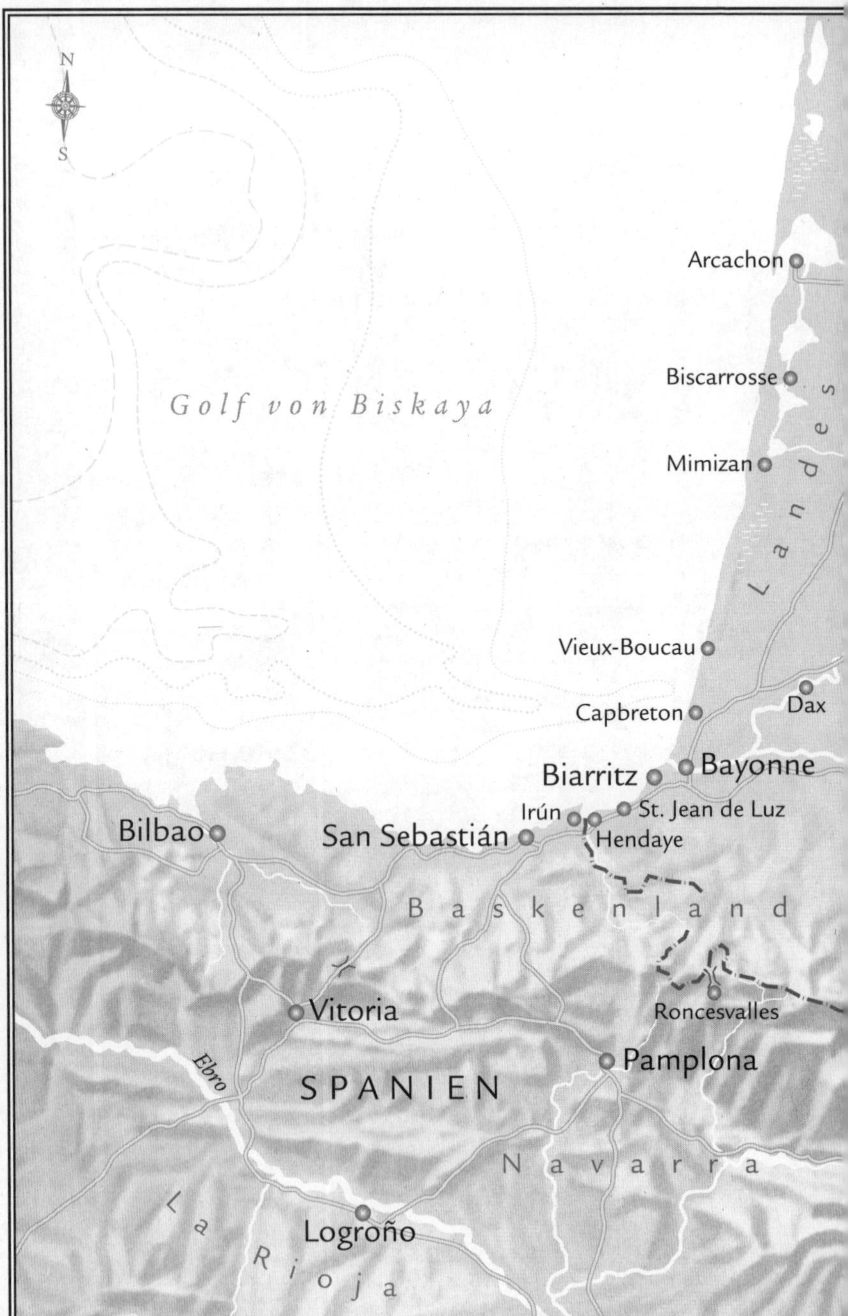

N
S
Golf von Biskaya
Arcachon
Biscarrosse
Mimizan
Landes
Vieux-Boucau
Dax
Capbreton
Bayonne
Biarritz
Irún
St. Jean de Luz
Bilbao
San Sebastián
Hendaye
Baskenland
Roncesvalles
Vitoria
Pamplona
Ebro
SPANIEN
Navarra
La Rioja
Logroño

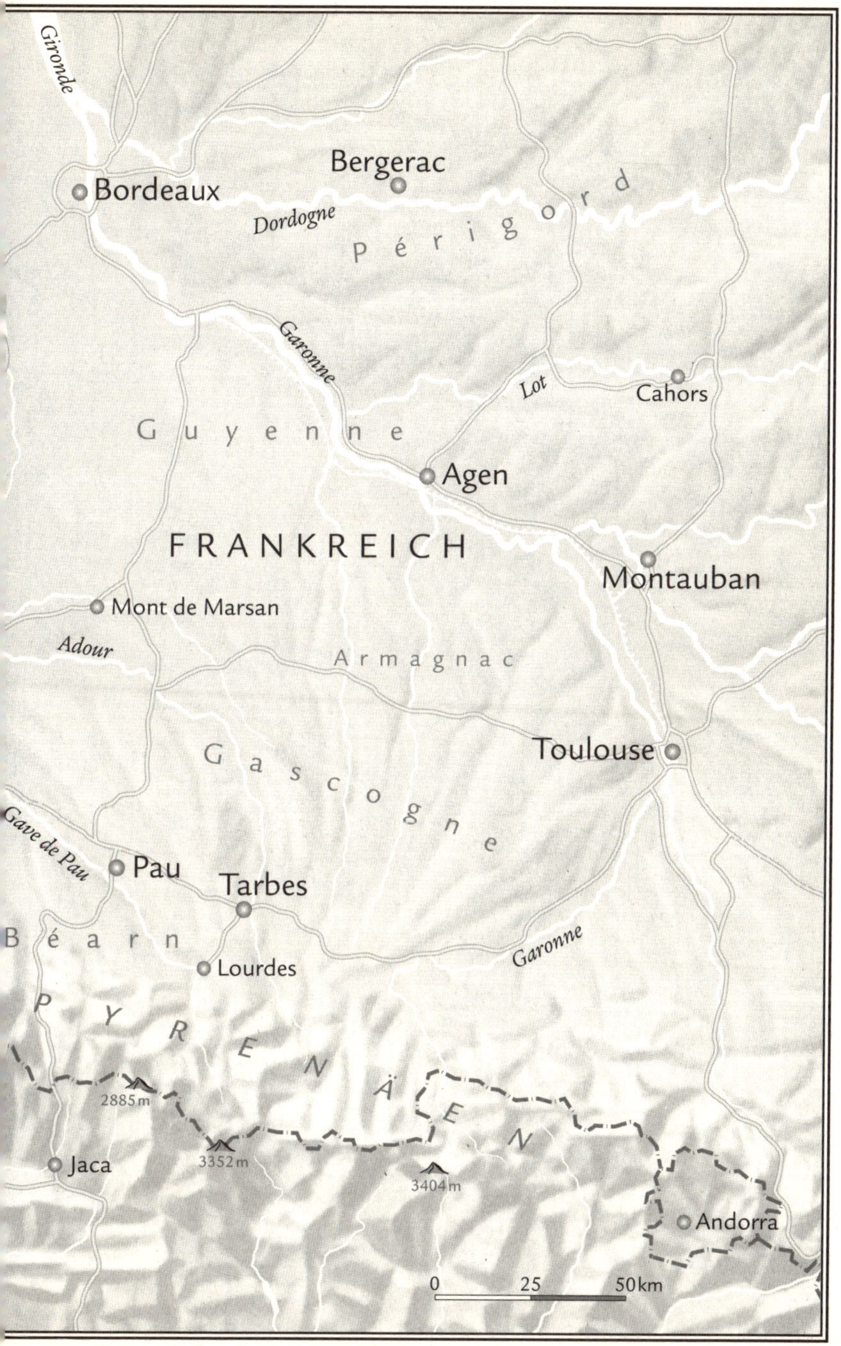
Gironde
Bergerac
Bordeaux
Dordogne
Périgord
Garonne
Lot
Cahors
Guyenne
Agen
FRANKREICH
Montauban
Mont de Marsan
Adour
Armagnac
Toulouse
Gascogne
Gave de Pau
Pau
Tarbes
Béarn
Lourdes
Garonne
PYRENÄEN
2885m
3352m
3404m
Jaca
Andorra
0
25
50km

I

Umdrehen, und versuch keine Spielchen!»

Der Jugendliche wirbelte herum. «Bloß keine Angst, Alte, ich bin schon weg.»

«Erstens habe ich keine Angst. Ich habe eine Pistole. Und zweitens heiße ich nicht ‹Alte›, sondern Madame Delphine, klar? Drittens bist du nicht gleich weg, sondern wirst von der Gendarmerie abgeholt, die ich jetzt anrufe.»

Delphine hielt ihre Walther auf den Halbwüchsigen gerichtet, der in ihren Schuppen eingebrochen war und dessen Gesichtsausdruck bei ihren letzten Worten und angesichts der Waffe von herausfordernd auf ziemlich entsetzt wechselte. Die schlanke Frau mit dem braunen, welligen Haar, die der Junge vor sich hatte, trug einen geraden, blauen Rock mit einem schmalen Ledergürtel und eine passende blaue Jacke. Und so richtig alt war sie wirklich nicht. Sie erinnerte ihn mit ihrer sprungbereiten Haltung an seine Sportlehrerin, doch diese Frau hielt eine Pistole auf ihn gerichtet, und die sah ziemlich echt aus.

«Was ist los? Machst du dir auf einmal ins Hemd? Hast doch eben noch so große Töne gespuckt.»

Der schlaksige Junge war etwa fünfzehn oder sechzehn Jahre alt, soweit Delphine das in dem dämmrigen Schuppen beurteilen konnte. Er trug die bei Jugendlichen unvermeidliche Kapuzenjacke aus Sweatshirtstoff, eine ausgewaschene Jeans und leichte graue Sneakers. Dass er flüchten wollte wie ein in die Enge getriebenes Tier, konnte man an seinen riesigen, braunen Augen ablesen.

«Glaub bloß nicht, dass ich dich einfach so gehen lasse, damit du übermorgen wiederkommst, um mir die Bude auszuräumen. Diesmal bist du an die Falsche geraten, mein Kleiner: an eine commissaire. Da staunst du, was?» Delphine hielt inne, doch der Junge sagte nichts. «Und jetzt rufe ich meine Kollegen an, dann bist du erst mal weg vom Fenster und kannst in deiner Freizeit im Keller vom Altersheim die Bettpfannen auswaschen. Auch mal eine Erfahrung, was für andere zu tun, statt bei irgendwelchen Leuten einzubrechen!»

Delphine fixierte den Halbwüchsigen mit ihrem Blick. Wieder so einer, der am Beginn seiner Straftäterkarriere stand, die ihn unweigerlich ins Gefängnis und immer wieder ins Gefängnis führen würde.

Die Augen des Jungen füllten sich mit Tränen. «Aber, Madame ...»

«Willst du mir jetzt mit der Mitleidstour kommen?», fragte Delphine spöttisch. «Das zieht bei mir nicht. Und so ein bisschen gemeinnützige Arbeit wird dir sicher guttun!»

«Aber, Madame ...» Der Junge ließ die Schultern hängen.

«Was, Madame?»

«Die Polizei ... meine Mutter ...»

«*Die Polizei, meine Mutter* – was soll dieses Gestotter? Entweder drückst du dich klar aus, oder unser Gespräch ist beendet.»

Der Junge schluckte. Die graue Kapuzenjacke war ihm viel zu groß, er schien darin unterzugehen wie in einem

Sumpfloch. «Die Polizei», sagte er leise, «hat mich schon öfter drangekriegt.» Erneut schluckte er. «Wenn ich noch mal erwischt werde, komme ich in den Knast. Und meine Mutter ...» Wieder beendete er den Satz nicht.

«Was ist mit deiner Mutter?»

«Das würde sie wahrscheinlich nicht mehr verkraften.» Diesen Satz hatte er nur noch geflüstert.

«Jetzt fällt dir auf einmal deine Mutter ein, was?» Es ist wirklich immer das Gleiche, dachte Delphine. «Wieso hast du nicht an sie gedacht, bevor du beschlossen hast, hier irgendwas aus dem Schuppen oder einen DVD-Recorder aus dem Haus zu holen, den du für zehn Euro verscheuern kannst?»

Hilfloses Schulterzucken.

«Wie heißt du überhaupt?»

«Karim.»

«Karim und weiter?»

«Karim Amandier.»

«Karim Amandier? Was ist das denn für ein Name?»

«Meine Mutter kommt aus dem Elsass und mein Vater aus Algerien.»

Delphine dachte an die unendlichen Verwicklungen, die dieser Name bedeuten konnte. Ein Halbelsässer mit einem maghrebinischen Vornamen im Südwesten Frankreichs ... Auch wenn das bei einem Einbruch zunächst einmal unwichtig war. Der Junge tat ihr leid, aber was sollte sie machen?

«Also, Karim, ich rufe jetzt die Polizei.»

Er senkte den Kopf. Es schien, als hätte er sich in sein Schicksal ergeben. Er war genauso groß wie Delphine, dunkle Locken lugten unter der Kapuze hervor, und an den Schultern der Jacke zeichneten sich die Knochen ab, wie bei einem mageren Vögelchen.

So weit ist es also mit mir gekommen, dachte Delphine, dass ich mich vor einem Einbrecher fühle wie Oger vor dem kleinen Däumling.

«Oder ...», sagte sie. Er hob den Kopf. «Oder wir machen das unter uns aus.»

«Unter uns?», fragte er verständnislos.

«Ja, unter uns.» Delphine steckte die Waffe weg. «Du kannst dich entscheiden. Entweder rufe ich die Polizei, du wanderst in den Bau, und deine Mutter verliert jeden Glauben an dich ... oder wir ersetzen diese offizielle Strafe durch ein paar Wochen Hilfsdienste für mich, ohne dass jemand bei der Polizei davon erfährt. Sagen wir, vier Wochen. Aber ich warne dich: Eine Dummheit, und du bist fällig. Haben wir uns verstanden?»

Der Junge nickte. «Ja, Madame.»

«Und außerdem lernst du für die Schule, statt irgendwo einzusteigen, und machst deiner Mutter keine Sorgen mehr, verstanden?» Ein Lacher.

«Ja, Madame.»

«Alors, dann kannst du schon mal meine Einkäufe aus dem Auto ins Haus bringen. Und am Mittwochnachmittag mähst du meinen Rasen, klar?»

«Ja, Madame.»

«Wann kommst du aus der Schule?»

«Um eins.»

«Also pünktlich um drei Uhr klingelst du hier, kapiert?»

«Ja, Madame.»

«Versprochen?»

«Ja, Madame.»

Karim hatte noch die Einkäufe ins Haus gebracht, danach hatte Delphine ihn nach Hause geschickt. Sie wusste, dass sie das nicht hätte tun sollen. Es war statistisch nachgewiesen, dass beinahe vierzig Prozent der jugendlichen Straftäter rückfällig wurden, und es war praktisch sicher, dass Karim am übernächsten Tag nicht um drei Uhr bei ihr zum Rasenmähen antreten würde. Aber der Junge hatte so verzweifelt gewirkt – außerdem sah die Statistik für minderjährige Wiederholungstäter noch sehr viel schlechter aus. Delphine kannte die Zahlen. Sie schalt sich für ihre Sentimentalität. Wenn sie das nächste Mal nach Hause käme, hätte sie keinen Fernseher und keinen Computer mehr. Karim Amandier würde sich in irgendeiner dunklen Ecke mit Drogen zudröhnen, und seine Mutter würde in ihrer Küche sitzen und Taschentücher nass heulen.

«Ach, verdammt», murmelte Delphine. Sie ging in die Küche, um die Einkäufe wegzuräumen. Seit sie eingezogen war, hatte sie an der Einrichtung einiges verändert. Der neue Kühlschrank mit den drei Gefrierschubladen war eindeutig eine Verbesserung, ebenso wie der neue Gasherd, das bestätigten all ihre Gäste. Die Gaszufuhr des alten hatte nämlich schon seit Ewigkeiten etwa so zuverlässig funktioniert wie der samstägliche Tipp bei France Loto, weshalb so manches Soufflé unter betrübten Blicken als kläglicher Fladen sein Ende gefunden hatte. Die elektrische Zündung des neuen Herdes, die vom Verkäufer in den höchsten Tönen gepriesen worden war, hatte zwar pünktlich nach Ablauf der Garantiezeit ihren Geist aufgegeben, sodass Delphine wieder auf Streichhölzer zurückgreifen musste, sonst aber lief er einwandfrei.

Den langen, dunklen Holztisch und die Stühle mit

den Spuren dreier Generationen hatte sie stehenlassen. Er sorgte zusammen mit der altmodischen Kommode, die noch ein eigenes Baguettefach hatte, dem Kamin aus angestoßenen Backsteinen und den angelaufenen, selten benutzten Kupfertöpfen an der Wand dafür, dass die Küche zu dem Raum wurde, in dem sich Delphine und auch ihre Gäste mit Vorliebe aufhielten.

Es war richtig gewesen hierherzukommen, dachte Delphine. Als sie noch in Paris gearbeitet hatte, in dieser Metropole mit den unendlich vielen kulturellen Angeboten, den Theatern, den Kinos, den Menschen aus aller Herren Länder, hätte sie sich niemals vorstellen können, in die Provinz zurückzukehren. Auch wenn diese Provinz an einer wilden, schönen Küste lag und zudem ihre Heimat war. Doch dann, als sie zwei Jahre vor dem Ende ihrer Berufstätigkeit entscheiden musste, ob sie das Haus ihrer Eltern verkaufen, vermieten oder behalten sollte, hatte sie beschlossen, es selbst zu übernehmen. Auf Probe sozusagen, denn wenn sie sich in St. Julien de la mer nicht mehr einleben würde, konnte sie es immer noch problemlos verkaufen. Es war eine alte, baskische ferme, in der schon ihre Großeltern gelebt hatten. Delphine erinnerte sich an die Hühner, die frei auf dem staubigen Hof hinter der Küche herumgelaufen waren, der jetzt ein Garten war, und an das dunkel und melodiös über die Weiden ziehende *Heóheóheó*, mit dem ihr Großvater in der Abenddämmerung die Kühe nach Hause getrieben hatte. Das Haus stand etwa zehn Autominuten von der Küste entfernt in den hügeligen Ausläufern der Pyrenäen.

Wie in vielen anderen europäischen Ländern wurde auch in Frankreich das Rentenalter schrittweise heraufgesetzt, aber Delphine hatte gerade noch zu den Begünstigten der alten Regelung gehört. Als das Ende ihrer Dienstzeit näher rückte, hatte die Personalabteilung sämtliche offenen Urlaubs- und Überstundenansprüche aufgelistet, und das Ergebnis war, dass Delphine faktisch mit neunundfünfzig Jahren aufhören konnte zu arbeiten. Sie hatte darüber nachgedacht, wie es mit ihrem Leben weitergehen sollte. Die Beziehung mit Hervé, die immerhin beinahe zwanzig Jahre gewährt hatte, war Vergangenheit. Sie besaß Freunde in Paris, aber auch anderswo und fühlte sich nicht unbedingt an die Hauptstadt gebunden. Also war sie vier Wochen am Stück nach St. Julien gefahren und hatte festgestellt, wie sehr es sie entspannte, morgens aus der Küchentür in den Garten gehen zu können – ohne Verkehrslärm, ohne festes Vorhaben und sogar ohne sich ordentlich anziehen zu müssen. Am Ende dieser Zeit hatte sie ihre Entscheidung getroffen. Am meisten hatte darunter Flaubert gelitten, ihr inspecteur, und zwar der beste, den sie in ihrer gesamten beruflichen Laufbahn in ihrem Team gehabt hatte. Dessen neuer Vorgesetzter nämlich wurde Jean-Luc Dropont, ein Paragraphenreiter erster Güte. «Chef», hatte Flaubert schon zwei Wochen später am Telefon geklagt, «dieser pinailleur treibt mich noch in den Wahnsinn. So kann kein Mensch arbeiten!»

«Halten Sie durch, Flaubert», hatte sie ihm geraten, obwohl er ihr sehr leidtat, «bald steigen Sie auf und sind den Erbsenzähler los.» Und so war es gekommen.

Als Karim nach Hause kam, war es kurz nach acht. Im Treppenhaus schlugen ihm die üblichen abgestandenen Kochgerüche entgegen, weil die Mieter parterre links lieber über die Wohnungstür lüfteten, statt das Küchenfenster aufzumachen. Er ging an den angerosteten Briefkästen vorbei und stapfte langsam die Treppe in den dritten Stock hinauf. Warum hatte diese Madame Delphine nicht fünf Minuten später zurückkommen können? Dann wäre er längst weg gewesen, und wenn er in diesem Schuppen überhaupt etwas Verkäufliches gefunden hätte, wäre es ihr garantiert nie aufgefallen. Oder jedenfalls nicht gleich. Überhaupt Schuppen, war das eigentlich Einbruch? Wo doch nicht mal abgeschlossen war? Aber wie üblich hatte er Pech gehabt. Urplötzlich hatte sie mit ihrer Pistole hinter ihm gestanden. Ob es stimmte, dass sie eine commissaire war? Wieso hatte sie ihn dann nicht gleich verhaftet? Das hätte sie tun müssen, wo sie doch garantiert einen Amtseid abgelegt hatte oder so was. Vielleicht hatte sie ihn auch einfach angelogen, um ihn zu schocken. Er verzog das Gesicht. In dem Fall hätte sie einen echten Volltreffer gelandet.

Er schob sich um den letzten Treppenabsatz. Das Treppenhaus war fahlgelb gestrichen, und von den Fensterrahmen blätterte die Farbe ab. Sollte er wirklich noch mal bei dieser Frau aufkreuzen? Oder sich einfach nicht mehr blicken lassen? Aber was würde passieren, wenn sie wirklich bei den Flics war?

Karim schloss die Wohnungstür auf. Der Flur war eng und wirkte durch die vollgehängte Garderobe noch enger. Vorsichtig drückte er die Tür ins Schloss und ging so lautlos wie möglich durch den Flur zu seinem Zimmer.

«Karim!»

Er war nicht leise genug gewesen. «Ich gehe in mein Zimmer!»

«Zuerst kommst du zu mir in die Küche!»

Polternd ließ er seine Tasche fallen und ging in die Küche. Seine Mutter saß am Tisch. Sie hatte ihr glattes, blondes Haar hinten zusammengenommen und trug eine blaue Bluse, die inzwischen so verwaschen war, dass der graublaue Farbton genau ihrer Augenfarbe entsprach. Vor ihr lagen mehrere Rechnungen. An Karims Platz stand ein leeres Gedeck, anscheinend hatten Noni und sie schon gegessen.

«Wo kommst du jetzt her?»

«Hab noch Freunde getroffen.»

Sie sah ihn prüfend an. «Gab's wieder Ärger?»

«Nein, wieso denn?» Er klang aggressiv.

«Weil es nicht das erste Mal wäre. Und weil du weißt, was passiert, wenn so was noch mal vorkommt.»

«Ja, ja, schon gut.»

Seufzend legte sie den Stift weg, mit dem sie Beträge addiert hatte. «Nein, es ist nicht gut. Wir hatten etwas besprochen, Karim.»

Er bohrte die Hände in die Taschen seiner Kapuzenjacke. «Hat eben nicht geklappt heute.»

«Wir hatten besprochen, dass du dich mehr um die Schule kümmerst.»

«Es waren Ferien.»

«Seit heute ist wieder Schule! Der Übergang aufs lycée ist wichtig, das habe ich dir lang und breit erklärt. Wer dabei durchs Raster fällt, ist raus.» Ihre Stimme war lauter geworden.

Karim fuhr auf. «Fang doch nicht schon wieder damit an. Ich habe keine Lust auf diese ewige Diskussion. Das nervt echt.» Er wusste nicht mehr, wie oft ihm seine Mutter schon mit diesem Thema in den Ohren gelegen hatte. «Und überhaupt, wer sagt denn, dass ich unbedingt studieren muss?» Wütend sah er sie an.

«Das sagt überhaupt niemand.» Karims Mutter klang erschöpft, als hätte sie das alles schon viel zu oft wiederholt. «Aber ich will, dass du dir alle Möglichkeiten offenhältst, und das kannst du auch, wenn du deinen Verstand benutzt.»

«Meinen Verstand!», sagte er höhnisch. «Damit es mir so geht wie dir? Mit deinem bac général, deinen prépas und deiner Zulassung zur ENS? Und wohin hat dich das alles gebracht? An eine Kasse bei Carrefour!»

Schlagartig herrschte vollkommene Stille. Er war zu weit gegangen, und er wusste es. Seine Mutter sah ihn nur an. Dann begannen ihre Augen zu glänzen, und schließlich rollte eine Träne über ihre Wange, tropfte auf eine der Rechnungen und bildete auf dem weißen Papier einen kreisartigen grauen Fleck, der sich ein wenig nach allen Richtungen ausweitete.

«Maman ...», setzte Karim an.

Doch sie hob nur die Hand und schüttelte den Kopf. Türenschlagend verschwand Karim in seinem Zimmer.

Delphine zog sicherheitshalber die Handbremse an. Sie hatte in der abschüssigen Rue Emmanuelle geparkt. Jetzt im März einen Parkplatz zu finden, war unproblematisch, in der Urlaubssaison aber, wenn schwitzende, sonnenverbrannte Touristen die Einwohnerzahl von St. Julien de la mer verdoppelten, durchaus ein Grund zum Jubel. Vor allem, wenn sich dieser Parkplatz in einer zentrumsnahen Straße befinden sollte, die der städtischen Parkraumbewirtschaftung noch nicht als lohnendes Areal für unverschämte Beutelschneiderei aufgefallen war. Es hieß zwar, dass die Knöllchenverteiler bei Autos mit einheimischen Kennzeichen ein Auge zudrückten, aber verlassen konnte man sich darauf nicht.

Die linke Schulter zu Hilfe nehmend, drückte Delphine die ständig klemmende Fahrertür auf. Vielleicht sollte sie sich doch mal ein neueres Auto kaufen. Der Renault Twingo begleitete sie inzwischen seit beinahe 15 Jahren durchs Leben – wenn er nicht von einem seiner Altersleiden zur Strecke gebracht wurde. Dann musste Delphine wieder einmal Pierre von der *Garage Marius Verdier & fils* anrufen, um sich abschleppen zu lassen, weil sie irgendwo liegengeblieben war, was vorzugsweise auf belebten Kreuzungen oder in abgelegenen Pyrenäentälern geschah.

Für den kurzen Fußweg zum Hôtel Atlantique nahm Delphine die Strandpromenade. So würde sie zwar später zum Hoteleingang um das Gebäude herumgehen müssen, dessen Terrasse und beste Zimmer zum Meer hin ausgerichtet waren, aber der Blick auf das Wasser lohnte diesen kleinen Umweg allemal. Die Promenade folgte dem beinahe perfekten Halbkreis der Bucht, die von drei langen Wellenbrechern geschützt wurde, weil der Seegang an diesem Abschnitt der Atlantikküste zwar aufregend spektakulär, aber auch sehr schnell lebensgefährlich werden konnte.

In der Mitte der Promenade erhob sich das Casino aus den 20er Jahren wie ein vor Anker liegender Ozeandampfer. Ansonsten hatte sich der Ort, abgesehen von ein paar Bausünden der 60er und 70er Jahre, den altmodischen Charme eines ehemaligen Fischerstädtchens und Badeortes der ersten Stunde bewahrt.

An den Häusern konnte man die jüngeren Entwicklungsphasen der Gemeinde ablesen. Auf der östlichen Seite der Bucht standen einige hohe Apartmentblocks aus der Nachkriegszeit, die von außen Nistkastenmoderne im 007-Stil, von ihren Balkons aber eine atemberaubende Aussicht boten. Dann folgten traditionelle Bürgerhäuser im style régional mit rot, blau oder grün gestrichenem Fachwerk, Stadtvillen im phantasievollen historisierenden Stil des späten 19. Jahrhunderts und einige Häuser in dem reduzierten Stil, der in den ersten Jahrzehnten des zwanzigsten Jahrhunderts modern gewesen war.

Delphine stellte sich gern vor, wie es hier früher zugegangen war. Das Hôtel Atlantique war um 1900 während der Belle Époque erbaut worden. Das verblasste Rot seiner herrschaftlichen Fassade kontrastierte mit den weiß gemauerten Fensterumrahmungen und erinnerte in seinem alten Glanz an die ersten Gäste, die hier abgestiegen waren. Adelige, Künstler und Fabrikanten: eine mondäne, internationale Gesellschaft, deren Damen aufwendige weiße Batistkleider mit Spitzen und großartige Sonnenhüte trugen und in den Holzpavillons am Strand züchtige langbeinige Badekostüme und pludrige Badehauben anlegten, um sich unter dem Kopfschütteln der Fischer, die mit groben Pullovern und klobigen Stiefeln auf ihren Booten standen, am äußersten Wellensaum ein wenig zu erfrischen.

So elegant wie in Biarritz, das etwa zwanzig Kilometer entfernt lag, war es in St. Julien allerdings nicht zugegangen. Dafür war dieser Ort zu stark von seiner langen Tradition als Fischerhafen geprägt. Seit die Damen mit den Batistkleidern da gewesen waren, hatte sich vieles verändert, vieles aber auch nicht. Noch immer roch es hier für jeden, der sich beim Schwimmen einmal am Wasser des Atlantiks verschluckte, intensiv nach Salz, obwohl es in Wahrheit die jodhaltige Luft war, die einem in die Nase stieg. Noch immer konnte man in der Saison Umkleidekabinen mieten, die mittlerweile aus gestreiftem Segeltuch waren, und sich in *transats* legen, Klappliegestühle aus Holz und Leinen, die ihren Namen von den Liegestühlen an Deck der ersten Transatlantikdampfer hatten. Und noch immer sah man am westlichen Horizont hinter der Bucht die Berge, darunter einen langgestreckten Hügel mit drei Spitzen, an den sich wellige Erhebungen anschlossen. Auch heute noch glaubten etliche Betrachter, in dieser Formation einen auf dem Rücken liegenden Riesen zu erkennen. Das war den ersten Sommerfrischlern in St. Julien de la mer sicher auch schon so gegangen.

Delphine bog von der Promenade links ab in die kurze Rue Vasarin und nahm dann gleich wieder rechts die Rue Théophile Sarrault, um zum Eingang des Hotels zu kommen.

Das war ihr Dienstagsritual, seit sie vor mehr als einem Jahr fest nach St. Julien zurückgezogen war. Sie liebte diese Verabredung. Dienstags traf sie sich um vier Uhr nachmittags mit Aurélie de Montvignon, die sie aus Pariser Zeiten kannte. Aurélie hatte inzwischen beinahe ein Alter erreicht, nach dem man wieder fragen konnte, und noch immer blitzte der Schalk aus ihren Augen. Dazu kam ihre großartige Eleganz: in der Kleidung – nie übertrieben, aber immer mit erlesenem Geschmack, und in ihrer Art, sich auszudrücken – nie indiskret, aber immer pointiert. Sie waren schon vor langen Jahren Freundinnen geworden, gegen alle Wahrscheinlichkeit. Delphine Gueron, die commissaire, die sich zwischen all den männlichen Kollegen bei der Polizei hochgekämpft hatte, und die wesentlich ältere Aurélie de Montvignon, die mit einem Adeligen verheiratet und mit ihm nach St. Julien in das unglaubliche Anwesen La Pointe des Balaines hoch über der Corniche und den tosenden Brechern der Steilküste gezogen war. Trotz all dieser Unterschiede fühlten sich die beiden Frauen einander eng verbunden.

Ernest de Montvignon, Aurélies Ehemann, war im Jahr zuvor gestorben, und Aurélie hatte seitdem allein mit den Problemen zu kämpfen, die in Les Balaines, das aus dem 19. Jahrhundert stammte, an der Tagesordnung waren. Mal fiel der Strom aus, und es dauerte ewig, bis ein Elektriker den Grund für den Kurzschluss in dem riesigen, verschachtelten, schlossartigen Gemäuer fand. Mal stieg das Abwasser aus den Abläufen der mäandernden Leitungen empor, sodass sowohl der Geruchssinn als auch die Erledigung primitivster menschlicher Bedürfnisse empfindlich gestört wurden.

«Wissen Sie, Delphine», hatte Aurélie einmal gesagt, «die Leute sehen immer nur dieses Märchenschloss, und sie wissen, dass ich einen Gärtner beschäftige und Madame Sèvres, die für mich einkauft, kocht und ein paar Räume in Les Balaines putzt. Also denken sie, Madame de Montvignon hat keine Probleme. Aber dass die Instandsetzung der Elektrik, der Wasserversorgung, ganz zu schweigen von der maroden Heizung ein Vermögen kostet, sehen sie nicht.»

Aurélie war schon seit längerem dazu übergegangen, in solchen Problemzeiten in eine kleine Suite im Hôtel Atlantique auszuweichen, die sie und Ernest dauerhaft gemietet hatten.

Gelegentlich hatte Delphine versucht, ihrer Freundin bei langwierigen Instandsetzungen in Les Balaines beizustehen. Zu zweit hatten sie nicht besonders kundig mit Klempnern und Elektrikern verhandelt. Delphine grinste bei der Erinnerung an eine dieser Gelegenheiten.

«Betrachten Sie diese Reparatur als Ihr Lebenswerk?», hatte Aurélie den heftig widersprechenden Installateur gefragt, dessen Lehrling sich klug im Hintergrund hielt. «Man könnte meinen, Sie wären der leitende Brunnentechniker bei den Wasserspielen im Park von Versailles!»

Delphine ging durch die Lobby des Hotels. Flüchtig nickte sie Monsieur Drouet zu, dem Ortsbürgermeister. Im Atlantique verabredeten sich die Amtsträger gern mit ihren Gewährsleuten, wenn es etwas einzufädeln galt. Als Delphine die Tür zum Salon de thé aufschob, sah sie, dass Aurélie wie üblich schon an ihrem Stammplatz vor den hohen Sprossenfenstern saß. Der kleine Tisch war bereits gedeckt: eine Teekanne unter einer bestickten Wärmehaube, zwei Gedecke mit kleinen Tellern und Teetassen und die Etagere mit den köstlichen Petits Fours aus der Patisserie Dauphinois, die Aurélie und Delphine zum Tee aßen.

«Bonjour, Madame.» François begrüßte sie formvollendet. In seinem weißen Kellnerjackett und den schwarzen Hosen wirkte er etwas aus der Zeit gefallen. Die Bezeichnung garçon wäre ohnehin viel zu banal für ihn gewesen, beinahe eine Beleidigung. Aufopfernd und diskret kümmerte er sich um Aurélie und Delphine, die ihm mit der Zeit ans Herz gewachsen waren.

Außer ihnen war der Salon um diese Jahreszeit nur von wenigen weiteren Stammgästen besucht. Manchmal stellte sich Delphine vor, diese dames et messieurs würden sich in Wahrheit auch über Nacht keinen Millimeter von ihrem mit rotem Samt bespannten Polstermobiliar vor den niedrigen Tischen wegrühren, so vertraut war ihr der Anblick. Andererseits wirkten Aurélie und sie selbst womöglich ebenfalls schon wie altgedientes Inventar in diesem ehrwürdigen Teesalon.

Delphine durchquerte den Raum mit dem nahezu unmerklichen Nicken in Richtung der anderen Gäste, das hier als nicht allzu penetrante Begrüßung durchging. Dann trat sie zu ihrer Freundin an den Fenstertisch.

«Aurélie, warten Sie schon lange?» Dass sie sich nach wie vor siezten, hatte sich so ergeben, und sie waren dabeigeblieben.

Wie immer war Delphines Freundin dezent geschminkt. Aurélie de Montvignon trug ein elegantes blaugrau gemustertes Bouclékostüm, mit wollartigen Bordierungen an den Jackenkanten und Taschenaufschlägen, das sehr nach Chanel aussah. Sie lächelte, und wie jedes Mal entfaltete sich dabei ihr ganzer Zauber. Delphine wusste nicht genau, was diese Wirkung auslöste – jedenfalls war es nicht Aurélies unbestreitbare Altersweisheit. Auch wenn sie Falten hatte, ihr etwas über kinnlanges Haar so weiß war wie der Schaum auf den Wellenkronen und aus ihrem Blick die Lebenserfahrung sprach. Denn wenn Aurélie mit einem Lächeln ihre strahlend blauen Augen auf ein Gegenüber richtete, war ihr Äußeres vergessen, und es stellte sich das Gefühl vollkommener Aufmerksamkeit und Akzeptanz ein. Eine Wirkung, dachte Delphine, die ihr früher sicher sehr zugutegekommen war.

«Mais non, ich habe mich von Birru früher abholen lassen und bin vom Hafen aus über die Promenade spaziert.» Sie klopfte auf den schmalen Gehstock, der an ihrem Sessel lehnte.

Wie Delphine und ganz St. Julien wussten, war Birru ein Frührentner, der mit seinem Privatauto eine Art Taxiunternehmen betrieb, auch wenn er sich, falls es einmal eine Nachfrage von der Steuerbehörde gäbe, darauf herausreden würde, dass er nur Bekannte mitnahm, wenn er ohnehin irgendwohin fuhr.

Kaum hatte sich Delphine gesetzt, trat François an den Tisch und erkundigte sich nach ihrem Wohlergehen, schenkte den Tee ein und platzierte mit vollendeten Bewegungen und einer versilberten Zange je ein Petit Four auf ihre Teller. Anschließend erkundigte er sich nach weiteren Wünschen und entfernte sich diskret.

«Man könnte annehmen, er wüsste inzwischen, dass wir mit unserem Teetischchen alles haben, was wir möchten», sagte Delphine.

Aurélie trank den ersten Schluck Tee. «Aber nein, das ist doch gerade das Beste an François. Er gibt einem das Gefühl, dass sich in unserem Leben jederzeit eine Sensation ereignet haben könnte, die wir mit einem Gläschen Bollinger begießen wollen.»

«Wenn man Napoleon glauben will», sagte Delphine, «verdient man Champagner nach einem Sieg, und nach einer Niederlage *braucht* man ihn.» Sie zog zweifelnd die Augenbrauen in die Höhe. «Mal sehen, was morgen Nachmittag bei mir der Fall sein wird.»

Aurélie lachte. «Sehen Sie, François hat ganz recht, es kann jederzeit etwas Unerwartetes geschehen.» Sie stellte ihre Tasse ab. «Und in welche Schlacht wollen Sie morgen ziehen?»

«Ach was, Schlacht. Zeitverschwendung ist es, das ahne ich jetzt schon.» Delphine seufzte. «Als ich gestern vom Einkaufen nach Hause kam, habe ich einen Roller an der Hecke stehen sehen. Sie wissen ja, dass bei mir da oben außerhalb der Saison kaum ein fremdes Fahrzeug vorbeikommt. Ich dachte mir gleich, dass da was nicht stimmt.»

«Delphine», sagte Aurélie kopfschüttelnd, «ich glaube beinahe, Sie haben so etwas wie eine déformation professionelle. Man kann doch nicht auf jedes Fahrzeug achten, das irgendwo parkt.»

Über diese Folgeschäden ihres Berufslebens bei der police judiciaire hatten sie schon öfter gesprochen, und Delphine war bewusst, dass sie mit anderen Augen durch die Welt ging als die meisten Menschen. Doch es fiel ihr schwer, diese lang trainierten Gewohnheiten abzulegen.

«Aber dieses Mal hat etwas dahintergesteckt», sagte sie, wie um sich zu verteidigen. «Ich bin durchs Haus gegangen, um meine Pistole zu holen. Dann habe ich einen Jugendlichen entdeckt, der auf mein Grundstück eingedrungen war und sich schon mal im Schuppen umsah. Als Nächstes wäre er ins Haus eingebrochen.»

«Oh!», sagte Aurélie erschrocken. «Und was haben Sie getan?»

«Ich habe ihn gestellt.»

«Das klingt ziemlich gefährlich», sagte Aurélie. «Was hat denn die Polizei gesagt?»

Delphine setzte sich etwas bequemer zurecht. «Nichts», sagte sie und schenkte Aurélie Tee nach, obwohl es nicht nötig war. «Ich habe mir von dem Jungen versprechen lassen, dass er mir zur Strafe den Rasen mäht und solche Sachen.» Sie griff nach ihrer Teetasse. «Und wie gesagt, ob das ein Sieg oder eine Niederlage wird, erfahre ich erst morgen, wenn er bei mir klingelt ... oder eben nicht.»

«Sie haben nicht die Polizei gerufen?», fragte Aurélie in einem Ton zwischen Erstaunen und Bewunderung. Und als Delphine den Kopf schüttelte, fügte sie hinzu: «Ich wusste schon immer, dass Sie ein gutes Herz haben.»

«Ach was, gutes Herz», erwiderte Delphine temperamentvoll. «Ich wollte mir nur den ganzen Ärger sparen. Wissen Sie, was das für Zeit kostet? Anzeige erstatten, Hergang schildern, Protokoll aufnehmen, womöglich vor Gericht aussagen ...»

Aurélie nickte mitfühlend, aber Delphine sah das Zucken um ihre Mundwinkel.

«Zwischen mein und dein kann schließlich jeder unterscheiden, selbst wenn er aus schwierigen häuslichen Verhältnissen stammt.» Delphine trank einen Schluck Tee und stellte mit einer nachdrücklichen Bewegung ihre Tasse ab. «Und überhaupt sind mir diese minderjährigen Kleinkriminellen schon immer auf die Nerven gegangen.»

«Ach, so ist das», sagte Aurélie und unterdrückte ein Lächeln. «Ich verstehe.»

«Ja, genau so ist das.» Mit verschränkten Armen lehnte sich Delphine in ihrem Sessel zurück.

Aurélie nahm ihren Teller mit dem Petit Four, stach mit der Kuchengabel in das apricotfarbene Kleinkunstwerk und begann zu essen. Delphine folgte ihrem Beispiel.

Das Meer vor dem hohen Fenster war an diesem Tag sehr ruhig, niedrige Brandungswellen kräuselten sich am Strand, und der mittlere Wellenbrecher lag wie ein dunkelgrauer Strich im glatten Wasser. Trotz der geschlossenen Fenster drang das schrille Kreischen von Möwen herein und untermalte die gedämpften Gespräche und das leise Klirren des Porzellans mit einem wilden, ungezähmten Ton.

«Es ist so ein anderes Leben hier», sagte Delphine, nachdem François Tee nachgeschenkt und umsonst weitere Köstlichkeiten von der Etagere angeboten hatte, «und beinahe ein Wunder, dass wir hier zusammensitzen.»

«Da haben Sie recht», gab Aurélie zurück. «Aber von allen Unwahrscheinlichkeiten abgesehen, könnte man sagen, dass wir uns beide in unterschiedlichen Männerdomänen behauptet haben. Das schweißt zusammen.»

Delphine lachte. «Ja, so kann man es auch sehen.» Einen Moment danach fügte sie nachdenklich hinzu: «Aber das ist es nicht allein.»

«Nein, das ist es nicht.» Aurélie sah aufs Meer hinaus, über dem zarte Schleierwolken hingen, dann wandte sie sich wieder Delphine zu. «Ich würde Sie gern um einen Gefallen bitten», sagte sie.

Delphine blickte sie auffordernd an.

«Ich werde in nächster Zeit einige Dinge regeln, die Les Balaines und meinen Nachlass betreffen. Ernest und ich haben ja seit Urzeiten einen Anwalt in Bayonne, ich glaube, das habe ich Ihnen irgendwann schon einmal erzählt.

Das meiste ist schon lange mit maître Villon festgelegt. Zum Beispiel, dass unsere Angestellten nach unserem Tod nicht gleich ihre Stelle verlieren, und vieles andere. Aber jetzt, wo Ernest nicht mehr da ist», sie wandte ihren Blick erneut für einen Moment hinaus aufs Meer, «möchte ich noch zusätzliche Bestimmungen treffen, und zwar vor allem für die erste Zeit, wenn ich mal nicht mehr bin.»

Sie klang vollkommen gelassen.

«Und es wäre mir sehr recht, Delphine», fuhr sie fort, «wenn Sie dann alle paar Tage in Les Balaines kurz nach dem Rechten sehen würden, bis der Verwalter seinen Posten antritt. Richard ist ja häufig nicht da.» Aurélie sah Delphine fragend an. «Könnten Sie sich das vorstellen? Es wird bestimmt nichts Besonderes sein, aber ich hätte ein besseres Gefühl.» Sie lachte leise. «Eh bien, dieses bessere Gefühl hätte ich natürlich nur zu meinen Lebzeiten.» Sie hielt inne und fügte wieder etwas ernster hinzu: «Also nur, wenn es Ihnen nicht zu viel ist, évidemment.»

Delphine musste nicht überlegen. «Mais non, das ist mir nicht zu viel.» Trotzdem fühlte sie sich mit einem Mal beklommen, auch wenn sie Aurélie diesen Gefallen gern tat und ihre Freundin diese Regelungen nur vorsorglich traf. Denn Delphine war klar, welchen Verlust der Fall für sie bedeuten würde, auf den sich Aurélie da vorbereitete. Oder gab es einen bestimmten Grund? Hatte Aurélie von einer tödlichen Krankheit erfahren? Nein, es war wohl am wahrscheinlichsten, dass sie durch Ernests Tod dazu gebracht worden war, für ihren eigenen Nachlass alle Regelungen zu treffen.

«Danke. Das ist mir wirklich sehr lieb», sprach Aurélie inzwischen weiter. «Ich denke, wir machen in der nächsten

Zeit einen Termin bei maître Villon, bei dem ich Sie namentlich eintragen lasse und Ihnen noch ein paar weitere Details erkläre.» Aurélie grinste. «Jemand Besseren als Sie hätte ich dafür nicht finden können, oder? Vermutlich sind Sie grenzenlos überqualifiziert.»

«Zur Kontrolle von Staubschichten auf Möbelstücken müsste es gerade noch reichen.» Delphine rettete sich in ihren Sarkasmus.

Aurélie lachte. «Das sollten Sie aber nicht Madame Sèvres hören lassen, Delphine. Ich glaube, ich habe noch nie in einem so staubfreien Haus gelebt wie Les Balaines. Jedenfalls wenn man von den Räumen ausgeht, die wir bewohnen.»

Delphine spürte, wie gern sie sich von der Frage ablenken ließ, die sie sich gerade noch gestellt hatte. «Madame Sèvres muss einen Pakt mit irgendeiner unheimlichen Macht abgeschlossen haben», sagte sie. Die schimmernden Möbeloberflächen in Les Balaines waren ihr schon oft aufgefallen. «Könnte es sein, dass diese Hausdame ihre Seele an den Putzteufel verkauft hat?» Delphine stellte sich vor, wie Madame Sèvres mit einem magischen Staubwedel durch Les Balaines irrlichterte.

«Ganz bestimmt nicht! Sie hat sich nur auf ihrem Gebiet spezialisiert», erklärte Aurélie entschieden. «So wie sich andere auf Teilchenphysik oder den Liebestanz des Wüstenskorpions spezialisieren. Aber ich wette, sie gehört in ihrem Metier zur Weltspitze.» Ihre Augen blitzten vor Erheiterung. Dann wurde sie wieder ernst. «Wir telefonieren also demnächst wegen eines Termins. Ich kläre zuerst, wann maître Villon Zeit hat. Ab morgen kommt Richard wieder für eine Woche, aber das spricht ja nicht dagegen.

Und so schnell wird es ohnehin nicht gehen. Der maître ist ein äußerst vielbeschäftigter Mann.»

«Gibt es eigentlich einen konkreten Anlass dafür, dass Sie das gerade jetzt regeln möchten?», fragte Delphine nun doch.

Aurélie lachte. «Mein Anlass ist mein fortgeschrittenes Alter. Niemand lebt ewig.» Sie trank einen Schluck Tee und setzte spöttisch hinzu: «Es heißt immer, man soll sich rechtzeitig darum kümmern, aber wenn man es dann tut, ist es auch wieder nicht recht.»

2

Wenigstens war er schon seit längerem komplett grau geworden. Die Haare hatten mit zum Schlimmsten gehört. Er hatte ihren Anblick gehasst. Eine tägliche Erinnerung, bei jedem Blick in den Spiegel. Natürlich hatte er sie stets so kurz wie möglich getragen. Aber sie hatte sich doch gezeigt. Die leicht gewellte Struktur. Und dann diese Farbe. Noch immer konnte er deshalb keinen Honig essen.

Er rasierte sich über dem Handwaschbecken. Notgedrungen betrachtete er sich, während er mit dem Rasierapparat über Wangen und Kinn fuhr. Auch mit dem Gesicht war es mit zunehmendem Alter besser geworden. Die Kopfform hatte durch die leicht abgesackten Wangen an Kontur verloren, tiefe Falten hatten sich nicht nur zwischen Nase und Mundwinkeln in seine Haut gekerbt, und seine Augen wirkten etwas eingesunken.

Er legte den Kopf leicht zurück und drehte sich mehr ins Licht, um sich den Halsansatz zu rasieren. Das Badezimmer hatte kein Fenster, und die elektrische Beleuchtung war schlecht. Auch in die anderen Zimmer fiel kaum Sonnenlicht, denn sämtliche Fenster gingen auf die Brandmauer des Nebengebäudes hinaus. Aber er hatte die Wohnung damals unbedingt haben wollen, weil sie im obersten Stockwerk lag, was bedeutete, dass niemand an seiner Tür vorbeikam, und weil ihm niemand aus einem

Nachbarhaus in die Wohnung schauen konnte. Außerdem hatte er auf dem Innenhof, in dem ständig ein muffiger Geruch hing, weil es durch die verwinkelte Bauweise dort nur im Hochsommer richtig trocken wurde, einen Parkplatz dazumieten können. Der Makler, der damals schon zu einer Rede über die Bausünden der sechziger Jahre und einen gewissen Spielraum beim Mietpreis ansetzen wollte, hatte mit fliegenden Fingern den Vertrag ausgefüllt.

Nach der Rasur ging er in die Küche, spülte den Glaskolben der Kaffeemaschine aus und legte die Tüte mit den restlichen Aufbackcroissants aus dem Supermarkt in den Kühlschrank. Sie hielten sich erfahrungsgemäß ewig.

Auf dem Tisch lag der Hefter mit den Unterlagen zu der aktuellen Anfrage, die er am Abend zuvor noch einmal auf der Suche nach einem versteckten Hinweis durchgelesen hatte. Er ging mit dem Hefter in den Salon, nahm einen weiteren aus der Hängeregistratur rechts vom Schreibtisch und steckte beide zusammen mit seinem Laptop in eine Schultertasche.

Wie in den übrigen Räumen folgte auch die Einrichtung des Salons rein praktischen Erwägungen. Ein graues Sofa, auf dem er gelegentlich vor dem Fernseher einschlief, ein Couchtisch, ein Sessel und in der Nische am Fenster der Schreibtisch mit ein paar Bücherregalen. An den Wänden hing kein einziges Bild, und auf dem Schreibtisch herrschte die Ordnung derjenigen, die erst gar nichts an den falschen Platz legen, um es später nicht wieder aufräumen zu müssen.

Seine Reisetasche hatte er schon gepackt. Sie stand an der Garderobe. Er ging ins Schlafzimmer, zog das Bettzeug glatt und kehrte in die Küche zurück, um die kleine

Tüte mit den Abfällen zu holen, die er auf dem Weg zum Auto in die Mülltonne werfen wollte.

Dann ging er wieder in den Salon, nahm das Telefon auf dem Schreibtisch ab und wählte aus dem Kopf eine Nummer. Er hatte ein sehr gutes Gedächtnis, aber diese Nummer war mehr oder weniger die einzige, die er regelmäßig anrief, also war es nicht allzu erstaunlich, dass er sie auswendig wusste. Während es klingelte, bemerkte er stirnrunzelnd, dass die drei Stifte nicht gerade ausgerichtet neben dem Notizblock lagen, und rückte sie zurecht. Dann sah er abwartend durchs Fenster auf die Brandwand hinaus.

«Allô?»

«Aurélie, ich bin's.»

«Ah, mein Richard, mon chéri! Wie geht es dir?»

«Gut, danke.» Keinem Menschen außer Aurélie würde es in den Sinn kommen, ihn *mon chéri* zu nennen. Diese Worte hatten für ihn einen beinahe irrealen Klang, so wie der Goldkessel am Ende des Regenbogens. Richard Lebrun glaubte nicht an menschliche Zuneigung, oder jedenfalls nicht an die Verlässlichkeit menschlicher Zuneigung. Als er noch berufstätig gewesen war, hatte sich seine jüngere Kollegin Estelle sehr viel Mühe gegeben, um das zu ändern, und beinahe hätte er sich von ihr überzeugen lassen. Das musste nach etwa zwei Jahren gewesen sein, aber dann hatte sie aufgegeben – und ein weiteres Jahr später Pierre Demas aus der Buchhaltung geheiratet.

Seither hatte sich Richard eine noch härtere Schale aus korrektem Umgang und einer merkwürdig schroffen Höflichkeit zugelegt. Niemand konnte wissen, ob sich hinter diesem Panzer tatsächlich der sprichwörtliche weiche Kern verbarg. Möglicherweise war da auch gar nichts. Nicht einmal ein Stein.

Aurélie aber setzte sich über all das hinweg. Obwohl er sich nahezu immer zurückzog, sobald Gäste in Les Balaines waren, und sich auch sonst für keinerlei Smalltalk zur Verfügung stellte, war und blieb er für Aurélie *mon Richard* und *mon chéri*. Und daran konnte, das glaubte sogar er selbst, nichts und niemand etwas ändern. Er besuchte sie regelmäßig für jeweils einige Tage, das hatte er auch schon vor seiner Pensionierung getan. Seit Ernest gestorben war, kam er noch öfter. Auch jetzt hatte er sich wieder bei ihr angemeldet.

«Um wie viel Uhr kommst du an, mon chéri? Reicht es für ein gemeinsames Mittagessen irgendwo?», fragte Aurélie.

«Nein, ich komme erst nachmittags», sagte Richard. «Ich mache noch einen Abstecher nach Pau. Aber abends geht es, was meinst du?»

«Ja, wunderbar. Sollen wir zu Hause essen? Ich würde dann mal nachsehen, was es in meiner Küche so gibt.» Für Aurélie hieß das, dass sie Madame Sèvres bitten würde, ein Abendessen vorzubereiten.

Richard wusste, dass ihm Aurélie diesen Vorschlag machte, weil er lieber zu Hause aß.

«Ist sonst noch jemand da?», erkundigte er sich, um einer Essenstafel mit den quirligen Künstlerfreunden oder sonstigen Bekannten zu entgehen, die Aurélie auch nach Ernests Tod treu geblieben waren.

«Nein, es ist sonst niemand hier. Damien wollte zwar schon wieder kommen, aber ich habe ihm gesagt, dass mein Bedarf noch von seinem letzten Besuch gedeckt ist.»

Richard war erleichtert.

«Er fällt dir auf die Nerven, seit Ernest nicht mehr da ist, oder?», fragte er.

Aurélie schnalzte geringschätzig mit der Zunge. «Unter anderem.»

Richard gab einen unbestimmten Brummton von sich. Dann sagte er: «Ich komme so gegen vier Uhr, denke ich.»

«Gut, ich freue mich schon. Bis später, mon chéri.»

In der Kurve an einem steilen Straßenstück rutschte Karim das Hinterrad des Rollers weg. Es hatte zwar aufgehört zu regnen, aber die schmale Straße war noch nass, und es tropfte von den Bäumen auf die üppig mit Farnen und Hecken bestandenen Böschungen. Er fuhr kurz langsamer, bis er aus der Kurve war, und wischte sich ein paar Tropfen vom Helmvisier. Als Erstes hatte er die peinliche Windschutzscheibe von dem Roller abmontiert.

Das Gefährt hatte sich Karims Mutter gebraucht gekauft, als sie nach St. Julien gezogen waren, aber sie hatte in dem verregneten Herbst damals schnell festgestellt, dass sie ein Auto brauchte, um zur Arbeit zu kommen. Karim hatte ihr ständig in den Ohren gelegen, bis sie ihm an seinem fünfzehnten Geburtstag schließlich gestattete, die Fahrerlaubnis zu machen und den Roller zu benutzen. Es war ein roter Peugeot Vivacity, und Karim wusste noch ganz genau, was für ein Gefühl von Freiheit er gehabt hatte, als er das erste Mal aufgestiegen war.

Er beschleunigte wieder. Die 45 Stundenkilometer Höchstgeschwindigkeit waren ihm viel zu langsam, vor allem jetzt, wo er wieder mal zu spät dran war. Eigentlich hatte er überhaupt keine Lust, zu dieser Madame Delphine zu fahren. Wütend dachte er daran, wie sie ihn erwischt hatte. Vor Schreck war ihm mit einem Schlag das Blut aus den Wangen gewichen, noch jetzt bekam er bei dem Gedanken daran ein komisches Gefühl. Diese Frau hatte sich angeschlichen wie eine Katze.

Vergeblich drehte er am Gasgriff des Rollers. Am liebsten hätte er den Motor entdrosselt, aber wenn das jemand feststellen würde, wäre der nächste Ärger fällig. Karim hasste es, überall so unter Druck zu stehen. Seine Mutter erpresste ihn mit dem Roller zu schulischen Leistungen, und wenn sie erst von dieser Madame Delphine erfuhr, würde sie den Roller vermutlich augenblicklich verkaufen. Ständig fehlte ihm Geld für Benzin oder andere Sachen, und nun drohte ihm diese commissaire mit einer Anzeige, wenn er nicht tat, was sie wollte. Die Polizei aber würde in seinem Fall kein Auge mehr zudrücken, das war klar.

Mit so viel Schräglage, wie es der Roller zuließ, ging Karim in die letzte Kurve und fuhr an der dichten, ordentlich beschnittenen Hecke aus Kirschlorbeer entlang, die das Grundstück begrenzte. Dann bog er durch das offenstehende Tor auf den kiesbestreuten Platz vor dem Haus ein.

Zwei in Form gezwungene Platanen bildeten mit ihren Ästen und Blättern ein Dach, unter dem ein zerschrammter Renault Twingo stand. Karim zog den Helm ab und verstaute ihn unter der Sitzbank des Rollers. Außer dem Tor stand auch die Haustür auf. Die reinste Einladung. Oder sollte das so eine Art Test sein?

«Hallo?», rief er zurückhaltend in Richtung Haustür. Wenn sie ihn nicht hörte, konnte er sich darauf herausreden, dass er schließlich da gewesen war, oder? Er streifte sich die Kapuze seiner Jacke über den Kopf und blieb unschlüssig stehen.

«Hast du dich erkältet?», ertönte plötzlich eine Stimme, und Karim zuckte zusammen. Schon wieder hatte ihn diese Madame Delphine erschreckt. Sie stand nicht an der Haustür, sondern war offenbar auf dem Weg seitlich des Hauses aus dem Garten gekommen. In graugrünen Hosen, einem dunkelblauen Pullover, die halblangen braunen Haare mit Klemmen aus dem Gesicht gesteckt, kam sie auf ihn zu. Sie sah ganz anders aus, als die Madame Delphine in Rock und Kostümjacke vom Montag.

«Nein, warum?», fragte er misstrauisch.

«Weil du mit so einem leisen Stimmchen gerufen hast. Man könnte beinahe meinen, du wolltest nicht gehört werden», sagte sie.

«So ein Quatsch.» Er bohrte die Hände in die Taschen seiner Kapuzenjacke.

Sie lächelte ihn an. «Da bin ich aber froh», ließ sie ihn mit aufreizender Betonung wissen.

Er wusste, dass sie ihn durchschaut hatte, und sie wusste, dass er es wusste, aber so schnell würde er sich garantiert nicht von ihr weichkochen lassen.

«Und wo soll ich jetzt Rasen mähen?», fragte er lustlos.

«Mit Rasenmähen ist heute nichts, bei der Feuchtigkeit. Jetzt machen wir erst mal einen Plan für die nächsten Wochen, und dann überlege ich mir was für heute. Komm mit.»

Er trottete ihr nach ins Haus. Hinter der Haustür, die aus einer inneren Sprossenfenstertür und einer äußeren Tür aus Holz bestand, befand sich eine tiefe Garderobennische. Daran schloss sich ein Zimmer an, in dem Karim ein Klavier stehen sah. Der Hausflur führte durch das gesamte Erdgeschoss. Die Tür am anderen Ende vermutlich in den Garten. Die ziegelroten Bodenfliesen in dem breiten Flur waren abgetreten, und an der rechten Seite stand eine tiefe, lange Holzkommode, über der ein alter, rechteckiger Spiegel quer an der Wand hing. Der Rahmen war einmal vergoldet gewesen, jetzt aber war er an vielen Stellen matt oder abgeblättert. Als Karim beim Vorbeigehen einen Blick in den Spiegel warf, mäanderte sein Bild in Wellenbewegungen neben ihm mit, wie er es schon einmal bei einem Schulausflug in ein Loire-Schloss mit lauter altem Zeug gesehen hatte.

Sie betraten die rechts liegende Küche, von der ebenfalls eine Tür in den Garten führte.

«Setz dich», sagte Delphine und deutete auf den langen Küchentisch, «und zieh diese Kapuze ab.»

Karim schob die Kapuze nach hinten weg, setzte sich und verschränkte die Arme.

«Willst du was trinken?», fragte Delphine, während sie einen Schrank öffnete, in dem Geschirr und Gläser standen.

«Weiß nicht.»

«Es gibt Wasser und Orangensaft, Cola nicht, Milch und Tee. Und Eistee, aber selbstgemacht. Oder willst du ein Glas Champagner, um wie Napoleon deinen Sieg oder deine Niederlage zu begießen?»

Karim sah sie verständnislos an.

Sie lachte. «Vergiss es. Also, was willst du trinken?»

«O-Saft», sagte er. Nach kurzer Stille ließ er folgen: «Bitte.»

Sie stellte ihm ein Glas Orangensaft hin, schenkte sich auch eines ein und setzte sich mit einem Stift und einem Notizblock zu ihm an den Tisch. «So, jetzt zähl mir mal auf, was du alles kannst», sagte sie.

«Wie meinen Sie das, was ich alles kann?», fragte er und hielt sich an dem Glas mit Orangensaft fest, ohne daraus zu trinken.

«Wir wollen ja darüber reden, was du in den nächsten vier Wochen so machst. Also wäre es gut zu wissen, was du kannst», erklärte sie und hob die Augenbrauen.

«Weiß nicht.»

«Auf was hättest du denn Lust?»

«Weiß nicht», sagte er wieder. Glaubte sie wirklich, dass er auf irgendwas von dem hier Lust hatte?

«Kannst du denn überhaupt Rasen mähen?»

«Weiß nicht.»

«Mon Dieu! Das wird langsam ein bisschen monoton. *Weiß nicht* ist auch keine so richtig gute Strategie, mein Kleiner. Wenn du von irgendwas keine Ahnung hast, sagst du besser: Das habe ich noch nie gemacht, aber es wird bestimmt klappen.»

Karim ärgerte sich noch darüber, dass sie ihn ‹mein Kleiner› genannt hatte, als sie mit dem Stift auf ihren Notizblock klopfte und weitersprach. «Das funktioniert mit ein bisschen angepasster Wortwahl bis in die höchsten Spitzen von Wirtschaft und Politik, das kannst du mir glauben.»

Weil darauf anscheinend kein Kommentar erwartet wurde, trank Karim nur einen Schluck Orangensaft.

«Alors», fuhr Delphine fort, «überlegen wir. Zum Rasenmähen ist es ja noch zu feucht ... Kannst du Tomaten pikieren?»

Karim öffnete den Mund und schloss ihn wieder. Sie sahen sich an. «Das habe ich noch nie gemacht, aber es wird bestimmt klappen», sagte er schließlich und musste grinsen.

«Dann wird's Zeit!», rief Delphine, sprang auf und ging in den Garten hinaus.

Eine ausgedehnte Rasenfläche wurde an der Stirnseite von einer stacheligen Hecke begrenzt, hinter der die Weideflächen lagen, die Delphine dem Nachbarsbauern verpachtet hatte. An der linken Seite der Stachelhecke ragte eine gewaltige unbeschnittene Platane empor, die zu ihren Artgenossen vor dem Haus in einem Verhältnis stand wie vom Frondienst verkrüppelte Leibeigene zu ihrem stolzen Lehnsherrn. Unter dem enormen Baum war ein Sitzplatz eingerichtet, von dem man über das weite hügelige Land mit seinen Weiden, Hecken und Wäldchen blicken konnte. Um den Rasen hatte Delphine die Hortensien ihrer Mutter mit ein paar Stauden ergänzt. Der Nutzgarten, der ebenfalls von ihren Eltern angelegt worden war, befand sich rechts etwas zurückversetzt zwischen einem langgesteckten Holzbau mit Steinsockel, dem früheren Stallgebäude, und dem Schuppen. Delphine hatte noch nicht entschieden, wie viel Arbeit sie in den Gemüsegarten investieren wollte. Bestimmt nicht so viel wie ihre Eltern, deren Beete und Gemüse eine Pracht gewesen waren. Allerdings hatten ihre Eltern auch ungezählte Stunden mit Gartenarbeit verbracht. Aber ein paar Tomaten wollte Delphine auf jeden Fall setzen und auch ein paar Kräuter. Sie nahm die Gartenschere, die sie in dem Korb abgelegt hatte, der meistens auf der Sitzbank neben der Küchentür stand. Unter der Bank lagen ein Paar alte Espadrilles, die sie schon längst hatte wegwerfen wollen, und diverse Gartenschuhe. «Willst du Gummistiefel?», fragte sie Karim und löste damit ein empörtes Kopfschütteln aus. «Bon. Wo der Schuppen ist, weißt du ja schon.» Delphine warf einen scharfen Blick in Karims Richtung. «Auf dem Tisch steht eine Holzkiste mit den Pflänzchen. Später kommen sie da hinten an die Mauer, wo die gedrehten Metallstäbe stecken.»

Karim ging hinüber in den Schuppen. Durch mehrere Fenster fiel Licht herein, und er sah sich um. Beim ersten Mal hatte ihn Madame Delphine beinahe sofort erwischt, sodass er keine Zeit gehabt hatte, alles in Augenschein zu nehmen. Da waren Regale mit Blumentöpfen, Drähten, Gartenscheren und flachen Kisten, in denen so etwas wie vertrocknete Kartoffeln lagen. In der Ecke stand eine Tonne, in der Gartengeräte steckten wie ein Blumenstrauß. Ein Regal beherbergte Farbeimer und Pinsel. Und noch mehr Gartengeräte. Außerdem gab es einen Rasenmäher, einen weißen Korbstuhl, an dessen Rahmen das Flechtwerk aufgegangen war und nun spiralförmig um die Beinkonstruktion hing. Und an der Wand links von der Tür lehnte ein uraltes Fahrrad mit platten Reifen, aus dessen Gepäckkorb eine zusammengerollte Strandmatte herabhing wie ein feucht gewordenes Baguette.

Von alldem hätte er nicht das Geringste auf ebay verticken können. «Verkaufe grün-weiß gestreiftes Gartenmöbelpolster, ziemlich durchgesessen ...» Wahrscheinlich hätten sich die Kaufinteressenten eine regelrechte Bieterschlacht geliefert.

Seufzend ging er zu einem Tisch unter dem Fenster, auf dem die Keimlinge in einer alten Kiste standen. Das Holz der Kiste war grau verwittert, bestimmt diente sie nicht das erste Mal als Kinderstube für Pflanzen. Vor diesem Grau und der dunklen Erde in der Kiste hoben sich die Keimlinge in leuchtendem Hellgrün ab.

Hinter Karim kam jetzt Delphine in den Schuppen. Sie ging zu einem der Regale und nahm kleine Plastikblumentöpfe heraus, die wie Trinkbecher ineinandersteckten.

«Voilà», sagte sie, stellte die Blumentöpfe auf den Tisch und zog eine Sitzbank darunter heraus. «Wir vereinzeln jetzt die Keimlinge, damit sie sich in ihren eigenen Töpfchen weiterentwickeln können. Hol doch mal da drüben den Beutel mit der Erde her.»

Karim brachte den schweren Beutel und stellte ihn neben die Blumentöpfe auf den Tisch. Nachdem sie die Kiste mit den Keimlingen etwas weggerückt hatte, kippte Delphine den Beutel um, sodass die dunkle Erde auf den Tisch rutschte.

«Erst mal füllen wir die kleinen Blumentöpfe mit Erde. Möchtest du Handschuhe?», fragte sie mit hochgezogenen Augenbrauen.

«Nein.» Karim ließ sich langsam auf die Bank nieder und sah zu, wie Delphine Erde in die einzelnen Blumentöpfe häufte und sie nebeneinanderstellte. Er schob seine Jackenärmel hoch und ahmte ihr Beispiel nach. Die Erde war feucht und körnig und blieb an der Haut kleben.

«Wo wohnt ihr eigentlich?», fragte Delphine.

«Rue maréchal Bertin», sagte Karim und drückte Erde in einem Topf fest. «Das ist hinter dem Sportplatz.»

«Ja, ich weiß», sagte Delphine. Es war keine schlechte Gegend. Allerdings gab es in St. Julien gar keine schlechten Gegenden, wenn man an Paris dachte, aber eine gute Gegend war es auch nicht. «Und wo arbeitet dein Vater?»

«Keine Ahnung.»

Delphine hob den Kopf. «Keine Ahnung?»

«Genau. Keine Ahnung, und es interessiert mich auch nicht», sagte er aggressiv. Er hätte sich gern die Kapuze über den Kopf gezogen, auch damit ihm seine Locken nicht ständig ins Gesicht fielen, aber inzwischen waren seine Hände überall mit der feuchten Erde beschmiert und unter seinen Fingernägeln hatten sich schwarze Halbmonde gebildet.

Delphine schwieg.

«Er hat uns sitzenlassen, als Maman mit Noni schwanger war», sagte Karim schließlich.

«Ist das schon lange her?»

«Ewigkeiten», sagte Karim. «Ich kann mich kaum an ihn erinnern. Und Noni hat ihn noch nie gesehen.» Er tauchte bis zum Ellbogen in den Beutel, um mehr Erde herauszuschieben, und musterte anschließend seinen verdreckten Arm.

«Fließend Wasser ist hier schon eingeführt», sagte Delphine. «Und was hattest du mit der Polizei zu tun?», fragte sie dann.

Karim zuckte mit der Hand von der Erde zurück, aus der sich ein glänzender Regenwurm wand.

«Trag den am besten raus», sagte Delphine.

«Mit der Hand?», fragte Karim, ohne den Blick von dem Wurm zu lösen, der seinen Körper zusammenzog und wieder streckte, um ein neues Versteck zu finden.

«Er wird dich schon nicht auffressen, ist ja schließlich nicht das Ungeheuer von Loch Ness.» Delphine rollte mit den Augen. «Aber du kannst ihn auch auf die Schaufel da kriechen lassen.»

Karim stand auf. Dann schob er den Wurm mitsamt einem Häufchen Erde auf seine Hand und war wie der Blitz an der Schuppentür und wieder zurück.

«Wusste gar nicht, dass du dich so schnell bewegen kannst», sagte Delphine. «Aber der Wurm ist dir bestimmt dankbar. So. Jetzt nehmen wir die Keimlinge und setzen sie einzeln in die Töpfe.»

Nachdem er sich wieder auf die Bank gesetzt hatte, betrachtete Karim die winzigen Pflanzen in der Kiste. Sie waren nur ein paar Zentimeter hoch, hatten zwei zarte Blättchen und unheimlich dünne Stängel.

«Das kann ich nicht», sagte er.

«Wieso kannst du das nicht? Eben hast du uns doch noch vor dem Monsterregenwurm gerettet.»

«Die Stängel gehen bestimmt kaputt, wenn ich daran ziehe», sagte Karim.

«Du ziehst ja auch nicht daran. Wir breiten die Erde mit den Keimlingen hier auf dem Tisch aus und nehmen sie ganz vorsichtig einzeln hoch. Ich zeig's dir mal.»

Auch nachdem es ihm Delphine vorgemacht hatte, hielt Karim bei den ersten Pflänzchen die Luft an. Die Stängel fühlten sich viel zu zart und empfindlich zwischen seinen Fingern an, und an ihrem haarfeinen Wurzelwerk hingen einzelne schwere Erdkrumen und drohten die Wurzeln abzureißen. Wenn er Daumen und Zeigefinger nur einmal zu fest zusammendrückte, wäre das Pflänzchen hinüber.

«Und?», sagte Delphine.

«Was und?»

«Ich hatte dir eine Frage gestellt.»

Hätte er sich denken können, dass sie es nicht vergessen hatte. «Blöde Sachen eben.»

«Zum Beispiel?»

Er stöhnte. «Müssen wir darüber reden?»

«Nein, aber mir wäre es lieber, wenn ich wüsste, mit was ich es hier zu tun habe.»

Unwillkürlich presste Karim Daumen und Zeigefinger zusammen. Sofort verwandelte sich der Stängel des Setzlings in grüne Schmiere. Karim verharrte in der Bewegung, damit Madame Delphine nichts mitbekam, auch wenn der obere Teil des Keimlings verdächtig schräg über seinem Zeigefinger lag. Aber sie hatte ihren Blick nur auffordernd auf sein Gesicht gerichtet.

«Einmal haben sie mich mit Ecstasy-Pillen erwischt», sagte er unwillig. «Bei einer Razzia im Jugendtreff.»

«Hast du damit gedealt?», fragte Delphine.

«Nein!», rief Karim. «Ich hatte am Anfang der Party vier Stück bekommen und eine genommen.»

«Da warst du ja bestimmt unheimlich gut drauf.»

«Ja, war ich auch.» Unauffällig ließ er das ermordete Pflänzchen unter ein wenig Erde verschwinden.

«Machst du so was öfter?», erkundigte sich Delphine.

«Nein», sagte Karim leise und bohrte ein Loch in die Erde eines Blumentöpfchens, um die Wurzel des nächsten Keimlings darin zu versenken. Er hielt ihn so behutsam zwischen den Fingern, als wäre er eine Seifenblase. «Ist auch zu teuer.»

«Aber die vier Pillen hast du bezahlen können, was?»

«Die hab ich geschenkt bekommen.» Das war gelogen, er musste sie noch bezahlen. Aber Karim dachte an Renaud, der gedroht hatte, ihm ein Messer zwischen die Rippen zu stecken, wenn er jemals irgendwem seinen Namen nannte.

Delphine stöhnte. «Auf so eine Masche fällst du rein? Du musst doch wissen, dass es nur das erste oder vielleicht auch zweite Mal ein Geschenk ist. Danach willst du die Dinger so dringend, dass du alles Mögliche dafür tust.»

Karim murmelte etwas Unverständliches hinter seinen Locken.

«Und was war außerdem noch?»

«Müssen Sie das wirklich alles wissen?», fragte Karim genervt.

«War es denn so schlimm?»

«Hab was geklaut», sagte Karim nach einer Pause. «Aber ich will nicht darüber reden.»

Delphine sah ihn prüfend an. «Na gut», sagte sie und pflanzte den nächsten Keimling um. Sie hatten inzwischen schon mehr als die Hälfte in einzelne Töpfchen gesetzt.

Eine Zeitlang machten sie schweigend weiter. Vom Garten drang Vogelgezwitscher zu ihnen herein, und die Schuppentür knarrte im Windzug.

«Sind Sie wirklich eine commissaire?», fragte Karim schließlich.

«Das war ich bis letztes Jahr.»

«Aber nicht hier, oder?»

«Nein. In Paris.»

Karim zog sich einen der letzten Blumentöpfe heran. «Und warum haben Sie dann noch eine Waffe, wenn Sie nicht mehr im Dienst sind?»

«Oho! Ein Verhör!», rief Delphine und lachte. «Das hat dich wohl schwer beeindruckt, wie?» Kurz darauf fügte sie hinzu: «Reine Vorsichtsmaßnahme.» Dann stand sie auf und kam mit einem Handbesen an den Tisch zurück. «Und jetzt kehren wir die übrige Erde zusammen, stellen die

Töpfe ans Fenster, und du gießt ein bisschen Wasser rein. Aber nur wenig, klar? Das sind keine Sumpfpflanzen.»

Nachdem sie fertig waren, gingen sie ins Haus zurück und wuschen sich in der Küche die Erde von den Händen.

«Das war's für heute, Karim», sagte Delphine, als sie sich die Hände abtrocknete, und reichte ihm das Handtuch weiter. «Du hast dich gar nicht schlecht angestellt. Sagen wir bis nächsten Mittwoch um dieselbe Zeit?»

Karim hängte das Handtuch an den Haken zurück. «Okay.»

«Hast du ein Handy?»

«Ja.»

«Dann tauschen wir jetzt unsere Nummern aus. Wenn dir was dazwischenkommt, meldest du dich, verstanden? Und denk dran, dass wir ein Abkommen haben. Ich werde meinen Teil auf jeden Fall einhalten – und zwar vor allem, wenn du deinen Teil *nicht* einhältst.»

Delphine diktierte ihm ihre Telefonnummer. «Was sagt überhaupt deine Mutter zu der Sache?»

«Ist doch egal.» Karim war genervt. «Ich bin schließlich gekommen, wie wir es abgemacht hatten.» Er versenkte das Handy in der Seitentasche seiner Cargo-Hose, und seine Hand tauchte mit einem Schlüsselbund wieder hervor.

Delphine musterte ihn. «Sie weiß überhaupt nichts davon, stimmt's?» Karim klimperte nur mit dem Schlüsselbund. «Du kannst dir vorstellen, was jetzt kommt, oder?», fragte sie.

Er zuckte wütend mit den Schultern.

«Du musst es ihr sagen», kam es erwartungsgemäß von Delphine. «Ich kann hier nicht deine Komplizin spielen. Was hast du ihr denn erzählt, wo du jetzt bist?»

«Gar nichts.» In Wahrheit hatte Karim seiner Mutter versprochen, am Mittwochnachmittag zu lernen. Aber der Nachmittag war ja noch nicht vorbei. «Ist sowieso arbeiten», fügte er hinzu und starrte auf den Boden.

«Und wenn sie erfährt, was los war, gibt es Riesenstress», sagte Delphine.

Karim nickte.

«Tja, so was nennt man eine Zwickmühle.» Delphine trank den Rest Orangensaft, der noch in ihrem Glas war. «Hast du einen Vorschlag?», fragte sie.

Karim schüttelte niedergeschlagen den Kopf.

«Mir fällt nur eine Möglichkeit ein», sagte Delphine, «und die wird dir genauso wenig gefallen wie alles andere.»

«Madame Gueron?»

Die Miene der beinahe überschlanken, blonden Frau, die an Delphines Tisch getreten war, wirkte angespannt. Sie strich eine feuchte Haarsträhne zurück, die sich aus ihrem Pferdeschwanz gelöst hatte. Auch die Schultern ihrer Jacke waren feucht, anscheinend hatte sie bei dem Regen keinen Schirm dabeigehabt.

«Ja, die bin ich», sagte Delphine. «Und Sie sind Sophie Amandier.»

Sie hatte sich mit Karims Mutter in der Bar Balea verabredet. Ein kleines, unprätentiöses Lokal mit braunen Holzmöbeln, das etwas zurückversetzt am zentralen Platz von St. Julien lag. Draußen hatte man einen guten Blick auf das erhöhte Orchester-Rondell, das die Mitte des Platzes bildete, auf dem im Sommer flaniert, gefeiert und getanzt wurde. An diesem verregneten Abend allerdings war dort kein Mensch unterwegs.

Karim hatte ihr die Handynummer seiner Mutter zunächst nicht geben wollen, aber Gegenargumente waren ihm auch nicht eingefallen. Und weil Delphine nichts davon hielt, solche Dinge auf die lange Bank zu schieben, hatte sie Sophie Amandier gleich nach Karims Abfahrt auf der Mailbox um einen Rückruf in einer Arbeitspause gebeten. Keine fünf Minuten später hatte sie angerufen.

«Setzen Sie sich doch», sagte Delphine und rückte ihr Weißweinglas zur Seite. Während Sophie ihre Jacke auszog, fragte sie: «Was möchten Sie trinken?»

Karims Mutter begriff sofort, dass Delphine später nicht mehr von einem Kellner gestört werden wollte, und sagte mechanisch: «Eine Orangina.»

Wenig später stand das Getränk auf dem Tisch. Sophie ließ ihren Zeigefinger über die bauchige kleine Flasche mit dem Orangenhautrelief gleiten. Sie hatte den Blick auf die kleinen Bewegungen ihres Fingers gesenkt, wodurch die Schatten unter ihren Augen und der herbe Zug um ihren geschwungenen Mund noch stärker auffielen.

«Ich habe Ihnen ja schon am Telefon gesagt, weshalb ich mich mit Ihnen treffen wollte», sagte Delphine, um das Gespräch zu beginnen.

Sophie hob den Blick und sah Delphine bekümmert an. «Ja», sagte sie nur.

«Wie mir Karim heute erzählt hat, wussten Sie nichts von der Absprache, die er mit mir getroffen hat. Und ohne Ihre Zustimmung möchte ich das nicht machen», fuhr Delphine fort und trank einen Schluck Wein. «Außerdem fand ich, dass wir uns kennenlernen sollten.»

Sophie schaute zum Tresen hinüber und kehrte dann mit ihrem Blick wieder zu Delphine zurück. «Ich hatte Karim gesagt, dass ich bei der nächsten Sache dieser Art den Roller verkaufe.» Sie seufzte. «Ich muss konsequent bleiben, sonst verliert er den Respekt vor mir.» Sie hielt kurz inne. «Falls er überhaupt noch welchen hat.»

Delphine ahnte, welche Kämpfe die beiden miteinander ausfochten und auch, wie sehr Sophie fürchtete, ihr Sohn könne endgültig in die Kriminalität abrutschen. «Es geht mir nicht darum, auf sein Verhalten keine Konsequenzen folgen zu lassen», sagte sie, «aber ich frage mich, ob diese Konsequenz nicht das Arbeiten für mich sein könnte statt des Rollerverkaufs.» Sie lächelte kurz. «Davon abgesehen, fürchtet er sich davor, dass ich ihn bei der Polizei melde, wenn er es nicht tut.»

«Trotzdem», sagte Sophie. «Ich muss dafür sorgen, dass er mich ernst nimmt.»

Vom Tresen klang Gelächter herüber, aber keine von ihnen achtete darauf. Sophie runzelte die Stirn. «Sie haben mir noch nicht erklärt, warum Sie das eigentlich überhaupt alles machen wollen, Madame Gueron», sagte sie.

«Tun Sie mir den Gefallen und nennen Sie mich Delphine, ja?» Als Sophie nickte, fuhr Delphine fort: «Es war einfach eine spontane Reaktion, als er beinahe anfing zu heulen, nachdem ich ihn erwischt hatte. Ich war in Paris eine Zeitlang bei der brigade des mineurs, wissen Sie.» Sie überlegte, wie sie fortfahren sollte, ohne dass sich Sophie angegriffen fühlte. «Es gibt heutzutage unter bestimmten Umständen eine Menge Fallstricke für Jugendliche, die in die Kriminalität führen.»

«Sie meinen zum Beispiel schwierige häusliche Verhältnisse und überarbeitete Mütter», erwiderte Sophie sarkastisch.

Delphine schwieg einen Moment. «Ja, das können Faktoren sein», sagte sie dann, «aber auf der anderen Seite bewegen sich Jugendliche manchmal in Welten, von denen Erwachsene kaum etwas wissen.»

«Das kann man wohl sagen», bemerkte Sophie und dachte an Karims dünne Erklärungen, wenn sie ihn fragte, was er gerade an seinem Computer machte.

«Von den Ecstasy-Pillen hat mir Karim übrigens erzählt», sagte Delphine. «Macht es Ihnen etwas aus, mir zu sagen, worum es bei der zweiten Sache ging?»

«Was hat er denn gesagt?», fragte Sophie zurück.

«Dass es ein Diebstahl war, aber dann wollte er nicht mehr weiterreden.»

Sophie umfasste ihr Glas mit der hellgelben Orangina. «Ja, es war ein Diebstahl. Er hat in einem Laden Parfüm gestohlen.»

«Parfüm? Was wollte er denn damit?»

Sophie sah Delphine an. «Mein Geburtstagsgeschenk.» Nachdenklich begann sie, ihr Glas um sich selbst zu drehen, aus dem sie noch keinen Schluck getrunken hatte. «Er wollte es mir zum Geburtstag schenken. Stattdessen wurde er von commissaire Benazet bei mir abgeliefert. Es war schrecklich.» Sie senkte den Kopf.

«Lucien?», fragte Delphine. «Ich wusste gar nicht, dass er dafür zuständig ist.» Gleichzeitig ging ihr durch den Kopf, was das für ein Geburtstag für Sophie gewesen sein musste. Ob sie sich jetzt wohl bei jedem Geschenk, das sie von ihrem Sohn bekam, daran erinnerte? Und Karim?

Würde er sich bei jedem Geschenk fragen, ob seine Mutter dachte, es könne gestohlen sein?

«Sie kennen commissaire Benazet?», fragte Sophie.

Delphine lehnte sich zurück. «Allerdings. Er ist der Neffe einer Klassenkameradin von mir. Ich stamme aus dem Ort hier, wissen Sie. Und außerdem ist er bei der Polizei, wie ich es auch war. Das verbindet irgendwie.»

Sophie schwieg einen Moment. «Und warum wollen Sie nicht den Behördenweg gehen, wo Sie doch bei der Polizei waren?», fragte sie bitter. «Das haben Sie mir immer noch nicht erklärt.»

«Wie gesagt, ich war eine Weile bei der brigade des mineurs.» Delphine zog die Augenbrauen hoch. «Und dabei habe ich notorische Serientäter erlebt, die noch keine vierzehn Jahre alt waren. Jugendliche ohne einen Funken von Rechtsverständnis. Kinder, die eiskalt mit dem Messer zustechen ...» Sie unterbrach sich kurz. «Und ich habe Jungs und Mädchen erlebt, die einfach naiv waren, unreif, überfordert, die falschen Freunde hatten.»

Sophie sah sie nur an.

«Karim scheint mir in die zweite Kategorie zu gehören.» Delphine beugte sich vor. «Wenn ich ihn anzeige, ist er demnächst vorbestraft. Sie kennen unser Jugendstrafrecht.» Sophie nickte. «Außerdem hat er mir leidgetan», sagte Delphine widerwillig und trank einen weiteren Schluck.

«Vorbestraft», sagte Sophie leise.

Nachdem sich Delphine von ihrem Geständnis erholt hatte, kam ihr Humor wieder zum Vorschein. «Karim muss sich Ihnen und mir gegenüber fühlen, als sei er zwischen Skylla und Charybdis geraten.» Sie grinste. «Ich hatte mir die beiden allerdings immer ganz anders vorgestellt.»

Sophie lächelte schwach.

«Bisher hat er jedenfalls seine Zusagen eingehalten und getan, worum ich ihn gebeten habe», sagte Delphine. «Er hat sogar einen Regenwurm aus dem Schuppen getragen.»

«Karim hat einen Regenwurm angefasst?», fragte Sophie ungläubig.

«Eh bien. Nicht direkt. Er hat etwa ein Pfund Erde um ihn gescharrt, den Klumpen dann in Lichtgeschwindigkeit aus dem Schuppen geschleudert und anschließend überprüft, ob ihm das Würmchen die Haut verätzt oder ihm ein Loch durch die Hand gebohrt hat.»

Darauf kam keine Reaktion von Sophie. Stattdessen strich sie sich über die Schläfe, als wäre die Haarsträhne wieder nach vorn gerutscht. «Also ... Delphine», sagte sie dann und zog ihre Jacke von der Stuhllehne, «ich glaube, wir haben fürs Erste alles besprochen. Ich muss jetzt erst einmal nachdenken und mit Karim reden.» Sie nahm ihr Portemonnaie aus der Handtasche. «Ich rufe Sie an.»

«Ich übernehme das», sagte Delphine schnell, denn sie konnte sich denken, dass bei den Amandiers jede Ausgabe zählte.

Sophie sah sie mit einem Blick an, der keinen Widerspruch duldete. «Nein», sagte sie ruhig. «Ich werde zahlen.» Ihr Glas mit Orangina stand unangetastet auf dem Tisch.

Delphine war klar, dass sie Sophies Stolz verletzen würde, wenn sie darauf bestand, die Rechnung zu übernehmen. Denn für Sophie, die das Geld vermutlich anderswo einsparen musste, war dieser Akt ein Zeichen ihrer Handlungsfähigkeit.

3

Ich finde, du solltest sie jetzt wirklich wieder einmal besuchen», sagte Antoinette und legte ihre Gucci-Clutch auf den Kaminsims, für die sie Damien am Freitag zuvor beim gemeinsamen Shopping mit einem mädchenhaften Augenaufschlag belohnt hatte. Auch Damien fand die winzige Handtasche hübsch, obwohl aufgrund ihres Briefumschlagformats für ihren eigentlichen Gebrauchszweck eher wenig geeignet. Er begriff allerdings nicht, wozu eine einzelne Frau mehr als zwanzig Handtaschen im Schrank haben musste. Was er aber sehr wohl begriff, war, wie ihn seine Frau knappzuhalten verstand, wenn ihre Wünsche nicht erfüllt wurden, und das erstreckte sich nicht nur auf eisiges Schweigen am Frühstückstisch.

Es war elf Uhr abends, Antoinette war gerade von einem dîner mit ihren Freundinnen nach Hause gekommen. Es hatte natürlich das Le Cinq sein müssen an diesem Mittwochabend, auch wenn es keinen besonderen Anlass gegeben hatte. Man musste schließlich das Leben genießen.

«Wen?», murmelte Damien abwesend. Er saß mit seinem Laptop im Salon und musterte die Derivate-Quotierungen, die er gerade angefragt hatte. Er hatte schon einen vollen Arbeitstag in der Bank hinter sich, aber seine OTC-Geschäfte tätigte er lieber in den eigenen vier Wänden. Gerade war eine neue Quotierung auf dem Bildschirm aufgetaucht.

«Na, wen schon.» Antoinette wartete vergeblich auf eine Reaktion. «Damien! Ich spreche mit dir! Da ist es ja wohl das mindeste, dass du mir antwortest», sagte Antoinette scharf.

Die zehn Sekunden, die der Kurs galt, waren beinahe abgelaufen.

«Damien!», rief Antoinette.

Er klickte auf ‹Order ausführen› und wusste in demselben Moment, dass er einen Fehler gemacht hatte. Einen Fehler, der sich rächen würde, ebenso wie einige andere, die er begangen hatte. «Siehst du nicht, dass ich arbeite?», fragte er gereizt. «Andere Familienmitglieder dagegen kommen von einem Abendessen mit ihren Freundinnen zurück.»

«Du weißt genau, dass ich auch sehr viel zu tun habe», sagte Antoinette indigniert. «Ich muss schließlich hier das ganze Palais führen.» So genau wusste Damien nicht, was daran so schweißtreibend sein sollte, denn immerhin beschäftigte er in dieser Stadtvilla im 16. Arrondissement, die sein Urgroßvater gebaut hatte, zwei Angestellte, doch Antoinette sprach schon weiter. «Und außerdem bin ich nicht zum Vergnügen ins Le Cinq gegangen. Ich bin in unserer Ehe eben für die Kontaktpflege zuständig. Das ist genauso wichtig wie deine Arbeit bei der Bank.»

«Und was habt ihr Wichtiges besprochen?», fragte er spöttisch.

Antoinette nahm ihre Saphir-Ohrringe ab, die sie von ihrem Vater zum Geburtstag bekommen hatte, weil sie ‹immer sein kleines Mädchen bleiben würde›, und legte sie in ein graues Betonschälchen, das auf dem marmornen Kaminsims stand und zurzeit angeblich der letzte

Dekoschrei war. «Nun», sagte sie, ohne auf seinen Tonfall einzugehen, «wir haben darüber gesprochen, eine Benefizgala zu organisieren. Für die Forschung zum Miller-Fisher-Syndrom.» Sie kam seiner Frage zuvor: «Das ist eine von diesen seltenen Krankheiten ... Wir dachten daran, das Le Cinq dafür zu mieten.»

«Das Le Cinq», sagte Damien ausdruckslos.

Antoinette sah ihn ungeduldig an. «Es muss schließlich ein besonderer Ort mit Anziehungskraft sein!», sagte sie, als wäre Damien schwer von Begriff. Mit sanfterer Stimme fügte sie hinzu: «Ich dachte, wir könnten die Raummiete als unseren Anteil einbringen.» Damien zuckte leicht zusammen. «Damit potente Spender kommen, die Crème de la Crème eben.»

Dann wäre sicher auch ein neues Kleid fällig, dachte Damien. «Und die Presse natürlich», sagte er trocken.

«Natürlich. Wie heißt es noch? Tue Gutes und rede darüber.» Sie lachte geziert.

Damien verzichtete auf weitere Bemerkungen. Er fuhr den Laptop herunter, weil er sich mit Antoinette im Raum ohnehin nicht mehr konzentrieren konnte. Sie klapperte mit ihren Absätzen über das Parkett des weitläufigen Raumes. Bei der Sitzgruppe zog sie ihre hochhackigen Schuhe aus, setzte sich auf das Sofa, das sie, wie die übrige Zimmereinrichtung, nach einem langwierigen Entscheidungsprozess erworben hatte, in dessen Verlauf zwei Innenarchitekten verschlissen worden waren, und zog die Füße unter sich. «Damien, mon chou», sagte sie mit sanfter Stimme, «bringst du mir meinen Drink?»

Damien sah zu ihr hinüber. Sie trug ihr blondes Haar derzeit lang und geglättet. Es floss ihr bei jeder Kopfbewegung um das schmale Gesicht mit der geraden Nase und den braunen Augen und über die Schultern ihres perfekt geschnittenen ecrufarbenen Etuikleides, zu dem sie eine kurze Perlenkette trug. Wie immer war ihre Erscheinung makellos.

Damien stand auf, ging zu dem Servierwagen aus Glas und Stahl, den sie als Hausbar benutzten, schenkte einen Armorik ein und brachte ihn Antoinette ans Sofa.

«Und was ist jetzt mit deinem Besuch bei Aurélie?», fragte Antoinette.

«Ich war erst vor zwei Monaten dort», sagte Damien abwehrend und kehrte an die Bar zurück.

Antoinette nippte an ihrem Whiskey und sah zu ihrem Mann hinüber. Er stand mit seinem braunen Schopf über die Flaschen gebeugt und schenkte sich ebenfalls einen Armorik ein. «Wir haben besprochen, dass du sie nach Ernests Tod öfter besuchen solltest», sagte Antoinette.

«Sie will mich aber nicht sehen. Sie lässt mich nicht bei sich wohnen, ich muss mir ein Hotel nehmen, und noch dazu bleibt hier die Arbeit liegen.» Antoinette hatte keine Ahnung davon, wie entwürdigend sein letzter Besuch bei seiner Tante gewesen war. Wie sollte sie auch? Er hatte ihr nur sehr ausweichend davon erzählt und sich geschworen, nicht noch einmal nach Les Balaines zu fahren.

«Ja, besonders höflich ist sie nicht gerade.» Antoinette hatte Aurélie überhaupt erst zweimal gesehen. Das erste Mal war Aurélie mit Ernest zur Beerdigung von Damiens Vater nach Paris gekommen, und beide waren gleich danach wieder abgereist. Und das zweite Mal war bei Ernests Beerdigung gewesen. Dass Damiens Onkel gestorben war, hatten sie allerdings nicht von Aurélie, sondern zufällig bei einem Empfang von einem Bekannten Damiens erfahren. Was für ein Affront! Damien hatte sich beinahe an seinem Cocktail verschluckt und alle Mühe gehabt, so zu tun, als wüsste er schon Bescheid. Aber diese Situation hatte nur zu gut zu allem Übrigen gepasst, dachte Antoinette. Sie und Damien waren schon seit zwölf Jahren verheiratet, doch Ernest und Aurélie hatten weder auf die Karte mit der Hochzeitsanzeige reagiert noch auf die Karte mit der Geburtsanzeige von Solange zwei Jahre später beziehungsweise von Maxim drei Jahre später. Und bei Ernests Beerdigung hätte Aurélie, das war nur allzu deutlich spürbar gewesen, Damien und Antoinette am liebsten nicht bei der Trauerfeier in Les Balaines gesehen. Wäre Damien allein hingefahren, hätte er vermutlich am Friedhof kehrtgemacht und wäre sofort nach Paris zurückgekommen. Aber das war unmöglich, évidemment, was sollten die Leute sagen?

«Du erinnerst dich doch, wie es bei Ernests Beerdigung gelaufen ist», sagte Damien und ließ sich mit seinem Whiskey in einem Sessel der Sitzgruppe nieder.

«Daran habe ich auch gerade gedacht.» Les Balaines war für Antoinettes Geschmack zwar ziemlich heruntergekommen, aber das ganze Haus stand voller Antiquitäten. Sie war bei der Trauerfeier für Ernest ein wenig durch die Räume gegangen. Auf Nachfrage hätte sie jederzeit sagen können, dass sie sich verlaufen hatte, was in diesem schlossartigen Gebäude mehr als glaubhaft gewesen wäre. Angeblich sollte es ja auch noch eine Kunstsammlung geben, die Antoinette allerdings nicht gefunden hatte. Aber allein schon das Gebäude und diese unglaubliche Lage waren phantastisch. Als sie damals in den Salon zurückgekommen war, hatte Damien schweigend und mit angestrengter Miene bei diesem grässlichen Richard gestanden, mit dem Aurélie offenbar ein sehr vertrautes Verhältnis pflegte. Bei der Verabschiedung hatte Aurélie ihren Neffen nur kühl angesehen und ihn herumstottern lassen, ohne ein einziges Wort zu sagen.

Antoinette legte den Arm auf die Rückenlehne des Sofas. «Wer ist eigentlich dieser Richard?», fragte sie. «Ist er mit Aurélie verwandt?»

«Nein, er ist ein Freund der Familie.» Damien ließ den Whiskey in seinem Glas kreisen. «Sie kennen sich schon ewig.»

Antoinette trank den letzten Schluck. «Trotz allem», sagt sie dann entschieden, «solltest du sie öfter besuchen.» Sie schob ihre Beine vom Sofa, stellte das Glas auf dem Couchtisch ab und hob beim Aufstehen ihre Pumps vom Boden auf. «Wir müssen auch an die Kinder denken.»

Damien gelang es inzwischen kaum noch, den Gedanken an seine Kinder von dem Gedanken an kostspielige Internate, aufwendige Hobbys und Luxussprachreisen zu trennen.

Antoinette, die sich schon abgewandt hatte, um aus dem Raum zu gehen, drehte sich noch einmal um und sah ihn an. «War er damals auch dabei? Richard, meine ich», fragte sie.

«Ja», sagte Damien knapp.

Aurélie erkannte das Motorengeräusch des alten Mégane. Lächelnd zog sie ihre enorme schwarz gerahmte Lesebrille ab, mit der sie ein wenig an einen Marabu erinnerte, und legte sie mit ihrer Zeitung auf den Beistelltisch. Erneut hatte sich die «wunderbare Stromvermehrung» ereignet, wie Delphine das nannte, und Aurélie hatte nach ihrer Verabredung im Atlantique wieder nach Les Balaines zurückkehren können. Nun ging sie durch die Terrassentür nach draußen und links um das Haus herum. Vom Meer kam eine Böe und wirbelte ihr Haar hoch, sodass sie automatisch mit der Hand darüberfuhr.

«Richard, mon chéri, da bist du ja», rief sie. Er war gerade ausgestiegen. Als Einziger parkte er sein Auto immer auf der linken Seite des Hauses, als sollte es nicht gesehen werden. Für Aurélie hatte es den Vorteil, dass sie ihn kommen hörte – was bei Gästen, die vor dem Haus parkten, meist nicht der Fall war – und ihm deshalb von der Terrasse aus entgegengehen konnte, auch wenn er einen Schlüssel hatte.

Richard ließ den Kofferraum offen stehen, ging auf Aurélie zu und beugte seine große Gestalt recht weit hinab, um sie zur Begrüßung auf die Wangen zu küssen. Als er sich wieder aufrichtete, stand so etwas wie ein Lächeln auf seinem Gesicht. Allerdings war er darin so ungeübt, dass es außer Aurélie, die als Einzige mit seiner Miene vertraut war, wohl kaum jemand erkannt hätte.

Sie hängte sich bei ihm ein, und gemeinsam spazierten sie wieder zum Auto. Richard nahm seine Reisetasche und die Schultertasche aus dem Kofferraum und schlug die Heckklappe zu.

«Ich bitte Madame Sèvres, uns den Tee in den Salon zu bringen», sagte Aurélie, «während du deine Sachen nach oben bringst und auspackst.»

Sie gingen ums Haus Richtung Terrasse. Richard ließ seinen Blick auf der sanft abfallenden, sattgrünen Rasenfläche ruhen, die sich, von einigen Baumgruppen, Hortensienpflanzungen und einer berankten Pergola unterbrochen, bis zur Abbruchkante der Steilküste hinzog.

«Munio hat sich anscheinend wieder mal seinen Meditationsübungen hingegeben», sagte er.

«Ja, wenn ich ihn auf dem Rasen sehe, muss ich immer an einen asiatischen Mönch denken, der stetig die gleichen Kreise in seinen Kiesgarten zieht», sagte Aurélie und strich sich erneut das Haar glatt, mit dem der Wind spielte. «Ich bin inzwischen davon überzeugt, dass Munio ein Zen-Meister ist, der versehentlich am falschen Ort wiedergeboren wurde. Glaubst du nicht auch?» Sie sah amüsiert zu ihm auf.

Munio, ein sehniger Baske unbestimmbaren Alters, arbeitete bei Aurélie als Gelegenheitsgärtner, beschnitt Sträucher und Hecken, machte nach Stürmen einen Rundgang, um nach dem Rechten zu sehen, und wechselte Glühbirnen aus. Seine bevorzugte Tätigkeit war es jedoch, mit einem kleinen, leise brummenden Rasenmäher in genau abgezirkelten, stets gleichen Bahnen über die weiten Rasenflächen von Les Balaines zu gehen. Wenn er an der östlichen Grenze des Grundstücks anfing, sah er vom Haus aus wie eine Ameise auf einem riesigen grünen Blatt. Um die gesamte Fläche einmal zu bearbeiten, brauchte er zwei Wochen.

«Er muss sich fühlen wie Sisyphos, weil hinter seinem Rücken das Gras wieder weiterwächst», sagte Aurélie, «aber als ich ihm kürzlich vorgeschlagen habe, einen Aufsitzrasenmäher anzuschaffen, hat er mich angesehen, als wollte ich mit einem Bulldozer durch seinen Zen-Garten fahren.» Sie lächelte. «So hat jeder seine Marotten.»

«Aber auf der spanischen Seite habt ihr doch in letzter Zeit ein paar Naturwiesen stehenlassen, oder?», fragte Richard. Er meinte den nach Westen ausgerichteten Teil des Anwesens, von dem aus es nur noch wenige Kilometer bis zur Grenze waren. «Dort kann Munio mit seinem Rasenmäher doch bestimmt nicht mehr hin. Wie hat er denn darauf reagiert?»

Aurélie sah ihn an und zog die Augenbrauen hoch. «Rate mal.»

Richard erwiderte ihren belustigten Blick. «Sense», sagte er schließlich.

Aurélie lachte auf. «Wenn Munio hier loszieht», sagte sie dann, «kommt es mir vor, als würde er sich mit seiner Sense über der Schulter und dem Wetzstein im Wassereimerchen ins neunzehnte Jahrhundert aufmachen.»

Über die Terrasse betraten sie das Haus. «Bien, ich gebe Madame Sèvres Bescheid und lese meinen Artikel zu Ende», sagte Aurélie und griff nach ihrer Marabu-Brille.

Richard durchquerte den Salon, ging in die Halle und von dort aus die breite, dunkle Holztreppe in den ersten Stock hinauf. Dort lagen die zwei Zimmer mit einem winzigen Bad, die Aurélie und Ernest von Anfang an in Les Balaines zu seinem Reich erklärt hatten. Er räumte im Schlafzimmer seine wenigen Kleidungsstücke in den Schrank, ging in den zweiten Raum, in dem er gelegentlich Anfrage-Unterlagen durchsah oder las, und öffnete das Fenster.

Obwohl er kein überschwänglicher Charakter war und auch nicht zu Naturromantik neigte, wirkte der Ausblick wie immer beruhigend auf ihn. Meer und Himmel. Die schmucklose, einfache Horizontlinie entsprach Richards Wesen. Eine ganze Weile betrachtete er diesen Strich, dann drehte er sich wieder zum Raum um. Sein kleines Apartment hier war mit wesentlich besserem Mobiliar eingerichtet als seine Wohnung in Valence. Aurélie hatte für diese Einrichtung gesorgt, indem sie aus anderen Räumen in Les Balaines Möbel zusammengesucht hatte, die Richards Bedürfnissen entsprachen. Herausgekommen war eine luftige Kombination von schönen Stücken aus drei Jahrhunderten. Nur das Bett hatte sie damals neu gekauft. Die Breite von 140 Zentimetern war der einzige Hinweis auf ihre Hoffnung gewesen, dass er irgendwann eine Gefährtin finden würde. Richard aber hatte in all den Jahren niemals Besuch mitgebracht. Er hatte auch Estelle, der einzigen Frau, die überhaupt je näher an ihn herangekommen war, nicht von Les Balaines erzählt.

Richard legte die Hefter und den Laptop auf den schimmernden Holztisch, dessen Platte und Blenden in einer feinen Einlegetechnik ausgeführt worden waren. «Parqueterie nennt man das», hatte ihm Aurélie gesagt, «kommt von Parkett.» Er strich mit dem Zeigefinger über das vielteilige Rautenmuster der Holzintarsien, das tatsächlich aussah wie ein verkleinerter Parkettfußboden. Sein Blick wanderte zu dem verglasten Empire-Bücherschrank. Inzwischen hatten sich neben der Fachliteratur einige dunkelblaue Ordner angesammelt. Vermutlich sollte er sie irgendwann durchsortieren. Sie enthielten ausgedruckte Informationen, Vergleichsmaterial und Korrespondenz. Er atmete langsam ein. Aurélie würde schließlich nicht ewig leben, und wer konnte schon wissen, was danach geschah.

Und dann war da noch der Ordner auf dem zweiten Regalbrett ganz rechts. Richard sah nicht hin, und das musste er auch nicht, denn er wusste genau, dass sein Blau schon ein wenig verblasst war und dass er schmaler war als die anderen. Richard hatte ihn das letzte Mal vor vielen Jahren aufgeschlagen, als Aurélie noch in Paris wohnte. Er wandte sich von dem Regal ab und sah zum Fenster hinaus. Auch wie er mit diesem Ordner umgehen sollte, würde Richard entscheiden müssen.

4

Was soll ich heute noch machen?» Karim stand in Delphines Küche und wusch sich die Hände. Sie hatten die Tomaten an der Gartenmauer eingesetzt. Die zarten Keimlinge hatten sich während der vergangenen Wochen im Schuppen zu kräftigen Setzlingen entwickelt. An seinen Tagen bei Delphine war es stets Karims Aufgabe gewesen, festzustellen, ob sie genug Wasser hatten, und sie gegebenenfalls zu gießen. Er hatte es beinahe persönlich genommen, als er eines Tages entdecken musste, dass eines der grünen Pflänzchen von einem Käfer oder einer Raupe angefressen worden war. Nun aber waren sämtliche Pflanzen vor den gedrehten Metallstäben in die Erde gebracht, und Karim hatte einen kritischen Rundblick auf die feindliche Umwelt getan, von der den Tomaten womöglich weitere Gefahren drohten.

Delphine trocknete sich die Hände ab und warf einen prüfenden Blick auf ihre Fingernägel. «Heute sollst du dich noch verabschieden.»

«Wieso verabschieden?» Karim drehte sich um und sah sie verständnislos an.

«Weil wir gesagt hatten, vier Wochen machst du für mich ein paar kleine Arbeiten, damit ist deine Strafe erledigt. Und die vier Wochen sind jetzt vorbei.» Sie gab ihm das Handtuch weiter.

Delphine schluckte. Ihre private Resozialisierungsmaßnahme hatte, nachdem Karims Mutter ihre Zustimmung gegeben hatte, wesentlich besser funktioniert, als zu erwarten gewesen war. Karim hatte ihre Einkäufe geschleppt, ihren Flur gestrichen und den Rasen gemäht. Manchmal hatte sie irgendeine Arbeit erfunden, damit er etwas zu tun hatte oder mehr von der Gegend sah. Einmal war sie mit ihm sogar bis nach Bilbao gefahren und hatte behauptet, sie wolle unbedingt ins Guggenheim-Museum und brauche Unterstützung, um sich nicht zu verfahren. Aurélie hatte sich vor Lachen kaum beruhigen können, als Delphine ihr davon erzählte. «Ausgerechnet Sie!», hatte ihre Freundin gerufen. «Mit Ihrem Orientierungssinn könnten Sie doch mit verbundenen Augen nach Bilbao fahren!» In dem Museum hatte Delphine dann ihre sämtlichen Kenntnisse zusammenkratzen müssen, um die vielen Fragen zu beantworten, die Karim zu dem Bau und den Kunstwerken hatte. Die reine Selbstverleugnung. Dafür würde sie ins Paradies kommen.

Aber wenn Delphine ehrlich war, musste sie zugeben, dass sie Karim inzwischen richtig mochte. «Und schieb diese blödsinnige Kapuze zurück! Ich hab dir schon ein paarmal gesagt, dass ein Herr im Haus keine Kopfbedeckung trägt und sein Gesicht nicht versteckt, wenn er mit jemandem redet.»

Karim schob die Kapuze über den Hinterkopf zurück, bohrte die Hände in die Hosentaschen und starrte finster vor sich hin.

«Freust du dich denn nicht?», sagte Delphine ruppiger als nötig. «Jetzt kannst du wieder in aller Ruhe mit deinen Kapuzenfreunden auf dem Platz abhängen, oder was du in deiner Freizeit sonst so treibst.»

«Das mach ich schon lange nicht mehr. Ist doch voll langweilig», brummte er.

«Wie bitte?»

«Könnte ich nicht weiter was für Sie machen? Einfach so?»

Delphine ließ sich auf einen Küchenstuhl fallen. «Was ist das denn für ein bizarrer Einfall? Einfach so? Wie stellst du dir das vor? Ich bin doch keine alte Schrulle, die einen Jugendlichen ausnutzt!»

«Dann knacke ich Ihr Auto und lasse mich von Ihnen erwischen», sagte Karim und sah sie herausfordernd an.

Delphine seufzte. «Des conneries! Jetzt setz dich mal.»

Widerstrebend ließ sich Karim am anderen Ende des langen Küchentischs nieder und fing an, den Salzstreuer zwischen seinen Händen herumzuschieben.

«Alors», Delphine schenkte zwei Gläser Eistee aus dem Krug ein, der auf dem Tisch stand, und schob eines in Karims Richtung. «Ich kann dich nicht ‹einfach so› für mich arbeiten lassen, das verstehst du doch, oder?»

Karim wirkte nicht sehr überzeugt und schwieg.

Wenn sie nicht auf sein Angebot einginge, dachte Delphine, was würde dann passieren? Damit würde sie das Vertrauen zerstören, das er zu ihr aufgebaut hatte. Er würde wieder einmal denken, dass es sich nicht lohnte, einigermaßen ehrlich mit den Leuten umzugehen. Und beim nächsten Einbruch irgendwo würde die Polizei gerufen, und Karim würde seine Straftäterbiographie fortsetzen.

«Jetzt pass mal auf, Karim», sagte sie, «dass du umsonst für mich arbeitest, kommt nicht in Frage.» Seine Schultern sackten noch ein bisschen weiter ab. «Wir machen es so: Wenn ich was für dich zu tun habe, bekommst du dafür fünf Euro pro Stunde. Außerdem fangen ja bald die Osterferien an. Wenn du willst, erkundige ich mich mal bei der Polizei, ob sie einen Job für dich haben. Wäre vermutlich auch was für die Sommerferien.»

«Bei der Polizei?», fragte Karim fassungslos.

«Da werden immer junge, gesetzestreue Bürger gesucht, die sich für die Einhaltung von Recht und Ordnung einsetzen.» Delphine feixte.

«Die nehmen mich sowieso nicht», sagte Karim, «ich habe da schließlich irgendwo eine Akte.»

«Und ich habe Verbindungen.» Loïc Delugat von der police municipale, überlegte sie, wäre vermutlich der Richtige, um das einzufädeln. «Ich denke natürlich nicht an die Kriminalpolizei, das versteht sich ja wohl von selbst. Du kannst also nicht den Hilfssheriff mit dem Colt spielen. Aber bei der police municipale werden im Sommer immer Schüler und Studenten angeheuert, die möglichst viele Falschparker aufschreiben sollen. Das Geld geht schließlich direkt an die Gemeindekasse.»

Karim blies die Backen auf.

«Und ich werde eine Freundin von mir fragen, ob sie Arbeit für dich hat. D'accord?»

«Mir geht's nicht um Geld.»

«Ach nein? Das ist ja das Neueste», sagte Delphine. «Warum bist du denn in meinen Schuppen eingebrochen, wenn es nicht um Geld ging?»

Karim wusste nicht, was er sagen sollte. Sie hatte recht. Er brauchte Geld. Für Benzin, für die Ecstasy-Pillen, die er immer noch nicht bezahlt hatte.

«Du musst mal begreifen, dass es zwischen Strafarbeit

ohne Bezahlung und krummen Dingern noch eine Variante gibt, die Spießer wie ich gut finden.»

«Sie sind doch gar nicht spießig», sagte Karim ohne zu überlegen.

In Delphine breitete sich ein warmes Gefühl aus. Sie wusste, dass es blödsinnig war, sich über diesen unüberlegten Satz eines Jugendlichen ohne jede Lebenserfahrung so zu freuen. Er hatte keine Ahnung von ihr und nur zufällig etwas gesagt, was ihrer Eitelkeit schmeichelte. «Umsonst hilfst du deiner Mutter, jedenfalls hoffe ich das», fuhr sie in etwas schroffem Ton fort, «bei mir bekommst du ab jetzt Geld dafür. Dagegen wirst du ja kaum etwas haben, oder?»

Karim lehnte sich über die Tischplatte und angelte sich das Glas mit Eistee. «Und wer ist diese Freundin?»

«Oh, Aurélie! Die wird dir gefallen. Da bin ich ganz sicher.»

In der Woche darauf fuhren sie Richtung Westen aus St. Julien und auf die Corniche. Die Küstenstraße folgte nur wenige Meter hinter der Abbruchkante dem Verlauf der Steilklippen, deren schräg aufgefaltete Gesteinsmassen aussahen wie eine riesige Schichttorte, in der sich helle und dunkle Streifen abwechselten. Wenn es nicht zu dunstig war, konnte man bis nach Spanien hinübersehen. An diesem Abschnitt der Küste standen kaum Häuser.

Obwohl die Corniche in weiten Kurven dicht an der Küste verlief, war La Pointe des Balaines von der Straße aus kaum zu sehen. Das Haus und das geschwungene, weitläufige Gelände darum wurden von hohen Bäumen und strategisch angelegten Hecken vor Blicken aus der Ferne geschützt.

«Wir sind gleich da», sagte Delphine und bog von der Corniche in einen schmalen Weg ein, an dem rechts und links drei Meter hohe, dichte Lorbeerhecken standen. Nach einigen Biegungen gelangten sie an die eigentliche Zufahrt. Das breite, doppelflügelige Tor zwischen den gedrungenen Steinsäulen stand offen wie meist tagsüber. Karim verdrehte sich den Hals nach den merkwürdigen, angebröckelten Tierskulpturen, die auf den Torpfosten saßen.

Delphine hielt auf dem Kiesplatz am Seiteneingang des Gebäudes, der von gestutzten Hortensienbüschen in Kugelform gesäumt wurde. «Steig schon aus», sagte sie zu Karim.

Während er seine langen Glieder aus dem Auto wand, wurde ein Türflügel des Seitenportals geöffnet. Dieser Eingang wäre bei neunundneunzig Prozent aller anderen Häuser als herrschaftliches Hauptportal durchgegangen, doch in Les Balaines war alles ein bisschen größer. Die beiden Türflügel aus Holz waren im Lauf der Zeit nachgedunkelt, und der Messingtürgriff in Form eines Wals befand sich in Schulterhöhe. An diesen Griff klammerte sich eine zarte Person, der man kaum die nötige Kraft zugetraut hätte, um den Türflügel aufzuschieben.

«Ah, Madame Sèvres. Comment allez-vous?» Delphine winkte Karim hinter sich her.

«Sehr gut, und Ihnen?»

«Bestens.»

«Das ist Karim. Aurélie hat ein bisschen Arbeit für ihn.» Delphine funkelte Karim an, und er schob die Kapuze über den Kopf zurück.

«Bonjour, Madame.»

«Bonjour, Karim. Alors, Delphine, ich bin für heute fertig und fahre nach Hause. Gehen Sie doch einfach ins Haus, Madame erwartet Sie schon.» Madame Sèvres war Aurélies femme de ménage und kam jeden Tag für zwei oder drei Stunden vorbei. Sie war praktisch veranlagt, tatkräftig und realistisch und bildete so ein Gegengewicht zu Aurélies manchmal recht eigenwilliger und gelegentlich rätselhafter Art, die sie sich im Laufe ihres Lebens zugelegt hatte.

Delphine ging ins Haus, Karim hielt sich dicht bei ihr. Schwer fiel die Tür hinter ihnen ins Schloss, sodass der breite, schwarz-weiß geflieste Flur in dämmriges Halblicht getaucht wurde. Durch die rautenförmigen Bleiglasscheiben der hohen, schmalen Fenster fiel nur wenig Licht herein.

«Wir gehen in die Halle durch und von dort aus in den Salon», sagte Delphine.

An den Wänden des zwanzig Meter langen Flurs standen enorme dunkle Mahagonikommoden mit gedrechselten Ziersäulen. In der Luft hing Bienenwachsgeruch. Vermutlich hatte Madame Sèvres an diesem Vormittag die Kommoden poliert.

In der Halle angekommen, wandte sich Delphine nach rechts zu einem weiteren Durchgang mit einer schweren Portiere, die mit gedrehten Kordeln zu den Seiten weggerafft war. «Aurélie?», rief sie. «Ich bin's. Sind Sie im Salon?» Ein schwacher, bejahender Antwortruf drang durch den langen Durchgang bis zu ihnen, und Delphine ging weiter.

Karim dagegen war mitten in der Halle stehen geblieben

und drehte sich mit zurückgelegtem Kopf um sich selbst. Licht fiel durch eine verglaste Dachkuppel herunter. An einer Seite führte eine breite Treppe zu einer umlaufenden Galerie, an den Wänden hingen riesenhafte Gobelins, nachgedunkelte Ölgemälde und alte Säbel. Hier und dort standen niedrige, samtbezogene Polsterarmstühle mit gebogenen Beinen, die an sprungbereite, wenn auch recht altersschwache Löwen erinnerten. Allerdings hätte man beinahe schreien müssen, um sich bei den Ausmaßen der Halle von diesen Sitzplätzen aus unterhalten zu können. Vermutlich standen die Sessel nur da, um den Bewohnern bei ihren kräftezehrenden Gängen durch das riesige Gebäude zwischendurch eine Gelegenheit zum Ausruhen zu bieten.

«Karim! Wo bleibst du denn?» Delphine war wieder an dem Durchgang zum Salon aufgetaucht. «Ziemlich prächtig hier, was?», sagte sie.

«Wahnsinn.»

«Jetzt komm aber. Aurélie wartet schon.»

Sie gingen in den Salon, und Delphine machte die beiden miteinander bekannt. «Also, Karim, das ist Madame de Montvignon.»

«Bonjour, Madame», sagte Karim leicht eingeschüchtert.

Aurélie saß in einem Sessel der Sitzgruppe am Kamin, in dem man bequem ein komplettes Schwein hätte rösten können. Neben ihr auf dem Teppich stapelten sich Zeitungen und Bücher, auf denen in einem gefährlichen Neigungswinkel eine dicke schwarze Brille abgelegt war. In Griffweite stand auf einem der gefühlt zwanzig Beistelltischchen im Raum eine Teetasse. Die Kanne auf einem

Rechaud, zwei weitere Tassen und eine Gebäckschale hatten auf dem niedrigen Couchtisch Platz gefunden.

«Du bist also Karim», sagte Aurélie. Sie trug ein Ensemble aus cremefarbenen Leinenschlaghosen und einem kaftanartigen Oberteil mit zehn Zentimeter breiten goldfarbenen Stickbordüren an den Ärmelkanten, das um die Hüfte von einem locker geschlossenen Ledergürtel zusammengehalten wurde. Neben ihr sah Karim einen Gehstock am Sessel lehnen. Es war ein auffällig schmaler, zum Teil silberbeschlagener Stock aus dunklem Holz, der in eine Eisenspitze auslief. Ebenfalls aus Silber waren das obere Schaftstück und der Knauf, unter dem eine geflochtene Lederschlaufe für das Handgelenk befestigt war.

Delphine betrachtete ihre Freundin. Aurélies Augen schienen mit jedem Jahr leuchtender und heller blau zu werden. Delphine hatte einmal gelesen, das läge am Verlust von Iris-Farbpigmenten im Alter, aber selbst wenn diese Erklärung stimmte, wurde sie Aurélies strahlendem Blick nicht annähernd gerecht.

«Ja», sagte Karim. Unbehaglich trat er von einem Fuß auf den anderen und sah überall hin, nur nicht zu der eleganten Dame am Kamin. Vor sich hatte er den weit geschwungenen, ebenerdigen Erkervorbau, dessen Sprossenfenster, nur unterbrochen von den Fenstertüren in der Mitte, von einer passgenau eingebauten Polsterbank gesäumt wurden, sodass man im Halbrund des Erkers überall sitzen und aufs Meer hinausschauen konnte.

«Du willst also arbeiten», sagte Aurélie.

«Ja, Madame.»

«Aber nicht als Vielredner, oder?»

«Ich ...» Karim wusste nicht, was er sagen sollte.

«Bon, ich bin sicher, dass wir in meinem kleinen Häuschen ein paar Aufgaben für dich finden. Vielleicht kannst du irgendwann dem Gärtner helfen. Aber als Erstes wirst du mir etwas vorlesen.»

«Vorlesen?» Unsicher sah Karim zu Delphine.

«Du kannst doch lesen, oder?», fragte Delphine und erntete einen finsteren Blick.

Ohne seine Antwort abzuwarten, erhob sich Aurélie und öffnete eine der Fenstertüren. «Aber vorher gehen wir ein bisschen hinaus, und ich erzähle dir etwas über das Haus.»

Sie gingen auf die Terrasse und von dort aus weiter über die ausgedehnte Rasenfläche bis zur Spitze des Geländesattels, auf dem Les Balaines stand. Etwas von der Abbruchkante der Steilküste zurückversetzt war eine Bank in eine Rasenmulde gemauert worden. Die Sitzfläche und die Rückenlehne bildeten etwa handgroße, vom Meer glattgeschliffene Steine, die mit Mörtel einzementiert worden waren. Grau-weiß gestreifte Sitzkissen hingen in Ösenhalterungen, damit sie nicht vom Wind weggeweht wurden.

Delphine setzte sich neben Aurélie, legte den Kopf zurück und ließ sich die Sonne aufs Gesicht scheinen.

«Weißt du, warum das hier La Pointe des Balaines heißt?», fragte Aurélie.

«Nein, Madame.» Karim hatte die Hände in die Taschen seiner Kapuzenjacke gebohrt und die Schultern hochgezogen. Der Wind spielte mit seinen Locken.

«Von hier aus hat man früher Wale sehen können. Biskayawale. Riesige Tiere. Bis zu zwanzig Meter lang. Kannst du dir das vorstellen?»

«Nicht so richtig», sagte Karim.

«Wenn du drei bis vier von diesen schwarzen Allradmonstern hintereinanderparkst, hast du ungefähr einen Biskayawal zusammen», erklärte Aurélie. Dann fügte sie in verändertem Ton hinzu: «Es ist eine mythische Erfahrung, solch ein Geschöpf zu sehen.»

Karim zog die Augenbrauen hoch, wobei er darauf achtete, dass Aurélie es nicht sah.

«Der Großvater meines Mannes hat das Land hier gekauft, weil er von dieser Stelle aus die Wale beobachten konnte», fuhr Aurélie fort. «Alfonse, so hieß er, hat sich für alles Mögliche interessiert, und die Wale gehörten zu seinen Lieblingen. Deshalb hat er auch diese Bank einmauern lassen, seine banc des baleines. Früher sind die Wale im Winter bis dicht vor die Küste gekommen.» Sie richtete ihren Blick aufs Meer und kniff leicht die Augen zusammen. «Allerdings gab es auch damals an dieser Küste schon fast keine mehr. Dafür waren die Basken zu gute Jäger.»

«Die Walfänger», sagte Karim. An der gesamten Biskayaküste sah man auf Schildern, Wappen und an historischen Gebäuden Darstellungen, die sich auf den Walfang bezogen. Dazu gehörte auch die von fünf Seemännern, die in einem unwahrscheinlich kleinen Schiff einem unwahrscheinlich großen Wal nachsetzten.

«Genau.» Aurélie lächelte ihn an. «Walfang wurde hier ja schon seit Jahrhunderten betrieben, da waren dann irgendwann kaum welche mehr übrig. Trotzdem hat Alfonse stundenlang hier gesessen und darauf gewartet, einen Wal zu sehen. Wie sie die Luft ausstoßen, sodass es aussieht wie eine Fontäne. Noch dazu wie eine Doppelfontäne in V-Form, weil die Biskayawale nämlich zwei Blaslöcher haben, nicht nur eins.»

«Und das Haus hat er dann nach den Walen benannt?»

Aurélie nickte. «Ich zeige dir mal ein paar Walknochen, die in der oberen Halle an der Wand hängen.»

«Hat er selbst Wale gejagt?», fragte Karim und dachte an das kleine Schiff und den großen Wal.

«Que Dieu nous préserve!», rief Aurélie. «Zu seiner Zeit gab es hier schon keinen Walfang mehr. Außerdem hätte er nie eines dieser Tiere getötet. Mal abgesehen davon, dass er dafür nicht die rechte Konstitution aufwies, nach allem, was so überliefert ist.» Aurélie grinste, dann wurde sie wieder ernst. «Mein Mann hat hier auch oft gesessen und stundenlang nach Walen Ausschau gehalten. Obwohl sie in dieser Gegend vermutlich schon ausgerottet waren.»

«Warum hat er denn nach etwas Ausschau gehalten, was es gar nicht mehr gibt?»

Aurélie stand auf, ging ein paar Schritte und drehte sich zu Karim um. «Weil wir am Ende alle denselben Weg gehen, mein Ismael.» Dann richtete sie ihren Blick wieder aufs Meer, über dem sich wohl nie mehr die V-förmige Doppelfontäne eines Biskayawals erheben würde.

Karim zuckte mit den Schultern. Ismael? Ganz schön verschroben, diese alten Leutchen, dachte er. Am besten hielt man die Klappe und kassierte hinterher seinen Stundenlohn.

«Gehen wir wieder ins Haus?», fragte Delphine. «Karim soll doch seine Talente als Vorleser unter Beweis stellen.»

«Ja, das machen wir.» Aurélie lächelte Karim an. «Ich freue mich schon sehr auf die Lektüre.»

Im Salon setzten sich Aurélie und Delphine in die zwei Sessel rechts und links des Kamins. Karim bekam den voluminösen, abgewetzten Lederohrensessel in der Mitte zugewiesen. Als er sich niederließ, schien das enorme Möbelstück den mageren Jungen beinahe zu verschlucken. Hätte er sich nicht mit seinen spitzen Ellbogen auf die Lehnen gestützt wie ein Kletterer kurz vorm Absturz in die Gletscherspalte, wäre er vermutlich in den Falten der Polsterung verschwunden.

«Okay», tönte seine Stimme aus den Tiefen des Sessels. «Was soll ich lesen?» Er warf einen Blick auf den Zeitungsstapel. Vermutlich ging es um Artikel zur Lokalpolitik oder die Todesanzeigen.

«Ganz kalt», sagte Aurélie, die seinem Blick gefolgt war. «Das Buch liegt auf dem kleinen Tisch rechts neben dir.»

Karim äugte um die Lederwange des Sessels. Dort lag kein Buch. Nein, es war ein Koloss. Ein Monstrum. In Karims Miene spiegelte sich das blanke Entsetzen.

Delphine und Aurélie mussten sich beherrschen, um nicht in Gelächter auszubrechen.

«Na? Mal was anderes als SMS, oder?», sagte Delphine mit kaum merklich schwankender Stimme.

Karim starrte sie wütend an. Dann nahm er das Buch in die Hand. Es hatte einen dunkelblauen Leinenumschlag, in den mit noch dunklerem Blau in schlichten, weit auseinanderstehenden Großbuchstaben der Titel eingeprägt war: MOBY DICK.

«Dafür brauche ich ja ewig», sagte er.

«Ich hatte auch nicht vor, es dich heute komplett vorlesen zu lassen», sagte Aurélie mit blitzenden Augen. «Immer nur eine halbe Stunde. Oder länger, wenn du willst. Wir probieren es aus, in Ordnung?»

«Worum geht es denn?»

«Das ist gar nicht so leicht zu sagen. Vielleicht kannst

du es mir ja erklären, wenn wir es gelesen haben. Sagen wir fürs Erste, es geht um einen Wal.»

Karim schlug das Buch auf und räusperte sich.

«Nennt mich Ismael ...» Er sah Aurélie an, die ihm mit strahlendem Blick zulächelte. *«Nennt mich Ismael. Ein paar Jahre ist's her – unwichtig, wie lang genau –, da hatte ich wenig bis gar kein Geld im Beutel, und an Land reizte mich nichts Besonderes, und so dacht ich mir, ich wollt ein wenig herumsegeln und mir den wässerigen Teil der Welt besehen. Dort liegt nun eure Inselstadt Man...»*

«Stopp!», sagte Aurélie streng. «Jetzt musst du noch mal von vorn anfangen. Du hast einen Absatz weggelassen.»

«Bei tausend Seiten oder so können doch ein paar Zeilen nicht so wichtig sein», maulte Karim.

«Da könnte ich ja auch ein Stück Stoff aus deiner Kapuzenjacke schneiden und sagen, sie ist dir sowieso viel zu groß.»

«Das ist etwas ganz anderes!»

«Findest du?»

«Ja.» Er klang sehr entschieden. «Und warum lassen Sie sich überhaupt ein Buch vorlesen, das Sie schon kennen? Da müssen Sie sich doch langweilen.»

Aurélie schüttelte den Kopf. «Ach so? Welche Musik hörst du denn zum Beispiel gern?»

«Eminem.»

«Ist das dieser Jüngling, den ich mal im Fernsehen gesehen habe, in so einem Kapuzenshirt wie du, mit Songs, deren Texte zur Hälfte aus dem Wort ‹fuck› bestehen?»

«Sie haben sich Eminem angesehen?», fragte Karim ungläubig.

«Man muss sich auf dem Laufenden halten, oder? Wenn dir ein Lied von diesem Eminem gefallen hat, hörst du es dir dann noch ein zweites Mal an?»

«Ja», sagte Karim gedehnt, weil er schon ahnte, worauf sie hinauswollte.

«Siehst du, und ich lese eben Bücher mehr als einmal, wenn sie mir gefallen. Außerdem finde ich es schön, ein Buch zu lesen, das auch anderen gefallen hat.»

«Sie meinen Ihren Mann, oder?», fragte Karim.

«Das hätte ich ahnen können, Delphine, dass Sie mir einen besonders klugen jungen Herrn ins Haus bringen!», rief Aurélie entzückt.

Karim war froh, dass man in den Tiefen des Ohrensessels nicht sah, wie ihn dieses Kompliment freute.

«Ich muss dich allerdings darauf vorbereiten, mein Ismael, dass Melvilles Wortschatz etwas umfangreicher ist als der von deinem Eminem.» Erwartungsvoll sah Aurélie ihn an.

Karim senkte seinen Blick auf das Buch und begann von vorn zu lesen. *«Nennt mich Ismael …»*

5

Er zog die Schultern so hoch wie möglich und hielt den Kopf gesenkt, damit ihm die dunklen Locken ins Gesicht fielen. Aber es war ausgeschlossen, in dieser grausamen neongelben Weste mit den weißen Reflektorstreifen nicht aufzufallen.

Der Sonnenschein, der sich mehrere Tage lang halten sollte, hatte ungezählte Ausflügler an den Strand und auf die Promenade gelockt. Auch um Ostern war St. Julien ein beliebtes Reiseziel, und in den engen Straßen herrschte ein Autoverkehr, der nur im Hochsommer übertroffen wurde.

Über Karims Kopf zeterte lautstark ein Schwarm Spatzen in einer Platane. Diese Bäume säumten viele Straßen in St. Julien, auch die Rue Théophile Sarrault, die in sein Revier fiel.

«Dich hätte ich in diesem Job nicht erwartet», sagte sein Teamkollege erstaunt.

«Machst ihn doch selber», erwiderte Karim schlecht gelaunt. Eric war ein Lehrersohn aus seiner Klasse. Ausgerechnet! Das hatte ihm gerade noch gefehlt. Demnächst würden alle Bescheid wissen, und dann würde es noch mehr dumme Sprüche hageln als ohnehin schon. Er kannte Eric nicht besonders gut und hatte außerhalb der Unterrichtsstunden noch nie mit ihm zu tun gehabt.

«Wieso, ist doch nicht schlecht, um ein bisschen Geld

zu verdienen», sagte Eric und schaltete probeweise an dem Handgerät herum, mit dem die Strafzettel ausgedruckt wurden. «Außerdem zwingt einen ja keiner dazu.»

Von wegen, dachte Karim. Als ihm Madame Delphine auf verschlungenen Pfaden, die garantiert nicht ganz vorschriftsmäßig waren, die Möglichkeit verschafft hatte, sich in den Osterferien als Knöllchenverteiler zu betätigen, war von freier Entscheidung keine Rede gewesen. Stattdessen hatte ihn seine Mutter mit diesem Blick angesehen, dem *Wir wissen beide, dass du zurzeit null Komma null Diskussionsspielraum hast*-Blick.

«Bis auf diese Schülerlotsenweste ist echt alles ganz okay», fügte Eric hinzu, während er das Trottoir unter der Platane musterte, auf dem die Spatzen frische und inzwischen weiß angetrockneten Spuren hinterlassen hatten. «Was das angeht, hätte es aber noch schlimmer kommen können», sagte er dann.

Karim fummelte an dem Handgerät herum, mit dem er sich fühlte wie ein Kellner. «Wieso?»

«Es gibt da noch so einen peinlichen Sabberlatz. Auch neongelb natürlich. Sieht aus wie ein Baby-Lätzchen, durch das man den Kopf steckt und das an der Seite geschlossen wird.» Er grinste, aber Karim verdrehte nur wortlos die Augen.

Eric hob den Blick, legte den Kopf leicht zurück und betrachtete kritisch den Baum, auf dem die verdauungsfreudigen Spatzen lärmten, auch wenn in dem dichten Laub kein einziger von ihnen zu sehen war. «Ich schätze, wir fangen besser mal an», sagte er und ging unter dem Baum weg.

Karim folgte ihm. Gemeinsam kontrollierten sie, ob

gültige Parktickets in den Autos lagen, druckten Strafzettel aus und klemmten sie unter die Scheibenwischer. Nur langsam bewegten sie sich vorwärts. Eigentlich sollte jeder eine Straßenseite übernehmen, aber daran musste man sich nicht unbedingt halten.

Der Wind trug eine beinahe schon sommerliche Wärme durch die Straßen. Vor den Cafés saßen Leute. Leute, die Karim ausnahmslos anstarrten bei seiner Denunziantenarbeit, jedenfalls kam es ihm so vor.

Ein Stück die Straße hinunter sprang plötzlich eine Frau auf, hastete zu dem Automaten mit den Parkscheinen, zog ein Ticket und legte es hinter die Windschutzscheibe eines Wagens. Anschließend warf sie Karim einen spöttischen Blick über die Schulter zu. Dann schlenderte sie an ihren Tisch zurück und sagte etwas zu dem Mann, mit dem sie dort etwas trank. Lachend sahen die beiden zu ihm herüber. Dieser Job war einfach nur zum Kotzen.

Nach einer Weile sagte Eric: «Man kann ein System erkennen.»

«Ach ja?», brummte Karim desinteressiert.

«Ja. Eindeutig.» Eric deutete mit dem Gerät in Richtung eines kleinen blauen Peugeots. Dem verschrammten Wagen fehlte die Kofferraumabdeckung, sodass man aus dem Sammelsurium im Inneren Rückschlüsse auf den Besitzer ziehen konnte. Dem zerdrückten Strohhut, dem leeren Einkaufskorb, der sonnengebleichten Kinder-Strandschippe und dem Karton eines offensichtlich gerade neu gekauften Pfannensets nach zu urteilen, handelte es sich um das Auto einer vielbeschäftigten Familienmutter aus der Umgebung.

«Das sind Leute von hier, die zahlen nicht», verkündete

Eric. «Die sind im Alltagsstress und wollen nur mal schnell was besorgen, während um sie herum alles Urlaub macht.»

Karim musste an seine Mutter denken.

«Und die da zahlen auch nicht», fuhr Eric mit einem Blick auf einen großen silberfarbenen Offroader fort. Dem Fahrer war das Kunststück gelungen, derart schräg auf dem Trottoir zu parken, dass er sowohl die Passanten auf dem Gehweg als auch den Verkehr auf der Straße behinderte. «Wetten?»

«Woher willst du das wissen?», fragte Karim.

«Diese Leute sind Videospieler im Freizeit-Modus», dozierte Eric. «Die zocken zu Hause auf dem Sofa *Grand Theft Auto*, aber erst bei uns werden sie zu echten Verbrechern – weil sie keine Parkgebühren zahlen.» Dazu riss er dramatisch die Augen auf, sodass Karim grinsen musste.

«Es trifft also den Richtigen», sagte Eric, als er den Strafzettel hinter den Scheibenwischer klemmte.

Er hatte recht behalten. Wortlos legte Karim auf der anderen Seite des Autos 50 Cent in die Kuhle zwischen Motorhaube und Windschutzscheibe.

«So macht der Job richtig Spaß!», erklärte Eric und ging um den Offroader herum, um sich seinen Gewinn abzuholen.

Nach ihrer ersten Schicht, die nur zwei Stunden gedauert hatte und um sechzehn Uhr zu Ende war, riss sich Karim nach der Abgabe des Handgerätes sofort die Neonweste vom Leib und streifte die Kapuze seiner Jacke über den Kopf.

«Was machst du jetzt?», fragte Eric und zog ebenfalls die Weste aus. Darunter trug er einen dunkelblauen Blouson. Zusammen mit seinen hellbraunen Chinos und den

Segelschuhen bot er das Abbild des braven Jungen aus gutem Hause.

Karim sah ihn an. Warum wollte er das wissen? «Geh erst mal zum Platz runter», murmelte er nicht gerade einladend.

«Da muss ich auch lang», sagte Eric und ging los.

Karim trottete ihm nach, und schließlich gingen sie nebeneinander durch die Avenue Jules Favre, die Hauptstraße von St. Julien, die schon vor Jahren zur Fußgängerzone geworden war. Sie verlief von der oberen Durchgangsstraße nahezu schnurgerade bis zum Platz hinunter und war beinahe ausschließlich von Häusern im baskischen Fachwerkstil gesäumt. Auf dem Platz sah sich Karim um, doch niemand, den er kannte, war in der Nähe des Orchesterrondells zu entdecken. Auch egal.

Als sie das Hafenbecken erreichten, wandte sich Eric nach rechts, um in eine schmale Straße einzubiegen. «Ich geh dann mal nach Hause», sagte er.

In demselben Moment rief jemand: «Hey! Du arabischer Blindfisch!»

Karim und Eric wussten sofort, woher der Ruf gekommen war, auch wenn man niemanden sah. Sie gingen zur gemauerten Brüstung des Kais, von der aus eine Treppe zum Wasser hinunterführte. Hier traf sich manchmal die Clique aus ihrer Schule. Beim Blick über die Mauerbrüstung sah Karim Philippe und Christian und ein paar der anderen. Zu fünft saßen sie auf den Treppenstufen, in der üblichen Kluft aus Jeans, Turnschuhen und Kapuzenshirt. In ihrer Mitte stand Philippe.

«Man sieht dich gar nicht mehr», sagte er spöttisch zu Karim. «Hast wohl was Besseres zu tun, was?»

Vom Hafenbecken stieg scharfer Tanggeruch auf. Es war Ebbe, der Wasserspiegel stand weit unter der Kaimauer, und die Pfähle des Piers lagen frei, sodass feuchtgrüne Algen und mit weißen Seepocken bewachsene Miesmuscheln zu sehen waren.

Karim runzelte nur die Stirn. Wenn Philippe in dieser Stimmung war, würde noch einiges nachkommen.

«Bist du zu den Pfadfindern gewechselt?», feixte Philippe. «Ich hab gesehen, wie du einer Alten Wasserkisten ins Auto geladen hast.» Er grinste. «Oder ist das deine neue Freundin? Findest du die nicht zu alt für dich?»

«Du hältst dich wohl für irre komisch», sagte Karim. «Lass dir mal was Besseres einfallen.»

Unbeeindruckt wiegte sich Philippe mit gespreizten Beinen vor und zurück und fuhr mit süßlich verstellter Stimme fort: «Was hast du denn sonst noch für Dienste anzubieten? Mmh, *Habibi*?»

Karim spürte, wie sich sein Körper anspannte. Er war kurz davor, sich auf den gehirnamputierten Volltrottel zu stürzen.

Auf der Treppe lachten alle, nur Eric neben ihm atmete hörbar gelangweilt durch den Mund aus. «Lass den Schwachkopf», sagte er.

Christian, der den Ellbogen auf die Stufe hinter seinem Rücken gestützt und die Füße ein paar Stufen tiefer abgestellt hatte, rekelte sich demonstrativ. «Nun hör schon auf, Philippe, über so was redet man doch nicht vor allen Leuten.» Darauf ließ er ein quietschendes Kussgeräusch folgen. Wieder lachten alle.

Karim ballte die Fäuste. Er wusste, dass es mit seiner Beherrschung gleich vorbei sein würde. Aber seine Mutter hatte ihm nach der Sache mit dem Schuppen eindeutig klargemacht, dass sie keine Schwierigkeiten mehr dulden würde. *Null-Toleranz-Politik* hatte sie das genannt. Das musste sie aus einem bescheuerten amerikanischen Krimi haben.

Abrupt wandte sich Karim ab und ging weiter am Hafenbecken entlang, ohne sich von Eric zu verabschieden. Die konnten ihn alle mal. Er brauchte niemanden. Hinter sich hörte er die anderen johlen. Wütend beschleunigte er seinen Schritt. Warum konnten ihn diese Ärsche nicht einfach in Ruhe lassen?

Er kam an den gemauerten Damm, auf dem die Promenade um die Bucht verlief. Das Wasser hatte sich weit zurückgezogen, aber Karim sah an den schnell anlaufenden, niedrigen Wellen, dass die Flut zurückkehrte.

Von Anfang an war es so gewesen, als sie nach St. Julien gekommen waren: Ständig gab es blöde Bemerkungen und Kommentare. Karim versenkte seine Fäuste in den Taschen seiner Kapuzenjacke. Überhaupt fühlte er sich immer noch wie ein Eindringling, obwohl sie schon seit dreieinhalb Jahren hier wohnten.

Anscheinend waren alle anderen aus seiner Klasse in St. Julien und Umgebung geboren, und vor ihnen hatten ihre Eltern auf denselben Schulbänken gesessen. Philippe war der Schlimmste von allen, weil er so schwer einzuschätzen war. Wenn ihn Karim allein irgendwo traf, lud ihn Philippe manchmal auf einen Joint ein. Dann redeten sie über alles Mögliche. Aber wenn er seinen Hofstaat dabeihatte wie gerade auf der Treppe, war das alles vergessen, und er machte sich über Karim lustig, damit die anderen sahen, was er für ein toller Typ war. Noch dazu war Philippe dick mit Renaud befreundet.

Vom Meer kam Wind auf. Karim zog die Schultern hoch. Er brauchte diese Idioten nicht.

Im letzten Moment bemerkte er einen Kinderwagen und wich ihm aus. Inzwischen hatte er die Mitte der Promenade erreicht, wo sich die meisten Ausflügler drängten, weil dort Eis und Crêpes verkauft wurden. Der Stand in einem Erkervorbau zog Kinder an wie ein Magnet Eisenspäne. Als sie noch in Straßbourg gewohnt hatten, war es anders gewesen, dachte Karim und überlegte, woran das gelegen haben konnte.

«Angèle, mon chéri, fais attention!», drang eine Frauenstimme in sein Bewusstsein. Gleichzeitig spürte er etwas an seinem Bein. Als er den Blick senkte, sah er einem sehr kleinen Mädchen in die Augen, das sich schwankend mit der einen Hand an sein Hosenbein klammerte und mit der anderen seine Eiswaffel auf Karims Jeans schmierte. Ob es nun an dem verlorenen Eis oder an Karims finsterer Miene lag, die Augen des Mädchens begannen vor Tränen zu schillern, und die zarten, eisverschmierten Lippen zitterten.

«Angèle! Jetzt sieh mal, was du gemacht hast», sagte die Mutter mit sanfter Stimme. «Der Monsieur hier ist bestimmt ganz böse.»

Automatisch schüttelte Karim den Kopf, während die Mutter das Kind hochnahm, ihm die Tränen von den Wangen wischte und anfing, sich bei Karim zu entschuldigen.

«Nein, nein», sagte er, «das macht nichts. Kann ja mal passieren.»

Sie bot ihm Geld für die Reinigung an, das Karim jedoch ablehnte. Und auch danach brauchte es noch etwas Zeit, bis er den Entschuldigungen der Mutter und den furchtsamen Blicken des kleinen Mädchens auf ihrem Arm entkommen konnte.

Eilig ging er auf der Promenade weiter und durchquerte schließlich das offene Zwischengeschoss eines bis auf den Strand reichenden Gebäudes. Hier befanden sich ein Casino, ein Spa, die örtliche Zentrale der Wasserrettung und mehrere Geschäfte. Dahinter war weniger los. Karim folgte der Promenade bis zu ihrem Ende, wo er zu der Klippe an der Ostseite der Bucht hinaufstieg. Dieser Abschnitt der Steilküste und das angrenzende Villenviertel Richtung Norden hießen La Chapelle, nach der Kapelle, die dort auf der Klippe hoch über dem Wellenbrecher thronte. Von hier aus hatten die Bewohner wohl früher Ausschau gehalten nach heimkehrenden Fischerbooten, oder vielleicht taten sie es immer noch.

Karim dachte an seine Schwester. Noni hatte diese Probleme nicht. Sie hatte sich viel leichter in die neue Schule einfügen können und mindestens drei gute Freundinnen, die sie sogar ab und zu daheim besuchten. Er sah sich um. Niemand war auf den schmalen Wegen zu sehen, die über die Klippen und weiter Richtung Bayonne führten. Der Wind fuhr unter seine Kapuze und schob sie ihm beinahe vom Kopf.

Dicht am Klippenrand verlief ein Stangenzaun, der immer wieder landein versetzt werden musste, wenn sich das Meer ein Stück des Felsens geholt hatte. Sich auf der Meeresseite des Stangenzauns aufzuhalten, war verboten, obwohl steile, enge Steintreppen zeigten, dass dort früher Pfade verlaufen waren. Die Stürme und gewaltigen Brecher, die hier an die Küste prallten, hatten schon einen guten Teil dieser Steintreppen aus der Steilwand genagt und rissen jedes Jahr Menschen in den Tod. An manchen Stellen waren Plastikblumensträuße an den Zaun gebunden oder kleine Schilder zur Erinnerung an diejenigen, deren Leben hier durch Unvorsichtigkeit oder durch Vorsatz zu Ende gegangen war.

Wenn Noni ihre Freundinnen zu Hause hatte, hörte man das Gegacker durch die ganze Wohnung. Oder man hörte gar nichts. Dann saßen sie gemeinsam auf Nonis Bett und besprachen irgendwelche Mädchensachen. Karim selbst hatte noch nie jemanden aus der Schule nach Hause eingeladen und auch sonst niemanden. Wer hätte das auch sein sollen? Und was sollte es bringen? Er würde in St. Julien den Schulabschluss machen, und dann wäre er weg.

Als er an der niedrigsten Stelle des Küstenwegs ankam, sah Karim sich noch einmal um, dann schlüpfte er durch den Stangenzaun auf die Meeresseite und verdrückte sich über einen kaum sichtbaren, abschüssigen Pfad nach links unter einen Überhang.

Die von Stürmen und Erosion geschaffene Einbuchtung in der Steilwand war etwa drei Meter tief, zwei Meter hoch und fünf Meter lang. Karim ging über den gesprungenen Felsboden der offenen Höhle und ließ sich an der Rückwand nieder. Umrahmt von Felsgestein und Erde hatte er den Himmel und das Meer vor sich. Der spärliche Pflanzenbewuchs am vorderen Rand des Überhangs zitterte im Wind, aber davon war weiter hinten nichts zu spüren.

Hier hab ich wenigstens meine Ruhe, dachte er, zog die Beine an, legte das Kinn auf die Knie und sah einfach nur geradeaus. Das tat er gern. In dieser Höhle sitzen und geradeaus starren. Es war, wie auf einem anderen Planeten zu sein, weit weg von allen Problemen und Blödmännern wie Philippe. Manchmal vergaß er dann sogar für eine Weile, dass es Philippe überhaupt gab.

Nachdem Karim vielleicht fünf Minuten so gesessen hatte, schrak er unvermittelt zusammen. Eine Möwe landete flügelschlagend dicht vor ihm am Rand des Überhangs. Sie war riesig und sehr präsent und hatte nichts mit den eleganten Seglern hoch oben in der Luft zu tun, deren Anblick Karim gewohnt war. Sie starrte ihn mit ihrem gelben Auge, um das ein beunruhigend wirkender roter Ring lief, nachdenklich an. Ihr Schnabel war lang, kräftig und an der Spitze nach unten gekrümmt wie eine Kralle.

Karim schlang die Arme noch enger um die Beine. Er hielt die Luft an. Doch dann drehte sich die Möwe mit einem Mal Richtung Meer und stürzte sich ins Nichts. Karim kroch an den Rand der Höhle und beugte sich vorsichtig vor. Weit unter sich sah er die Möwe, die wieder so klein und harmlos wirkte wie ihre Artgenossen, über der Gischt kreisen.

«Gut, dann bis nachher.» Aurélie legte den Hörer auf und drehte sich zu Richard um, der gerade in den Salon kam. Sie hatten sich angewöhnt, etwa um neun Uhr zusammen zu frühstücken, wenn er da war. Aurélie stand zwar meist schon um sieben auf, aber sie wusste, dass Richard halbe Nächte vor seinem Laptop verbrachte.

«Das war Delphine», sagte sie mit einem Blick auf das Telefon, während sie ins sogenannte Frühstückszimmer hinübergingen, das mit einer weißen Flügeltür an den Salon anschloss. Wenn sie zu zweit waren, aßen sie auch abends immer in diesem Raum. «Das Esszimmer ist nur für Gesellschaften von zehn Leuten aufwärts geeignet», hatte Aurélie einmal gesagt, als sie durch den enormen Raum gegangen waren, der von einer sechs Meter langen Tafel aus dunklem Holz dominiert wurde, um die zwanzig ebenso dunkle Holzstühle mit geschnitzten Lehnen standen. «Sonst fühlt man sich wie Gulliver im Land der Riesen.»

Madame Sèvres hatte das Frühstück auf dem wesentlich kleineren Tisch in dem hell eingerichteten Zimmer vorbereitet. Neben Richards Platz lag der *Figaro* bereit, die *Le Monde* hatte sich Aurélie schon vorher in den Salon geholt.

Sie setzten sich, und Aurélie zog das Tuch von dem Croissant-Körbchen, mit dem Madame Sèvres das Gebäck vor Austrocknung schützte. «Hast du gut geschlafen, mon chéri?», fragte sie.

Richard schenkte den Kaffee aus einer nicht recht zu dem zarten Limoges-Porzellan passenden Thermoskanne ein, die jedoch den Vorzug hatte, den Kaffee heiß zu halten, wie es keine Limoges-Kanne je vermocht hätte. Selbst Ernest, dem solche Stilbrüche ein Gräuel gewesen waren, hatte sich zu einem Befürworter dieser Thermoskanne gewandelt.

Richard stellte die Kanne wieder neben die Karaffe mit dem Orangensaft. «Ja», sagte er. «Ich habe sogar sehr gut geschlafen.» Und das stimmte. Anders als in Valence schlief er in Les Balaines tief und fest. «Und du?»

«Na ja.» Aurélie brach die Spitze von ihrem Croissant ab und strich einen Hauch Orangenkonfitüre darauf.

«Man muss Gott für die vielen guten Bücher danken, die man noch nicht gelesen hat.»

Richard sah sie aufmerksam an.

«Nein», sagte sie und erwiderte seinen Blick, «du musst dir keine Sorgen machen.» Sie aß einen Bissen von ihrem Croissant. «Sag mal», fuhr sie dann fort, «warst du heute schon draußen?»

«Ich bin direkt zu dir in den Salon gegangen, als ich heruntergekommen bin.» Er stellte seine Kaffeetasse ab. «Warum fragst du?»

«Weil ich jemanden auf dem Gelände gesehen habe und dachte, du müsstest es sein. Munio kommt ja heute nicht.»

«Wo war das?», fragte Richard.

«Hinter der Hecke links vor der Terrasse.» Aurélie trank einen Schluck Kaffee. «Ich bin hinausgegangen, konnte aber niemanden mehr entdecken.»

Unwillkürlich wandte Richard den Kopf zum Fenster um, das ebenfalls auf die Terrasse hinausging, aber dort war nichts zu sehen außer dem altvertrauten Blick auf die parkartige Gartenanlage.

«Vielleicht hat sich ja ein neugieriger Tourist bei uns herumgetrieben und sich dann aus dem Staub gemacht», sagte Aurélie leichthin.

Richard zog die Augenbrauen hoch. «Könnte sein», sagte er zweifelnd.

Mit einem Klopfen an der offenstehenden Tür betrat Madame Sèvres den Raum. «Kann ich Ihnen noch etwas bringen, Madame?», fragte sie. «Möchten Sie oder Richard vielleicht ein gekochtes Ei oder etwas Käse?»

Aurélie lächelte. Obwohl Madame Sèvres schon seit Jahren wusste, dass sowohl Richard als auch sie bei ihrem petit déjeuner das *petit* sehr französisch verstanden, wurde sie es nie müde, fürsorgliche Angebote zu machen.

«Das ist sehr freundlich von Ihnen, Madame Sèvres», sagte Aurélie, «aber ich denke, heute sind wir mit einem Croissant und unserem Kaffee zufrieden. Oder, mon chéri?»

Richard nickte.

Während Madame Sèvres wieder hinausging, klingelte es. Der Klingelton kam lediglich als blechernes Vibrieren im Haus an, das man kennen musste, um es identifizieren zu können. «Das muss Delphine sein», rief Aurélie ihrer Haushälterin nach.

Eine Minute später kam Delphine mit einem «Bonjour tout le monde» ins Frühstückszimmer. Sie trug ein dunkelblaues Kostüm und war dezent geschminkt. Sie nickte Richard zu.

«Guten Morgen», sagte Aurélie, während Richard nur das Nicken erwiderte. «Möchten Sie einen Kaffee, Delphine?»

«Nein danke», sagte Delphine und trat an den Tisch, «aber ich nehme gerne einen Orangensaft.»

Richard schenkte ihr ein Glas aus der Karaffe ein, während Delphine sich zu ihnen setzte. «Ein herrlicher Tag», sagte sie und trank einen Schluck. «Wann sollen wir bei maître Villon sein, Aurélie?»

«Oh, erst so um halb zwölf», sagte Aurélie. «Ich vermute, dass er uns anschließend zum dîner ausführen will. Er ist nämlich ganz alte Schule, müssen Sie wissen, und hat das auch zu Ernests Zeiten schon gemacht.» Sie sah vor sich hin. «Zwei gut erzogene Gentlemen und eine längst verblühte Schönheit. Ich kam mir vor wie die gealterte Königin von Saba, wenn ich mit den beiden essen gegangen bin.»

Delphine lachte.

«Ich gehe noch mal nach oben», sagte Aurélie. «Aber ich brauche nicht lange, um mich fertig zu machen.» Damit stand sie auf und verschwand Richtung Halle aus dem Zimmer.

«Aurélie hat heute Morgen jemanden beim Haus gesehen», sagte Richard ohne jede Einleitung.

Delphine sah ihn erstaunt an. Sie kannte Richard schon seit langem und hatte sich darauf eingestellt, dass Schweigen herrschte, wenn sie zufällig einmal mit ihm allein war. Anfänglich hatte sie sich dabei unbehaglich gefühlt und fruchtlose Versuche unternommen, so etwas wie Konversation mit ihm zu betreiben.

«Wie meinen Sie das?», fragte sie.

Er ging nicht auf ihre Frage ein, sondern sagte: «Haben Sie einen Moment, um mit mir ums Haus zu gehen? Vielleicht fällt Ihnen ja etwas auf.» Noch während er sprach, war er aufgestanden und hatte sich der Flügeltür Richtung Salon zugewandt.

«Oh, sehr gern. Wenn ich so freundlich gebeten werde, kann ich einfach nicht nein sagen», murmelte Delphine vor sich hin. Sie legte ihre Handtasche auf den Tisch und folgte Richard, der bereits auf die Terrasse hinausgegangen war. Sein Blick ruhte auf einer Hecke, die ein gutes Stück entfernt links eine Rasenfläche begrenzte. «Dort muss er gewesen sein.» Richard kniff die Augen gegen das Bündel Sonnenstrahlen zu, das plötzlich wie ein Speer zwischen den Wolken hervorbrach. «Aurélie meinte, es könnte ein Tourist gewesen sein.»

Nach diesen Worten umschloss er mit der rechten Hand sein linkes Handgelenk und sah Delphine einfach nur an.

«Mehr war nicht?», fragte Delphine und erntete ein leichtes Kopfschütteln. «Na gut, gehen wir los.»

Sie wandten sich nach rechts. Die hellen Sandsteinmauern von Les Balaines ragten hoch neben ihnen auf. Umlaufende Simse gliederten die Fassade mit ihren tiefen Fensternischen und den steinernen Tierfiguren, die auf Mauervorsprüngen saßen wie die Verteidiger einer Burg.

«Ich kann bis jetzt nichts Ungewöhnliches erkennen», sagte Delphine, nachdem sie am Vordereingang angekommen waren. Links neben dem Portal stand ein lukenartiges Fensterchen offen, vielleicht hatten die Bediensteten früher von dort aus nachgesehen, wer vor der Tür stand. Für einen Einbrecher war es zu schmal. Sie musterte den Bereich vor dem Portal und vor den anderen Fenstern. Dort, wo Kies lag, wäre es ohnehin schwierig, Spuren zu finden. Und auch dort, wo vor den Fenstern Rabatten angelegt waren, entdeckte sie nichts Auffälliges. «Wenn es um eine ernsthafte Spurensuche geht, brauche ich viel mehr Zeit», sagte sie zu Richard.

Er blickte zu einem Spitzbogenfenster im gotischen Stil auf, an dem eine aus Stein gehauene Schnecke emporkroch. Seit dem Bau von Les Balaines mühte sie sich an derselben Stelle ab. Delphine fragte sich, ob Richards Blick zu der Schnecke eine Art ironischer Kommentar sein sollte.

Sie gingen weiter. Hinter dem vorspringenden Treppenturm auf der Westseite des Gebäudes stand Richards blaugrauer Renault Mégane. Hier waren die Schatten um diese Uhrzeit noch tief, und die Luft war ein paar Grad kühler als auf der Ostseite. Delphine ging langsam an den Päonien vorbei, die hier in einem Beet am Gebäude wuchsen, und spähte auf den Boden zwischen den Pflanzen. Die Erde war noch feucht von der Nacht, man hätte also Fußabdrücke sehen müssen, falls jemand versucht hatte, über den Sockelsims des Gebäudes an ein Fenster zu gelangen. Doch da war nichts.

Einige Meter weiter begann die Hecke, die Ernest hatte pflanzen lassen, damit der Anbau, der für seine Kunstsammlung errichtet worden war, keinen zu drastischen Kontrast zum Hauptgebäude bildete. Dieser Teil war aus dem gleichen hellen Sandstein wie das Ursprungsgebäude, schloss sich jedoch im Gegensatz zu dessen verspielter und historisierender Gestaltung als strenges Rechteck an das ältere Mauerwerk an. Die beiden Stockwerke waren zum Teil in den Hang gebaut, sodass seine eigentliche Größe nur von der Meeresseite aus zu erahnen war.

Als Delphine und Richard auf die Vorderseite des Anbaus kamen, war die Jalousie schon zum Teil heruntergefahren. Diese elektrisch betriebene Lamellenjalousie an der Front aus Doppelglasscheiben und Holzbalken war an eine komplexe Zeitschaltuhr angeschlossen und sollte für ein gleichmäßiges Raumklima in dem Anbau sorgen.

Aufmerksam betrachtete Delphine die massive Umrahmung und das schwere Türblatt des Eingangs. Im Griffbereich war die Tür mit einer verschiebbaren Stahltafel ausgestattet, hinter der sich das eigentliche Schloss befand. Unter ästhetischen Gesichtspunkten war an dieser Tür nicht das Geringste auszusetzen. Im Hinblick auf die Sicherheit jedoch einiges. «Fort Knox ist es nicht gerade, wie wir wissen», sagte sie zu Richard.

Er zog die Schultern etwas hoch, was bedeuten mochte, dass ihm das auch schon aufgefallen war.

«Auch hier sehe ich auf den ersten Blick nichts Ungewöhnliches», sagte Delphine. «Aber das muss nichts heißen.» Sie schaute zur Terrasse von Les Balaines hinüber, die man vom Eingang des Anbaus aus teilweise einsehen konnte, und betrachtete dann das dazwischenliegende Gartenstück. «Wann waren Sie das letzte Mal in der Sammlung?», fragte sie.

Richard dachte kurz nach. «Das muss Ende September gewesen sein, nachdem die Künstler weg waren.»

Delphine wusste, dass Aurélies Mann jährlich einer ausgewählten vierköpfigen Gruppe aus Künstlerinnen und Künstlern, die sich mit Malerei und Fotografie beschäftigten, einen Arbeitsaufenthalt in Les Balaines ermöglicht hatte. Ob sie dabei tatsächlich malten, fotografierten oder die ganze Zeit faul im Bett lagen, hatte ihnen Ernest freigestellt. Seine einzige Bedingung bestand darin, dass jeder seiner künstlerischen Gäste eine Doppelseite in dem großformatigen Jahrgangsbuch gestalten musste. Mehrere der mit eingeklebten Fotos, Auffalt-Szenen, angehängten Pseudo-Siegeln und anderen Materialien aufgeblähten Bände lagen schon im Atelierschrank des Anbaus.

«Und Aurélie?», fragte Delphine, während sie gegen die Tür drückte, die sich jedoch keinen Millimeter bewegte.

«Das kann ich nicht sagen», erklärte Richard und wich einen Schritt zurück, als sei es eine Zumutung, sich über Aurélie äußern zu sollen. Dann aber sprach er doch weiter. «Vielleicht ist sie jeden Tag hier», sagte er. «Sie steht ja sehr früh auf.» Sein Blick verdüsterte sich. «Oder sie hat seit

Dezember keinen Fuß mehr hier hereingesetzt, das wäre genauso gut möglich.»

Delphine nickte. Im Dezember war Ernest gestorben.

Sie gingen zur Terrasse des Haupthauses und von dort aus in den Salon. Richard blieb an der Polsterbank stehen, die um den halbrunden Erkervorbau lief, während Delphine ihre Handtasche aus dem Frühstückszimmer holte. Dann stellte sie sich neben Richard und schaute an den hohen Sprossenfenstern hinauf, die nur einfach verglast waren. «Sie könnten nachher noch sämtliche Fenster und Außentüren genauer anschauen», sagte sie. «Gehen Sie auch durch die Sammlung. Und wenn Ihnen etwas merkwürdig erscheint, melden Sie sich. Ich gebe Ihnen meine Handynummer.» Delphine kramte in ihrer Handtasche nach dem Notizblock.

Richard schwieg.

Ich muss noch mal nachlesen, wie das mit dem Rufer in der Wüste war, dachte Delphine, schrieb ihre Nummer auf und reichte Richard das herausgerissene Blatt. «Sie haben wohl kein Handy, oder?», fragte sie.

«Doch», sagte er. Dann nannte er ihr die Nummer und wiederholte sie, weil Delphine sie gleich in ihr Handy eintippte.

«Könnten Sie nicht versuchen, Aurélie zu überreden, sich auch eins anzuschaffen?», fragte Delphine, während sie die Nummer abspeicherte. «Sie behauptet immer, so was brauche sie nicht.» Sie sah Richard an. «Es ist manchmal aber wirklich praktisch.»

«Ich habe ihr letztes Jahr eins mitgebracht», sagte er, «aber sie konnte nichts damit anfangen.» Er zuckte mit den Schultern. «Sie hat es Birru für seine Kinder gegeben.»

«Habt ihr eure Ermittlungen beendet?», fragte Aurélie, die hinter ihnen in den Salon gekommen war und sich auf einen Sessel am Kamin setzte. Sie hatte sich umgezogen und trug nun ein gerades hellgraues Kleid mit einem Seidenschal, das mit seinem Muster in gedeckten Grün-, Blau- und Cremetönen an ein schilfbestandenes Seeufer erinnerte. «Ich habe euch von oben durchs Fenster gesehen», fügte sie hinzu.

Richard und Delphine gingen zu ihr hinüber. «Richard hat vorgeschlagen, dass wir uns mal am Haus umsehen», sagte Delphine. «Aber wir haben nichts Besonderes festgestellt.»

«Das war sehr lieb von dir, mon chéri», sagte Aurélie und lächelte Richard an.

Er erwiderte das Lächeln, doch es ließ seine Miene kaum weicher werden, und Delphine fühlte sich von seinem raspelkurz geschnittenen Haar und dem hageren Gesicht wieder einmal an einen Sträfling erinnert. Selbst im Stehen war seine Haltung leicht vorgebeugt, als müsse er sich mit hochgezogenen Schultern vor irgendetwas schützen. Wahrscheinlich ein Haltungsschaden durch sein jahrzehntelanges Berufsleben an einem einsamen Schreibtisch, dachte Delphine. Vielleicht wirkte sich so etwas auch auf das restliche Leben aus, denn Richard war häufig introvertiert bis zur Unhöflichkeit. Außerdem hatte ihn Delphine noch nie in andere Farben gekleidet gesehen als verschiedenen Schattierungen von Graubraun, Graugrün und Grünbraun. Vermutlich besaß er nicht einmal ein weißes Hemd. Viel zu auffällig. Es war, als wollte er mit den Schatten verschmelzen oder sich der Erde und dem Laub angleichen wie ein Jäger im Herbst.

«Ich gehe nach oben», verkündete Richard schließlich und kehrte ihnen den Rücken zu, ohne eine Reaktion abzuwarten.

Aurélie sah ihm nach, dann sagte sie zu Delphine. «Ich habe Madame Sèvres gebeten, mir noch eine Tasse Tee zu bringen, bevor wir losfahren. Möchten Sie auch eine?»

«Merci, aber ich hole mir meinen Orangensaft.» Delphine ging ins Frühstückszimmer hinüber und kam gleich darauf zusammen mit Madame Sèvres zurück zum Kamin.

Nachdem die Haushälterin den Tee abgestellt und den Salon wieder verlassen hatte, setzte sich Delphine ihrer Freundin gegenüber in einen Sessel und sagte: «Richard ist wirklich ein merkwürdiger Vogel.»

«Das fällt mir gar nicht mehr auf», gab Aurélie zurück, nahm ihre Tasse samt Untertasse vom Tisch und lehnte sich damit in ihrem Sessel zurück. «Und es ist ja auch kein Wunder.»

«Woher kennen Sie ihn eigentlich? Er gehört ja nicht zur Familie, oder?»

«Ach, Delphine, das sind in diesem Fall sehr schwierige Fragen. Ich kenne Richard praktisch schon seit der Zeit vor seiner Geburt.» Sie stellte die Untertasse auf ihrer Sessellehne ab und trank einen Schluck.

«Waren Sie etwa in einem früheren Leben Hebamme?» Delphine lachte.

«Dafür wäre selbst ich viel zu jung gewesen. Ich war ja noch ein Kind, als er geboren wurde.» Mit einem leichten Klirren stellte Aurélie die Teetasse auf die Untertasse zurück.

«Waren Sie bei seiner Geburt dabei?»

«Nein, aber ich war bei der Geburt dessen dabei, was sein

Leben zerstört hat. Und da war Richard noch gar nicht auf der Welt.»

«Ich kann Ihnen nicht mehr ganz folgen», sagte Delphine mit einer Ruhe, die sie nicht empfand. Aurélie hatte einen Ausdruck in den Augen, der ihr nicht gefiel.

«Wie sollten Sie auch, es ist ja immer einfacher, sich abstrakt auszudrücken, als in menschliche Abgründe hinabzusteigen.»

Delphine schwieg. Sie wollte ihre Freundin nicht drängen.

«Wissen Sie», sagte Aurélie dann, «mein bewusstes Leben beginnt mit dem Blick in die Augen einer Frau. Ich war damals sieben Jahre alt und kann mich natürlich auch an Ereignisse vor dieser Begegnung erinnern, aber es ist, als hätten diese früheren Ereignisse im Leben eines anderen Menschen stattgefunden.» Sie verschränkte die Finger ineinander. «Die Frau hat sich an meinem Blick festgehalten. Ich war mit ihr auf Augenhöhe, denn sie kniete vor mir auf der Straße.» Aurélie seufzte. «Es war im August vierundvierzig. Die Nazis waren abgezogen, Paris befreit, de Gaulle in der Stadt, der Krieg für uns vorbei. Meine Mutter rannte mit mir an der Hand nach Hause, weil sie hoffte, dass mein Vater jeden Moment vor der Tür stünde. Vieles habe ich erst lange danach begriffen. Und vieles wurde in unserem schönen Land ja auch jahrzehntelang tabuisiert. Aber dass Paris im Ausnahmezustand war, die Leute wie im Rausch und so enthemmt, dass es einem Angst einjagen konnte, das habe ich auch als Kind gespürt.»

Überall auf den Straßen herrschte Gedränge. An einer Ecke stand ein alter Mann in geflickter Hose und einem viel zu weiten Jackett, der irgendwie sein Akkordeon über die Besatzungszeit gerettet hatte. Er spielte die Musik von früher, aus der Zeit vor den Nazis. Walzer und Chansons. Er ließ mit den Melodien Erinnerungen an glückliche Zeiten durch die Straßen wehen, und die Leute sangen und tanzten und lachten und weinten. Meine Mutter zwängte sich mit mir durch die Menge auf dem Bürgersteig. Es herrschte eine so unbändige, so hemmungslose Begeisterung, dass darin beinahe etwas Bedrohliches lag.

Tatsächlich zerbarst kurz darauf neben mir eine Schaufensterscheibe, und es regnete Glassplitter. Johlende Männer stiegen in den Laden ein, rafften die Waren zusammen und warfen sie der begeisterten Menge durch die Schaufensteröffnung zu. Jemand brüllte *Collabo!*, und das Geschrei wurde noch lauter. Meine Mutter zog mich in einem Bogen um die Leute, und wir gingen auf der anderen Straßenseite weiter.

An der nächsten Kreuzung wurde gerade jemand von einer Gruppe Leute weggebracht. Ich sah nicht genau, was da passierte, es waren zu viele Menschen vor mir, und meine Mutter zog mich immer weiter. Dann kamen wir an die Kreuzung und trafen genau auf die Lücke in einer kreisförmigen Zuschauerrunde, durch die gerade jemand weggeführt worden war. Plötzlich blieb meine Mutter wie erstarrt stehen, zog mich an sich, sodass ich mit dem Rücken vor ihr stand, und legte mir die Hände auf die Schultern. Und in diesem Moment saugte sich die Frau an meinem Blick fest. Sie hatte wundervolle dunkelbraune Augen.

Um sie herum lagen viele Haarbüschel in unterschiedlichen Farbnuancen auf dem Boden. Manche waren lockig, manche glatt, und der Wind trug sie bis zu den Schuhen der Zuschauer. Sie hatten die Frau auf die Knie gezwungen und ihr das Oberteil des Kleides aufgerissen. Mit gellenden Stimmen schrien die Leute *salope, traîtresse, putain de boche* und was weiß ich noch alles. Ein grober Kerl fasste ihr mit der Hand ans Kinn, zwang sie, ihn anzusehen, und dann spuckte er sie an. Das war das Signal für viele andere, es ihm gleichzutun, die Frau zu schlagen und zu treten. Kurz darauf kam ein anderer Mann mit einem Eimer Lackfarbe. Er schob die Leute weg und malte der Frau unter dem Jubel der anderen ein schwarzes Hakenkreuz auf die Brust. Die Farbe floss ihr zwischen den Brüsten in den Kleiderbund und tropfte von ihren Brustwarzen.

Es war die Hölle, ein infernalischer Sabbat. Wie kreischende Dämonen tanzten die Leute um die Frau herum, rissen sie an den Haaren, kniffen ihr in die nackte Haut, beschimpften sie, schlugen sie. Die Frau schwankte unter diesen Misshandlungen, aber sie hielt weiter meinen Blick fest. Ich wagte kaum zu blinzeln, weil ich befürchtete, es würde etwas Grauenvolles geschehen, wenn dieser Blickkontakt abbrach. Meine Mutter verkrampfte ihre Hände auf meinen Schultern und bohrte mir ihre Fingernägel durch den Stoff meiner Bluse in die Haut. Aber das bemerkte ich erst zu Hause.

Dann kam ein Mann mit einer blitzenden Klinge in der Hand, und ich dachte, er würde die Frau erstechen. Aber es war ein Rasiermesser. Er packte eine Haarsträhne der Frau, zog ihren Kopf hoch und schor die Strähne grob und ganz dicht an der Haut ab, sodass ihr Kopf danach leicht nach vorn sackte. Aber da hatte er schon das nächste Büschel gepackt und riss den Kopf daran erneut hoch. Die Frau hatte schönes Haar, ein glänzendes Kastanienbraun, das Strähne für Strähne auf den Boden fiel, wo der Glanz im Staub und unter den Schuhsohlen der Leute sofort erlosch. Mit jedem Büschel, das der Mann abrasierte, wurde ihr Schädel nackter, bis sie auf eine herzzerreißende Art schutzlos aussah. Aber sie weinte die ganze Zeit nicht, behielt nur ihren starren, wie entrückten Blick bei, als wäre sie irgendwo ganz anders, obwohl die Leute um sie immer weiterbrüllten und bei jedem Schnitt des Rasiermessers Beifall klatschten.

Der Mann war nicht gerade zimperlich, als er ihr den Kopf schor. Er hatte sie an mehreren Stellen geschnitten, vielleicht sogar absichtlich. Eines der roten Rinnsale lief ihr übers Gesicht, und es sah aus, als würde sie Blut weinen.

Als er beinahe fertig war, ging auf der anderen Seite des Zuschauerkreises neues Geschrei los. Die Leute drehten sich um und stürmten hin, anscheinend hatten sie ein weiteres Opfer gefunden. Einen Moment lang achtete niemand auf die Frau. Und da zischte mir meine Mutter ins Ohr: ‹Wir müssen sie mitnehmen. Los, wir nehmen sie in die Mitte.› Mit zwei Schritten war sie bei der Frau, zog ihr das Oberteil des Kleides über die Schultern und zerrte sie auf die Füße. Dann rannten wir mit ihr um die Straßenecke, und meine Mutter schob uns in einen Hauseingang.

Hinter uns wurden Rufe laut. Ich war sicher, dass uns gleich der Mann mit dem Rasiermesser erwischen würde. Aber meine Mutter blieb ganz ruhig, zog sich ihr Tuch vom Kopf und wickelte es um den Kopf der Frau. Dann schlüpfte sie aus ihrer Strickjacke, legte sie der Frau um die Schultern und verknotete sie vor ihrer Brust. Hinter uns an der Straßenecke steigerten sich die Hassrufe zu einem neuen Dämonengesang. Vorsichtig warf meine Mutter einen Blick aus dem Hauseingang. Niemand beachtete sie. Anscheinend waren die Leute begieriger darauf, die nächste Bestrafung mitzuerleben, als eine Frau zu verfolgen, an deren öffentlicher Erniedrigung sie sich schon befriedigt hatten. Wir nahmen die Frau in die Mitte und hasteten mit ihr durch das befreite Paris zu uns nach Hause.

Nachdem Aurélie geendet hatte, schwieg auch Delphine eine ganze Weile. «Das ist eine grauenvolle Geschichte», sagte sie schließlich.

«Ja, das stimmt. Sie haben es *horizontale Kollaboration* genannt, aber es konnte auch Frauen treffen, die als Haushälterin oder Putzfrau für die Nazis gearbeitet hatten.» Aurélie hob die Hand und ließ sie wieder fallen. «Als Frankreich befreit wurde, hat sich der sogenannte Volkszorn entladen, und natürlich waren auf einmal alle schon immer in der Résistance. Genauso wie in Deutschland nach 1945 plötzlich keiner mehr Nazi gewesen sein wollte. In dem einen Land nur Résistance-Kämpfer, in dem anderen keine Nazis – da fragt man sich, wer diesen Krieg überhaupt geführt hat», sagte sie zynisch.

Bevor Delphine etwas dazu sagen konnte, fuhr Aurélie fort: «Andererseits kann man sich fragen, ob solche nationalen Selbstschutzmythen nicht auch ihr Gutes haben. Nun ja, das würde jetzt wohl zu weit führen.»

«Diese Frauen wurden jedenfalls öffentlich stigmatisiert.» Delphine kehrte zu Aurélies Erzählung zurück.

«Und sie wurden auch nach solch einem archaischen Racheakt nicht in Frieden gelassen», sagte Aurélie. «Es waren Zehntausende. Es gab Inhaftierungen, Anklagen vor Gericht, Verurteilungen. Und genau davor wollte meine Mutter Alice schützen. Alice Lebrun, so hieß sie. Meine Mutter hat gehofft, dass die Leute Alice vergessen, wenn sie erst mal von der Bildfläche verschwindet.»

«Wie ist Ihre Mutter denn dazu gekommen, so zu denken?», fragte Delphine. «Viele haben sich doch von diesen Rachegedanken anstecken lassen.»

«Meine Mutter hatte ja auch schon den Ersten Weltkrieg erlebt. Sie war überzeugt davon, dass Gewalt nie etwas Gutes bringt», sagte Aurélie. «Und wenn man darüber nachdenkt, zu welchen Exzessen sich die Racheaktionen einiger Franzosen in der Zeit der Befreiung gesteigert haben, hatte sie damit ganz recht.»

«Und Alice Lebrun, wie ging es mit ihr weiter?», fragte Delphine.

Aurélie seufzte. «Es ist meiner Mutter gelungen, sie vor einer Anklage zu bewahren, das schon. Und man hätte nach diesem Augusttag damals in Paris denken können, dass Alice genug gelitten hatte. Aber dann kam es noch schlimmer ...»

6

Dunkle Wolken hingen tief über dem Meer, als Delphine wieder einmal mit Karim nach Les Balaines fuhr. Durch die Lücken am Himmel schickte die Sonne gleißende, wandernde Strahlenbündel aufs Wasser. Stürmischer Wind fegte die Schaumkronen von den Wellen, sodass sie aussahen wie die fliegenden Mähnen galoppierender Pferde. Es war einer dieser Tage im Juni, die sich anfühlten wie Oktober.

In der Zufahrt blinzelte Delphine, um ihre Augen an das Halbdunkel zwischen den hohen Lorbeerhecken zu gewöhnen. Hinter der ersten Biegung kam ihnen Richards Mégane entgegen. Delphine fuhr halb auf den Grasstreifen, um ihn vorbeizulassen. Als er auf ihrer Höhe war, hielt Richard an und sah zu ihnen hinüber. Eine weitere Reaktion kam nicht. Also ließ Delphine das Fenster herunter und brachte Richard damit dazu, das Gleiche zu tun.

«Bonjour», sagte sie und drückte sich in ihren Sitz zurück, damit Richard ihren Beifahrer besser erkennen konnte. «Das ist Karim.»

Richard nickte ihnen nur kurz zu, dann fuhr er weiter.

«Die Freude liegt ganz auf meiner Seite», brummte Delphine.

«Wer war das?», fragte Karim, der sich nach dem Blick aus den tiefliegenden Augen dieses Mannes irgendwie merkwürdig fühlte.

Graf Dracula, dachte Delphine, aber sie sagte: «Das war Richard Lebrun, ein guter Freund von Madame de Montvignon. Er ist häufig hier.» Das schien Karim als Erklärung zu genügen, denn er fragte nicht weiter nach.

Delphine klingelte am Seitenportal von Les Balaines, damit Aurélie wusste, dass sie da waren. Sie wartete einen Moment ab, dann schloss sie die Tür auf. Seit ihrer Fahrt mit Aurélie zu maître Villon vor sechs Wochen hatte sie einen Schlüssel, und Aurélie hatte sie gebeten, sich selbst hereinzulassen, wenn Madame Sèvres nicht da war. «Sie wissen ja, Delphine, dass mir das Gehen nicht mehr so leichtfällt, und ich will nicht, dass Sie vor der Tür verhungert sind, bis ich Ihnen endlich aufmache.» Diese Vorstellung fand sie anscheinend erheiternd.

«Und wie wäre es mit einer künstlichen Hüfte?», hatte Delphine gefragt.

«Oh nein», hatte Aurélie zurückgegeben. «Ich war in meinem Leben ein einziges Mal im Krankenhaus. Bei Pablos Geburt. Und ich habe nicht vor, mich noch einmal so von Ärzten und Krankenschwestern herumkommandieren zu lassen. Außerdem sieht man doch ständig im Fernsehen, dass es dort von tödlichen Keimen nur so wimmelt und sie einem versehentlich das falsche Bein amputieren. Ohne mich.»

Delphine hatte nur genickt. Es hatte keinen Zweck, zu argumentieren. All das war nur vorgeschoben, das wusste Delphine. Schon länger ahnte sie, dass die wundervolle Aurélie auf eine gewisse Weise mit dem Leben abgeschlossen hatte. Im Grunde schon seit dem Tag, an dem Pablo abgestürzt war. Zwar machte ihre Freundin das Beste aus jedem Tag, sie war interessiert und heiter, das stimmte, aber noch mehr genoss sie das Wissen, irgendwann denselben Weg zu gehen wie Pablo und Ernest und sogar wie die Biskayawale.

«Eingehen in den großen Rhythmus von Werden und Vergehen», hatte Aurélie einmal gesagt. «Alles, worauf ich hoffe, ist, dass die Maden meine Leiche in fruchtbaren Humus verwandeln, damit wieder ein Baum daraus wachsen kann.» Dann hatte sie mit einem sarkastischen Grinsen hinzugefügt: «Oder glauben Sie etwa an das Paradies, Delphine? Nach allem, was wir wissen? Ist mein Pablo dann noch fünfzehn Jahre alt? Oder ist er über vierzig, wie er es jetzt wäre? Ein Fremder, den ich nicht kenne? Und Ernest? Der war auch nicht mehr gut zu Fuß. Gibt es im Paradies künstliche Hüften, was meinen Sie?»

Delphine schüttelte sich, um diese Gedanken loszuwerden, bevor sie mit Karim den Salon betrat.

«Ah!» Aurélie saß am Kamin. «Sie sind das, wie schön.» Sie war beim Friseur gewesen. Ihre dichten, weißen Haare lagen in perfekten Wellen um ihren Kopf.

«Guten Tag, Aurélie. Ça va?» Delphine beugte sich zum Wangenkuss zu Aurélie hinunter.

«Und da ist ja auch wieder mein Ismael», rief Aurélie. «Das Wetter ist gerade recht, um mit Kapitän Ahab in einen Sturm zu geraten.»

Karim lächelte verlegen und bückte sich mit einem gemurmelten «Bonjour» ebenfalls zu Aurélie, um sie mit schüchternen Wangenküssen zu begrüßen. Ihre gepuderte Haut war so zart, dass er bei der Berührung jedes Mal glaubte, die mikroskopisch kleinen Flaumhärchen auf ihren Wangen zu spüren.

«Ich denke, es klart wieder auf», sagte Delphine, die

zu den Erkerfenstern gegangen war. «Sagen Sie, Aurélie, wären Sie damit einverstanden, dass ich später wiederkomme, um Karim abzuholen? Ich habe in Hendaye und in Biarritz zu tun.»

«So?» Aurélie, deren Hand noch auf Karims Arm lag, horchte auf. «Sie fahren nach Biarritz? Könnten wir da nicht mitfahren? Ich würde gerne wieder einmal im Miremont eine Schokolade trinken. Und dazu brauche ich natürlich einen Kavalier. Wie wäre es, mein Ismael?» Sie lehnte sich im Sessel zurück.

«Ich weiß nicht», sagte Karim und richtete sich wieder auf.

«Was weißt du nicht? Ob du meinen Kavalier spielen willst, oder ob du ins Miremont willst?» Sie sah ihn fragend an und fuhr dann fort: «Das Miremont musst du gesehen haben, früher oder später. Mit dem Kavalier-Dasein ist es so, dass du mir die Türen aufhalten und mir den Stuhl zurechtrücken musst, bevor ich mich setze. Ich habe nicht vor, Einkäufe zu machen, falls du fürchtest, beladen zu werden wie ein Kamel auf einer Salzkarawane durch die Wüste Sahara.»

Karim grinste. «Davor fürchte ich mich kein bisschen, Madame de Montvignon.»

«Was für ein charmanter junger Herr!», rief Aurélie. «Aber ich rate dir, derartige Angebote bei den Damen deiner eigenen Generation nicht so freizügig abzugeben. So etwas hat schon zu vielen überaus unerfreulichen Kaufhausbesuchen geführt, weißt du?»

«Dann wären wir uns ja einig», sagte Delphine. «Ich fahre jetzt zuerst nach Hendaye und sammle euch zwei auf dem Rückweg nach Biarritz ein. Dort lasse ich euch in der

Nähe des Miremonts aussteigen und hole euch nach einer Stunde oder so wieder ab. Einverstanden?»

Als Delphine fort war, versenkte sich Karim in die Tiefen des lederbezogenen Ohrensessels, um aus Moby Dick vorzulesen. Doch während er das dicke blaue Buch auf seine Knie zog, klingelte das Telefon auf dem Beistelltisch neben dem Kamin.

«Un instant, s'il te plaît», sagte Madame de Montvignon und nahm ab. Sofort nachdem sie sich gemeldet hatte, zog sie ärgerlich die Stirn in Falten. So hatte Karim sie noch nicht gesehen.

«Ich weiß, dass du mein Neffe bist», sagte sie abweisend, «anscheinend hältst du mich für senil.» Sie hörte kurz zu. Dann beschied sie ihrem Gesprächspartner kühl: «Das ist nicht nötig.» Wieder wurde auf der anderen Seite gesprochen, bevor sie erklärte: «Ich möchte mich nicht noch einmal wiederholen müssen.» Der Anrufer bemühte sich offensichtlich dennoch weiter, sie von etwas zu überzeugen. «Dieu m'en préserve!» Es klang spöttisch. Offenbar hatte sie ihren Humor wiedergefunden.

«Damien», sagte sie schließlich gedehnt, «ich habe keine Zeit für dich, wie deutlich muss ich noch werden?» Von da an klang sie nur noch gelangweilt. Dann warf sie Karim einen Blick zu und lächelte ihn an. «Bon, ich muss jetzt Schluss machen», sagte sie ins Telefon, «ich bin nämlich gerade in sehr wertvoller Gesellschaft.» Damit legte sie auf. «Man sollte immer darauf achten, welche Gesellschaft man sich heraussucht, n'est-ce pas?», sagte sie.

Karim grinste ein bisschen, weil er sich über ihre Bemerkung freute, aber in Wahrheit musste er an Renaud und Philippe denken.

Danach las er Madame de Montvignon aus Moby Dick vor. Obwohl er inzwischen schon einige Übung hatte, verhaspelte er sich bei vielen Worten und musste sich immer wieder etwas von ihr erklären lassen. Außerdem waren manche Sätze unheimlich lang.

«Oh, Mann! Wir haben noch nicht mal ein Drittel», stöhnte er nach einer Dreiviertelstunde. «Das wird noch ewig dauern. Echt.»

«Du kannst froh sein, dass wir in Frankreich sind», sagte Aurélie, «sonst hätte ich dir womöglich eine Ausgabe in Fraktur zum Vorlesen gegeben. Dafür bräuchten wir länger, als Kapitän Ahab zur See gefahren ist.» Sie lachte.

«Was ist das, Fraktur?», fragte Karim.

Aurélie stand auf und ging an ein niedriges Bücherregal, aus dem sie einen ledergebundenen Band zog. «Das sind die Gedichte von Goethe. Gedruckt in Fraktur, eine Spezialität unserer deutschen Nachbarn. So haben sie früher praktisch all ihre Bücher gedruckt.»

Sie schlug das Buch auf. «Das sind Ernests Ausgaben», sagte sie. «Er hat das im Original gelesen. Er war sehr sprachbegabt, was ich von mir leider nicht sagen kann.»

Karim stellte sich neben sie. «Krass.» Dieser altertümliche Schriftsatz würde ihm tatsächlich eine Menge Probleme bereiten.

«Man gewöhnt sich angeblich ziemlich schnell dran, wenn man sich erst mal eingelesen hat. Es hat eben jede Generation ihre eigenen Besonderheiten. Bei euren SMS zum Beispiel gibt es ja einen Abkürzungswahn, für den man früher die Dechiffrierabteilung der Spionageabwehr herangezogen hätte.»

Karim grinste. «Stimmt überhaupt nicht. Das ist alles ganz einfach und logisch.»

«Ach ja? Sag doch mal ein paar Beispiele.»

«BB. AKLA. HDL.»

«Und was soll das heißen?»

«Ist doch logisch. – Bis bald. Alles klar.»

«Und das dritte? HDL?»

Karim verfluchte sich dafür, nicht vorher über seine Beispiele nachgedacht zu haben. Er wand sich.

«Alors?»

Karim war bis zu den Haarwurzeln rot geworden. «Hab dich lieb», knurrte er und drehte sich augenblicklich weg, um sich wieder in seinem Vorlesesessel zu verkriechen.

«So, so», sagte Aurélie, «HDL.»

Als Delphine sie abholte, zwängte sich Karim auf den Rücksitz des Twingos.

«Nimm mal meinen Stock», sagte Aurélie und reichte ihm den Gehstock nach hinten, bevor sie auf den Beifahrersitz stieg. «Aber Vorsicht damit.»

Trotz der Warnung bohrte Karim mit der unteren Eisenspitze des Stocks beinahe ein Loch in die Polsterung des Autohimmels, als er ihn neben sich verstaute.

Delphine fuhr zurück über die Corniche Richtung St. Julien und von dort weiter über die Küstenstraße nach Biarritz. Es hatte tatsächlich aufgeklart, und wenn auch noch nicht alle Wolken abgezogen waren, sah es doch nicht mehr nach Regenschauern aus.

Karim betastete den Stock mit dem Silberknauf, in dessen oberes, ebenfalls silbernes Schaftstück Verzierungen und eine Schrift getrieben worden waren. Das Hauptstück aus Holz war mit erhabenen Wellenlinien geschmückt und lief in ein silberummanteltes Ende mit Eisenspitze aus. «Was ist das eigentlich für ein Stock?», fragte er.

«Das ist ein Makhila», sagte Aurélie. «Mein compagnon de marche, der mir sehr gute Dienste leistet. Weißt du, was ein Makhila ist?»

«Ein Stock?», sagte Karim.

«Ja, ja, ein Stock, aber ein ganz besonderer. Wir sind hier schließlich im Baskenland, und Makhila ist das baskische Wort für Stock. Diese Gehstöcke gibt es hier seit Jahrhunderten, auch wenn man sie nur noch selten sieht. Ich glaube, es existiert nur noch eine einzige Familie, die ihre Produktionsgeschichte bis auf das siebzehnte Jahrhundert zurückführen kann. Und von dieser Familie stammt mein Makhila.» Sie hatte sich halb zu Karim umgedreht. «Es heißt, dass sich zuerst die alten Pyrenäenbauern und Santiagopilger diese Stöcke anfertigen ließen. Und zwar genau angepasst an Körpergewicht und Größe des Benutzers. In der Makhila-Werkstatt haben sie einen Vorrat mit Rohlingen. Die echten Makhilas müssen nämlich aus Mispelholz sein, weißt du. Im Frühjahr gehen die Leute aus dieser Werkstatt in den Wald, schneiden die Seitentriebe der Mispelschösslinge ab und ritzen Wellenlinien ins lebende Holz des Haupttriebs. Im Herbst ernten sie dann die Stöcke und lagern sie fünfzehn Jahre, bevor ein Makhila daraus werden kann.»

«Irre.»

«Ja, und so ein Makhila ist nicht nur Gefährte, sondern auch eine Waffe, und manchmal dient er als symbolisches Ehrengeschenk. Zum Beispiel haben Papst Johannes Paul II. und Präsident Sarkozy einen bekommen», sagte Aurélie mit undefinierbarem Gesichtsausdruck.

«Also haben Sie sich diesen Stock machen lassen?»

«Nein, er gehörte dem Großvater meines Mannes. Sein Name und ein Wahlspruch, den er sich für den Stock ausgedacht hat, ist in das Silber eingetrieben.»

Karim betrachtete den Stock noch einmal genauer. Ja, da stand es: *Alfonse de Montvignon.* Darunter war zu lesen: *Bide zuzenean lagun.*

«Das ist Baskisch, oder?», fragte Karim.

«Ja. Es bedeutet *Verlasse nie den rechten Weg*, oder, Delphine?»

«Wörtlich genommen heißt es eher *Dieser Freund führt dich auf dem rechten Weg*», erklärte Delphine. «So ein Wahlspruch auf einem Makhila ist eine sehr metaphorische Sache, und da würde ein Baske keinen vulgären Befehl wie *Tu dies nicht* oder *Tu das nicht* draufschreiben, sondern an den Verstand des Besitzers appellieren.»

Aurélie nickte.

«Wenn der Stock dem Großvater Ihres Mannes gehört hat», fragte Karim, «ist er also schon hundert Jahre alt?»

«Hundertdreißig Jahre, würde ich sagen», anwortete Aurélie.

«Und wieso ist er eine Waffe?», fragte Karim und drehte den dünnen Stock in seinen Händen.

«Weil sich die armen Bauern und die Pilger gegen Wegelagerer und Bären oder Wölfe wehren mussten, die es früher hier in den Bergen gab. Wenn man den Knauf abdreht, kommt eine ziemlich scheußliche Spitze zum Vorschein.»

Karim umfasste den Silberknauf.

«Ja, du darfst», sagte Aurélie, «er könnte allerdings ein bisschen klemmen nach all der Zeit.»

Der Knauf ließ sich nach kurzem Widerstand drehen und mit ihm zusammen der gesamte obere Silberschaft. Karim zog den Schaft von dem Stock. Darunter zeigte sich eine zugefeilte und sehr gefährlich wirkende Lanzenspitze. Karim prüfte sie mit dem Zeigefinger.

«Der Hammer.»

«Na ja. Das ist mehr symbolisch. Ich glaube nicht, dass dieser Makhila schon einmal gegen ein wildes Tier oder einen Räuber eingesetzt worden ist. Vermutlich war es einfach ein beruhigendes Gefühl, dass man sich wehren könnte, falls es mal nötig wäre.»

Karim drehte den Knauf wieder auf den Makhila.

«Die einzigen Wegelagerer, mit denen wir es heutzutage zu tun haben, sind die Leute von der gendarmerie nationale», kam es von Delphine.

Sie fuhren gerade über die Kuppe bei Guéthary, und Delphine hatte noch rechtzeitig die Radarfalle gesehen, die auf der Stichstraße zum Meer hinunter aufgebaut worden war. An der nächsten Steigung hundert Meter weiter winkten die Flics sündige Autofahrer heraus.

«Delphine, Sie wissen doch, wie viele Jugendliche sich hier schon totgefahren haben», sagte Aurélie. «Man kommt sich ja vor wie auf einem Friedhof bei all diesen Gedenkkreuzen an der Straße.»

Sie erreichten die Senke. Die Straße verlief hier in gleicher Höhe mit dem Strand, und oft genug trieb auflandiger Wind den feinen Sand auf den Asphalt.

«Aber dreißig Stundenkilometer», erwiderte Delphine

missmutig, «das ist schon ein bisschen übertrieben, finden Sie nicht? Es würde ausreichen, wenn sie die normale Geschwindigkeitsbegrenzung kontrollieren würden.»

«Werden Sie jetzt zur Anarchistin, nach all den Jahren bei der Polizei?», fragte Aurélie amüsiert.

«Ich war schon immer Anarchistin», sagte Delphine, «nur hat es keiner gemerkt.»

Wenig später kamen sie nach Biarritz. Um ihren Mitfahrern einen Gefallen zu tun, nahm Delphine die Straße an der Küste entlang. Von dort blickte man auf die Côte des Basques mit ihren unermüdlichen Surfern hinab, an deren Ende auf einer Felsnase die Villa Belza stand wie eine kleine, wilde Schwester von Neuschwanstein. Dann ging es oberhalb des Fischerhafens und an der Kathedrale vorbei bis zur Grande Plage mit dem alten Casino und dem Hotel du Palais, einem Prachtbau, den Napoleon III. einst für Kaiserin Eugénie hatte bauen lassen. Schließlich bog Delphine wieder rechts ab und hielt an der übernächsten Kreuzung.

«Bon, Aurélie. Hier lasse ich Sie aussteigen. Zum Miremont ist es ja nicht weit. In einer Stunde hole ich Sie dort wieder ab.»

Aurélie stieg aus und hängte sich ihre Handtasche um, während sich Karim von der Rückbank herunterzwängte. Er reichte Aurélie ihren Stock und sah sich um.

«Es ist nur die Straße hier rauf», sagte Aurélie.

Sie blickten Delphine nach, die sich wieder in den Verkehr einreihte, und machten sich auf den Weg, vorbei an den Galeries Lafayette und eine kleine Steigung hinauf. Es war viel los an diesem Mittwochnachmittag im Juni. Eilige Fußgänger drängten sich rechts und links an ihnen vorbei, und Aurélie wirkte ein bisschen überfordert inmitten all der herumhastenden Passanten.

Karim zögerte. «Möchten Sie sich vielleicht bei mir einhängen?», fragte er dann schüchtern.

«Weißt du, das würde ich tatsächlich ganz gern tun», sagte sie. «In dem Gewusel hier fühle ich mich wie ein Blatt, das gleich von diesem Menschenstrom weggespült wird.»

Sie hängte sich bei ihm ein, und langsam gingen sie weiter. Bis Aurélie mit einem Mal unvermittelt stehen blieb. Der Druck ihrer Hand auf Karims Arm verstärkte sich etwas. Sie hatte den Blick auf einen Mann geheftet, der auf der anderen Seite des kleinen Platzes, an dem sie gerade entlanggingen, aus einem riesigen weißen Offroader gestiegen war.

Karim war ihrem Blick gefolgt. Der Wagen war ein BMW X6, damit kannte er sich seit seinem Knöllchenverteilerjob bestens aus, und diese goldschimmernden Felgen gehörten garantiert nicht zum Standardmodell.

«Wer ist das?», fragte er.

«Ach, niemand. Ich dachte, ich würde ihn von früher kennen, aber ich glaube, ich habe mich getäuscht.»

Das glaubte Karim auch. Dieser etwas feiste, schon leicht in die Jahre gekommene Typ mit dem rosafarbenen Poloshirt, extrem schwarzen Haar und einem breiten Goldgliederarmband sah kein bisschen so aus, als könnte er ein Bekannter Aurélies sein. Sein Begleiter war jünger, trotzdem war es unmöglich zu entscheiden, zu wem die Accessoire-Blondine gehörte, die sich bei ihrer Kleidung offenbar an den bewährten Wahlspruch *Weniger ist mehr* gehalten hatte.

Sie gingen weiter und kamen bald an die kleine Patisserie, über deren Eingang mit Goldlettern *Patisserie Miremont Confiserie* stand.

«Voilà!» Aurélie löste sich und trat als Erste ein.

Karim folgte ihr und staunte nicht schlecht: In einer verglasten Thekenvitrine glitzerten kleine, bunte macarons und Petits Fours als wären sie bei einem Juwelier gelandet. Daneben lockten gâteaux basques in Miniaturausgaben und Obsttörtchen, die wie für eine Puppenküche gemacht schienen.

«Wir gehen nach oben», sagte Aurélie, nachdem sie Tee und macarons bestellt hatte, und schritt eine Treppe mit Holzgeländer hinauf. «Sieh mal, der Fenstertisch ist frei.»

In dem kleinen Obergeschoss des Cafés fand nur eine sehr begrenzte Zahl von Gästen Platz. Die niedrigen Tische vor den hohen Fenstern eröffneten den Blick auf die Bucht von Biarritz.

Aurélie setzte sich auf einen Polsterstuhl. «Das ist hier nationales Kulturerbe, das sollte dir klar sein», sagte sie, nachdem Karim sich auf den Stuhl ihr gegenüber hatte plumpsen lassen.

Er versuchte, seine Beine irgendwie unter dem kleinen Tisch zu verstauen. «Nationales Kulturerbe», sagte er mit einem Blick auf die pastellrosa gestrichenen Wände, an denen große Wandspiegel in weißen Stuckrahmen hingen, und das zart wirkende Geländer zur Treppe.

«Dieses Café ist 1872 eröffnet und seitdem kaum verändert worden. Edmond Rostand hat einmal gesagt, zur Teestunde wären hier weniger Kuchen als Königinnen und weniger Rum-Savarins als Großherzöge anzutreffen.»

Karim sah sich um. «Gekrönte Häupter entdecke ich aber keine. Und was andere Berühmtheiten angeht, müsste ich meine Schwester fragen. Die wird langsam zur Expertin für diesen ganzen Promi-Quatsch.»

Aurélie lachte. «Ja, mit der Berühmtheit ist es so eine Sache ...» Sie deutete auf den Platz vor dem Fenster. «Da unten ist das Miremont Bellevue, da kann man richtig essen gehen. Das ist bei den Touristen sehr beliebt. Die lassen sich nämlich beim Essen gern von der Sonne braten, damit sie so braun werden wie ihr steak roti.» Sie drehte sich zu der Bedienung um, die ihnen soeben die Bestellung an den Tisch brachte. «Merci.»

Die junge Frau schenkte den Tee ein und ging nach einem freundlichen Nicken wieder nach unten.

Karim schaute noch immer nach draußen. «Was soll denn dieser Schrottabfall mitten auf dem Platz?»

«Schrottabfall? Das ist eine Metallskulptur von Jorge Oteiza. Ich dachte, du warst im Guggenheim von Bilbao. Danach kann doch eigentlich kein Mensch mehr unbefangen über angerostetes Metall reden.»

«Ja, ja. Das hat Madame Delphine auch gesagt. Der Künstler will Kraft und Dauerhaftigkeit ausdrücken. Keine Ahnung. Wenn es mir vorher jemand erklärt, von mir aus. Aber wenn ich so was sonst irgendwo sehe, ist es für mich einfach alter Schrott.»

«Weißt du, alte Dinge können ihren eigenen Zauber haben», sagte Aurélie, «und wenn es Kunst ist, erst recht: ein Blick, den ein Maler vor vielen Jahren eingefangen hat und dem du heute folgen kannst. Ein vor ewigen Zeiten gewachsenes Stück Holz, in dem jemand den ganzen Lauf der Welt sieht. Eine Fotografie, die einen bezaubert, obwohl nichts mehr von dem existiert, was darauf abgebildet ist ...» Aurélie nahm ihre Teetasse. «All das zeigt uns den Reichtum und die Schönheit, aber auch die Vergänglichkeit unseres Daseins. Das ist doch schon mal nicht schlecht, oder?»

Karim war überfordert.

«Ich zeige dir irgendwann einmal unsere Bilder», sagte Aurélie. «Ich bin gespannt, was du dazu sagst.»

«Welche Bilder?»

«Ernest, mein Mann, war versessen auf Malerei. Wenn du erst einmal erkannt hast, was so ein schmelzendes Frühlingsgrün in einer Landschaft bedeutet oder ein letzter Abglanz der Abendsonne über dem Ozean, kannst du auch nicht mehr einfach so auf das Meer vor deiner Haustür schauen.»

Das konnte sich Karim nun wirklich nicht vorstellen. Er nahm einen Bissen von seinem macaron, das dieselbe Farbe hatte wie das Zimmer seiner Schwester während ihrer rosa Phase. Die Süße zerschmolz in seinem Mund, und irgendwie war da auch etwas Saures, als sei ein Hauch Zitrone hindurchgeweht.

7

Delphine ging so schnell über die Promenade, wie es bei all den Urlaubern in der zweiten Juliwoche möglich war. Sie hatte erst hinter dem Bahnhof einen Parkplatz gefunden und würde vermutlich zu spät ins Atlantique zu ihrer Dienstagsverabredung mit Aurélie kommen.

Am Strand war viel los, wie üblich in der Hochsaison. Einige Badegäste standen aufgeregt am Wasser zusammen. Das Motorboot vom poste de sauvetage war losgerast, um einen Schwimmer aus dem Wasser zu holen, der die tückischen Strömungen unterschätzt hatte. Jedes Jahr forderten sie an diesem Küstenabschnitt mehrere Todesopfer. Der Urlauber wurde an Bord gezogen.

Delphine setzte ihren Weg fort. Als sie durch das Portal des Atlantique ging, hatte sie wieder einmal das Gefühl, in eine andere Welt einzutauchen. Draußen über 30 Grad, erschöpfte, sonnenverbrannte Touristen, Autohupen, Lärm, Stress. Drinnen Kühle, Stille, livrierte Pagen. Delphine hatte in diesem Hotel noch nie Hinweise entdeckt, mit denen die Besucher oder Hotelgäste dazu aufgefordert wurden, nicht in Badehosen oder Bikini herumzulaufen. Solche Aushänge fanden sich beispielsweise in der altehrwürdigen Kirche von St. Julien, verbunden mit der Bitte, während der Messfeiern auch nicht das beeindruckende Innere der Kirche abzufotografieren. Im Atlantique schien so etwas nicht notwendig.

Delphine nahm wahr, wie der Druck, den sie zuvor nicht gespürt hatte, von ihr abfiel. In der Saison mit dem Auto ins Zentrum von St. Julien zu fahren, hieß, wie ein Luchs aufzupassen, welche unberechenbaren Manöver die riesenhaften Offroader aus Paris in den engen Gassen durchführten. Es hieß, Massen von Urlaubern zu beachten, die ohne einen Blick auf den Verkehr ihren Weg suchten. Und dann waren da noch die unberechenbaren Entscheidungen, mit denen das städtische Verkehrsamt von den Gipfeln seiner Machtvollkommenheit herab Straßen, die versierten Einwohnern seit Jahr und Tag als Schleichwege dienten, unversehens zu Einbahnstraßen erklärte.

Aber gut, über die Hälfte der Einwohnerschaft von St. Julien lebte inzwischen direkt oder indirekt vom Tourismus. Also musste man diese zwei oder drei Sommermonate wohl einfach überstehen.

Delphine dachte an ihre Kindheit in diesem Städtchen. Auch damals hatte es schon Tourismus gegeben, allerdings sehr viel weniger. Die meisten Einwohner, besonders diejenigen, die nicht direkt am Meer wohnten und daher besonders attraktive Zimmer vermieten konnten, hatten in sehr einfachen Verhältnissen gelebt.

In ihrer Nachbarschaft hatte es eine alteingesessene Bauernfamilie gegeben, deren Küche an den Kuhstall anschloss. Die Tiere verströmten Wärme und beißenden Jauchegeruch. In diesem Haus mit der frischen, schäumenden Milch, den schlammverdreckten Stiefeln im gefliesten Eingangsbereich und den riesigen, verbeulten Edelstahlmilchkannen, von denen Wassertropfen perlten, während sie einsam an der Hofzufahrt auf den Sammeltransport warteten, hatte damals wohl niemand davon geträumt, den langgestreckten, düsteren Kuhstall einst für teures Geld als Ferienapartment zu vermieten. Kühe gab es dort inzwischen keine mehr.

So war das häufig mit der Bauernhofromantik in einer Touristenregion. Die Urlauber freuten sich, wenn um halb zehn Uhr vormittags der pittoreske Kastenwagen mit Baguettes und Croissants vorfuhr. Und die Bauern freuten sich, dass sie nicht mehr um fünf Uhr früh fürs Kühemelken aufstehen mussten. Alles perfekt, oder?

Von uns Geschwistern hat schließlich auch keiner mit der Landwirtschaft oder der Fischerei weitergemacht, dachte Delphine.

Als sie in den Salon de thé kam, saß Aurélie schon an ihrem Fenstertisch. An ihrem Sessel lehnte der Makhila, und ihr gegenüber saß Richard.

«Leisten Sie uns heute Gesellschaft?», fragte Delphine, als sie bei dem Tisch ankam.

Richard erhob sich. «Nein», sagte er, «ich habe Aurélie nur vor meiner Abfahrt hergebracht.» Er beugte sich zu Aurélie hinunter und hauchte ihr Küsschen neben die Wangen. «Ich rufe dich an.» Er nahm seine Schultertasche, die er neben dem Sessel abgestellt hatte. «Au revoir.» Das galt Delphine. Damit drehte er sich um und ging hinaus.

François kam an den Tisch, räumte Richards Tasse ab und schenkte Delphine Tee ein.

Delphine begrüßte ihre Freundin und nahm Platz. «Bleibt Richard länger weg?», fragte sie.

«Nein, er hat zurzeit nur häufiger in Poitiers zu tun und fährt dieses Mal anschließend nach Valence. Er hat ja dort noch seine Wohnung», sagte Aurélie. «Heute Morgen haben wir darüber gesprochen, ob er sie aufgibt. Er ist ja ohnehin sehr viel hier, seit Ernest nicht mehr da ist.»

«Stört Sie das?»

Aurélie lachte. «Aber nein. Im Gegenteil. Außerdem ist Richard kein Mensch, der einen mit seiner Gesellschaft belästigt. Er zieht sich auch in Les Balaines sehr gern zurück.»

Delphine versenkte die Gabel in ihrem Petit Four. «Das glaube ich gern», sagte sie und warf einen Blick auf die Tür, durch die Richards hagere Gestalt verschwunden war. Sie spülte den süßen Bissen mit einem Schluck Tee hinunter. «Er wäre noch länger geblieben, wenn ich nicht gekommen wäre, oder?»

Aurélie lachte erneut. «Er ist eben nicht gern unter Menschen, das hat nichts mit Ihnen zu tun. Ich glaube, ich bilde für ihn die einzige Ausnahme. Aber Konversation ist ohnehin nicht Richards Stärke.»

«Tatsächlich?», sagte Delphine mit undurchdringlicher Miene.

Ohne auf Delphines Bemerkung einzugehen, sprach Aurélie weiter. «Ich weiß, das fällt in einem Land, in dem gepflegte Unterhaltung als Kunstform und Schweigsamkeit als ungehobelt gilt, geradezu unter die Kategorie Kapitalverbrechen. Schließlich bringt man sein Gegenüber um die Gelegenheit, mit geistreichen Erwiderungen zu glänzen.» Sie lächelte. «Aber er wird sich nicht mehr ändern, und er kann auch nichts dafür.»

«Das hat mit Alice Lebrun zu tun, von der Sie mir erzählt haben, oder?» Delphines Frage war im Grunde genommen eine Feststellung.

Nachdenklich griff Aurélie an ihren Makhila und drehte

ihn, sodass sich seine Spitze leicht in den Teppich bohrte. «Ja, mit ihr auch», sagte sie und seufzte. «Sie haben sich ja sicher schon gedacht, wer sie war. Ihr Schicksal hat etwas Alttestamentarisches. Oder Altgriechisches, wenn Ihnen das lieber ist.» Sie dachte einen Moment nach. «Nein, das trifft es nicht. Es ist nämlich eine durch und durch neuzeitliche Tragödie.»

Paris, Dezember 1956

«Aurélie, sieh doch mal nach, wo sie bleiben!»

Wieder einmal deckte Aurélie den Tisch allein, auch wenn Richard bei solchen kleinen Aufgaben eigentlich helfen sollte. Aber sie hatten sich angewöhnt, Alice und ihn nicht zu stören, wenn die beiden in ihrem Zimmer waren.

Ihre Mutter trug die Schüssel mit dem Wirsinggemüse herein und warf einen kritischen Blick auf den Tisch. Von den Kartoffeln, die im Licht der Hängelampe standen, stieg Dampf auf. Der Lichtkreis hob den Esstisch mit den vier Stühlen wie eine Insel aus dem abendlichen Salon heraus.

«Es war wieder etwas in der Schule», sagte Aurélie.

Der elfjährige Richard war mit blauen Flecken am Körper und Schrammen im Gesicht nach Hause gekommen. Seine Hosen mussten wieder einmal am Knie geflickt werden. Sie konnten nichts daran ändern. Alle wussten über ihn Bescheid. In ihrem quartier in Paris ging es zu wie auf dem Dorf.

Aurélies Mutter hatte Alice am Tag der Befreiung mit nach Hause genommen. Andere Frauen waren zu einem Spießrutenlauf durch die Straßen gezwungen worden, nachdem man sie geschoren und manchen von ihnen auch die Kleider vom Leib gerissen hatte. Jeder hatte sie anspucken, beschimpfen und schlagen dürfen, bevor sie ins Gefängnis gebracht wurden, wo sie auf ihre Anklage warteten. Allzu viele Landsleute hatten sich in Triumphgefühle, Hass und Selbstgerechtigkeit hineingesteigert und sich an den wehrlosen Frauen abreagiert. Aurélie hatte an jenem Tag auf einem Platz eine junge Frau gesehen, blutüberströmt und mit ausgerenkten Gliedern an einen Baum gefesselt. Sie war gesteinigt worden, und sie war tot, was einige Männer jedoch nicht daran hinderte, auf sie zu urinieren.

Die ersten Tage hatte Aurélies Mutter Alice bei sich behalten, dann war die junge Frau zu ihren Eltern zurückgegangen. Was sie dort an Schlägen und Beschimpfungen hatte erdulden müssen, erzählte sie nie. Auch nicht, als sie einige Wochen später tränenüberströmt wieder vor der Tür gestanden hatte. Dass er eine Nazihure zur Tochter hatte, war für den Vater und die fromme Mutter schon unerträglich genug, aber als sich herausstellte, dass Alice schwanger war, hatte ihr Vater den Gürtel aus seiner Hose gezogen und sie aus der Wohnung gepeitscht. Schon die bloße Vorstellung brachte ihn außer sich. Ein Nazi-bâtard unter seinem Dach, von seiner eigenen Tochter, die mit dem Feind ins Bett gegangen war! «Du bist nicht mehr meine Tochter», waren die letzten Worte, die Alice von ihrem Vater hörte.

Von da an wohnte sie bei den Meuniers im hinteren Zimmer. Nach Richards Geburt ging sie putzen, doch stets wurde getuschelt. Man ließ sie unter bösartigen Bemerkungen leiden, bezahlte sie schlechter und sah sie verächtlich an. Und mehr als ein Hausherr bei ihren Putzstellen betrachtete sie als Freiwild.

«Man fragt sich, ob das jemals ein Ende hat», sagte Aurélies Mutter und strich sich mit dem Handrücken eine Haarsträhne aus der Stirn. Ihr Mann hatte die Heimkehr aus der Kriegsgefangenschaft nur um wenige Monate überlebt, sie hatte Aurélie allein aufgezogen.

«Nicht, solange er hier zur Schule geht», sagte Aurélie überzeugt. Mit neunzehn Jahren hatte sie gerade ihr bac hinter sich, aber die Zeiten, in denen sie Richard wie eine große Schwester auf dem Schulhof beschützen konnte, waren schon vorbei, seit sie aufs lycée gewechselt war. «Hier sind viel zu viele Leute im Viertel, die wissen, wer seine Mutter ist. Und die mit Vorliebe ihre Blagen gegen Richard aufhetzen.» Spöttisch verzog sie die Lippen. «Weil sie selbst ja so unschuldig sind.»

Auch mehr als zehn Jahre nach Kriegsende wurde nicht über solche Dinge gesprochen, wie sie Aurélie in den Tagen der Befreiung gesehen hatte.

«Wie mit Alice umgegangen wird, ist eine Schande für uns alle», sagte Aurélies Mutter. «Heute hat sie sich gleich wieder ins Bett zurückgezogen, nachdem sie vom Putzen gekommen ist.»

Alice war zu einer scheuen, angstbesetzten Frau geworden, die sich auch dann von Blicken oder gemurmelten Bemerkungen verfolgt fühlte, wenn niemand sie auch nur beachtet hatte. Jahrelang hatte sie versucht, mit dem deutschen Vater ihres Sohnes Kontakt aufzunehmen. Vielleicht tat sie es noch immer. Sie besaß seine Adresse, doch keiner ihrer Briefe war beantwortet worden. Die Post war aber auch nicht zurückgekommen. Und das hatte ihre Ängste und ihre Scham noch gesteigert.

«Aber was sie mit Richard machen, ist noch schlimmer»,

sagte Aurélie. «Er ist schließlich vollkommen unschuldig an allem.» Schwungvoll stellte sie die Gläser auf den Tisch und richtete sich auf. Der Schein der Lampe fiel auf ihr dunkelbraunes Haar und ließ ihre blauen Augen aufblitzen.

«Ja, da hast du recht.» Die Mutter strich ihr über die Wange. «Richard ist vollkommen unschuldig. Es ist ein Glück für die beiden, dass sie sich so sehr lieben.»

Aurélie holte noch den Wasserkrug aus der Küche, dann ging sie durch den Salon und den anschließenden Flur bis zur Tür von Alices und Richards Zimmer. Sie klopfte und wartete, doch es kam keine Reaktion.

«Alice! Richard!», rief sie. «Das Abendessen ist fertig. Kommt ihr?» Es war nichts zu hören. Sie drehte den Kopf zur Seite, um mit dem Ohr näher an die Tür zu kommen. Ob sie schliefen? Sie klopfte erneut, diesmal kräftiger. «Aufwachen! Sonst essen wir alles alleine auf und kriegen Bauchschmerzen!» Sie lauschte dem Klang ihrer eigenen Stimme nach, aber mehr war auch dieses Mal nicht zu hören. Sie würde die beiden wecken müssen.

Sanft drehte sie den Türknauf und drückte die Tür auf. Das kleine Zimmer lag im dämmrigen Licht der schwachen Nachttischlampe, die sie jetzt im Winter schon am frühen Nachmittag anschalten mussten, weil das Zimmer auf den Hinterhof hinausging. Ein abgestandener Geruch hing in der Luft. Kein Wunder, wenn Alice seit dem frühen Nachmittag im Bett lag. Unter der dunkelbraunen Wolldecke zeichnete sich ihr Körper ab und auch der Umriss Richards, der zu seiner Mutter unter die Decke geschlüpft war und sich an sie geschmiegt hatte, obwohl er dafür eigentlich schon zu alt war. Das hatte sich Aurélie schon gedacht. Sein eigenes schmales Bett stand mit ordentlich glattgezogener Decke neben dem dunklen Holzschrank rechts an der Wand.

«Aufwachen, ihr Schlafmützen!», rief Aurélie munter, auch wenn sie wusste, dass von Alice nicht mehr als ein schmerzliches Lächeln zu erwarten war. Doch je tiefer Alice in ihren Depressionen versank, desto mehr kehrte Aurélie die Fröhliche heraus. «Richard, mon chéri! Komm, es gibt Wirsinggemüse, dein Lieblingsgericht!» Das stimmte nicht, ganz im Gegenteil, und Aurélie wartete auf Richards Widerspruch. Aber es kam nichts.

Irritiert trat sie ans Bett. Alice schlief immer noch. Ihre Wimpern bildeten dunkle Halbmonde über ihren Wangen, und ihr schmaler Mund war leicht geöffnet. Richard lag auf der Seite. Den Kopf in ihrer Halsbeuge, den Arm um ihren Körper geschlungen, hatte er sich eng an seine Mutter gedrückt. Seine Augen waren offen.

«Richard! Du schläfst gar nicht! Das habe ich mir doch schon die ganze Zeit gedacht!» Aurélie legte ihm die Hand auf die Schulter, die unter der Decke aufragte wie ein spitzer Fels. Von Richard kam auch jetzt keine Reaktion. Bewegungslos starrte er in die Halsbeuge seiner Mutter.

Ein merkwürdiges Gefühl erfasste Aurélie. Als ob sie ins Schleudern geriete, obwohl sie nur weiter an dem Bett stand. Sie zog ihre Hand von Richards Schulter zurück. Die Handfläche war feucht und bräunlich rot verschmiert. «Chéri, was ist denn passiert?», flüsterte sie, während sie sich dicht über Richard beugte. Inzwischen roch die Luft nicht mehr nur abgestanden, sondern metallisch. Aber das registrierte Aurélie nur am Rande.

Sie zog die Decke von Richards Schulter. Das weiße Laken darunter war blutgetränkt. Wie eine zweite Haut hatte es sich über Alices Oberkörper gelegt, und auch über den von Richard, der das blutfeuchte Laken über sich gezogen hatte, um sich so dicht wie möglich an seine Mutter zu schmiegen.

Aurélie stockte der Atem. Sie griff nach dem Rand des Lakens und zog es vorsichtig weg. Das Tuch hing in nassen, schweren Falten von ihrer Hand herunter. Auch Alices Nachthemd war blutrot. Ihre rechte Hand lag zur lockeren Faust geschlossen zwischen ihren Brüsten, während die linke Hand mit der Handfläche nach oben auf die Matratze gesunken war. Zwischen den Fingern lag eine Rasierklinge. Der Schnitt, den sie in Längsrichtung entlang der Pulsadern gezogen hatte, wirkte sehr tief. Die Matratze glänzte vor roter Feuchtigkeit. Das Blut der rechten Pulsader war von ihrem Handgelenk aus über das Nachthemd geflossen und hatte ein Rinnsal zu beiden Seiten des Halses gebildet. Es sah aus, als läge ein roter Strick um ihre Kehle.

Richard gab weiter keinen Laut von sich. Auch seine Kleidung war blutbeschmiert, ebenso wie sein Arm, seine Wange und sogar ein Teil seines honigblonden Schopfs.

«Oh, mein Liebling.» Aurélies Stimme war nur noch ein Hauch. Sie fasste nach Richards rechtem Arm, mit dem er seine Mutter umschlungen hielt, und versuchte, die Umklammerung zu lösen. Seine Haut war kalt, beinahe so kalt wie die von Alice. Aurélie löste seine Finger von Alices Oberarm, um den er seine Hand gekrampft hatte, und murmelte die ganze Zeit beruhigende Worte in sein Ohr, die ebenso gut für sie selbst bestimmt waren. Mühsam drehte sie ihn auf den Rücken und schob ihre Arme unter seinen Körper. Dann hob sie ihn vom Bett und richtete sich auf. Er war eigentlich zu schwer für sie, aber sie musste ihn aus dem Zimmer bringen.

Wie tot lag Richard auf ihren Armen, als sie durch den Flur zurück zum Salon ging. Ihre Mutter saß im Schein der Deckenlampe an dem gedeckten Tisch und stopfte eine Socke, während sie wartete.

«Maman», sagte Aurélie, als sie die Tür erreicht hatte.

Ihre Mutter hob den Blick, und in ihren Augen spiegelte sich Aurélies Entsetzen.

«Was wir in diesem Moment noch nicht wussten», sagte Aurélie, «war, dass Alice an diesem Tag ihren letzten Brief an Richards Vater in der Post gefunden hatte, die sie mit heraufbrachte, als sie vom Putzen kam. Der Brief war zurückgekommen. Wir haben ihn danach auf dem Tisch in ihrem Zimmer entdeckt.» Sie seufzte. «Ihr Geliebter war also tot. So haben wir es uns erklärt.» Sie sah vor sich hin. «Alice hatte so lange gelitten, hatte nur noch von der Hoffnung gelebt, dass er zurückkommen würde. Das hatte er ihr versprochen, als er kurz vor der Libération aus Paris abgezogen wurde. Und darauf hatte sie sich fixiert.» Aurélie schüttelte den Kopf. «Nicht einmal von ihrem Selbstmord wollte ihre Familie etwas hören. Keiner von ihnen ist zur Beerdigung gekommen. Diese Härte. Es ist unfassbar. Und natürlich wollten sie nach wie vor nichts von dem Kind wissen.»

Erst als Aurélie schwieg, wurde Delphine bewusst, dass sie bei der Erzählung wie erstarrt dagesessen hatte. Sie lehnte sich zurück. «Das meinten Sie also, als Sie gesagt haben, es kam noch schlimmer.» Was für ein Grauen. Wie konnte ein Kind solch ein Erlebnis verkraften?

«Ja», sagte Aurélie, «das auch.»

8

Das kurze, leise Brummen erinnerte an das entfernte Summen einer Fliege. Trotzdem erschien es Richard unglaublich laut. Er warf einen Blick zu dem zweiten Besucher des weitläufigen Lesesaals hinüber, der hinter Kladden und einem Bücherstapel in seine Arbeit vertieft war. Er hatte nichts gehört. Das Handy steckte in Richards Schreibmappe, die auf dem Arbeitstisch neben Heftern mit vergilbten Namenslisten und Akten lag.

Er blinzelte kurz, um von der düsteren Welt, die in den Akten beschrieben wurde, in die Gegenwart zu wechseln, und warf einen Blick auf die Uhr. Halb elf. Dann schob er seinen Stuhl zurück, räumte seine Sachen zusammen und gab bei der Lesesaal-Aufsicht Bescheid, dass er mit den Akten fertig war.

«Möchten Sie weitere bestellen, Monsieur Lebrun?», fragte die Angestellte.

«Jetzt nicht, danke. Ich muss nächstes Mal erst noch die Signaturen heraussuchen.» Er verabschiedete sich mit einem Nicken und verließ den Lesesaal Richtung Foyer.

Das Archiv in Poitiers war ein moderner Funktionsbau und jetzt, mitten in der Ferienzeit Ende Juli, noch stiller als gewöhnlich. An manchen Tagen war Richard während der gesamten Öffnungszeit der einzige Benutzer des Lesesaals. Dann konnte sich das Gefühl einstellen, als gäbe es da draußen keine Welt. Und es wirkte jedes Mal wie ein kleiner Schock, wenn er wieder in den Strom der Fußgänger und den Verkehrslärm hinaustrat.

Er legte die Schreibmappe auf den Tisch neben den Garderobeschränken und nahm das Handy heraus. Aurélie hatte angerufen. «Richard, mon chéri», hatte sie auf die Mailbox gesprochen, «bist du noch in Poitiers? Ich möchte etwas mit dir besprechen. Ich rufe dich später noch einmal an.»

Er versuchte, sie zurückzurufen, doch sie nahm nicht ab. Also beschloss er, vor dem nächsten Versuch das Parfüm zu besorgen, das er Aurélie mitbringen wollte. Bois des Îles. Zuerst war das Parfüm nur eine Verlegenheitslösung gewesen, weil Aurélie es eben benutzte und ihm nichts Besseres eingefallen war. Mittlerweile schenkte er ihr diesen Duft schon seit vielen Jahren.

Sobald er aus dem klimatisierten Archiv ins Freie trat, begann seine Haut zu prickeln. Obwohl es erst später Vormittag war, hing schon eine enorme Hitze in der Luft. Er stieg in sein Auto, fuhr zur Altstadt und parkte auf dem winzigen Stellplatz hinter seinem Hotel. Dann machte er sich zu Fuß auf den Weg zu der Parfümerie, die ihm schon bei einem seiner früheren Aufenthalte in Poitiers aufgefallen war.

Wie immer, wenn er Aurélies Parfüm kaufte, kostete es ihn ein wenig Überwindung, sich in eine solche Geruchsmenagerie zu begeben. Schon beim ersten Schritt in das Geschäft hüllte ihn ein Chaos aus herben, süßlichen, blumigen und unzähligen anderen Duftnoten ein, das sich wie ein unsichtbarer Aggressor mit jedem Atemzug bis in sein Gehirn bohrte. Zwei perfekt gepflegte Verkäuferinnen sahen zu dem neuen Kunden hinüber und musterten mit halb missbilligenden, halb herablassenden Blicken seine unmodische Erscheinung.

«Bonjour, Monsieur», sagte die eine mit geschulter Freundlichkeit und kam auf ihn zu, während die andere begann, ein fächerartiges Lippenstifte-Arrangement in einer Glastheke umzusortieren. «Womit kann ich Ihnen dienen?» Mit ihrer schwarzen Hose und der zarten, schwarzweiß gemusterten Bluse wirkte die Verkäuferin wie die Empfangsdame eines Clubs, der nur auf persönliche Empfehlung langjähriger Mitglieder betreten werden durfte.

«Ich möchte einen Flakon Bois des Îles», sagte Richard und rückte den Riemen seiner Schultertasche zurecht. Die Verkäuferin hob kaum merklich ihre makellos gezupften Augenbrauen, und Richard war überzeugt, dass sie sich fragte, wem solch ein grober Klotz wohl dieses Parfüm schenken konnte.

«Das ist ein sehr klassischer Duft», sagte sie und begann, an den Glasregalen mit Parfümflakons entlangzugehen, wie ein enthusiastischer Professor an seiner Präparatesammlung mit Gläsern voll bleicher, in Alkohol schwimmender Tierleichen. «Wie Sie vielleicht nicht wissen», dozierte die Verkäuferin weiter, «ist vor einiger Zeit die Rezeptur dieses Dufts verändert worden.» Notgedrungen folgte ihr Richard. Sie warf ihm einen Blick zu, doch er nickte nur vage.

Richard kannte diesen Vortrag schon. Gleich würde es mit der Gefährdung des Sandelholzbaums, Kopfnoten und der identité olfactive weitergehen. Er hörte nicht weiter zu, bis die Verkäuferin vor einem der Regale stehen blieb, in dem die sanfte, indirekte Beleuchtung den Chanel-Flakons die Aura von Kronjuwelen verlieh. Zwischen den glatten, schimmernden Flakons spiegelte sich Richards blasses, hageres Gesicht in der Rückwand des Regals, er sah sogar den Anflug grauer Bartstoppeln.

«Ein zeitloser Duft», sagte die Verkäuferin gerade und drehte sich zu ihm um. «Die Dame weiß ihn sicher sehr zu schätzen.» Richard reagierte auch darauf nur mit einem unverbindlichen Nicken, und die Verkäuferin seufzte leise. «Soll es das Parfüm oder das Eau de Toilette sein?», fragte sie dann in merklich sachlicherem Ton.

«Das Eau de Toilette», sagte Richard.

Die Verkäuferin zog eine Schublade unter dem Regal auf, nahm eine weiß kartonierte Schachtel heraus und ging damit zur Verkaufstheke. «Möchten Sie es als Geschenk eingepackt haben, Monsieur?», fragte sie und hatte schon einen Bogen dunkelblaues Papier herausgezogen.

Schweigend sah Richard zu, wie sie die Schachtel mit professionellem Geschick einschlug und das Päckchen mit einer breiten, goldfarbenen Mehrfachschleife krönte.

«Interessieren Sie sich vielleicht auch für neue Duftkreationen?», fragte sie routinemäßig. Und während er das Geld aus seinem Portemonnaie nahm, besprühte sie drei längliche, weiße Kartonstreifen mit Parfüms und hielt sie ihm zwischen Daumen und Zeigefinger entgegen, als ginge es darum, das große Los zu ziehen. Richard umfasste alle drei Streifen mit der Hand und steckte sie zusammen in seine Jacketttasche, ohne daran gerochen zu haben, was ihm ein Stirnrunzeln der Verkäuferin eintrug. Er bekam solche Duftproben jedes Mal, wenn er das Bois des Îles für Aurélie kaufte. Dieses Parfüm aber war schon lange keine Verlegenheitslösung mehr. Ein anderes kam überhaupt nicht in Frage, denn inzwischen fühlte sich Richard, ganz gleich, wo er es roch, an Aurélie erinnert und damit an ihre gesamte gemeinsame Geschichte. Eine Beziehung, ohne die er vielleicht aufgegeben hätte.

Nachdem er zum Erstaunen der Verkäuferin die Chanel-Tragetüte abgelehnt hatte, die für andere Kunden anscheinend so etwas wie einen Statusausweis darstellte, steckte er das Päckchen mit der überdimensionierten Schleife in seine Schultertasche und verließ mit leichten Kopfschmerzen das Geschäft.

Urlaubsreif wirkende Touristen, die versucht hatten, die zweitausendjährige Geschichte der Stadt bei einem Tagesausflug abzuklappern, schlenderten um die Andenkenläden. Ein paar Nimmermüde fotografierten das Portal der Kathedrale mit ihren Handys.

Richard dachte daran, dass er Aurélie noch einmal anrufen wollte, aber auf der Straße zu telefonieren, kam für ihn nicht in Frage. Er machte sich auf den Rückweg zu seinem Hotel, das in einer kühlen, schmalen Gasse hinter der Kathedrale lag. Es war ein kleines, etwas heruntergekommenes Haus, nur zehn Zimmer und ein Frühstücksraum. Vor allem aber hatte es keine Webseite, was für Richard mit dem Vorteil verbunden war, dass hier kaum jemals lärmende Rucksacktouristen anzutreffen waren. Richard stieg jedes Mal in diesem Hotel ab, wenn er in Poitiers zu tun hatte.

Der Rezeptionist, der seinen Dienst abwechselnd mit Studenten von der Université de Poitiers versah, war mindestens Anfang siebzig und widmete sich hingebungsvoll den Kreuzworträtseln seines *Addictomots*, dem Sonderrätselheft der Regionalzeitung *La Nouvelle République*. Bei Richards Eintritt läutete die Türglocke, und der Mann hob kurz den Kopf über den Rezeptionstresen. Als er sah, wer es war, streckte er, ohne sich umzudrehen, den Arm schräg hinter sich aus, griff mit sicherer Hand den richtigen Zimmerschlüssel vom Schlüsselbrett und legte ihn auf den Rezeptionstresen.

«Merci, Monsieur», murmelte Richard verhalten, um den Rezeptionisten nicht weiter in seiner Konzentration zu stören, und ging die Treppe hinauf in den zweiten Stock. In seinem Zimmer legte er seine Tasche auf den Tisch und wusch sich die Hände in dem kleinen Bad. Dann versuchte er noch einmal, Aurélie anzurufen.

Während er das Handy ans Ohr hielt, stellte er sich vor, wie in Les Balaines das Telefon klingelte, das im Salon links neben dem Kamin auf einem Beistelltischchen stand. Er spürte beinahe körperlich, wie der Klingelton durch den großen Raum hallte, in dem jetzt wohl die Mittagssonne das Sprossenmuster der hohen Fenster über die gegenüberliegende Wand wandern und ein Leuchten über die Gesichter auf den gerahmten Fotos gehen ließ, die dort auf einer Kommode mit Rocaillenverzierung standen.

Es klingelte inzwischen zum sechsten oder siebten Mal. Richard unterbrach den Anruf. Nach dem zehnten Klingeln hätte sich der Anrufbeantworter eingeschaltet. Da sich Aurélie nicht mehr so schnell bewegen konnte, würde er es gleich noch einmal versuchen. Aurélies Telefonnummer war mit drei Apparaten im Haus verbunden. Einem im Salon, einem im Arbeitszimmer und einem in ihrem Schlafzimmer. Wenn sie zu Hause war, würde sie es beim zweiten Versuch an den Apparat schaffen.

Doch auch bei Richards zweitem Anruf nahm Aurélie nicht ab.

Vermutlich ist sie irgendwo zum repas de midi eingeladen, dachte Richard. Außerdem war Dienstag, da würde sie vor der Verabredung mit Delphine Gueron vielleicht nicht mehr nach Hause kommen. Er sprach auf den Anrufbeantworter, dass er im Archiv fertig wäre und sich auf den Weg machen würde.

Dann nahm er die kleine Reisetasche aus dem Schrank, legte sie aufs Bett und packte seine Sachen ein. Zuletzt das Päckchen mit dem Parfüm. Er legte es ganz oben in die Reisetasche. Die aufwendige Goldschleife war stark zerdrückt.

«Du kommst zu spät.» Eric lehnte in lässiger Pose an der Eingangstür zu dem Flachbau neben der police municipale, wo sie ihre Ausrüstung zur Parksünderkontrolle abholten. Es war drei Uhr, und Karim hätte um Viertel vor drei antreten müssen.

«Es gibt nur noch Lätzchen», verkündete Eric. Und als Karim stöhnte, fügte er hinzu: «Tja, wer zu spät kommt ...» Er ließ seine Worte einen Moment in der Luft hängen, bevor er die Augenbrauen beinahe bis zum Haaransatz hochzog und sagte: «Außer ...»

Karim sah ihn an.

«Außer», wiederholte Eric, «wenn man so einen aufopfernden Knöllchendienstpartner hat wie mich.» Er setzte eine entsprechend selbstgefällige Miene auf und weidete sich an Karims fragendem Blick. Als er sich offenkundig genug in seinem eigenen Glanz gesonnt hatte, rief er: «Tataa!», und wirbelte eine Neonweste durch die Luft, bevor er sie Karim mit einer so tiefen Verbeugung präsentierte, als wäre er ein Höfling vor dem Königsthron.

Karim schnappte sich die Weste. «Solltest Schauspieler werden», knurrte er.

Eric lachte. «Los, hol dir das Handgerät ab», sagte er dann. «Das haben sie mir nicht gegeben, musst du selber quittieren.»

Bald darauf waren sie in der Nähe der Post auf der Suche nach Falschparkern. Eric hatte beim Wetten schon zweimal gewonnen, Karim einmal. Langsam arbeiteten sie sich in der Rue Delorme vor. Auch hier standen wieder jede Menge Autos ohne Parkschein.

«Der da vorne, hinter dem weißen mit den Protzfelgen. Beurk!», sagte Eric und deutete auf einen Mégane.

Karim betrachtete abschätzend den Renault, der etwa zwanzig Meter weiter zwischen einem Mini und einem weißen BMW parkte.

«Erschwerte Bedingungen», sagte Eric, während sie weitergingen, «der gehört nicht in eine der auffälligen Gruppen. Erhöhen wir den Einsatz?»

Karim schnitt eine Grimasse. «Nein, lass mal, ich muss noch tanken. Aber ich sage, der BMW davor hat keinen Parkschein.»

«Hättest du wohl gern, aber das sage ich auch», gab Eric zurück. Karim ging zum nächsten Auto weiter.

«Hey, das gibt's doch nicht», rief jemand in demselben Moment.

Karim sah auf die andere Straßenseite hinüber. Philippe, Christian und noch einer aus ihrer Schule standen zwischen zwei geparkten Autos und warteten darauf, über die Straße zu kommen. Philippe hatte sein Surfbrett dabei, das ihn um gut zwanzig Zentimeter überragte, und hielt es mit seinem muskulösen Arm in der Senkrechten. Er surfte schon seit Jahren auf einem Shortboard und war sehr gut trainiert. Zu knielangen Badehosen trug er ein sonnengebleichtes T-Shirt und Badelatschen. Die reinste Quicksilver-Reklame. Offenbar kamen sie gerade vom Strand. Alle drei waren sonnengebräunt, und Philippes sonst mittelbraunes Haar war durch Salzwasser und Sonne blond gesträhnt. Er hob kurz seine Sonnenbrille an, um darunter hindurchzulugen, als würde er so besser sehen. «Doch, doch», sagte er, während sie über die Straße kamen, ohne auf die Autos zu achten, «das ist unser El Karim.»

Sie blieben vor Karim stehen. «Machst du jetzt einen auf Gesetzeshüter?», fragte Philippe. Karim schwieg. «Du hast doch kürzlich noch einen ganz anderen Auftritt hingelegt.» Philippe wandte sich an seine Begleiter. «Wisst ihr noch», redete er laut weiter, damit nicht nur seine Freunde es hörten, «wie er bei der Extasy-Party zur Musik rumgehopst ist wie ein schwachsinniger Derwisch?» Die anderen nickten, sie waren allesamt bei der Party gewesen, an die sich Karim nur noch bruchstückhaft erinnerte. «Aber dann so blöd sein und sich von den Flics schnappen lassen», setzte Philippe verächtlich hinzu.

Karim warf einen Blick zu Eric hinüber, der auf der gegenüberliegenden Straßenseite damit beschäftigt war, einen Strafzettel auszudrucken.

«Habt ihr schon mal so eine Scheißweste gesehen?», fragte Philippe, dann drehte er sich wieder zu Karim und nahm die Weste am Ärmelausschnitt zwischen Daumen und Zeigefinger. «Siehst aus wie ein Schülerlotse.» Christian und der andere lachten.

«Lass mich in Ruhe», sagte Karim und trat einen Schritt zurück, aber Philippe beugte sich vor und sagte gerade laut genug, dass es die anderen hören konnten: «Gibt es Extrapunkte bei den Pfadfindern, wenn du den Leuten hier Tickets unter die Scheibenwischer klemmst?» Erneutes Gelächter. Der Dritte drückte den Rücken durch, legte die Fingerspitzen an die Schläfe und rief: «Allzeit bereit!»

Karim drehte sich unwillig weg. «Haut endlich ab.» Doch es war, als hätte er überhaupt nichts gesagt.

«Erst alten Frauen die Einkäufe tragen und jetzt papillons verteilen», rief einer der anderen, «jeden Tag eine gute Tat!» Aus irgendeinem Grund fanden sie das so lustig, dass sie in wieherndes Gelächter ausbrachen. Philippe rückte wieder dichter an Karim heran, und die anderen schlossen zu ihm auf, sodass Karim mit dem Rücken zu einem Auto stand und die anderen im Halbkreis vor sich hatte. «Oder gehört das zu deinem Integrationskurs? Dein Vater ist doch ein waschechter beur, hab ich gehört.»

Wütend versuchte Karim, ihn wegzustoßen, doch Philippe packte ihn am Handgelenk und zog ihn zu sich heran, sodass ihre Köpfe hinter dem Surfbrett verschwanden.

«Was läuft hier eigentlich?» Das war Erics Stimme.

Philippe hielt Karim mühelos fest. Sein Gesicht war so dicht vor ihm, dass Karim in Philippes Augenbrauen Salzkristalle sehen konnte, die nach dem Surfen getrocknet waren. Er wollte sein Handgelenk aus Philippes Griff ziehen, doch er hatte keine Chance. «Noch was», sagte Philippe leise, «Renaud hat mir erzählt, dass die Flics bei ihm in der Gegend rumschnüffeln. Ich soll dir was von ihm ausrichten.» Mit einem Ruck zog er Karim noch näher an sich. «Wenn du auch nur ein Wort von ihm oder uns sagst», zischte er und sah Karim direkt in die Augen, «bist du dran. Außerdem», er quetschte Karims Handgelenk zusammen wie in einem Schraubstock, «schuldest du ihm noch Kohle. Nicht vergessen, ja? Sonst könnte es für dich bald zu einer ziemlich unangenehmen Begegnung kommen. Also zahl lieber, wenn du deine Ruhe haben willst.»

Eric tauchte hinter Philippe auf. In demselben Augenblick ließ Philippe so unvermittelt Karims Handgelenk los, dass er gegen das Auto taumelte. Gleichzeitig drehten sich auch die beiden anderen weg, sodass aus der bedrohlichen Gruppe in wenigen Sekunden wieder ein paar harmlose Jungs vom Strand wurden.

«Je t'emmerde, connard!», schrie Karim.

Philippe wandte sich noch einmal um. «Und wenn wir dich nicht kriegen», sagte er beiläufig, «hast du ja noch eine kleine Schwester.»

«Was war das denn?», fragte Eric und sah dem Trio nach, das Richtung Kreisverkehr abzog.

Karim rieb sich das Handgelenk, um das sich ein weißer Ring abhob, der schnell verschwand, obwohl Karim Philippes Griff noch bis auf den Knochen spürte. «Gar nichts», sagte er zitternd vor Wut und trat gegen den Reifen des Autos, vor dem sie standen.

Eric sah ihn skeptisch an. «Das kannst du deiner Urgroßmutter erzählen.» Er hob das Handgerät in Karims Richtung. «Philippe hat doch was von deiner Schwester gesagt. Was will er von ihr?»

«Meine Schwester hat überhaupt nichts damit zu tun», fuhr Karim hitzig auf.

«Mit was denn?», fragte Eric.

Hatte er wirklich nichts davon mitbekommen, dass

die Flics ihn mit Ecstasy-Pillen erwischt hatten? Bei der Party war er jedenfalls nicht gewesen. Bei dem läuft immer alles richtig, dachte Karim. Schweigend starrte er vor sich hin. So ein Lehrersöhnchen aus gutem Hause konnte sich nicht mal im Traum vorstellen, wie es war, wenn man gleichzeitig von seiner Mutter, einer verdammten Ex-commissaire, den Flics und dem beschissenen Renaud Druck bekam. Er zuckte zusammen, als sie angehupt wurden, weil sie halb auf der Straße standen. Und dazu noch dieser Scheißjob.

«Ach, vergiss es doch!», zischte Karim aggressiv.

Eric legte ihm die Hand auf die Schulter. «Sag schon», drängte er.

Wütend schüttelte Karim seine Hand ab. «Du hast doch keine Ahnung, verdammt», rief er. «Mich kotzt das alles an hier. Und weißt du was?» Eric sah ihn nur an. «Mit diesem beschissenen Job ist jetzt Schluss!» Mit einem Knall landete Karims Handgerät auf der nächstbesten Kühlerhaube, dann zerrte er mit wilden Bewegungen die Klettverschlüsse seiner Neonweste auf und riss sie sich vom Körper.

«Hier, deine Luxusweste», sagte er, drückte sie Eric in die Hände und stapfte mit langen Schritten blindlings über die Straße. Wieder wurde er angehupt, blieb auf der Fahrbahn stehen, um der Autofahrerin den Mittelfinger zu zeigen, und war gleich darauf in einer der Gassen Richtung Strand verschwunden.

Delphine schaltete kurz ihr Handy an, um nach der Uhrzeit zu sehen. Merkwürdig, dass Aurélie noch nicht aus ihrer Suite heruntergekommen war, wo sie doch immer zu Recht feststellte, die Pünktlichere von ihnen beiden zu sein. Es war Viertel nach vier.

Sie sah hinaus aufs Meer. Die pure Schönheit. Silbrige Wellen und weiße Schaumkronen, wo sie sich am Ufer brachen, darüber ein so tiefblauer Himmel, dass er manchmal beinahe schwarz wirkte, obwohl das natürlich nicht sein konnte.

«Darf ich Ihnen schon Tee einschenken, Madame?» François war zu Delphine an den Tisch gekommen.

«Ich weiß nicht, ich möchte eigentlich noch warten. Sonst ist sie doch immer als Erste da», sagte Delphine.

«Ja, da haben Sie recht. Ganz wie Sie wünschen, Madame.» François trat an einen anderen Tisch, um die Gäste nach ihren Wünschen zu fragen.

François war schon seit beinahe zwanzig Jahren als Kellner und Faktotum im Atlantique. Er wusste alles, kannte jeden und auch jedes Gerücht, das im Städtchen kursierte, und war dabei unendlich aufmerksam und höflich, ohne je Partei zu ergreifen.

Bei einem neuerlichen Blick auf die Uhr stellte Delphine fest, dass es mittlerweile fast halb fünf geworden war. Aurélie hatte sich immer noch nicht blicken lassen. Das war noch nie vorgekommen, Delphine wurde unruhig. Sie stand auf und ging zu François hinüber. «Ich werde einmal nachsehen, ob sie in der Suite ist. Haben Sie denn Madame de Montvignon heute schon gesehen?»

«Ja, Madame, sie ist um kurz nach zwölf gekommen und nach oben gegangen. Ich habe gerade schon versucht, sie in ihrem Apartment anzurufen, um zu sagen, dass Sie da sind, aber sie hat nicht abgenommen. Vielleicht macht sie noch eine Besorgung.»

«Ich gehe trotzdem mal rauf. Falls sie in der Zwischenzeit kommt, richten Sie ihr doch bitte aus, dass ich gleich wieder da bin.»

«Gern, Madame.»

Delphine ging durch die Lobby zum Lift und rief den Aufzug. Als die Kabine heruntergefahren war, stieg sie ein und drückte auf die Taste mit der 4 für die vierte Etage.

Wenig später hielt der Aufzug mit einem leisen ‹Pling›. Delphine trat hinaus auf den Flur mit dem dicken Teppich und wandte sich nach links. Aurélies Suite lag etwa in der Mitte des Korridors. Ein Salon und ein Schlafzimmer, beide mit atemberaubendem Ausblick über das Meer, dazu ein Bad und eine winzige Küche, die Aurélie noch niemals betreten hatte, soweit Delphine wusste. Ihre Freundin war zwar Feinschmeckerin und konnte in jedem Gericht die außergewöhnlichsten Gewürze bestimmen und peinlich berührten Kellnern auf den Kopf zusagen, dass die angeblich frisch gefangenen crevettes in Wahrheit aus der Tiefkühltruhe gefischt worden waren. Aber selbst zu kochen war ihr ein Graus.

Delphine klopfte, hörte jedoch nichts. Sie klopfte erneut, rief: «Aurélie! Sind Sie da?» Wieder nichts. Ohne recht darüber nachzudenken, drehte sie am Türknauf. Die Tür öffnete sich, und Delphine trat einen Schritt in den kleinen Flur. Sommermantel am Haken. Handtasche auf der schmalen Kommode. Handtasche? Die Handtasche war da.

«Aurélie!», rief sie noch einmal. Dann ging sie weiter in

den Salon. Auf dem Tisch an der kleinen Sitzgruppe am Fenster lag eine Zeitung, Blumen standen in einer Vase auf dem zweiten Tisch, der auch als Schreibtisch genutzt werden konnte. Wie immer zahlreiche Bücher, die Aurélie stets mitschleppte. Aber keine Aurélie.

Delphine sah die Tür zum Schlafzimmer offen stehen und warf einen Blick hinein. Alles war sehr ordentlich. Über einer Stuhllehne lag ein Wollplaid, und unter der Sitzbank am Fußende des Bettes standen zwei Paar Schuhe. Der Schrank war geschlossen. Keine Aurélie. Hatte sie ihre Verabredung vergessen? Eigentlich unmöglich.

Delphine drehte sich um und ging zum Bad. War Aurélie ausgerutscht, hingefallen? Oberschenkelhalsbruch? Schlaganfall? All das schoss Delphine durch den Kopf, und noch ein anderes Gefühl machte sich in ihr breit. Sie verschränkte die Arme, um nichts anzufassen, und schüttelte dabei den Kopf über sich selbst. Sie war wirklich zu lange bei der Polizei gewesen. Aber trotzdem, man konnte nie wissen.

Die Badezimmertür war angelehnt, und Delphine schob sie mit der Fußspitze auf. Da war nichts, jedenfalls keine Aurélie. Nur ihre zahlreichen Cremes und Schönheitsmittel, die sie mit unglaublicher Disziplin und Eitelkeit anwendete. Wie sollte Helena Rubinstein einmal gesagt haben? *Es gibt keine hässlichen Frauen, es gibt nur faule Frauen!* Ob das stimmte, spielte bei Aurélie allerdings keine Rolle, denn sie war so oder so eine Schönheit, ganz gleich, wie viele Falten ihr das Leben ins Gesicht gegraben hatte.

Delphine verließ das Badezimmer und blieb etwas ratlos im Salon stehen. Neben der Sitzgruppe stand die Fenstertür zu dem kleinen Balkon auf. In der Brise, die von draußen hereinwehte, bauschten sich lautlos die Vorhänge. Dann schrillte der Ruf einer Möwe ins Zimmer, und Delphine zuckte zusammen.

Zögernd ging sie zur Fenstertür.

Sekunden später rannte Delphine die Treppen hinunter, durch die Lobby und den Salon de thé zur Terrassentür. Draußen empfingen sie aufgeregte Stimmen. Energisch schob sie sich zwischen den Gästen hindurch, die draußen gesessen hatten und entsetzt aufgesprungen waren. «Aurélie», flüsterte sie atemlos, während sie neben ihrer Freundin in die Hocke ging und ihr die Hand auf die Schulter legte.

Aurélie lag mitten in der Sonne auf dem Rücken, den linken Arm weit ausgestreckt, den rechten quer über der Brust. Ihr linkes Bein war nach außen abgewinkelt. Der Tisch, den sie bei ihrem Fall gestreift hatte, war umgestürzt, und etwa einen halben Meter weiter weg lag ein sandfarbener Pumps, der ihr beim Aufprall vom Fuß gerutscht sein musste.

Delphine spürte Aurélies schmale Schulter unter der Hand. Ihre Lippen, die mit einem rosenholzfarbenen Lippenstift geschminkt waren, wirkten in die Breite gezogen, wie bei einem grimmigen Lächeln. Ihre strahlend hellblauen Augen blickten weit geöffnet zum Himmel hinauf. Für drei oder vier lange Sekunden sah Delphine in ihnen die Spiegelung einer Möwe, die weit oben über sie hinwegflog.

«Aurélie», flüsterte sie noch einmal.

Doch sie hatte schon das tiefrote Blut gesehen, das unter Aurélies weißem Haar herauslief und von ihrem Schilfsee-Tuch aufgesogen wurde. Delphine beugte sich dicht über sie. Und in dem Schatten, den ihr Kopf warf, wurden Aurélies Augen matt.

«S'il vous plaît, messieurs-dames», war das Nächste, was Delphine wieder wahrnahm. François. Er schickte die Gäste von der Terrasse ins Gebäude. Sie leisteten seiner Aufforderung bereitwillig Folge. Dann trat er zu Delphine, die weiter bei Aurélie kniete. «Éva von der Rezeption hat die Polizei und den Notarzt gerufen», sagte er leise. Delphine nickte reflexhaft. François ließ seinen Blick auf Aurélie ruhen. Seine Lippen waren zu einem schmalen Strich zusammengepresst, und er verdrehte eine weiße Stoffserviette zwischen den Händen. «Ich bin untröstlich, Madame», sagte er schließlich mit schwankender Stimme. Delphine senkte den Kopf.

Ein paar Momente später berührte François sie am Oberarm. «Ich muss wieder hineingehen», sagte er behutsam. «Die Leute sollen nicht am Fenster stehen.» Er zögerte kurz. «Die Polizei wird jeden Moment hier sein.» Dann wandte er sich zum Gehen.

Delphine atmete tief ein und langsam wieder aus. Sie hob die Hand und strich Aurélie mit einer sanften Bewegung die Augen zu.

Die Sirenen der Einsatzwagen waren die ganze Rue Théophile Sarrault herunter zu hören. Keine Minute später hasteten die Beamten und der Notarzt auf die Hotelterrasse. Widerstrebend erhob sich Delphine und ging ein paar Schritte zur Seite, um ihnen nicht bei der Arbeit im Weg zu sein. Sie fühlte sich wie betäubt und lehnte sich an die niedrige Einfassungsmauer der Terrasse.

«Madame Gueron!», rief der Einsatzleiter überrascht.

Delphine drehte sich um. «Bonjour, Lucien», sagte sie. Lucien Benazet war der Sohn von Thomas Benazet, mit dessen jüngerer Schwester Cécile Delphine in die gleiche Klasse gegangen war. Delphine kannte Lucien schon sein ganzes Leben lang. Und nun war er der commissaire von St. Julien.

«Bon, alors ...» Lucien fuhr sich mit der Hand über den Nacken. Offenbar war er nicht ganz sicher, wie er mit der so viel erfahreneren Kollegin umgehen sollte. Er warf einen Blick auf den Arzt, der mit seinem Assistenten bei Aurélie kniete und den Kopf schüttelte, während einige Beamte Stellwände aufrichteten. «Waren Sie dabei?», fragte er Delphine.

«Nein», sagte sie und sah ihn mit leicht zusammengekniffenen Augen an, obwohl sie mit dem Rücken zur Sonne stand, «ich bin einen Moment zu spät in ihre Suite gekommen.»

«Wissen Sie denn, was passiert ist?»

«Sie ist vom Balkon gestürzt», sagte Delphine. Lucien legte den Kopf in den Nacken und sah an der mattrosa Fassade des Hotels mit den weißen Fensterumrahmungen und den weißen, gemauerten Balkons hinauf. Auf einem von ihnen stand eine junge Frau in einem weißen Kleid und sah zu ihnen herunter. «Der auf der linken Seite im vierten Stock», ergänzte Delphine.

«Ich spreche kurz mit Docteur Duclos und komme dann wieder zu Ihnen», sagte Lucien. Delphine sah ihm nach, als er zu dem Arzt ging. Der dunkelhaarige Lucien war inzwischen Mitte dreißig und eine sehr sportliche Erscheinung. Wahrscheinlich schwamm er weiterhin regelmäßig quer durch die Bucht, sobald es Temperatur und Wellengang zuließen.

Der Arzt stand auf, und die beiden unterhielten sich. Das Gespräch dauerte nicht lange. Danach betrachtete Lucien ruhig den Bereich der Terrasse, auf den Aurélie gestürzt war. Den umgekippten Tisch, von dem eine kleine Vase mit einer Rose gefallen und zerbrochen war, sodass sich ein Wasserfleck auf den hellen Steinfliesen gebildet hatte, der schon zu verdunsten begann. Die beiden Stühle, die von dem Tisch bis zum Rand der Terrasse geschleudert worden waren. Bevor sich Lucien wieder zu Delphine umdrehte, hob er noch einmal den Blick zu dem Balkon im vierten Stock, den sie ihm gezeigt hatte. «Würden Sie mit mir hinaufgehen, Madame Gueron?», sagte er dann. «Ich würde gern hören, wie Sie dieses schreckliche Ereignis erlebt haben.» Er musterte ihr blasses Gesicht. «Wir können das aber auch verschieben.»

«Nein, es geht schon», sagte Delphine und löste sich von der Mauer.

Lucien ließ ihr den Vortritt, als sie den Salon de thé durch die Terrassentür betraten. Die Gäste standen im hinteren Teil des Raumes in Grüppchen beieinander und redeten leise. «Ich bin commissaire Lucien Benazet», sagte Lucien im Vorbeigehen zu ihnen, «bitte haben Sie ein paar Minuten Geduld, ich komme gleich zu Ihnen.»

Auf dem Weg in die vierte Etage erzählte Delphine von ihrer Verabredung und der Verspätung Aurélies. «Sie muss gefallen sein, als ich im Aufzug war», sagte sie, als sie oben in den Flur traten, und atmete hörbar durch die Nase ein. «Hätte ich doch bloß ein paar Minuten früher nach ihr gesehen.» In ihrem Kopf blitzte die Vorstellung auf, dass sie in dem Aufzugkäfig gestanden hatte, während Aurélie draußen im freien Fall war.

«Sie wissen doch, dass solche Überlegungen nichts bringen», sagte Lucien sanft. Sie standen vor der Tür zu Aurélies Suite. «Glauben Sie wirklich, dass Sie das jetzt schaffen?», fragte er dann. «Madame de Montvignon war eine Freundin von Ihnen, vielleicht wäre es besser, wenn Sie erst einmal den Schock verarbeiten.»

Delphine straffte sich. «Nein», sagte sie und versuchte, ihre Gefühle so gut es ging wegzuschieben und in ihr professionelles Ich zu schlüpfen, das jahrzehntelang ihren Alltag bestimmt hatte. Sie spürte, wie sich ihre Perspektive verschob, als sie bewusst auf commissaire umschaltete. «Die Tür war nicht abgeschlossen», bemerkte sie sachlich.

Lucien beugte sich vor, um den Bereich des Türschlosses zu mustern, dann zog er einen kleinen Beutel mit Latexhandschuhen aus der Jackentasche und nahm zwei heraus. Er streifte sie über, drehte am Türknauf und öffnete die Tür, ohne etwas zu berühren.

Sie betraten die Suite. Delphine sah sich langsam und methodisch um, ließ ihren Blick über den Sommermantel und die Handtasche auf der Kommode schweifen, über die Bücher und die Blumenvase im Salon, das ordentlich aufgeräumte Schlafzimmer und die kleine Küche. «Soweit ich sehe, ist nichts verändert, seit ich vorhin hier war», sagte sie zu Lucien, der ebenfalls durch die Räume gegangen war und gerade die offene Balkontür in Augenschein nahm.

«Mmh», kam es nur von ihm. Dann drehte er sich zu ihr um. «Ist Ihnen denn überhaupt etwas Ungewöhnliches aufgefallen?», fragte er.

Delphine schüttelte den Kopf. Genau danach hatte sie bei ihrem Gang durch die Suite gesucht, aber alles wirkte hier ganz so, wie es normalerweise aussah.

«Selbst die Handtasche ist da», sagte Lucien. Er trat auf den Balkon hinaus, und Delphine folgte ihm. Mit weißen Schaumkronen rollten die Wellen an den Strand, als wäre nichts passiert. Juchzende Badegäste warfen sich rücklings in die Gischt.

Delphine sah zur Terrasse hinunter. Die Beamten hatten inzwischen auf allen Seiten Stellwände errichtet und einen Sonnenschirm von der Terrasse über Aurélie aufgespannt, um den Schauplatz der Tragödie vor neugierigen Blicken zu verbergen.

«Es könnte nützlich sein, wenn Sie sich auch den Inhalt der Handtasche daraufhin ansehen, ob Ihnen etwas auffällt», sagte Lucien und ging in die Suite zurück. Er reichte Delphine zwei Latexhandschuhe. «Was haben Sie vorhin alles angefasst?», fragte er dabei.

Delphine dachte kurz nach. «Außen den Türknauf», sagte sie dann, «und ... sonst nichts.»

«Sonst nichts?» Lucien sah sie an. «Haben Sie denn damit gerechnet, dass irgendetwas passiert war?»

«Nein», sagte Delphine und fügte hinzu: «Berufskrankheit, die kriegen Sie auch noch.»

Lucien schüttelte den Kopf, bevor er die Handtasche von der Kommode nahm und ihren Inhalt Stück für Stück auf den kleinen Tisch neben dem Fenster legte. «Portemonnaie, Ausweis, Schlüssel ...», murmelte er, während er die Gegenstände aus der Tasche nahm. «Handy?»

«Hat sie keins», sagte Delphine.

«... Puderdose, Lippenstift, Kalender.» Er schlug den

schmalen Taschenkalender beim aktuellen Datum auf. «‹Einunddreißigster Juli. *16 HA Delphine*›», las er vor. «Außerdem *‹Richard›*. Sonst nichts heute. Wer ist Richard?», fragte er mehr sich selbst als Delphine, während er weiter durch den Kalender blätterte. «*‹Ismael›* ... So heißt heute noch jemand?», brummte er.

«Richard Lebrun», sagte Delphine. «Aurélies ältester ...» Sie zögerte kurz. «... Freund, denke ich. Sie haben ein ganz besonderes Verhältnis.»

Lucien hob den Blick von dem Kalender. «Sie haben Madame de Montvignon sehr gut gekannt, oder?»

«Ja, das habe ich», sagte Delphine, der bei diesem kurzen Satz jäh bewusst wurde, dass Aurélie nun Vergangenheit geworden war. Sie räusperte sich. «Wenn für diesen Tag Richard im Kalender steht, ist er wahrscheinlich heute nach Les Balaines zurückgekommen oder wird noch zurückkommen.» Lucien sah sie fragend an. «Er wohnt gelegentlich dort», sagte Delphine in demselben Moment, in dem Luciens Telefon zu klingeln begann.

Er reichte ihr den Kalender. «Sehen Sie doch bitte mal nach, ob Ihnen etwas auffällt», sagte er und nahm das Gespräch an. Einen Moment lang hörte er zu, dann öffnete er den Mund, um etwas zu sagen, und schloss ihn wieder. «Philib-», gelang es ihm schließlich einzuwerfen, doch sein Gesprächspartner überrollte ihn mit einer weiteren Satzlawine. Lucien verdrehte die Augen zur Decke. «Philibert!», rief er dann, um zu Wort zu kommen. «Ich bin in fünf Minuten unten. Richten Sie das den Herrschaften aus. Und schicken Sie mir Taffard in den vierten Stock, damit er sich hier auf den Flur stellt.» Er unterbrach die Verbindung. «Anscheinend fühlt sich mein inspecteur im

Salon de thé wie ein Lockschaf vor dem Löwenrudel.» Er nahm Aurélies Ausweis vom Tisch. «Ist Ihnen etwas aufgefallen?», fragte er.

«Auf den ersten Blick nicht», sagte Delphine und legte den Kalender auf den Tisch. Die meisten Einträge bezogen sich auf Madame Sèvres, Birru, den Gärtner, dîners bei Bekannten, Termine beim Coiffeur oder bei maître Villon und dergleichen. «Der müsste aber gegebenenfalls noch systematisch ausgewertet werden, wenn die Spurensicherung damit fertig ist.»

«Ja, die Spurensicherung», sagte Lucien nachdenklich, während er Aurélies Ausweis betrachtete. «Neunzehnhundertsiebenunddreißig», fuhr er fort und rechnete kurz, «also war sie fünfundsiebzig.»

«Die Spurensicherung kommt doch, oder?», fragte Delphine.

«Ja, sie kommt. Spurensicherung, Obduktion, ich denke, der procureur wird eine anordnen.» Er sah Delphine an. «Damit wir auf der sicheren Seite sind. Allerdings», er sah sich um, «Spurensicherung in einem Hotelzimmer. Das ist so eine Sache.»

«Ganz so schlimm ist es hier vermutlich nicht», sagte Delphine, «denn Aurélie und ihr verstorbener Mann haben die Suite dauerhaft gemietet.»

Lucien trat wieder auf den Balkon hinaus und musterte das weiße, gemauerte Balustradengeländer, das ihm kaum bis zum Oberschenkel reichte. «Nicht besonders hoch», stellte er halb zu Delphine umgedreht fest.

«Ist mir auch schon aufgefallen», sagte sie.

Er runzelte die Stirn. «Wissen Sie etwas über den allgemeinen Gesundheitszustand Madame de Montvignons?»

Delphine ahnte, worauf er hinauswollte. «Es ging ihr ziemlich gut für ihr Alter. Sie hat in den letzten Jahren häufig einen Gehstock benutzt und brauchte eine Lesebrille, sonst hatte sie nichts, glaube ich.» Delphine ließ ihren Blick durch den Raum schweifen. Anscheinend hatte Aurélie den Makhila nicht dabeigehabt.

«Aber in diesem Alter, und nicht nur in diesem Alter, sind Herzinfarkte oder Schwächeanfälle in einem unglücklichen Moment nicht auszuschließen», stellte Lucien fest und warf noch einen Blick auf das Balkongeländer, bevor er wieder hereinkam. Am liebsten hätte ihm Delphine widersprochen, aber dann ließ sie es. Er hatte ja recht. Sie zuckte mit den Schultern. «Also auch keine dramatischen Diagnosen in jüngerer Zeit?», fragte Lucien.

«Nicht dass ich wüsste.»

«Und von ihrer körperlichen Verfassung abgesehen ...» Er ließ den Satz in der Schwebe. Klassische Vorgehensweise, ging es Delphine durch den Kopf. Physische und psychische Verfassung abfragen.

Sie dachte an Aurélies melancholische Ader, die sich noch verstärkt hatte, seit Ernest gestorben war, und an ihre gemeinsame Fahrt zu maître Villon. «Wenn sie sich hätte umbringen wollen, wäre ihr bestimmt eine bessere Art eingefallen», sagte sie. «Und vor allem eine diskretere.» Dass Aurélie in der Hochsaison von ihrem Balkon auf die Sonnenterrasse des Hôtel Atlantique sprang, um sich das Leben zu nehmen, war unvorstellbar. «Sie hätte den Gästen im Salon de thé niemals eine derartige Sensation geboten», fuhr sie fort, «mal davon abgesehen, dass man einen solchen Sturz auch überleben kann.»

Nachdenklich musterte sie den Schlüsselbund, der auf

dem kleinen Tisch lag. Jetzt war die Situation eingetreten, für die Aurélie sie um Unterstützung gebeten hatte. «Madame de Montvignon hat mich übrigens für diesen Fall zu so was wie ihrem Wachhund erklärt», sagte sie.

«Für welchen Fall?»

«Für den Fall ihres Todes.»

«Ach», kam es von Lucien. «Und wann hat sie das getan?»

Delphine dachte kurz nach. «Irgendwann Mitte Mai», sagte sie.

Lucien zog die Augenbrauen hoch. «Dieses Jahres?» Der Beiklang war nicht zu überhören.

«Ja, dieses Jahres», sagte Delphine. «Und bevor Sie fragen: Ich glaube trotzdem nicht, dass sie mit ihrem baldigen Tod gerechnet hat.» Ihr Ton war so entschieden, dass Lucien nichts weiter zu diesem auffälligen zeitlichen Zusammenhang sagte.

«Und welche Aufgaben haben Sie als Madame de Montvignons Wachhund?», fragte er stattdessen.

«Ich soll in der Übergangszeit gelegentlich in Les Balaines nach dem Rechten sehen. Außerdem habe ich eine Liste mit sämtlichen relevanten Kontakten zu Hause.»

«Gut zu wissen», sagte er. «Darauf komme ich vielleicht noch zurück.» Er ließ seinen Blick noch einmal durch den Salon schweifen. «Jetzt sollte ich wohl Philibert aus der Löwengrube befreien, bevor er noch von einem ergrauten Jagdrudel zerfleischt wird», sagte er. «Wir haben für den Moment alles besprochen, denke ich. Tut mir leid, dass ich Sie so strapaziert habe. Aber Sie wissen ja, wie es ist.»

Delphine nickte. Frühe Hinweise, wenn es welche gab, waren äußerst wertvoll. Zudem war sie Lucien dankbar.

Es wäre für sie unvorstellbar gewesen, sich nach dem Tod ihrer Freundin nicht selbst nach verdächtigen Spuren umsehen zu können, obwohl das ganz und gar nicht dem Prozedere entsprach.

«Wir sollten unsere Handynummern austauschen, Madame Gueron», sagte Lucien.

«Lucien, nennen Sie mich Delphine, ja? Das haben Sie als Kind auch getan, oder möchten Sie von mir mit commissaire Benazet angesprochen werden?» Luciens Wangen wurden unter der Bräune einen Ton dunkler. Er hatte die Schulfreundin seiner Tante, die in Paris bei der brigade criminelle war, schon als Jugendlicher heimlich bewundert. Und er hatte vermeintlich desinteressiert jedes Wort der dramatischen Nacherzählungen ihrer Einsätze aufgesogen, die seine Tante Cécile gelegentlich bei sonntäglichen Familienessen zum Besten gegeben hatte. Selbst damals war ihm schon klar gewesen, dass Cécile mit ihren gestenreichen Schilderungen bei loup de mer und tarte au citron ihrem Hang zur Übertreibung erlag und ihre ‹Informationen› außerdem größtenteils aus der Zeitung stammten. Und doch hatte den jungen Lucien das alles fasziniert.

Mittlerweile kannte er die Realität bei der Kripo, denn er war wie Delphine zur police judiciaire gegangen. Neunzig Prozent der Arbeit verhielten sich zu Céciles Erzählungen ungefähr wie ein Lenkdrachen zu einem Marsshuttle. Aber sein Interesse war geblieben, genauso wie seine Bewunderung für Delphine, die nichts von ihrem Einfluss auf seine Berufswahl ahnte. Und Lucien hatte auch nicht vor, ihr davon zu erzählen.

«Melden Sie sich jederzeit», sagte er, nachdem sie sich gegenseitig die Nummern diktiert hatten. «Hier ist auch noch meine private Visitenkarte. Hat sich aber nichts geändert, wir sind nicht umgezogen.» Er grinste. «Wird nur immer bunter bei uns.» Er spielte auf seine Künstlerfreundin Magali an.

Delphine steckte die Karte ins hintere Fach ihrer Handtasche, während sie aus der Suite gingen. Im Flur trafen sie auf einen sergeant.

«Taffard», sagte Lucien. «Die Spurensicherung kommt sicher gleich. Sie achten darauf, dass vorher niemand die Suite betritt.»

«Oui, chef», sagte Taffard, ein unerschütterlich wirkender, etwas übergewichtiger Mittvierziger.

«Ich nehme lieber die Treppe», sagte Delphine, als sie weitergingen. Sie wollte jetzt nicht mit diesem Aufzug fahren.

«Mit Vergnügen!», kam es von Lucien, für den es vermutlich keine Aufzüge auf der Welt zu geben brauchte, weil sie Energiefresser und unsportlich waren. Er wandte sich Richtung Treppenhaus. «Mal sehen, was die Untersuchungen bringen», sagte er auf dem Weg nach unten, «ich hoffe auf ein eindeutiges Ergebnis.»

«Ja», gab Delphine knapp zurück. Schlaganfall, Herzinfarkt, Verkettung unglücklicher Umstände. Ein Unfall. Das war vermutlich Luciens Wunschvorstellung, und das konnte durchaus der Wahrheit entsprechen.

Auf dem nächsten Treppenabsatz drehte sich Lucien im Gehen nach ihr um. «Hatte Madame de Montvignon eigentlich Verwandte?», fragte er.

«Es gibt einen Neffen mit Familie in Paris», sagte Delphine. «Damien de Montvignon.»

«Und wen gibt es sonst noch?»

«Ich glaube, niemanden. Ihr Mann ist im Dezember gestorben, und ihr Sohn schon als Jugendlicher. Von Verwandten auf ihrer Seite weiß ich nichts.» Sie hatten inzwischen den letzten Treppenabschnitt erreicht.

«Und dieser Richard Lebrun, der heute nach Les Balaines kommen will, ist nicht mit ihr verwandt, sagten Sie?», fragte Lucien.

«Er ist ein Freund», sagte Delphine.

«Haben Sie zufällig eine Nummer von ihm? Womöglich ist er ja schon in Les Balaines angekommen», sagte Lucien, als sie das Foyer betraten. Sofort richteten sich alle Blicke auf sie.

«Gehen wir kurz an die Rezeption», sagte Delphine, «ich schreibe Ihnen die Nummer auf. Ich habe auch die von Madame Sèvres, Aurélies Haushälterin.»

«Monsieur le commissaire!» Ein Mann löste sich aus einer kleinen Gruppe, die bei der Sitzecke des Foyers stand.

«Oje, die Presse», murmelte Lucien, «das wird noch ein Spaß, wenn die Leute aus dem Salon de thé nach der Befragung hier durchgehen.»

Delphine sah sich nach dem Reporter um, dem Lucien durch eine Geste beschieden hatte, zu warten. «Sprechen Sie mit François, dem Kellner», sagte sie. «Ich glaube, von der Terrasse aus gibt es einen Zugang zum Keller, durch den man zu dem Ausgang auf der Straßenseite kommt.»

Lucien bedankte sich mit einem Nicken. Dann tippte er die Nummern von Madame Sèvres und Richard Lebrun in sein Handy und speicherte sie ab.

Delphine versuchte, sich vorzustellen, welche Wirkung diese Neuigkeit auf Richard haben würde. «Bringen Sie es Richard schonend bei, Lucien, ja?», sagte sie. «Ich kann mir vorstellen, dass ihn diese Sache völlig aus der Bahn wirft. Er ist sowieso kein einfacher Mensch.» Sie hatte kurz darüber nachgedacht, ob sie Richard selbst benachrichtigen sollte, doch da es bei diesem Todesfall eine Vorermittlung geben würde, hätte sie damit Lucien ins Handwerk gepfuscht. «Ich fahre dann später noch zu ihm», fügte sie hinzu.

Als Delphine wenig später aus dem Hotel trat, nickte ihr ein Polizist zu, der eine Rolle Absperrband in einen Einsatzwagen zurückräumte. Wer sie war, wusste so ziemlich jeder Flic von St. Julien und auch einige in der weiteren Umgebung.

Es war mittlerweile beinahe sechs Uhr geworden. Sonnenmüde Badegäste zogen sich mit Handtüchern, Sonnenschirmen und Strandtaschen beladen vom Strand zurück wie die Ebbe und bildeten immer kleinere Rinnsale, als sie in die Gassen zu ihren Ferienquartieren verschwanden. Delphine ließ sich im Strom der Fußgänger bis zu dem kleinen Kreisverkehr am Ende der Promenade mittreiben, um dann in die Rue des Pêcheurs zu ihrem Auto zu gehen. Sie würde nach Les Balaines fahren und einen Rundgang machen, wie sie es Aurélie versprochen hatte, dachte Delphine. Ob Richard wohl schon angekommen war? Möglicherweise hatte Lucien ja schon mit ihm telefoniert, wenn sie dort eintraf. Vielleicht würde sie das vorher abklären. Überhaupt musste sie zuerst die Schlüssel von zu Hause holen. Delphine spürte, wie sie sich an solchen praktischen Überlegungen festhielt, um das, was gerade geschehen war, nicht zu nah an sich heranzulassen.

Als sie bei ihrem Auto angekommen war, zog sie einen der üblichen Prospekte unter dem Scheibenwischer heraus, mit dem für eine Art Kuh-Rodeo mit vaches landaises geworben wurde. Für Mensch und Tier waren diese Wettbewerbe nicht annähernd so gefährlich wie die echten Stierkämpfe. Delphine schloss die Fahrertür auf und warf den Prospekt auf den Beifahrersitz, von wo aus er in den Fußraum rutschte. Dann richtete sie sich auf, überlegte kurz, schloss das Auto wieder ab und machte sich zu Fuß auf den Weg. Hinter ihr blies ein Autofahrer, der auf ihren Parkplatz gehofft hatte, entnervt die Wangen auf.

Nach der Tageshitze war schwacher Wind aufgekommen, der Delphine wohltuend in den Nacken blies, als sie von dem kleinen Kreisverkehr in eine Seitenstraße einbog. Auf dem restlichen Weg hatte sie den Eindruck, als seien ihre Sinne zugleich geschärft und eingeschränkt. Sie hörte in unnatürlicher Lautstärke, wie eine Jugendliche, die ihr in Shorts und T-Shirt entgegenkam, mit den Sohlen ihrer Badelatschen auf dem Asphalt schlurfte. Das Geräusch hob sich so deutlich heraus, dass Delphine sogar meinte, es nachhallen zu hören. Andere Geräusche dagegen, wie das eines vorbeifahrenden Autos, wirkten weit entfernt und dumpf. Und als ihr Blick auf die abgefallenen Blüten einer Bougainvillea fiel, die eine Grundstücksmauer überwucherte, sah sie eine der Blüten plötzlich wie in der ultrascharfen Nahaufnahme eines Zoom-Objektivs.

Weil in St. Julien nichts, was zum Stadtkern gehörte, weit voneinander entfernt lag, stand sie zehn Minuten später bei den Amandiers vorm Haus und klingelte. Gleich darauf summte der Türöffner, ohne dass über die Gegensprechanlage gefragt worden war, wer geklingelt hatte.

Im Parterre roch es nach Knoblauch. Delphine nahm die Treppe. In der dritten Etage angekommen, ging sie durch den Korridor bis zu der Wohnungstür, die einen Spaltbreit aufstand. Auf dem metallumrahmten Schildchen daneben stand Amandier. Delphine klopfte an die Tür.

«Wieso kommst du nicht rein, Tür ist offen!», hörte Delphine eine helle Stimme rufen. Dann rannte jemand durch den Flur und riss die Tür weit auf. Vor Delphine stand ein schlankes, dunkelhaariges Mädchen und starrte sie überrascht an. «Oh», sagte das Mädchen. «Ich dachte, Sie sind Laura.»

«Wer ist da?» Hinter dem Mädchen tauchte Sophie auf. «Madame Gueron ... Delphine», sagte sie.

«Bonjour. Ich würde gern mit Ihnen und Karim reden», sagte Delphine. Das Mädchen rief: «Karim, Besuch für dich!», lief durch den Flur und verschwand in einem Zimmer.

Bei Delphines Anblick verdüsterte sich Sophies Miene schlagartig. Sie drehte sich ohne ein weiteres Wort um, ging mit raschen Schritten durch den Flur und klopfte an eine Tür. «Karim», sagte sie ärgerlich, «Madame Delphine ist hier. Sie will mit dir reden.» Sie hob die Stimme. «Was los ist, wenn du wieder Ärger gemacht hast, weißt du ja!»

«Sophie ...», fing Delphine an, doch in demselben Moment brüllte Karim los: «Aber ich will nicht mit ihr reden, das kannst du ihr ausrichten. Ihr könnt mich nicht zwingen, diesen Scheißjob zu machen!» Dann ertönte ein Knall, als hätte er etwas auf den Boden geschleudert oder gegen irgendetwas getreten.

Seine Mutter setzte zu einer Erwiderung an, doch Delphine trat zu ihr und legte ihr eine Hand auf den Arm.

«Karim», sagte sie, dicht vor der Tür stehend. «Es hat überhaupt nichts mit deinem Job oder irgendwelchen Sachen zu tun, die du gemacht hast, klar? Und jetzt komm raus. Es ist wichtig.»

Die Nachricht von Aurélies spektakulärem Tod würde innerhalb von kürzester Zeit in St. Julien die Runde machen. Wahrscheinlich gab es auf dem Platz schon jetzt kein anderes Gesprächsthema mehr, und Delphine wollte unbedingt vermeiden, dass Karim nur zufällig davon erfuhr. Geschweige denn durch seine seltsame Clique, in der er anscheinend gar keinen echten Freund hatte.

Langsam senkte sich die Türklinke, und Karims finstere, misstrauische Miene erschien vor ihnen. Als er Delphines Gesichtsausdruck sah, war er sofort alarmiert. «Was ist passiert?», fragte er.

Als sie nach dem Gespräch wieder auf die Straße kam, verdrängte Delphine so gut es ging Karims Reaktion. Das Bild von seiner fassungslosen Miene, mit der er ihr am Küchentisch gegenübergesessen hatte. Und das geflüsterte «Non!», das immer wieder über seine Lippen gekommen war, bis er schließlich überhaupt nichts mehr sagte. Wenn sie jetzt zuließ, dass diese Emotionen sie zu stark berührten, das wusste Delphine, würde sie vielleicht nicht einmal mehr nach Hause fahren können. Aber Karim war nicht der Einzige, mit dem sie unbedingt selbst sprechen wollte.

Sie machte kurz halt bei ihrem Haus, um den Schlüssel von Les Balaines zu holen. Auf dem Weg zurück zum Auto befestigte sie ihn an ihrem Schlüsselbund und nahm dann die Straße, die etwas landein verlief und erst kurz vor Les Balaines auf die Corniche traf. Nachdem sie durch das Zufahrtstor gefahren war, sah sie einen schwarzen Peugeot vor dem Haus stehen. Delphine stieg aus, und in demselben Moment wurde die große Seitentür von innen aufgedrückt. Lucien kam zusammen mit einem weiteren Mann heraus.

«Bonsoir, Delphine», sagte er.

«Bonsoir», gab Delphine zurück und nickte dem zweiten Mann zu.

«Das ist Maurice Philibert, mein inspecteur.» Mit seinem frischen Gesicht und seiner schlaksigen, jungenhaften Gestalt sah Philibert aus, als hätte er noch vormittags die Bank auf der Polizeischule gedrückt. «Madame Gueron muss ich Ihnen ja nicht vorstellen, Philibert, oder?»

«Nein, chef», sagte Philibert, vollführte eine knappe, militärische Verbeugung in Delphines Richtung und ging um den Wagen herum zur Beifahrertür, während Lucien bei Delphine stehen blieb.

«Ist Richard da?», fragte Delphine.

«Ja, er ist da.»

«Haben Sie mit ihm geredet?»

«So kann man es auch nennen», sagte Lucien erschöpft.

«Wie hat er reagiert?», fragte Delphine.

«Gar nicht! Er hat überhaupt nicht reagiert!», sagte Lucien. «So etwas habe ich noch nicht erlebt. Ich kam mir vor wie ein Idiot!» Hinter seinem Rücken begann Philibert zu grinsen und wurde schlagartig wieder ernst, als er Delphines Blick bemerkte. «Ich habe ihm so einfühlsam wie möglich erklärt, was passiert ist», fuhr Lucien fort. «Aber er hat nicht reagiert! Hat mich nur angesehen und sich dann ans Fenster gestellt und kein einziges Wort von sich gegeben.

Nicht mal, als ich gesagt habe, wir finden allein hinaus.» Leicht ungehalten holte er Luft. «Hatten Sie nicht gesagt, er wäre Madame de Montvignons ältester Freund? Eine ganz besondere Beziehung, so war es doch, oder?»

Delphine konnte sich die Szene bestens vorstellen. Lucien, der nach den richtigen Worten suchte, um die schreckliche Nachricht zu überbringen, und Richard, der scheinbar unberührt blieb wie ein Stein in der Brandung. «Er ist eben ein bisschen speziell», sagte sie.

«Speziell, speziell», brummte Lucien. «Ein bisschen!»

«Der Schock, chef», erklärte Philibert mit fachmännischer Einsicht über das Autodach hinweg. «Er war ja auch gerade erst angekommen.»

Lucien zuckte mit den Schultern. «Von mir aus. Ich hoffe jedenfalls, dass er verstanden hat, was ich ihm gesagt habe.»

«Sind Ihre Leute im Atlantique schon fertig?», fragte Delphine.

«Die Befragung vor Ort ist jedenfalls abgeschlossen», sagte Lucien.

«Und?»

«Keiner hat etwas gehört oder gesehen. Das heißt», er ließ den Autoschlüssel am Schlüsselanhänger kreisen, «keiner hat einen Schrei gehört oder gesehen, wie sie gefallen ist. Die Gäste auf der Terrasse wurden erst von dem Aufprall des Körpers aufgeschreckt.»

«Und das Personal?», fragte Delphine.

«Für die war es ein Tag wie jeder andere. Nichts Besonderes, bis es passierte.» Er drehte sich halb zum Auto um. «Der Hoteldirektor war natürlich völlig außer Fassung. Hochsaison. Das Haus voller Gäste, die Terrasse gesperrt.»

Er zog maliziös die Augenbrauen hoch. «Aber wahrscheinlich ist die Spurensicherung inzwischen auch bald durch.»

Delphine setzte sich in Bewegung. «Ich schaue mal nach Richard», sagte sie.

Lucien öffnete die Fahrertür. «Also dann, Delphine, wir hören ja bestimmt voneinander. Oder kommen Sie einfach vorbei.»

Delphine nickte. Nachdem die beiden losgefahren waren, ging sie um das Gebäude herum zur Terrasse. Die Tür stand offen. «Richard!», rief sie, «ich bin's, Delphine. Sind Sie da?» Keine Antwort, aber das hatte sie nicht anders erwartet. «Ich komme herein!», rief sie und betrat den Salon.

Im ersten Moment sah sie ihn nicht und dachte, er sei vielleicht nach oben gegangen. Doch dann entdeckte sie ihn in einem der Ledersessel am Kamin. In *seinem* Sessel, dachte sie. Gegenüber hatte immer Aurélie gesessen, wenn sie Schach gespielt hatten. Ein Spiel, das Aurélie sehr geeignet für Richard fand: «Man muss stundenlang kein Wort sagen!»

Delphine ging auf ihn zu. «Richard ...»

Er saß da wie versteinert. Eine Richard-Statue. Sein graues, zerfurchtes Gesicht erinnerte Delphine an die Steilklippen der Corniche. In seinen maquisgrünen Hosen wirkte er geradezu mit dem erdbraunen Sessel verwachsen.

«Richard», wiederholte sie sanft und setzte sich auf den Couchtisch, weil ihr der gegenüberstehende Sessel zu weit weg erschien. «Es ist schrecklich, ich weiß», sagte sie. In der darauffolgenden Stille war nichts anderes zu hören als das leise Rauschen der Wellen, das über die Terrasse zu ihnen hereindrang. Delphine überlegte, ob sie noch etwas sagen sollte, aber wem sollte das nützen? Bei Karim war es etwas anderes, er war noch jung. Und auch wenn er durch den Vater, der die Familie hatte sitzenlassen, einen spürbaren Verlust erfahren hatte, lebte er doch noch mit dem Bewusstsein sicherer Daseinsbezüge. Für ihn war das Leben noch die Ewigkeit. Und so sollte es für jeden Menschen sein, dachte Delphine, jedenfalls bis er erwachsen genug war, um seinen Charakter gefestigt zu haben.

Sie rieb sich über den Arm, als ihr die Parallelen zwischen Richard und Karim auffielen. Die Abwesenheit des Vaters, die Herkunft, die sie zu Außenseitern machte. Bei Karim würde sich das möglicherweise noch ändern. Für Richard dagegen bestand dazu kaum noch eine Chance. Richard, der überhaupt nur lebte, weil es einen mörderischen Krieg gegeben hatte, und dessen Mutter an einem gnadenlosen Frieden gestorben war.

Delphine wurde klar, dass sie Richard nicht den geringsten Trost bieten konnte. Was hätte sie ihm zu der Tatsache sagen sollen, dass der Tod die Illusion von Aufgehobenheit im Leben jederzeit vernichten konnte? Darüber wusste er schließlich wesentlich besser Bescheid als sie. Und in Wahrheit gab es auch nichts zu erklären. Oder wegzuerklären. Religiöse Menschen mochten Trost in ihrem Gott finden, aber Delphine konnte sich nur schwer vorstellen, dass Richard religiös war. Um an einen Gott zu glauben, brauchte man vermutlich auch einen gewissen Glauben an die Menschheit, und der war Richard bereits in seiner Kindheit gründlich ausgetrieben worden. Die Mauer, mit der er sich gegen Verletzung und Verlust schützte, war sehr hoch, und Aurélie war der einzige Mensch, dem er eine Tür in dieser Mauer geöffnet hatte. Von nun an würde diese Tür vielleicht für immer geschlossen bleiben.

Delphine legte ihm die Hand auf den Arm. Richards Blick wanderte zu ihrer Hand. «Ich mache jetzt einen Rundgang, Richard», sagte sie, «und dann fahre ich nach Hause.» Er nickte beinahe unmerklich, und sie stand auf. «Ich komme bald wieder vorbei», fügte sie noch hinzu, ohne zu wissen, ob das eine Hilfe oder eine Belastung für ihn war.

Als Delphine nach Hause kam, wurde es langsam dunkel. Beinahe automatisch hatte sie in den letzten Stunden die Selbstkontrolle gewahrt, die ihr bei den Einsätzen in Paris in Fleisch und Blut übergegangen war. Doch mit dem ersten Schritt ins Haus spürte sie ihre Erschöpfung und ihre Niedergeschlagenheit. Sie legte ihre Tasche auf die Kommode im Flur, warf ihre Ohrringe in die Muschel unter dem Spiegel und fuhr sich mit der Hand über den Nacken. Im Haus war es jetzt wärmer als draußen. Die sommerliche Hitze hatte sich in den Mauern gespeichert. Im Spiegel sah sie, dass hinter ihr im Salon der Anrufbeantworter blinkte.

«Jetzt nicht», murmelte sie und streifte ihre Schuhe ab. Dann ging sie über die kühlen Steinfliesen und zog die Hintertür weit auf. Die Hand an den Türrahmen gelegt, blieb sie im Luftzug stehen.

Im Garten breitete sich der Abend aus. Tiefe Schatten lagen unter der großen Platane und den Hecken. Nur auf die Mauer ganz rechts fielen noch ein paar letzte Sonnenstrahlen und ließen die Tomaten rot leuchten.

Delphine zwang sich, langsam und bewusst zu atmen. Es roch nach Erde, und von den unscheinbaren gelben

Blüten der Stachelhecke wehte ein leicht bitterer Geruch zu ihr herüber. Sie ließ die Bilder des Tages an sich vorbeiziehen. Der Vorhang, der sich in der Suite gebläht hatte, die entsetzten Gesichter der Gäste auf der Terrasse, Karim, der sie fassungslos anstarrte, während ihm schon die Tränen über die Wangen rollten, und Richard, der ihr überhaupt nicht in die Augen gesehen hatte. Ganz zuletzt ließ sie das Bild von Aurélie zu. Ihre offenen blauen Augen, in denen sich der Himmel spiegelte, hatten etwas merkwürdig Befreites an sich gehabt. Als wäre eine geheimnisvolle Verbindung entstanden. *«Der große Rhythmus. Werden und Vergehen»*, sagte Delphine leise vor sich hin. Und plötzlich fühlte sich ihre Kehle an wie zugeschnürt. Keine satirischen Kommentare ihrer Freundin mehr, keine hochgezogenen Augenbrauen hinter der schwarzen Marabu-Brille, keine Witze über ihre Vergangenheit in den Männerdomänen, kein Gärtner mehr, der ohne sein Wissen zum Zen-Meister gekürt wurde. Delphine atmete ein. Und aus. Keine regelmäßigen Treffen mehr mit dem Menschen, der so sehr mit sich im Reinen gewesen war wie niemand sonst. Keine Aurélie mehr.

Schließlich stieß sich Delphine von dem Türrahmen ab, ging in die Küche, hielt ein Glas unter den Wasserhahn und trank es in einem Zug aus. Dann zog sie sich mit einem Wein auf ihren Sessel im Salon zurück und starrte ein sehr tiefes Loch in die Luft.

«Und glauben Sie bloß nicht, dass ich auf Ihrem Grab einen Baum pflanze», zischte sie nach langen Minuten mit kehliger Stimme und putzte sich geräuschvoll die Nase.

9

Es war kurz vor acht, als Delphine am nächsten Morgen nach einer kurzen Nacht mit sehr wenig Schlaf erwachte. Noch bevor sie die Augen aufschlug, hatten die Ereignisse des Vortages wieder Besitz von ihr ergriffen.

Sie drehte sich um. Durch die offene Balkontür war teilweise die Krone der hohen Platane zu sehen, die hinten im Garten stand. Die großen Blätter ganz außen glänzten metallisch hell in der Sonne und beschatteten das Laub an den gefleckten Ästen, die sich wie muskulöse Riesenschlangen durch einen geheimnisvollen Dschungel nach oben wanden. Über dem Baum spannte sich ein wolkenloser Himmel. Es würde wieder heiß werden.

Delphine stand auf, schloss die Balkontür und zog die Vorhänge zu, um zu vermeiden, dass sich der Raum über Tag zu stark aufheizte. Dann öffnete sie im dämmrigen Licht den Schrank und betrachtete seufzend ihre Sachen, als wäre es unglaublich schwer zu entscheiden, was sie anziehen sollte. Wie hatte Aurélie nur von diesem Balkon fallen können? Hatte sie wirklich einen Schwächeanfall gehabt, als sie gerade hinter der niedrigen Balustrade stand, wie Lucien spekulierte? Sollte das die Erklärung für Aurélies Tod sein? Eine unglückliche Verkettung von Umständen?

Ohne bei der Sache zu sein, schob Delphine im Schrank Bügel mit Kleidungsstücken von rechts nach links. Nicht zu wissen, wie und was genau passiert war, gehörte zum Schlimmsten bei unerwarteten Todesfällen. Das hatte Delphine als Ermittlerin oft genug bei Angehörigen erlebt, selbst wenn kein Verbrechen vorlag. Der Schock über einen plötzlichen Verlust war meist schon dramatisch genug, aber in Kombination mit offenen Fragen ergab er eine Verunsicherung, die verhinderte, dass die Trauernden mit dem Geschehen Frieden schließen konnten.

Sie zog eine Bluse aus dem Schrank, betrachtete sie kurz und hängte sie zurück. Ein Schwächeanfall würde immerhin erklären, warum Aurélie nicht geschrien hatte. Wenn das überhaupt stimmte. Ein Schrei auf einem Balkon in der vierten Etage war unten vermutlich kaum von dem begeisterten Gekreisch zu unterscheiden, mit dem sich die Leute am Strand in die Wellen stürzten. Delphine versuchte vergeblich, ihr Gedankenkarussell anzuhalten. Einen Herzinfarkt würde man jedenfalls bei der Obduktion nachweisen können. Allerdings ... ein Herzinfarkt konnte durchaus von äußeren Faktoren verursacht werden.

«Jetzt reicht's mal, Delphine», sagte sie laut, zog entschlossen ein dunkelblaues, knielanges Leinenkleid vom Bügel und verschwand damit im Bad.

Als sie nach ihrer Dusche die Treppe hinunterging, hörte sie das Telefon klingeln, lief schneller und kam gerade noch rechtzeitig an den Apparat. «Allô?»

«Delphine!» Es war Cécile. «Rufe ich zu früh an?»

Delphine ärgerte sich, dass sie nicht abgewartet hatte, bis sich der Anrufbeantworter eingeschaltet hatte. Andererseits wusste sie, wie hartnäckig ihre ehemalige Klassenkameradin sein konnte, also telefonierte sie am besten doch jetzt gleich mit ihr.

«Wieso zu früh?», fragte Delphine und dachte an die zwei Anrufe, die sie am Abend zuvor schon von Cécile auf dem Anrufbeantworter gefunden hatte. Abgesehen von ihren drei Versuchen, sie übers Handy zu erreichen, und einem letzten übers Festnetz, als es schon halb elf gewesen war. Auf dem Anrufbeantworter waren noch mehrere andere Nachrichten gewesen, unter anderem eine von ihrer Cousine und eine von Loïc Delugat von der police municipale, der etwas mit ihr hatte besprechen wollen. Sie hatte keinen von ihnen zurückgerufen.

«Du bist nicht ans Telefon gegangen!», rief Cécile. «Ich mache mir Sorgen!»

Delphine ging mit dem Telefon am Ohr in die Küche. «Worum machst du dir denn Sorgen?», fragte sie und griff mit der rechten Hand nach dem Espressokocher, der auf dem Gasherd stand.

«Jetzt sei doch nicht so. Um dich natürlich», sagte Cécile vorwurfsvoll. «Ich habe gestern erfahren, was passiert ist. Mathilde hat mich angerufen. Und sie hat auch erzählt, dass du dort warst. Für eure Verabredung zum Tee.»

«Mathilde?»

«Du kennst sie. Mathilde Brion ... Persan, die mit uns in der Schule war. Sie hat Roland Brion aus Ustarritz geheiratet, und die beste Freundin ihrer Nichte arbeitet im Atlantique.»

Auch ohne das komplexe Verwandtschafts- und Bekanntschaftsgeflecht von St. Julien, für das Cécile Spezialistin war, in allen Einzelheiten zu durchblicken, konnte sich Delphine nur allzu gut vorstellen, wie die Nachricht von Aurélies Tod im Handumdrehen die Runde gemacht hatte. «Ich hoffe, das Telefonnetz ist nicht zusammengebrochen, gestern Nachmittag», sagte sie bissig und versuchte, einhändig den Espressokocher aufzuschrauben.

«Wieso? Davon weiß ich nichts», sagte Cécile, die nichts von der Spitze mitbekommen hatte. «Mir ist dann jedenfalls aufgefallen, dass wir noch Baguette brauchen, und ich bin schnell in die Boulangerie und auf einen Sprung ins Café de la Poste und ...»

So konnte das nichts werden. Delphine setzte sich auf einen Küchenstuhl und klemmte den Espressokocher zwischen die Knie.

«Da wussten sie noch gar nichts», sagte Cécile, und ihre Stimme klang, als hätte sie das erstaunt.

«Aber das änderte sich dann augenblicklich.» Delphine wusste nicht, ob sie sich darüber ärgern sollte, dass Cécile solch eine Klatschbase war, oder ob sie es ignorieren sollte.

«Na ja, nach mir kamen gleich noch Bénédictine und Fabrice herein, die hatten auch schon davon gehört», räumte Cécile großmütig ein.

Zwischen ihren Knien drehte sich der Espressokocher. Viel zu fest zugeschraubt. Davon ging die Dichtung kaputt.

«Natürlich haben sich alle gefragt, wie es dazu kommen konnte», sagte Cécile und hielt erwartungsvoll inne, um von Delphine eine Erklärung zu hören. Doch Delphine erwiderte nichts.

«Dass sie so gestorben ist», redete Cécile weiter, «nach der Sache mit Pablo. Und dem Tod ihres Mannes. Ich weiß nicht, wie sie das alles verkraftet hat.»

Nein, das weißt du nicht, dachte Delphine, und spürte, wie es ihr gegen den Strich ging, dass in einem Café, in dem niemand Aurélie persönlich gekannt hatte, über einem petit blanc die Privatangelegenheiten der de Montvignons diskutiert wurden. Doch es hatte keinen Zweck, sich zu ärgern, diese Art von Tratsch schien so etwas wie ein Naturgesetz zu sein.

«Und nun dieses Ende! Nach allem, was sie erlebt hat!» Aus Céciles Stimme klang das Timbre einer Tragödin. «Mathilde meint ja, es war Selbstmord.»

«Ach ja? Hat die beste Freundin ihrer Nichte etwa den Abschiedsbrief gelesen?»

«Es gibt einen Abschiedsbrief?», fragte Cécile mit schlecht verhohlener Neugier.

Delphine klemmte sich das Telefon zwischen Ohr und Schulter, um den Espressokocher mit beiden Händen aufdrehen zu können. Wenn sie auf die falsche Taste kam, wäre das Gespräch unterbrochen. Schlimm.

«Nicht dass ich wüsste», sagte sie aus einem Zentimeter Entfernung ins Telefon.

«Wie bitte?»

«Nicht dass ich wüsste», wiederholte Delphine etwas lauter.

«Was machst du denn da? Du hörst dich auf einmal so komisch an», sagte Cécile.

«Ich versuche, mir einen Kaffee zu kochen. Bin nur gerade ein bisschen gehandicapt.» Delphine schraubte den Espressokocher auseinander. Endlich.

«Warum? Hast du dich in den Finger geschnitten, oder so?», fragte Cécile besorgt.

Delphine bekam ein schlechtes Gewissen. Cécile meinte es ja gut. Aber: *Gut gemeint ist nicht gut gemacht*, echote es sofort durch Delphines Kopf. Dieser Spruch war bei ihren Brüdern früher sehr beliebt gewesen. «Nein, alles in Ordnung», sagte sie, stellte die Hälften des Espressokochers ab und nahm das Telefon wieder in die Hand.

«Ich wäre gestern Abend beinahe bei dir vorbeigekommen, als du nicht ans Telefon gegangen bist», sagte Cécile, «ich dachte, du brauchst vielleicht jemanden zum Reden.»

Delphine verdrehte die Augen. Ohnehin vertraute sie sich kaum jemandem wirklich an. Die Plaudertasche Cécile gehörte ganz sicher nicht zu diesen Menschen. «Das ist sehr lieb von dir, Cécile», sagte sie. «Aber ich habe mich einfach früh ins Bett gelegt.» Wann genau, musste sie ja nicht dazusagen.

«Was glaubst *du* eigentlich, wie es passiert ist?», startete Cécile den nächsten Versuch, sie auszuhorchen.

Delphine klopfte den Kaffee vom Vortag aus dem Filtereinsatz. «Ich glaube gar nichts. War ja schließlich nicht dabei», sagte sie und dachte an die wilden Spekulationen, die bestimmt nicht nur im Café de la Poste angestellt wurden. «Aber weißt du», sagte sie in vertraulichem Ton und konnte die Stille am anderen Ende der Leitung beinahe mit Händen greifen, «vielleicht war es einfach ein Unglück. Ein Unfall.»

«Ja.» Cécile klang irgendwie enttäuscht. «Das kann natürlich sein.»

Delphine ließ Wasser in das untere Teil des Espressokochers laufen, und während sie Kaffee in den Einsatz löffelte, überlegte sie, wie sie gleichzeitig telefonieren, den Knebel für die Gaszufuhr am Herd drücken und mit einem Streichholz die Flamme entzünden sollte.

«Und Lucien? Was meint er dazu?», fragte Cécile. Zu wissen, welche Polizeieinheit ins Atlantique gerufen worden war, gehörte zu ihren leichtesten Übungen.

«Das fragst du ihn am besten selbst», sagte Delphine und schraubte mit einer Hand den Espressokocher zu, bis er sich um sich selbst drehte. «Aber ich glaube, er denkt auch an einen Unfall.» Das entsprach immerhin den Tatsachen und würde vielleicht die Gerüchte ein wenig eindämmen.

Delphine klemmte das Telefon wieder zwischen Ohr und Schulter, drehte den Knebelknopf am Gasherd, hielt ihn mit dem Knie gedrückt und entzündete ein Streichholz. Die Schachtel wurde von dem Druck, den sie auf die Reibefläche ausgeübt hatte, auf den Boden geworfen.

«Er hat aber die Angestellten gefragt, ob sie etwas Verdächtiges gesehen haben», sagte Cécile. «Oder einen Verdächtigen.» Sie glaubte mit kriminalistischem Gespür einen Widerspruch entdeckt zu haben.

Nach dem dritten Streichholz blieb die Flamme an, und Delphine stellte den Espressokocher darauf. Die beste Freundin von Mathildes Nichte hatte offenkundig viel Interessanteres zu bieten gehabt als Delphine. «Das muss er doch», sagte sie und setzte sich an den Tisch, «um es auszuschließen.» Sie setzte sich und legte die Füße auf den nächsten Küchenstuhl. «Oder hast du gehört, dass jemand etwas Verdächtiges gesehen hat?»

Cécile schwieg untypisch lange. Wahrscheinlich durchforstete sie ihre Erinnerungen an den gesamten, vermutlich langen Abend im Café de la Poste. «Nein», sagte sie schließlich. «Aber manchmal weiß man ja gar nicht, dass man etwas Verdächtiges gesehen hat, oder?», fügte sie schnell hinzu.

Auf dem Herd begann es nun in dem Espressokocher zu brodeln. Kurz darauf trat ein dünner Wasserfaden aus dem Gewinde aus und verzischte, während er über die Kanne lief. Nicht fest genug zugedreht, dachte Delphine. Besonders viel Kaffee würde vermutlich nicht im oberen Teil ankommen.

«Tja», sagte Cécile und seufzte. «Auf jeden Fall ist es eine sehr schlimme Geschichte.»

Nach dem Telefonat trank Delphine ihren ziemlich klein geratenen Kaffee und ging dann in den Garten, um die Pflanzen zu wässern. Anschließend beschloss sie, in die Berge zu fahren.

Eine Stunde später war sie zu Fuß in den Pyrenäen unterwegs. Es war immer wieder frappierend, wie schnell es möglich war, von der Küste weg in beinahe vollkommene Einsamkeit zu wechseln. Weit und breit keine Menschenseele. Das war genau, was sie gebraucht hatte.

Der Wind trieb ihr die Haarsträhnen ins Gesicht und umwehte sie mit würzigen Gerüchen. Es gab hier keinen offiziellen Wanderweg, und Delphine benutzte einen der vielen Schafspfade, um höher zu steigen. Sie musste sich auf jeden ihrer Schritte konzentrieren, um nicht auf den Steinen und dem Geröll auszurutschen, die sich auf dem steilen Pfad gesammelt hatten. Auf der Hügelkuppe angekommen, setzte sie sich unter eine Pyrenäeneiche und lehnte sich an den rauen Stamm. Sie spürte, wie der Schweiß auf ihrer Stirn trocknete. Der Himmel war seidig blau, und von irgendwoher war die Glocke eines Weidetiers zu hören. Delphine schloss die Augen, um die friedliche Ruhe auf sich wirken zu lassen.

Als sie gegen Abend wieder zurückfuhr, nahm Delphine den Weg über Ascain. Etwas außerhalb des Ortes wohnte Lucien. Sie fuhr durch das offene Tor zum Haus. Es war eines der kleinen, alleinstehenden Bauernhäuser, die aufgegeben worden waren, als sich die Bewirtschaftung nicht mehr lohnte.

Ein Kombi war schräg auf dem Grasstreifen an der Hofseite abgestellt.

«Allô?», rief Delphine durch die offen stehende Haustür. «Jemand da?» Bereits beim ersten Schritt ins Haus verstand Delphine, was Lucien gemeint hatte, als er sagte, bei ihm würde es immer bunter werden. An den Wänden des breiten Eingangsflurs hingen abstrakte Ölbilder in dramatischen Farbkompositionen. Weitere Gemälde standen an Wände, Kommode und Garderobe gelehnt.

«Ich bin hier!»

Delphine folgte der Stimme in den Salon. Zuerst sah sie nur ein weiteres, recht großes Bild, das sich selbständig durch den Raum zu bewegen schien. Doch dann wurde das Gemälde abgesenkt, und über seinem oberen Rand tauchten zuerst unordentlich zurückgesteckte Locken auf und dann ein verschwitztes Gesicht.

«Bonsoir, Magali», sagte Delphine, während die junge Frau das Ölbild, das noch stark nach Farbe roch, vorsichtig an den Esstisch lehnte.

«Bonsoir, Delphine. Sie wollen bestimmt zu Lucien, oder?», sagte Magali, ohne ihren Blick von dem Bild abzuwenden. «Wegen Madame de Montvignon.»

«Ja», sagte Delphine. «Ist er nicht da?»

«Kommt gleich!» Magali war durch die Terrassentür hinausgegangen und kam kurz darauf mit einem weiteren

Bild wieder, das sie behutsam an den Couchtisch lehnte. «So, das war das letzte», sagte sie aufatmend und fuhr sich mit dem Unterarm über die Stirn, sodass sich der rote Farbstreifen, den sie am Arm hatte, quer über ihren Augenbrauen weiterverteilte.

«Jetzt sehen Sie aus wie eine Amazone auf dem Kriegspfad», sagte Delphine und betrachtete lächelnd die zierliche Freundin Luciens, die eine lockere, graue Arbeitshose und ein ärmelloses Top trug.

«Ich bereite gerade eine Ausstellung vor», sagte Magali. Seit ihrem Abschluss an der Kunsthochschule setzte sie alles daran, sich einen Namen als Malerin zu machen.

«Wohin geht es denn diesmal?», fragte Delphine.

«Na ja, Paris ist es noch nicht», gab Magali zurück, «aber Orléans.» Sie stützte die Hände in die Seiten und sah sich zwischen ihren Bildern um. «Wie finden Sie die Sachen?», fragte sie.

Was sie jetzt nicht sagen durfte, war *interessant*, dachte Delphine. Aber sie konnte mit Magalis Bildern nicht sehr viel anfangen, auch wenn ihr gelegentlich eine Farbzusammenstellung gefiel. «Da fragen Sie die Falsche, Magali, das wissen Sie doch», sagte sie. «Bei zeitgenössischer Kunst kann ich nicht mitreden.»

Magali nickte abwesend, denn sie hatte offenbar eine kritische Stelle auf einem Bild entdeckt, zu der sie sich nun mit gerunzelter Stirn hinunterbeugte.

Währenddessen war zu hören, dass vor dem Haus ein Auto hielt und eine Wagentür zugeschlagen wurde. Als sich Delphine umdrehte, sah sie Lucien im Flur. Mit der einen Hand trug er ein verschweißtes Sechserpaket Mineralwasserflaschen, in der anderen hielt er eine Einkaufstasche, aus der ein Baguette ragte. Er blieb einen Moment stehen, warf einen Blick auf die Bilder, die im gesamten Flur lehnten, und verschwand nach links in die Küche. Wenig später kam er ohne die Einkäufe zu ihnen in den Salon. «Bonsoir, Delphine», sagte er und begrüßte sie mit zwei Wangenküssen. Magali war inzwischen von dem Bild zurückgetreten und musterte es konzentriert in seiner Gesamtheit.

«Wir hatten ausgemacht, nicht der Salon», sagte Lucien. Er hörte sich etwas zermürbt an.

«Oh, Lucien, chéri», sagte Magali, ohne den Blick von dem Bild abzuwenden, «es ist doch nur für heute Abend. Ich habe Angst, dass es noch regnet, und dann könnten sie in der Scheune Feuchtigkeit ziehen.» Sie drehte sich zu Lucien um. «Morgen Vormittag kommen Pierre und Jean-Marc mit dem Transporter, dann sind wir mitsamt den Bildern weg.»

Es war klar, dass die beiden diese Diskussion nicht zum ersten Mal führten, aber Lucien sagte nichts weiter dazu. «Möchten Sie etwas trinken?», fragte er stattdessen Delphine.

«Oh, tut mir leid, ich habe vergessen, Ihnen etwas anzubieten», sagte Magali und sah Delphine zerknirscht an.

«Das macht doch nichts», gab Delphine beruhigend zurück.

«Ich hole uns was», sagte Lucien, «gehen Sie doch schon mal in den Garten raus, hier kann man ja nirgends sitzen. Außerdem riecht es überall nach Farbe.» Mit einem Blick auf zwei Bilder in Orange- und Blautönen, die am Sofa und dem Couchtisch lehnten, verschwand er Richtung Küche.

Magali sah ihm nach, dann atmete sie entschlossen ein. «Macht es Ihnen etwas aus, wenn ich Sie allein lasse?», fragte sie Delphine. «Ich muss für morgen noch einiges organisieren.» Sie hob ihren rot gestreiften Arm. «Und duschen muss ich auch.»

«Pas de problème!»

Als Magali nach oben verschwunden war, ging Delphine in den Garten hinaus. In der Ecke zwischen der Scheune und dem Haus stand ein Gartentisch mit ein paar Stühlen. Hinter der Sitzgruppe erhob sich aus einem hölzernen Pflanzkübel ein prächtiger, rosafarbener Oleander.

Einen Augenblick später kam Lucien mit einem Tablett heraus, auf dem Gläser und ein paar Schälchen mit Oliven, Käse und Salzcrackern standen. Er hatte die Schuhe abgestreift und sein Hemd aus dem Hosenbund gezogen. «Bin gleich wieder da», sagte er, ging noch einmal ins Haus und kehrte mit einer Flasche Weißwein und einer Wasserkaraffe zurück.

«Ich hätte vielleicht nicht so unangemeldet auftauchen sollen», sagte Delphine und dachte an den Missklang zwischen Lucien und Magali.

«Ach was.» Lucien schenkte Wein und Wasser ein. «Das ist doch unser Dauerthema.» Sie setzten sich.

«Sie ist eben ehrgeizig», sagte Delphine. «Anders geht es ja auch nicht in der Kunst. Und eine Ausstellung ist doch gut für sie.»

«Ja, ja, Orléans, der Nabel der Welt», brummte Lucien. «Ab morgen ist sie wieder zwei Wochen weg, und ich bekomme die Hochs und Tiefs des Ausstellungsverlaufs am Telefon mitgeteilt.» Er streckte die Beine aus und überkreuzte die nackten Knöchel. «Wobei aber nach der Vernissage mit viel Blabla und Komplimenten eher mit Tiefs zu rechnen ist.»

Das klang nach einer häufig wiederholten Erfahrung. «Wie lange sind Sie jetzt zusammen?», fragte Delphine. «Sie waren doch schon in der Schule ein Paar, oder?»

«Wir sind schon so lange nicht verheiratet, dass andere längst wieder geschieden sind», sagte Lucien und grinste.

Delphine nahm ihr Glas und lehnte sich auf ihrem Stuhl zurück. «Wenn sich etwas ergeben hätte, dann hätten Sie es mir schon gesagt, oder?», fragte sie dann.

«Bien sûr.» Lucien setzte sich aufrecht hin. «Die Spurensuche ist mit der ersten Auswertung praktisch fertig», sagte er. «Keine Besonderheiten. Fingerabdrücke weitgehend zugeordnet. Meistens von Personal und Madame de Montvignon selbst. Ein paar sind nicht zugeordnet, das ist klar, die könnte aber auch irgendein Besuch schon vor Monaten hinterlassen haben. Kein Treffer bei FAED.» Das war die Datenbank mit den Fingerabdrücken. Lucien trank einen Schluck, um dann im typischen Berichtssingsang fortzufahren. «An der Handtasche ausschließlich Abdrücke von Madame de Montvignon, ebenso an ihrem Schlüsselbund. Keine Blutspuren, keine Spermaspuren», er sah Delphine kurz an, «kein Hinweis auf Gewalteinwirkung am Türschloss oder sonst einem Gegenstand in den Räumen. Der Schmutz auf der Türmatte: typische St.-Julien-Mischung. Bestätigt alles den ersten Augenschein», sagte er. «Kein Hinweis auf Fremdeinwirkung. Natürlich haben wir trotzdem noch Fasern und sonstiges Material gesichert.»

Delphine nickte. «Und die Obduktion?», fragte sie.

«Der procureur hat eine angeordnet. Aber das wird

frühestens morgen Abend was oder am Freitagvormittag.»

«Laurent?», fragte Delphine. «Oder ist er schon woandershin aufgestiegen?»

«Noch nicht», sagte Lucien ausdruckslos. «Er wollte wissen, was Sie bei der Vorermittlung zu suchen hatten. – Na ja, er hat es etwas höflicher ausgedrückt.»

«Ich? Bei der Vorermittlung?», rief Delphine in erstauntem Ton. «Mais rien du tout. Ich habe nur eine Zeugenaussage gemacht.»

«Dann sind wir uns ja einig.» Lucien straffte ein wenig die Schultern. «Genau das habe ich ihm nämlich auch gesagt.»

«Lucien!» Magali kam mit hastigen Schritten aus dem Haus. «Ich muss noch mal kurz weg. Die Folie reicht nicht. Ich muss doch die Bilder für den Transport verpacken.» Sie hatte geduscht und trug nun hohe Riemchensandalen, eine Hose mit weitem Bein und ein weißes T-Shirt mit einer Menge bunter Halsketten im V-Ausschnitt. Zusammen mit der hauchdünnen, knielangen Strickjacke und ihren offenen dunkelblonden Locken wirkte sie wie die Edelversion eines Siebziger-Jahre-Hippies.

«Woher bekommst du denn jetzt noch Noppenfolie?», fragte Lucien.

«Ich hab bei Monsieur Larreguy angerufen, er holt mir welche aus dem Lager, wenn ich vor neun Uhr bei ihm bin», sagte Magali. Larreguy führte einen kleinen Baustoffhandel an der Straße nach Cambo. «Wir können das verrechnen, wenn ich wieder zurück bin, hat er gesagt.»

«Brauchst du mich dabei?»

«Nein, die Folie ist ja nicht schwer. Bye, Delphine»,

fügte Magali hinzu, winkte fröhlich und war schon fast wieder im Haus, als sie sich noch einmal umdrehte. «Ach, Lucien», rief sie, «deine Tante hat angerufen.»

«Welche?», fragte Lucien, obwohl er genau wusste, welche, wie Delphine an seinem genervten Blick sah.

«Wer ruft denn hier bei praktisch jedem deiner Einsätze an?», rief Magali. «Sie hätte Reporterin werden sollen. Hätte bestimmt den investigativen Hartnäckigkeitspreis in Gold bekommen.» Damit war sie verschwunden.

Lucien trank sein Glas aus. «Wollen Sie mit uns essen, Delphine?», fragte er. «Ich muss jetzt nämlich kochen, weil sich die Frau des Hauses nach Geschäftsschluss allein mit einem Baustoffhändler in einem Lager voller Noppenfolie trifft. Aber wie ich aus Erfahrung weiß, hat auch sie nichts dagegen einzuwenden, wenn es nachher etwas zum Abendessen gibt.»

10

Und such erst gar keine Ausreden, du *musst* kommen!» Delphine hielt den Telefonhörer ein Stück von ihrem Ohr weg. Wenn Cécile in dieser Stimmung war, brauchte man Ohrstöpsel. Olivier musste wirklich Nerven wie Drahtseile haben, dachte Delphine. Oder er war durch eine seltene Erbkrankheit gleich ganz ohne Nerven geboren worden? Einen passenderen Ehemann als Olivier hätte Cécile jedenfalls nicht finden können. Mit heiterer Gelassenheit ertrug er die niemals endende Umtriebigkeit seiner Frau, und wenn es ihm doch einmal zu viel wurde, verzog er sich in die Schreinerwerkstatt, die er sich in der Scheune hinter ihrem Haus eingerichtet hatte.

«Wohin muss ich kommen?»

«Tu nicht so, du weißt genau, wovon ich rede», fuhr Cécile auf. «In deinem Alter muss man sich eben ein bisschen Mühe geben, damit man noch was mitkriegt vom Leben. Gestern habe ich dich allein im Atlantique an eurem Fenstertisch vor einer Etagere mit Petits Fours sitzen sehen. Ein trübseliger Anblick.»

Sofort fühlte sich Delphine in die Situation zurückversetzt. Sie hatte allein im Atlantique Tee getrunken, weil sie so etwas wie einen Abschied von ihrem Ritual mit Aurélie gebraucht hatte. Aber das würde sie Cécile niemals erzählen. Stattdessen fragte sie: «Spionierst du mir jetzt schon nach?»

«Werde nicht albern. Ich bin über die Promenade gegangen, und von da kann man gut die Fensterplätze im Salon de thé sehen. Die Benutzung der Promenade ist dem einfachen Volk schließlich noch gestattet.»

«Cécile, der Salon de thé ist ein öffentlicher Ort. Da kann auch jeder rein. Dafür muss man nicht mal ein Zimmer im Atlantique haben. Das weißt du genau. Ich bin schließlich auch nur eine einfache Frau aus dem einfachen Volk.»

«Du und einfach?» Cécile lachte auf. «Dass ich nicht lache. Bon, ich würde mich in diesem Nobelschuppen jedenfalls nicht wohl fühlen. Da trägt ja schon der Kellner die Nase so hoch, dass man das Gefühl hat, gleich müsste er einem Trinkgeld geben.»

«Meinst du François? Der ist wirklich sehr nett.»

Diesen Einwand überging Cécile geflissentlich. «Außerdem stört mich dieses vornehme Gemurmel der Gäste, als würden sie allesamt irgendwelche Verschwörungen planen an ihren Tischchen. Da kann doch keiner mal so richtig lachen.» Nach dieser gesellschaftskritischen Analyse atmete Cécile kurz ein, um auf ihre übliche sprunghafte Art umstandslos das Thema zu wechseln. «Und überhaupt, Petits Fours, die sind dermaßen ungesund. Der ganze Zucker.»

«Willst du etwa, dass es überall so zugeht wie bei Marcel im Café de la Poste, der dir nach vertrauter Sitte ungefragt deinen Likör einschenkt?»

«Warum nicht? Da kann sich ein normaler Mensch wenigstens wohl fühlen.» Als kein Protest kam, fuhr Cécile fort: «Aber im Ernst, Delphine, du hast schrecklich ausgesehen, so allein hinter dieser Etagere. Ich verstehe ja, dass dir deine Aurélie fehlt. Aber diese Leichenbittermiene, als wolltest du dir gleich einen Strick nehmen. Das ist wirklich ein bisschen de trop.»

«Cécile, ich habe einfach nur Tee getrunken und nachgedacht. Kann schon sein, dass ich dabei einen schrecklichen Anblick biete, keine Ahnung. Aber warum sollte ich mir einen Strick nehmen, wenn man das Meer so bequem vor der Tür hat?»

«Mit so etwas scherzt man nicht. Also, um wie viel Uhr kommst du?»

Delphine stöhnte.

«Nicht später als sieben!» Cécile ließ nicht locker.

«Cécile, bitte! Ich habe wirklich keine Lust auf deinen Seniorenabend.»

«Das ist kein Seniorenabend. Das ist unser bal d'été. Es wird getanzt. Es wird reizend. Alle sind da. Und du hast versprochen, dass du auch kommst.»

Delphine, deren Gedächtnis einwandfrei funktionierte, wusste genau, dass sie Cécile nichts dergleichen versprochen, sondern versucht hatte, sich mit einem vagen ‹Mmh› aus der Affäre zu ziehen. Aber sie wusste auch, dass sie früher oder später kapitulieren würde, denn sie kannte Céciles Hartnäckigkeit. Oder sollte sie sich doch lieber einen Strick nehmen?

«Ja, ja, schon gut. Ich komme dann so um sieben.»

«Wunderbar. Ich freue mich so sehr auf diesen Abend. Es wird ganz großartig, du wirst schon sehen.»

Das glaubte Delphine weniger. Und noch weniger glaubte sie es, als sie um kurz nach acht den Speisesaal des Hôtel de la Plage betrat, das Martine Bernier betrieb, mit der sie früher zur Schule gegangen waren. Hier hatte Cécile mit ein paar Gleichgesinnten diesen Abend für die reifen Vergnügungssuchenden der Stadt organisiert. Runde Tische, deren weiße Decken an den Seiten altmodisch hochgerafft waren, standen locker verteilt um eine Tanzfläche, an deren Stirnseite tatsächlich auf einem Podest ein kleines Orchester spielte. Hinter der Bar an der Längswand hatten zwei attraktive Barkeeper alle Hände voll zu tun; zwei Mädchen bedienten an den Tischen. In der Verlängerung der Bar war ein Buffet aufgebaut. Delphine sah, dass sich Cécile und ihr Hausfrauenclub wieder einmal einen Wettbewerb geliefert hatten. Paté, fruits de mer, foie d'oie, coq au vin. Es sah einfach köstlich aus.

«Delphine! Da bist du ja endlich!» Cécile stürmte auf Delphine zu, ein Glas in jeder Hand. «Hast du schon einen Platz gefunden? Drüben bei Virginie am Tisch ist noch einer frei. Aber lass uns erst mal anstoßen!»

Misstrauisch begutachtete Delphine die hellgelbe Flüssigkeit. «Was ist denn das?»

«Punch à la Cécile. Meine spezielle Giftmischung, du merkst gar nichts, Madame la commissaire, und schon bist du weg vom Fenster. Jetzt stell dich nicht so an.»

Sie stießen an, tranken einen Schluck und gingen am Buffet entlang. Bei den Desserts blieb Delphine stehen. «Hast du nicht erst heute Mittag über Petits Fours gelästert, der ganze Zucker und so?»

«Na, hör mal, das ist doch alles hausgemacht! Außerdem gehört die cuisine française zum Kulturerbe. Und zwar zum immateriellen Kulturerbe!», trumpfte Cécile auf. «Und immaterielles Essen kann keinen Schaden anrichten, wie die Bezeichnung schon sagt!»

Delphine lachte laut auf. «Gegen diese Argumentation kann man unmöglich etwas einwenden, Cécile. Und es sieht wirklich alles äußerst appetitlich aus. Da weiß ich also, woran ich mich heute Abend halten kann, falls die Barkeeper schon vergeben sind.»

Cécile schüttelte den Kopf. «Mach dir keine Hoffnungen, die beiden sind längst von ein paar sehr hübschen jungen Damen gekapert worden. Aber die Großväter der Barkeeper sind auch hier. Denen kann ich dich gerne vorstellen.»

«Oh nein, ich stelle gerade fest, dass ich sehr hungrig bin. Zuerst werde ich etwas essen.»

«Cécile!» Olivier winkte von einem der Tische. «Du schuldest mir den ersten Tanz.» Vermutlich war es Olivier gewesen, der unter den strengen Augen seiner Frau den Saal eingerichtet und die Tische zehnmal umgestellt hatte, bis sie endlich sagen konnte: «Meinst du, das geht so?»

Cécile eilte zu ihrem Mann auf die Tanzfläche, und bald schlossen sich ihnen weitere Paare an und wiegten sich zu Chansonklassikern und in moderatem Tempo dargebotenen Latino-Rhythmen. Die Stimmung, das musste Delphine einräumen, war gut. Ungefähr siebzig Gäste, weißhaarige Salonlöwen mit Seidenhalstüchern, etwas bodenständiger auftretende Witwergestalten, elegante Damen vom Bridge-Club und Großmütter, von denen Delphine aus Erfahrung wusste, dass sie auf die leiseste Aufforderung hin die Fotos ihrer gesamten Enkelschar aus der Handtasche zaubern würden. Alle schienen sich blendend zu unterhalten. Vermutlich über die Affären derjenigen, die gerade nicht bei ihnen am Tisch saßen.

Während Delphine durch den Raum ging, hatte sie das Gefühl, von einigen Tischen aus bedeutsam angesehen zu werden. Viele wussten von ihrer Freundschaft mit Aurélie de Montvignon, und alle wussten von dem spektakulären Unglück vor vier Tagen.

Seufzend bediente sich Delphine am Buffet. So ein Tanzball war nicht ihre Welt. Sie hatte sich noch nie einfach so in eine Gruppe einfügen können. Das war schon in ihrer Schulzeit so gewesen. Und davon, wie es in ihrem früheren Leben in Paris zugegangen war, ihrer selbstgewählten, dann aber häufig knallharten Wunschexistenz im Polizeidienst, hatte hier ohnehin niemand eine Ahnung. Bis auf Aurélie. Und Aurélie war tot.

Während sie ihren Teller zu dem freien Platz an Virginies Tisch balancierte, überlegte Delphine, wie viel Wahrheit wohl hinter der scherzhaften Bemerkung steckte, die Aurélie einmal über ihre déformation professionelle als commissaire gemacht hatte. Hatte ihr stets von Verbrechen und Beweisführung bestimmter Berufsalltag im Polizeidienst dazu geführt, dass sie sich nicht mit dem Tod einer durchaus betagten Dame abfinden konnte, obwohl sich keinerlei verdächtige Hinweise auf Fremdeinwirkung gefunden hatten? Brauchte sie einen Schuldigen, weil sie mit dem Tod Aurélies nicht zurechtkam?

Ohne recht hinzuhören, plauderte Delphine höflich mit Virginie Saumont. Nein, die Tomaten hatten dieses Jahr nichts werden können, bei all dem Regen. Und ja, es war unerträglich, dass im Hochsommer in der ganzen Stadt kein Parkplatz mehr zu finden war wegen all der Touristen. Touristen, ohne die, so dachte Delphine, die Leute hier ihr Geld mit Körbeflechten verdienen müssten.

Virginies Mann Gerard hatte sein ganzes Berufsleben bei den Stadtwerken verbracht. Nun war er in Rente und unterhielt sich mit einem anderen pensionierten Staatsdiener gerade lautstark über den Wahnsinn, der sich aus Brüssel über das schutzlose französische Volk ergoss. Revision der Abwasserverordnung! Novellierte Trinkwasserverordnung! Früher war alles besser gewesen. Paris war weit weg, man hatte die Dinge vor Ort auf normale und vernünftige Art selbst geregelt und nicht gleich bei der Präfektur angerufen, wenn mal was schiefging! Das waren bessere Zeiten gewesen. Und wie war es jetzt? Parfaitement intolérable!

Delphine überlegte, ob sie wohl bald gehen konnte, ohne dass es allzu unhöflich wirkte. Es war ja schon beinahe halb zehn. Sie ließ ihren Blick durch den Saal schweifen: tanzende Paare, alte Freundinnen, die an den Tischen die Köpfe zusammensteckten, um über Firmenpleiten, Ehebrüche und missratene Kinder zu tuscheln. Ein reichlich gelangweilt wirkender Herr allein an einem Tisch. Delphine wechselte einen Blick mit ihm. Dann griff sie nach ihrer Handtasche, um das Weite zu suchen.

«Nein, das geht gar nicht!» Sofort stand Céline vor ihrem Tisch. «Das ist ein *bal d'été*, alle müssen mindestens einmal tanzen! Virginie und Gerard, das könnt ihr doch noch, oder habt ihr vergessen, wie es geht? Und Delphine – du tanzt mit Monsieur Paul. Keine Widerrede!»

«Ich wollte mich gerade verabschieden», wandte Delphine schwach ein. «Du weißt doch, dass ich nicht gut schlafe, wenn ich zu spät ins Bett komme.»

«Ach was, ausgerechnet du, das höre ich ja zum ersten Mal. Du tanzt jetzt mit Monsieur Paul dort, ein ehemaliger

Kollege von Gerard. Und du wirst ihn nicht enttäuschen, nicht wahr?», rief Cécile mit einem Blick auf den eher unglücklich wirkenden Mann neben Virginies Gatten.

«Ja, darüber wäre ich untröstlich», gab dieser höflich zurück.

«Siehst du!», triumphierte Cécile.

«Also gut», sagte Delphine und stand auf.

Sie tanzte mit Monsieur Paul, der kaum imstande war, zwei zusammenhängende Sätze zu äußern, einen Foxtrott. Er schob sie über die Tanzfläche wie ein Möbelstück, und es war offensichtlich, dass er viel lieber zu Hause vor dem Fernseher gesessen hätte, als sich bei diesem Fest zu vergnügen. Während die Musiker nach dem Foxtrott etwas Peppiges von Johnny Halliday ankündigten, verschwand Monsieur Paul eilends an die Bar. Er hatte nun wohl eine Stärkung nötig.

Cécile tanzte an Delphine vorbei und sagte augenzwinkernd: «Na, gib's zu, der Tanz hat dir Spaß gemacht.»

«Geht so. Dein Monsieur Paul ist mir dreimal auf die Füße getreten, ce vieux croûton.»

«Der *alte Knacker* ist jünger als du, meine Liebe», sagte Cécile triumphierend. Dann schob Olivier sie mit der nächsten Drehung entschlossen weiter.

Delphine nahm ihre Handtasche und setzte sich auf einen der Stühle neben dem Ausgang. Sie wollte warten, bis Cécile den Tanz beendet hatte, denn verabschieden und, nun ja, bedanken musste sie sich wohl noch.

«Von so einem großartigen Tanzball erzählt man sicher noch seinen Enkeln», kam es unvermittelt von ihrer rechten Seite. «Falls man welche hat.» Dort saß der Herr, den sie zuvor allein an einem Tisch gesehen hatte. Die unermüdliche Cécile hatte vermutlich auch für ihn eine Tanzpartnerin gefunden, mit der er einen Foxtrott hatte absolvieren müssen.

«Oder man verbucht es unter ‹Zu feige gewesen, um einfach nicht hinzugehen›», gab Delphine zurück.

«Dem missionarischen Amüsierwillen Ihrer Freundin Widerstand entgegenzusetzen, erfordert die Entschlossenheit eines Résistance-Kämpfers!»

Delphine lachte. Ihr Gesprächspartner war ein großer, schlanker Mann Anfang sechzig. Sein volles, weißes Haar ließ das kantige Gesicht, in dem alles ziemlich groß geraten war - die wuchernden Augenbrauen, die scharf hervortretende Nase und der breite Mund -, noch sonnengebräunter erscheinen.

«Und wie kommt es, dass Sie zu dieser bitteren Erkenntnis über Ihren mangelnden Heldenmut gelangt sind?», fragte Delphine.

«Das ist eine Frage der Ökonomie: Es ist weniger anstrengend, gelegentlich nachzugeben. Ich habe nämlich einige äußerst wohlmeinende Menschen in meiner Umgebung, zu denen meine Cousine Irène und auch Ihre hochgeschätzte Freundin Cécile gehören. Die beiden leben in der Überzeugung, dass es Sünde ist und auf kürzestem Weg in die Altersdepression führt, zu Hause ein gutes Buch zu lesen oder Musik zu hören.»

Delphine ließ ihren Blick herumwandern. Unter den Tanzenden fiel ihr eine blondierte Dame auf, die ihre Handtasche über dem Arm hängen hatte. Die Handtasche hatte einen weißen Pelzrand, und erst auf den zweiten Blick erkannte Delphine, dass es sich bei diesem Pelzrand um die Kopfbehaarung eines dieser flusenhaarigen zittrigen Hündchen mit riesigen Augen und streichholzdünnen Beinen handelte.

«Nun ja», sagte sie, «Depressionen können von den unterschiedlichsten Faktoren ausgelöst werden.»

«Bei dieser Dame», sagte der Mann, der Delphines Blick gefolgt war, «handelt es sich übrigens um meine besagte Cousine Irène. Sie glaubt, dass ihr Begleiter mit den vier nutzlosen Beinen einschrumpft und zu Staub zerfällt, sobald er seinen natürlichen Lebensraum in ihrer Handtasche verlässt, es sei denn natürlich, er wird auf sein Satinkuschelkissen gebettet und mit Hundepralinen gefüttert.» Er verzog keine Miene. «Dieses Geschöpf, das wird Sie gewiss brennend interessieren, trägt den stolzen Namen Hector.»

Delphine brach in schallendes Gelächter aus.

«Bon.» Er räusperte sich. «Nachdem ich nun die wichtigsten Gäste dieses Abends vorgestellt habe, möchte ich auch meinen, leider wesentlich bescheideneren Namen nennen. Bernard Dessanges.»

«Enchantée. Ich heiße Delphine Gueron, und ich muss sagen, Bernard, dass Sie heute Abend mein erster Lichtblick hier sind.»

«Ob ich das als Kompliment auffassen kann, wage ich kaum zu überdenken, Delphine.»

«Und welches Buch hätten Sie diesem heiteren Abend vorgezogen?»

«Ich lese zurzeit die alten Meister noch einmal. Im Moment bin ich mit Käpt'n Ahab auf See.»

Delphine wurde mit einem Schlag ernst. «Moby Dick», murmelte sie.

«Mögen Sie das Buch nicht?»

«Doch», sagte Delphine. «Es ist nur ... dass eine Freundin es sich gerade hat vorlesen lassen. Sie ist gestorben, bevor ihr Vorleser fertig war.»

Bernard wandte sich ihr ganz zu. «Sie können sich denken, Delphine, dass ich von Irène über den Tod Ihrer Freundin und die Familiengeschichte der de Montvignons ausführlich ins Bild gesetzt wurde. Aussterbender Altadel mitsamt seinen Familientragödien, Spleens und degenerierten Sitten ist schließlich immer ein schönes Thema, nicht wahr?»

Delphine wusste nicht, ob er das wirklich komisch fand. «Aurélie hatte garantiert keine degenerierten Sitten.»

«Ach, jetzt fällt es mir wieder ein: Irène sagte, Sie seien eine ehemalige Polizistin.»

«Man braucht eigentlich keine Polizei mehr, wenn es so gut informierte Mitmenschen gibt wie Ihre Cousine Irène», bemerkte Delphine säuerlich.

«Ja, da haben Sie recht. Allerdings teile ich nicht immer Irènes felsenfesten Glauben an die Richtigkeit ihrer Informationen.»

«Das ist vermutlich ein weiser Entschluss.»

«Madame de Montvignons Tod kam ja trotz allem sehr überraschend. Glauben Sie denn, dass es möglicherweise kein Unfall war?»

Delphine zögerte. «Sie sind wirklich sehr direkt, Bernard.»

«Ich bin zu alt, um lange um den heißen Brei herumzureden. Was ist, wenn mich morgen der Schlag trifft? Oder wenn ich vom Balkon falle, wie Madame de Montvignon? Nein, entschuldigen Sie. Aber Irène hat mich natürlich auch mit Spekulationen über die möglichen Erben versorgt, nicht zu vergessen die schreckliche Geschichte vom Tod ihres Sohnes Pablo.»

«Ja, das war schrecklich. Es hat Ernest und Aurélie damals das Herz gebrochen. Ob die nächsten Verwandten um Aurélie auch so trauern, wage ich zu bezweifeln. Und um ihre Frage zu beantworten: Es scheint nicht den geringsten Hinweis auf eine äußere Einwirkung zu geben.» Delphine seufzte. «Vielleicht ist das nur meine Art, ihren Verlust zu verarbeiten.»

«Sie fehlt Ihnen sehr, oder?»

Delphine sagte nichts.

«Darf ich Ihnen noch ein Glas von dieser Punschkreation bringen, Delphine?», fragte Bernard in demselben Moment, in dem Cécile von der Tanzfläche auf sie zukam.

«Willst du dich verabschieden?» Cécile wusste, dass sie den Bogen nicht überspannen durfte.

«Ach nein, ich denke, ich bleibe noch ein wenig.»

«Tiens!» Cécile ließ ihren Blick zwischen Delphine und Bernard hin und her wandern, und ihre Augen begannen zu leuchten. «Da will ich nicht weiter stören!» Entschlossen wandte sie sich um und schritt davon, nicht ohne ihren dunkelblonden Lockenkopf noch einmal für einen bedeutsamen Blick über die Schulter umzudrehen.

«Anscheinend sind wir jetzt das Traumpaar des Abends», sagte Bernard.

11

«Ich verstehe nicht, warum wir nicht den Zug nehmen konnten», sagte Damien gereizt. «Das dauert von Montparnasse aus keine sechs Stunden, und wir müssten nicht erst zum Flughafen raus, Ewigkeiten beim Check-in herumsitzen und dann noch von Biarritz nach St. Julien fahren.»

Es war Mittwoch. Aurélie war vor acht Tagen gestorben, und nach der Freigabe ihrer Leiche stand die Bestattung bevor. Damien zog eine Krawatte vom Bügel im Schlafzimmerschrank und legte sie zu dem Anzug in sein Handgepäck. «Noch dazu ist es viel billiger.»

«Demnächst schlägst du noch vor, dass wir uns eine Mitfahrgelegenheit suchen», bemerkte Antoinette spitz. Damien war in der letzten Zeit unausstehlich. Ständig hatte er etwas zu kritisieren, und zwar ganz besonders, wenn es um Geld ging. Sogar die Kinder hatten darunter zu leiden. Es war ein glücklicher Umstand, dass Solange und Maxim mit Antoinettes Eltern in Ferien waren. Sie machten eine Safaritour in Kenia und schickten ständig Fotos per MMS. Wenn sie zu Hause gewesen wären, hätte Damien vermutlich auf einem Familienticket im Bummelzug bestanden.

Antoinette ging vom Schlafzimmer ins angrenzende Badezimmer und begann, Toilettenartikel in ihren Beauty-Case zu räumen. Als die Nachricht von Aurélies Tod gekommen war, hatte sie gerade mal die erste Woche ihres dringend benötigten Erholungsurlaubs hinter sich, zu dem sie mit einer Freundin in ein traumhaftes Resort auf Bora Bora gefahren war. Antoinette warf einen träumerischen Blick in den Spiegel.

Damien, der zu Hause geblieben war, weil er arbeiten musste, hatte sie nicht unbedingt bei der Beerdigung dabeihaben wollen. Aber wie hätte es ausgesehen, wenn er allein dort erschienen wäre? Oder womöglich gar nicht? Immerhin waren sie dieses Mal auf korrektem Weg informiert worden und hatten nicht durch Zufall auf einem Cocktailempfang von Aurélies Tod erfahren. Noch am Tag des Unfalls hatte ein gewisser commissaire Benazet bei Damien angerufen. Von dem Bestattungstermin waren sie durch maître Villon, Ernests Anwalt, in Kenntnis gesetzt worden.

Damien verhielt sich seit Ernests Tod beinahe, als fürchtete er sich vor allem, was mit Aurélie zusammenhing. Aber damit hatte es nun ja ein Ende. Und garantiert hatte Damien nur das Geld für einen abgebrochenen Aufenthalt auf Bora Bora im Sinn gehabt, als er ihr versicherte, sie müsse nicht zurückkommen, auch wenn er so getan hatte, als fände er es schade um ihre Erholung. Antoinette aber wusste, wann ein Opfer gebracht werden musste, obwohl es tatsächlich schade um den Urlaub war. Der Meerwasserpool, die stilvolle Bar und die edel eingerichteten Over-Water-Bungalows mitten in der türkisblauen Lagune waren nicht zu toppen. Und in dem Spa-Bereich arbeiteten keine abgehetzten Akkord-Masseure, sondern gut ausgebildete Beauty Therapists und Personal Trainer. Flüchtig dachte Antoinette an den jungen Polynesier, der genau erkannt hatte, was ihr nach den harten Monaten in Paris zu neuer Motivation und verbesserter Körperspannung gefehlt hatte. Sie seufzte. Es würde schwer werden, sich das zu erhalten. Wenn sich Damien nämlich weiterhin so gestresst gab, bedeutete das einfach Gift für ihr inneres Gleichgewicht.

Sie ging mit dem Beauty-Case ins Schlafzimmer zurück, warf einen Blick aufs Bett, wo Damien seinen Koffer aufgeschlagen hatte, und schüttelte den Kopf. So etwas war zurzeit wirklich typisch.

«Diese Krawatte ist *inacceptable*, Damien», sagte sie, hob das Scheusal hoch und ließ es vor seinen Augen baumeln. «Hast du überhaupt hingesehen, als du sie aus dem Schrank gezogen hast?» Stirnrunzelnd betrachtete Antoinette das Muster der Krawatte, in dem sich helle und dunkle blaue Diagonalstreifen abwechselten. «Das sieht ja aus wie ein Zebrastreifen! Du willst doch nicht als Zebra zur Bestattung deiner Tante gehen, oder?» Ihr Lachen klang nicht sehr angenehm.

«Nachdem du dir ein neues Kleid für diese Beerdigung gekauft hast, in dem du aussiehst wie ein trauernder Hollywoodstar, wird wohl kaum jemand auf meine Krawatte achten», sagte Damien schlecht gelaunt und zog ihr die Krawatte aus der Hand.

Antoinette nahm seine Bemerkung als Kompliment. Das kleine Schwarze war an sich nichts weiter als ein Basic. Aber dabei musste man eben auf Qualität achten, auch wenn es Leute gab, die behaupteten, weltbekannte Edelmarken würden in den gleichen Billiglohn-Nähfabriken hergestellt wie Discounterware. Schließlich sah *jeder*, ob so ein Kleid von H&M stammte oder von Chanel. Noch dazu war dieses Kleid von geradezu klösterlicher Schlichtheit. Doch dazu würde sie eine große Sonnenbrille tragen und einen leichten schwarzen Foulard um den Kopf drapieren, der so dünn war, dass ihr blondes Haar hindurchschimmerte. Die Wirkung war sehr gut, das hatte sie vor dem Spiegel überprüft.

«Wir müssen dort eine gute Figur machen, Damien», sagte sie, als würde sie mit einem Kind sprechen. Sie beobachtete, wie er eine andere Krawatte aus dem Schrank nahm. Das war wirklich nicht mehr der Mann, den sie geheiratet hatte. Keine Spur von der früheren Nonchalance und Sorglosigkeit, die ihn so attraktiv gemacht hatten. Er wirkte im Grunde ständig verbissen und gestresst, machte keinen Sport mehr und gab bei Dîners und anderen gesellschaftlichen Terminen so viele negative Kommentare zu allem und jedem ab, dass es ihr mittlerweile geradezu peinlich war. Wer wollte schon mit solch einem Miesmacher seine Zeit verbringen? Ihr Bedarf war jedenfalls gedeckt.

Antoinette warf einen letzten Blick in den hohen Schlafzimmerspiegel. Die Bräune stand ihr sehr gut, das musste auch der objektivste Betrachter einräumen. Überhaupt sah sie fabelhaft aus für ihre fünfunddreißig Jahre. Zufrieden strich sie sich über das geglättete blonde Haar, das einen schönen Kontrast zu ihrer gebräunten Haut und dem paprikaroten Leinenkleid bildete. Nachdenklich sah sie sich im Spiegel in die Augen. Sie hatte noch andere Möglichkeiten. Vielleicht sollte sie auch nicht mehr allzu lange überlegen. Eine Scheidung war ja heutzutage der Normalfall. Allerdings, dachte sie, war dieses Palais mitten in Paris wirklich einzigartig.

«Ich gehe schon runter», sagte sie und nahm ihren Beauty-Case. «Mein Koffer steht neben dem Schrank.»

«Wir bleiben nur zwei Tage», erwiderte Damien mit einem Blick auf Antoinettes Koffer, der nicht mehr als Kabinengepäck durchgehen würde.

«Willst du mir jetzt schon vorschreiben, wie viel Unterwäsche ich einpacken darf?», fragte Antoinette kokett. Allmählich ging ihr die Geduld aus, aber sie beherrschte sich. Sie hatte vor, zunächst einmal abzuwarten, was der Tod Aurélies für sie und Damien bedeuten würde. Sie legte ihrem Mann den Zeigefinger unters Kinn. «Findest du etwa, dass es warm genug ist, um die Unterwäsche zu Hause zu lassen?», flüsterte sie. Doch als er die Hand hob, um sie an sich zu ziehen, drehte sich Antoinette aus seiner Armbeuge weg und wandte sich zur Tür. «Du bringst mir meinen Koffer mit runter, n'est-ce pas, mon chou?», sagte sie über die Schulter, bevor sie aus dem Raum ging.

Zwei Stunden später waren sie am Flughafen Paris-Orly. Nachdem Antoinettes Koffer aufgegeben war, setzte sich Damien mit dem übrigen Gepäck in eines der Cafés, während Antoinette in dem Zeitschriftenladen auf der anderen Seite der Passage eine *Madame* kaufte.

«Oje», sagte sie, als sie sich mit der Zeitschrift zu Damien setzte, «noch eine ganze Stunde!» Sie legte ihre Handtasche neben sich auf die Sitzbank. «Hast du mir schon einen Espresso bestellt?»

«Müsste gleich da sein», sagte Damien, und in demselben Moment kam der Kellner mit zwei winzigen Tassen auf einem Tablett, das er ihnen schwungvoll mit einem «Voilà, messieurs-dames» auf den Tisch stellte, um sofort zum Tresen zurückzueilen. Die Rechnung hatte er unter eine der Untertassen geklemmt.

Damien zog seinen Laptop aus der Tasche und kam Antoinettes Kritik mit den Worten zuvor: «Muss nur kurz was überprüfen.» Sie blätterte in ihrer Zeitschrift, während Damien eine Internetseite voller Zahlenkolonnen aufrief und mit gerunzelter Stirn nach unten scrollte. Beiläufig griff er nach seiner Espressotasse und schlürfte sie mit vorgebeugtem Kopf leer. Antoinette runzelte die Stirn, sagte jedoch nichts. Kaum eine Minute später klappte Damien den Laptop zu, steckte ihn in seinen Bordcase und lehnte sich auf der Sitzbank zurück.

Über eine verzerrte Lautsprecheransage wurde der nächste Flug aufgerufen. Antoinette sah am anderen Ende des Cafés ein Paar mit einer etwa zehnjährigen Tochter aufspringen. Gleich darauf hasteten die drei, ihre Rollkoffer hinter sich herziehend, an der Glasfront des Cafés vorbei. Antoinette warf einen Blick auf die Uhr. Es war noch über eine halbe Stunde Zeit. Sie dachte an Les Balaines, diesen Riesenkasten über dem Meer, den Damiens Urgroßvater gebaut hatte, weil ihm der Stammsitz der Familie in Paris zu langweilig geworden war. Sie schürzte die Lippen. Wer konnte dieses Palais mitten im elegantesten quartier von Paris langweilig finden und stattdessen in die abgelegenste, rückständigste Ecke des Landes ziehen? Der alte Alfonse schien ein genauso verschrobener Charakter gewesen zu sein wie Ernest.

«Ist er eigentlich überhaupt noch einmal nach Paris

zurückgekommen?», fragte Antoinette unvermittelt und strich sich über ihr perfekt liegendes Haar.

«Wer soll noch mal nach Paris zurückgekommen sein?» Damien nahm seine Espressotasse hoch, stellte fest, dass sie leer war, und platzierte sie wieder auf der Untertasse.

«Dein Urgroßvater, nachdem er Les Balaines gebaut hatte.»

«Nein. Ist er nicht. Musste er auch nicht. Alfonse ist während der Industrialisierung mit seinem Baustoffhandel zum reinsten Nabob geworden.» Er seufzte sehnsüchtig. «Sobald es ging, hat er die Geschäfte an seinen Sohn Valéry übergeben und sich abgesetzt. Nachdem Alfonse tot war, hat Les Balaines dann ewig leer gestanden, bis Ernest es wieder aufgemöbelt hat. Mein Großvater und auch mein Vater haben sich nicht dafür interessiert.»

«Aber was ich trotzdem nicht verstehe», sagte Antoinette. «Dein Großvater Valéry hatte zwei Söhne. Ernest, der Erstgeborene, und Raymond, dein Vater. Aber warum hat dann dein Vater das Palais in Paris geerbt? Üblicherweise bekommt doch der Älteste den Stammsitz.» Bei dem Wort Stammsitz hob sie leicht das Kinn.

«Er hat das Palais ja auch bekommen, Ernest meine ich.» Damien richtete sich auf. «So stand es im Testament.»

Antoinette sah ihn argwöhnisch an. «Davon wusste ich ja gar nichts.»

«Es wurde auch kaum darüber gesprochen», sagte Damien. «Papa und Ernest haben sich darauf geeinigt, das Erbe zu tauschen. Ernest war damals schon ständig auf Reisen, während Papa geheiratet hat und mit Maman im Palais in Paris wohnte.»

«Das ist doch kein Grund, auf so ein exklusives Objekt zu verzichten», sagte Antoinette.

«Ernest kam anscheinend mehr nach Alfonse. Vielleicht war er nicht ganz so exzentrisch wie mein Urgroßvater, aber er war schon immer lieber in Les Balaines als in Paris oder unserem Sommerhaus in Vallauris.» Damien dachte an seinen Vater, Raymond de Montvignon, der als prinzipientreuer Gaullist in der höheren Verwaltung Karriere gemacht hatte. Die abenteuerlustige Lebensführung und die Interessen seines kunstsinnigen Bruders Ernest waren ihm zeitlebens fremd geblieben.

«Aber das Palais hatte doch auch schon damals einen viel höheren Wert als ein heruntergekommener Landsitz an der Grenze zu Franco-Spanien», sagte Antoinette verständnislos.

«Allerdings.» Und aus ebendiesem Grund wurde in Damiens Elternhaus nicht über den Tausch des Erbes gesprochen. Es war Raymond de Montvignon damals nur allzu bewusst, wie vorteilhaft er bei dieser Vereinbarung wegkam, und das wollte er verständlicherweise nicht an die große Glocke hängen. Und Damien hatte es nach dem Tod seiner Eltern genauso gehalten.

Antoinette kam in den Sinn, was ihre Freundin Sandrine Delavalle von den Erbstreitigkeiten in ihrer Familie erzählt hatte. «Soll das heißen, dass dieser Tausch nicht juristisch einwandfrei beurkundet ist?», fragte sie aufgeschreckt.

In mancher Hinsicht, dachte Damien, war seine schöne, kapriziöse Frau sehr einfach gestrickt. «Nein, das soll es nicht», sagte er. «Ernest hat in demselben Jahr, in dem grand-père gestorben ist, auf einer endgültigen Regelung mitsamt einer Verzichtserklärung bestanden. Sie haben alles schriftlich festgelegt und beglaubigen lassen.»

Antoinette ließ sich auf ihrem Sitz zurücksinken. «Und jetzt ist Aurélie gestorben», sagte sie nachdenklich. «Und dieser Richard ist nicht mit ihr verwandt», fügte sie nach einigen Sekunden hinzu.

Für manche Dinge hat meine Frau ein sehr gutes Gedächtnis, dachte Damien. «Ich sagte ja gerade, dass Papa und Ernest eine gegenseitige Verzichtserklärung unterschrieben haben.»

Antoinette sah ihn an. «Weißt du, was Aurélie für ein Testament hat?», fragte sie, ohne auf seine Bemerkung einzugehen.

«Woher soll ich das wissen?», gab Damien zurück. Er wirkte wieder einmal gereizt, und zwar viel stärker, als es diese Situation rechtfertigte.

«Jetzt stell dich nicht so an, Damien», sagte Antoinette. «Das interessiert dich schließlich auch.»

Und zwar mehr, als du ahnst, dachte Damien.

Ein Summton meldete eine MMS auf Antoinettes Smartphone. Sie rief die Nachricht auf. «Oh, sieh mal!», sagte sie zu Damien. «Unsere Solange hat wieder ein Foto von der Safari geschickt!» Mit zwei Fingern zog sie das Bild größer und hielt es Damien schwungvoll vors Gesicht.

Unvermittelt gähnte ihm ein weit aufgerissener Löwenrachen entgegen. Vom linken Reißzahn tropfte Geifer.

«Wir sollten langsam zum Gate, findest du nicht?», sagte Antoinette, der nicht aufgefallen war, dass sie Damien einen kleinen Schreck eingejagt hatte.

Damien nickte nur und legte das Geld für den Kaffee auf den Rechnungsbeleg. «Eigentlich müsstest du alles erben», sagte Antoinette und stand auf. «Sie hat ja schließlich keine Kinder.»

Damien hob ruckartig den Blick und starrte seine Frau einen Moment bewegungslos an. «Weißt du, Antoinette», sagte er dann, «manchmal fasse ich es einfach nicht, wie geschmacklos du sein kannst.»

Spöttisch sah sie auf ihn hinab. «Sagte der Feigling, der seine Sekretärin im Büro auf dem Schreibtisch vögelt», erwiderte sie gelassen.

12

Langsam schritt der Pfarrer die Treppen vom Altarraum hinab und nahm mit zwei Ministranten am Mittelgang Aufstellung, während hinter ihm die Sargträger zu ihren Plätzen gingen. Delphine, die auf einer Bank in der Mitte der Friedhofskapelle saß, erhob sich zusammen mit den etwa fünfzig weiteren Trauergästen.

«Wer ist eigentlich das Paar in der ersten Bank?», hörte sie hinter sich eine Frau zischeln. «Verwandtschaft aus Paris», kam die geflüsterte Antwort. «Hast du die hier schon mal gesehen?», fragte die erste Frau. «Nein, hab ich nicht. Aber du weißt ja: Wer's kann, geht nach Cannes.» Erstickte Laute deuteten darauf hin, dass die beiden ein Kichern unterdrückten.

Die Trauergemeinde verließ das alte Gebäude aus grauem Quaderstein, in dessen Innenraum eine angenehme Kühle herrschte, weil es nur wenige, schmale Fenster an den Seiten und drei dicht nebeneinander in der Apsis aufwies. Die Zeremonie war kurz und schlicht gewesen, wie es Aurélie festgelegt hatte. Delphine war froh, dass curé Gurrutxaga von St. Julien die Bestattung übernommen hatte, was bei dem herrschenden Priestermangel, durch den die meisten Pfarrer mehrere Gemeinden zu betreuen hatten, nicht garantiert war.

Gurrutxaga war ein energiegeladener und streitlustiger Diener Gottes, der aufgrund seiner reformerischen Ansichten schon mehr als einmal mit seinen Kirchenoberen und auch mit konservativen Gemeindemitgliedern aneinandergeraten war. «Hauptsache, ich gerate nicht mit Gott aneinander», hatte er einmal dazu gesagt, und dieser Ausspruch war in der katholischen Gemeinde von St. Julien geradezu eine Redensart geworden.

Gurrutxaga hatte in seiner knappen Ansprache die richtigen Worte für Aurélies Tod gefunden. Er wusste von ihren Zweifeln an der Institution Kirche und an der Auferstehung. Das hatte die beiden aber nicht daran gehindert, sich sehr gut zu verstehen. «Reden Sie so kurz wie möglich und sagen Sie so wenig wie möglich», hatte Aurélies Anweisung gelautet, als er sie bei einem dîner in Les Balaines gefragt hatte, wie sie sich ihre Beerdigung vorstellte.

Nun setzte sich Gurrutxaga in Bewegung und ging, gefolgt von seinen beiden Ministranten und den schwarz gekleideten Trägern, die den Sarg auf ihre Schultern gehoben hatten, durch den Mittelgang aus der Kapelle. Delphine sah zu, wie sich ihnen, mit der ersten Bankreihe beginnend, die Trauergäste anschlossen, und verzog maliziös den Mund. Ganz vorne gingen Damien de Montvignon mit seiner Frau Antoinette. Damien, in schwarzem Anzug mit weißem Hemd, wirkte neben seiner sonnengebräunten Frau sehr blass. Sie trug ein schwarzes, knielanges Kleid mit Slingpumps und hatte sich einen schwarzen Foulard aus Chiffon malerisch um den Kopf gelegt. Das pressetaugliche Abbild einer trauernden Hinterbliebenen. Vermutlich würde sie gleich mit einer riesigen Sonnenbrille auf der Nase am Grab stehen und dem nächstbesten Jungen die Hand auf die Schulter legen wie einst die verschleierte Jacqueline Kennedy ihrem Sohn.

Gehässigkeit macht hässlich, dachte Delphine. Auch so ein Spruch aus ihrer Familie. Aber sie konnte sich nicht helfen. Es war, als würden Damien und Antoinette bei ihr eine allergische Reaktion auslösen.

Inzwischen waren schon die meisten Trauergäste aus den Bankreihen gekommen, um sich dem Zug anzuschließen. Auch Delphine trat nun in den Mittelgang der Kapelle. Kurz bevor sie den Ausgang erreichte, sah sie Richard auf der rechten Seite neben dem Portal stehen. Er lehnte mit dem Rücken an der hinteren Wand wie ein unerbetener Gast und starrte mit leerem Blick vor sich hin. Was für eine Verkehrung der Verhältnisse, dachte Delphine. Ganz vorne in der ersten Reihe Damien und Antoinette de Montvignon, die nichts oder jedenfalls nichts Gutes mit Aurélie verbunden hatte, und ganz hinten im Schatten Richard, ihr Wahlverwandter für ein ganzes Leben.

Die Hitze draußen wirkte nach der Trauerfeier in der Kapelle noch extremer, obwohl es an diesem neunten August erst elf Uhr vormittags war. Die Kapelle bildete den höchsten Punkt des Friedhofs. Vor ihr erstreckten sich, behütet von einem hohen Steinkreuz, die Gräberreihen über die leicht abfallende Hügelkuppe. Hier und da stand eine Zeder, deren spärliche Schatten die Wärme nur umso spürbarer machten. Delphine ging in dem Trauerzug über den Hauptweg. Die vielen Schritte ließen den Kies knirschen und Staub aufsteigen. Neben ihr begann eine jüngere Frau zu husten. Sie hatte ihr Haar in kreativem Gewirr hochgesteckt, und ihre Halskette schien aus aufgesammeltem Strandgut zu bestehen. Wahrscheinlich war es eine von Ernests Künstler-Freundinnen.

«Alles in Ordnung?», fragte Delphine.

«Ja», krächzte die Frau und räusperte sich. «Es ist nur diese Steinwüste hier.»

Tatsächlich bestand der Friedhof zu beinahe hundert Prozent aus Stein: Grabsteine, Grabeinfassungen, Grabplatten. Viele davon grau verwittert und mit Flechten bewachsen, die zum Überleben womöglich nur einmal in hundert Jahren einen Regenschauer brauchten. Auf keinem der Gräber sah man Erde oder frische Blumen. Stattdessen waren sie mit Steinplatten abgedeckt, auf denen Aufstelltafeln von etwa zwanzig mal dreißig Zentimetern aus Marmor, Keramik oder Stein an die Verstorbenen und ihre Beziehung zu den Trauernden erinnerten. *Egunak iragaiten orroitzapena irauten*, las Delphine im Vorbeigehen auf einer der Tafeln. Auf einer anderen war ein Jäger mit Hund in roten Marmor geätzt, flankiert von einem Blumenkorb mit niemals welkenden Rosen und Vergissmeinnicht aus farbig glasierter Keramik. Als der Trauerzug stockte, musste Delphine stehen bleiben. Auf dem Grabstein neben ihr standen neben Geburts- und Sterbedaten auch die zwei Jahre, die der Verstorbene in das deutsche KZ Neuengamme verschleppt worden war. Er hatte es überlebt, anders als viele andere.

Der Zug setzte sich wieder in Bewegung. An einem der nächsten Gräber kämpfte ein Baumschössling um einen Platz in dem Spalt zwischen der Einfassung und der Platte aus grauem Stein. Darauf stand eine schwarze Marmortafel, auf der in feierlichem Gold die croix de Lorraine mit ihrem doppelten Querbalken sowie die Worte LES FRANÇAIS LIBRES A LEUR COMPAGNON eingearbeitet waren.

Sincèrement, dachte Delphine, hier spiegelte sich die

ganze Geschichte. Sie fragte sich, ob wohl noch einer der Waffenbrüder lebte, die ihrem Kameraden von der Résistance diesen Gruß nachgeschickt hatten. War irgendwo in St. Julien noch jemand, der versuchte hatte, den deutschen Nachschub zu sabotieren oder Waffen über die Pyrenäen zu schmuggeln? Ihr Vater und auch Ernest hatten einige solcher Männer gekannt, das wusste Delphine, aber das war schon lange her.

Langsam bewegte sich der Trauerzug vorwärts und bog schließlich nach rechts ab. Das Grab der de Montvignons lag am Rand des Friedhofs an der Mauer und wurde von einer der wenigen Zedern beschattet. Davor fiel der Friedhofshügel in Richtung der Stadt ab.

Das Grab war aus weißem Kalkstein und wie die anderen Gräber auf dem Friedhof normalerweise mit einer Platte abgedeckt, die im Gegensatz zu den anderen jedoch nicht mit Tafeln oder Blumen aus Keramik geschmückt war. Nun aber fehlte diese Grabplatte, und die Einfassung war mit filzgrünen Tüchern verhängt, sodass nur der Grabstein selbst zu sehen war, der mit der Friedhofsmauer abschloss. Auch der hohe, rechteckige Grabstein selbst wies keinerlei Verzierung auf. Bei Ernests Beerdigung war der Stein noch so gewesen, wie ihn Delphine seit langem gekannt hatte. Im oberen Drittel stand mittig in geraden Messinglettern der Name DE MONTVIGNON. Und in derselben Schrift und ebenfalls mittig im unteren Drittel fünf weitere Buchstaben: PABLO. Nichts weiter. Das einzige, was dieser Strenge und Ausgewogenheit entgegenwirkte, waren die Spuren, die der Regen unter den Messingbuchstaben hatte entstehen lassen, sodass es aussah, als sei unter der Schrift grünliche Wasserfarbe ausgelaufen. Aber selbst das war stilvoll, dachte Delphine, denn die Streifen wirkten wie eine zarte Untermalung.

Aurélie hatte behauptet, man müsse sich diesen Regenspuren nur mit einer starken Lupe nähern, um darin einen wahren Urwald aus mikroskopischen Flechten zu entdecken. Das war zwei Wochen nach Ernests Beerdigung gewesen. Delphine war mit ihr zu dem Grab gefahren, weil Aurélie überprüfen wollte, ob die Schrift mit Ernests Namen richtig angebracht worden war. Der Auftrag war genau nach ihren Wünschen ausgeführt worden: Der Name ERNEST stand nun links oberhalb von PABLO – aber es hatte ihr trotzdem nicht gefallen.

«Das widerspricht meinem Sinn für Ästhetik», hatte Aurélie gesagt und auf das Ungleichgewicht in der Beschriftung gedeutet, das erst wieder ausgeglichen sein würde, wenn ihr eigener Name rechts auf derselben Höhe mit dem von Ernest stand. «Aber diese gestörte Harmonie auf dem Grabstein wird ja sämtlichen Naturgesetzen zufolge kein Dauerzustand sein», hatte sie hinzugefügt und Delphine angegrinst. Aurélie pflegte zu ihrem eigenen Tod ein geradezu provozierend entspanntes Verhältnis.

«Ich hoffe, Ihr Sinn für Ästhetik ist nun bald befriedigt», sagte Delphine erbost, als wäre Aurélie absichtlich gestorben, um ihren Namen auf dem Stein anbringen lassen zu können. Und jenseits aller Vernunft nahm Delphine es ihr tatsächlich irgendwie übel, dass sie gestorben war. Einfach weg war.

«Pardon? Was erlauben Sie sich?» Die junge Künstlerin neben Delphine war empört. Offenbar fühlte sie sich durch Delphines Äußerung angesprochen.

Erst in diesem Moment wurde Delphine bewusst, dass

sie laut gesprochen hatte. Das passierte nicht zum ersten Mal. Entweder ist es eine meiner schlechten Angewohnheiten, dachte sie, oder der Anfang vom Ende. «Pardon», sagte sie, «ich habe nicht Sie gemeint.»

Da die nächsten Trauergäste aber ein gutes Stück hinter ihnen gingen, glaubte die Frau ihr nicht. Vielmehr warf sie Delphine einen eigentümlichen Blick zu und ging etwas schneller. Die Situation war grotesk.

Was würde sie wohl sagen, überlegte Delphine, wenn sie erführe, dass ich mit der toten Aurélie gesprochen habe? Bei der Vorstellung an die ungläubig aufgerissenen Augen unter der Kreativfrisur musste Delphine lachen. Und schon traf sie der nächste seltsame Blick der Frau.

Der curé war inzwischen am Grab angekommen. Neben ihm auf dem unebenen Boden stand etwas schräg eine hüfthohe Holzsäule mit einer Schale voll Erde. Zudem war auch auf das Filztuch der Seitenabdeckung etwas Erde gehäuft worden, in der eine langstielige kleine Schaufel steckte. Als alle Trauergäste in der Nähe des Grabes angekommen waren, sprach der curé ein Gebet, während einer der Ministranten den Weihrauchkessel schwenkte. Der grauweiße Rauch verbreitete einen würzigen Geruch und verflüchtigte sich dann schnell im Grün der Zeder.

Als die Sargträger schließlich die Bretter unter dem Sarg herauszogen und ihn an Seilen in die Tiefe hinabließen, senkte sich Stille über die Menschengruppe an dem Grab. Dieser Augenblick wirkte auf alle ehrfurchtgebietend, doch sobald der curé Weihwasser auf den Sarg gespritzt und eine Handvoll Erde hatte folgen lassen, murmelten die Leute wieder untereinander.

Wie zu erwarten, hatten Damien und Antoinette vorn

am Grab Aufstellung genommen. Antoinette trug tatsächlich eine Sonnenbrille und zupfte ihr Tuch zurecht. Delphine fand dieses Theater schwer erträglich. Und dass den beiden dieser zentrale Platz am Grab in gewisser Weise zustand, weil keine anderen Verwandten da waren, machte es noch schlimmer. Offenkundig hielten sich die beiden, vor allem aber Antoinette, für die Hauptpersonen bei diesem Ereignis.

Für Hauptpersonen bei Bestattungen ist eigentlich ein anderes Plätzchen vorgesehen, dachte Delphine boshaft.

Nun begannen die zwei, Beileidsbekundungen entgegenzunehmen. Eine Geschmacklosigkeit, denn sie hatten praktisch keinen Kontakt zu Aurélie gehabt, und zwar nicht zufällig, sondern weil Aurélie und auch Ernest es so gewollt hatten.

Gerade hob Antoinette mit leidend-blasierter Miene die Hand und ließ sich von jemandem die Fingerspitzen schütteln.

Die Hand soll dir abfallen, dachte Delphine angewidert. Sie rückte mit der Schlange vor.

Ein Stück weiter vorn ging Madame Sèvres, die sich immer wieder Tränen von den Augen tupfte und kraftlos am Arm ihres Mannes hing. Sie stellte sich mit ihm an das offene Grab, steckte mit erschöpften Bewegungen die kleine Schaufel dreimal in den Erdhügel, ließ den braunen Sand auf den Sarg rieseln, blieb noch einen Moment stehen und wandte sich dann einfach ab, um an der Seite ihres Mannes über den Friedhof wegzugehen.

Schließlich war es an Delphine, vor das Grab zu treten. Sie versuchte, alle Gedanken abzuschalten und nur an Aurélie zu denken. Sie wusste, dass ihre Wut auf Antoinette und Damien zum Teil aus ihrer eigenen, umgelenkten Trauer bestand, aber was nutzte schon Wissen, wenn einen die Gefühle im Griff hatten? Sie streckte die Hand nach der Schale aus. Die Erde fühlte sich feucht und irgendwie dunkel an. Erde zu Erde, ging es ihr durch den Kopf. Über ihr bewegte ein leichter Windzug die Äste der Zeder. Mit einer kurzen Bewegung warf Delphine die Erde auf den Sarg, wo sie mit einem hohlen Geräusch aufkam.

«Sincèrement c'est une tragédie», tuschelte eine Frau auf der anderen Seite des Grabes, die den de Montvignons gerade ihr Beileid aussprach. Delphine dachte an ihre schmutzige Hand, mit der sie die Erde ins Grab geworfen hatte. Ob sie Antoinette doch mit einem Händedruck kondolieren sollte?

Antoinette nickte der Dame zu und beugte sich leicht vor. «Sie können sich vorstellen, wie froh wir sind, dass Damien noch am Tag des Unfalls bei ihr in Les Balaines war. Das ist doch tröstlich, nicht wahr?» Ihre gesenkte Stimme vibrierte vor Gefühl.

Wieder ärgerte sich Delphine. Aurélie hatte Damien nicht sehen wollen, das wusste sie, und trotzdem hatte er sich ihrer Freundin bis zum letzten Tag aufgedrängt. Er hatte sich bei Aurélie einschmeicheln wollen, das war für Delphine eindeutig. Dieser Heuchler. Sie warf einen letzten Blick auf den Sarg, dann folgte sie Madame Sèvres Beispiel, drehte sich einfach um und ging weg.

Ein Stück entfernt blieb sie zwischen zwei Gräbern stehen und drehte sich um. Als eine der letzten stand Sophie Amandier in der Reihe. Dann sah Delphine dicht bei ihr Karim. Sie hätte ihn beinahe nicht erkannt. Er trug einen schwarzen Anzug, der ihn noch magerer erscheinen ließ, ein weißes Hemd und eine schmale, schwarze Krawatte. Ohne seine dämliche Kapuzenjacke sah er aus wie ein Fremder. Delphine musste schlucken. Seit dem Unglückstag hatte sie sich beherrscht, sich damit getröstet, dass die Zeit mit Aurélie wunderbar gewesen war und dass der Tod nun mal zum Leben gehörte. Und wenn das nichts half, hatte sie sich in Sarkasmus gerettet. Doch Karims Anblick, sein gesenkter Kopf und seine herabhängenden Schultern trieben ihr die Tränen in die Augen.

Sophie hatte Damien und Antoinette bereits kondoliert und ging nach einem kurzen Blick auf Karim zu Delphine. «Bonjour», sagte sie.

Gemeinsam sahen sie zu Karim hinüber, der nun am Grab stand. Tränen liefen ihm übers Gesicht, als er die kleine Schaufel ergriff, mit ungeschickten Bewegungen Erde von dem vorbereiteten Sandhügelchen aufnahm und in das Grab rieseln ließ. Unwillig wischte er sich mit dem Handrücken über die Wange und senkte den Kopf noch tiefer, damit ihm die Locken ins Gesicht fielen und die Tränen verbargen. Er blieb nur wenige Sekunden am Grab stehen, dann wandte er sich abrupt um.

«Er nimmt es sehr schwer», sagte Sophie leise.

«Das denke ich mir. Die beiden haben sich wirklich gut verstanden.» Aurélie, so war es Delphine vorgekommen, hatte sich durch Karim an ihren Sohn Pablo erinnert gefühlt.

Karim trat zu ihnen, und Sophie strich ihm über den Arm.

«Weißt du, Karim, wenn du möchtest, können wir nach der réception zusammen nach Les Balaines fahren», sagte Delphine. Nach der Bestattung war ein Empfang im Restaurant Zerumuga geplant, in das Aurélie gern gegangen war. «Ich muss ohnehin nach dem Rechten sehen. Vielleicht möchtest du dich ja ein bisschen auf die banc des baleines setzen.»

«Das würde ich wirklich gern machen», sagte Karim leise. «Aber auf diesen Empfang habe ich überhaupt keine Lust.»

«Du musst da nicht hin. Ich könnte dich nachher zu Hause abholen. So um drei, was meinst du?»

Karim atmete tief ein. «Ja, danke. Echt.»

«Madame Gueron!», rief jemand laut über den Friedhof. «Ich muss mit Ihnen sprechen.» Damien.

Delphine drehte sich zu ihm um und wartete mit verschränkten Armen, bis er vor ihr stand. Hinter ihm sah sie Antoinette näher kommen.

«Damien de Montvignon.» Mit einer knappen Verbeugung stellte er sich Sophie vor.

Karim sah ihn mit verengten Augen an, aber das registrierte Damien nicht. Das war also der Mann, der Madame de Montvignon am Telefon so genervt hatte.

«Hören Sie, Madame Gueron», begann Damien sofort auf Delphine einzureden. «Ich muss in das Haus. Les Balaines. Sie haben doch die Schlüssel, oder? Sagt jedenfalls Madame Sèvres. Richard ist im Moment nicht ansprechbar.»

Richard, der offensichtlich abgewartet hatte, bis Antoinette und Damien die letzte Beileidsbekundung entgegengenommen hatten, stand mit gesenktem Kopf vor dem Grab.

Delphine runzelte die Stirn. «Ja, die habe ich. Ihre Tante hat mich dazu bestimmt, mich um ein paar Dinge zu kümmern, bis nach der Testamentseröffnung klar ist, was mit dem Besitz geschieht. Und davor kann ich Sie leider nicht ins Haus lassen, Monsieur.» Sie wollte sich wegdrehen.

«Aber das ist doch ...», setzte Damien an. «Das ist doch bloß Formsache. Aurélie hat keine anderen Erben.»

Inzwischen war Antoinette zu ihnen gestoßen und hörte dem Gespräch aufmerksam zu.

«Aurélie hat die Erben, die sie in ihrem Testament eingesetzt hat», sagte Delphine kühl. «Und wer das ist, wird bei der Testamentseröffnung verlesen werden.»

Damien schluckte. «Wollen Sie damit sagen, dass ich, ihr Neffe, nicht ... das Haus betreten kann, das immerhin unserer Familie gehört?»

«Ja, es tut mir leid, genau das will ich damit sagen.»

Antoinette holte gereizt Luft, um sich einzumischen. Doch bevor sie etwas sagen konnte, hatte ihr Damien die Hand auf den Arm gelegt. Von einer öffentlichen Auseinandersetzung auf dem Friedhof hielt er offenbar nichts.

«Pardon ...» Karim, der die ganze Zeit schweigend mit seiner Mutter danebengestanden hatte, wollte sich offenbar verabschieden.

«Und wer bist du?», fragte Damien, verärgert über die Unterbrechung.

Karim sah ihm in die Augen. Sein Blick wirkte bedrohlich. «Nennt mich Ismael», sagte er.

Damien runzelte verständnislos die Stirn. Karim aber drehte sich ohne ein weiteres Wort um und verließ mit seiner Mutter den Friedhof.

Damien blieb noch einen Moment stehen, doch offenkundig fiel ihm nichts ein, was er noch sagen konnte. Und

Delphine war nicht danach, ihm die Situation zu erleichtern, indem sie anfing, Konversation zu betreiben. Stattdessen schwieg sie ihn und seine Frau einfach an.

«Also dann ...», sagte Damien schließlich, nahm Antoinette am Ellbogen und führte sie über den Kiesweg zwischen den Gräbern weg.

Delphine sah ihnen nach und lächelte, obwohl sie wusste, dass es unter ihrer Würde sein sollte, diesen kleinen Triumph zu genießen. Noch in Hörweite begann Antoinette, ihrem Mann mit unterdrückter Empörung etwas zuzuzischeln. Damien schien dabei ein wenig zu schrumpfen, denn er zog ganz leicht den Kopf ein. Sie wirkten wie das Klischee einer Megäre, die ihren Jammerlappen von Mann maßregelt.

Es reicht eben nicht, einen aristokratischen Namen zu tragen, dachte Delphine, wenn das Verhalten nicht dazupasst.

Inzwischen hatten die meisten Beerdigungsgäste den Friedhof verlassen und waren wohl auf dem Weg ins Zerumuga. Richard stand noch am Grab, und Delphine ging zu ihm.

«Geht es einigermaßen?», fragte sie leise.

Richard nickte. «Die ersten Tage waren schwerer als das heute», sagte er mit einem Seitenblick zu ihr.

Delphine war erleichtert. Offenbar hatte er sich etwas gefangen. Schon dass er mit ihr sprach und sie wenigstens kurz ansah, war ein gutes Zeichen.

Er trug ein weißes Hemd zu einem schwarzen Anzug, der ihn noch größer und noch hagerer erscheinen ließ. Delphine fühlte sich an Bruno erinnert, den Totengräber bei der Beerdigung ihres Großvaters in einem abgelegenen

Pyrenäental. Klapprig wie eine Vogelscheuche und mit seinem Spaten auf den Erdhügel am Grab gelehnt, hatte er darauf gewartet, die Grube zuschaufeln zu können. An jenem Tag war Delphine erst sechs Jahre alt gewesen, doch der Anblick des alten Brunos, dessen knotige Hände aus zu kurzen, verschmutzten Jackenärmeln ragten und einen schweren Erdhügel auf ihren geliebten aitaso häufen wollten, sodass ihr Großvater es bestimmt nie wieder aus der Holzkiste herausschaffen würde, hatte sie so erschreckt, dass er sich ihr für immer einprägte.

Sie sah Richard an. In Wahrheit ähnelte er Bruno überhaupt nicht, auf den inzwischen sicher längst ein anderer einen schweren Erdhügel geschaufelt hatte. Delphine hatte Richard nach Aurélies Tod noch einmal in Les Balaines gesprochen, als sie dort nach dem Rechten gesehen hatte. Bei dieser Gelegenheit hatte sie ihm berichten wollen, dass bei der Obduktion keine Hinweise auf Fremdeinwirkung festgestellt worden waren, wie sie von Lucien erfahren hatte. Doch Lucien hatte auch Richard schon darüber informiert.

«Dann kann man ja beinahe wieder von einem natürlichen Tod sprechen», hatte Richard nebulös gesagt und, als er ihren irritierten Blick bemerkte, etwas entschiedener hinzugefügt: «Aurélie hätte sich so einen schnellen Abgang gewünscht.»

«Glauben Sie denn, Aurélie hat sich das Leben genommen?», hatte Delphine gefragt, doch er hatte den Kopf geschüttelt. Trotzdem war etwas Wahres an seiner Bemerkung gewesen. Aurélie hatte ihr selbst einmal erklärt, sie würde sich nur noch vor einem fürchten – nämlich ihre Selbständigkeit zu verlieren und zum Pflegefall zu werden, wie sie es bei einigen ihrer Altersgenossen erlebt hatte. Ihre äußerst plastische Beschreibung von Freunden, die von eloquenten Gesellschaftern oder bis in die manikürten Fingerspitzen gepflegten Damen zu sabbernden Greisen mit bekleckerten Lätzchen und blauen Flecken vom letzten Sturz geworden waren, hatte sich zugleich drastisch und maßlos traurig angehört.

L'horreur! Aurélies entsetzter Ausruf klang in Delphines Gedanken nach. Sie senkte den Blick auf den mit Erde bestreuten Sarg.

Schließlich blickte sie wieder auf. Wie lange hatte sie schon schweigend neben Richard gestanden? Eine Minute? Fünf Minuten? Doch ihn schien das Schweigen nicht gestört zu haben. Wie auch, dachte Delphine, er ist ja selbst so gesprächig wie ein Karthäusermönch. Richard hatte sich ein wenig umgewandt und schaute über den Friedhof. Vermutlich waren sie inzwischen die Letzten.

«Kommen Sie zu der réception im Zerumuga?», fragte Delphine. Im gleichen Moment kniff Richard stirnrunzelnd die Augen zusammen, als wollte er irgendetwas hinter ihr genauer betrachten. Delphine drehte sich ebenfalls um. Aber da war nichts außer Kieswegen und Gräbern. «Was ist?», fragte sie.

«Nichts», sagte er langsam, schaute aber weiter in die gleiche Richtung, als versuchte er, auf dem menschenleeren Friedhof einen Geist zu erkennen.

«Und?», fragte Delphine erneut. «Kommen Sie mit zu dem Empfang?»

Kopfschüttelnd löste er seinen starren Blick und sah sie an. «Damien und Antoinette de Montvignon sind dort.» Darin bestand seine ganze Antwort.

«Dann gehe ich jetzt mal los, Richard», sagte sie. «À bientôt.»

«À bientôt», gab er mechanisch zurück.

Um Viertel vor drei klingelte Delphine bei den Amandiers. Sie war nicht lange bei dem Empfang gewesen und dann kurz nach Hause gefahren, um sich umzuziehen.

«Sie wollen Karim abholen, oder?», fragte Sophie über die Gegensprechanlage. «Es tut mir leid, aber er ist noch nicht da. Möchten Sie heraufkommen und auf ihn warten?»

Sophies Stimme klang durch die Gegensprechanlage so verzerrt, dass sie kaum zu erkennen war. Während Delphine die Treppe hinaufging, hatte sie immer noch diesen quakenden Ton im Ohr und musste an die Unsinnssprache aus alten Donald-Duck-Trickfilmen denken. Sie schüttelte den Kopf, um diese lächerliche Assoziation loszuwerden.

«Es tut mir wirklich leid, dass Sie jetzt auch noch warten müssen», wiederholte Sophie, als Delphine oben war. «Er geht nicht an sein Handy, und ich habe wieder mal keine Ahnung, wo er sich herumtreibt. Aber ich weiß, wie wichtig es ihm ist, mit Ihnen nach Les Balaines zu fahren.» Sie seufzte. «Kann ich Ihnen etwas zu trinken anbieten?»

«Er kommt wahrscheinlich gleich», sagte Delphine und folgte Sophie Richtung Küche. «Ist das Karims Zimmer?», fragte sie, als sie an einer offenen Tür vorbeikamen. An der Wand neben dem Fenster hing ein Poster. Es zeigte vor einem einheitlich blauen Hintergrund die bildfüllende Schwarzweißaufnahme eines athletischen Fußballers mitten in der Bewegung vor dem Schuss. Über dem Sportler stand in fetten, weißen Großbuchstaben ZIZOU.

«Ja, das ist sein großes Idol.» Sophie war stehen geblieben und ließ ihren Blick auf dem Poster ruhen.

Von Zinédine Zidane hatte Delphine schon gehört. Wie vermutlich neunundneunzig Prozent der französischen Bevölkerung im Alter über sechs Jahren.

«Der hat alles richtig gemacht.» Sophies Stimme klang bitter. Sie wandte sich von dem Plakat ab und ging mit Delphine in die Küche weiter. «Setzen Sie sich doch.»

Delphine zog sich einen Stuhl an der Seite des Tischs heraus. Am Kopfende lagen Papiere und ein aufgeschlagenes Englisch-Schulbuch.

«Ist doch sehr verständlich, dass er für jemanden wie Zidane schwärmt», sagte Delphine. «Weltfußballer, Riesenerfolge, aus einfachen Verhältnissen in Marseille bis ganz nach oben gekommen und als Spieler eine Jahrhundertbegabung.» Sie hängte ihre Tasche an die Stuhllehne. «Sogar für den Kopfstoß, der die Franzosen um den Weltmeistertitel brachte, wird er von vielen bewundert, weil er damit angeblich die Ehre seiner Schwester verteidigt hat, wie es heißt.» Sie lachte. «Wenn ich's mir genau überlege: ein Regelbrecher, der von allen angebetet wird. Das ideale Vorbild für Karim!»

Sophie nahm eine Flasche Mineralwasser aus dem Kühlschrank und stellte zwei Gläser auf den Tisch. «Möchten Sie ein Glas?», fragte sie.

«Ja, danke.»

Sophie schenkte ein und setzte sich ebenfalls an den Tisch. «Das stimmt alles», sagte sie, «aber das ist es nicht allein, glaube ich.» Sie trank einen Schluck. «Zidanes Eltern sind aus Algerien eingewandert, genauso wie Ahmars Familie ... Karims Vater», ergänzte sie mit einem Blick auf Delphine, bevor sie weitersprach. «Zidane hat mit siebzehn in der Berufsschule seine Frau kennengelernt und ist nach über zwanzig Jahren immer noch mit ihr zusammen. Skandalfrei.» Delphine begann zu erkennen, worauf Sophie hinauswollte. «Sie haben vier Söhne», fuhr Sophie fort, «um die sich Zidane nach allem, was man hört, sehr gut kümmert. Und ich denke, diese Dinge spielen bei Karims Verehrung für ihn eine genauso große Rolle wie seine Qualitäten als Sportler. Auch wenn ihm das vielleicht nicht bewusst ist.»

«Sie meinen, so einen Vater erträumt sich Karim?», fragte Delphine.

«Ja, das meine ich.» Wieder klang Sophies Stimme bitter. «Natürlich würde er es nie zugeben. Aber es ist kein Wunder, dass er jemanden haben will, der ihm Sicherheit gibt und der auch selbst anerkannt ist.» Sie ließ ihren Blick durch die Küche schweifen. «Stattdessen hat er das hier. Eine überarbeitete Mutter, die falschen Freunde und dauernd Geldprobleme.» Sie strich sich eine Haarsträhne hinters Ohr.

Delphine sagte nichts. Das stimmte schließlich alles.

«Mit Statistik kann man zwar egal was – und davon das Gegenteil beweisen», sagte Sophie spöttisch, «aber dass es alleinerziehende, berufstätige Mütter und ein großer Prozentsatz der Kinder aus Familien mit Migrationshintergrund im Leben schwerer haben als der restliche Durchschnitt, ist tatsächlich oft genug nachgewiesen worden.» Sie malte mit dem Zeigefinger Kreise auf die Tischplatte. «Und in genau diese Gruppe gehören wir.»

Delphine hob eine Augenbraue.

«Wozu so ein abgebrochenes Soziologiestudium doch gut ist, oder?», sagte Sophie und lachte auf. «Da kann man sein eigenes Elend wenigstens genau analysieren.»

«Warum sind Sie eigentlich aus dem Elsass weggegangen?», fragte Delphine.

Sophie sah sie ironisch an. «Auch im Elsass leben nicht nur Menschen, die ihren Riesling und ihren Flammkuchen gern mit Leuten aus aller Welt teilen.» Sie hob ihr Glas und prostete Delphine spielerisch zu. «Und selbst wenn die Kinder dieser Leute in Frankreich geboren sind, heißt das noch lange nicht, dass sie anerkannt werden.»

«Aber ein Neuanfang mit zwei Kindern in einer fremden Stadt ist auch nicht gerade einfach», bemerkte Delphine.

«Ich habe es dort lange genug versucht, weil ich dachte, die vertraute Umgebung ist gut für die Kinder.» Sophie zuckte erschöpft mit den Schultern. «Aber es war ... zu kompliziert, nachdem sich Ahmar abgesetzt hatte. Ich musste mein Studium aufgeben und zusehen, wo das Geld herkommt. Und meine Familie ...» Sie beendete den Satz nicht.

«... war nicht begeistert», sagte Delphine.

Sophie nickte. «Enfin bon, wenigstens habe ich hier keine Mutter, die mir immer wieder vorjammert, dass sie mich von Anfang an gewarnt hat.» Sie sah Delphine mit einem sarkastischen Grinsen an. «Und dann hatte sie auch noch recht.»

Delphine konnte sich vorstellen, wie belastend das Leben im Elsass für Sophie gewesen sein musste. Zudem spürten Kinder solche innerfamiliären Konflikte, selbst wenn sie nicht in die Auseinandersetzungen einbezogen wurden.

«Was Noni angeht, war es eine gute Entscheidung, hierherzukommen», fuhr Sophie fort. «Sie hat Freundinnen gefunden und ist begeistert davon, am Meer zu wohnen. Aber Karim ...» Sie tippte ungeduldig an ihr Glas. «Ich frage mich, wo er wieder bleibt.»

«Ist er denn nach der Beerdigung mit Ihnen nach Hause gegangen?», fragte Delphine mit einem Blick auf die Uhr.

«Ja.» Sophie hob die Augenbrauen. «Wahrscheinlich habe ich einen Fehler gemacht.» Delphine wartete ab, bis Sophie weitersprach. «Als wir zurückkamen, war ein Brief angekommen. Ausgerechnet heute. Manchmal geht es wirklich mit dem Teufel zu.»

Sie deutete auf einen amtlich wirkenden Umschlag, der am anderen Ende des Tisches auf dem Stapel mit Zeitschriften und Papieren lag. «Er hat letzte Woche anscheinend einfach mittendrin seinen Strafzettel-Job geschmissen. Also haben sie ihm gekündigt und noch einiges über mangelndes Pflichtbewusstsein, Disziplin, Teamfähigkeit und so weiter geschrieben.»

Wie dieser Behördenjargon geklungen haben musste, war Delphine nur allzu klar. Das reine Anti-Motivationstraining. Mit etwas schlechtem Gewissen dachte sie daran, dass sie Loïc Delugat nicht zurückgerufen hatte. Wahrscheinlich hatte er die Sache mit ihr besprechen wollen.

Sophie seufzte. «Und statt ihn in Ruhe zu lassen, nachdem ihn die Beerdigung von Madame de Montvignon so belastet hatte, habe ich angefangen, mit ihm zu streiten. Ich habe genau das Falsche getan, und er hat sich umgedreht und ist aus der Wohnung gerannt.»

In dem darauffolgenden Schweigen schaltete sich der Kühlschrank ab, der bis dahin unbemerkt vor sich hin gebrummt hatte. Sophie starrte regungslos auf den Tisch.

Ja, genau das Falsche, dachte Delphine. Aber es war klar, dass sie das nicht sagen konnte. «Ich glaube, das sollten Sie nicht zu ernst nehmen, Sophie», sagte sie stattdessen, damit die Stille nicht noch drückender wurde. «Aurélies Beerdigung war für uns alle belastend, da sind emotionale Reaktionen normal.»

Sophie hob den Kopf. «Ich hatte in letzter Zeit den Eindruck, dass er sich fängt», sagte sie leise. «Aber jetzt befürchte ich, dass er wieder Kontakt mit dieser Clique aufnimmt. Wieder an Drogen kommt.» Die Besorgnis stand ihr ins Gesicht geschrieben. «Dass er etwas macht, das ihn ins Gefängnis bringt.»

Delphine legte Sophie die Hand auf den Arm. «Das wäre alles möglich», sagte sie, und Sophie sah sie mutlos an. «Wie wir wissen, vergisst Karim manchmal das Denken vor dem Handeln», fuhr Delphine fort, «und das bringt einen Jugendlichen auf der Suche nach Anerkennung leicht in Schwierigkeiten. Aber ich glaube, dass er die Kurve kriegt. In Wahrheit ist er nämlich ein sehr guter Junge, finde ich. Das hat Aurélie übrigens genauso gesehen.»

Sophie lächelte schwach.

Während sich Delphine fragte, ob sie sich mit diesem Statement zu weit aus dem Fenster gehängt hatte, hörten sie einen Schlüssel in der Wohnungstür. «Karim?», rief Sophie. «Madame Delphine wartet auf dich. Wir sind in der Küche.»

«Salut.» Karim blieb am Türrahmen der Küche stehen.

Die beiden Frauen starrten ihn an. Sein schwarzer Anzug war auf der rechten Seite vom Hosenbein bis zur Schulter des Jacketts verdreckt, als sei er hingefallen. Und auf der linken Wange hatte er eine Platzwunde, von der Blut auf das weiße Hemd gelaufen war, wo es rotbraune Flecken gebildet hatte. Offenkundig hatte er sich mit jemandem geprügelt.

«Was …?», rief Sophie erschreckt und sprang auf. Dann atmete sie tief ein und fragte mit sanfter Stimme: «Was war denn los?»

«Gar nichts», fauchte Karim angriffslustig. Er fuhr sich mit dem Handrücken über die Wange. Seine Fingerknöchel waren aufgeschrammt.

Sophie ging zu ihm, doch er wich einen Schritt zurück. Trotzdem legte sie ihm die Hand auf die Schulter und sah ihn ruhig an. «Setz dich», sagte sie. «Ich hole einen Waschlappen.»

Widerwillig ging Karim zum Tisch und zog einen Stuhl so zurecht, dass er sich seitlich an den Tisch setzen konnte. Er streckte die Beine aus, stützte den linken Ellbogen auf dem Tisch ab und warf Delphine einen kurzen Seitenblick zu, bevor er den Kopf senkte, sodass ihm wieder einmal die Locken vors Gesicht fielen.

«Gab's einen guten Grund?», fragte Delphine nur.

Er fuhr auf. Doch dann sank er wieder auf seinen Stuhl zurück und sah Delphine an. «Für mich schon», sagte er.

Gleich darauf kam Sophie mit einem Handtuch und einem Waschlappen zurück. Sie ließ Wasser in eine Schüssel laufen und stellte sie auf den Tisch. Dann legte sie Karim die linke Hand an den Hinterkopf und begann mit der rechten, seine Wange abzutupfen. Karim drehte den Kopf ein Stück zur Seite, ließ sich ihre Fürsorge aber gefallen.

«Ist nicht so schlimm», sagte Sophie erleichtert. Die Platzwunde blutete nicht mehr und wirkte viel kleiner, nachdem das meiste Blut abgewaschen war. «Mit wem hast du dich geschlagen?», fragte sie.

«Ist doch egal», knurrte Karim, und es war klar, dass er nichts weiter erzählen würde. Doch seine Stimme klang längst nicht mehr so hitzig wie zuvor. Zudem war es vermutlich äußerst schwierig, gleichbleibend schlechte Laune zu bewahren, wenn einem von einer zärtlichen Mutter mit streichelnden Bewegungen das Blut aus dem Gesicht getupft wurde.

«Man könnte dir einen richtig schönen Kopfverband anlegen», verkündete Delphine. «Das macht was her. Und falls du noch mehr Eindruck schinden willst, könnten wir die Augen mitverbinden, und ich besorge dir einen Blindenhund.»

Karim schaute Delphine mit ausdrucksloser Miene an, doch sie erwiderte seinen Blick vollkommen ernst. Schließlich sah sie kaum merklich seine Mundwinkel zucken, als er ein Grinsen unterdrückte. Die Einzige von den dreien, die richtig lächelte, war Sophie.

«Alors», sagte Delphine, nachdem Sophie ihrem Sohn ein Glas Cola in die Hand gedrückt hatte, «willst du jetzt noch mit nach Les Balaines fahren, oder bleibst du lieber hier?»

«Nein!» Noch während er das Wort ausrief, wurde Karim bewusst, wie es missverstanden werden konnte, und er warf seiner Mutter einen zerknirschten Blick zu. «Ich meinte, ja, ich möchte mitfahren», korrigierte er sich hastig. «Bin gleich so weit», setzte er hinzu, während er aus der Küche lief.

Kurz darauf waren sie in Delphines klapprigem Twingo auf dem Weg nach Les Balaines. Karim hatte sich umgezogen und saß in Sneakers, einem grauen T-Shirt und blauen, knielangen Cargo-Shorts neben ihr. Seine Kapuzenjacke hatte er auf die Rückbank geworfen. Dafür war es zu warm. Delphine hatte sich über das Wiedersehen mit dieser Jacke gefreut, als wäre ein Freund nach langer Reise zurückgekehrt. Karim im schwarzen Anzug war ein zu trauriger Anblick gewesen.

Sie umrundete den Kreisverkehr in der Nähe des Bahnhofs und fuhr Richtung Corniche. Der Verkehr war für die Ferienzeit sehr akzeptabel. Die meisten Urlauber waren um diese Uhrzeit am Strand. Karim sah schweigsam aus dem Fenster.

Sie erreichten die hochgelegenen Klippen jenseits von St. Julien, und die Nachmittagssonne ließ das Wasser auf der See flirren wie Lametta. Delphine nahm ihre Sonnenbrille aus der Ablage und setzte sie auf. «Meine Brüder hätten früher unheimlich gern so eine Platzwunde im Gesicht gehabt», sagte sie mit einem Seitenblick auf Karims Wange.

«Sie haben Geschwister?», fragte er.

«Ja, soll vorkommen.»

«Wie viele denn?»

Der Wind pfiff vom Meer durch die offenen Fenster, und Delphine kurbelte ihres bis auf einen kleinen Spalt zu. «Drei.»

«Wohnen die auch hier?»

«Nein», sagte sie nur.

«Sind das alles Brüder?», wollte Karim wissen.

«Nein, zwei von der Sorte reichen vollkommen.»

«Und wieso hätten Ihre Brüder gern so eine Platzwunde gehabt?»

«Weil sie da massenhaft Mercurochrom draufgestrichen hätten!», rief Delphine. «Das war eine rote Tinktur zur Wunddesinfektion», fuhr sie auf Karims fragenden Blick fort, «die richtig haltbare leuchtend rote Stellen gebildet hat, wie bei einer Kriegsbemalung, selbst wenn es schon seit Tagen nicht mehr weh tat.» Sie grinste. «Wer aufgeschürfte Knie oder Arme mit solchen roten Stellen hatte, war natürlich ein Held. Und erst im Gesicht! *Splendide!*» Delphine dachte daran, wie sie das Mercurochrom oft mehrfach auf eine Schürfwunde gestrichen hatten, obwohl es längst nicht mehr nötig war. Das Bild von sonnengebräunten Kinderbeinen mit schwarzem, großzügig von der hellroten Tinktur umrandetem Schorf stand ihr so deutlich vor Augen, als hätte ihre gesamte Kindheit nur aus Sommer und aufgeschlagenen Knien bestanden. «Aber mach dir keine Hoffnungen», sagte sie zu Karim, «das Zeug ist schon lange verboten. War zu viel Quecksilber drin.»

«Mach ich doch gar nicht!», kam es entrüstet zurück.

«Weiß ich doch», neckte ihn Delphine.

Sie waren inzwischen kurz vor einer weiten Kurve, in der das alte Meerwasserschwimmbecken mit seiner winkligen Form stand, die an die Kinderzeichnung eines Hauses erinnerte und einen schroffen Kontrast zu den schrägen Gesteinsschichten der Steilküste bildete. Bald wären sie in

Les Balaines. Delphine war nach Aurélies Tod schon mehrmals hingefahren, hatte jedoch immer noch gemischte Gefühle, wenn sie das Gebäude betrat, das ohne Aurélie unfassbar leer wirkte. Und das, obwohl kein einziges der äußerst zahlreichen Einrichtungsstücke entfernt worden war.

«Wie war eigentlich die réception?», fragte Karim, der wieder an Aurélies Beerdigung dachte.

Ja, der Empfang. Die Zusammenkunft der Trauergäste im Zerumuga hatte Delphine noch einmal so richtig deutlich gemacht, dass sie nun nicht mehr mit Aurélie, sondern nur noch über sie reden konnte.

Wieder einmal war Sarkasmus ihre Rettung. «Die ganzen Alten, ich sag's dir. Da waren welche dabei, die ich schon seit zehn Jahren nicht gesehen hatte. Der reinste Tanz der Vampire. Sahen aus, wie eben aus der Gruft geklettert. Aurélie hätte ihren Spaß gehabt.»

«Und war dieser Idiot mit seiner Schnepfe auch da?», fragte Karim.

Delphine war klar, dass er Damien und Antoinette meinte. «*Idiot!* So was sagt man doch nicht.»

«Dann schlagen Sie mir eine andere Bezeichnung für ihn vor», forderte Karim sie auf. Er klang angriffslustig.

Delphine überlegte. «Na ja», sagte sie schließlich, «da fällt mir so schnell auch nichts Passenderes ein.» Damit rang sie Karim wenigstens ein winziges Lächeln ab.

Sie fuhren in die weit geschwungene Kehre der Straße, und Delphine schnalzte tadelnd mit der Zunge, als ein Motorradfahrer in der unübersichtlichen Kurve überholte. «Bist du lebensmüde, oder was?», murmelte sie.

Karim dachte an den Tag, an dem sie nach Biarritz gefahren waren und Madame de Montvignon gesagt hatte, man würde sich wie auf dem Friedhof fühlen mit den vielen Gedenkkreuzen an der Straße. Sie hatte auf dem Beifahrersitz gesessen und er hinten auf der Rückbank. «Wo ist eigentlich der Makhila?», fragte er.

«Aucune idée», sagte Delphine. «Wahrscheinlich irgendwo im Haus.»

«Hatte sie ihn nicht mit im Atlantique?»

Delphine rief sich ins Gedächtnis, wie sie mit Lucien durch die Suite gegangen war. «Nein», sagte sie, «der Stock war nicht dort.» Sie dachte kurz nach. «Aurélie hat sich ja von Birru bis vor die Tür fahren lassen, und bei solchen Gelegenheiten hat sie den Makhila nicht immer mitgenommen.» Sie nahm sich dennoch vor, in Les Balaines nach Aurélies compagnon de marche zu sehen. Vielleicht steckte er ja zusammen mit den Schirmen in dem hohen Flechtkorb der Eingangshalle.

Kurz darauf fuhren sie zwischen den Lorbeerhecken zum eigentlichen Zufahrtstor und sahen dort einen metallicbraunen Peugeot parken. Der Wagen war leer. Delphine hatte kein gutes Gefühl. Zu Fuß kam man problemlos durch die Lücken zwischen den Hecken und den Torpfosten.

Am Tor stieg Karim aus und schloss auf. Offenbar hatte es Richard für besser gehalten, am Beerdigungstag abzuschließen. Dann fuhren sie den Hügel hinunter bis zum Seiteneingang von Les Balaines.

Die Hände noch am Steuer musterte sie das Gebäude. Dann sah sie Karim an und legte den Zeigefinger auf den Mund. Sie stiegen aus. Delphine ging zur linken Gebäudeecke, hinter der Richard üblicherweise seinen Wagen abstellte. Der Mégane war nicht da. Sie kehrte auf den Vorplatz zurück und führte Karim auf dem Grasstreifen der Rabatteneinfassung zum Seiteneingang.

Die Tür war geschlossen, aber nicht abgeschlossen, wie Delphine feststellte, als sie den Schlüssel ins Schloss geschoben hatte. Sie glitt in den Flur, und als sie überprüft hatte, dass dort niemand war, winkte sie Karim hinter sich her. Langsam und so leise wie möglich bewegten sie sich über den schwarz-weißen Fliesenboden zur Halle, wo sie lauschend stehen blieben.

Karim hörte das leise Geräusch als Erster. Er deutete in Richtung des sogenannten cabinet de travail, in dem noch Ernests Schreibtisch stand und in dem alle Verwaltungsunterlagen aufbewahrt und die Korrespondenz erledigt wurde.

Die Tür zum Arbeitszimmer stand weit offen. Delphine tastete sich an der Wand entlang und zog Karim zurück, der sich vordrängen wollte. Sie blieben stehen. Erneut legte Delphine den Zeigefinger an die Lippen, und Karim nickte. Dann trat sie mit einem großen Schritt in den Zimmereingang.

«Was haben Sie hier zu suchen?», rief sie laut.

An Aurélies Schreibtisch saß Damien. Auf dem Tisch lagen Papiere, und eine Tür des Aktenschranks stand offen.

«Madame Gueron!», rief Damien entsetzt. «Sind Sie denn von allen guten Geistern verlassen? Sie haben mich zu Tode erschreckt!»

«Dafür sehen Sie noch recht lebendig aus, finde ich», erwiderte Delphine und näherte sich dem Schreibtisch. «Wie ich sehe, haben Sie einen äußerst merkwürdigen Eigentumsbegriff. Man könnte auf den Gedanken kommen, dass Sie ein Dieb sind.»

«Ein Dieb? Sie sind ja verrückt.» Damien war nicht aufgestanden, aber Delphines Erscheinen war ihm unangenehm, das sah man ihm an.

«Ich hatte Ihnen gesagt, dass Sie vor der Testamentseröffnung nicht ins Haus dürfen, Monsieur de Montvignon. Das war eindeutig, oder?» Delphine trat bis dicht vor den Schreibtisch. «Wie sind Sie überhaupt hereingekommen?»

«Richard hat mir aufgemacht.»

«Ich habe sein Auto nicht gesehen», sagte Delphine.

«Er ist noch mal weggefahren.»

«Das ändert nichts daran, dass Sie sich hier unberechtigt aufhalten», sagte Delphine ruhig.

Nun erhob sich Damien. «Ach ja? Und weshalb kann sich dann Richard hier aufhalten?», fragte er. «Es ist schließlich das Haus *meiner* Familie.»

«Anders als Sie genießt Richard hier Wohnrecht, Monsieur de Montvignon», sagte Delphine, «aber ich denke, das ist Ihnen bekannt.»

Damien stand hinter dem Schreibtisch und sah Delphine herablassend an, als wäre er ein Büroleiter und sie eine kleine Schreibkraft. «Finden Sie nicht, dass Sie sich ein bisschen zu sehr aufspielen, Madame Gueron?», fragte er. «Ich halte das am Beerdigungstag meiner Tante für äußerst unpassend.»

Delphine reagierte auf diese Beleidigung mit einem langsamen Atemholen. «Und was ich unpassend finde, Monsieur de Montvignon», sagte sie dann so gelassen wie möglich, «wollen Sie lieber nicht wissen, das versichere ich Ihnen.» Er lächelte nur, und Delphine umrundete den Schreibtisch, um auf derselben Seite zu stehen wie er. Sie wusste nicht, wonach er suchte, aber sie wollte dafür sorgen, dass er nichts einsteckte.

Damien verdrehte die Augen. «Wollen Sie mich jetzt verhaften?» Er verzog höhnisch den Mund. «Sie machen sich lächerlich, Madame Gueron, wenn Sie hier die commissaire spielen.»

«Ein Spiel würde ich das alles nicht nennen», erwiderte Delphine. «Aber ich habe den Eindruck, dass Ihnen nicht ganz klar ist, in welche Situation Sie sich gebracht haben. Falls man Ihnen Hausfriedensbruch und womöglich Diebstahl oder die Unterschlagung von Unterlagen nachweist, könnte Ihre Erbschaft gefährdet sein. Sofern Sie überhaupt in Aurélies Testament erwähnt werden.»

In Damiens Blick flackerte Unsicherheit auf, doch er verbarg diese Schwäche sofort wieder hinter seiner Arroganz. «Sofern ich erwähnt werde?», sagte er gedehnt und sah Delphine provozierend an. «Aurélie hat keine Nachkommen, und ich bin ihr einziger Verwandter.»

Nach dieser Bemerkung lag Delphine eine scharfe Entgegnung auf der Zunge. Rasiermesserscharf. «Wissen Sie», sagte sie stattdessen, «ich habe nicht besonders viel Ahnung vom Erbrecht, es ist auf jeden Fall ziemlich kompliziert, nach allem, was man so hört. Solche Fragen diskutieren Sie am besten mit Ihrem Anwalt. Aber jetzt möchte ich, dass Sie das Haus und das Grundstück verlassen. Und zwar sofort.» Delphine tat einen Schritt zur Seite. Doch Damien rührte sich nicht.

«Möchten Sie mir noch sagen, was Sie hier gesucht haben, bevor Sie gehen?», fragte sie.

«Ich finde nicht, dass Sie das zu interessieren hat.» Er strich sich durchs Haar. «Aber von mir aus können Sie es ruhig wissen. Es ist vollkommen harmlos.» Er deutete auf ein Foto von Aurélie, das Ernest vor langer Zeit eingerahmt und auf den Schreibtisch gestellt hatte. «Ich suche etwas zur Erinnerung, jetzt, wo sie beide tot sind. Ein paar Fotos von früher. Schließlich waren sie mein Onkel und meine Tante. So etwas hat für mich ideellen Wert.»

Sein Blick besaß etwas Herausforderndes, doch er schien zu spüren, dass er eine Grenze überschritten hatte. Die Verachtung, mit der ihn Delphine ansah, wirkte auf ihn wie eine Ohrfeige. Unwillkürlich wich er ein Stückchen zurück, als hätte sie ihn berührt.

Delphine glaubte ihm kein Wort. Sie wusste zu gut, welches Verhältnis zwischen Damien und Aurélie beziehungsweise Ernest geherrscht hatte. «Sie suchen also Erinnerungsfotos», sagte sie. «Von Ihrem Onkel und Ihrer Tante, die keine Nachkommen haben. Soll auch ein Foto von dem Nachkommen dabei sein, den sie *nicht mehr* haben?» Dieser salaud! Wie abgebrüht musste er eigentlich sein, um hier den liebenden Neffen zu spielen? Sie starrte ihn an. Damien erwiderte ihren Blick, ohne etwas zu sagen. Und noch während sie sich schweigend anschauten, tauchte Karim in der Tür auf. Er hob sein Smartphone und fotografierte den Schreibtisch mit Damien dahinter.

«Was soll das?», fragte Damien.

«Man kann nie wissen, wozu das vielleicht noch mal gut ist», sagte Karim.

«Was hat dieser Junge hier zu suchen, Madame Gueron?»

«Das geht Sie nichts an. Aber Sie sollten wissen, dass

eine Treuhänderin ihre Assistenten selbst bestimmen kann.» Sie drehte sich zum Schreibtisch. «Bon, ich rufe jetzt maître Villon an, weil Sie ja anscheinend hierbleiben wollen.»

Nach kurzem Zögern entschied Damien, doch lieber nachzugeben. Er verließ den Raum und ging, ohne sich noch einmal umzudrehen, Richtung Halle. Karim folgte ihm und überprüfte, dass er auch wirklich das Haus verließ. Anschließend sah er ihm von einem Fenster aus nach, bis er um eine Biegung in Richtung des Tores verschwunden war.

Als Karim zurück ins cabinet de travail kam, schaute sich Delphine im Stehen die Papiere an, die auf dem Schreibtisch lagen. Sie wurde nicht schlau aus dem Wirrwarr. «Wahrscheinlich müsste ich mich in aller Ruhe hinsetzen und mir das genau anschauen», sagte sie zu Karim. «Aber danach ist mir heute wirklich nicht.»

Von Karim kam ein unbestimmtes Brummen, dann zog er in Richtung des Salons ab. Warum, fragte sich Delphine, war Damien nach Les Balaines gekommen, obwohl sie ihm eindeutig gesagt hatte, dass er dazu im Moment kein Recht hatte? Was hatte er gesucht? Warum war er das Risiko eingegangen, entdeckt zu werden? An die Geschichte mit den Erinnerungsfotos glaubte sie keine Sekunde.

Entschlossen schob sie die Gedanken beiseite und ging aus dem Zimmer. Im Salon stand eine der Fenstertüren offen. Karim musste hinausgegangen sein. Delphine ließ sich in einen Sessel am Kamin fallen. Ihr Blick wanderte durch den Raum. So viele schöne Stunden hatten sie hier verbracht, so viel geredet und gelacht. Auf dem kleinen Tisch neben dem Ohrensessel, aus dessen Tiefen heraus

Karim vorgelesen hatte, lag der Moby Dick. Nicht zu Ende gebracht. Delphine durfte nicht vergessen, Karim das Buch zu geben. Aurélie hätte es ihm geschenkt. Er würde an sie denken, wenn er es zu Hause fertig las.

Sie stand auf und trat auf die Terrasse. Von Karim war keine Spur zu sehen. Wahrscheinlich saß er auf der Bank und schaute aufs Meer hinaus.

Delphine ging über den weitläufigen Rasen. Je näher sie der Steilklippe kam, desto lauter hörte man die Wellen. Es musste inzwischen ungefähr halb fünf sein. Die Sonne stand schon schräg über dem Wasser und verwandelte die langgestreckte Dünung in siedendes Silber. Wenn das Abendrot auf die Wellen fiel, würde Gold daraus werden. Delphine lächelte. Was hatten die Alchimisten alter Zeiten noch mal in Gold umwandeln wollen und dabei versehentlich das Porzellan entdeckt? Ton? Blei? Tja, so schlecht war Porzellan nun auch nicht, wer wollte schon immer von goldenen Tellern essen?

Sie kam an die Bank und setzte sich neben Karim. Er rührte sich nicht. Schaute einfach nur aufs Meer hinaus. «Vielleicht sind sie ja gar nicht ausgestorben», sagte er schließlich.

«Die Biskayawale?»

«Ja. Vielleicht schwimmen ein paar immer noch hier vor der Küste, aber ganz tief unten im Wasser, sodass man sie nicht sieht. Und nur, wenn das Licht so blendet wie jetzt, oder wenn es dunkel ist, kommen sie an die Oberfläche.»

Eine typische Wiederherstellungsphantasie in der ersten Trauerphase, dachte Delphine. Und ob es nun ausgestorbene Wale oder gestorbene Menschen waren, über die hier geredet wurde, war im Grunde gleichgültig. Karim hielt Ausschau nach etwas, das es nicht mehr gab, und das war eine schwere Lektion.

Sie legte ihm den Arm um die Schultern. «Du hast ganz recht. Da vorne tief unter der Oberfläche könnten ein paar Wale entlangziehen, und wenn wir Glück haben, sehen wir eine Fontäne.»

Sie wussten beide, wie unwahrscheinlich das war, aber Karim erwiderte nichts. Stattdessen lehnte er sich etwas weiter zurück und schien sich auf eine lange Wartezeit einzurichten.

13

Am nächsten Vormittag machte Delphine mit Karim telefonisch zwei neue Termine aus. Sie hatte beschlossen, dass die Sitzgruppe unter der Platane dringend einen frischen Anstrich benötigte, denn für Karim war es nach den jüngsten Ereignissen sicher nicht gut, zu viel allein zu sein. Nach dem Telefonat fuhr Delphine zum Einkaufen und hielt einen Schwatz mit ihrer Cousine, die vor einigen Jahren den Fischstand in der Markthalle übernommen hatte, der schon seit Generationen in ihrer Familie war. Danach ging sie in einen tabac am zentralen Platz von St. Julien. In der französischen Presse, die in dem Zeitungsständer neben dem Kassentresen klemmte, wurde wieder einmal über die Erfolge Marine Le Pens vom rechtspopulistischen Front National diskutiert. Delphine zog einen *Sud Ouest* aus dem Ständer, bezahlte die Zeitung, setzte sich damit unter die Platanen der Bar Balea und bestellte bei der Kellnerin Ilargi einen café. Um den Musikpavillon auf dem Platz bauten die Kunstmaler ihre Verkaufsstände auf. Die Bilder, die bei den Feriengästen sehr guten Absatz fanden, zeigten mit Hafen- und Straßenansichten, baskischen Tänzern oder Stierkampf meist Motive aus der Region.

Auf den Bänken unter den Platanen saßen noch ein paar Einheimische zu einem Schwatz beisammen. Die Frauen hatten Einkaufstaschen dabei, aber man erkannte sie auch an ihrer Kleidung, die, genauso wie die Kleidung der Männer aus dem Ort, meist in heftigem Kontrast zu den kurzen Hosen und bunten Strandkleidchen der Touristen mit ihren Gürteltaschen stand. Auch einige Urlauber wanderten schon über den Platz. Beim Anblick manch eines Sonnenbrandes auf heller, nordeuropäischer Haut zuckte Delphine mitleidig zusammen. Die Einheimischen dagegen wären bald verschwunden, denn wer setzte sich schon in der Mittagshitze nach draußen?

Noch aber war es angenehm im Schatten des Blätterdachs. Nachdem Ilargi ihr den café gebracht hatte, schlug Delphine die Zeitung auf. Der *Sud Ouest* war unverzichtbar, wenn man in der Region auf dem Laufenden bleiben wollte. Und wie jeden Sommer wurde der Berichterstattung über zahllose Dorffeste, Staus auf den Schnellstraßen, Sportereignisse und die Wasserqualität an den Stränden viel Platz eingeräumt. Delphine sah sich gewöhnlich zuerst die letzte Seite an, auf der es neben Wetterkarte und Tabellen mit Hoch- und Niedrigwasserzeiten auch aktuelle Temperaturangaben der territoires d'outre mer zu finden gab. An diesem Tag wurden etwa in Cayenne im Norden Südamerikas 23 Grad erwartet, während das Thermometer im antarktischen Terre Adélie nicht über minus 27 Grad hinauskam. Dass auf der Seite außer sehr praktischen Angaben zu den Temperaturen und Gezeitenständen an der französischen Biskaya auch Informationen abgedruckt wurden, deren unmittelbare Bedeutung ein Geheimnis blieb, entsprach Delphines Sinn für den Wert des Unnützen.

«Bonjour, Delphine!»

Als sie aufsah, stand Bernard Dessanges vor ihr. Er hielt eine Strohtasche mit Lederriemen in der Hand, wie sie in dieser Region alle fünfzehn Jahre neu in Mode kamen. Seine wirkte danach, als hätte er sie schon bei der letzten Renaissance erstanden und seither viel benutzt.

«Informieren Sie sich gerade über die Tageshöchsttemperaturen in Cayenne?» Er lachte, wobei sich die Falten, die über seine Wangen liefen und wie zwei Kommata Nase und Mund einrahmten, zu gebogenen Furchen vertieften.

Delphine sah ihn verblüfft an. Sie hatte noch nie darüber nachgedacht, ob auch andere Leute diese Temperaturangaben amüsant finden könnten. «Nein», sagte sie, als hätte er die selbstverständlichste Frage gestellt, die man sich nur denken konnte. «Ich stelle fest, welche Farbe dem Tagesheiligen zugeordnet ist.»

Mit leicht in den Nacken gelegtem Kopf sah sie prüfend zu Bernard Dessanges auf. Aus einem ähnlichen Grund wie die Temperaturen der Überseegebiete mochte sie auf der Rückseite des *Sud Ouest* die kleinen Absätze über das Leben der Tagesheiligen, denen außerdem jeweils eine Farbe und eine oder zwei Zahlen zugeordnet waren.

Sie hatte sich noch nie die Mühe gemacht herauszufinden, auf welche Weise diese Zuordnungen zustande kamen. Es gefiel ihr besser, sich vorzustellen, dass einer der Redakteure über uraltes Geheimwissen verfügte. Und noch besser gefiel ihr, dass diese eindeutig Richtung Aberglauben tendierende Farb- und Zahlenlehre ausgerechnet in einer Kolumne über katholische Heilige Unterschlupf gefunden hatte. Das Ganze hatte etwas Subversives.

«Ich tippe auf Gelb, und die Glückszahl ist eins!», sagte Bernard.

Delphine warf einen Blick auf den kurzen Text. «Stimmt», sagte sie und sah ihn stirnrunzelnd an.

«Bevor Sie Ermittlungen anstellen, Madame la commissaire, muss ich ein Geständnis ablegen», erklärte Bernard mit reuiger Miene. «Ich kaufe die Zeitung immer schon morgens mit dem Croissant.»

«Sie lesen also schon zum Frühstück von Menschen, die auf einem glühenden Eisenrost zu Tode gegrillt wurden», sagte Delphine, denn der Tagesheilige an diesem 10. August war Saint Laurent. «Unter einem empfindlichen Magen scheinen Sie nicht gerade zu leiden, Bernard.» Sie kniff im Gegenlicht leicht die Augen zusammen, um ihn besser sehen zu können. Er schien ein Grinsen zu unterdrücken.

«Mais si, ich habe nur die Hälfte meines Croissants heruntergebracht!», behauptete Bernard.

«Da müssen Sie ja völlig entkräftet sein», sagte Delphine. «Möchten Sie sich zur Erholung ein bisschen zu mir setzen? Ich bekomme sonst nämlich bald einen steifen Nacken.»

«Volontiers!», sagte Bernard. «Ich kann Ihnen zum Ausgleich ja von Sainte Marine erzählen. Diese Frau war wenigstens so zuvorkommend, ein Heiligenleben zu führen, bei dem einem nicht gleich schlecht wird.» Er setzte sich zu Delphine an das Tischchen und stellte seine Strohtasche ab, in der eine Flasche Wein, eine Dose Lackfarbe und ein Pinselset lagen. Dann drehte er sich zu Ilargi um, die an der Tür zur Bar stand, und bedeutete ihr mit einer Geste in Richtung von Delphines café, dass er ebenfalls einen bestellen wollte. Mit einem Nicken verschwand die Kellnerin in der Bar.

Bernard ließ seinen Blick über den Platz schweifen. Die Einheimischen waren bis auf wenige Ausnahmen verschwunden, statt ihrer flanierten inzwischen immer mehr Touristen um den Musikpavillon. Auf einer Bank saßen noch zwei Frauen, die ihm vage bekannt erschienen, aber so etwas blieb in einem Städtchen wie St. Julien, in dem man früher oder später die meisten vom Sehen kannte, nicht aus.

«Lesen Sie diese Kolumne jeden Morgen?», fragte Delphine.

«Nein», sagte er, «nur gelegentlich, wenn ich nachsehe, wann Flut ist.» Er wandte sich Delphine zu. «Vorm Schwimmen.»

Die Strände in der Umgebung von St. Julien waren sehr unterschiedlich. Es gab einen kilometerlangen Flachwasserstrand an der nahegelegenen spanischen Grenze, wilde Felsenstrände, wo das Handtuch nur auf einer Klippe oder sehr groben Kieseln Platz fand, und diverse Varianten dazwischen. Allen diesen Stränden gemeinsam war jedoch, dass sich der Wasserspiegel mit Ebbe und Flut um mehrere Meter hob und senkte. Im Vergleich mit der Bretagne, wo bei dreizehn Metern Tidenhub ein Gezeitenkraftwerk betrieben wurde, war das nicht viel, doch die sich ändernden Pegelstände machten an vielen Stränden auch die Felsen gefährlich, die in dem bewegten Wasser nicht immer leicht zu sehen waren.

«Monsieur.» Ilargi stellte den café vor Bernard und klemmte routiniert die Rechnung unter die Untertasse.

«Merci», sagte Bernard, während sich die Kellnerin schon wieder halb zu anderen Gästen umgedreht hatte.

Delphine legte die Zeitung weg. «Was hatte es denn mit Ihrer Sainte Marine auf sich?»

«Sainte Marine», er trank einen Schluck Kaffee, «die

übrigens letzten Monat dran war, ist als Mann verkleidet in ein Kloster eingetreten. Ihr Vater hatte dort zum Glauben gefunden und wollte sie bei sich haben.»

Delphine lächelte. «Das allein bietet schon jede Menge Interpretationsspielraum, wie Ihnen bestimmt klar ist.»

«Aber noch interessanter ist es doch, dass Frauen, die sich früher als Mann verkleidet haben, um zur See zu fahren, in der Armee zu kämpfen oder eben ins Kloster zu gehen, nicht erkannt worden sind, oder?», sagte Bernard. «Das ist beinahe unvorstellbar. Noch dazu, wenn man so eng aufeinandersitzt wie auf einem Schiff oder in einem Kloster. Ich hätte sie bestimmt erkannt!»

«Vielleicht war sie ein sehr herber Typ», gab Delphine zu bedenken, «oder transgender, bloß dass man damals noch nicht wusste, was das ist.»

«Jedenfalls», fuhr Bernard fort, ohne sich von ihrem Gewitzel aus dem Konzept bringen zu lassen, «ist ihr die Täuschung so gut gelungen, dass sie von einer Wirtstochter bezichtigt wurde, sie geschwängert zu haben.»

Delphine zog wortlos die Augenbrauen in die Höhe.

«Und was hat Marine getan?» Bernard wartete, bis Delphine unwissend den Kopf schüttelte. «Sie hat sich lieber aus dem Kloster verstoßen lassen und das Kind aufgezogen, als ihre Männerverkleidung aufzugeben!»

«Das heißt also, Marine hat das Kind einer Fremden aufgezogen, das einen unbekannten Vater von Gottweißwoher hatte?» Delphine sah ihn vieldeutig an. «Das wäre für die eine oder andere Marine von heute wahrscheinlich eine geradezu ungeheuerliche Herausforderung, nicht wahr?»

«Sie sagen es.»

Einen Moment lang ließen sie die Vorstellung in einmütigem Schweigen auf sich wirken.

«Irène hat mir bei ihrem Anruf vor ein paar Tagen erzählt, dass gestern die Beerdigung sein sollte», sagte Bernard dann. «Das hatte sie bestimmt von einer ihrer Freundinnen. Der Tod Madame de Montvignons ist bei den Damen immer noch Gesprächsthema, wie man sich denken kann.» Er hielt kurz inne. «Auch wenn sie beiläufig behauptete, sie hätte es im *Figaro* gelesen.»

«Das wäre durchaus möglich», sagte Delphine. «Aurélies Neffe hat eine Anzeige aufgegeben.» Sie verzog abschätzig den Mund.

«Ist daran etwas auszusetzen?»

«Mais non! Daran nicht», sagte Delphine lebhaft. Bernard wartete, doch sie sagte nichts weiter.

«Wenn die Beerdigung schon gestern war, hat die Obduktion also nichts ergeben», stellte Bernard fest.

«Aurélie hätte hundert Jahre alt werden können, hat der Pathologe gesagt.» Delphine hatte sich von Lucien jede Kleinigkeit aus dem Obduktionsbericht vorlesen lassen, obwohl das nicht unbedingt dem Reglement entsprach, und ihn gebeten, auch noch persönlich in der Pathologie anzurufen, «weil im Gespräch noch manches geäußert wird, was nicht im schriftlichen Bericht landet».

Aber auch bei dem Telefonat war nichts anderes herausgekommen. Bis auf die linksseitige Hüftarthrose keine degenerativen Krankheiten, keine Organschäden, kein Befund für einen Schlaganfall oder Herzinfarkt, kein Alkohol, keine toxischen Stoffe, kein gar nichts. Sämtliche Verletzungen – von dem Splitterbruch des linken Beins über die Hüftfraktur und die unterschiedlichen Prellungen und Wunden auf der rechten Körperseite bis hin zu der gebrochenen Halswirbelsäule – stammten aller Wahrscheinlichkeit nach von dem Aufprall. «Unfall oder Selbstmord steht im Abschlussbericht», sagte Delphine, «für die Polizei ist der Fall erledigt.»

«Und für Sie?»

«Für mich ist Aurélie natürlich kein ‹Fall› und auch nicht ‹erledigt›.» Bernard nickte bei dieser Selbstverständlichkeit, und Delphine sah ihn nachdenklich an. «Ich kann mir keinen Selbstmord vorstellen», sagte sie und seufzte. «Aber was weiß man schon von anderen Menschen? In Wahrheit hat doch jeder seine verborgenen Seiten.» Sie hielt kurz inne. Dann sagte sie: «Nein, Selbstmord schließe ich definitiv aus. Und die Ermittlungsergebnisse deuten auf einen Unfall hin. Aber ehrlich gesagt, wäre es mir beinahe lieber gewesen, wenn bei der Obduktion etwas anderes herausgekommen wäre. Wenn es jemanden gäbe, dem ich die Schuld dafür geben könnte, dass sie nicht mehr da ist.»

Bernard nahm einen der Zuckersticks, die neben ihren Tassen auf dem Tisch lagen. «Oui», sagte er und ließ das Tütchen gegen seinen Daumen schnippen, «wenn es keinen Schuldigen gibt, kann man seine Trauer an niemandem abreagieren. Dann gibt es nur noch Gott, den man verantwortlich machen könnte. Oder das Nichts.» Mit abwesender Miene sah er zu, wie Ilargi ein Tablett mit Getränken an einen der Tische weiter rechts brachte. «Und Gott oder das Nichts sind erfahrungsgemäß sehr unbefriedigende Sparringspartner», beendete er seinen Gedanken.

«Oh nein!», sagte Delphine und erntete einen erstaunten Blick. Doch sie hatte sich nicht auf ihn bezogen, sondern auf eine schlanke, blonde Frau, die gerade durch die Gasse herunterkam, die am Balea vorbei auf den Platz führte. Die Frau hatte eine sehr gute Figur, die sie in ein schmales, cremefarbenes Leinensommerkleid mit breitem Satineinsatz um die Taille gehüllt hatte. Dazu trug sie zarte, goldene Riemchensandalen, eine farblich dazu passende Handtasche und eine große dunkle Sonnenbrille mit Horngestell. Sie sah zweifellos sehr gut aus, doch in diesem Aufzug hätte sie an einem Freitagvormittag um elf Uhr besser an eine Champagnerbar an der Strandpromenade von Cannes gepasst als auf die Place in St. Julien.

«Das ist Antoinette de Montvignon», sagte Delphine, die Bernards erstaunten Blick bemerkt hatte. «Die Frau von Damien, Aurélies Neffen», setzte sie erklärend hinzu. «Sie mag ich noch weniger als ihn.»

«Das klingt, als hätten Sie eine ausgeprägt misanthropische Ader, meine Liebe.»

«Genau so ist es», erwiderte Delphine grimmig.

Antoinette hatte sie ebenfalls bemerkt. «Bonjour, Madame Gueron», sagte sie, als sie an ihrem Tisch angekommen war. Es war ein Gebot der guten Erziehung, nicht einfach grußlos vorüberzugehen, doch die Atmosphäre vor der Bar Balea schien sich schlagartig abgekühlt zu haben.

«Bonjour», sagte Delphine knapp und lehnte sich auf ihrem Stuhl zurück, damit sich Antoinette gleich wieder mit einem «Au revoir» verabschieden konnte.

«Ein schlimmer Tag war das gestern, nicht wahr?», sagte Antoinette stattdessen. Offenkundig bezog sie sich nur auf die Bestattung und wusste nichts davon, dass Delphine ihren Mann aus Les Balaines hinauskomplimentiert hatte. «Man sagt ja, dass viele Menschen, die sehr lange mit jemandem zusammengelebt haben, nicht mehr weiterleben wollen, wenn der Partner gestorben ist.»

Diese gefühlvollen Worte hatten bei Antoinette einen falschen Klang, fand Delphine. «Ich wusste nicht, dass Sie noch länger bleiben ...», gab sie zurück, ohne auf die Bemerkung einzugehen, und ließ den Satz in der Schwebe, sodass man ihn ebenso gut für höflich wie für unhöflich halten konnte.

Antoinette entschied sich für höflich. «Oh, spätestens morgen fahren wir zurück», sagte sie. «Ich reise meinen Eltern nach. Sie sind auf einer Safari in Kenia und haben die Kinder mitgenommen. Sie sollen ja etwas von der Welt sehen, n'est-ce pas?» Delphine wusste nicht, was sie dazu sagen sollte. Diese Art von Lebensstil war ihr fremd. «Aber das Atlantique ist ja recht akzeptabel», redete Antoinette weiter, als keine Reaktion erfolgte. «Also haben wir noch einen Tag drangehängt. Obwohl», sie markierte einen Schauder, «wenn man diesen Balkon sieht, läuft es einem natürlich kalt über den Rücken. Ich konnte keinen Fuß daraufsetzen.»

Incroyable! Sie wohnten in Aurélies Suite. Delphine wusste, dass die Räume schon zwei Tage nach Aurélies Tod von der Polizei freigegeben worden waren. Außerdem lief der Mietvertrag noch, Antoinette und Damien gehörten zur Familie, und nach Les Balaines konnten sie nicht. Trotzdem gefiel es Delphine nicht, dass sie dort wohnten.

Wahrscheinlich werde ich wirklich langsam zur Menschenhasserin, dachte sie. Als müsste sie für ihre abweisenden Gedanken Abbitte leisten, stellte sie Antoinette und Bernard einander vor: «Madame de Montvignon,

Monsieur Dessanges. Monsieur Dessanges, Madame de Montvignon.»

Bernard erhob sich halb von seinem Stuhl und deutete formvollendet eine winzige Verneigung an. «Enchanté, Madame», sagte er. «Möchten Sie uns Gesellschaft leisten?», fragte er mit einem Blick zu Delphine. Anscheinend hatte er ein Problem damit, sich wieder hinzusetzen, während eine Dame vor seinem Tisch stand. Ein Kavalier der ganz alten Schule. Dass es so etwas außerhalb von Romanen des neunzehnten Jahrhunderts noch gab!

Antoinette überlegte. Dieser Monsieur Dessanges schien im Gegensatz zu der kratzbürstigen Madame Gueron ein kultivierter Mensch zu sein. Außerdem sah er sehr gut aus für sein Alter. Sie hatte noch eine halbe Stunde und kannte sonst niemanden hier. Und wer weiß, vielleicht würde sie etwas über die Zukunft von Les Balaines erfahren, das war immerhin das Einzige, was sie in St. Julien wirklich interessierte. «Ich bin gleich verabredet», sagte sie und deutete in Richtung der diversen Restaurants am Platz, deren Terrassentische gerade für das déjeuner eingedeckt wurden. «Aber ein paar Minuten hätte ich Zeit.»

Wider Willen bewunderte Delphine Antoinettes geschicktes Gesprächsmanöver. Noch vor einer Minute war sie von ihr recht frostig begrüßt worden, und doch ließ sie es mit ihrer Formulierung jetzt so klingen, als könnten sich Delphine und Bernard unverdient glücklich schätzen, wenn ihnen Antoinette ein wenig von ihrer kostbaren Zeit opferte.

Bernard rückte ihr den Stuhl neben Delphine zurecht und setzte sich wieder. Antoinette legte ihr Handtäschchen auf den letzten freien Stuhl.

Sieht aus, als hätte jemand das Ding aus einer goldenen Steppdecke genäht, dachte Delphine, aber sie wusste, dass es eine Chanel 2.55 war. Diese Handtasche war inzwischen so klassisch, dass sie leicht in der dritten Generation getragen werden konnte und deshalb allein schon aus Nachhaltigkeitsgründen bewundert werden musste. Allerdings vermutete Delphine, dass dies nicht der Hauptgrund war, aus dem Antoinette de Montvignon eine 2.55 besaß.

Gerade schob Antoinette ihre Sonnenbrille ins Haar, sodass ihre schönen, braunen Augen zur Geltung kamen. Als sie die Hand wieder senkte, rutschte ihr der breite, aus einem goldenen Rankornament bestehende Armreif, der hervorragend zu ihren Riemchensandalen passte, bis zum Handgelenk herunter, und sie schob ihn wieder ein Stückchen höher.

«Darf ich Ihnen etwas zu trinken bestellen?», fragte Bernard höflich.

«C'est très aimable, mais non merci», sagte Antoinette, «ich gehe gleich weiter.»

Bernard winkte Ilargi ab, die an ihren Tisch hatte kommen wollen. «Leben Sie in Paris?», begann er dann, Konversation zu machen.

«Ja, jedenfalls die meiste Zeit», sagte Antoinette. «Ich bin viel auf Reisen», fügte sie erklärend hinzu, und man konnte einfach nicht anders, als an Yachten und New York City zu denken. «Hier würde ich es auf Dauer bestimmt nicht aushalten.» Ihre Geste dazu umgriff mindestens St. Julien, aber vielleicht auch das gesamte Gebiet vom Pyrenäenvorland bis hin zu drei oder vier ausgewählten Pariser Arrondissements. «Es ist doch vieles sehr ... rustikal.

Und im Winter stirbt man vermutlich vor Langeweile.» Sie strich sich über das ohnehin glatte Haar.

Weil dann nicht so aufregende Leute hier sind wie du, dachte Delphine.

«Nun ja, bislang haben wir das vermeiden können», sagte Bernard mit einem Funkeln in den Augen. «Und es ist doch auch eine recht schöne Erfahrung, nicht im Stau zu stehen, wenn man etwas aus dem Supermarkt oder der pharmacie braucht.»

«Oh, bien sûr», sagte Antoinette. Ob ihr aufgefallen war, dass sie mit ihren Bemerkungen möglicherweise die Gefühle der Anwesenden verletzt hatte, war daraus jedoch nicht zu schließen. «Sie leben doch sicher auch nicht das ganze Jahr hier, oder?», erkundigte sie sich bei Bernard.

«Im Grunde schon», sagte er, «aber ich habe auch noch einen pied-à-terre in Paris und –»

«Das dachte ich mir schon», unterbrach ihn Antoinette.

Pied-à-terre? Delphine sah ihn an. Das war eine Bescheidenheit vorspiegelnde Bezeichnung für häufig durchaus nicht kleine Zweitwohnungen.

«Immobilien in Paris kann man sich ja heute beinahe nur noch leisten, wenn man ein saudischer Ölprinz ist oder bei der Mafia und ähnlich seriösen Unternehmen arbeitet», sagte Bernard gerade.

«Ihr Mann ist doch Banker, oder?» Diesen Seitenhieb hatte sich Delphine gönnen müssen.

Doch Antoinette beachtete sie nicht, sondern lächelte nur Bernard Dessanges an. Endlich einmal ein Mensch in diesem Nest, der ihre Sprache sprach. «Wenn man in Paris sein Haus verliert, bekommt man es nie wieder», sagte sie und dachte an das Stadtpalais. Jede andere Wohnung in Paris, ganz gleich, wie groß, wäre ein Abstieg. Wie so viele Menschen, die Wohlstand und Luxus gewöhnt waren, litt sie ständig unter der Vorstellung, eines Tages nicht mehr mithalten zu können.

«Als Banker beneide ich Ihren Mann wirklich nicht», fuhr Bernard im Plauderton fort. «Die gelten seit dem Crash ja allesamt als verantwortungslose Zocker, die schamlos hohe Boni kassieren, während sie das Vermögen anderer Leute verspekulieren und das eigene manchmal noch dazu. Dabei sind sie bestimmt nicht alle so.»

Antoinette sah ihn irritiert an. «Nein, bestimmt nicht.» Irgendwie hatte sie auf einmal ein unangenehmes Gefühl. Sie würde sich verabschieden. Madame Gueron würde ihr ohnehin garantiert nichts zu Les Balaines erzählen.

Als er sah, dass sie nach ihrer Tasche griff, erkundigte sich Bernard freundlich: «Gehen Sie mit Ihrem Mann zum Essen, oder musste er schon nach Paris zurück?»

«Nein, er hat einen Termin in Bayonne», sagte Antoinette, ohne ganz bei der Sache zu sein. «Aber bis zwölf ist er sicher wieder hier.» Sie straffte sich und warf einen Blick auf die Uhr. «Bon, ich muss los», sagte sie, stand auf und verabschiedete sich. Eilig ging sie über den Platz.

Delphine und Bernard sahen ihr nach, bis sie um eine Hausecke verschwunden war.

«Scheint mir eine anspruchsvolle Dame zu sein», sagte Bernard.

«Sie kennt es eben nicht anders», bemerkte Delphine in einem Ton, in dem man sonst einfältige Hinterwälder bedauerte. «Sie wohnen mitten in Paris in einem enormen historischen Palais. Was soll man da erwarten?»

«Was war eigentlich Ihre Adresse in Paris?», fragte Bernard. «Etwa die mythische Hausnummer 36?»

Le 36, Quai des Orfèvres. Sagenumwobener Sitz der police judiciaire, in dem alle berühmten Kriminalpolizisten Frankreichs ein- und ausgegangen waren, ob sie nun in der Wirklichkeit ermittelt hatten oder zwischen zwei Buchdeckeln wie commissaire Maigret.

Delphine lächelte. Sie war sehr stolz gewesen, als sie ihr Büro dort bezogen hatte. «Tatsächlich war das eine Zeitlang meine Arbeitsadresse», sagte sie. «Aber gewohnt habe ich in einer Seitenstraße des Boulevards Saint-Germain.»

«Dann waren wir vielleicht einmal beinahe Nachbarn.»

«Ihr pied-à-terre?», fragte Delphine süffisant.

«Es ist sehr romantisch», gab Bernard zurück. «Und so praktisch! Mindestens fünfunddreißig Quadratmeter alles in allem. Undichte Fenster, anfangs nur mit Einfachverglasung, was vor allem im Winter sehr gut für die Abhärtung ist. Außerdem fünfte Etage ohne Aufzug. Ab der sechsten hätte man den berühmten Blick über die Dächer gehabt, aber nun gut.» Delphine begann zu lachen. «Manchmal kam im Bad nur noch ein Getröpfel aus dem Hahn, aber das muss man verstehen», fuhr Bernard fort, «der Wasserdruck ... die alten Rohrleitungen ... und dann der fünfte Stock.» Er breitete die Arme aus und zuckte gleichzeitig mit den Schultern. «Das ist eben Physik. Und dagegen lehnt sich nur ein imbécile auf. Der Hausmeister hat mir das alles sehr verständlich erklärt.» Er unterbrach sich und lächelte. «Wir hatten eine wundervolle Zeit dort», sagte er dann in verändertem Ton. «Ich habe dort während des Studiums mit meiner Frau gewohnt, und als die Wohnung verkauft werden sollte, habe ich mir von meinem

Vater Geld geliehen, um sie selbst behalten zu können. Seit damals habe ich natürlich einiges daran gemacht.»

Delphine sah ihn an. Am Tag nach dem Tanzball hatte Cécile bei ihr angerufen und ihr unaufgefordert alles erzählt, was sie über Bernard Dessanges wusste. Ein retraité, der früher bei der Denkmalsbehörde gearbeitet hat. Ein Mann, der nach dem Tod seiner Frau zum Zyniker geworden war und seither bevorzugt seine sensible Cousine Irène mit hinterlistigen ironischen Bemerkungen quälte. Cécile, die Menschenkennerin.

«Und wohnen Sie jetzt schon lange hier?», fragte Delphine.

«Ganz nach St. Julien gezogen bin ich vor zwei Jahren», sagte er, «aber ich hatte früher schon öfter beruflich in dieser Gegend zu tun. Ich war beim Denkmalschutz.» Er warf ihr einen Seitenblick zu. «Aber das wissen Sie bestimmt schon von ihrer Freundin Cécile.»

«Manches lässt sich nicht vermeiden», sagte sie etwas gequält, aber Bernard lachte nur.

«Man sollte nicht mit den Naturgesetzen der menschlichen Spezies hadern», sagte er, «das gibt nur Falten.» Und dann lachte er erneut, sodass sich die Falten um seine Augen mit den Furchen in seinen Wangen zu einer sehr anziehenden Berg-und-Tal-Landschaft verbanden.

14

Der Junge saß reglos im Schatten der Zeder auf der Einfassung des Nachbargrabs und hatte die Arme um die angezogenen Knie geschlungen. Grelle Nachmittagssonne ließ den übrigen Friedhof mit seinen grauen Steingräbern noch stiller und zeitentrückter wirken. Während er über den Kiesweg auf das Grab zuging, fühlte sich Richard von der Haltung des Jungen in seinem Schattenzelt an eine ägyptische Würfelstatue in einem abgedunkelten Museumsraum erinnert.

Seit Aurélies Beerdigung war eine Woche vergangen, in der Richard täglich ihr Grab besucht hatte. Er wusste, dass er sie hier nicht wiederfinden würde, ebenso wenig, wie sie noch in Les Balaines war. Und doch kam er immer wieder, um vor diesem Stein zu stehen. In Les Balaines hatte er lange Stunden am Kamin gesessen, als könnte sie jeden Augenblick hereinkommen, um mit ihm Tee zu trinken oder mit einem Blick über den Rand ihrer schwarzen Brille hinweg einen bissigen Kommentar zu dem Zeitungsartikel abzugeben, den sie gerade las. Die Toten waren tot, und doch waren sie es nicht. Das war die widersprüchliche Gewissheit. Sie hatten ihre Spuren hinterlassen, waren noch anwesend, in dem, was sie getan oder nicht getan hatten. Mit dem, was weit über ihre Lebenszeit hinausreichte und was die Menschen, denen sie begegnet waren, für immer prägen konnte. Prägen oder zeichnen.

«Bonjour, Karim», sagte Richard. Er war noch einige Meter von dem Grab entfernt.

Karim fuhr herum. «Bonjour, Monsieur Lebrun.» Er stand auf und schien nicht recht zu wissen, wie er sich verhalten sollte. Also wartete er ab, bis Richard vor dem Grab angekommen war. Dann stellte er sich schweigend neben ihn und bohrte die Hände in die Hosentaschen.

Sie bildeten ein merkwürdiges Paar. Der große, hagere, streng wirkende ältere Mann mit dem raspelkurzen Haar, den beigefarbenen Tuchhosen und dem Poloshirt. Daneben der schlaksige Junge mit ungebändigten schwarzen Locken, Cargo-Bermudas und einem verwaschenen roten T-Shirt. Ihr Blick war auf den Grabstein gerichtet.

Aurélie wäre zufrieden gewesen, dachte Richard.

Am Tag zuvor war er dem Steinmetz begegnet, der mit den restlichen der Messingbuchstaben auf den Friedhof gekommen war, die Aurélie und Ernest schon bei Pablos Tod für die gesamte Beschriftung des Steins gekauft hatten. Und nun stand unterhalb des Familiennamens auf derselben Höhe wie ERNEST nach rechts herausgerückt AURÉLIE. Es gab Richard ein seltsames Gefühl, Aurélies Namen auf einem Grabstein zu sehen. Als einzigen Menschen hatte er sie sein ganzes Leben lang gekannt. Andererseits wirkte die Ergänzung dieser letzten Buchstaben auf dem Stein wie eine Vervollständigung, wie ein Gleichgewicht, das wiederhergestellt worden war.

«Woran ist Pablo eigentlich gestorben?» Karims Frage riss Richard aus seinen Überlegungen.

«Es war ... ein Unfall», sagte Richard.

«Ein Verkehrsunfall?» Karim löste den Blick vom Grabstein und sah ihn an.

Richard dachte an den Tag von Ernests sechzigstem Geburtstag zurück. Das große Fest, das sie in Les Balaines organisiert hatten, die vielen Freunde und Verwandten, die da gewesen waren, an diesem 21. April 1990. Er kniff die Augen zusammen bei der Erinnerung. Nach dem Essen hatte er mit Aurélie im Salon am Fenster gestanden und zu den Gästen hinausgeschaut, die im Garten umherspazierten. Etwas rechts von der banc des baleines waren Pablo und sein zwei Jahre älterer Cousin Damien.

«Nein, er ist in Les Balaines an der Klippe abgestürzt.»

Schweigend wandte Karim den Kopf wieder zu dem Grabstein und starrte die Namen an.

Richard beschlich ein ungutes Gefühl. Er hätte einfach sagen sollen, es wäre ein Verkehrsunfall gewesen. Damit kamen Jugendliche wahrscheinlich besser zurecht.

Karim dachte an die Plastikblumensträuße und laminierten Schilder auf der Steilklippe bei St. Julien. Eins war für einen Jungen aus dem Nachbarort, und es hing erst seit wenigen Monaten an dem Lattenzaun.

«Ist er gesprungen?», fragte Karim mit zusammengezogenen Augenbrauen.

Auf dem schmalen Kiesstreifen an der Seite zum Nachbargrab huschte etwas entlang. Richards und Karims Blick wurde von der Bewegung reflexhaft angezogen. Eine Eidechse. Sie war schwarzgrau und auf dem Kies kaum zu erkennen.

«Nein, er hat sich mit seinem Cousin gekabbelt, wie es Jugendliche eben manchmal so machen», sagte Richard, «und dabei einen zu heftigen Schubs abbekommen.» Er atmete hörbar ein. «Es war ein Unfall, wie ich schon sagte.»

Niemals würde er den Moment vergessen, in dem Pablo das Gleichgewicht verlor und aus ihrer Sicht verschwand. Aurélie war neben ihm erstarrt. Wenn er daran zurückdachte, erschien es ihm, als hätten sie eine Ewigkeit bewegungslos nebeneinander am Fenster gestanden. Als hätte ihr Verstand die Zeit ins Unendliche dehnen wollen, in der er noch nicht begreifen musste, was gerade vor ihren Augen geschehen war. Als würde er sich weigern, sich in dieses schwarze Loch hineinsaugen zu lassen, das sich vor ihnen aufgetan hatte. Natürlich waren es höchstens ein paar Sekunden gewesen. Dann war Aurélie mit einem Schrei hinausgerannt, über die weite Rasenfläche bis zur Klippe, die dort fünfzehn Meter tief zu den gezackten, von Gischt umschäumten Felsen abfiel.

Fünfzehn Meter. Doch ebenso gut hätten es tausend Kilometer sein können, denn es war unmöglich, die dort beinahe senkrecht abfallende Klippe hinunterzusteigen. Die Bergung von Pablos Körper wurde zu einem komplizierten und langwierigen Manöver, für das die sauveteurs einen Hubschrauber einsetzen mussten. Doch auch wenn es schneller gegangen wäre, hätte es nichts geändert. Pablo war sofort tot gewesen.

«Dieser Cousin», fragte Karim, «war das Damien de Montvignon?»

Richard nickte.

Aurélie hatte die ganze Zeit reglos an der Klippe gewartet, während Ernest vollkommen außer sich geraten war. Rasend vor Fassungslosigkeit und Schmerz hatte er Damien immer wieder angeschrien: «Mörder! Du Mörder! Du hast ihn umgebracht!» Es hatte sogar danach ausgesehen, als wollte Ernest seinen Neffen eigenhändig töten.

Das waren die letzten Worte gewesen, die er je zu Damien gesprochen hatte. Ernest hatte ihm niemals verziehen. Und er hatte sich von diesem Verlust niemals erholt.

Die fünfzehn gemeinsamen Jahre mit Pablo, hatte Aurélie später einmal zu Richard gesagt, waren die glücklichsten ihres Lebens. Mit der Zeit schien sie das schreckliche Ereignis nach außen hin besser zu verkraften. Im Gegensatz zu Ernest, der sich mehr und mehr in sich zurückzog.

Die Eidechse war inzwischen auf dem Grabstein der de Montvignons angekommen. Vor dem helleren Hintergrund bemerkte Richard, dass sie nicht nur grauschwarz gemustert war, sondern auch eine grünliche Zeichnung über ihren Rücken lief.

Damien war natürlich befragt worden, auch von der Polizei. Er hatte erklärt, sie hätten über Didier Auriol, den Gewinner der Rallye von Monte Carlo, und seinen Konkurrenten Carlos Sainz gestritten. Und dabei hätte ihm Pablo einen Schubs versetzt, den er unwillkürlich erwidert hatte. Es konnte so gewesen sein, aber Pablo hatte sich nie besonders für Rennsport interessiert. Vielleicht hatte Damien aber auch etwas Beleidigendes über Pablos Mutter gesagt, und es war deshalb zu der Rangelei gekommen. Mittlerweile war Richard zwar bewusst, dass seine Phantasien über das Geschehen an der Klippe von seiner eigenen Geschichte beeinflusst worden waren. Aber er hatte eine Erklärung gebraucht für das Leid von Aurélie und Ernest, das viel zu groß schien, um auf einen banalen Streit um zwei Rennfahreridole zurückgeführt zu werden.

Richard starrte auf die Eidechse. Es hing alles miteinander zusammen. «Man muss den Kreislauf durchbrechen», sagte er, «sonst werden die Verfehlungen der Väter eine Saat, die bei den Kindern aufgeht.»

Karim sah ihn irritiert an. Aber Richard blickte nur ausdruckslos vor sich hin, als habe er nicht realisiert, dass er diesen Gedanken laut ausgesprochen hatte.

15

Gut aufgelegt richtete Bernard Dessanges seinen Blick durch das große Fenster zum blaugrauen Atlantik hinaus, auf dem sich weiße Wellenkämme zeigten. Sein Haus stand auf der Anhöhe von La Chapelle und war ein kleineres Exemplar der Villen im modernistischen Stil aus den 1930er Jahren, die in dieser Region von ambitionierten Architekten errichtet worden waren. Im Grunde war das Gebäude ein zweistöckiger Bungalow in Hanglage, dessen Grundfläche auf der meerzugewandten Seite durch einen großen Balkon auf Stützpfeilern verlängert worden war. Darunter befand sich ein schattiger, mit Bruchsandstein gefliester Sitzplatz. Die weißen Mauern und das Dach mit den sogenannten Mönch-und-Nonne-Ziegeln erinnerten ein wenig an Mexiko.

Natürlich war sein Anruf nicht ganz comme il faut gewesen. Man rief nicht um acht Uhr morgens bei den Leuten an. Schon gar nicht, wenn man vor dem Fischstand in der Markthalle stand und die Verkäuferin wissen wollte, ob man nun den merlu kaufen würde oder den thon, während sich die Hausfrauen hinter einem in gerade noch verständlicher Lautstärke gegenseitig versicherten, dass man sich so etwas überlegte, bevor man sich in die Schlange stellte und anderen Leuten mit seiner Unentschlossenheit die Zeit stahl.

Aber er hatte mit seiner Einschätzung richtiggelegen.

Die meisten Menschen mochten schöne Überraschungen, sogar um acht Uhr morgens, nur wagten es die wenigsten, sie selbst in Angriff zu nehmen. Die Hausfrauen vor dem Marktstand hatten ihn schließlich sogar bedauert und ihn mit möglichst simplen Rezepttipps versorgt, mit denen so ein armer Trottel eventuell gerade noch zurechtkommen würde.

Bernard zog das Handtuch weg, das er sich um den Hals gelegt hatte, als er vom Strand nach Hause gefahren war, damit ihm das Wasser nicht aus den Haaren in den Kragen lief. Er dachte an das Chanson *La mer* von Charles Trenet und zischte «Xs xsss, xs xs, xs xsss ...» zwischen den Zähnen, während er ins Bad ging, wo er das Handtuch über die Stange hängte, bevor er in den Salon zurückkehrte.

Es war der größte Raum im ganzen Haus, mit niedrig angesetzten Fenstern und einer gläsernen Doppeltür, die auf den großen Balkon hinausführte. Bei der Einrichtung hatte er durch sparsame Möblierung, die im vorderen Bereich nirgends höher war als die Fensterbretter, dafür gesorgt, dass nichts von der Weite des Raumes und der Weite des Ausblicks ablenkte. Sein Lieblingssessel, eine Konstruktion aus Stahl und hellbraunem Leder im Bauhaus-Stil, stand so, dass er die Aussicht auf Himmel und Meer wie ein Gemälde betrachten konnte. Bernard interessierte sich sehr für Malerei, und das hier war sein persönliches Seestück. Das große Fenster im Salon umrahmte ein immer wechselndes Bild, das die Natur unermüdlich neu malte.

Er warf einen leicht schuldbewussten Blick auf die spanische, mit Schnitzereien verzierte Kommode an der rechten Wand. In einer der Schubladen ruhte der digitale

Bilderrahmen mit den Fotos seiner Enkel, den ihm sein Sohn zum letzten Geburtstag geschenkt hatte. Bernard liebte seine Enkel, sie waren manchmal süß und manchmal frech, wild und dann wieder anhänglich, in der einen Situation mutig und in der anderen verzagt. Sie waren genau richtig, doch das Aufblinken der Schnappschüsse war ihm trotzdem auf die Nerven gegangen, auch wenn sein gestresster Sohn es nur gut gemeint hatte. Julien hegte offenkundig Befürchtungen, dass sein Vater vereinsamen würde, aber wenn die eigenen Kinder Beschützerinstinkte entwickelten, konnte es anstrengend werden. Bernard grinste vor sich hin. Von Isabelle konnte man das wenigstens nicht behaupten.

Nach einem Blick auf die Uhr ließ er sich in seinem Sessel nieder und zog sich den großformatigen Bildband zur niederländischen Malerei auf die Knie. Es war erst halb zehn an diesem Samstagvormittag, und er hatte noch den halben Tag Zeit. Genüsslich versenkte er sich in den Bildband.

Diese Niederländer, das musste man sagen, waren in jeder Hinsicht Meister von Licht und Schatten. Das zarteste Mädchen mit der rosigsten Haut wurde da in ein düsteres Zimmer gestellt, überglänzt von geizig sparsamen Sonnenstrahlen, die durch ein Fenster hereinfielen, und umso bedrohlicher umlauert von den finsteren Winkeln des Raumes. Was für eine Symbolik in diesem gefälligen Genrebild! Wie lange würde die Sonne noch auf die arglose Jugend scheinen, bevor das Leben seine Schattenseiten zeigte?

Das Läuten des Telefons riss Bernard aus seinen Betrachtungen.

«Irène. Meine Beste. Was für ein seltenes Vergnügen.» Wenn am späten Vormittag das Telefon klingelte, ging Bernard meist zu Recht davon aus, dass seine Cousine der Ödnis zwischen petit déjeuner und dem ersten Rendezvous mit einer ihrer Bekannten entgehen wollte.

Einen Moment lang herrschte Stille am Telefon. «Was willst du damit sagen?», folgte es dann etwas spitz.

«Nichts Besonderes, das weißt du doch.»

Ein zweifelndes «Mmhmmh» drang an sein Ohr.

Er blätterte weiter. «Was gibt es denn heute, Irène? Wie geht es unserem Löwen Hector?»

Der Hund, der auf seinem Satinkissen neben Irène auf dem Sofa lag, hob das Köpfchen, als hätte er gehört, dass von ihm die Rede war.

«Ach, weißt du, der Tierarzt sagt, er hat Verdauungsprobleme», kam es betrübt von Irène.

«Dann solltest du ihn vielleicht nicht so oft mit Hundepralinen füttern», erwiderte Bernard, während er Bruegels Schlaraffenland betrachtete, auf dem fettgefressene Dickwänste bewegungsunfähig auf der Erde lagen.

Irène zog die Hand mit der Praline zurück, die sie Hector gerade hatte geben wollen, und der Hund richtete seine großen Augen mit einem Blick auf sie, aus dem das ganze Elend der Welt sprach. «Daran liegt es nicht», sagte Irène entschieden.

Bernard hatte zu einem Gemälde von Hieronymus Bosch weitergeblättert, auf dem nackte Sünder von Hunden angefallen wurden. «Sonst müssten wir womöglich auch eine elftägige Trauer ausrufen», fuhr er fort, ohne sich von Irène beirren zu lassen. «Obwohl das für deinen Hector gewiss nicht ausreichen würde.»

«Ich weiß nicht, wovon du da redest», sagte Irène pikiert. «Bestimmt hast du wieder irgendeine Scheußlichkeit im Sinn.» Sie verfütterte die Praline an Hector und ließ sich die Hand lecken.

«Aber nein, ich denke an die Antike. An Hector und Paris und den Trojanischen Krieg.» Er blätterte weiter. «Obwohl ... Auch in der Antike hat es bestimmt allerhand Scheußlichkeiten gegeben.» Sein Blick ruhte auf Boschs niederländischen Vorstellungen von höllischer Scheußlichkeit.

«Siehst du!», erklärte Irène triumphierend, als habe sie ihn mit unschlagbaren Argumenten ins Unrecht gesetzt. «Sag mal», fuhr sie dann in verändertem Ton fort, während ihre Hand auf der sündhaft teuren, aber sehr stilvollen Box mit Hundepralinen aus Biarritz ruhte. «Gehst du jetzt häufiger in die Bar Balea?»

Das war es also, was sie wissen wollte. Bernard erinnerte sich an die zwei Frauen auf der Bank am Platz, die ihm vage bekannt erschienen waren. «Hat dir das eine von deinen Freundinnen weitergetratscht?», fragte er.

Irène atmete erbost ein. «Das ist kein Tratsch. Wir sind zufällig darauf zu sprechen gekommen, als wir uns bei einem dîner getroffen haben. Bei so etwas redet man eben über dies und jenes. Das nennt man Konversation.»

Bernard kam zu dem Abschnitt mit Stillleben. Ein prächtiges Stielglas stand so perfekt eingefangen in einem Arrangement aus Blumen und Früchten, dass man meinte, es aus dem Bild heraus in die Hand nehmen zu können.

«Du warst mit dieser Delphine Gueron dort», tönte es in sein Ohr. «Die hast du bei Céciles Ball kennengelernt, oder?»

«Ja», sagte er unkonzentriert. Das Glas mochte noch irgendwo existieren, vielleicht hatte es in einer Sammlung oder einem Museum überdauert. Die Blumen und Früchte dagegen waren bald nach ihrem glanzvollen Auftritt als Malermodell verwelkt, vermodert oder verspeist worden.

«Sie war doch mit Aurélie de Montvignon befreundet», sagte Irène, «und weißt du, was ihr Neffe in Bayonne gemacht hat?»

«Ihr Neffe? Ich wusste nicht mal, dass sie einen Neffen hat», sagte Bernard und dachte darüber nach, was es bedeutete, dass in dem Kunstwerk vergängliche Dinge für alle Zeit auf dem Höhepunkt ihres Daseins weiterexistierten.

«Ich rede doch nicht von Delphine Gueron!» Irène klang, als wäre Bernard ein besonderer Fall von Begriffsstutzigkeit. «Ich rede von Aurélie und Damien de Montvignon!»

Bernard klappte das Buch zu. «Ach so.»

«Er hat den Familienschmuck seiner Mutter beim Juwelier angeboten.» Irène atmete hörbar ein. «Stell dir das mal vor!»

«Vielleicht hat er ihn nicht tragen wollen», sagte Bernard und überlegte, ob Damien de Montvignon den Schmuck aus Paris mitgebracht hatte, weil es dort womöglich ein genauso gut organisiertes Damenspitzelnest mit Kontakten zur Juwelierszene gab. Wenn er geglaubt hatte, hier in der Provinz unbemerkt handeln zu können, war er offenkundig einem Irrtum aufgesessen.

«Bernard!», rief Irène so spitz, dass Hector erschrocken seinen Kopf zwischen die Pfoten legte. Lediglich sein flusiger Haarkranz mit den kleinen, spitzen Ohren ragte noch in die Höhe. «So etwas tut man doch nicht. Er hat immerhin Familie und ist verheiratet!»

Bernard dachte an Antoinette de Montvignons Auftritt auf der Terrasse der Bar Balea. «Ja, ich habe seine Frau kennengelernt.»

«Eine großartige Person, findest du nicht auch?» Irène klang begeistert. «So stilvoll und kultiviert.» Bernard ersparte sich jeglichen Kommentar, und es war auch keiner notwendig, denn Irène sprach schon weiter. «Ich glaube nicht, dass sie etwas davon weiß. Und er wollte zwei Millionen dafür!»

Ob Irène fand, das sei viel oder wenig, konnte Bernard nicht heraushören. «Über so etwas redet ihr also bei euren dîners, bei eurer *Konversation*», sagte er. «Das müssen ja unvorstellbar interessante Abende sein.»

«Ich weiß genau, was du damit sagen willst, Bernard», bemerkte Irène spitz, «aber das kann nur von jemandem kommen, der seinen Mitmenschen gegenüber so gleichgültig ist wie du.»

Mit einem Mal kläffte Hector nicht weniger spitz auf seinem Satinkissen, als wollte er seinem Frauchen beispringen.

«Oho, gut gebrüllt, Löwe», sagte Bernard anerkennend. Es blieb unklar, wen er damit meinte. Irène jedenfalls runzelte nur die Stirn. Bei ihrem Cousin hörte sich selbst ein Lob spöttisch an. Er war einfach schrecklich.

Der kleine, runde Käselaib erfüllte die ganze Küche mit seinem Aroma. Delphine hatte ihn schon eine Stunde zuvor aus dem Kühlschrank genommen und in einer kleinen Plastiktüte auf die Arbeitsfläche neben der Spüle gelegt. Nun nahm sie die Tüte, ging in den Flur, griff sich den Autoschlüssel von der Kommode und blieb dann doch noch einen Moment stehen, um sich in dem Spiegel darüber zu betrachten. Das wellige Glas warf ihr Konterfei leicht verzerrt zurück. Sie schnitt eine Grimasse, bei der sich ihr Mund mit dem matten, roséfarbenen Lippenstift absurd in die Breite zog, während ihre Nase zu einem schmalen Balken wurde. Zähnefletschend wippte sie leicht auf den Zehen, sodass sich ihre schmale Halskette aus Goldstäben und Aquamarinperlen mal in ein schweres Gehänge und mal in einen Strich verwandelte, über dem Glubschaugen und ein Monsterrachen aufblitzen. «Vraiment, wie im Kindergarten», murmelte sie, als sie sich abwandte. Dann schnappte sie ihre Handtasche und ging zum Auto.

Es war kurz vor acht, und für die Fahrt bis nach La Chapelle brauchte sie weniger als zwanzig Minuten. Das weiß lackierte Gattertor stand offen. Sie bog auf das Grundstück ein und erreichte über die leicht nach rechts abfallende Zufahrt einen etwas von dem Haus zurückversetzten, mit Kies ausgestreuten Vorplatz, auf dem ein dunkelblauer Peugeot stand. Das weiße, in schnörkellosen, geometrischen Formen vor ihr liegende Haus hatte braune Fensterläden und eine Tür aus schweren Holzbohlen mit Eisenbeschlägen. Während sie ausstieg, tauchte Bernard Dessanges an der Haustür auf und kam auf sie zu. Er trug ein weißes, kurzärmeliges Hemd über einer lockeren, sandbraunen Leinenhose und Espadrilles. Delphine war froh, dass sie sich für ihr bewährtes blaues Kleid mit dem eingewebten Lilienmuster entschieden hatte. Und nicht für das schwarze, mit dem man angeblich bei jeder Gelegenheit passend angezogen war.

«Bienvenue!», sagte Bernard beim Näherkommen. «Schön, dass Sie gekommen sind.»

Sie hauchten sich Küsschen neben die Wangen, dann ging er ihr voraus ins Haus. Rechts stand eine Tür offen, die den Blick auf einen Fliesenboden mit schwarz-weißen Rauten freigab. Dorthin wandte sich Bernard, während er über die Schulter sagte: «Ich muss nur noch den Backofen anschalten.»

Delphine folgte ihm in die Küche, die im Gegensatz zu ihrer eigenen mit hellen Hölzern und modernen Geräten eingerichtet war. Auf der Anrichte standen eine grünblau glasierte Keramikschüssel mit Salat und in einer kleineren Schüssel daneben die vorbereitete Vinaigrette. Bernard ging zum Backofen, der in einen Hochschrank eingebaut war, und zog die Tür auf.

«Das sieht ja wundervoll aus», sagte Delphine und stellte sich neben ihn. In einer tiefen Backform lag ein ganzer merlu in einem Bett aus Kräutern und Gemüse.

«Weil Sie ihn per Ferndiagnose herausgesucht haben, als ich Sie heute Morgen aus der Markthalle angerufen habe», sagte Bernard. «Andernfalls wäre ich vielleicht mit dem Ladenhüter nach Hause gekommen.»

Von wegen, dachte Delphine. «Ich weiß nicht, ob mein Mitbringsel damit konkurrieren kann», sagte sie stattdessen und hielt Bernard den Käse entgegen.

Bernard schaltete den Backofen an. Dann versenkte er seine Nase in die Tüte und hob anschließend den Blick zur Decke. «Brebis», seufzte er wie der Held einer Bühnentragödie. «Weidende Herden, melancholische Tierblicke, klagendes Rufen durstiger Lämmer, das durch grüne Pyrenäentäler hallt ... ach ... und morastige Wege und Schafskötel. Ein Traum! Ich habe alles genau vor mir.» Delphine lachte. Er senkte den Blick und kehrte zu seiner normalen Stimmlage zurück. «Aber zuerst nehmen wir einen Aperitif», verkündete er. «Gehen wir in den Salon.»

Beim ersten Schritt in den großen Raum wurde Delphines Blick von der Aussicht angezogen. Sie ging zum Fenster und sah über den Atlantik, auf dem die untergehende Sonne flirrende Lichter spielen ließ. Der Himmel wölbte sich darüber in Pastellblau und Rosa.

«Möchten Sie einen Porto? Kir? Einen Myro habe ich auch vorbereitet. Oder etwas anderes?», fragte Bernard.

«Einen Myro, bitte.» Delphine drehte sich zu ihm um. Er stand an einem kleinen Rollwagen, schenkte aus einer vor Kälte beschlagenen Karaffe die Mischung aus liqueur de myrtille und Rosé in zwei Gläser und kam damit zu ihr. «Gehen wir doch hinaus», sagte er.

Auf dem großen Balkon war ein Tisch für vier Personen gedeckt. Bernard hatte ihr am Telefon gesagt, dass noch ein befreundetes Paar kommen würde, das «allgemein als recht sozialverträglich» galt. Bei einer niedrigen Sitzgruppe links auf dem Balkon stand ein Tischchen mit einer Schale Nüsse, doch sie blieben an der Balkonbrüstung stehen und schauten übers Meer.

«Das ist womöglich noch besser als ein Ausblick auf die Dachlandschaft von Paris», sagte Delphine.

«Und Sie erraten nie, wem ich dafür zu ewigem Dank verpflichtet bin», sagte er. Sie sah ihn fragend an. «Es fängt mit I an und hört mit e auf.»

«Ihre Cousine.» Delphine grinste. «Hat sie Ihnen den Tipp gegeben, als Sie ein Haus gesucht haben?»

«Ganz so kann man es nicht nennen. Sie hat mir eher die Ohren mit dieser verkommenen Schuhschachtel vollgejammert, die hier seit Jahren leer stand. Sie wohnt in der Nähe.» Er deutete nach links. «Aber nicht in Sichtweite, zum Glück. Jedenfalls wurde sie auf das Haus überhaupt erst aufmerksam, als Jugendliche hier ziemlich lautstarke Partys feierten. Irène dachte, ich könnte für einen Abriss sorgen, weil ich doch bei der Denkmalsbehörde war. Auch eine Logik, was?» Er zuckte mit den Schultern. «Irgendwann bin ich dann tatsächlich auf das Gelände gegangen. Es sah unglaublich aus hier. Überall Grafitti, die Tür herausgebrochen, Müll in den Ecken, alte Matratzen mit Flecken, deren Herkunft man nicht kennen wollte, und an zwei Stellen hat es durchs Dach geregnet.»

«Aber das hat Sie nicht gestört», stellte Delphine fest.

«Nein, hat es nicht.» Er trank einen Schluck von seinem Porto. «Eh bien, meine beruflichen Erfahrungen haben auch eine Rolle gespielt. Ich habe gesehen, dass das Chaos nur die Oberfläche betraf sozusagen, aber die Mauern waren trocken. Und es ist ja insgesamt ein eher schlichter Bau, also war gar nicht so viel zu tun.»

Delphine zog die Augenbrauen in die Höhe. «Ja, das denkt man immer.»

Er lachte. «Exact. Auf jeden Fall kam dann noch ein bisschen Glück ins Spiel. Und ein paar Beziehungen. Und schon bald konnte ich mich hier staubbedeckt zwischen schlitzeklopfenden Handwerkern und Farbeimern meines Lebens freuen.»

«Und Ihre Cousine?»

«Oh, sie hat ihr Verhältnis zu der Schuhschachtel grundlegend verändert. Jetzt findet sie alles sehr chic et moderne, wenn sie sich bei mir zum Essen einlädt. Und sie lässt keine Gelegenheit aus, um mir diskret unter die Nase zu reiben, dass ich ohne sie gar nicht hier wäre.»

Er warf einen Blick auf die Uhr. «Ich stelle den Backofen kleiner», sagte er dann. «Für Albert und Louise sind Uhrzeiten auch für französische Verhältnisse nur ungefähre Richtwerte.»

Delphine setzte sich auf die Bank der Sitzgruppe aus Weidengeflecht. Als Bernard wieder herauskam, holte er sich sein Glas von der Balkonbrüstung und ließ sich in einem der Korbsessel nieder. «Wo wohnen Sie eigentlich?», fragte er.

«Auf der Anhöhe hinter St. Julien», sagte Delphine. «Dort war meine Familie früher ansässig.»

«Haben Sie denn noch Familie hier?»

«Ja, Onkel, Tante, Cousins, Cousinen und so weiter, aber meine Geschwister sind nicht mehr in St. Julien.»

«Wie viele waren Sie denn?», fragte Bernard.

«Vier. Zwei Jungen und zwei Mädchen.» Delphine sah aufs Meer. «Wir haben alle Namen, die etwas mit Wasser zu tun haben: Simon, Marius, Muriel und eben Delphine. Mein Vater war Fischer, wissen Sie.» Sie lächelte. «Unsere Mutter hat uns gern ihr ‹kleines Aquarium› genannt.»

Er lächelte. «Ich habe nur eine Schwester. Sie lebt in Paris. Mittlerweile verstehen wir uns ganz gut, aber als Kind war sie ein Biest.»

«Über unserem Aquarium ist auch öfter Sturm aufgezogen», sagte Delphine, «das ist vermutlich normal. Außerdem waren wir alle sehr verschieden.» Sie hielt einen

Moment inne. «Obwohl ... Nicht alle und nicht in jeder Hinsicht», setzte sie hinzu.

«Aber inzwischen sind wir doch alle älter und abgeklärter geworden, was?», sagte Bernard ironisch. «Wohnen Ihre Geschwister jetzt weit weg?»

«Einer meiner Brüder wohnt leider sehr weit weg», sagte Delphine. «Simon. Er ist Arzt auf der Réunion. Der andere wohnt leider *nicht* sehr weit weg. Marius. Er ist Filou in Bordeaux.» Sie grinste, aber es war klar, dass dieses Bonmot nicht nur scherzhaft gemeint war.

«Das schwarze Schaf», sagte Bernard. «Manchmal denke ich, meine Tochter ist auch eins. Isabelle. Sie hat mit Ende zwanzig schon anderthalb Ehen hinter sich ... Die zweite Scheidung ist bereits eingereicht, das muss man sich mal vorstellen. Sie legt immer noch bühnenreife Szenen hin, wenn sie sich schlecht behandelt fühlt, und gibt dann ihren Sohn bei mir ab, um sich irgendwo zu erholen.» Seine Miene wirkte bei dieser Schilderung eher belustigt. «Aber sie ist ein wundervoller Mensch. Vielleicht sollte ich mir mehr Sorgen um meinen Sohn machen, dem aufstrebenden IT-Unternehmer und Familienvater, der sich seinem ersten Herzinfarkt entgegenarbeitet.»

«Das klingt aber nicht gut», sagte Delphine.

Bernard zuckte mit den Schultern. «Ich neige manchmal zu überspitzten Formulierungen. Sie sind alle beide großartig. Und sie sind erwachsen.» Er nahm sich eine Nuss aus der Schale. «Ich unterstütze sie auch gern als grand-père, aber noch lieber ist es mir zu sehen, dass sie mit ihrem Leben alleine zurechtkommen.»

Delphine dachte an Karim und daran, wie gut es für ihn wäre, eine so gefestigte Instanz in der Umgebung zu haben. Denn das Plakat seines Idols Zizou bot da nur einen sehr dürftigen Ersatz. Und Sophie bewegte sich mit ihrer Arbeit und der alleinigen Verantwortung für die Kinder an der Erschöpfungsgrenze.

«Pardon?» Ihr war die Frage entgangen, die Bernard gerade gestellt hatte.

«Ihre Schwester? Muriel. Wo wohnt sie jetzt?»

Muriel. Wo wohnte sie jetzt? «Ich weiß es nicht», sagte Delphine.

Vom Meer kam leichter Wind auf und fuhr ihr in die Locken. Bernard schwieg. Offenkundig wollte er sie nicht drängen, etwas zu erzählen, was sie für sich behalten wollte. Delphine wunderte sich allerdings, dass er nicht schon über das Cécile-Irène-Netzwerk von dieser Geschichte erfahren hatte. Vielleicht war es zu lange her.

«Muriel war mein Zwilling», sagte Delphine schließlich. Sie hatte beschlossen, es lieber selbst zu erzählen, bevor Dritte auf die Idee kamen, die Sache hervorzukramen. «Wir haben uns von Kopf bis Fuß genau geglichen. Aber sonst waren wir sehr verschieden. Sie war ein ...», Delphine zögerte kurz, «... überschäumender Charakter, während ich eher der ruhige Typ bin. Muriel hatte tausend Freunde, schwamm wie ein Fisch, spielte Klavier, als wäre sie im Rausch.»

Delphine dachte an den Abend, an dem die Musiklehrerin der Schule zu ihren Eltern gekommen war. Wenig später hatte ein Klavier in Muriels Zimmer in der alten ferme gestanden wie ein Objekt aus einer fremden Welt. Im Nachhinein hatte Delphine das Gefühl, dass von da ab Muriels Musik ohne jede Unterbrechung aus dem Raum gedrungen war. Melancholische Bachsuiten, ungezähmter

Chopin, dramatischer Beethoven und wilde oder zarte Improvisationen. Die Musik hatte alles verwandelt. War über die scharrenden Hühner im Hof gezogen, über die Wiesen und in der Platane emporgestiegen.

«Und dann war sie plötzlich weg.» Delphine legte sich eine Hand in die Nackenbeuge. «Sie war mit Freunden unterwegs, und nachdem sie sich verabschiedet hatten, kam sie nicht mehr nach Hause.»

Natürlich war die Polizei eingeschaltet und die Küste abgesucht worden. Alle möglichen Theorien wurden durchgespielt, von einem unbekannten Freund, mit dem sie durchgebrannt war, bis zu einer Entführung. Oder war sie noch einmal schwimmen gegangen und von einer der gefährlichen Strömungen weggezogen worden, gegen die niemand eine Chance hatte? Das war die wahrscheinlichste Erklärung gewesen. Es schauderte Delphine bei der Erinnerung.

«Man hat sie nie gefunden», sagte sie. «Und ich habe erst damals wirklich gespürt, wie stark unsere Verbindung war.» Sie drehte ein Glied ihrer Halskette um sich selbst. Bernard sah sie schweigend an. «Es war wie ein Klischee», sagte Delphine. «Es war, als hätte mir jemand die Hälfte von mir selbst genommen.»

Sie verstummte.

Das Schweigen breitete sich so vollständig aus, dass das Rauschen der Wellen unter ihnen zu hören war. Es erinnerte Delphine an die Stille, die nach Muriels Verschwinden in ihrem Elternhaus geherrscht hatte. Viel später hatte ihre Mutter manchmal mit dem alten Küchenradio Klavierkonzerte auf *France Musique* gehört, den Sender aber immer auf *Radio France* zurückgestellt, bevor der Vater nach Hause kam. Delphine war sicher, dass er es gewusst hatte, aber er verlor nie ein Wort darüber.

«Und so ist es immer noch», sagte Bernard schließlich. «Eine Hälfte von Ihnen fehlt.»

Er hatte das Richtige gesagt. Sie schaute ihn an. «Deshalb bin ich zur Polizei gegangen», sagte sie, «weil ich es nicht glauben konnte. Ich dachte, sie hätten nicht sorgfältig genug ermittelt. Ich dachte, ich könnte Muriel finden, wenn ich erst einmal alle Möglichkeiten zur Verfügung hätte. Ich habe mich an ihr Klavier gesetzt und ihr versprochen, niemals aufzugeben und sie zu finden.» Sie lächelte. «Aber so kam es nicht. Obwohl ich alles versucht habe.» Sie schlug die Beine übereinander. «Und jetzt», sagte sie um einen leichteren Ton bemüht, «ist das auch alles lange her.»

«Es ist nicht einfach, mit solchen offenen Fragen umzugehen», sagte Bernard. «Da bleibt der Phantasie zu viel Raum, um einen echten Abschluss oder Abschied zu finden.»

Delphine nickte. «Wenn Sie wüssten, welche Existenzen ich mir für Muriel ausgemalt habe! Schwanger mit sechzehn und Durchbrennen mit dem Sohn amerikanischer Urlauber war da noch das Harmloseste.»

«Und dann vom Tellerwäscher zum Millionär?»

«So ungefähr. Manchmal war sie auch die Pianistin mit dem Gedächtnisverlust, die sich in schäbigen Bars ihren Lebensunterhalt verdiente.»

«Wo wir gerade bei Millionen sind», sagte Bernard, «vielleicht kann ich auch einmal einen Beitrag zu dem menschlichen Naturgesetz leisten, von dem wir kürzlich sprachen.»

«Da bin ich aber gespannt», sagte Delphine.

Bernard lehnte sich in seinem Korbsessel zurück, sodass das Weidengeflecht knarrte. «Meine hochgeschätzte Cousine Irène hat mir kürzlich bei einem ihrer seltenen Anrufe anvertraut, dass Damien de Montvignon am Tag nach der Beerdigung den Familienschmuck seiner Mutter verkaufen wollte.»

«Als er ‹geschäftlich› in Bayonne war, sieh mal an.» Delphine erinnerte sich an Antoinettes Bemerkung auf der Terrasse der Bar Balea. «Er hat also Geldprobleme. Und wie wir seit dem Crash von 2009 wissen, verbirgt sich hinter dem netten Bankberater unseres Vertrauens zuweilen ein gieriges Ungeheuer. Oder waren die Klunker so hässlich, dass man sie nicht in der Schublade liegen haben kann?»

«Dazu hat Irène nichts gesagt. Sie hat mehr auf den ideellen Wert solcher Stücke hingewiesen», erklärte Bernard mokant. Er deutete fragend auf Delphines leeres Aperitifglas, doch sie schüttelte den Kopf.

«Ja, ja. Die ideellen Werte, wie gern werden sie doch hochgehalten.» Delphine dachte an ihre letzte Begegnung mit Aurélies Neffen. «Ich habe Damien am Tag der Beerdigung in Les Balaines angetroffen, und da hat er genau so etwas gesagt. Dass er ein paar Fotos haben wollte, weil sie für ihn ideellen Wert hätten.»

«Scheint ein recht sensibler Banker zu sein, dieser Damien de Montvignon.»

«Vielleicht ist er das wirklich.» Delphine hob die Hand und ließ sie wieder in den Schoß fallen. «Aber ich bin da ziemlich parteiisch.»

«Wegen Pablos Tod?»

Delphine musste nicht nachfragen. Sie wusste ja, dass Irène ihrem Cousin von Pablos Tod erzählt hatte.

«Vielleicht indirekt. Sein Tod hat Aurélie und Ernest zu einem Schatten ihrer Selbst werden lassen.»

«Glauben Sie denn, dass er es absichtlich getan hat?»

«Vorsätzlich, meinen Sie? Ich denke eigentlich nicht. Ernest war zwar bis zum Schluss davon überzeugt, aber er brauchte auch ein Ventil für seinen Schmerz. Damien war damals vor allem ein grässlich verzogenes und arrogantes Bürschchen. Vielleicht hatte er von seinem Vater etwas über Aurélies früheres Leben erfahren, und so kam es zum Streit mit Pablo. Das wäre sehr gut denkbar.»

Bernard sah sie fragend an, doch Delphine führte ihren Gedanken zu Damien weiter. «Eine Rangelei unter Jugendlichen, wie sie andauernd vorkommt. Rangkämpfe wie im Wolfsrudel. Wenn das auf dem Sportplatz passiert, bleibt es meistens bei blauen Flecken und einer Platzwunde. Aber an einer Steilklippe genügt eine falsche Bewegung und ...»

«Also tut er Ihnen leid?», fragte Bernard.

Delphine überlegte einen Moment, bevor sie sagte: «Wissen Sie, Damien kam danach nie mehr nach St. Julien, also habe ich darüber nicht nachgedacht. Er ist erst seit Ernests Tod wieder aufgetaucht und Aurélie auf die Nerven gefallen. Und vor allem deshalb mag ich ihn nicht. Aber vielleicht sollte er einem leidtun: ein unglückseliger Nachmittag als Jugendlicher, geschädigt fürs Leben und so weiter, aucune idée. Für mich ist er ein fader Molch, der glaubt, man könnte eine eigene Persönlichkeit mit einer privilegierten Herkunft ersetzen.»

Bernard erhob sich applaudierend. «Sie hätten zu den Sozialisten gehen sollen, Delphine», sagte er. «Kommen Sie, wir statten unserem merlu einen Besuch ab.»

Sie gingen in die Küche, und Bernard zog die Backofenklappe auf. Der merlu lag goldüberkrustet in seinem Gemüsebett.

«Mmh. Riecht köstlich», sagte Delphine, während Bernard den Bratensud noch einmal über den Fisch schöpfte, bevor er die Klappe wieder schloss und den Backofen abschaltete.

«Sie werden sehen, jetzt kommen sie gleich», sagte Bernard. «Das ist immer so: Albert und Louise kommen, wenn das Essen fertig ist. Sogar, wenn ich zu spät dran bin. Es ist ein Mysterium.»

Wie aufs Stichwort wurde vor dem Haus gehupt. Sekunden später riss ein hochgewachsener Mann mit dunkelblondem Haar die Haustür auf und stürmte, eine Weinflasche schwenkend, in die Küche.

«Ist das Essen fertig?», rief er. «Je meurs de faim!»

Lachend nahm ihm Bernard die Flasche ab und umarmte ihn. «Wir haben nur noch auf den Wein gewartet.»

Inzwischen war hinter Albert eine Frau in die Küche gekommen, die sich bei Bernard genauso zu Hause zu fühlen schien wie ihr Mann. Sie stellte eine tarte aux pêches auf den Küchentisch. Die gelb glänzenden Pfirsiche waren in die Vanillemasse eingesunken und mit gehackten Pistazien überstreut. Schon bei dem Anblick konnte einem das Wasser im Mund zusammenlaufen.

«Delphine, das sind Albert und Louise», sagte Bernard und deutete auf seine Freunde, bevor er den Arm Richtung Delphine wendete. «Delphine Gueron. Benehmt euch anständig ihr beiden, sie ist nämlich eine commissaire!»

«Ich bin unschuldig!», rief Albert theatralisch, bevor er sagte: «Enchanté, Delphine, ich freue mich, Sie kennenzulernen.»

«Moi aussi!» Louise hauchte Delphine zwei Küsse an den Wangen vorbei und lächelte sie an. Sie hatte ihr braunes Haar hochgesteckt und trug ein currygelbes Sommerkleid mit breiten Schulterträgern. Von ihrem rechten Oberarm bis kurz vors Handgelenk verlief eine gezackte Narbe mit gespannter Haut. «Mähdrescher. Als Kind», sagte sie, bevor Delphine vollständig bewusst wurde, dass sie die Narbe bemerkt hatte. «Damit wir das gleich hinter uns hätten. Ich bin sicher, Sie haben viel interessantere Sachen zu erzählen!»

Delphine winkte ab.

«Noch jemand einen Aperitif?», erkundigte sich Albert, der sich zum Salon umgedreht hatte. «Bernard? Kann ich dir etwas von deiner Bar bringen? Delphine? Louise?»

Delphine spürte, wie sie sich entspannte. Man wusste nie so genau, was einen bei einem dîner mit Unbekannten erwartete. Es konnte grässlich steif oder langweilig werden. Doch dieser Abend ließ sich ganz anders an.

16

Delphine war gerade auf ihr Grundstück eingebogen, als das Handy klingelte. Sie stellte den Motor ab und nahm das Gespräch an. Ein Wortschwall drang ihr entgegen.

«Madame Sèvres, ich habe nicht verstanden, was Sie gerade gesagt haben. Würden Sie es noch mal wiederholen?»

Karim öffnete die Beifahrertür und stieg aus. Sie waren an diesem Dienstag schon um acht Uhr morgens in den Baumarkt gefahren, damit sie für die Arbeit den kühleren Vormittag ausnutzen konnten. Karim ging um das Auto und öffnete die Kofferraumklappe.

«Haben Sie die Polizei gerufen?», fragte Delphine. Ein neuer Wortschwall. «Ich komme gleich vorbei, ja?», sagte sie. «In einer Viertelstunde bin ich da.» Delphine stieg aus. «Richard ist auf der Terrasse von Les Balaines niedergeschlagen worden. Ich fahre gleich hin.»

Karim sah sie erschrocken an. «Kann ich mitkommen?» Er hatte den Kanister mit der Holzlasur aus dem Kofferraum gehoben.

«Das geht nicht.» Wie hätte sie erklären sollen, weshalb sie Karim mitbrachte? Und davon abgesehen, wollte sie es auch nicht. «Wir machen einen neuen Termin aus, d'accord?»

«Ich kann doch auch alleine anfangen», sagte Karim. Er hatte die Möbel von der Garten-Sitzgruppe in der Woche zuvor abgeschliffen, und nun standen sie im Schuppen, wo sie frisch lasiert werden sollten.

Delphine dachte nach. Karim allein auf dem Grundstück, die Hintertür offen, weil er in die Küche oder ins Bad musste. Er würde durchs ganze Haus gehen können, wenn ihm das in den Sinn kam und wenn er neugierig war. Und das war er. Delphine glaubte nicht, dass er etwas stehlen würde, aber wie sehr viele andere Menschen in dieser Situation würde er vielleicht einfach nur so einmal einen Blick in die Zimmer werfen. *In meine Kreise eindringen*, ging es Delphine durch den Kopf. Sie wusste, dass es gelegentlich neurotische Züge annahm, wie sehr sie auf ihre Privatsphäre bedacht war. Manchmal hätte sie am liebsten halb Frankreich oder jedenfalls die gesamte Zone bis Bordeaux zu ihrer Privatsphäre erklärt, wenn das möglich gewesen wäre.

Während sie überlegte, sah sie Karim an, dass ihm klarwurde, worüber sie nachdachte. Auf seinem Gesicht spiegelte sich eine Mischung aus Trotz und Herausforderung, aber er sagte nichts. Die Vertrauensfrage.

Delphine nahm die Tüte mit den anderen Utensilien aus dem Kofferraum. Der Griff des langen Eckpinsels ragte aus der Tüte und schabte über ihr Handgelenk. Einen Moment standen sie schweigend voreinander, dann hob ihm Delphine die Sachen entgegen.

«Im Kühlschrank ist was zu trinken», sagte sie, «und um halb zwölf kommt Bernard Dessanges, ein Bekannter von mir. Aber bis dahin bin ich zurück, sonst rufe ich an. Und auf keinen Fall will ich, dass du länger als bis zwölf machst, da wird es zu heiß.»

Karim nahm die Tüte. «Ja, schon klar», sagte er mit gerunzelter Stirn. Und Delphine fragte sich, ob er damit auf ihre Erklärungen reagierte oder auf die Befürchtungen, die ihr durch den Kopf gegangen waren.

Nachdem sie die Hintertür aufgeschlossen hatte, setzte sie sich wieder ins Auto, rief kurz Lucien an und fuhr los. Auf den ersten Kilometern fühlte sie sich wohl mit ihrer Entscheidung. Es war gut, Karim zu vertrauen. Vertrauen war überhaupt eine sehr schöne Sache, es förderte die Eigenverantwortung und sollte ganz allgemein eine menschliche Grundhaltung sein. Doch je weiter sie sich von ihrem Haus entfernte, desto mehr schlichen sich Bilder in ihren Kopf, wie Karim durch die Zimmer ging.

Daran sind nur deine Phantasie und dein Beruf schuld, dachte Delphine, er hat schon ausreichend bewiesen, dass er verlässlich ist. Andererseits … «Oh zut!», rief sie und legte den nächsten Gang so brüsk ein, dass das Getriebe krachte.

Als sie in Les Balaines ankam, stand Madame Sèvres wie ein tapferer, aber sehr kleiner Wächter an dem gewaltigen Portal. Aufgeregt lief sie auf Delphine zu. «Oh, Madame Gueron, wie gut, dass Sie da sind!» Der Schreck stand ihr ins Gesicht geschrieben. Ganz gegen ihre Art legte sie Delphine die Hand auf den Arm, und Delphine spürte, wie kalt ihre Finger waren. «Ich habe ihn auf der Terrasse gefunden. Er hat sich überhaupt nicht mehr bewegt! Ich dachte, er ist tot!», sprudelte es aus ihr heraus.

Delphine legte ihr die Hand auf die kalten Finger. «Wo ist er denn jetzt?», fragte sie.

«Im Salon. Als er wieder zu Bewusstsein kam, habe ich ihn zu seinem Sessel geführt, und da sitzt er immer noch.»

Delphine stellte sich vor, wie die zierliche Madame Sèvres dem großen, schwankenden Richard den Arm um die Taille gelegt hatte. «Ist Munio nicht da?», erkundigte sie sich, während sie ins Haus gingen.

«Nein, er kommt erst am Freitag.»

Richard saß zurückgelehnt in seinem Sessel und presste sich ein feuchtes Handtuch an die linke Schläfe. Vor ihm auf dem Couchtisch stand eine Schüssel mit Eiswasser.

«Ich habe Madame Gueron hergerufen», sagte Madame Sèvres, die sichtlich erleichtert war, dass sie nun Unterstützung hatte. So entschieden, wie sie klang, hatte Richard überhaupt niemanden benachrichtigen wollen. Richard nickte in Delphines Richtung.

«Soll ich nicht doch einen Arzt holen, Monsieur Lebrun?», fragte Madame Sèvres sicher nicht zum ersten Mal. «Oder ich fahre Sie ins Krankenhaus.»

Richard schüttelte langsam den Kopf. «Es geht schon», sagte er und räusperte sich, um mit kräftigerer Stimme hinzuzufügen: «So schlimm ist es nicht. Ich gehe morgen zum Arzt, wenn es nicht besser wird.»

Das sagt er nur, um seine Ruhe zu haben, dachte Delphine. «Was ist denn passiert?», fragte sie.

«Er ist auf die Terrasse hinausgegangen, und dort hat ihm jemand etwas auf den Kopf geschlagen», sagte Madame Sèvres, bevor Richard antworten konnte.

«Ich weiß nicht so genau, was passiert ist», sagte Richard. «Vielleicht bin ich auch nur gestolpert.»

«Aber vorhin, als Sie wieder zu Bewusstsein kamen, haben Sie genau das gesagt», widersprach Madame Sèvres und warf einen besorgten Blick auf die Terrasse. «Ein schwarzer Schatten von rechts und dann ein Schlag.»

«Haben Sie die Person erkannt?» Delphine hatte das Gefühl, dass Richard am liebsten überhaupt keine Fragen zu dem Vorfall beantworten wollte.

«Nein», sagte er, «es ging zu schnell.»

Er lag mehr in dem Sessel, als zu sitzen. Es war merkwürdig, ihn so zu sehen. Delphine konnte sich nicht erinnern, Richard einmal anders als in steifer, kontrollierter Körperhaltung erlebt zu haben. Angegriffen, dachte sie. Er wirkt angegriffen, und nicht nur durch die körperliche Attacke.

Als habe er ihre Gedanken gelesen, setzte sich Richard etwas aufrechter hin und ließ die Hand mit dem feuchten Tuch sinken. Am Übergang von der Schläfe zu seinem kurzgeschorenen Haar war eine längliche Verfärbung zu sehen, aber kein Blut. Madame Sèvres nahm ihm das Handtuch ab, tauchte es in die Schüssel und wrang es aus, bevor sie es wieder zusammenfaltete und ihm auf die Schläfe legte.

«Ich sehe mich mal auf der Terrasse um», sagte Delphine. «Wo hat er denn gelegen, Madame Sèvres?»

«Gleich rechts von der Tür», sagte sie. «Deshalb habe ich ihn ja sofort entdeckt, als ich das Fenster des Frühstückszimmers zum Lüften aufgemacht habe.»

Delphine ging hinaus. Die Terrasse lag still in der Sonne. Wie häufig an den Vormittagen im Sommer erschien es ihr so, als würde die Natur flacher atmen, um sich auf die bevorstehende Hitze vorzubereiten. Der Wind raschelte in den Päonienblättern der Rabatte vor den niedrigen Fenstern. Sie bückte sich beim Gehen, schob die Blätter auseinander, doch auf der Erde zwischen den Stängeln war nichts Besonderes zu sehen. An der Ecke des Gebäudes angekommen, richtete sie sich wieder auf und blickte über die Rasenflächen. Was hoffte sie hier zu finden? Sie ging nach rechts um das Haus, bis zum Vorplatz und wieder zurück.

«Wissen Sie, woran mich das erinnert, Richard?», sagte sie, als sie wieder in den Salon kam.

«Nein, woran?», fragte er.

Sie sah ihn erstaunt an. Sie hatte ein Nicken erwartet, denn es war schließlich kaum denkbar, dass er diesen anderen Vormittag vergessen hatte.

«An den Tag, an dem Aurélie glaubte, hier jemanden auf dem Gelände gesehen zu haben», sagte sie.

Richard schien nach der Erinnerung suchen zu müssen. Aus dem Handtuch lief ein Wassertropfen heraus, fand einen Weg über sein Handgelenk und seinen Unterarm. Vielleicht hatte er das Handtuch einen Moment lang fester gegen die Schläfe gedrückt. Bevor er etwas erwidern konnte, klingelte es an der Tür.

«Das ist bestimmt commissaire Benazet», sagte Delphine. Richard sah zu Madame Sèvres hinüber, die sich schon auf den Weg zur Tür gemacht hatte. «Madame Sèvres hat mir gesagt, dass Sie die Polizei nicht benachrichtigen wollten, Richard», erklärte Delphine. «Ich habe ihn selbst angerufen.»

Gleich darauf betrat Lucien Benazet den Salon, gefolgt von seinem inspecteur. «Madame la commissaire», sagte Philibert in Delphines Richtung und zog dabei die Hacken zusammen. Lucien warf ihm einen kritischen Blick zu. Dann ließ er sich von Richard berichten, was geschehen war, beziehungsweise, was dieser vermutete, dass geschehen war.

«Ich sagte vorhin schon, dass ich nicht weiß, wie es passiert ist», sagte Richard. «Vielleicht war es auch nur eine Kreislaufschwäche.» Er hatte das Handtuch in die Schüssel zurückgelegt und ablehnend die Hand gehoben, als Madame Sèvres wieder danach greifen wollte. Die längliche Prellung an seiner Schläfe würde sich wohl bald dunkel und später blau und gelb verfärben.

«Haben Sie eine Vorstellung davon, wie lange Sie bewusstlos waren?», fragte Lucien.

Richard senkte den Blick und runzelte die Stirn. «Nein», sagte er. «Das ist alles sehr verschwommen.»

«Vielleicht kommen wir ja anders zu einem konkreteren Zeitraum», sagte Lucien. «Erzählen Sie uns doch, wie Ihr Tag begonnen hat, bis zu dem Punkt, an dem Sie das Bewusstsein verloren haben.»

Richard runzelte die Stirn. «Ich bin um acht Uhr zehn aufgewacht», sagte er und fügte gleich hinzu: «Ich habe sehr regelmäßige Gewohnheiten. Und das war früher meine Weckzeit. Aber jetzt wache ich schon seit Jahren von selbst um acht Uhr zehn auf.»

«Und was haben Sie danach getan?»

«Dann bin ich ins Bad, dabei höre ich immer die Nachrichten im Radio. Und anschließend bin ich heruntergekommen. Ich wusste, dass Madame Sèvres jeden Moment da sein würde, und wollte nur kurz einen Schritt auf die Terrasse machen.» Er zuckte mit den Schultern. «Und weiter als einen Schritt bin ich dann ja auch nicht gekommen.»

«Ich war kurz vor neun da», sagte Madame Sèvres und

kam damit Luciens Frage zuvor. «Ich bin durch die Küche gegangen und dann gleich nach hier vorne.»

Lucien sah zu der offenstehenden Terrassentür hinüber. «Also wäre nicht viel Zeit geblieben», sagte er mehr zu sich selbst. «Haben Sie den Eindruck, dass irgendetwas fehlt?» Die Frage galt sowohl Richard als auch Madame Sèvres. «Ich weiß natürlich, dass man das bei einem so großen Haus kaum sagen kann.»

Allerdings, dachte Delphine und ließ ihren Blick über die Gemälde, die Sesselgruppe am Kamin und die vielen kleinen und größeren Objekte schweifen, die alle eine Geschichte hatten. Auf der linken Seite stand zwischen den niedrigen Bücherregalen und dem halbrunden Erkervorbau auf einem Tischchen der bemalte Henkelkrug, den Aurélie und Ernest von einer ihrer ersten Reisen mitgebracht hatten. Anmutig staksten blaue Antilopen auf dem Grasstreifen, der den Sockel des Kruges umrundete. Einige waren mit zurückgelegtem Kopf gemalt, als wäre ihnen das lange Geweih zu schwer. Andere hatten den langen Hals über die ganze Höhe des Kruges nach unten gebogen, um zwischen den zierlichen Hufen ihrer gespreizten Beine ein wenig Gras abzuzupfen. Aus dem Krug ragten zahlreiche Stängel mit fiedrigen, weißen Blüten, die sich über die Antilopen ausbreiteten wie die Zweige einer Schirmakazie. Vermutlich hatte Aurélie festgelegt, dass Madame Sèvres weiter für frische Blumen sorgen sollte. Es schien alles ganz genauso zu sein wie immer. Aber wer hätte bei dieser über viele Jahre hinweg gewachsenen Einrichtung und den zahlreichen Erinnerungsstücken schon beurteilen können, ob irgendetwas fehlte?

«Ich glaube nicht», sagte Madame Sèvres unsicher, «aber ich weiß es nicht genau.»

«Hätte ja sein können», erwiderte Lucien. Richard verneinte ebenfalls. Aber sicher war auch er nicht. Darauf drehte sich Lucien zu seinem inspecteur um. «Philibert», sagte er, «sehen Sie sich doch schon mal draußen um.» Dann wandte er sich an Madame Sèvres. «Würden Sie ihm die Stelle zeigen?»

Philibert stellte sich an die Terrassentür und ließ Madame Sèvres beim Hinausgehen den Vortritt.

Lucien wandte sich erneut an Richard. «Madame Gueron hat mir erzählt, dass Madame de Montvignon vor einiger Zeit glaubte, jemanden im Garten gesehen zu haben.»

«Oui», war Richards einzige Reaktion. Delphine wurde das Gefühl nicht los, dass irgendetwas in ihm vorging, von dem er nichts sagen wollte.

«Aber es gab keinerlei Spuren, nicht wahr? Und auch jetzt sieht es auf den ersten Blick so aus, als wäre der Unbekannte nicht ins Haus gegangen, während Sie bewusstlos waren.» Richard machte eine abwehrende Bewegung mit der Hand. «Sofern Sie nicht doch eine Kreislaufschwäche hatten ...», fügte Lucien hinzu.

Richard nickte. «Brauchen Sie mich noch?», fragte er dann. «Ich bekomme Kopfschmerzen und würde gern nach oben gehen und mich etwas hinlegen.»

«Ja, gewiss, gehen Sie nur», sagte Lucien.

Gerade als er den Raum verließ, kamen Philibert und Madame Sèvres wieder herein. «Was macht er?», fragte die Haushälterin leise.

«Er legt sich ein bisschen hin», sagte Delphine, und Madame Sèvres nickte.

«Alors?», fragte Lucien und sah Philibert an.

«Tja, chef, gibt eigentlich nichts zu berichten.»

«Aha. *Eigentlich.*»

«Also auf der Terrasse ist nichts zu sehen.»

«Könnte Monsieur Lebrun tatsächlich einfach ohnmächtig geworden und hingefallen sein? Aber woher kommt dann diese längliche Prellung?»

Philibert hatte eine Erklärung. «Da ist doch der Fenstersims von den Erkerfenstern. Wenn jemand extrem unglücklich fällt, wäre es denkbar, dass er da mit dem Kopf aufschlägt.» Sichtlich zufrieden mit seinen Schlussfolgerungen blickte er Lucien an.

«Eh bien», sagte Lucien, «sehen wir uns das an.»

Gleich darauf standen sie im Halbkreis um Lucien, der seinen Blick über die Terrasse schweifen ließ und sich dann zu dem Fenstersims hinunterbeugte. Stirnrunzelnd richtete er sich wieder auf. «Dann müsste er sich aber nach dem Sturz noch mal gedreht haben, sonst wäre er in der Rabatte gelandet», sagte er zu Philibert.

«Sag ich doch, chef, ein extrem unglücklicher ... Fall müsste das gewesen sein.» Lucien warf Delphine einen leicht verzweifelten Seitenblick zu.

«Er hat zuerst gesagt, da war jemand», wiederholte Madame Sèvres. Sie war immer noch nervös, auch wenn es Richard besserging, als sie im ersten Moment befürchtet hatte.

«Wir machen noch eine Runde übers Gelände, bevor wir gehen», versuchte Lucien, sie zu beruhigen. «Aber ich glaube auf jeden Fall nicht, dass jetzt noch jemand hier ist, Madame Sèvres.» Sie nickte etwas verzagt. «Ist Ihnen denn heute irgendetwas Besonderes aufgefallen?»

Sie schüttelte den Kopf. «Wie gesagt, ich bin kurz vor neun hier gewesen. Zuerst lege ich immer die Croissants und das Baguette in der Küche ab und gehe ins Frühstückszimmer, um zu lüften und den Tisch zu decken.» Unwillkürlich sah sie zum Fenster des Frühstückszimmers hinüber, das halb offen stand. «Und da habe ich ihn gesehen.»

«Also war ansonsten alles wie immer?»

Madame Sèvres dachte nach. Man konnte an ihrer ernsten Miene förmlich mitlesen, wie sie im Gedächtnis die Stationen des Vormittags zurückverfolgte. Der Anblick Richards. Das Fenster des Frühstückszimmers. Der Gang durchs Haus. Die Tüte mit den Croissants auf dem Küchentisch. Die walförmige Klinke des Portals, das sie nur mit beiden Händen und ihrem ganzen Gewicht aufzudrücken vermochte. Die Fahrt auf den Vorplatz. Die letzte Kurve der Corniche, bevor rechts die Einfahrt von Les Balaines kam. «Vielleicht ...», sagte sie.

Drei Augenpaare richteten sich auf sie. Als sie zu lange schwieg, straffte sich Philibert und atmete hörbar ein. Doch Lucien schüttelte den Kopf, sodass sein inspecteur nur ein etwas tieferes Ausatmen folgen ließ.

Madame Sèvres sah Delphine an. «Vielleicht ist er aus der Ausfahrt gekommen», sagte sie.

«Wer denn?», fragte Delphine.

«Da war ein Wagen, so ein blaues Coupé, als ich kurz davor war, von der Corniche abzubiegen», sagte Madame Sèvres. «Das Auto ist mir entgegengekommen.» Sie hielt kurz inne. «Aber ich weiß nicht genau, ob es von Les Balaines kam oder einfach aus der Gegenrichtung. Dort ist doch diese Kurve ...»

Sowohl Delphine als auch Lucien und Philibert kannten den Straßenverlauf. Man hätte sich schon beinahe direkt an der Einfahrt begegnen müssen, um sicher zu sein, dass jemand von Les Balaines kam.

«Haben Sie denn gesehen, wer drinsaß?», fragte Lucien.

«Nein», sagte Madame Sèvres seufzend. «Ich war in Gedanken schon bei Monsieur Lebruns Frühstück. Wenn die Orangenkonfitüre gleich mit auf dem Tisch steht, isst er manchmal ein Croissant mehr, wissen Sie.» Sie fuhr sich mit der Hand über den Rock. «Das ist natürlich vollkommen unwichtig.» Sie wirkte bedrückt. «Ich hätte mehr auf das achten sollen, was um mich herum vorgeht.»

«Mais non, Madame Sèvres!», widersprach ihr Lucien. «Wenn Sie wüssten, wie wenig normalerweise auf die alltägliche Umgebung geachtet wird! Manch einer wäre kaum sicher gewesen, dass er überhaupt auf der Corniche gefahren ist.» Madame Sèvres lächelte zögernd. «Auch dass Sie noch wissen, was für ein Fahrzeug Ihnen dort entgegenkam, ist schon eine echte Ausnahme, n'est-ce pas, Delphine?» Es war rührend, wie er sich darum bemühte, Madame Sèvres ihre Selbstzweifel zu nehmen.

«Er hat recht, Madame Sèvres», sagte Delphine.

«Ich kenne mich mit Autos aber nicht so aus», fügte sie entschuldigend hinzu.

«Ist Ihnen denn noch etwas anderes an dem Wagen aufgefallen, außer der Farbe?», fragte Lucien.

Madame Sèvres sah ihn an. «Es war jedenfalls kein Familienauto», sagte sie schließlich. «Kein Kombi oder so, meine ich. Mehr so was Unpraktisches.»

«Ah», sagte Lucien.

«Es könnte eins von diesen neuen Elektroautos gewesen

sein», erklärte Madame Sèvres in sichtlichem Bemühen, eine Hilfe zu sein, «es hatte vorne so was wie eine Steckdose an der Seite vor der Fahrertür.»

«Mmh. Eine Steckdose», murmelte Lucien.

«Oh, warum habe ich bloß nicht genauer hingesehen!», rief Madame Sèvres verzweifelt.

«Mais non. Sie waren uns eine sehr große Hilfe, wirklich, Madame Sèvres.» Lucien straffte sich. «Wir verabschieden uns jetzt.»

Auch Delphine wollte sich auf den Weg machen. «Und wenn irgendetwas ist oder Sie auch nur ein merkwürdiges Gefühl haben, rufen Sie mich jederzeit an», ergänzte sie, «ganz egal, was Richard dazu meint.»

«Merci, Delphine», sagte Madame Sèvres.

«Und ich schicke gelegentlich eine Streife vorbei.» Madame Sèvres dankte Lucien mit einem Nicken für diese Maßnahme, dann verabschiedete sie sich und ging wieder ins Haus.

«Oder wir stellen einen Streifenwagen an die Einfahrt, chef», sagte Philibert, als die Haushälterin die Terrassentür hinter sich geschlossen hatte. «Das schreckt ab.»

«Und woher nehmen Sie den?», fragte Lucien. «Die von der Gendarmerie haben schließlich keinen riesigen Fuhrpark samt Personal zur Verfügung.»

Doch diese lästige Tatsache brachte seinen inspecteur kein bisschen in Verlegenheit. «Wussten Sie, chef», sagte er lebhaft, «dass im Zweiten Weltkrieg Panzerattrappen eingesetzt und Heeresgruppen erfunden wurden, um die Deutschen über die alliierte Truppenstärke zu täuschen?» Offenkundig setzte er auf Luciens Kombinationsgabe.

Delphine drehte sich einen Moment lang weg. Die

frappierte Miene Luciens, der anscheinend schon vor sich sah, wie Philibert in einer abgelegenen Scheune damit beschäftigt war, das maßstabsgetreue Holzmodell eines Einsatzwagens zu lackieren, überforderte ihre Selbstbeherrschung.

«Ein Hoch auf die Bildung», sagte Lucien schicksalsergeben.

Gemeinsam sahen sie sich noch einmal in der Nähe des Haupthauses um und auch bei der Sammlung, ohne jedoch etwas Verdächtiges zu finden.

«Merkwürdig ist es schon», sagte Delphine.

«Dass Madame de Montvignon meinte, jemanden gesehen zu haben und jetzt möglicherweise Monsieur Lebrun niedergeschlagen wurde?» Luciens Frage klang wie eine Feststellung.

«Ja.» Nachdenklich blieb Delphine an ihrem Auto stehen. Der kiesbestreute Vorplatz war nach den langen Sonnentagen mit feinem, weißem Staub überzogen, der sich in den Spalt zwischen Sohle und Oberleder ihrer Sandalen setzen würde. Jeder hätte bequem über die Zufahrt und falls das Tor offenstand bis vor das Haus fahren können, ohne sich Sorgen um Reifenspuren machen zu müssen.

«Trotzdem können wir erst anfangen zu arbeiten, wenn wir irgendeinen greifbaren Ansatz haben», sagte Lucien.

Delphine nickte. Das war das Problem. «Ja. Ob die Frau, die sich verfolgt fühlt, nur eine blühende Phantasie hat oder tatsächlich bedroht wird, stellt sich manchmal erst heraus, wenn sie erstochen im Straßengraben liegt», erklärte sie bissig.

«Aber Monsieur Lebrun hat schließlich selbst gesagt, dass es ein Schwächeanfall gewesen sein könnte. Er ist nicht mehr der Jüngste, und der Tod von Madame de Montvignon hat ihn sicher sehr mitgenommen.» Lucien seufzte. «Es könnte für alles eine harmlose Erklärung geben. Im Grunde haben wir gar nichts.»

«Außer einem blauen Sportwagen, chef», warf Philibert ein.

«Oho, und denken Sie da an einen Lamborghini oder eher an einen Maserati?», fragte Lucien spöttisch. «Ich dagegen habe nur etwas von einem unpraktischen blauen Coupé gehört.» Er hob die Augenbrauen. «Mit Steckdose.»

So schnell ließ sich Luciens inspecteur jedoch nicht einschüchtern. «Sie hat Coupé gesagt, also ein Sportwagen, chef.»

«Nicht unbedingt, es könnte auch ein Laguna-Coupé gewesen sein, wie sie hier zu Zehntausenden rumfahren, *ez dea hala?*»

Delphine wusste nicht, ob es nur ein Wahrnehmungsphänomen oder schon von jemandem überprüft worden war. Jedenfalls hieß es, im Baskenland würden überdurchschnittlich viele Renault Lagunas gefahren, weil «Laguna» auf Baskisch «Freund» bedeutete.

Philibert nickte notgedrungen.

«Und wie oft sich Zeugen bei Autofarben täuschen», fuhr Lucien fort, «haben Sie ja bestimmt während Ihrer Ausbildung gelernt. Außerdem ist da diese Kurve, sodass Madame Sèvres nicht mal sicher ist, ob der Wagen überhaupt aus der Zufahrt kam.» Er sah Philibert streng an. «Was haben wir also?»

Philibert schwieg, doch Delphine glaubte, ein rebellisches Funkeln in seinen Augen aufblitzen zu sehen.

«Wir haben also», beantwortete Lucien seine Frage

selbst, «einen möglicherweise blauen PKW, der heute Morgen möglicherweise von Hendaye kommend Richtung St. Julien gefahren ist.» Er richtete den Blick auf seinen inspecteur. «Und? Welches konkrete Vorgehen leiten Sie aus diesem wertvollen Ermittlungsergebnis ab?»

Philibert wandte sich frustriert ab und stieg ins Auto.

«Sie gehen mit Ihrem inspecteur um, als wären Sie der Oberstaatsanwalt, der den gegnerischen Zeugen zerlegt», sagte Delphine, als Philibert außer Hörweite war. «Er ist doch sehr einfallsreich.»

«Ja, einfallsreich ist er», sagte Lucien. «Genau das ist es ja. Philibert hat zu viel Phantasie! Attrappen von Polizeiautos ... Auf so was muss einer erst mal kommen!» Er hob den Blick zum Himmel.

Delphine lächelte. «Andererseits können Phantasie und kreatives Denken bei Ermittlungen auch helfen.»

«Sagen Sie ihm das bloß nicht», gab Lucien zurück, «wenn es von Ihnen kommt, lässt er demnächst auch noch die Zeugenbefragung ausfallen. Aber zuerst muss der Mann die Bedeutung von belastbaren Beweisen und einer verlässlichen Faktenlage erkennen, auf der das kreative Denken in unserem Metier in neunundneunzig Prozent der Fälle nämlich fußen muss. Sonst landen wir bald allesamt im Irrenhaus!»

Delphine lachte. «So schlimm wird es schon nicht kommen.»

Lucien zog die Autotür auf. «Weshalb wollte Monsieur Lebrun eigentlich nicht, dass uns Madame Sèvres ruft?», fragte er.

«Richard? Sie haben ja schon letztes Mal erlebt, dass er ein ziemlich verschlossener Typ ist», gab Delphine zurück.

«Und vielleicht dachte er auch, das alles bringt sowieso nichts, denn der Möchtegerneinbrecher, falls es überhaupt einer war, musste ja inzwischen schon längst über alle Berge sein.»

«Womit er angesichts dessen, was bei unserer Befragung herausgekommen ist, ziemlich richtigliegen dürfte», bemerkte Lucien sarkastisch. Dann klopfte er aufs Autodach. «Also, für mich gibt es hier im Moment nichts weiter zu tun. Au revoir, Delphine.»

Kurz darauf stieg auch Delphine ins Auto. Sie warf einen Blick auf ihr Handy. Kurz nach halb zwölf. Ob Karim schon gegangen war?

Als sie zu Hause ankam, stand Bernards Wagen an der Hecke. Delphine presste ein wenig die Lippen zusammen, um das Lächeln zu unterdrücken, das ihr die Mundwinkel auseinanderziehen wollte. Ihr wurde bewusst, dass sie, so wie der Vormittag gelaufen war, keine Zeit gehabt hatte, sich umzuziehen. Die abgetragene graugrüne Gartenhose und die blaugrundige Batikbluse, der Methusalem ihres Kleiderschranks, waren genau die passende Kleidung – zum Möbelstreichen in einem dunklen Schuppen.

Sie stieg aus und ging ins Haus. «Allô, ich bin wieder da!», rief sie, als sie durch den Flur ging. Und noch während sie ihre eigene Stimme hörte, wurde ihr bewusst, wie lange sie diesen Satz schon nicht mehr gerufen hatte.

Die Hintertür zum Garten stand offen. Bernard und Karim saßen im Schatten vor dem Schuppen auf Holzklappstühlen, die Delphine für größere Einladungen im Schuppen aufbewahrte. Vor ihnen auf dem Boden standen auf einem Tablett Gläser. Der Glaskrug mit Eistee daneben, in dem Delphine Zitronenscheiben und Minzblätter zu erkennen glaubte, war zur Insektenabwehr mit einem zusammengefalteten Küchentuch bedeckt.

Bernard sah sie, stand auf und kam auf sie zu. «Delphine», sagte er. «Es ist hier auch ohne dich sehr schön, aber ich freue mich trotzdem, dass du da bist.» An dem Abend auf Bernards Terrasse war mehrheitlich beschlossen worden, das Du einzuführen, auch wenn Delphine das eigentlich zu schnell gegangen war.

«Tut mir leid. Ich hätte dich anrufen sollen, um zu sagen, dass es ein bisschen später wird», sagte Delphine, während sie sich mit zwei Wangenküssen begrüßten.

«Pas du tout! Außerdem hatte ich hier einen sehr freundlichen Empfang.»

Karim war ebenfalls aufgestanden und zog verlegen die Schultern hoch. «Salut», sagte er. «Soll ich Ihnen einen Stuhl holen? Oder nehmen Sie meinen», fügte er hinzu, ohne Delphines Antwort abzuwarten. «Ich hole noch einen.» Er verschwand im Schuppen.

Aurélies Kavalier, dachte Delphine und setzte sich. Bernard schenkte ihr ein Glas Eistee ein und füllte auch die beiden anderen Gläser noch einmal auf. «Im eigenen Haus bedient werden», sagte sie, «das muss irgendeine höhere Stufe des Luxus sein.» Sie spürte, wie sie sich entspannte. «Ich komme mir ja schon beinahe vor wie die Pompadour.»

«Nur dass Madame de Pompadour mit ihren Reifröcken erhebliche Schwierigkeiten damit gehabt hätte, sich auf diesem Klappstuhl niederzulassen», gab Bernard zu bedenken.

Karim kam mit einem weiteren Klappstuhl aus dem Schuppen. «Mit dem ersten Mal Lasieren bin ich fertig», sagte er.

«Reicht das nicht?», fragte Delphine.

«Auf dem Kanister steht zweimal und zwischendrin Fasern abschleifen», erklärte Karim.

Delphine murrte etwas von Farbenindustrie und goldenen Nasen. Sie stand auf. «Sehen wir es uns mal an.» Zu dritt gingen sie in den Schuppen und blieben vor den Gartenmöbeln stehen. «Strahlend wie am ersten Tag, mein Kleiner.»

Karim ließ es ihr durchgehen.

«Trotzdem willst du es noch mal machen?», fragte Delphine.

«Auf dem Kanister steht, sonst hält es nicht lang.»

«Und was der Hersteller geschrieben hat, soll der Mensch nicht anzweifeln», verkündete Delphine. «Na ja, womöglich ist es wirklich besser. Mir wäre das zu langweilig», erklärte sie und drehte sich zur Tür um, «und wir würden bestimmt auch eine andere schöne Aufgabe für dich finden.»

Karim dachte an den Job bei der police municipale, den Delphine ihm verschafft hatte. Diese Denunziantenarbeit. «Mit der Polizei möchte ich nichts mehr zu tun haben», sagte er entschieden, und Bernard lachte auf.

Sie gingen zurück in den Garten. «Was war denn nun mit Monsieur Lebrun?», fragte Karim, als sie wieder auf ihren Stühlen saßen.

«Wenn ich das wüsste», sagte Delphine. «Madame Sèvres hat er zuerst gesagt, es wäre jemand auf der Terrasse gewesen und hätte ihn niedergeschlagen. Aber später meinte er, dass er auch einfach einen Schwächeanfall gehabt haben könnte. Wahrscheinlich kommt er mit einem oder zwei Tagen Kopfschmerzen davon, Dieu merci. Zum

Arzt wollte er sowieso nicht.» Sie setzte sich besser zurecht.

«Und das mit dem Schwächeanfall glaubst du nicht», stellte Bernard fest.

Delphine klopfte mit dem Ring an ihrer rechten Hand einen ungeduldigen Takt an ihr Glas. «Nein, das glaube ich nicht. Und ich bin froh, dass ich nicht mehr im Dienst bin und mir dafür keine Begründung einfallen lassen muss.»

«Ist sowieso ein schräger Typ, dieser Monsieur Lebrun», sagte Karim.

«Warum sagst du das?»

«Weil es so ist!» Karim sah Delphine an. «Das finden Sie doch selber, oder nicht?» Delphine wollte ihm das lieber nicht bestätigen. «Jedenfalls hab ich ihn neulich auf dem Friedhof getroffen. An dem Grab.»

«Du warst am Grab von Aurélie?», fragte Delphine.

Karim wandte kurz den Blick ab. «Ja», sagte er nur und kickte ein Steinchen weg. «Da hat er jedenfalls echt schräges Zeug gesagt.»

«Was denn?»

«Dass man den Kreislauf durchbrechen soll, weil ...» Karim dachte nach, um sich an den Rest zu erinnern. «Weil sonst die Verfehlungen der Väter als Saat bei den Söhnen aufgehen, oder so ähnlich.» Er blies die Wangen auf.

Vermutlich hatte Richard irgendeine Anspielung auf seine Herkunft gemacht, dachte Delphine. «Er hatte eine schwere Kindheit», sagte sie nur.

«Schwere Kindheit.» Karim zog die Augenbrauen hoch. «Hatte ich auch. Deshalb muss man nicht gleich ein komischer Typ werden.»

Delphine wechselte einen Blick mit Bernard. Das war ein erstaunliches Statement für einen Jugendlichen, der haarscharf daran vorbeigeschrammt war, selbst ein schräger Vogel zu werden. Aber die Selbstwahrnehmung und die Fremdwahrnehmung unterschieden sich bekanntlich gewaltig.

«War die Polizei auch da?», unterbrach Karim ihre Gedanken.

«In Les Balaines? Ja, inspecteur Philibert und commissaire Benazet.» Sie warf Karim einen Blick zu, verzichtete aber auf eine Bemerkung.

«Und?», fragte Bernard.

Delphine rutschte auf ihrem Stuhl ein Stückchen nach rechts. «Keine Spuren, und der vermeintlich Geschädigte redet von Kreislaufschwäche. Was soll man da machen?» Sie setzte ihr Glas an die Lippen und senkte es dann wieder, ohne zu trinken.

Karim sah sie an. «Aber Sie hatten doch mal erwähnt, dass da vielleicht schon früher jemand im Garten war. Dieser Tourist oder so. Das ist doch komisch.» Aus irgendeinem Grund passte ihm die Vorstellung nicht, dass irgendwelche Leute in Les Balaines herumliefen, die Aurélie de Montvignon nicht eingeladen hatte. «Vielleicht war's heute ja wieder dieser Idiot.»

«Ich weiß nicht, ob er zurzeit überhaupt hier ist. Obwohl ...» Delphine wurde nachdenklich. «Morgen ist die Testamentseröffnung.»

«Ich kann euch nicht mehr folgen. Von wem sprecht ihr?», fragte Bernard. «Die Spezies der Idioten scheint ja recht verbreitet zu sein, wenn man einmal von der Häufigkeit ihrer Erwähnung ausgeht», fügte er hinzu.

«Damien Idiot de Montvignon», sagte Karim.

«Unser Banker», fügte Delphine hinzu.

«Er hat sich früher schon mal in Les Balaines Zutritt verschafft», erklärte Karim.

«Aber es gibt wie gesagt keinen Hinweis auf einen ungebetenen Besucher.» Delphine rutschte erneut auf ihrem Stuhl nach rechts.

«Hat denn die Haushälterin nichts gesehen, heute Vormittag?», fragte Bernard.

«Ach, la pauvre. Sie hat einen Riesenschreck bekommen, stand noch unter Schock, als ich kam.»

«Aber ihr ist nichts passiert, oder?», fragte Karim.

«Nein, mach dir keine Sorgen.» Delphine stand auf und verschob ihren Klappstuhl ein wenig, dessen hinteres linkes Bein sich zentimetertief in die Erde gebohrt hatte, sodass sie ständig ein wenig auf der Sitzfläche abgerutscht war. «Nicht, dass ich noch auf die schiefe Bahn komme», murmelte sie und setzte sich wieder. «Madame Sèvres meinte nur, ein blaues Auto gesehen zu haben, das aus der Einfahrt gekommen sein könnte», nahm sie den Gesprächsfaden wieder auf.

«Was für ein blaues Auto?», fragte Karim.

Delphine schnippte eine Ameise weg, die an ihrem Hosenbein hinauflief. «Ein – ihre Worte – unpraktisches blaues Auto mit einer Steckdose an der Seite vor der Fahrertür.»

Karim sah sie nur schweigend an.

«Interessant», sagte Bernard amüsiert und trank einen Schluck Eistee.

«Sie kennt sich eben mit Autos nicht so aus», verteidigte Delphine die Haushälterin.

Karim stützte den linken Ellbogen aufs Knie, als er sich

zu dem Tablett hinunterbeugte, um nach seinem Glas zu greifen. «Scheint so», murmelte er.

«Anscheinend hat sie ein Auto gemeint, bei dem kein Kinderwagen oder so in den Kofferraum passt», sagte Delphine. «Oder eins von der Sorte, die man sich oft erst leisten kann, wenn man es vor lauter Altersgebrechen kaum noch aus dem niedrigen Fahrersitz rausschafft.»

Bernard grinste. «Allerdings haben die unpraktischen Autos, die ich da so kenne, eigentlich nie Steckdosen.» Nach kurzem Innehalten fügte er hinzu: «Obwohl, wenn man die Antike heranzieht, kommen bedenkenswerte Aspekte zutage.»

Nun sah Karim ihn schweigend an. Offenbar überlegte er dabei, ob eines der Gartenkräuter, die sie für den Eistee gepflückt hatten, halluzinatorische Eigenschaften besaß.

«Wir sprechen hier von Elektroautos», erläuterte Bernard.

«Elektroautos in der Antike?», fragte Karim.

«Ich meinte eher, was Philon von Megara, das war übrigens ein griechischer Philosoph, zu dieser Schlussfolgerung gesagt hätte: Wenn alle unpraktischen Autos keine Steckdose haben, dann sind alle Autos mit Steckdosen praktisch.»

«Stimmt ja auch», sagte Karim.

«So, so!», rief Bernard. «Und trifft dann auch folgende Aussage zu? Wenn alle Autos mit Steckdosen praktisch sind, dann sind alle Autos ohne Steckdosen unpraktisch.»

Karim starrte ihn eine ganze Weile an, ohne etwas zu sagen. Mit diesen Sätzen stimmte irgendetwas nicht, aber er kam nicht darauf, was es war. «Das müsste ich mir mal genauer überlegen», erklärte er schließlich gedehnt.

Bernard lehnte sich auf seinem Stuhl zurück. «Schneller wäre man mit der Wahrheitstabelle.»

«Wahrheitstabelle?», kam es von Karim.

«Ja. Der gute Philon war so liebenswürdig, im dritten Jahrhundert vor Christus eine Tabelle zu entwickeln, um den Wahrheitswert gewisser Aussagen zu überprüfen.» Er warf Delphine einen Blick zu. «Wird diese Tabelle eigentlich am Quai des Orfèvres bei den Verhören eingesetzt, Madame la commissaire?»

«Nein, wir benutzen immer noch die gute alte Schreibtischlampe, mit der wir die Verdächtigen blenden.»

Bernard lachte.

«Ihr Philon hat aber nichts mit dem Auto zu tun, das Madame Sèvres gesehen hat», sagte Karim.

Delphine sprang ihm bei. «Siehst du, das hast du auch ohne Wahrheitstabelle richtig erkannt, Karim. Aber selbst, wenn wir wüssten, dass es eine Rarität war, ein Maserati oder so, wie es inspecteur Philibert vorschwebte, wären wir noch nicht viel weiter.»

«Einen Maserati mit Steckdose gibt es nicht», sagte Karim.

«Wir drehen uns im Kreis.» Delphine ließ die Zitronenscheibe in ihrem Glas herumwirbeln. «Aber ich werde das Gefühl nicht los, dass da hinter meinem Rücken irgendetwas vorgeht.»

Wenig später stand Delphine in ihrem Badezimmer unter der Dusche. Karim war mit seinem Roller weggefahren. Und nachdem Bernard es sich in ihrem Salon bequem gemacht hatte, wo er in einem Band mit historischen Fotos aus der Gegend blätterte, konnte sie endlich aus ihrer Arbeitskluft steigen und sich umziehen. Das Wasser lief ihr angenehm lauwarm über die Schultern und den Rücken hinunter. Sie legte den Kopf zurück, um sich das Shampoo aus den Haaren zu spülen. Mit geschlossenen Augen ließ sie den Wasserstrahl auf den Haaransatz über ihrer Stirn treffen. Es hatte etwas Intimes, unter der Dusche zu stehen, während Bernard im Haus war. Etwas Ungleichzeitiges.

«Ich fürchte, dass wir im Amurraina nichts mehr zu essen bekommen, bis wir dort sind», sagte Delphine, als sie wenig später in einer hellen Sommerhose und einer leichten, gemusterten Bluse den Salon betrat. Den schmalen Bindeschal, der zu der Bluse gehörte, hatte sie sich um den Kopf geknotet, um sich die Locken aus der Stirn zu halten. Nach Bernards Einladung zum Abendessen hatte sie vorgeschlagen, irgendwann einmal in ein kleines Restaurant an der Bidassoa zu fahren, und Bernard hatte im Handumdrehen dafür gesorgt, dass aus diesem «irgendwann einmal» ein konkreter Tag mit einer konkreten Uhrzeit wurde.

Er legte das Buch weg und stand auf. «Das stimmt», sagte er.

Zwischen zwei Uhr nachmittags und sieben Uhr abends herrschte nicht nur im Amurraina Stillstand in der Küche. Das war Frankreich. Nicht einmal in Paris war es selbstverständlich, nachmittags im Restaurant essen zu können. Diese Sitte hatte etwas Fürsorgliches. Als sollten die Köche und Köchinnen, die mit ihrer Küche für den Stolz der Nation sorgten, nicht ausgelaugt werden, indem sie zu jeder beliebigen Zeit gezwungen wurden, ihre Künste unter Beweis zu stellen.

«Wir könnten trotzdem jetzt fahren, das Amurraina auf einen anderen Tag verschieben, heute irgendwo bei einem Glas Wein und einer Quiche aus der Vitrine darben und anschließend einen Spaziergang machen», sagte Bernard.

Delphine sah ihn erfreut an. «Spontaneität in deinem hohen Alter, Bernard. Du verdirbst die Statistik.» Sie lachte. «Aber nicht, dass du mir vor Hunger einen Schwächeanfall erleidest!»

Sie griff nach ihrer Tasche und folgte Bernard durch den Flur.

«Warum glaubst du eigentlich, dass Richard nicht die Wahrheit sagt, was diesen Schwächeanfall oder Überfall von heute Morgen betrifft?», fragte Bernard, als sie in seinem Auto saßen.

«Jedenfalls sagt er nicht die ganze Wahrheit.» Delphine sah aus dem Fenster. Auf der Holzplanke eines Weidengatters stand mit Malerfarbe *AHT EZ!* Seit Jahren wehrten sich Aktivisten im Baskenland gegen die Pläne der Regierung, eine TGV-Trasse durch die Region zu legen. Delphine hoffte, dass es niemals dazu kommen würde. Gerade die Abgelegenheit machte hier den Reiz aus.

«Er verschweigt irgendetwas», fuhr sie fort und richtete ihren Blick wieder nach vorne. «Ich werde diesen Eindruck nicht los, seit ich nach Aurélies Beerdigung auf dem Friedhof mit ihm gesprochen habe.»

Hinter den sanften grünen Hügeln der Pyrenäenausläufer wurden nun höhere, hintereinander gestaffelte Gipfel sichtbar. Wie bei einem orientalischen Schleiertanz nahmen die bläulichen Schemen nach und nach Gestalt an, bis sie sich aus den Schwaden dunstiger Luft zu ihrer konkreten Gestalt mit Steinbrocken und Baumgruppen materialisierten.

«Aber bei ihm weiß man ja ohnehin nie so genau, woran man ist.» Delphine dachte an Richards Reaktion auf die Nachricht von Aurélies Tod. Als er nicht einmal nach diesem Verlust die Beherrschung verloren hatte. Stattdessen diese Versteinerung. Dieses Schweigen. Oder hat er sich einfach noch mehr in seinen Panzer zurückgezogen? Delphine presste die Lippen zusammen. Trotzdem ...

«Du denkst immer noch, dass ihr Tod kein Unfall war, oder?», fragte Bernard. Als Delphine schwieg, warf er ihr einen Seitenblick zu. Doch sie reagierte nicht.

Was hätte sie auch sagen sollen? Dass sie jetzt erlebte, wie es war, auf der anderen Seite zu stehen? Nicht die commissaire zu sein, die einem untröstlichen Angehörigen mit abstrusen Verschwörungstheorien erklären musste, dass es selbst bei diesem ungewöhnlichen Unfall oder Selbstmordverdacht keinerlei Hinweis auf eine Beteiligung von dritter Seite gab?

Bernard unterbrach ihre Gedanken: «Was hat Richard eigentlich beruflich gemacht?»

«Er war Archivar.»

«Weißt du, welches Spezialgebiet er hatte?»

Delphine dachte nach. «Irgendwas Sterbenslangweiliges. Aurélie sagte einmal, dass er in Rodez oder Valence gearbeitet hat. Wenn ich mich richtig erinnere, hat er sich mit der Zeit von Louis XIV. beschäftigt. Akten zur Provinzverwaltung, oder so.»

«Da wird ja einiges zusammengekommen sein, bei über

fünfzig Jahren auf dem Thron.» Bernard dachte kurz nach. «Aber jetzt ist er im Ruhestand, oder? Richard, meine ich, nicht Louis XIV.»

«Ja.» Delphine runzelte die Stirn. «Aber er scheint noch an irgendwelchen Projekten zu arbeiten. Lucien wusste, dass er an Aurélies Todestag noch im Archiv von Poitiers war und von dort direkt nach Les Balaines gefahren ist.»

«In Poitiers? Da befindet sich ein Regionalarchiv, soweit ich weiß. Ich habe dort einmal Akten zu einem Herrenhaus eingesehen, das unter Denkmalschutz gestellt werden sollte. Ist aber lange her. Was genau hat Richard da gemacht?»

«Keine Ahnung.» Sie schwieg einen Moment. «Fragst du das, weil du meinst, sein Verhalten könnte etwas mit seiner Arbeit zu tun haben?»

«Wäre ja möglich, findest du nicht?» Er bog Richtung Espelette ab. «Wir könnten es mit einem Café am Dorfplatz versuchen», sagte er nebenbei, um dann wieder auf Richard zu kommen. «Von seiner Arbeit abgesehen, scheint es ja in seinem Leben nicht viel zu geben, nach allem, was du erzählt hast.»

Die Arbeit und Aurélie. Keine Freunde, keine Hobbys, kein Sozialleben, jedenfalls nicht, soweit Delphine wusste. «Ja», sagte sie, «kann sein.»

Als sie das Auto in Espelette abgestellt hatten, setzten sie sich auf dem Dorfplatz vor eines der Cafés in den Schatten und bestellten Quiche und Weißwein. Der kleine Platz mit den weißen Häusern, deren Fachwerk und Fensterläden rot gestrichen waren, und dem tiefgrünen Efeu, das einige Fassaden beinahe vollständig bedeckte, gehörte zu den malerischsten, die man sich vorstellen konnte. «Als würde man mitten in einer baskischen Flagge sitzen», bemerkte Delphine.

«Rot-grün-weiß, du hast recht.» Bernard ließ seinen Blick über den Platz schweifen. Wie jeden Sommer hingen an den weiß gekalkten Hausfassaden rote Girlanden aus schmalen, aufgefädelten Paprikafrüchten. Espelette war berühmt für seinen *piment.* Wenn die Früchte, die jetzt noch leuchtend hellrot waren, in der Sonne trockneten, wurden sie dunkler. Hatten sie schließlich eine braunrote Farbe, wurden sie zu Pulver zermahlen und in Gewürzgläschen verkauft.

Der Kellner brachte die Bestellung. Beim Anblick der Mini-Quiches mit kleinem Salat wurde Delphine bewusst, wie hungrig sie war. «Sieht gut aus», sagte sie.

«Und dort drüben steht ja auch, wo wir hier sind.» Bernard deutete auf das weit über Espelette hinaus bekannte Hotelrestaurant auf der anderen Seite des Platzes. «Der Name», sagte er und deutete auf das große Schild, das zwischen der zweiten und dritten Etage an der Fassade hing, «heißt doch Baskenland, oder?»

«Ja, *Euzkadi.*»

«Ich bin froh, dass ich mir überhaupt ab und zu ein Wort auf Baskisch merken kann. Normalerweise scheitere ich schon bei den Häusernamen, die manchmal über der Tür stehen. *Goikoetxea*!» Er seufzte. «Die Bedeutung wusste ich auch einmal.»

«Das ist doch ganz einfach!», verkündete Delphine. Anscheinend hatte sie vor, ihm Salz in die Wunde zu streuen. «Goikoetxea heißt: Haus weit oben.»

«Jetzt, wo du es sagst ...» Bernard wirkte nicht im mindesten davon überzeugt, dass es in dieser Sprache, die mit keiner anderen verwandt war, irgendetwas Einfaches geben könnte.

«Da hätte ich noch ganz anderes zu bieten», fuhr Delphine zwischen zwei Bissen fort. Bernard setzte einen schicksalsergebenen Blick auf. «Wie wäre es mit *Osinkozelaia*?» Sie sah ihn herausfordernd an, doch offenbar genügte ihr das Entsetzen noch nicht, das sie auf seinem Gesicht hervorgerufen hatte. «Oder mit *Xapatainbaita*», fuhr sie fort. «Oder *Olhaetxeberrikoborda*?» Sie lachte.

«Und dein Haus? Hat das auch einen Namen?»

«Ja. Den der Familie, aber das ist etwas ganz anderes. Allerdings hat sich auf dem Grundstück auch eine von den alten Bezeichnungen erhalten. So einfach ist das alles nicht.»

«Meine Worte», sagte Bernard im Ton eines Mannes, dessen Weltordnung wiederhergestellt worden war. «Und wie lautet diese Bezeichnung?»

«Kardulatzoko.»

Bernard lehnte sich auf seinem Stuhl zurück und sah sie ausdruckslos an.

«Soll ich dich raten lassen?», fragte Delphine.

«Nur wenn du willst, dass wir hier sitzen, bis mein Bart durch den Tisch gewachsen ist», gab Bernard zurück.

Delphine lachte. «Du weißt ja bestimmt, dass viele der alten Häusernamen hier von Bezeichnungen für eine Besonderheit im Gelände abgeleitet sind», erläuterte sie. «Das war früher so eine Art mündliche Landkarte.»

«Und welche Besonderheit bezeichnet Kardulatzoko?»

«So etwas wie der Winkel mit den Disteln. Es müssen dort früher auffällig viele Disteln gewachsen sein.»

«*Eryngium bourgati*», sagte Bernard wie selbstverständlich und genoss Delphines Erstaunen. «Die blaue Pyrenäendistel. So etwas lernt man, wenn man sich hier als Neuankömmling ein bisschen mit Flora und Fauna beschäftigt», fügte er erklärend hinzu.

«Ja. Sie sind blau», bestätigte Delphine, «hinter dem Schuppen wachsen noch welche.»

«Eine sehr schöne Pflanze», sagte Bernard und streifte Delphine mit einem Blick. «Und im Notfall äußerst gut zur Selbstverteidigung gerüstet. Man muss auf jeden Fall darauf achten, sie nicht falsch anzufassen, sonst bekommt man ihre Stacheln zu spüren.» Nach diesen botanischen Ausführungen trank er einen Schluck Wein und schaute über den kleinen Platz wie in unendliche Fernen.

«Und Samthandschuhe ...», begann Delphine, worauf Bernard wieder sie ansah, «würden in ihrem Fall überhaupt nichts nützen.» Sie stach die Gabelzinken in ihre Quiche.

Nach dem Essen fuhren Delphine und Bernard zu einem Spaziergang noch ein Stück weiter in die Berge. Bernard stellte den Wagen an der Einmündung eines schmalen Weges ab, und nach wenigen Minuten auf dem überschatteten, feuchten Pfad war es, als hätten sie die Welt weit hinter sich gelassen.

«Es kommt einem so vor, als wäre sogar das Licht grün», sagte Bernard. Über ihnen trafen sich die Baumkronen der bemoosten Eichen, die rechts und links des ansteigenden Weges standen, und filterten das Licht durch ihr Blätterdach. Neben dem Pfad gluckerte ein Wasserlauf, und obwohl es nicht geregnet hatte, war die Luft so feucht, dass es auf den meterhohen Adlerfarn tropfte, der in manchen Bereichen so dicht wuchs, dass keine andere Pflanze neben ihm Platz hatte.

«Der ist giftig», sagte Delphine, als Bernard im Vorbeigehen einen Farnwedel durch seine Hand gleiten ließ. Sofort bückte er sich, um die Hand in dem kleinen Bach abzuspülen. Delphine war schon ein kleines Stück weitergegangen und blieb nun stehen. «Aber nur, wenn man ihn isst», ergänzte sie und grinste.

An der Biegung, die der Pfad an dieser Stelle machte, schien es ihr muffig aus einer der dunklen Spalten im Berghang entgegenzuatmen, aus denen sich der Wasserlauf speiste. Auch dieser Spalt war von Farn umwachsen. Bog man die kräftigen Stängel zur Seite, um daran vorbeizuschlüpfen, blieb ein hauchzarter brauner Flaum auf der Handfläche zurück. Und ließ man sie wieder los, streiften einem die Wedel der Farne über die Wangen wie raue Finger. Delphine betrachtete den dunklen Spalt.

«Du würdest wohl gern ein bisschen Höhlenforschung betreiben, oder?», fragte Bernard, der ihr nachgekommen war und sich die Handflächen rieb, damit sie wieder trocken wurden.

Delphine lächelte ihn an. «Ich glaube, ich bin mit meinen Geschwistern in jede Spalte gestiegen, die wir entdeckt haben. Es war natürlich verboten, aber wir haben es trotzdem gemacht.» Sie drückte einen Farnwedel weg. «Manchmal war es sehr unheimlich. Kaum Licht da drinnen, nur die Reflektion auf den Pfützen am Boden oder ein schmaler Lichtstrahl, der durch eine Ritze im Gestein hereinfiel. Wir haben die ganze Zeit nur geflüstert.» Unwillkürlich hatte sie auch jetzt die Stimme gesenkt.

«Was wolltet ihr denn da drin», fragte Bernard und betrachtete stirnrunzelnd den dunklen Felsspalt, den giftige Farnwedel umfächerten.

Delphine dachte daran, wie sie sich an den nassen Wänden in dämmrige Nischen vorgetastet hatten und bei jedem Wassertropfen erschrocken waren, der auf ihrem Kopf landete. «Anscheinend kam es uns so vor, als könnte es in diesen Winkeln irgendein verlockendes Geheimnis geben», sagte sie. «Kennst du das nicht?»

«Mmh.» Bernard wiegte den Kopf. «Das erinnert mich höchstens an meine Gänge durch die weitverzweigten Gewölbekeller alter Herrensitze. So etwas kam öfter vor, wenn ein Gutachten gebraucht wurde, oder so. Da konnte man ständig das Gefühl haben, hinter der nächsten Ecke würde an einem kerzenbeschienenen Tischchen ein gepuderter Seigneur aus dem Rokoko sitzen, der über seine formidablen Weinvorräte die Zeit vergessen hatte.»

Delphine gefiel dieses Bild. «Das scheint mir aber eine sehr ...» Sie überlegte einen Moment. «Eine sehr *kultivierte* Vorstellung von einem Geheimnis zu sein, oder?»

Bernard nickte. «Allerdings», sagte er, «wo doch sogar schon der Wein kultiviert werden muss, bevor man ihn trinken kann.» Er lachte. «Und was war es bei euch?», fragte er dann. «Eine *archaische* Vorstellung von einem Geheimnis? Habt ihr den Erdgeist gesucht?»

«Vielleicht.» Delphine lachte. «Vielleicht war es aber auch eine Art unbewusste Mutprobe. Wer weiß schon, welche magischen Vorstellungen Kinder haben.» Sie ließ den Farn zurückschnellen. «Ein Geheimnis haben wir allerdings nie gefunden.»

Trotzdem spürte Delphine beim Anblick eines solchen Spalts noch immer den Impuls, vom Weg abzubiegen und sich durch den Vorhang aus gefiederten Blättern ins Dunkle zu schieben.

17

Richard hatte sich nicht hinlegen müssen, wie behauptet. So schlecht fühlte er sich gar nicht. Er hatte nur allein sein müssen. Nach einer halben Stunde war er wieder nach unten gegangen, um Madame Sèvres für die nächsten Tage freizugeben. Er hatte ihr versichert, dass er zurechtkommen würde, und ihr erklärt, dass er schließlich auch nicht verhungerte, wenn er allein in seiner Wohnung in Valence war. Sie hatte trotzdem noch das Abendessen so weit vorbereiten wollen, damit er es nur warm machen musste. Und doch hatte sie auch erleichtert gewirkt, das hatte er ihr angesehen. Nach dem Schreck vom Vormittag stellte sie sich wahrscheinlich die ganze Zeit vor, dass draußen Einbrecher herumschlichen, die vor Gewalt nicht zurückschreckten, während sie selbst irgendwo in diesem riesigen, verschachtelten Haus mit den vielen Räumen und dem unübersichtlichen Gelände allein zu tun hatte.

Nun stand Richard oben am Fenster seines Apartments und starrte hinaus. Doch ebenso gut hätte er vor einer kahlen Wand stehen können. Statt nach draußen war seine Aufmerksamkeit auf sein Inneres gerichtet. Oder vielmehr auf die Vergangenheit. Le passé. Maudit.

In Richards Vorstellung gab es so etwas wie besondere Kreuzungspunkte im Leben. Momente, in denen sich Wege überschnitten, Begegnungen stattfanden und man mit so heftigen Eindrücken konfrontiert wurde, dass man sie nie mehr loswurde. Selbst wenn die konkrete Erinnerung an ein solches Ereignis verblasste, selbst wenn man sein früheres Selbst auf irgendeinem Seelenfriedhof beerdigt und Jahre damit verbracht hatte, es mit Alltag und Arbeit und absichtlichem Vergessen zuzuschaufeln – das *Gefühl*, mit dem man von dem Ereignis erfüllt worden war, existierte weiter. So als hätte sich das Leben an einem solchen Kreuzungspunkt mit fremden oder eigenen Energien aufgeladen, die an einem anderen Kreuzungspunkt wieder freigesetzt werden wollten. Und wenn dieser korrespondierende Kreuzungspunkt eines Tages erreicht war, genügte der kleinste Anlass, um einen Ausbruch zu provozieren.

Mit solchen Erklärungsversuchen ertrug er die fehlende Anerkennung, die sein Dasein so lange beherrscht und die ihn schließlich seinen überwältigenden Gefühlen ausgeliefert hatte. Der Katastrophe seines eigenen Versagens. Er schloss die Augen. Es gab keine Wiedergutmachung. Was er hier tat, war nur ein hilfloser Versuch. «Man muss den Kreislauf durchbrechen», sagte er leise. Sein Credo. Auch wenn es ihm selbst nicht mehr helfen konnte.

Und nun war er wieder an einem Kreuzungspunkt angekommen.

Nachdenklich drehte er sich zum Schreibtisch um und setzte sich. Am Abend zuvor hatte er noch einmal die Unterlagen zu der aktuellen Anfrage und die Kopien durchgesehen, die er im Archiv von der Prozessakte gemacht hatte. Dieses Mal lag der Fall umgekehrt, aber das Leid war genauso groß.

Nach wenigen Minuten über den Papieren gab er auf. Er war unkonzentriert. So viele Tragödien. Vielleicht wäre sein Leben anders verlaufen, hätte er früher erfahren, wie viele andere sein Schicksal teilten. Aber diese Erkenntnis war zu spät gekommen. Erst lange nach dem Selbstmord seiner Mutter.

Mehr noch als die Verhöhnungen, denen er als bâtard de boche ausgesetzt war, hatte ihr Suizid dazu geführt, dass er sich abkapselte, um sich vor Ablehnung und Hass zu schützen. Nach ihrem Tod, und auch das gehörte zu den unerträglichen Widersprüchen seines Lebens, war es besser geworden. Er musste nicht mehr miterleben, wie sie beim Einkaufen als salope und putain de boche beschimpft wurde, wie sie mit gesenktem Kopf ihren blonden Sohn an der Hand aus dem Laden zog, nachdem die Bäckersfrau mit herausforderndem Blick behauptet hatte, all die vielen Baguettes, die hinter ihr auf dem Holzrost lehnten, wären vorbestellt.

Aber vor allem war es besser geworden, weil nach ihrem Tod Aurélies Mutter und später Aurélie die Vormundschaft für ihn übernommen hatten. Als Kriegswaise meldeten sie ihn in einem anderen Bezirk zur Schule an. Zwar wussten in ihrem quartier weiterhin alle Bescheid, doch in der Schule galt er nun nur noch als verschlossener Junge, der Schlimmes erlebt hatte.

Seit Richard denken konnte, hatte ihm Aurélie eine Heimat gegeben. «Ich habe die Wohnung nebenan dazugemietet», hatte sie gesagt, als sie sich nach dem Tod ihrer Mutter selbständig machte. «Daran, dass du hier zu Hause bist und dein Zimmer hast, ändert sich also nichts, falls du das mit dir vereinbaren kannst. Ich will jedenfalls nicht, dass sich etwas ändert, mon chéri.»

Die Ausbildung als Archivar hatte er in Chartres absolviert. Von außen betrachtet, war er ein durchschnittlicher junger Franzose gewesen, der eine Beamtenlaufbahn einschlug. Doch er war eben kein durchschnittlicher Franzose gewesen, sondern ein halber Boche. Er hatte gelebt, wie unter einer falschen Identität, und im Grunde tat er das immer noch.

Er stützte den Kopf in die Hände, zuckte jedoch sofort zurück, weil er mit der Linken gegen die Prellung an seiner Schläfe gedrückt hatte. Er würde noch zwei Aspirin nehmen.

Das Denken fiel ihm schwer. Die Ordner, die neben ihm im Regal standen, erschienen ihm mit einem Mal wie ein tiefer Wald. Jeder Baum mit einer langen Geschichte und komplizierten Verästelungen, voll wispernder Stimmen von Kindern und Erwachsenen, Frauen und Männern. Leidensberichte, Schuldzuweisungen, hoffnungsvolle Fragen, enttäuschte Träume und manchmal auch beinahe ungläubiges Glück, wenn es einmal gut ausgegangen war. Wenn es jemandem nicht nur gelungen war, im Unbekannten sich selbst zu finden, die andere Hälfte der Familie, sondern diese andere Seite ihn auch anerkannte. Mon père. Ma sœur. Mon frère.

Der schmale Ordner, der auf dem zweiten Regalbrett von unten stand, sprach auf ganz andere Art zu Richard. Leid und Hoffnung, ja, das enthielt er auch, aber vor allem verströmte er Schuld. Ebenso wie der Selbstmord seiner Mutter war auch dieser Ordner für Richard zu einem der Kreuzungspunkte seines Lebens geworden. Doch das hatte er erst viel später begriffen. Zunächst hatte sich durch diesen Ordner nur etwas in ihm aufgeladen. Und wesentlich später erst war der Moment gekommen, in dem sich diese Energie freigesetzt hatte.

Er war gerade vierundzwanzig geworden und hatte seine Ausbildung abgeschlossen. Als er eines Tages in Aurélies Arbeitszimmer in Paris stand, legte sie den Ordner auf ihren zierlichen sécretaire.

Paris, Juni 1969

«Ich denke, mon chéri, ich sollte dir jetzt diese Unterlagen geben.» Sie sah ihn an, und wie so oft blieb Richards Blick an ihr hängen. Der Kontrast zwischen ihren intensiven blauen Augen und dem tief dunkelbraunen Haar verlieh ihr etwas Sphinxhaftes. Ihr Aussehen weckte Assoziationen zur geheimnisvollen Leere orientalischer Sanddünen, zur Unendlichkeit von Ozeanen. Dabei war sie noch nie weiter auf dem Wasser gewesen als ein paar Kilometer vor der Côte d'Azur auf der Yacht eines reichen Gastgebers. Es war kein Wunder, dass sie so viel Erfolg bei Männern hatte, dachte Richard. Für ihn selbst hatte die erotische Anziehungskraft Aurélies nie eine Rolle gespielt. Sie war für ihn eher so etwas wie eine mütterliche Schwester.

«Hier sind alle Unterlagen drin, die ich mit der Zeit von dir gesammelt habe», sagte sie. «Anmeldungen zur Schule, alte Zeugnisse und so weiter. Und jetzt trittst du in ein paar Wochen deine erste Stelle an. Bist selbständig. Ich bin stolz auf dich, mon Richard.» Sie lächelte kurz. Dann legte sie die Hand auf den Ordner und wurde sehr ernst. «Und natürlich sind auch die wenigen Papiere dabei, die wir von deiner Mutter haben. Ich weiß nicht, ob du sie dir ansehen willst. Aber wenn du es willst, dann tu mir den Gefallen und sprich danach mit mir darüber, oui?» Sie sah ihn auffordernd an, und er nickte. Sie strich ihm über den Arm. «Und wenn du die Papiere nicht ansehen willst, dann lass es sein, Richard. Manche Dinge sollte man wahrscheinlich am besten vergessen.» Er sah ihr an, dass sie an den Tag im Dezember dachte. Den Tag, an dem sie ihn im Bett seiner Mutter gefunden hatte. Sofort hatte er den metallischen Geruch in der Nase, und das klebrige Gefühl von seiner Wange in der Halsbeuge seiner Mutter kehrte zurück.

Vergessen? Er würde diesen Tag niemals vergessen, und Aurélie auch nicht. Nichts würde er vergessen. Nicht die hemmungslosen Schläge der Lehrerin, die sich an ihm dafür rächte, dass ihr Mann gefallen war. Nicht das verächtliche Schnalzen, mit dem ihm die Concierge zu verstehen gab, dass sie ihn lieber nicht im Haus sehen würde. Und auch nicht die Klassenkameraden, die ihm auf dem Schulweg auflauerten, weil sie wussten, dass man einen sale boche straflos verprügeln konnte, und die bei jedem Tritt *«Jawoll, mein Führer!»* und *«'eil Richard!»* brüllten. Es hatte auch die andere Seite gegeben, Menschen wie Aurélie und ihre Mutter, aber die Erfahrung der Ablehnung und Verachtung war stärker gewesen. Eine ganze Kindheit in dem Gefühl, den Kopf einziehen zu müssen.

Es hatte ein paar Tage gedauert, bis er sich an Aurélies Schreibtisch setzen, den Ordner aufschlagen und nach hinten blättern konnte. Seine Mutter hatte nicht viele Papiere hinterlassen. Ihre Geburtsurkunde, ihr Totenschein. *Suicide.* Richard starrte das Wort an. Es war in einer geradezu pervers schönen Handschrift mit Tinte auf den vorgedruckten Strich des Formulars geschrieben worden. Ganz hinten im Ordner war ein großer, oben offener Umschlag eingeheftet. Er war aus schlechtem, grauem Nachkriegspapier und an der vergilbten Klebekante eingerissen. Richard fuhr mit der Hand darüber. Er spürte die groben Papierfasern und darunter etwas Rechteckiges. Ein Blick zur Tür, die er geschlossen hatte. Aber von Aurélies Gästen würde ohnehin keiner einfach so hier hereinkommen. Einen Moment saß er mit leerem Blick vor dem Ordner, dann drehte er ihn links herum und griff in den Umschlag.

Er zog zwei Fotos und einen Brief heraus, fuhr noch einmal mit der Hand in den Umschlag und ertastete ein weiteres Foto und eine Postkarte.

Das Foto zeigte seine Mutter. Ihr jüngeres Ich, als es Richard noch nicht gegeben hatte. Sie stand auf ein Fahrrad gestützt am Ufer der Seine in Paris. Im Hintergrund war die Spitze der Île Saint-Louis zu sehen. Sie trug die Haare aufgesteckt, das helle Kleid flatterte um ihre Beine, und sie lachte im Sonnenlicht mit zusammengekniffenen Augen den Fotografen an. Obwohl Richard sie eindeutig erkannte, erschien sie ihm fremd. Ein junges, unbeschwertes Mädchen von vielleicht achtzehn Jahren. Die Mutter, die er kannte, war dagegen nie unbeschwert gewesen. Und jung hatte sie auch nicht gewirkt, obwohl sie es war. Richard hatte seine Mutter stets als ernsten, in sich gekehrten Menschen erlebt. Natürlich hatte sie auch gelächelt, doch in diesem Lächeln lag meist ein schmerzlicher Zug. Diese fröhliche junge Frau von dem Bild hatte er nicht gekannt. Er drehte die Aufnahme um. Mit Bleistift stand auf der Rückseite geschrieben: *Paris, 1942*. Das war die Besatzungszeit. Deutsche Truppen in Frankreich.

Die Postkarte stammte vom Februar 1949 und war an Alice Lebrun c/o Meunier adressiert.

Alice,
wir können uns nicht mehr verabreden. Papa hat es herausbekommen. Wenn ich mich noch einmal mit dir treffe, setzt er mich vor die Tür.
Du weißt besser als jeder andere, dass er es ernst meint.
Maman weint bloß noch.
Je t'embrasse. Ich weiß, dass du es schaffst.
Rosa

Die Schrift war rund und wirkte beinahe kindlich. Rosalie, dachte Richard, die Schwester seiner Mutter. Er hatte seine Tante kein einziges Mal gesehen. Wahrscheinlich hatte sich seine Mutter mit ihr getroffen, während er bei Aurélie oder ihrer Mutter war.

Er legte die Karte weg. Das zweite Foto lag mit der Bildseite nach unten. Es war auf kartoniertes Papier aufgezogen und so groß wie eine Postkarte. Sogar die Striche für die Adresse waren eingedruckt. Im Textfeld stand wie auf dem anderen Foto mit Bleistift Ort und Jahr. *Paris 1943*. Die Buchstaben waren stark verblasst, als sei der Graphit mit der Zeit von dem Karton aufgesogen worden. Richard drehte das Foto um.

Er hatte damit rechnen müssen, ein Bild des Mannes zu finden, der seiner Mutter so viel Leid gebracht hatte. Dennoch fühlte sich Richard im ersten Moment, als sei er plötzlich taub geworden. Dann begann es in seinen Ohren zu rauschen. Seine rechte Hand hob sich, seine Finger fuhren an der Kopfseite durch die dichten Haarsträhnen.

Der Mann, der mit seiner Mutter in einem Pariser Straßencafé saß und sie eng an sich gezogen hatte, sah aus wie er selbst. Die gleiche eher magere Gestalt mit Gliedmaßen, die viel zu lang wirkten. Jedenfalls zu lang für die eng stehenden Stühle und Tischchen vor dem Bistro. Richard wusste genau, wie sich der Mann hingesetzt haben musste, wie er sich hinter das Tischchen geschoben hatte, das dabei ein bisschen gekippt war, wie er schnell nach dem Zuckerstreuer gefasst hatte, der von dem Tischchen zu rutschen drohte, und wie er es beim Hinsetzen noch einmal mit den Knien angestoßen hatte. Ihm wurde flau.

Und das Gesicht. Schmal, kantig, mit deutlich hervortretenden Wangenknochen und mit einem leichten Höcker in der Mitte des Nasenbeins. Die Augenfarbe war nicht zu erkennen, denn wie das andere Foto auch war es eine Schwarzweißaufnahme. Aber das Haar, darauf hätte Richard jeden Eid geschworen, hatte genau dieselbe Farbe wie seines. Er sah es an der Struktur, daran, wie das Licht darauf fiel, an den dichten Wellen, in denen es über der rechten Stirnseite lag, während es an den Seiten des Kopfs kurz geschnitten war. Vielleicht war der Mann auf dem Bild genauso alt wie er jetzt. Vierundzwanzig. Richard rechnete nach. Durchaus möglich.

Das dritte Foto war eine Porträtaufnahme des Mannes in Uniform. Es war offensichtlich in einem Fotostudio gemacht worden und zeigte ihn, wie er unter dem glänzenden Schirm einer Uniformmütze in die Kamera schaute. Die Mütze war mit einer Kokarde und einem stilisierten Adler ausgestattet, der ein Hakenkreuz in den Fängen hielt. Das gleiche Symbol tauchte über der rechten Brusttasche der Uniformjacke noch einmal auf. Richard kannte sich mit Uniformen und militärischen Auszeichnungen nicht aus und wusste nicht, was das Band im dritten Knopfloch der Uniform bedeutete. Aber das Eiserne Kreuz, das der Mann an der linken Brusttasche trug, erkannte er. Auch dieses Foto war eine Schwarzweißaufnahme. Die Gesichtshaut des Mannes wirkte unwahrscheinlich glatt, sie spiegelte geradezu das Licht. Und diese glatte Haut verlieh seinem Gesicht, dessen Ausdruck eine merkwürdige Mischung aus Unschuld und Entschlossenheit zeigte, etwas Jungenhaftes. Vielleicht war es sein erstes Porträtfoto gewesen. Und vielleicht auch sein letztes.

Richard drehte auch dieses Foto um. Auf der Rückseite stand eine Adresse in Deutschland.

Dieselbe Adresse stand auf dem kleineren Brief, der in dem großen Umschlag gesteckt hatte. Die Absenderin war Alice Lebrun. Auf dem Brief klebten abgestempelte Marken, die schon Ewigkeiten nicht mehr galten. Daneben befanden sich mehrere Stempel, von denen der auffälligste ein Rechteck war, in dem zwei Worte untereinanderstanden. ZURÜCK. RETOUR.

Außerdem befand sich noch ein größerer, ebenfalls rechteckiger und etwas verwackelter Stempelabdruck auf dem Brief. In diesem Stempelfeld standen untereinander mehrere Kästchen zum Ankreuzen. Die sehr kleine Schrift und das schemenhafte Doppelbild des verwackelten Stempels machten das Lesen kaum möglich. Eines der Kästchen war angekreuzt.

Richard stellte den Brief vor sich auf den Tisch und hielt ihn nur mit dem Zeigefinger fest. Der Brief war ungeöffnet.

Aurélie hatte ihm von diesem Brief erzählt. «Deine Mutter hat unbeirrbar an das Versprechen ihres Geliebten geglaubt, dass er nach dem Krieg zurückkommen würde», hatte sie ihm erklärt. «Alice hat ihm immer wieder geschrieben, aber sie hat nie etwas von ihm gehört. Wir haben versucht, ihr zu sagen, dass er wahrscheinlich tot ist. Immerhin stand Deutschland nach dem Abzug aus Paris noch im Krieg. Man konnte nicht wissen, an welcher Front er wieder eingesetzt worden war. Aber das wollte sie nicht glauben. Sie hat ihre ganze Hoffnung auf ihren Geliebten gesetzt.» Aurélie hatte verächtlich den Mund verzogen, als sie an die Beleidigungen und Schikanen dachte, mit denen ihre Landsleute Richards Mutter drangsaliert hatten. ‹Sale pute! Sieh allein zu, wie du zurechtkommst›, war noch eine der harmloseren Äußerungen gewesen. «Ihr Leben war eine einzige Demütigung geworden», hatte Aurélie zu ihm gesagt. Nach einem Seufzen sprach sie weiter: «Und dann kam dieser Brief zurück. Also musste ihr Geliebter tot sein. Das hat sie nicht verkraftet.»

Und nun saß Richard mit diesem Brief am Schreibtisch. Mit ihrem Todesurteil. Er neigte den Umschlag ein wenig zurück und betrachtete die Handschrift seiner Mutter. Die Buchstaben waren leicht nach rechts geneigt, aber sehr deutlich geschrieben, so als hätte sie unbedingt vermeiden wollen, dass der Postbote die Adresse nicht entziffern konnte. Dann atmete Richard tief ein, beugte sich vor, um den Brieföffner aus der kleinen Ablage zu nehmen, und schlitzte den Umschlag auf.

Mon amour,
wieder schreibe ich dir, weil ich weiß, dass du lebst, ganz gleich, was die anderen sagen. Du darfst einfach nicht umgekommen oder einer von den vielen Vermissten sein, von denen man nie wieder etwas hört.
Ich lese die Zeitung. So viele deutsche Soldaten sind in Kriegsgefangenschaft. Es ist schlimm, aber ich hoffe, dass du einer von

ihnen bist. Dass du in einem dieser Lager sitzt. Zuerst dachte ich, vielleicht bei den Amerikanern oder den Engländern. Aber ich habe gehört, dass von dort jetzt alle zurückgekommen sind. Nur die Russen halten noch Kriegsgefangene fest.
Die Leute hier erzählen sich schreckliche Geschichten von den russischen Lagern, aber ich glaube, das tun sie, weil sie sich als Gewinner in diesem Krieg fühlen und euch das Furchtbarste wünschen.
Unser kleiner Richard, von dem ich dir schon so viel berichtet habe, ist jetzt bereits ein großer, wundervoller Junge. An ihm sehe ich jeden Tag, wie viel Zeit vergangen ist, und das Herz wird mir schwer. Er ist dir so ähnlich. Wie aus dem Gesicht geschnitten. Das sagt man so, aber in diesem Fall stimmt es. Ich spreche nicht mit ihm über dich. Er würde mich fragen, wann du kommst, und das könnte ich nicht ertragen.
Unser Leben hier ist nicht leicht. Ich bin sehr müde von alldem, aber davon habe ich dir schon zu oft geschrieben. Das sollte ich nicht. Es ist nur die Kraftlosigkeit, die mich manchmal überkommt. Aber wir haben ja Aurélie und ihre Mutter. Ohne sie würde ich nicht durchhalten.
Ich sehne mich nach dem Tag, an dem du uns von hier wegholst. Dann werden wir glücklich sein. Du hast mich nicht vergessen, ich weiß es.
Mon amour, wo du auch bist.
Alice

Der Briefbogen zitterte leicht in Richards Hand. Er legte ihn auf den Schreibtisch. Durch die Tür drangen Gläserklirren und Lachen, wie aus einer anderen Welt. Er fuhr sich erneut mit der Hand durchs Haar. Eine nervöse Angewohnheit. Er hatte die Geschichte der großen Liebe seiner Mutter gekannt, doch sie jetzt durch ihre eigenen Worte zu hören, aus denen so viel Zurückhaltung und Traurigkeit sprachen, löste in ihm ein noch stärkeres Gefühl der Verbundenheit aus. Denn hätte ihn seine Mutter in seiner Kindheit nicht so vollständig mit Liebe eingehüllt, wäre in seinem Kopf vielleicht der Gedanke in den Vordergrund getreten, dass ihre ganze leidvolle Geschichte durch ihn selbst ausgelöst worden war, durch seine Existenz. So aber lauerte diese Überlegung nur irgendwo im Hintergrund.

Mit der flachen Seite des Brieföffners klopfte Richard auf die Schreibtischkante. Also war sein Vater möglicherweise in russischer Kriegsgefangenschaft gestorben. Oder er war einer der vielen Kriegstoten, die erst Jahre später anhand ihrer Erkennungsmarke identifiziert wurden. Jedenfalls war der Brief zurückgeschickt worden. Er nahm den Umschlag in die Hand und verengte die Augen, um in dem Stempelfeld die Wörter hinter den Kästchen zu lesen. Es war Deutsch. Aber auch als er die Buchstaben mehr oder weniger entziffern konnte, verstand er sie nicht.

Er stand auf und nahm aus Aurélies Regal ein Wörterbuch, das vermutlich seit dem Krieg nicht mehr benutzt worden war. Das erste Wort, das er fand, war die deutsche Entsprechung von déménagé. *Verzogen.* Dann übersetzte er adresse insuffisante. *Anschrift ungenügend.* Aber das Kästchen war neben einem anderen Ausdruck angekreuzt. Er probierte eine Zeitlang herum und las spaltenweise deutsche Wörter, bis er die beiden richtigen und ihre Übertragung gefunden hatte: refusé. *Annahme verweigert.*

Erst mit einer gewissen Verzögerung wurde ihm klar, was dies bedeutete. Wie benommen stand er auf, ging in die Nachbarwohnung, in der sie wohnten, und stellte sich im

Badezimmer vor den Spiegel. Lange sah er sich an. Dann öffnete er den kleinen Schrank, in dem Handtücher, Rasierseife, Nagelschere und andere Utensilien aufbewahrt wurden.

Als er später in Aurélies Arbeitszimmer zurückkehrte und sich an den Schreibtisch setzte, fühlte er nichts. Er fürchtete nur den Moment, in dem seine Gedanken wieder anfangen würden zu arbeiten.

Wie viel Zeit vergangen war, als es an die Tür klopfte, wusste er nicht. Aurélie kam herein, ihre Augen weiteten sich vor Schreck. «Was hast du mit deinem Haar gemacht?», rief sie. Dann erfasste sie, dass er vor dem Brief saß.

Er hob den Blick. «Konnte meine Mutter ...», fing er mit heiserer Stimme an und räusperte sich. «Konnte meine Mutter eigentlich Deutsch?»

Aurélie kam zu ihm an den Schreibtisch und zog ihm den Briefumschlag aus der Faust. Verständnislos betrachtete sie das zerknitterte Papier mit den Briefmarken und dem verwischten Stempel in der fremden Sprache.

«Nur ein paar Worte», sagte sie. «Dein Vater sprach wohl ausgezeichnet Französisch.» Sie lenkte ihren Blick von dem Briefumschlag auf den Schreibtisch und fügte hinzu: «Es ist ihr Wörterbuch, das du da hast.»

18

Nach ihrem Ausflug hatte Bernard sie etwa um fünf Uhr wieder zu Hause abgesetzt. Delphine war unruhig durch das Haus und den Garten gelaufen, ohne zu wissen, ob diese Unruhe von den Ereignissen in Les Balaines ausgelöst wurde, die erneut die Umstände von Aurélies Tod in ihr wachriefen, oder von dem Nachmittag, der ihr das vage Gefühl vermittelt hatte, sich besser mit Bernard zu verstehen, als es nach einer so kurzen Bekanntschaft angemessen war. Als sie feststellte, dass die Milch nicht mehr für ihren Café au Lait am nächsten Morgen reichen würde, war sie geradezu erleichtert ins Auto gestiegen. Sie hatte einen klaren Auftrag. Schließlich gab es bekanntermaßen nichts Schlimmeres, als vor dem Frühstück irgendwohin fahren zu müssen.

Nun ging Delphine mit der Milch in der Einkaufstasche von dem kleinen Supermarkt oben an der Avenue Jules Favre hinunter zum Platz, um von dort aus über die Promenade zu ihrem Auto zurückzukehren. Am Platz angekommen, wandte sie sich nach rechts zu der Gasse, die neben der Bar Balea zur Promenade hinaufführte. Die Cafés waren gut besucht, wie immer am frühen Abend im Sommer, in denen vor dem Essen ein Aperitif getrunken wurde. Ein paar Kinder hatten den runden Musikpavillon erobert und jagten sich über die hochgelegene Bühnenfläche, während ihre Eltern vor einem Glas Sangria oder

Aperol Spritz an einem der vielen kleinen Tische saßen und sie aus der Entfernung beobachteten.

Delphine mochte diese Stimmung auf dem Platz. Alles wirkte so heiter, so im Gleichklang. Als würde alle Welt zusammengehören und niemand hätte an einem warmen Sommerabend etwas Besseres zu tun, als am Platz von St. Julien zu sitzen und sich zu überlegen, wohin man zum Essen gehen sollte. Sie kam am Mirador vorbei. Wenn man in St. Julien von einer mondänen Café-Terrasse sprechen konnte, war es diese.

Delphine stutzte. Aber noch bevor sie sich umdrehen konnte, um sich zu versichern, dass es nicht Antoinette de Montvignon gewesen war, die sie da aus dem Augenwinkel wahrgenommen hatte, kam ihr Damien entgegen.

«Madame Gueron.» Er nickte ihr zu und wollte weitergehen.

«Oh, Damien! Sind Sie zur Testamentseröffnung gekommen?»

Er blieb stehen. «Ja», sagte er, «sie ist doch morgen.» Er trug Slacks, Segelschuhe und ein azurblaues Poloshirt. Lacoste, was sonst.

Natürlich wusste Delphine von dem Termin. Maître Villon hatte ihr selbst die Einladung geschickt. «Sie hätten aber nicht extra aus Paris anreisen müssen», sagte sie, «persönliches Erscheinen ist nicht notwendig.»

«Ich denke, es würde sehr merkwürdig wirken, wenn wir nicht kommen», sagte Damien. Es klang wie auswendig gelernt. Er warf einen Blick über Delphines Schulter zum Mirador. «Pardon?» Er hatte Delphines Frage überhört.

«Waren Sie heute Vormittag auch schon hier?», wiederholte sie.

«Warum fragen Sie das?» Er wirkte verunsichert.

«Weil Richard heute Morgen in Les Balaines niedergeschlagen worden ist», sagte Delphine. «Jedenfalls sieht es ganz danach aus.»

«Richard? Wollen Sie etwa sagen, ich hätte ihn niedergeschlagen? Das ist doch lächerlich.» Erneut warf er einen Blick über Delphines Schulter.

«Ich will damit gar nichts sagen», fuhr sie fort. «Allerdings habe ich Sie nach der Bestattung Ihrer Tante in Les Balaines angetroffen, obwohl Ihnen der Zutritt nicht erlaubt war. Außerdem ...» Sie hielt einen Moment inne. «Außerdem erwähnte Ihre Frau auf dem Friedhof, dass Sie Ihre Tante noch an ihrem Todestag besucht haben. Nachdem Sie also offenbar recht häufig in Les Balaines sind, wäre es ja möglich, dass Sie auch heute Morgen dort waren und etwas gesehen haben.»

«Da muss ich passen», erklärte Damien. «Ich war heute Morgen nicht in Les Balaines.» Er lachte spöttisch auf und wirkte zugleich irgendwie unruhig.

Bevor Delphine den Versuch machen konnte, dieser Beunruhigung auf den Grund zu gehen, erklang von rechts eine durchdringende Stimme.

«Was ist das hier?» Antoinette de Montvignon. Sie kam ihrem Gatten in Bedrängnis zu Hilfe wie eine Ritterin in Designerrüstung. Einem Cloé-Wappenrock mit glitzerperlenbesetzten Kampfsandaletten.

Damiens Blick flog von Delphine zu seiner Frau. «Madame Gueron möchte wissen, ob ich heute Morgen Richard niedergeschlagen habe», sagte er.

Antoinette widmete Delphine einen langen Blick. «Weißt du, mon chou», sagte sie dann gurrend zu Damien und hängte sich bei ihm ein, um ihn zur Terrasse des Miradors zu ziehen, «man muss nicht mit allen Leuten reden, denen man zufällig auf der Straße begegnet.»

Delphines Handy begann zu klingeln. «Entschuldigen Sie mich», sagte sie.

Antoinette de Montvignon sah nicht danach aus, als ob sie das vorhätte. Während die beiden grußlos zu ihrem Tisch gingen, nahm Delphine das Gespräch an.

«Madame Delphine, ich muss Ihnen was zeigen. Wo sind Sie?» Karim.

«Auf dem Platz in St. Julien. Was ist denn?» Sie warf einen Blick zur Terrasse des Miradors. Antoinette redete auf Damien ein.

«Ich komme zu Ihnen.»

«Sag mir doch einfach, was ist.» Delphine bog in die Gasse ein, die auf die Promenade führte.

«Nein, Sie müssen es selber sehen.» Er klang aufgeregt.

Delphine winkte im Vorbeigehen Ilargi zu, die auf der Terrasse der Bar Balea bediente. «Ich bin auf dem Weg zu meinem Auto», sagte sie zu Karim. «Wir treffen uns an dem Kreisverkehr am Ende der Promenade, okay?»

Auf der Promenade flanierte eine Mischung aus Badegästen, die mit einem Handtuch über der Schulter vom Strand kamen, und denen, die sich schon für das dîner in einem der vielen Restaurants umgezogen hatten. Bis zum Sonnenuntergang würde es noch eine Stunde dauern, aber am Himmel war schon der pastellfarbene Hauch zu sehen, der sich später wie ein magischer Schein über die halbrunde Bucht legen würde. Delphine sah zu dem östlichen Wellenbrecher hinüber. Mit weißen Mähnen brachen sich die Wogen der anrollenden Flut an dem Steinwall und liefen auf der landeinwärts gerichteten Seite in Strömen wieder ab.

Schon von weitem sah sie Karim auf der niedrigen Mauer sitzen, die den unterhalb liegenden Strand von der Promenade abgrenzte. Damien hatte natürlich jedes Recht, in St. Julien zu sein und musste sich bei Delphine weder anmelden noch ihr erzählen, wie er seinen Tag verbrachte, ging es ihr durch den Kopf.

Sobald Karim sie entdeckt hatte, sprang er auf und kam auf sie zu. «Sehen Sie sich das an!», rief er und hielt ihr sein Smartphone entgegen.

«Zappel nicht so rum, ich erkenne nichts», sagte Delphine und kniff von der Sonne geblendet die Augen zusammen. Auf dem Display war ein Foto. So viel konnte sie sehen.

«Und?», sagte Karim erwartungsvoll.

«Lass uns mal in den Schatten gehen.» Delphine setzte sich auf eine der Bänke, die von Tamarisken gesäumt waren. Sie nahm Karims Smartphone in die Hand. Auf dem Foto war ein eher sportlich wirkendes Auto zu sehen.

«Das ist ein BMW Z4, intern auch E89 genannt», erklärte Karim fachmännisch und sah sie gespannt an.

«Und es passt kein Kinderwagen in den Kofferraum, was?» Delphine war gerührt. Offenbar hatte Karim seine Zeit nach dem Gespräch in ihrem Garten damit verbracht, im Internet nach einem Auto zu suchen, das Madame Sèvres' vager Beschreibung entsprechen könnte.

«Wir müssen an den Flughafen von Biarritz», verkündete Karim.

«An den Flughafen?», fragte Delphine mechanisch, während sie überlegte, wie sie Karim erklären sollte, dass es unendlich viele Wagen dieser Art gab, ohne ihn damit zu sehr zu enttäuschen.

«Ja. Madame Sèvres meinte, das könnte er gewesen sein. Ich soll Ihnen übrigens einen schönen Gruß von ihr ausrichten.» Madame Sèvres. Delphine hatte sie noch nicht angerufen, wie sie es versprochen hatte.

«Und deshalb müssen wir nach Biarritz zum Flughafen», redete Karim weiter.

«Warte mal», sagte Delphine. «Was –»

«Madame Sèvres meinte, das könnte das Auto sein, das sie gesehen hat!», unterbrach er sie ungeduldig. Er durchbohrte Delphine mit seinem Blick wie ein entnervter Lehrer. «Sehen Sie doch mal genau hin!»

Brav betrachtete sie erneut das Foto. Ein sportlich wirkendes Auto, eher niedrig.

Plötzlich schob sich Karims Hand in ihr Blickfeld. Mit zwei Fingern zog er das Bild größer. «Da!», sagte er. Er hatte den Bereich vor der Fahrertür vergrößert.

Delphine sah genauer hin. «Die Steckdose.»

«Wir haben doch davon geredet, dass beim ersten Mal ein neugieriger Tourist auf dem Grundstück gewesen sein könnte», sagte Karim aufgeregt. «Und danach ist mir was eingefallen.» Er rutschte auf der Bank herum. «Viele Touristen kommen ja mit dem Flugzeug hierher. Und dann mieten sie sich ein Auto.» Delphine nickte. «Es gibt aber nur ganz wenige Luxusmodelle. Die meisten Leute wollen lieber ein ... praktisches Auto.» Er grinste sie an. «Und der Z4 ist eins davon. Von den Unpraktischen, meine ich. Und er hat vorne an der Seite dieses runde Emblem. Also hab ich im Netz nach einem Foto von einem blauen Z4 gesucht und bin nach Les Balaines gefahren, um es Madame Sèvres zu zeigen. Hab sie grade noch erwischt. Und sie hat gesagt, dieses Auto war es vielleicht.»

«Woher weißt du denn, dass man so eins in Biarritz mieten kann?»

«Von meinem Job mit den Strafzetteln. Damit hat mich Eric am Anfang beim Wetten ver..., reingelegt. Aber bei manchen Modellen hat man es schnell drauf, vor allem, wenn sie selten sind. Und dann merkt man am Kennzeichen, dass es immer dasselbe Auto ist.» Er sah sie erwartungsvoll an.

«Sind ja ungeahnte Wissenslücken, die bei diesem Job geschlossen werden», sagte Delphine. Sie beobachtete eine junge Mutter, die vor ihnen über die Promenade ging. In der einen Hand hatte sie eine Tasche voller Strandsachen und an der anderen einen sonnenmüden kleinen Jungen, der sein Handtuch hinter sich herschleifte. Sie überdachte, was Karim gesagt hatte. Mangelnde Kreativität beim Denken konnte man ihm jedenfalls nicht vorwerfen. Wahrscheinlich hätte er sich bestens mit Philibert verstanden. Und wenn man sich auf die Vorstellung einließ? Wenn es wirklich genau dieser Wagen war, wenn es wirklich ein Mietwagen war, wenn er wirklich am Flughafen gemietet worden war? Welche umwerfenden Schlussfolgerungen taten sich dabei auf? Dass ein Tourist mit diesem Auto morgens über die Corniche gefahren war. Großartig. Ein Tourist.

«Sie sagen ja gar nichts.» Karim war enttäuscht.

«Ich überlege.» Ein Stück weiter lief die junge Mutter zurück, um das Handtuch einzusammeln, das ihr Sohn unbemerkt hatte fallen lassen. Madame Sèvres hatte das Kennzeichen nicht gesehen. Wenn ein gleichartiger Wagen in Biarritz gemietet worden war, würde das also überhaupt nichts beweisen.

«Wollen Sie denn nicht wissen, wer Monsieur Lebrun niedergeschlagen hat?», fragte Karim.

«Wenn er selber sagt, dass es ein Schwächeanfall gewesen sein könnte, und keine Anzeige gegen unbekannt erstattet?» Doch sie glaubte diese Geschichte mit dem Schwächeanfall nicht, und natürlich wollte sie wissen, wer in Les Balaines eingedrungen war. Aber konnte diese Mietwagentheorie zu irgendetwas führen?

«Pass auf, Karim», sagte sie schließlich. «Wir reden morgen nach der Testamentseröffnung. Ich muss noch ein bisschen nachdenken, okay?»

Mit einem Schlag wich die ganze Spannung aus seinem Körper. Er tat Delphine leid, aber sie konnte nichts anderes sagen.

Er stand auf. «Okay.» Seine Locken wehten ihm ins Gesicht. «Ich geh dann mal.»

Sogar von hinten sah man ihm seine Enttäuschung an. Die Hände in die Taschen seiner Shorts gebohrt, verschwand er über die Promenade.

Delphine fuhr nach Hause. Es war sehr warm im Haus, obwohl sie schon morgens die Vorhänge geschlossen hatte. Sie stellte die Milch in den Kühlschrank und ging durch den Flur, um die Hintertür zum Garten aufzumachen.

Irgendwer hatte Richard niedergeschlagen. Und wenn es doch Damien war?, dachte sie. Ob sie Lucien anrufen sollte? Aber was hätte das für einen Zweck, wenn Richard auf seinem Schwächeanfall bestand? Alles war so wenig greifbar. Sie blieb stehen. Wurde es nun ernst mit Aurélies Bitte an sie, in Les Balaines nach dem Rechten zu sehen? War jetzt etwas eingetreten, das Aurélie befürchtet hatte?

Delphine zog die Tür auf und klemmte sie mit dem Holzkeil fest, der immer dahinterlag. Dann ging sie in den Salon und rief Madame Sèvres an.

«Und Sie sind sicher, dass es dieses Auto war?», fragte Delphine, nachdem sie sich von Madame Sèvres hatte erzählen lassen, wie Karim ihr das Foto auf seinem Smartphone gezeigt hatte. Das Telefon am Ohr ging Delphine von Fenster zu Fenster, um sie zu öffnen.

«Mais non, ich bin nicht sicher, das habe ich ja schon gesagt. Dieses Ding da vorne, das ich für eine Steckdose gehalten habe, zeigt doch, wie gut ich mich auskenne.» Sie seufzte. «Aber es könnte sein.»

«Wie geht es Richard denn?», fragte Delphine, um Madame Sèvres nicht weiter zuzusetzen. «Will er noch zum Arzt?»

«Das hat er nicht gesagt. Aber ich hatte einen guten Eindruck, als ich gegangen bin. Anscheinend war der Sturz oder Schlag doch nicht so schlimm. Ich glaube aber ohnehin nicht, dass er zum Arzt gegangen wäre, so wie er ist.»

Damit hatte sie ganz bestimmt recht. «Sie werden ja morgen sehen, ob er sich weiter erholt hat», sagte Delphine. Das zweite Fenster auf der linken Seite klemmte wie immer, und Delphine nahm sich zum wiederholten Mal vor, jemanden zu holen, der den Rahmen abschliff.

«Nein, das werde ich nicht, ich gehe morgen nicht nach Les Balaines.» Als Delphine nichts sagte, fuhr sie fort:

«Monsieur Lebrun hat mir für die nächsten Tage freigegeben. Er meinte, er käme allein zurecht und ich müsste erst mal den Schreck verkraften.»

Delphine blieb an dem Fenster stehen, das auf den Garten hinausging und sah zu der Platane hinüber. «Es war ja auch wirklich ein Riesenschreck», sagte sie automatisch.

Madame Sèvres atmete hörbar aus. «Ja, allerdings. Franchement, ich bin ganz froh, ein paar Tage nicht dort zu sein. Es ist mir ein bisschen unheimlich.» Sie klang nicht sehr glücklich. «Aber dass er dort allein ist, gefällt mir auch nicht», fügte sie hinzu.

Die Blätter der Platane leuchteten in der Abendsonne vor einem immer noch wolkenlosen blauen Himmel. «Ich glaube nicht, dass Sie sich Sorgen machen müssen», sagte Delphine beruhigend. «Sie haben ja gehört, dass commissaire Benazet die Streife vorbeischickt. Und wenn es wirklich ein Einbrecher war, wird er es wahrscheinlich nicht gleich noch mal versuchen.»

Während sie sich noch ein paar Minuten unterhielten, ging Delphine in die Küche, nahm ein Stück Ziegenkäse und eine Ecke Manchego aus dem Kühlschrank und stellte sie auf dem Tisch bereit, damit sich das Aroma entfalten konnte. Madame Sèvres hatte beschlossen, die freien Tage zu nutzen, um einmal ordentlich zu Hause aufzuräumen, wie sie erklärte. Auch wenn sich Delphine nicht vorstellen konnte, dass bei den Sèvres irgendwo auch nur die geringste Unordnung herrschte.

Nachdem sie aufgelegt hatten, putzte Delphine den Salat für ihr Abendessen. Richard hatte Madame Sèvres also freigegeben. Das war sehr rücksichtsvoll. Aber hatte er dabei nur an ihre Nerven gedacht, oder gab es noch einen anderen Grund? Einen Grund, aus dem er allein sein wollte. Allein in Les Balaines?

Nachdenklich setzte sich Delphine an den Tisch und spießte eine Gurkenscheibe auf.

Richard hatte sich nachmittags schließlich doch noch einmal hingelegt und war erst wieder aufgestanden, als er Madame Sèvres auf dem Korridor vor seiner Tür rufen hörte. Sie wollte sich verabschieden und ihm in der Küche zeigen, was sie vorbereitet hatte. Nickend hatte er neben ihr gestanden, während sie ihm erklärte, was sie gekocht hatte und dass einige Portionen im Kühlschrank waren, die er nach Bedarf herausnehmen konnte.

Er begleitete sie bis zur Tür und sah ihr nach, als sie davonfuhr. Dann kehrte er in die Küche zurück und aß im Stehen ein Stück Baguette mit Käse, das er mit einem Glas Wasser hinunterspülte. Er benahm sich wie in seiner Wohnung in Valence, wo er sich zum Frühstücken auch nicht hinsetzte und abends Fertigmahlzeiten in der Mikrowelle aufwärmte, die er mit vor den Fernseher nahm. Mit Aurélie hatte er selbstverständlich am Tisch gegessen, sogar wenn es nur um das Croissant und die Tasse Kaffee am Morgen ging. Aber in Wahrheit machte er sich nichts aus Esskultur. Essen war für ihn eine Notwendigkeit wie Schlafen, und ob er nun eine mitgebrachte Pizza aus dem Karton aß oder einen canard à l'orange von dem zarten Porzellan Aurélies, machte für ihn keinen Unterschied.

Auch jetzt war er mit den Gedanken woanders, während er kaute. Nach dem, was morgens vorgefallen war, glaubte er nicht mehr, dass er sich bei der Beerdigung getäuscht hatte.

Er räumte das Messer und sein Glas in die Spülmaschine und legte das restliche Baguette in die Brotdose. Alles fügte sich zusammen. Ein Kreuzungspunkt, an dem sich eine aufgestaute Energie entlud, ganz gleich, wie alt die Geschichten waren, die für diesen Energiestau gesorgt hatten.

Es war noch nicht zu Ende.

Unschlüssig blieb er vor der Brotdose stehen. Dann drehte er sich um und ging wieder nach oben in seine kleine Wohnung. Am Schreibtisch schob er den Stuhl zur Seite, zog unten rechts den schmalen Ordner aus dem Regal und legte ihn auf den Tisch. Anders als auf dem Rücken war die blaue Farbe des Deckels nicht verblasst. Nachdem Aurélie ihm damals die Unterlagen seiner Mutter übergeben hatte, war Richard nach Valence gezogen und hatte den Ordner in Aurélies Arbeitszimmer gelassen. Er wollte ihn nicht in seiner Wohnung haben mit diesen Fotos und diesem Brief. Die Adresse wusste er ohnehin auswendig.

Also war der Ordner die nächsten vier Jahre in Paris geblieben, und Richard hatte ihn nur selten in die Hand genommen, um etwas abzuheften, wenn er Aurélie besuchte. Etwas, das er auch nicht in seiner Wohnung in Valence haben wollte. Das letzte Mal an jenem Abend, der das Ende ihres Lebens in Paris zur Folge hatte. Danach war der Ordner mit den übrigen Sachen, die er noch in Paris gehabt hatte, in sein Apartment in Les Balaines umgezogen. Seitdem stand der Ordner dort unten rechts im Regal, weggeräumt und doch nicht vergessen, ein stetes Unbehagen verbreitend – wie das Wissen, dass sich irgendwo in einer komplexen elektrischen Anlage ein Schwelbrand entwickeln könnte.

Wie würde das alles ausgehen? Was wäre, wenn er nicht mehr kontrollieren konnte, was mit den Papieren geschah, die sich auf seinen Vater bezogen? Wer würde sie in die Hand bekommen, wenn es zu Ermittlungen kam, und versuchen, Schlüsse daraus zu ziehen?

Es gab Dinge, die niemand erfahren sollte, sonst würden sie einen neuen Energiestau auslösen. Es war so schon schlimm genug.

Er würde alles vernichten, was seinen Vater betraf. Damit konnte Richard zwar nichts ungeschehen machen, aber vielleicht neues Leid verhindern.

Er schlug den Ordner auf und hatte das Deckblatt vor sich. Er sah es an und wusste, was als Erstes darunterlag und welche Fotos weiter hinten kamen. Er hatte sie damals in Valence entwickeln lassen, obwohl er sie nicht brauchte. Schon nach seinem ersten Besuch in der Stadt hatte er alles im Kopf. Er hatte Informationen gesammelt und sie abgeheftet, ganz der Archivar. Fotokopien, Zeitungsausschnitte, Notizen, wenn er etwas Neues beobachtet hatte. Seine Schrift, darin geschult, Signaturen und Schlagwörter für andere Nutzer lesbar zu schreiben, war auf diesen Blättern unregelmäßig, als habe er zu fest aufgedrückt, weil das Bild, das mit jedem weiteren Detail schärfer hervortrat, immer unerträglicher wurde.

Er nahm die Unterlagen in einem Stoß aus dem Ordner und legte ihn auf den Schreibtisch. Die Fotos von dem Mann, der sein Vater war, würden sich ebenso wie alle übrigen Papiere unten im Kamin im Feuer aufrollen und mit bläulichen Flammen verbrennen. Und wenn sie schließlich zu einem anthrazitfarben glänzenden Hauch ihrer selbst geworden wären, würden sie beim leisesten Luftzug zu Asche zerfallen. Doch in seinem Kopf würden sie weiterexistieren. In seinem Kopf würde sich jedes Wort und jedes Foto aus dem Stapel zur Anklage steigern. Von dem Bild des gepflegten Vorgartens bis zu dem Zeitungsausschnitt, den er als Letztes mit zurückgebracht hatte.

Zögernd legte Richard den Zeigefinger an das Deckblatt und schob es weg. Er hatte ein exaktes Bild dessen vor Augen, was er nun sehen würde, und so realisierte er erst nach einem Moment, dass ein anderes Blatt oben lag.

Aus irgendeinem Grund spürte er plötzlich, dass sein Zeigefinger genau auf einer Trennlinie in dem Holzeinlegemuster des Tischs lag. Alle anderen Empfindungen schienen für ein paar Sekunden auszusetzen. Er sog die Wangen zwischen die Backenzähne. Dann sah er den gesamten Stapel durch. Der Zeitungsausschnitt war nicht dabei. Richard wiederholte die Suche, überlegte dabei, ob der Ausschnitt woanders hingekommen sein könnte. Aber er wusste, dass dies unmöglich war. Er selbst hatte den Ordner nach dem Abend in Paris vom Schreibtisch genommen und zurückgestellt. Hatte ihn für den Umzug eingepackt und in Les Balaines in das Regal sortiert. Und Aurélie, die als Einzige davon wusste, oder vielleicht auch Ernest, hätte niemals etwas aus diesem Ordner herausgenommen.

Ein unbehagliches Gefühl stieg in ihm auf.

Richard stellte sich ans Fenster. Draußen flimmerte das Wasser. Die niedrig stehende Sonne verlieh der gewaltigen

Fläche bis zum Horizont eine Tiefe, die sonst nicht wahrnehmbar war. Als wolle sie ihn einsaugen wie ein Staubkorn. Über dem schillernden Meeresspiegel wölbte sich der ungeheure, leere Himmel. Einen Moment lang erfüllte Richard das Gefühl vollkommener Loslösung. Er war nichts. Ein Staubkorn. Und er war alles. Weil mit jedem Bewusstsein die ganze Welt unterging.

Delphine hatte gerade ihren Teller in die Spülmaschine geräumt, als das Telefon klingelte.

«Bonsoir, Delphine.» Bernard. «Störe ich?»

«Bonsoir. Nein, überhaupt nicht.» Sie stellte die Salatschüssel in die Spüle und ließ Wasser hineinlaufen.

«Ich wollte dir etwas erzählen», sagte er, «oder gibt es etwas Neues seit heute Nachmittag?»

Delphine drehte den Wasserhahn zu. «Na ja. So allerlei. Vielleicht.»

«Ich ahne schon lange, dass es in Wahrheit ganz einfach ist, Frauen zu verstehen.»

«Meine Rede.»

«Allerdings bist du eindeutig genetisch vorbelastet», stellte Bernard fest, «das könnte in dieser Frage deine Objektivität beeinflussen.»

Delphine erzählte ihm von ihrem Treffen mit Damien und Antoinette. «Er hat abgestritten, Richard niedergeschlagen zu haben, aber er hat etwas zu verbergen, das ist eindeutig.» Sie nahm ihr halb ausgetrunkenes Glas Rotwein mit in den Salon und setzte sich aufs Sofa. «Angeblich war er heute nicht in Les Balaines. Aber an Aurélies

Todestag war er dort. Hat sie vormittags noch besucht. Das hat seine Frau bei der Beerdigung erzählt.»

«Und dort hat Damien, der etwas zu verheimlichen hat, Richard getroffen, der auch etwas zu verheimlichen hat. Die Gespräche der beiden stelle ich mir recht schwierig vor.» Bernard klang belustigt.

«Nein. Ich glaube nicht, dass sie sich getroffen haben. Richard ist erst später aus Poitiers gekommen. So um fünf. Da muss Damien längst wieder weg gewesen sein.» Delphine trank einen Schluck Wein. «Jedenfalls hatte Antoinette heute Nachmittag anscheinend etwas gegen mein Gespräch mit Damien», sagte sie. «Und kaum hatte sie mich mit ihren Blicken getötet, meldete sich Karim.» Sie erzählte Bernard, was Karim zu dem Z4 gesagt hatte. «Das BMW-Emblem als Deckel über einer Steckdose. Die Deutschen würden sich bedanken.»

«Warum nicht?», kam es von Bernard. «Der Peugeot 404 hatte den Tankstutzen hinter dem Nummernschild. Da haben sich an den Tankstellen unvergessliche Szenen abgespielt, wenn jemand mit seinem neuen Auto zum ersten Mal nachfüllen wollte.» Er lachte, dann wurde er wieder ernst. «Und Madame Sèvres glaubt, es könnte dieser Wagen gewesen sein?»

«Mit Betonung auf *könnte*. Richard hat ihr übrigens für die nächsten Tage freigegeben. Angeblich, damit sie sich von dem Schreck erholt.»

«Höre ich da etwa wieder dieses Misstrauen?», fragte Bernard.

Delphine sah zum Fenster hinaus. Es wurde langsam dunkel. «Ich habe ja schon mal gesagt, dass ich sein Verhalten merkwürdig finde. Aber ich bekomme es einfach nicht zu fassen.» Sie schnalzte ungeduldig mit der Zunge. «Was wolltest du eigentlich erzählen?», fragte sie nach einem Moment.

«Es geht genau darum: Richards merkwürdiges Verhalten. Du hattest ja heute Nachmittag erzählt, dass es in seinem Leben eigentlich nichts anderes als Aurélie und seine Arbeit gab. Also habe ich vorhin mal genauer nachgesehen, was das für ein Archiv in Poitiers ist, in dem Richard war.» Delphine wartete auf die Fortsetzung, die auch gleich kam. «Es ist ein Regionalarchiv. *Les Archives départementales de la Vienne.*»

«Aha.»

«Wahr gesprochen. Sie haben riesige Bestände dort. Das geht von Ansichtskarten bis zur Zeitschriftenabteilung und vom Ancien Régime bis zur Besatzungszeit im Zweiten Weltkrieg.» Er hielt inne.

«Zweiter Weltkrieg», wiederholte Delphine.

«Allein dieser Teilbestand ist schon enorm», sagte Bernard. «Akten zur Zivilverwaltung, den Internierungslagern, provisorischen Militärgerichten und so weiter und so fort.»

«Vielleicht war er ja deshalb in diesem Archiv», sagte Delphine wie zu sich selbst.

Bernard stutzte. «Weshalb, meine Teure?»

«Richards Vater war ein deutscher Besatzungssoldat.»

«Ein Kriegskind ...», sagte Bernard nachdenklich. «Das war ein Riesentabu bis vor gar nicht langer Zeit. Und ist es für manchen womöglich immer noch.»

Delphine dachte an Aurélies Erzählung von der Libération in Paris. «Richards Mutter war eine der Frauen, denen man öffentlich den Kopf geschoren hat.»

«Grauenvoll», sagte Bernard, «wie tief der Mensch sinken kann.»

«Es ist eben immer einfacher, auf die Schwächsten loszugehen, wenn man sich im Recht fühlt.»

«Kannte Richard seinen Vater?»

«Ich glaube nicht.»

«Inzwischen gibt es ja ein paar Stellen, die bei der Suche nach den Vätern helfen», fuhr Bernard fort, «aber das kommt natürlich alles reichlich spät, die meisten dieser Männer sind ja schon tot.»

«Das stelle ich mir auch ziemlich heikel vor», gab Delphine zu bedenken. «Kann doch sein, dass die deutschen Familien gar nichts von der Verwandtschaft in Frankreich wissen.»

Bernard lachte sarkastisch auf. «Da hast du recht. Bestimmt haben einige der Väter nach dem Krieg ihr Kind in Frankreich lieber verschwiegen und weitergelebt, als würde es diesen Nachwuchs nicht geben.»

«Hier ein Tabu und dort Schweigen», sagte Delphine. «Und die Kinder irgendwo in einem Niemandsland dazwischen. Die Mutter als Nazihure stigmatisiert, der Vater Soldat eines Verbrecherregimes, das Kind als Zielscheibe für den Hass auf alle beide. Es ist eigentlich ein Wunder, dass diese Kriegskinder ihr Leben überhaupt in den Griff bekommen haben. Äußerlich jedenfalls.» Delphine blickte erneut aus dem Fenster. Der Abend begann den Garten in Schwärze zu hüllen.

«Wenn sie überhaupt von ihrer Herkunft wissen», sagte Bernard. «Ich frage mich, wie viele erst wesentlich später davon erfahren haben, oder möglicherweise nie.»

Delphine schaltete die Lampe auf dem Beistelltisch

neben dem Sofa ein. «Manche der französischen Mütter haben bestimmt den Vater verschwiegen, um sich und das Kind zu schützen. Sind in eine andere Stadt gezogen.» Eine Fliege summte gegen die Glühbirne der Tischlampe. «Und vielleicht finden die Kinder erst nach dem Tod der Mutter Briefe oder Fotos im Nachlass, die ihr Leben auf den Kopf stellen.»

«War Richards Vater denn in der Gegend von Poitiers stationiert?», fragte Bernard. «Ich meine, weil du vorhin sagtest, Richard könnte möglicherweise deshalb im Archiv von Poitiers gewesen sein.»

Delphine runzelte die Stirn. «Nein, soweit ich weiß, war sein Vater in Paris stationiert. Zumindest, als er Richards Mutter kennenlernte. Vielleicht war er vorher in Poitiers, könnte natürlich sein. Jedenfalls haben sie nach der Libération nie mehr etwas von ihm gehört.»

«Ist er gefallen?»

«Ist er gefallen? Ist er in Gefangenschaft umgekommen? Hat er sich abgesetzt? Keine Ahnung. Da gibt es viele Möglichkeiten. Sicher ist nur, dass für Richards Mutter das Leben mit dem Kind eines Deutschen die Hölle war. Sie hat sich umgebracht, als ihr klarwurde, dass der Vater nicht zurückkommt.»

Bernard schwieg eine ganze Weile. «Und da wunderst du dich darüber, dass Richard merkwürdig ist», sagte er schließlich.

Nachdenklich ließ Delphine ihren Wein im Glas kreisen. Das Rot funkelte im Licht der Lampe. «Wenn in diesem Archiv Unterlagen zur Besatzungszeit aufbewahrt werden, könnte er irgendetwas herausgefunden haben, das bei ihm eine Reaktion ausgelöst hat.»

«Das wäre denkbar», sagte Bernard. «Aber genauso denkbar wäre es, dass er weiter seiner Passion für die Provinzialverwaltung unter Louis XIV. frönt.»

Delphine trank den letzten Schluck Wein. «Das ist alles viel zu vage.» Sie seufzte. «Kennst du diese Geschichten von den Leuten, die total davon überzeugt sind, dass sie ein UFO gesehen haben, obwohl alle anderen sagen, so was gibt es nicht? Genauso komme ich mir gerade vor.»

Nach dem Telefonat ging Delphine in das Zimmer links der Eingangstür. Sie konnte dort gut nachdenken, aber auch gut abschalten. Der Raum war als Gästezimmer eingerichtet. Es standen ein helles Sofabett darin, ein Schrank und zwei Sessel an einem niedrigen Tisch. Das breite Sprossenfenster, dessen taubenblauer Leinenvorhang an einer Seite mit einer Kordel zusammengerafft war, ging auf das Rasenstück seitlich des Hauses hinaus.

Delphine setzte sich an das Klavier, das neben dem Fenster stand, kippte den Deckel auf und ließ ihre Finger über den Tasten schweben. Dann schlug sie eine Tonreihe an, die sich klangvoll im Raum entfaltete, langsam verebbte und dann einen verzerrten Nachhall entwickelte. Delphine hob den Blick zu dem leicht verblassten Foto, das auf dem Klavier stand. Es zeigte zwei engumschlungene Mädchen in Nahaufnahme. Sie lachten ausgelassen in die Kamera, die Köpfe so dicht zusammengesteckt, dass nicht zu sehen war, wo die wilden braunen Locken der einen endeten und wo die der anderen begannen. Und auch sonst waren sie nicht zu unterscheiden, denn sie glichen sich wie ein Ei dem anderen.

«Verstimmt», sagte Delphine zu dem Foto. «Das hast du schon beim ersten Ton gehört, oder, Muriel?»

19

Merci bien, Madame Gueron», sagte maître Villon am späten Vormittag des nächsten Tages. Sie standen an der Tür seines großzügigen Büros, und er verbeugte sich zum Abschied leicht vor Delphine. Alle anderen waren schon hinausgegangen.

Delphine hatte gerade ihr Handy wieder anschalten wollen, das sie vor der Testamentsverlesung ausgemacht hatte, doch nun ließ sie es zurück in ihre Handtasche gleiten.

«Keine Ursache. Außerdem war es doch sehr interessant, finden Sie nicht?», sagte sie.

Für einen Moment schien ein sardonischer Ausdruck über das Gesicht des Notars zu gleiten. So als wäre sein rechter Mundwinkel beinahe unmerklich von dem Unterstrom einer flachen Welle gehoben worden, der anschließend zuerst die rechte und dann die linke Augenbraue in Bewegung brachte. Erstaunt musterte Delphine den großgewachsenen Mann. Der korrekte blaue Dreiteiler, aus dessen oberer Jacketttasche ein dunkelrotes Einstecktuch in komplizierter Dreispitzenfaltung ragte, strahlte Gewissenhaftigkeit und Professionalität aus und erinnerte an vergangene Tage der Eleganz und des britischen Dandytums in französischen Reitclubs.

Zu der Testamentseröffnung waren etwa ein Dutzend Personen erschienen, darunter Antoinette und Damien de

Montvignon, Richard, Madame Sèvres und Munio sowie einige Leute, die Delphine nicht kannte. Der Gärtner hatte Delphine vor Beginn des Termins erzählt, dass Richard auch ihm für die nächste Woche freigegeben hatte. Antoinette trug ein knielanges meliertes Kostüm mit einer Perlenkette und hatte ihr Haar hochgesteckt.

Einige der testamentarischen Bestimmungen Aurélies und Ernests waren Delphine bereits bekannt. Dass den Angestellten die unbefristete Fortschreibung ihrer Stellen oder die einmalige Auszahlung von drei Jahresgehältern zur freien Wahl stand, zum Beispiel. Oder die teilweise Umwandlung von Les Balaines in eine Stiftung. Doch bei der Verlesung der komplexen Nebenbestimmungen und Klauseln, die etwa die Stiftungsverwaltung, das Gelände, auf dem nichts gebaut werden durfte, oder die unverletzlichen und ziemlich weitreichenden Rechte Richards angingen, hatte Delphine nicht mehr genau zugehört. Falls sie in Aurélies Sinn noch einmal aktiv werden sollte, was diese Dinge betraf, müsste sie das alles ohnehin noch im Einzelnen durchdringen. Schließlich aber war maître Villon zu dem Teil der Verlesung gekommen, aufgrund dessen sie zu der Testamentseröffnung hinzugebeten worden war.

«Ich zitiere nun weiter Madame Aurélie de Montvignon», hatte er gesagt und dann mit neutraler Stimme vorgetragen: «‹Was meinen Neffen, Damien de Montvignon, betrifft, besteht sein Erbe im Gegenwert eines von ihm unterzeichneten Dokuments, das ich maître Villon zur Aufbewahrung anvertraut habe. Du wirst wissen, Damien, worum es sich handelt.›» Während der Anwalt Aurélies Worte verlas, hatte Delphine ihre Freundin so deutlich vor Augen, als stünde sie auf den Makhila gestützt vor ihr am Kamin. Villon las weiter: «‹Allerdings ist an dieses Erbe eine Bedingung geknüpft. Sie besteht darin, dass du dich in keiner Hinsicht gegen die Bestimmungen wenden darfst, die ich für den Fall meines Todes festgelegt habe. Ich überlasse es Madame Delphine Gueron, innerhalb der nächsten vier Wochen zu beurteilen, ob diese Bedingung erfüllt wurde. Sollte dies nicht der Fall sein, wird der besagte Gegenwert zugunsten der Stiftung bei dir eingeklagt.›»

Delphine vermutete, dass es sich bei diesem Dokument um einen Schuldschein handelte. Was sollte es sonst sein? Sofort hatte sie vor Augen, wie Damien an dem Schreibtisch in Les Balaines gesessen hatte. Angeblich auf der Suche nach Erinnerungsfotos. War er davon ausgegangen, diese Schulden unterschlagen zu können, weil Aurélie ja tot war?

«Und nun zum nächsten Punkt.» Während maître Villon mit unveränderter Tonlage weitere testamentarische Bestimmungen bekanntgab, hatte Delphine zu Antoinette und Damien hinübergesehen. Beide hatten auf ihre Art dagesessen, wie vom Donner gerührt. Antoinette kühl und aufrecht, den Blick in eine unbestimmte Ferne gerichtet. Damien leicht zusammengesunken.

Als sie nun mit maître Villon an der Tür seines Büros stand, fragte sich Delphine, was der Notar wohl alles über Damien wusste. Die Geschichte mit Pablo, das war klar, aber wusste er noch mehr? Villon hatte Ernest gemocht und Aurélie geradezu verehrt. Wie hatte er reagiert, als sie mit diesem *Dokument* zu ihm gekommen war? Hatte er ihr mit allem Takt geraten, sich nicht ausnutzen zu lassen? Hatte er Erkundigungen über Damiens finanzielle Situation eingeholt? Delphine war klar, dass sie Villon nicht danach zu fragen brauchte. Wahrscheinlich war absolute Diskretion bei Anwälten einer so alteingesessenen Kanzlei, die vom Vater auf den Sohn überging, genetisch vorprogrammiert. Wie bei den Hochgebirgsfichten, die im Laufe der Evolution durch eine schmalere Krone das Risiko des Schneebruchs gesenkt hatten. Andernfalls drohte die natürliche Auslese. Wenn man es allerdings erst einmal geschafft hatte, sich diesen lebensfeindlichen Bedingungen anwaltlicher Hochgebirgsregionen anzupassen, genoss man vermutlich auch gewisse Freiheiten.

«Wir werden uns dann ja sicher in der nächsten Zeit noch sprechen», fügte maître Villon beim Abschied hinzu. Eine Anspielung darauf, dass er auf Delphines Einschätzung warten würde, die sie zu Damien abgeben sollte.

Als Delphine wenig später auf dem breiten Korridor darauf wartete, dass der Lift nach oben kam, hörte sie aus dem Treppenhaus mühsam unterdrückte Stimmen. Sie ging ein paar Schritte zur gemauerten Brüstung der Treppe, von der aus sich breite Steinstufen nach unten wanden, und spähte abwärts. Licht fiel durch das große, über zwei Stockwerke verlaufende Sprossenfenster herein, dessen vielfach untergliederte Scheibeneinteilung mit einem Kreis im Zentrum und davon ausgehenden Winkelsegmenten jeden Fensterputzer in helle Freude versetzen musste. Im neunzehnten Jahrhundert, aus dem dieses Gebäude stammte, hatte zur Reinigung wahrscheinlich der Knecht die Leiter aus der Remise geholt und für das Dienstmädchen festgehalten, das sich mit geschürztem Rock und Schweißperlen auf der Stirn nach oben reckte.

«Wieso weiß ich nichts davon?» Auch wenn sie ihren

Mann anfauchte, war Antoinette de Montvignons Stimme unverkennbar. Sie waren nicht zu sehen, mussten aber auf einem Absatz zwischen den Stockwerken stehen geblieben sein. Durch die Akustik des Treppenhauses waren ihre gesenkten Stimmen trotzdem gut zu verstehen.

«Weil du nichts wissen wolltest!» Damien klang aggressiver, als ihn Delphine je erlebt hatte, und er redete sofort weiter. «Wer wollte denn nichts davon wissen, als ich versucht habe, die Ausgaben einzuschränken? Wer wollte denn nichts hören und hat mir alles allein überlassen, als ich gesagt habe, dass es in der Bank Schwierigkeiten gibt? Unsere Arbeitsteilung war ja ziemlich eindeutig: Ich schaffe das Geld ran, und du wirfst es raus!»

«Du bist ja verrückt! Und jetzt soll ich noch für deine Probleme in der Bank verantwortlich sein?», kam es nicht ganz logisch von Antoinette zurück. «Du hast mich hier vor aller Welt zum Gespött gemacht. Was glaubst du, wie schnell diese Geschichte die Runde macht!»

«Das ist natürlich deine Hauptsorge, was auch sonst. Aber dass du diejenige warst, die mich immer wieder dazu gedrängt hat, Aurélie zu besuchen, hast du wohl vergessen, oder? Willst du etwa behaupten, du hättest dabei nicht an ihr Geld gedacht? Auch heute sind wir doch nur deinetwegen hier. Ich wollte in Paris bleiben und mir die Mitteilung von Villon mit der Post schicken lassen.»

«Weil ich von nichts wusste!» Jetzt würde die Argumentation wieder von vorne losgehen, dachte Delphine, doch Antoinette fragte: «Wann hast du überhaupt diesen idiotischen Schuldschein unterschrieben?»

«Im Januar», sagte Damien leise, um dann ätzend hinzuzufügen: «Als du mit den Kindern bei deinen Eltern warst, um *mal durchzuatmen.* Auch da hast du keine Ruhe gegeben, bis ich zu ihr gefahren bin.» Delphine bekam nicht mit, was Antoinette darauf erwiderte, vielleicht hatte sie sich weggedreht. Dann hörte sie: «Wie viel war es?» Die Antwort war wieder nicht zu verstehen.

«Was?», hallte es gleich darauf entsetzt durchs Treppenhaus. «Was hast du damit gemacht?»

«Es ist weg», sagte Damien. Er klang inzwischen nur noch erschöpft.

«Was heißt das, *weg*?»

«Wir haben Schulden.»

«*Wir* haben Schulden?», erwiderte Antoinette, bevor sie verächtlich hinzusetzte: «*Du* hast Schulden, wolltest du wohl sagen. Du hast dich verzockt.» Danach zögerte sie einen Moment, bevor sie die nächste Frage stellte. Vielleicht ahnte sie, dass sie noch längst nicht alles gehört hatte. «Wie hoch sind die Schulden?»

«Weißt du was, Antoinette», sagte Damien, «dein selbstgerechtes Theater geht mir unheimlich auf die Nerven. Lass es einfach, ja?»

«Wie viel?» Sie blieb hart.

«Ich hab's dir gerade schon gesagt. Es ist weg. Es ist alles weg.»

«Alles», wiederholte Antoinette unwillkürlich.

«Ja. Alles!», rief Damien. «Hast du es jetzt endlich begriffen? Alles!» Seine Stimme steigerte sich zu einem Schrei. «Alles!»

Das Wort hallte durch das gesamte Treppenhaus und brauchte lange, um zu verklingen. Delphine erwartete, dass Türen geöffnet würden, doch nichts geschah. Es herrschte nur Stille, die nach dem Schrei umso tiefer wirkte. Wahrscheinlich starrte Antoinette ihren Mann an und sah dieses ‹Alles› in unerreichbare Fernen ziehen, als würde es auf dem Meer davontreiben. Die Abende im Le Cinq, die spontanen Kurzurlaube mit ihren Freundinnen, ihre Gucci-Clutch und – schon fast am Horizont – die 2.55.

«Das Palais?», fragte sie tonlos. Damien schwieg.

Wenige Sekunden später hörte Delphine Absatzgeklapper, das sich die Treppe hinunter entfernte. Sie zog sich leise von der Brüstung in den Korridor zurück, um dann mit normalem Schritt die Treppe hinunterzulaufen.

Auf einer der Stufen vor dem nächsten Absatz saß Damien. Er hatte die Ellbogen auf die Knie gestützt und den Kopf in die Hände gelegt.

«Damien», sagte sie und blieb stehen. Sie hatte kein Mitleid mit ihm. Für überprivilegierte Banker, die mit dem Geld anderer Leute jonglierten, das Finanzwesen in die Krise spekulierten und ihre alten Tanten ausnutzten, fehlte ihr das Mitgefühl. Ebenso für Antoinette. Sie hatten sich alle beide in mehr oder weniger stillschweigendem Einverständnis auf dieses System eingelassen, bis es irgendwann nicht mehr funktionierte.

Antoinette hatte es wahrscheinlich leichter damit, sich aus dieser Situation zu lösen, denn sie konnte sich auf den Standpunkt stellen, nichts gewusst zu haben. Aber auch bei Damien bezweifelte Delphine, dass er ernsthafte existenzielle Probleme bekommen würde. Das war bei solchen Leuten eigentlich nie der Fall. Sie fielen meistens wieder auf die Füße und hatten ihre Schäfchen ohnehin schon längst ins Trockene gebracht. Doch der eigentliche Grund für ihr fehlendes Mitgefühl war, dass Damien auf den Tod Aurélies spekuliert hatte. Dass er sich im Januar eine offenkundig sehr beträchtliche Summe bei ihr geliehen und nach ihrem Tod versucht hatte, das Papier mit seiner Unterschrift verschwinden zu lassen, um seine Schulden nicht begleichen zu müssen. Denn nur deshalb war er am Tag der Beerdigung in Les Balaines gewesen, so viel war für Delphine sicher. Aber es gab noch einen weiteren Gedanken, der ihr nicht mehr aus dem Sinn ging. Und deshalb musste sie Damien unter Druck setzen, denn sie wusste nicht, ob sie noch eine andere Gelegenheit dazu bekommen würde. Sie wollte unbedingt wissen, wie der letzte Besuch Damiens bei Aurélie verlaufen war. Er würde wahrscheinlich lügen, aber sie musste es wenigstens versuchen.

Damien hob den Kopf, blieb jedoch auf der Stufe sitzen. «Jetzt wissen Sie Bescheid, was, Madame Gueron?», sagte er giftig. «Ich habe Aurélies Bedingung nicht erfüllt. Kein Zutritt in Les Balaines. Aber von mir aus können Sie das Geld gern einklagen lassen. Bei mir gibt es nämlich nichts mehr zu holen.» Er richtete seinen Blick zum Fenster hinaus. «Und eine halbe Million würde mich jetzt auch nicht mehr retten.»

Eine halbe Million! Wie er darüber redete. Dafür mussten andere Leute ihr Leben lang arbeiten gehen. Delphines Laune wurde noch schlechter. «Wenn wir schon dabei sind», sagte sie, «ist der Betrag nicht noch ein bisschen höher?»

«Hat Villon Ihnen den Wisch nicht gezeigt, den ich bei Aurélie unterschreiben musste? Die Fünf mit den fünf Nullen? Was meinen Sie, wie lange ich gebraucht habe, um meine Tante davon zu überzeugen, dass sie als de Montvignon eine Mitverantwortung für den Familienbesitz in Paris hat? Und trotzdem hat sie mir das Geld nur geliehen.»

So hatte er Aurélie also dazu gebracht, obwohl es ihm allein um seinen eigenen Nutzen gegangen war. Delphine legte ihren Arm auf das Treppengeländer. Das Holz des Handlaufs über den aufwändig geschmiedeten Geländerpfosten war vom jahrzehntelangen Gebrauch nachgedunkelt und glatt wie Seide. Doch es war auch hart wie Stein, und dafür war Delphine dankbar, als sie ihre Finger darum schloss, um bei Damiens Dünkelhaftigkeit die Selbstbeherrschung zu wahren. «Sie waren aber noch einmal bei Aurélie in Les Balaines. Und zwar an ihrem Todestag. Haben Sie sich dabei noch mehr Geld geliehen?», fragte sie ruhig.

Damien sprang auf. «Wie kommen Sie dazu? Natürlich nicht!»

«Ach nein? Dann sind Sie Aurélie also auch nicht ins Atlantique gefolgt, um *den Wisch*, wie Sie es nennen ...» Sie sah ihn so drohend an, dass er einen Schritt zurückwich. «... gleich wieder an sich zu bringen?»

Er starrte sie an. «Was wollen Sie damit sagen?»

Delphine spürte unter ihren Fingern die geschwungenen Einbuchtungen des Handlaufs. «Dass es manchmal zu Unglücksfällen kommen kann, wenn man sich um etwas streitet.» Erst als sie den Satz ausgesprochen hatte, wurde ihr bewusst, dass man ihn ebenso gut auf Pablos Tod beziehen konnte, doch Damien war das offenbar nicht aufgefallen. Er stand an dem großen Treppenhausfenster und starrte hinaus. Vielleicht sah er unten Antoinette, die sich über die Straße entfernte. Dann wandte er seinen Blick wieder Delphine zu.

«Ich war nicht da», sagte er.

«Wer da war und wer nicht, lässt sich in einem Hotel wie dem Atlantique glücklicherweise nie mit Sicherheit sagen, oder?»

«Ich war überhaupt nicht da.» Es dauerte ein paar Sekunden, bis Delphine verstand, was er meinte. Dennoch hob sie auffordernd die Augenbrauen.

«Ich war an diesem Tag überhaupt nicht hier in der Gegend», erklärte Damien. «Meine Frau ...» Er unterbrach sich. «Antoinette war mit einer ihrer Freundinnen verreist und die Kinder mit meinen Schwiegereltern auf einer Safari.» Er warf einen Blick an die Decke. «Ich habe meiner Frau nur gesagt, ich wäre hier gewesen, um meine Ruhe zu haben.»

Wenn es nicht um Aurélie gegangen wäre, hätte Delphine losgelacht. Es war wie in einem schlechten Film. Eine schöne Gattin, die, auf ihren Vorteil bedacht, ihren schwachen Mann unter dem Pantoffel hatte. Eh bien, Pantoffel war bei Antoinette de Montvignon vermutlich nicht der passende Ausdruck. Delphine glaubte Damien. Ein derartiges Ausweichmanöver passte sehr gut zu ihm. Zudem hatte Aurélie ihn nicht mehr sehen wollen.

«Und wo waren Sie, wenn Sie nicht hier waren?», fragte sie trotzdem. «Nur für den Fall, dass Sie mir ein Märchen auftischen wollen.»

«Jetzt ist ohnehin alles egal.» Er hob das Kinn. «Ich war mit einer Bekannten in der Bourgogne», sagte er.

Es war wie in einem noch viel schlechteren Film. Am Ende ist die Geliebte obendrein seine Sekretärin, dachte Delphine. «Hat diese *Bekannte* einen Namen?», fragte sie.

Während er nachdachte, schob Damien bei geschlossenem Mund die Zungenspitze vor die oberen Schneidezähne. Wahrscheinlich hatte er seiner Bekannten versprochen, niemandem von ihr zu erzählen. Aber wenn es darum ging, seine Haut zu retten, lag es vermutlich nahe, das ein oder andere zu opfern. Zum Beispiel das gegenseitige Vertrauen. «Wenn es sein muss», sagte er, «hat sie einen Namen. Aber dafür sehe ich derzeit nicht den geringsten Grund.»

«Wir werden sehen», sagte Delphine und drehte sich um. Sie hatte von Damien Idiot de Montvignon mehr als genug. Dann ging sie ohne ein weiteres Wort die Treppe hinunter.

20

Sie machen das nur, um mir einen Gefallen zu tun, oder?», fragte Karim, als sie im Auto auf dem Weg zum Flughafen waren.

«Was meinst du denn damit?»

«Festzustellen, ob es dort so ein blaues Coupé als Mietwagen gibt.»

Delphine lachte. «Ganz so schlimm ist es nicht, mein Kleiner.»

«Ich bin nicht Ihr Kleiner», sagte Karim genervt.

«Also gut, mein Großer.»

Karim schüttelte nur den Kopf. Sie warf ihm einen Seitenblick zu. «Ich mache das auch, um mir selber einen Gefallen zu tun. Aurélie hat mich gebeten, in der ersten Zeit ein bisschen nach allem zu sehen, wenn sie ... nicht mehr da ist. Und da will ich lieber keine Möglichkeit außer Acht lassen.» Sie löste die rechte Hand vom Steuer und ließ ihre Sonnenbrille, die sie sich ins Haar geschoben hatte, auf die Nase gleiten.

Karim schien nicht zufrieden. «Und wenn dieses Auto dort nicht vermietet wurde?»

«Dann haben wir umsonst im Stau gestanden.» Delphine seufzte. Auf dem Anstieg Richtung Guéthary standen die Autos Schlange. Das konnte sich auf der schmalen, gewundenen Küstenstraße eine Ewigkeit so hinziehen. Dafür reichte manchmal schon ein einziges von diesen

Wohnmobilen, die auf den engen Kreisverkehren stecken blieben, weil ihre Besitzer die große Freiheit genießen wollten.

Als sie hinter dem letzten Wagen zum Stehen kamen, erstarb der Motor des Twingos. «Oh nein, schon wieder», sagte Delphine, zog die Handbremse an und drehte den Zündschlüssel zurück. Beim dritten Versuch startete der Motor. «Ich muss in die Werkstatt. Pierre soll mir die Zündung noch mal neu einstellen», brummte sie und sah wieder auf die verstopfte Straße. «Wenn wir Glück haben, ist es nur die Ampel vor der Ortsdurchfahrt. Und die Gegenrichtung ist frei. Zurück scheinen wir also schnell zu kommen.»

Delphines Verkehrsanalyse interessierte Karim nicht. «Sie glauben nicht daran», sagte er missmutig.

«Du glaubst ja anscheinend selbst nicht ganz daran, Karim. Aber der Glaube hilft uns in diesem Fall auch nicht weiter. Wir brauchen Tatsachen. Wenn es das Auto dort nicht gibt, ist eine Frage beantwortet. Das ist schon viel wert. Das solltest du wissen, wenn du zur Polizei willst.»

«Ich?», fragte Karim empört und warf den Kopf zurück. «Ich will nicht zur Polizei! Das hab ich schon mal gesagt.»

«Und warum willst du dann am Flughafen ermitteln?»

Karim starrte mit zusammengezogenen Augenbrauen auf die rot leuchtenden Bremslichter des Autos vor ihnen, als wären es die blutunterlaufenen Augen eines bösartigen Stiers. Es schien jeden Moment möglich, dass er ausstieg, um die Lichter dieses Stiers mit ein paar gezielten Tritten zum Erlöschen zu bringen.

«Na?», fragte Delphine, als die Bremslichter vor ihnen

erloschen, weil die Fahrt mit einer Grünphase der Ampel weiterging.

Karim drückte sich in seinen Sitz und zog die Schultern hoch. «Weil es was mit ihr zu tun hat», sagte er nach längerem Schweigen.

Delphine wurde ernst. Sie wusste, dass Karim die wunderbare Aurélie vermisste, auch wenn er sie kaum ein halbes Jahr gekannt hatte. Aurélie hatte ihren Zauber auf ihn wirken lassen, ihren Du-bist-genau-richtig-Zauber, mit dem sie ihrem Gegenüber das Gefühl vermitteln konnte, einzigartig und unersetzlich zu sein. Und, so dachte Delphine, nach dem manch einer süchtig wurde. Wer für diesen bestimmten irisierenden Blick Aurélies empfänglich war, konnte spüren, dass es um eine dieser seltenen Begegnungen ging, wie man sie vielleicht nur zwei- oder dreimal im Leben hat. Vielleicht war es für den jugendlichen Karim schwerer, sich mit ihrem Verlust abzufinden, weil ihm noch das ganze Erklärungsarsenal fehlte, mit dem sich Erwachsene panzern konnten.

«Wie war es eigentlich bei der Testamentseröffnung?», unterbrach Karim Delphines Gedanken.

«Dein Liebling geht leer aus», sagte sie.

«Der Idiot?»

Delphine nickte und stellte zugleich fest, dass die Straße nach der Ortsdurchfahrt von Guéthary wieder frei war. «Ich weiß nicht», sagte sie, «aber es kommt mir so vor, als würde in diesem Auto auf einmal eine unglaublich zufriedene Stimmung herrschen.»

Karim grinste. «Das muss daran liegen, dass sich der Stau aufgelöst hat», sagte er.

Es war ungefähr fünf Uhr, als sie am Flughafen ankamen. «Also», sagte Delphine, während sie einparkte, «wir sehen uns um, und wenn es Fragen zu stellen gibt, bin ich diejenige, die redet, klar?» Karim nickte, und sie stiegen aus.

«Da vorne ist der Bereich mit den Mietwagen», sagte er mit erhobener Stimme, weil gerade eine Maschine landete.

Der Flughafen war sehr klein. Es gab den langgestreckten Parkplatz und das langgestreckte Gebäude mit der Abfertigungshalle, in der sich außer einem Informationsschalter und einem kleinen Zeitungsladen nur ein einziger Ausgang für ankommende Passagiere, ein einziger Gang für die Sicherheitskontrolle der abfliegenden Fluggäste, zwei Gepäckbänder und ein einziger Tresen befanden, den sich sämtliche Autovermieter teilten. Trotz einiger Modernisierungen hatte sich hier seit Jahrzehnten nichts Wesentliches geändert.

Zunächst gingen sie über den Parkplatzbereich, auf dem die Mietwagen standen. Es gab einige luxuriösere Modelle, die meisten Autos waren jedoch Mittelklassewagen. Schließlich blieb Karim stehen, drehte sich einmal um sich selbst und zuckte mit den Schultern.

«Falls er noch vermietet ist, kann er nicht hier stehen», sagte Delphine. Sie betraten die Halle durch eine breite gläserne Schiebetür. Rechts vor dem Abfertigungsbereich standen die braun gebrannten Heimreisenden. Sie warteten mit Kindern, Gepäck und neugekauftem Strohhut, der zu Hause auf einem Schrank verstauben würde, bis sie bei der Sicherheitskontrolle an der Reihe waren. Delphines Blick wurde von der Stimme einer Engländerin angezogen, die nach ihren Kindern rief. Die Frau hatte eine kleine Papiertragetasche mit der Aufschrift *Fromage Basque* auf ihren Koffer gestellt. Delphine überlegte, ob der kleine Laib Brebis, der sich höchstwahrscheinlich in der Tüte befand, bei der Sicherheitskontrolle unter Plastiksprengstoffverdacht geraten würde.

Auf der linken Seite strömten über eine Treppe wesentlich bleichere Menschen in die Halle. Sie waren gerade angekommen, und die meisten von ihnen stellten sich bei dem Gepäckband rechts auf, das sich ruckelnd in Gang setzte. Einige wenige eilten mit Kabinengepäck in der Hand sofort aus der Halle. Ein jüngerer Mann im Anzug mit einem kleinen, silbrigen Rollkoffer steuerte auf den Tresen der Autovermietungen zu. Dort war nichts los. Nach einem kurzen Gespräch mit dem Anzugträger verschwand einer der beiden Angestellten durch eine Tür nach hinten, während seine Kollegin ganz rechts ihren Schwatz mit einer Reinigungskraft fortsetzte, die ihren Ellbogen auf den Tresen gelegt hatte, um sich abzustützen. Die Putzfrau war eine kompakte Erscheinung mit sehr dunklen Augenbrauen und grauen Strähnen in ihrem kurzen, glatten Haar. Unter ihrem rosafarbenen Kittel lugte ein farbenfrohes Kleid heraus. Ihr Putzwagen stand einen Meter entfernt hinter ihr.

«Ich rede, klar?», zischte Delphine Karim erneut zu und ging zu der Angestellten ganz rechts. «Bonjour.»

«Bonjour, Madame», sagte die Angestellte, während die Putzfrau ihren Ellbogen lediglich ein Stückchen wegzog und sich zum Gepäckband umdrehte wie ein Feldherr, der die Ankunft neuer Truppen überwacht.

«Ich hätte gern eine Auskunft.» Die Angestellte war etwa Mitte zwanzig und sah Delphine aufmerksam an. Sie hatte ihr blondes Haar hinten zusammengenommen und trug eine dunkelblaue Hose zu einer hellblau gemusterten Bluse. Hinter ihr hing eine dunkelblaue Kostümjacke über der Lehne eines Bürostuhls. Sie wirkte freundlich und professionell.

Und falls es etwas zu erfahren gibt, was unter den Datenschutz fällt, werde ich es von ihr nicht hören, dachte Delphine. «Ich interessiere mich für sportliche Autos», erklärte sie. «Genauer gesagt, möchte ich wissen, ob man hier auch etwas Sportlicheres mieten kann als die Wagen, die ich draußen gesehen habe.»

Die Putzfrau drehte interessiert ihren Kopf um und ließ ihren Blick an Delphine hinunter- und wieder hinaufwandern. An der Brusttasche ihres Kittels hing ein Namensschildchen. Marceline. «Der soll aber nicht für Sie sein, oder?», sagte sie.

Karim presste die Lippen zusammen und senkte den Kopf, damit ihm die Locken vors Gesicht fielen.

«Warum nicht?», fragte Delphine, während die Angestellte nicht recht zu wissen schien, ob sie Marceline bitten sollte, sich nicht in das Gespräch einzumischen.

«Sie sind nicht der Typ, das sehe ich sofort», erklärte die Putzfrau fachkundig.

«Aha», sagte Delphine. «Und welcher Typ bin ich?»

«Sie sind der Transportmitteltyp», kam es ohne jedes Zögern. «Sie fahren Ihr Auto, bis es zusammenbricht, und dann kaufen Sie ein neues gebrauchtes mit den gleichen Problemen.»

Karims Locken bebten verdächtig. Die Angestellte, die kurz davor gewesen war, etwas zu sagen, entspannte sich, als Delphine zu lachen begann. «Und was sind Sie für ein Typ?», fragte Delphine die Putzfrau.

«Ich bin der Ich-lasse-meinen-Mann-fahren-Typ», erklärte die Putzfrau heiter. «So ein Beifahrersitz ist nämlich ein idealer Beobachtungsposten, wenn man sich für seine Umgebung interessiert.» Das glaubte Delphine in diesem Fall aufs Wort.

«Sie möchten also einen etwas sportlicheren Wagen mieten», meldete sich die Angestellte. Die Putzfrau schwieg, ganz Aufmerksamkeit.

«Zunächst wollte ich nur wissen, ob Sie solche Wagen überhaupt im Angebot haben», sagte Delphine. «So etwas wie ein BMW-Coupé zum Beispiel.»

«Machen die zurzeit eine Rabattaktion, oder was?», murmelte die Putzfrau.

Die Angestellte ließ sich nicht beirren. «Solche Wagen haben wir nicht hier, aber man kann sie vorbestellen.» Sie hob die Augenbrauen. «Ist allerdings etwas kostspielig.»

«Hey! This is mine!», rief in diesem Moment jemand hinter ihnen. Delphine drehte sich Richtung Gepäckband um. Ein hochaufgeschossener Mann mit rötlich blonden Haaren lief hinter einem Urlauber in braun karierten Bermudashorts und Polohemd her und versuchte, den Griff des schwarzen Rollkoffers zu erwischen, den der Polohemdenträger vom Gepäckband genommen hatte. Gleich darauf entflammte eine hitzige Diskussion auf Englisch und Französisch, bei der keiner der beiden den Koffergriff losließ.

«Wer kauft sich heutzutage noch einen schwarzen Rollkoffer», bemerkte die Putzfrau und machte sich mit ihrem Wagen auf den Weg, um den Verlauf dieses zwischenstaatlichen Konflikts von einem näher gelegenen Beobachtungsposten aus zu verfolgen.

«Ich könnte das für Sie mit der Zentrale regeln», fuhr die Angestellte fort, und Delphine drehte sich wieder zu ihr um. «Dann wird der Wagen hier bereitgestellt.»

«Oh, nein danke. Ich wollte zunächst nur einmal wissen, ob die Möglichkeit grundsätzlich besteht.» Sie warf einen Blick über die Schulter und sah, wie der rotblonde Mann aufgeregt zu dem Gepäckband hinüberdeutete. «Gibt es eigentlich häufig Kunden mit Sonderwünschen?», fragte Delphine.

Die Angestellte schüttelte den Kopf. «Nein, das ist eher selten. Wenn Prominente kommen, dann manchmal schon. Aber sonst kaum. Diesen Monat hatten wir zum Beispiel nur zwei Vorbestellungen.» Sie lächelte. «Den meisten ist so etwas zu teuer.»

Delphine erwiderte ihr Lächeln. «Vielen Dank für die Auskunft», sagte sie, obwohl Karim neben ihr auffuhr, weil er offenbar wollte, dass sie weitere Fragen stellte. Sie sah ihn an und schüttelte ganz leicht den Kopf.

«Avec plaisir, Madame», sagte die Angestellte und drehte sich zu ihrem Schreibtisch um.

«Wir hätten doch ...», begann Karim.

Delphine wandte sich vom Tresen ab. «Nein, sie darf uns nichts weiter sagen», erklärte sie mit gesenkter Stimme. «Was denkst du denn?»

Der rotblonde Mann und der wesentlich kleinere Polohemdenträger standen inzwischen mit zwei gleichartigen schwarzen Rollkoffern zwischen sich in der Nähe des Gepäckbandes. Ihr Streit war zu einem gestenreichen, versöhnlichen Kauderwelsch abgeebbt.

«Aber wir haben ja noch unseren Beobachtungsposten», sagte Delphine und deutete mit dem Kopf auf die

Putzfrau, die sich mit ihrem Wagen an der Treppe zur Fluggastbrücke postiert hatte.

Die Frau sah ihnen kopfschüttelnd entgegen. «Vielleicht knotet er ja das nächste Mal seinen Union Jack an den Griff», sagte sie herablassend. Gemeinsam betrachteten sie die Entente cordiale in der Abfertigungshalle. «Gleich teilen sie sich eine Taxe», mutmaßte die Putzfrau, als die beiden Männer zusammen aus der Halle gingen. Dann sah sie Delphine an. «Alors? Was ist aus Ihrem Sportwagen geworden?»

«Das überlege ich mir noch mal», sagte Delphine. «Was meinten Sie eigentlich vorhin mit der Rabattaktion? Gibt es die Wagen zurzeit billiger?»

«Wäre ja möglich, oder?», der rosafarbene Kittel spannte sich über dem beträchtlichen Busen. «Als ich letzten Montag mit meiner Schicht anfing, hat schon jemand ein BMW-Coupé gemietet. Das ist ja eher selten hier. Und eins sage ich Ihnen», sie sah Delphine listig an, «dieser Knabe war wirklich ein Sportwagentyp.»

Delphine lachte. «Ein junger Mann also, der hier die Treppe runtergestelzt ist, sein Köfferchen in das Coupé geworfen hat und fünf Minuten später mit windzerzaustem Haar in Biarritz an den Straßencafés vorbeigefahren ist, um sich von den Urlaubsschönheiten bewundern zu lassen, richtig?»

Wohlgefällig ruhte der Blick der Putzfrau auf Delphine. «Nicht schlecht», sagte sie. «Die Urlaubsschönheiten und der Fahrer mit dem Sportwagen bilden so etwas wie eine Vorteilsgemeinschaft. Das ist wie bei den Ameisen und den Blattläusen. Allerdings muss ich Ihnen einen Punkt für die Treppe abziehen.»

«Oh», sagte Delphine. «Gerade dabei war ich mir so sicher, wo wir doch an einem Flughafen sind.»

«Sicherheit gibt es nicht», erklärte Marceline ernst und legte die Hand auf den Griff ihres Rollwagens. «Und in diesem speziellen Fall kam der Mieter nicht mit dem Flugzeug, sondern wurde herkutschiert. Das weiß ich noch, weil der Fahrer seine Protzkarre direkt vor dem Haupteingang im absoluten Halteverbot abgestellt hat.» Sie hob verächtlich die Augenbrauen. «Vater und Sohn, das könnte ich beschwören. In dreißig Jahren ist der junge Sportwagentyp genauso ein feister, verlebter Kerl mit viel zu schwarz gefärbten Haaren, der sich die Autofelgen vergolden lässt.» Sie schüttelte sich.

Von Karim kam ein erstickter Laut. «War ... war die Protzkarre weiß?», fragte er.

Marceline sah ihn an und verengte die Augen. «Ja, sie war weiß», gab sie langsam zurück.

«Und wissen Sie noch, was es für eine Marke war?»

Ohne Karim aus den Augen zu lassen, antwortete sie etwas zurückhaltend: «Ich würde sagen, das war auch ein BMW. So eine Markenvorliebe wird womöglich vererbt, wie eine Obstallergie.» Bei den letzten Sätzen war der Schwung aus ihrer Stimme gewichen, als wäre sie mit den Gedanken woanders. «Sollte ich Sie vielleicht fragen, warum er das wissen will?», wandte sie sich an Delphine.

«Das weiß ich selbst nicht so genau», sagte Delphine in bemüht lockerem Ton, um dann mit einem Lachen hinzuzufügen: «Falls jemals ein Zeuge für irgendetwas gebraucht wird, das an diesem Flughafen geschehen ist, hoffe ich, dass Sie zur Stelle sind.» Sie sah, dass Karim unter seiner Bräune blass geworden war.

Marceline beugte sich vor. «Das meinen Sie ernst, oder?» Es klang nicht wie eine Frage.

Delphine nickte. «Vielleicht löst sich aber auch alles in Wohlgefallen auf, wie der Kofferstreit vorhin», sagte sie und verabschiedete sich von Marceline. Mit Karim ging Delphine zu einer der Bänke vor dem Abfertigungsbereich. «Du setzt dich jetzt mal einen Moment hierhin», sagte sie. Karim nickte nur.

Wenig später war Delphine mit einer kleinen Mineralwasserflasche aus dem Zeitschriftenladen zurück. «Trink mal was», sagte sie und gab ihm die Flasche. «Und dann gehen wir zum Auto.» Im Wagen würde sie Karim fragen, was los war.

Als Delphine den Twingo aufgeschlossen hatte, ließ sich Karim auf den Beifahrersitz fallen und senkte den Kopf. Die kleine Wasserflasche hielt er zwischen den Knien. Wo er sie angefasst hatte, war sie nicht mehr beschlagen, während am Flaschenhals noch winzige Tröpfchen kondensierten.

Delphine drehte das Fenster herunter. Es war zwar nicht mehr heiß, aber der Luftzug tat trotzdem gut. «Also?», sagte sie.

Karim atmete aus. Seine Locken zitterten. «Ich habe sie gesehen», sagte er leise, «alle beide. Und den Wagen sogar zweimal.»

Dann kam nichts mehr. Delphine wartete. Sie wusste, wie wichtig es war, jemandem, der glaubte, etwas gesehen zu haben, nichts in den Mund zu legen. Ein Stück vor ihnen stieg eine Frau in einem gestreiften Sommerkleid aus ihrem Auto, öffnete den Kofferraum und drehte sich heftig winkend Richtung Flughafengebäude um. Anscheinend hatte sie auf die beiden etwa sechzehnjährigen Mädchen gewartet, die nun mit metallicbunten Rollkoffern auf sie zukamen und ihr um den Hals fielen. Delphine warf Karim einen Blick zu. Er schien von seiner Umgebung nichts mitzubekommen. Ununterbrochen plappernd räumten die Mädchen ihre Koffer in den Wagen und stiegen zusammen mit der Frau ein.

«Du musst mir das ein bisschen genauer erzählen, Karim», sagte Delphine sanft, «wo das war und wann.» Das Auto fuhr ab.

Karim umschloss mit der rechten Hand den Hals der kleinen Wasserflasche, als wollte er sie erwürgen. Dann hob er den Kopf und sah starr geradeaus. «Einmal, als wir in Biarritz waren, an dem Tag, an dem wir ins Miremont gegangen sind», sagte er. «Da habe ich diesen Mann gesehen, von dem die Putzfrau geredet hat. Als sie ihn beschrieben hat, musste ich sofort an ihn denken. Und den weißen BMW. Ein X6. Es waren noch eine Frau und ein anderer Mann dabei, der war jünger.»

«Aber Karim», sagte Delphine, «woher willst du denn wissen, dass es genau diese beiden Männer und dieses Auto waren?»

«Die Felgen. Das ist eine Sonderanfertigung. Und ...» Die Wasserflasche knackte, weil er sie zu fest zusammendrückte. «Madame de Montvignon hat ihn auch bemerkt. Sie sagte, sie hätte ihn mit jemandem verwechselt.»

Delphine hatte plötzlich das Gefühl, dass sich ihre Kopfhaut zusammenzog. «Wie meinst du das?», fragte sie.

«Die waren auf der anderen Seite, da an dem Platz vor den Galeries Lafayette. Madame de Montvignon hat zuerst gedacht, sie kennt den Mann, glaube ich, aber dann hat sie gesagt, sie hätte ihn verwechselt.» Bevor sie weiterfragen konnte, flüsterte Karim: «Und ich habe ihn noch mal gesehen. Den Wagen. An dem Tag ... an dem Tag ...» Die Wasserflasche knackte erneut. Das Wasser stieg in der zerdrückten Flasche bis nach oben.

«An welchem Tag?»

Einige Tropfen quollen aus der Wasserflasche. «An dem sie gestorben ist.» Er senkte den Kopf. «Wissen Sie, was das bedeutet?» Seine Stimme war kaum noch hörbar. «Wenn ich es früher gemerkt hätte ...» Er atmete bebend ein. «Wenn ich nicht ...» Er verstummte. Das Wasser lief über sein Handgelenk. Er war völlig außer Fassung.

Delphine wusste nicht recht, was Karim sagen wollte. «Denkst du, dass du irgendwas falsch gemacht hast?», fragte sie. Sein Kopf sank noch ein Stückchen tiefer. Delphine legte ihm die Hand auf die Schulter. «Karim», sagte sie, «wir fahren jetzt zu mir nach Hause. Dort erzählst du mir das Ganze noch mal in aller Ruhe, ja? Und ich bin sicher, dass du überhaupt nichts falsch gemacht hast.»

Die Rückfahrt verbrachte Karim in brütendem Schweigen. Bei Delphine angekommen, folgte er ihr in die Küche, wo sie Kekse und Orangensaft auf den Tisch stellte.

«Iss etwas», sagte sie, auch wenn Karim nicht mehr ganz so blass war wie im Flughafen.

«Kein Hunger.» Er lehnte an der Spüle.

«Und zu mir an den Tisch willst du dich auch nicht setzen, nehme ich an.» Delphine griff sich Stift und Notizblock vom Küchenschrank und ließ sich auf den Stuhl am Kopfende fallen. Widerstrebend löste sich Karim von der Spüle und setzte sich neben sie an die Längsseite des Tisches.

Sie sprachen alles noch einmal durch, und Delphine machte sich nebenbei Notizen auf ihrem Block. Karim war wegen der außergewöhnlichen Felgen sicher, dass der weiße BMW X6 vom Flughafen derselbe war, den er mit Aurélie in Biarritz gesehen hatte. Außerdem glaubte er, den Wagen an Aurélies Todestag in der Rue Delorme in St. Julien gesehen zu haben. Falls Aurélie den älteren Mann doch nicht verwechselt hatte, war es immerhin vorstellbar, dass es eine Verbindung zu dem Vorfall mit Richard in Les Balaines gab.

«Aber auch wenn all diese Denkspiele zutreffen», sagte Delphine schließlich, «können wir irgendwie nichts damit anfangen.» Sie klopfte mit der Spitze ihres Stifts auf dem halbleeren Blatt herum. Dann sah sie Karim an. «Und jetzt erklärst du mir noch, warum du denkst, du hättest etwas falsch gemacht.»

Sofort verdüsterte sich seine Miene. «Es kann ja sein, dass es immer derselbe Typ war», sagte er schließlich. «Der im Garten von Les Balaines, der in Biarritz am Flughafen und der in der Rue Delorme.» Delphine nickte. In dieselbe Richtung hatte sie auf der Rückfahrt gedacht. «Und wenn dieser Typ die ganze Zeit was von Madame de Montvignon wollte, ihr nachgeschlichen ist ...» Wieder nickte Delphine. «Was hat er dann ausgerechnet an diesem Tag in der Rue Delorme gemacht?»

«Von wo aus es höchstens zwei Minuten zu Fuß bis zum Atlantique sind», stellte Delphine fest.

«Wenn es doch kein Unfall war ...» Er sprach nicht weiter.

«Und?»

Karim atmete tief ein. Seine Augen glänzten. «Er wäre

dran gewesen, das weiß ich genau», sagte er mit schwankender Stimme. «Er hätte ein Ticket gekriegt. Aber ...» Wütend wischte er sich über die Wange und streifte den Handrücken an seinem Hosenbein ab. «Aber an dem Tag hab ich den Job geschmissen.» Delphine brauchte eine Sekunde, um zu begreifen, worauf er hinauswollte. «Sonst könnte man jetzt seinen Namen feststellen», sagte Karim und atmete heftig aus.

«Und dein *Fehler* war, dass du den Job geschmissen hast?»

Er nickte bedrückt. Delphine senkte den Blick auf das wirre Punktemuster, das sie mit ihrem Stift auf den Notizblock geklopft hatte.

«Also», sagte sie und setzte den Stift an einem der Punkte an, «es war kein Fehler, dass du den Job geschmissen hast.» Karim sah sie erstaunt an. «Ich meine damit natürlich nicht», fuhr sie fort, «dass es prinzipiell in Ordnung ist, einfach seinen Job zu schmeißen, das ist klar. Aber ich schätze, dass du in dem Moment einen wichtigen Grund dafür hattest.»

Karim brummelte etwas Unverständliches.

Delphine begann, die Punkte auf ihrem Block miteinander zu verbinden, während sie überlegte, wie sie weitersprechen sollte. «Manchmal macht man einfach was aus dem Bauch heraus und ärgert sich hinterher darüber. Damit stehst du nicht allein da.»

Einige der Punkte lagen erstaunlich weit von den anderen entfernt. «Deshalb heißt es ja auch: Hinterher ist man immer schlauer. Aber ...» In der Mitte wurde es verzwickt, weil dort die Punkte extrem dicht beieinanderlagen. «Es gibt andererseits überhaupt keine Garantie dafür, dass alles besser gekommen wäre, wenn man anders reagiert hätte. Der Typ könnte zum Beispiel ein ganz harmloser Tourist gewesen sein. Oder er hätte wegfahren können, bevor du zu seinem Auto gekommen wärst, das weißt du doch nicht.» Stirnrunzelnd betrachtete Delphine das chaotische Netzlinienmuster, das sich aus den Verbindungslinien ergeben hatte.

«Trotzdem.» Karim klang nicht überzeugt, aber auch nicht mehr so niedergeschlagen wie zuvor.

Delphine löste ihren Blick von dem Block und sah Karim direkt an. «Trotzdem war, nach allem, was wir wirklich wissen, Aurélies Tod ein Unfall ohne Fremdeinwirkung. Auch wenn wir das nicht wahrhaben wollen und deshalb unbedingt eine andere Erklärung finden möchten. Kann das sein?»

Karim lehnte sich auf seinem Stuhl zurück und starrte vor sich hin. «Kann sein», sagte er schließlich.

Als Karim auf seinem Roller verschwunden war, streifte Delphine eine Strickjacke über, nahm ihre Handtasche und fuhr zu Lucien. Kurz vor acht kam sie bei seinem Haus an.

«Delphine! Kommen Sie rein.» Falls er von ihrem Besuch überrascht war, zeigte er es nicht. Im Flur standen mehrere Paare Laufschuhe, an der Garderobe hingen ein paar Jacken, eine Zeitung und ein paar Werbeprospekte lagen auf einem Stuhl. «Ich koche gerade. Gehen wir in die Küche.»

«Ist Magali wieder mit einem Baustoffhändler in einem

Lager voller Noppenfolie?», fragte Delphine und folgte ihm.

«Nein, sie ist noch in Orléans. Hat bei ihrer Ausstellung Kontakte geknüpft, die sie jetzt noch ein bisschen ausbauen will.» Schulterzuckend drehte er sich zu einem hohen, schmalen Schrank um, nahm ein Glas heraus und stellte es auf den Küchentisch.

Delphine wurde bewusst, warum es ihr im Flur trotz der Schuhe, der Garderobe und all der anderen Sachen so leer erschienen war. Magalis Bilder, die beim letzten Mal überall herumgestanden hatten, waren fort. Sie überlegte kurz, ob sie ein anderes Paar kannte, das noch weniger zusammenpasste als der bodenständige Lucien und die libellenhafte Magali.

«Sie trinken doch ein Glas Wein?», fragte er und hatte schon die Flasche von der Arbeitsfläche genommen, auf der sein Glas neben einem Schneidebrett stand. Auf dem Herd köchelte etwas in einer Kasserolle. «Es gibt Ratatouille, ich hoffe, Sie lassen mich nicht allein essen, das mache ich zurzeit oft genug», sagte er. «Braucht aber noch ein bisschen.»

«Danke.» Delphine nahm das Glas, das er ihr eingeschenkt hatte.

Am Kühlschrank hing unter einem Magneten ein Faltprospekt, auf dem das typische Farbkaleidoskop von Magalis Bildern leuchtete. Delphine stellte ihr Glas auf dem Kühlschrank ab und zog die Ausstellungsankündigung unter dem Magneten heraus. Zwischen den Abbildungen standen komplizierte Texte. Auf der Rückseite war ein Foto von Magali, das sie in einem weißen Ausstellungssaal zeigte, inmitten der Farbexplosionen ihrer Gemälde.

Es war seltsam, sie in dieser ganz anderen Umgebung zu sehen, in der sie sich mit ihrem strahlenden und etwas herausfordernden Blick überaus wohl zu fühlen schien.

«Da ist sie sehr gut getroffen», sagte Lucien. Er nahm eine Handvoll Kräuter aus einem Sieb in der Spüle, legte sie auf das Schneidebrett und begann, sie mit einem großen Messer zu zerhacken.

«Das stimmt.» Delphine hängte den Prospekt wieder an den Kühlschrank.

«Alors», sagte er, «was hat sich ergeben?»

«Schön, dass ich keine großen Vorreden halten muss, da ohnehin klar ist, dass ich nicht einfach so bei Ihnen hereinschneie. Auch wenn Sie sehr gut kochen», sagte Delphine. Sie lehnte sich auf der anderen Seite des Herdes an die Arbeitsfläche und fasste die kleinteiligen Informationen zusammen, die nicht zusammenpassen wollten. Zum Schluss nahm sie das Blatt von ihrem Notizblock aus der Handtasche, um zu überprüfen, ob sie etwas vergessen hatte.

Lucien hatte schweigend zugehört. Aber sein Kopfschütteln, Stirnrunzeln und seine Blicke, als Delphine von BMW-Emblemen und goldenen Felgen sprach, waren Kommentar genug. «Nichts Handfestes», sagte er schließlich, während er das Messer an Spitze und Griff nahm, um es wie ein Wiegemesser über die grob gehackten Kräuter zu führen.

«Ich weiß», sagte Delphine. «Es macht mir allerdings Sorgen, dass Richard offenbar allein sein will, als würde er auf etwas warten. Es muss eine Verbindung zwischen dem Mann oder den Männern und Aurélie oder Les Balaines geben.»

Lucien hob das Brett über die Kasserolle und schob mit dem Messer die Kräuter hinein. «Und Sie gehen davon aus, dass man sich auf diese Putzfrau verlassen kann. Und auf Karim, der jedenfalls bis vor kurzem nicht gerade für Ehrlichkeit und Gesetzestreue berühmt war.» Er legte das Brett zur Seite. «Na ja, sonst wären Sie ja nicht hier.»

«Sie hätten ihn sehen sollen. Er war fassungslos, als er sich an Aurélies Reaktion in Biarritz und an das Auto in St. Julien erinnert hat.» Sie seufzte. «Er mochte sie sehr. Will nicht mehr an einen Unfall glauben.»

«Den Floh haben aber nicht Sie ihm ins Ohr gesetzt, oder?»

«Im Gegenteil. Ich habe ihm noch einmal deutlich gesagt, dass es keinen Verdacht auf Fremdeinwirkung gibt. Ich halte nämlich überhaupt nichts davon, wenn unerfahrene Jugendliche anfangen, Detektiv zu spielen, und sich womöglich in Situationen manövrieren, die gefährlich werden könnten.» Sie dachte daran, wie Karim nicht sehr überzeugt an ihrem Küchentisch gesessen hatte. «Aber er ist ein kluger Junge.»

Luciens Blick fiel auf das Blatt mit den Notizen und dem chaotischen Netzmuster, das Delphine neben sich auf die Arbeitsfläche gelegt hatte. «Das Orakel von Delphine.»

«Ganz recht. Hinweise und Zeichen. Man muss sie nur zu deuten wissen.» Sie trommelte mit den Fingern auf dem Blatt herum. «Ich habe kein gutes Gefühl. Schon seit Aurélies Tod nicht.»

«Keine Hinweise. Keine Zeichen», sagte Lucien.

Delphine nickte. An der Untersuchung gab es nichts auszusetzen. «Hatte eigentlich die Streife irgendwas zu berichten, die Sie in Les Balaines vorbeigeschickt haben?», fragte sie dann.

«Nichts. Ich habe auch noch mal Taffard hinfahren lassen. Monsieur Lebrun scheint es wieder ganz gut zu gehen, aber er war recht schweigsam, hat Taffard gesagt. Ist ja offenbar sein Normalzustand.» Er wendete das Gemüse und schaltete die Herdplatte auf die kleinste Stufe herunter. «Noch ein paar Minuten. Setzen wir uns so lange in den Salon.»

Lucien stellte sein Glas auf den Couchtisch und ließ sich in einen Sessel fallen. «Unbefriedigend», sagte er.

«Wenn das alles zusammenhängt», Delphine setzte sich auf das Sofa, «dann sind das hartnäckige Leute. Und das bedeutet, dass sie immer noch hier sein könnten, weil sie auf ihre nächste Gelegenheit hoffen. Gelegenheit zu was auch immer.»

«Rücken Sie jetzt mit Ihrem Vorschlag heraus?» Lucien grinste Delphine an.

Sie lachte. «Ich musste zuerst das Terrain vorbereiten, das ist doch klar.» Lucien nickte mit gespieltem Ernst. «Außerdem ist es nur der berühmte Strohhalm», sagte Delphine.

«Da kann ich mich ja auf was gefasst machen.» Er angelte nach seinem Weinglas.

«Karim hat also den weißen X6 an Aurélies Todestag nicht weit vom Atlantique gesehen», begann Delphine. «Und zwar nachmittags, weil er da Knöllchen-Schicht hatte. Dann hat er aber seine Schicht abgebrochen, bevor er bei diesem Wagen angekommen war.»

«Die Zuverlässigkeit und Vertrauenswürdigkeit in Person», warf Lucien ein.

«Er sagt, solche Protzkarren bekommen überproportional viele Strafzettel. Das haben er und sein Teampartner in ihren Wetten mehr oder weniger statistisch ermittelt.» Sie warf Lucien einen Blick zu. «In Knöllchenverteilerteams werden offenbar Wetten darüber abgeschlossen, ob dieses oder jenes Auto einen Strafzettel bekommt oder nicht.»

Lucien schüttelte den Kopf wie ein sehr, sehr alter Mann.

«Deshalb wäre es möglich, dass ein Kollege von Karim diesem Wagen einen Zettel unter den Scheibenwischer geklemmt hat. Dann habt ihr ihn in der EDV. Der Halter kann ermittelt werden. Ebenso die Polizeiakte des Halters, falls er eine hat.»

Lucien legte den Kopf leicht zurück und fuhr sich mit der Hand über den Nacken. «Sie haben ja schon darauf hingewiesen, dass Sie viel von Phantasie und kreativem Denken halten. Aber da dachte ich, Sie wollten nur den armen Philibert vor meinem faden Pragmatismus in Schutz nehmen», sagte er und seufzte. Delphine wappnete sich. «Und wie haben Sie sich das im Einzelnen vorgestellt?», fuhr Lucien fort. «Soweit ich weiß, stehen ja auf Strafzetteln keine Angaben zur Autofarbe oder zu Goldfelgen. Es sei denn, das wurde in allerjüngster Zeit geändert, ohne dass ich etwas davon mitbekommen habe. Davon abgesehen, bin ich nicht sicher, ob auf jedem dieser Strafmandate, von denen hier täglich Hunderte ausgestellt werden, stets der richtige Autotyp angegeben wird. Immerhin ist das meistens ein Ferienjob für ...» Er warf Delphine einen skeptischen Blick zu. «Für unerfahrene Jugendliche.» Dann holte er zum letzten Schlag aus. «Sie wissen doch selbst, wie viele von diesen SUVs hier die Straßen verstopfen. Und das, obwohl die meisten Fahrer einen Geländewagen so dringend brauchen wie Handschuhe mit sieben Fingern. Der X6 ist in gewissen Kreisen ja schon der reinste *Volkswagen* geworden.» Lucien atmete tief ein. «Vor diesem Hintergrund», er zog die Augenbrauen hoch, «wäre es kein Nachteil, das Autokennzeichen zu haben. Wenn man so eine Suche aufgrund von reinen Spekulationen überhaupt in Betracht ziehen würde.»

«Bravo!» Delphine applaudierte. «Ich glaube, es hat kein einziges Gegenargument gefehlt. Aus Ihnen wird noch was.»

Gegen seinen Willen musste Lucien lachen.

«Wir haben das Kennzeichen nicht», sagte Delphine. «Aber wir haben die Straße. Ich habe ja gleich gesagt, es ist wie mit dem Strohhalm.»

«Ein Strohhalm mit Goldfelgen», murrte Lucien. «Das kann ich nicht machen. Wie sollte ich so einen Auftrag begründen?» Er streckte die Beine von sich. «Eine Luftnummer. Überprüfungen ohne hinreichenden Tatverdacht. Nicht auszudenken, wie sich so etwas auf Philiberts kreatives Potenzial auswirken würde. Und erst Laurent! Verschwendung von Personalressourcen ist noch das mindeste.»

Delphine wusste, dass sie jetzt nicht weiter versuchen durfte, ihn zu überzeugen. «Ich habe einfach kein gutes Gefühl bei der ganzen Sache, Lucien», sagte sie.

21

Segeln Lieblinge des Glücks zur rechten Stunde nahe bei uns vorüber, so geschieht es nicht selten in diesem Leben, dass wir, die wir zuvor die Flügel hängen ließen, nun etwas von der günstigen frischen Brise erhaschen und freudig fühlen, wie unsere schlaffen Segel schwellen.

Karim senkte das Buch. Er war schon einigermaßen weit gekommen, obwohl er vieles nicht verstand, langweilige Passagen vorkamen und Wörter, die er noch nie gehört hatte. Die altertümliche Sprache erschien ihm wie ein Dschungel voller Lianen, in denen er sich ständig verhedderte.

Unter ihm rauschte das Wasser. Er las am liebsten unter dem Überhang an der Klippe von La Chapelle oder in seinem Zimmer, wenn Noni und seine Mutter nicht da waren. An diesem Tag war er schon nach dem Frühstück aufgebrochen. Auf jeden Fall musste er mit dem Buch allein sein. Der Kannibale Quiqueg, in dem alle einen primitiven Fremden sahen, gefiel ihm am besten. Und irgendwie mochte er auch Ismael, obwohl der in Wahrheit vielleicht anders hieß.

Karim lächelte. Es kam ihm so vor, als hätte Madame de Montvignon etwas von diesem Ismael auf ihn übertragen, indem sie ihn so nannte. Oder von ihm auf diesen Ismael. Oder vielleicht hatte sie auch etwas von sich selbst auf diesen Ismael und auf Karim als Ismael übertragen. Es war kompliziert. Wie ein Geheimnis. Und das war der eigentliche Grund, aus dem er sich durch diesen verdammten Lianendschungel kämpfte.

«Hey!» Mit einem Satz war ein Jugendlicher unter den Überhang gesprungen und kam geduckt auf ihn zu. Karim zuckte zusammen und legte hastig das Buch neben sich.

«Hab ich dich erschreckt?» Eric. Er ließ sich bei Karim an der Rückwand der Höhle nieder, zog die Beine in den Schneidersitz und strich sich die blonden Strähnen aus der Stirn.

«Nö.»

«Hast du gedacht, den Platz hier kennt keiner außer dir?»

«Quatsch.» Karim zog die Beine an.

«Was hast du da?» Eric griff nach dem blauen Buch.

«He! Fass das nicht an. Das geht dich einen Scheiß an.» Karim riss ihm das Buch weg und legte es auf seine andere Seite.

«Jetzt reg dich ab», sagte Eric. «Ich hab sowieso schon gesehen, was es ist. Steht bei uns zu Hause auch im Regal. Mein Vater behauptet, wer am Meer wohnt, muss das gelesen haben.» Er zuckte mit den Schultern. «Sprachlehrer, was soll man da erwarten. Ich hab nach fünf Seiten aufgegeben.»

«So schlecht ist es auch nicht.» Karim wusste nicht, warum er anfing, das Buch zu verteidigen, mit dem er selbst haufenweise Probleme hatte.

«Bist du eben schlauer als ich», sagte Eric. «Ich hab nicht mal verstanden, worum es eigentlich geht.»

Karim dachte nach. «Es geht um einen Wal. Und um Irrsinn und Verschiedenheit und ... ach, frag doch deinen Vater.»

«Hier gibt's sowieso keine Wale mehr», sagte Eric. «Sind ausgerottet.»

Karim dachte an den Biskayawal mit der Doppelfontäne und stellte sich vor, wie Aurélies Mann, den er nie kennengelernt hatte, stundenlang auf der banc des baleines saß und aufs Meer schaute. «Das kann man nicht wissen», sagte er, schlang die Arme um die angezogenen Beine und stützte den Kopf auf die Knie.

Eric warf ihm einen aufmerksamen Seitenblick zu. «Manchmal kommen noch welche», sagte er nach längerem Schweigen. «Aber die haben sich verirrt.»

Es dauerte eine ganze Weile, bis Karim darauf reagierte. «Hast du schon mal einen gesehen?», fragte er, ohne den Blick von dem leuchtend hellen Himmels- und Meeresausschnitt abzuwenden, den sie unter dem Überhang vor sich hatten.

«Nur in der Zeitung. Letztes Mal sind sie zwei Tage geblieben.» Er löste die Beine aus dem Schneidersitz und streckte sie aus.

Karim senkte sein Kinn noch tiefer zwischen seine Knie. An manchen Stellen gleißte das Wasser in der Sonne wie flüssiger Zinn, an anderen war es grüngrau oder graublau oder blauschwarz. Das Meer war gefleckt von Wolkenschatten. Die Wolken selbst konnte er von seinem Platz aus nur zum Teil sehen.

«Hast du eigentlich Ärger gekriegt?», fragte Eric.

«Wieso Ärger?»

«Weil du den Job geschmissen hast, als dir Philippe und die anderen Schwachköpfe Stress gemacht haben.»

«Philippe und die anderen Schwachköpfe gehen mir so was von hinten vorbei. Ich hab ganz andere Probleme.» Der

Satz war ganz automatisch gekommen, und erst danach wurde Karim klar, wie sehr das zutraf. Er hatte in der letzten Zeit nicht einmal an Philippe gedacht und auch nicht an Renaud. Sie waren so was von Geschichte. Allerdings würde er vermutlich noch Vergangenheitsbewältigung betreiben müssen. Er schuldete diesem Arsch von Renaud schließlich noch Geld. Erst wenn er es ihm gegeben hatte, wäre dieses Kapitel wirklich abgeschlossen.

Eric kramte eine Zigarettenschachtel aus der Tasche seiner Bermudashorts. «Auch eine?»

«Nein danke», sagte Karim. «Lässt du hier deine Kippen rumliegen?» Er nickte in Richtung der ausgebleichten Zigarettenkippen, die auf dem Felsboden herumlagen.

«Ich? Ein Lehrersöhnchen? Bist du verrückt?» Er grinste. «Man muss auf seinen Ruf achten.» Eric zündete sich eine Zigarette an und blies genüsslich den Rauch aus. «Was hast du denn für Probleme?», fragte er nach dem nächsten Zug.

«Gar keine.»

«Wieso, hast du doch eben noch gesagt. Aber anscheinend hast du ja keinen Ärger bekommen, weil du die Schicht abgebrochen hast.» Er überkreuzte die Beine. «Solltest in dem Fall mal meine Eltern hören, ich schwör's dir.» Er unterbrach sich, um an seiner Zigarette zu ziehen. «Philippe geht dir also am Arsch vorbei, Glückwunsch übrigens, und du hast andere Probleme, hast du gesagt.»

«Andere Probleme eben», sagte Karim mürrisch. Und nach einer Weile fügte er hinzu: «Es war ein Fehler. Das mit der Schicht, meine ich. Nicht wegen Philippe, aber es war ein Fehler.»

«Tja, das Geld», sagte Eric.

«Nein, nicht das Geld.» Karim war es nicht gewohnt, dass sich Leute aus seiner Schule für ihn interessierten. Und wenn sie es taten, dann eigentlich nur, um ihm bei der nächsten Gelegenheit mit irgendeinem Scheiß-Beur-Witz zu kommen. Er war Quiqueg und Ismael und Karim in einem. Und Eric war ein Lehrersöhnchen. Da machte es keinen Unterschied, dass er ihn einmal vor der Lätzchenweste bewahrt hatte.

«Was denn sonst?» Eric ließ nicht locker.

«Du nervst», sagte Karim, aber Eric sah ihn einfach an und wartete.

«Erinnerst du dich an die Wette?», fragte Karim schließlich. «Bevor Philippe und die anderen gekommen sind. Da war doch so ein weißer X6.»

«Ja, der mit den peinlichen Felgen. Ticket. Klarer Fall. Aus dieser Wette wäre also sowieso nichts geworden.»

Karim hob ein Steinchen auf und ließ es wieder fallen. «Die Wette ist egal», sagte er. «Aber wenn der Wagen einen Strafzettel bekommen hätte, wüsste man, woher er kam, und könnte vielleicht was über den Fahrer erfahren.»

«Bist du Spion, oder was?», fragte Eric. «Ich verstehe null. Aber egal.» Er drückte seine Zigarette aus und wischte mit der Sohle seines Sneakers gründlich über die Stelle, um die letzte Glut zu beseitigen. «Wenn's dich glücklich macht», sagte er und wickelte die Zigarettenkippe in ein Bonbonpapier, bevor er sie in die Schachtel zurückschob. «Ich habe deine Seite mit übernommen, nachdem du abgehauen bist. Ich sag's mal in deiner Sprache: Der Wagen kam aus Zizou-Stadt.»

Delphine legte den Hörer auf. Ihr klingelten die Ohren. Karim hatte ihr in so aufgeregtem Durcheinander eine Geschichte von einem Überhang an der Klippe von La Chapelle erzählt, von einem Eric und von dem Tag, an dem er seinen Job abgebrochen hatte, dass sie zunächst nicht verstand, was er sagen wollte.

«Zizou-Stadt!», hatte Karim gerufen. «Wissen Sie, was damit gemeint ist?»

«Na klar, weiß ich, was mit Zizou-Stadt gemeint ist», hatte sie gesagt und sich danach einige Minuten lang genauer erklären lassen, wie es zu dieser Information kam und warum man sich darauf verlassen konnte.

Sie warf einen Blick auf die Uhr. Halb elf. Erstaunlich, wie früh Jugendliche heutzutage unterwegs waren. Sie selbst hatte gerade erst beschlossen, ein bisschen im Garten zu arbeiten. Lucien jedoch müsste um diese Zeit seine vormittägliche Einsatzbesprechung schon hinter sich haben. Sie wählte seine Nummer im Büro.

«Philibert, commissariat St. Julien, Apparat Benazet.»

«Bonjour, inspecteur», sagte Delphine, «hier ist Madame Gueron. Könnte ich kurz Lucien Benazet sprechen?»

«Oh, Madame la commissaire!», kam es erfreut von Philibert. «Er ist gerade hinausgegangen. Deshalb habe ich in seinem Büro das Telefon abgenommen. Kann ich ihm etwas ausrichten?»

Delphine schwankte kurz, entschied sich dann aber dagegen, den phantasievollen Philibert einzuweihen. Sie wusste schließlich aus Erfahrung, dass es eine ganze Weile dauerte, bis man neue Mitarbeiter richtig einschätzen konnte. Sie wollte Lucien nicht in Schwierigkeiten bringen. «Nein, das ist nicht nötig», sagte sie, «richten Sie ihm doch bitte aus, dass ich mich bei Gelegenheit über einen Rückruf freuen würde. Auf dem Handy.»

Danach steckte sie das Handy in die Hosentasche und lief unruhig in den Garten hinaus. Die Tomaten gediehen prächtig. Traubenweise hingen rote Früchte an den Stöcken. Karim hatte in der Woche zuvor unter heldenhafter Selbstverleugnung die gefräßigen Schnecken eingesammelt und nur ein einziges Mal den Fehler gemacht, eines der schleimigen Lebewesen mit der nackten Hand zu berühren. Nachdem ihm Delphine erzählt hatte, dass diese Tiere einen nicht zu unterschätzenden Orientierungssinn besaßen, waren sie vermutlich als Fischfutter in der Bucht von Socoa gelandet. Sie nahm den Gartenschlauch in die Hand und wässerte die Tomaten. Gut, dass sie eine Betätigung gefunden hatte, bei der man sich nicht konzentrieren musste.

Karim hatte ihr bei seinem Anruf erklärt, dass er mit seinem Roller die Parkplätze derjenigen Hotels abklappern würde, die nach seiner Meinung zu dem BMW-verliebten Vater-und-Sohn-Gespann passen könnten, das Marceline am Flughafen beschrieben hatte. «Wenn sie vorgestern noch hier waren und etwas mit dem zu tun hatten, was Monsieur Lebrun passiert ist, sind sie vielleicht immer noch da», hatte er gesagt. «Und so unendlich viele Hotels, die da in Frage kommen, gibt es ja nicht.» Er war eben ein kluger Junge. Trotzdem hatte sie ihn ausgebremst. «Nein, das kommt nicht in Frage. Keine Aktionen mit dem Roller und auch sonst keine Nachforschungen, klar?»

Delphine ging mit dem Gartenschlauch weiter zum Kräuterbeet. Sie zweifelte an Karims vagem «Ja, ja», mit dem er auf ihr Verbot reagiert hatte. Was würde passieren, wenn er tatsächlich irgendwo auf diese beiden Männer traf?

Als das Handy in ihrer Hosentasche vibrierte, warf sie sofort den Schlauch zur Seite. «Gueron», meldete sie sich wie zu ihren Zeiten als commissaire, während der Schlauch auf dem Boden ein schlangengleiches Eigenleben entwickelte.

«Delphine, Sie wollten mich sprechen.»

Der Schlauch hatte sich aufgerichtet wie eine Kobra und durchnässte Delphines Hosenbeine mit dem Wasserstrahl. Sie hob ihr Handy höher, als könnte das irgendetwas helfen. «Ja, Lucien, einen Moment bitte.» Sie rannte zum Wasserhahn und drehte ihn ab.

«Alles in Ordnung bei Ihnen?», fragte Lucien.

Delphine senkte den Blick auf ihre graugrüne Hose, die durch das Wasser ab den Oberschenkeln eher schwarz wirkte. «Ja, ja, alles in Ordnung.» Der Schlauch erschlaffte, fiel auf den Boden und sonderte nur noch ein kleines, unschuldiges Rinnsal ab. Delphine verpasste ihm einen Tritt. «Worüber wir gestern gesprochen haben ...», sagte sie, während sie zum Haus zurückging. Doch sie wurde jäh unterbrochen.

«Philibert! Stellen Sie fest, wo Taffard ist und schicken Sie ihn zu mir», hörte sie Lucien rufen. Offensichtlich wollte er bei diesem Telefonat lieber allein in seinem Büro sein. «Pardon», sagte Lucien.

Delphine spürte die nassen Hosenbeine und die triefenden Hosensäume an ihren Füßen und streifte draußen vor der Küchentür die Schuhe ab, in die das Wasser nicht auch noch laufen sollte.

«Erinnern Sie sich an unser Gespräch gestern?», begann

Delphine erneut. «Ich weiß jetzt, dass der Wagen aus Marseille kam.»

Sie hörte Lucien eine Schublade aufziehen. «So, so», sagte er, «sehr interessant.»

«Haben Sie –»

«Habe ich. Dafür musste ich übrigens sehr früh aufstehen. Ich möchte, dass das ausreichend gewürdigt wird. Gehört schließlich nicht mal zu meiner Abteilung, so was ... Am Strand haben sogar noch die Möwen geschlafen!»

«Sie stehen doch sowieso immer unheimlich früh auf, damit Sie durch die Bucht kraulen können wie Adam am sechsten Schöpfungstag.»

«Adam! Ich weiß nicht mal, ob der überhaupt schwimmen konnte. Ob Gott daran gedacht hat, im Garten Eden einen Badeweiher zu erschaffen? Das wäre doch die Voraussetzung, oder?»

«Lucien!»

Er lachte. «Also, es gab in der Rue Delorme im entsprechenden Zeitraum fünf Wagen, die aufgrund ihres Fabrikats in Frage kommen. Und für die keine Parkgebühr entrichtet wurde, versteht sich.» Delphine unterdrückte einen ungeduldigen Seufzer. «Aus Marseille ist nur einer dabei», schloss Lucien.

Delphine wollte gerade Luft holen, um etwas zu sagen, doch Lucien kam ihr zuvor. «Sehr wohl, Madame la commissaire», sagte er. «Das werde ich überprüfen.»

Nach dem Telefonat ging Delphine hinauf in ihr Schlafzimmer. Die nasse Hose klebte an ihren Beinen. Sie zerrte sie ungeduldig herunter und suchte sich aus dem Kleiderschrank eine schmale Hose und ein passendes Wickel-T-Shirt heraus. Als sie sich umgezogen hatte, stellte sie sich vor den Badezimmerspiegel und zog sich die Lippen nach. Sie versuchte, das Gefühl von Anspannung und Unruhe wegzuschieben, das sie noch zu gut aus ihrer Zeit als commissaire kannte. Wieder im Erdgeschoss griff sie nach dem Schlüssel, der auf dem Rahmen des Flurspiegels lag, und schloss die unterste Schublade der Kommode auf, in der sich die extra gesicherte Box mit ihrer Walther befand. Achtsam legte sie die Waffe auf die Kommode und ging in den Salon zu der Schreibecke, die sie sich im hinteren Teil des Raumes eingerichtet hatte. Als sie gerade das Magazin der Pistole aus dem kleinen Regalfach neben dem Tisch nahm, klingelte ihr Handy erneut.

«Qui?», fragte sie nur.

«Segen der Datenverarbeitung», kam es von Lucien. «Halterabfrage: Matthieu Perrin. Marseille-Endoume. Sagt Ihnen der Name was?»

Sie überlegte kurz. «Ich glaube nicht.»

«Abfrage Kriminaldatenbank: positiv. Alles ältere Einträge. Meistens Eigentumsdelikte, Einbruch, Körperverletzung, was eben so anfällt. Ist aber schon länger nicht mehr aufgefallen. Vielleicht hat er sich zur Ruhe gesetzt.»

«Oder er ist professioneller geworden.» Sie öffnete das kleine Fach im Schreibtisch.

«Chef!», hörte Delphine den inspecteur rufen.

«Philibert, ich kann es nicht ausstehen, wenn Sie so hier reinplatzen, das sage ich Ihnen nicht zum ersten Mal. Gehen Sie gefälligst noch mal raus und klopfen Sie an.»

«Aber chef!»

«Machen Sie schon, Philibert.» Lucien stieß genervt den Atem aus. «Madame Delphine, bleiben Sie kurz dran», sagte er, um gleich darauf zu rufen: «Entrez!»

«Chef! Wir müssen weg!» Philibert klang sehr aufgeregt.

«Es ist immer wieder schön, wenn man seine Einsatzbefehle von den Untergebenen bekommt, finden Sie nicht auch, Philibert?», fragte Lucien in bedrohlich sanftem Ton.

«So hab ich das doch nicht gemeint, chef.»

«Dann machen Sie eine Meldung, wie Sie es gelernt haben.»

Philibert brauchte einen Moment, um sich zu sammeln. «Ein Überfall im Golfclub, vor einer halben Stunde, zwei Opfer mit einem Messer bedroht, Stichverletzung, Täter ist vielleicht noch auf dem Gelände.» Dann wurde seine Stimme wieder aufgeregt. «Wir müssen los, chef!»

«Ich geb's auf», murmelte Lucien. «Gehen Sie schon mal runter, Philibert, ich komme gleich nach.» Delphine hörte eine Tür knallen. «Sind Sie noch dran, Delphine?», fragte er.

«Die Freuden des Berufslebens ...» Nachdenklich betrachtete sie das Magazin der Pistole.

«Sie haben ja von meinem inspecteur gehört, dass ich jetzt losmuss», kam es sarkastisch von Lucien. «Wie gesagt, es sind nur alte Delikte in der Akte verzeichnet. Es scheint so, als bestünde sein jüngstes Vergehen bloß darin, ohne gültigen Parkschein auf einem unserer wertvollen Stellplätze gestanden zu haben.»

Delphine nahm das Magazin aus dem Fach und wog es in der Hand. Es war jedes Mal viel schwerer, als sie erwartete.

«Allô?», erklang Luciens Stimme aus dem Hörer. «Es gibt also weiterhin keinen Ansatzpunkt, würde ich sagen.»

«Und es ist vermutlich eine vollkommen abwegige Vorstellung, dass eine Datei mit so einer Akte an eine Privatperson weitergeleitet werden könnte», sagte Delphine. «Selbst wenn man sie vorher aufs eigene Handy gezogen hätte, weil man bei Gelegenheit irgendeinem unklaren Verdacht nachgehen wollte. Da müsste schon ein äußerst unglückliches Versehen im Spiel sein, oder?»

Lucien verstummte. «Das ist ... vollkommen richtig», sagte er schließlich verhalten.

«Eh bien.» Delphine legte das Magazin auf die Tischplatte. «Ich möchte Sie nicht länger aufhalten, sonst fährt Ihr inspecteur noch ohne Sie los.»

Sie fuhr ihren Laptop hoch und zwang sich, wieder in die Küche zu gehen und die Geschirrspülmaschine auszuräumen, statt alle paar Sekunden den Nachrichteneingang zu aktualisieren. Es war ohnehin mehr als ungewiss, dass Lucien die Datei schicken würde. Doch als sie an den Schreibtisch zurückkam, war seine Mail samt Anhang da. Sie setzte sich und begann zu lesen.

Matthieu Perrin, geboren 1952 in Paris. Lucien hatte recht, die jüngste Anklage – ein Verfahren wegen Einbruchdiebstahl, das aus Mangel an Beweisen eingestellt worden war – lag zwölf Jahre zurück. Delphine scrollte weiter nach unten:. *1988 Drogenbesitz, Handel nicht nachweisbar, 1987 Körperverletzung, zwei Jahre davor sechs Monate Haft nach einem Betrugsdelikt, 1980 ein weiterer Einbruch, wieder Körperverletzung. 1973 Handel mit Betäubungsmitteln, gestrecktes Kokain, fünf Jahre Gefängnis, zuerst in Fleury-Mérogis, dann in Meaux-Chaconin.* Der Beginn seiner Laufbahn als Krimineller.

Und dann sah sie es.

Verhaftung nach dem Drogentod der vierundzwanzigjährigen Ghislaine Tressier im Salon Claire.

Salon Claire ... Ihr erster Einsatz als inspecteur de police. Natürlich hatte Delphine keine Vernehmung durchführen dürfen, war nur mitgelaufen bei dem Einsatz in den überaus luxuriösen Räumen des Etablissements. Die Betreiberin selbst hatte die Polizei gerufen. Von den Gästen, zu denen zahlreiche Vertreter aus Politik, Kultur und der sogenannten besten Gesellschaft zählten, war selbstverständlich niemand mehr da. Und es war auch klar, dass man nicht nach den Namen von Ministern oder Filmgrößen fragen konnte, die hier mit den schönen Mädchen von Madame Claire Kontakt hatten. Diese *maisons de rendez-vous* befanden sich damals in einem juristischen Zwischenreich. Nicht ganz legal und nicht ganz illegal, doch das war für ihren Polizeieinsatz ohnehin unerheblich.

Als sie das elegante Arbeitszimmer von Madame Claire betreten hatten, sah Delphine zuerst die Chaiselongue, auf der eine junge, blonde Frau in einem hellen Kleid lag. Sie war schön, aber ihr Teint hatte schon diesen fahlen, gelblich grauen Hauch angenommen, der mit dem Tod kommt. Die zweite Frau, die am Rand der Chaiselongue saß und die Hand der Toten hielt, stand auf und drehte sich zu ihnen um. «Ich heiße Aurélie Meunier und möchte eine Aussage machen. Richard, bitte.» Erst in diesem Moment bemerkte Delphine den schlanken Mann, der beinahe ebenso blass war wie die Tote und eindeutig unter Schock stand. Richard Lebrun.

Delphine lehnte sich auf ihrem Schreibtischstuhl zurück. Einige Bruchstücke fügten sich zusammen.

Aurélie Meunier, die sich als Betreiberin ihres Salons Madame Claire nannte, bestand darauf, dem leitenden Kommissar sofort zu erzählen, was sie wusste. «Das war

Mord», erklärte sie und sah zu der Toten hinüber. «Er hat sich verdrückt, aber ich will, dass Sie ihn augenblicklich verhaften.» Sie berichtete, wie ein junger Mann auf verschiedensten Wegen immer wieder versucht hatte, Zugang zu ihrem Salon zu bekommen. Über Richard Lebrun, den er aus ihrer Kindheit im quartier kannte, und später, als Richard Lebrun aufgrund seiner Ausbildung und Berufstätigkeit nicht mehr in Paris wohnte, über «Damen, die ich kenne». Außerdem erzählte Aurélie Meunier, dass sie den jungen Mann verdächtigte, mit Drogen zu handeln, und Ghislaine vor ihrem Tod gesagt habe, er hätte ihr Kokain gegeben. Sein Name war Matthieu Perrin.

In den darauffolgenden Tagen war es Delphines Aufgabe, die Aussage Madame Claires offiziell aufzunehmen. Ihr Vorgesetzter schärfte ihr ein, die Zeugin wie ein rohes Ei zu behandeln. «Ohne diese Aussage kommt der Kerl womöglich straflos davon, wenn er schlau ist. Wundert mich ohnehin, dass sie aussagen will. Ist ziemlich schlecht fürs Geschäft.»

Sie saßen in einem kleinen Raum im Kommissariat, Delphine hinter dem Schreibtisch, Aurélie Meunier davor. So lernten sie sich kennen. Der Fall zog sich hin, denn es war nicht leicht, den Dealer ausfindig zu machen. Aber dann war es ein Volltreffer. Sogar das Lidocain, mit dem er das Kokain gestreckt hatte, wurde gefunden. Delphine hatte vor dem Prozess noch mehrfach mit Aurélie zu tun und so auch von Ernest erfahren und davon, dass Aurélie mit ihm ausgerechnet nach St. Julien gehen wollte.

Ein halbes Jahr nach dem Prozess hatte Delphine wieder einmal ihre Mutter in St. Julien besucht und Aurélie in Les Balaines angerufen. Den Salon in Paris hatte Aurélie geschlossen. Sie hatten sich im Atlantique verabredet. Daraus wurde ein Ritual. Während Delphine noch in Paris arbeitete, waren die Treffen selten. Doch als sie selbst ganz nach St. Julien zurückkehrte, trafen sie sich regelmäßig.

Zwei Frauen, die sich in einer Männerdomäne behauptet hatten. Delphine lächelte. Aurélie wie ein rohes Ei zu behandeln, war von Anfang an nicht nötig gewesen bei ihrer sarkastischen und selbstironischen Art. Einmal hatte sie in ihrem Salon in Les Balaines auf das Foto eines Ehepaares der besseren Gesellschaft getippt, das sich für eine Zeitschrift bei einer Wohltätigkeitsveranstaltung hatte ablichten lassen. Er, Vorstandsvorsitzender in einem Imperium mit zwanzigtausend Angestellten, sie, sehr schön anzusehen in einem Kleid von Dior. «Manche Ehen werden nicht im Himmel geschlossen», hatte Aurélie gesagt, und sie waren beide in Lachen ausgebrochen.

Delphine richtete sich in ihrem Schreibtischstuhl auf. Es fiel ihr schwer, die Bilder zu sortieren, die so plötzlich auf sie einströmten. Matthieu Perrin. Sie selbst hatte damals nichts mit ihm zu tun gehabt, und sie war auch nicht bei dem Prozess gewesen. Aurélie hatte ihr davon erzählt. Auch von dem, was ihr Perrin zugezischt hatte, als er nach seiner Verurteilung an der Zeugenbank vorbeigeführt wurde: «Dafür zahlst du, salope.» Aber all das war Jahre her. Wenn er sich an Aurélie oder Richard rächen wollte, warum hatte er dann so lange gewartet? Oder ging es doch um etwas ganz anderes? Und Richard? Wusste er oder ahnte er zumindest etwas und hatte deshalb den Angestellten freigegeben?

Sie nahm ihr Handy, wählte die Nummer von Les Balaines. Niemand nahm ab. Dann probierte sie es auf Richards Mobiltelefon. Nichts. Nicht einmal eine Mailbox. Sie klappte den Laptop zu, griff sich das Magazin und versuchte noch auf dem Weg in den Flur, Lucien anzurufen. Mailbox. Genervt legte Delphine das Handy auf die Flurkommode, schob das Magazin in die Pistole und steckte sie in ihre Handtasche. Sie würde nach Les Balaines fahren.

Auf dem Weg zum Auto klingelte ihr Handy. «Lucien?», meldete sie sich, ohne auf die Nummer zu schauen.

«Nein, hier ist Karim.» Er klang aufgeregt.

Delphine blieb stehen und atmete ruhig ein und aus. «Ich hoffe, du liegst am Strand, mein Kleiner», sagte sie.

«Sie sind hier», flüsterte er. «Alle beide.»

Delphine erstarrte. «Die BMW-Männer?»

«Die Männer habe ich nicht gesehen, aber die Autos stehen auf dem Hotelparkplatz. Der weiße X6 und der blaue Z4.»

«Ich hatte dir gesagt, du sollst das bleibenlassen!» Delphine ärgerte sich mindestens so sehr über sich selbst wie über Karim. Warum hatte sie nicht gründlicher dafür gesorgt, dass er sich heraushielt? Sie hätte ihn mit dem zweiten Anstrich der Gartenmöbel beauftragen können. Dann wäre er beschäftigt gewesen. «Wo bist du?», fragte sie, als er nichts sagte.

«Am Trois Pins, Sie wissen schon, das Hotel an der Straße Richtung Ahetze.»

«Ja.» Delphine war schon häufig an diesem etwas von der Küste zurückversetzten Hotel vorbeigekommen. Es war eines der gehobenen Häuser für betuchte Sommergäste, in die kaum je ein Einwohner von St. Julien den Fuß setzte. «So, Karim ...», fing sie an.

Doch er flüsterte: «Da ist einer von ihnen. Das war der andere, der Jüngere, den ich mit Madame de Montvignon in Biarritz gesehen habe. Er geht zu dem Coupé.»

«Du fährst jetzt postwendend nach Hause», sagte Delphine. Sie bekam keine Antwort. «Karim?» Stille. Das Gespräch war unterbrochen worden. Sie tippte auf das grüne Hörersymbol für Rückruf. Er nahm nicht ab. «Punaise», zischte Delphine und rannte zu ihrem Auto. «Wenn du jetzt nicht anspringst», sagte sie drohend, «bist du morgen einer von vielen namenlosen Schrottwürfeln in der Autoverwertung.» Sie steckte den Zündschlüssel ins Schloss. «Und danach wirst du zu Metallchips zermahlen.» Der Motor sprang an.

Auf den kleinen Verbindungsstraßen zwischen hochaufgeschossenen Maisfeldern und Kuhweiden fuhr sie genau so, wie sie es an anderen immer kritisierte. Dadurch brauchte sie nur etwas mehr als eine Viertelstunde bis zu dem Hotel. Delphine stellte ihr Auto an der Straße vor dem Hotelgelände ab. Auf dem hoteleigenen Parkplatz, der sich etwas links des Hauptgebäudes hinter einer säuberlich getrimmten Hecke befand, war nichts von Karim oder seinem Roller zu sehen. Es stand auch kein blaues Sportcoupé in den drei Reihen mit hochpreisigen Spritschleudern, die allesamt aussahen wie frisch aus der Waschanlage gekommen. Über dem ganzen Gelände lag die Ruhe der späten Mittagszeit.

Delphine ging zwischen den beiden vorderen Reihen der geparkten Autos entlang. Beinahe am Ende der ersten Reihe, hinter einem hohen, schwarzen Porsche Cayenne stand ein großer, weißer BMW. Delphine ging noch ein paar Schritte weiter, obwohl sie im Grunde schon sicher war. Und da waren sie: Die goldfarbenen Felgen schimmerten makellos im Schatten des Porsches.

Erneut sah sie sich um. Wo war Karim? War er weggefahren? Oder stand sein Roller auf der anderen Seite des Hotels? War er hineingegangen? Matthieu Perrin schien jedenfalls da zu sein. Und er war gefährlich.

Dass er in St. Julien gewesen war, als Aurélie vom Balkon stürzte, konnte nur eines bedeuten, davon war Delphine inzwischen überzeugt. Auch wenn sie immer noch nicht verstand, warum er nach all der Zeit gerade jetzt aufgetaucht war. Ob ihn jemand erkennen würde, wenn man den Angestellten im Atlantique sein Foto zeigte? Aber selbst wenn, würde das nichts beweisen.

Ein Paar in Golfkleidung kam auf den Parkplatz. Die Frau hatte ihren Pferdeschwanz durch die Lasche an der Rückseite ihrer Schirmmütze gezogen und trug weiße, fingerlose Handschuhe. Der Mann zog einen Trolley hinter sich her, aus dem Putter und Eisen ragten.

Delphine wandte sich leicht ab und tippte auf ihrem Handy herum. Telefonieren war mittlerweile ein ideales Mittel, um in der Öffentlichkeit unbemerkt zu bleiben. Sie versuchte erneut, Karim anzurufen, doch sie landete auf der Sprachbox. Der Mann hatte inzwischen den Trolley in den Kofferraum eines silberfarbenen Lexus gelegt. Nachdem die beiden eingestiegen waren, rollte der Wagen langsam auf die Ausfahrt zu. Nachdenklich ließ Delphine ihren Blick über den nun wieder menschenleeren Parkplatz schweifen. Dann drehte sie sich zu dem Hotelgebäude um.

Über die Hecke hinweg war nur das Dach zu sehen. Man konnte sich also unbeobachtet fühlen. Delphine fiel nichts Besseres ein, sie musste es einfach versuchen. Sie straffte sich ein wenig, dann trat sie in die Lücke zwischen dem Cayenne und dem weißen BMW. Als sie auf der Höhe der Fahrertür angekommen war, senkte sie den Blick. Wenn man genau hinsah, war der Wagen nicht einfach weiß. Der Lack schimmerte leicht pastellig in hauchzarten Regenbogenfarben, je nachdem, wie das Licht darauf fiel. Dieser Lackierung waren sicher viele Überlegungen vorausgegangen. Delphine nahm ihren Schlüsselbund aus der Tasche und klemmte zwei Schlüssel zwischen Zeigefinger und Daumen. Dann ging sie dicht an dem Auto entlang und drückte dabei die Schlüsselspitzen in den Lack.

Nachdem Delphine den Vorplatz des Hotels überquert hatte, betrat sie das Foyer, orientierte sich mit einem Blick, ohne stehen zu bleiben, und steuerte sofort auf das Treppenhaus zu, das sich neben dem Aufzug befand. Durch das Gitter sah sie die Aufzugskabine. Sie nahm trotzdem die Treppe und musste bis in den dritten Stock gehen, bevor sie endlich ein Zimmermädchen auf dem Flur antraf. Die Frau trug ein mokkabraunes Schürzenkleid mit roten Paspeln, und über ihrer linken Brust war in roter Schreibschrift *Trois Pins* eingestickt. Hastig trat Delphine auf die etwa dreißigjährige Frau zu, die gerade Bettlaken in dem Wäschesack ihres Rollwagens versenkte. «Pardon», sagte sie hektisch, «wissen Sie, welches Zimmer Monsieur Perrin hat?»

Die Frau sah sie an und überlegte kurz. «Die Perrins haben einundzwanzig und zweiundzwanzig, aber das ist einen Stock tiefer. Soll ich es Ihnen zeigen, Madame?» Zuvorkommend lächelte sie Delphine an.

«Oh, danke. Ich meine, nein danke. Ich muss gleich wieder runter. Mein Mann wartet unten im Wagen. Wir sind zum Tennis verabredet und sowieso schon spät dran. Er wollte auch gar nicht, dass ich noch zurückgehe, aber da bin ich entschieden anderer Meinung. Wo kommen wir denn hin, wenn jeder wegschaut, sobald etwas passiert!» Delphine richtete sich kämpferisch auf und hatte nun die volle Aufmerksamkeit des Zimmermädchens. «Ich schwatze schon wieder zu viel, mein Mann hat ganz recht.» Sie redete weiter, ohne die Frau zu Wort kommen zu lassen. «Aber da unten auf dem Parkplatz habe ich gesehen, dass so ein abgerissener Jugendlicher das Auto von Monsieur Perrin zerkratzt. Er fährt doch so einen weißen BMW, oder? Würden Sie ihm das sagen? Vielleicht bekommt er das Bürschchen ja noch zu fassen.» Sie fuhr sich gestresst durchs Haar. «Am besten gehen Sie gleich mit ihm runter, dann hat er einen Zeugen. Wer weiß, an wie vielen anderen Wagen sich der Junge schon zu schaffen gemacht hat. Unfassbar, diese sinnlose Lust am Zerstören. Aber jetzt muss ich wirklich los, sonst macht mir mein Mann den ganzen Tag zur Hölle.» Sie schnitt eine Grimasse. «Na ja, das kann ich auch. Vielen Dank, Sie sind ein Schatz.»

Damit drehte sie sich um und lief hastig das Treppenhaus hinunter. Die Frau folgte ihr, und als sie in den Korridor zur zweiten Etage abgebogen war, drehte Delphine um und huschte wieder ein paar Stufen hoch. Ein kurzer Blick in den Etagenflur zeigte ihr, an welcher Tür das Zimmermädchen klopfte. Dann zog sie sich weiter nach oben zurück und fingerte eine Kundenkarte aus ihrem Portemonnaie.

Die Zimmertüren hatten Griffknäufe und Zylinderschlösser. Wenn er abschließt, kann ich meinen Plan vergessen, dachte Delphine.

Sie hörte die aufgeregte Stimme des Zimmermädchens und einen Wutschrei. Gleich darauf wurde eine Tür zugeschlagen. «Na warte», hallte eine Männerstimme durch den Korridor, «wenn ich dich erwische!» Dann rannten die beiden auf der Treppe nach unten.

Delphine lief in den Korridor, zum Zimmer Nummer 22 und klopfte an die Tür. Nichts. Sie atmete tief ein und sah sich noch einmal um. Alles war still. Dann griff sie nach dem Türknauf und schob die Kundenkarte in Höhe des Zylinderschlosses in den Spalt zwischen Tür und Rahmen. Nach fünfzehn Sekunden war sie in das Zimmer geschlüpft. Auf den kleinen Eingangsbereich folgte ein etwa zwanzig Quadratmeter großer Raum mit geschmackvollem, funktionalem Mobiliar. Bett, Tisch, Schrank, Sideboard, zwei Sessel, Fernseher. Auf dem Bett lag ein weißer Frottémorgenmantel. Das Bett war sorgfältig gemacht, anscheinend war das Zimmermädchen an diesem Tag schon da gewesen. Der Fernseher lief mit leise gestelltem Ton. Nachrichten. Das Fenster stand halb offen. Von dem Vorplatz drang die wütende Männerstimme herauf. Sie würde nicht viel Zeit haben.

Auf einer breiten Bank am Fußende des Bettes lag ein Koffer. Delphine hob den Deckel an. Leer. Im Schrank hing Kleidung, auf dem Schrankboden lagen gebrauchte Socken und Unterwäsche, und unter dem Schrank stand ein schwarzes Paar Lederslipper.

Auf dem Tischchen bei den Sesseln lagen Zeitschriften, die Fernbedienung, ein Handy, eine goldene Uhr, Kleingeld und Quittungen herum. Das Handy brachte nichts, dafür war die Zeit zu knapp. Sie nahm es trotzdem in die Hand, legte es wieder weg. Dann betrachtete sie die Papiere: Tankquittung, Restaurantquittung, ein leerer Briefumschlag. Als sie zum Bett ging, um die Nachttischschublade aufzuziehen, warf sie einen Blick aus dem Fenster. Auf dem Vorplatz war niemand zu sehen. Delphine glaubte aber, erhobene Stimmen vom Parkplatz zu hören.

In der Nachttischschublade lagen zwei verschweißte Kondome, ein Schlüsselbund und ein Playboy. Sie schob die Schublade wieder zu und richtete sich auf. Offenbar war sie dieses Risiko umsonst eingegangen.

Neben der Lampe auf dem Sideboard sah sie ein Ladekabel und eine Brieftasche. Sie durchquerte das Zimmer und nahm die Brieftasche in die Hand. Ausweis und Führerschein waren in die eingenähten Plastikhüllen geschoben, in den schmalen Fächern: Kundenkarten, Saunaclub, IKEA-Family. Delphine schüttelte den Kopf. Ein Zettel mit einer Telefonnummer, die Visitenkarte des Restaurants La Samaritaine in Marseille, die eines Coiffeurs, ebenfalls aus Marseille. In den breiten Fächern hinten Geldscheine, noch zwei Tankquittungen und die zusammengefaltete Seite einer Zeitschrift. Sie zog die Seite heraus und faltete sie auseinander. Dabei fiel ein weiterer Ausschnitt auf das Sideboard, der in dem ersten gesteckt hatte. Der erste Ausschnitt stammte aus einer Zeitschrift in der Art von *Paris Match* oder *Aujourd'hui en France*, die das republikanische Volk mit Informationen über alles versorgten, was nur entfernt prominent, adelig oder royal war. Delphines Blick wurde von dem roten Kreis angezogen, der um einen Namen in einer Bildunterschrift gezogen worden war. De Montvignon.

Plötzlich wurden Stimmen auf dem Vorplatz laut. Perrin war auf dem Weg zurück ins Hotel.

Delphine sah genauer hin. Das Bild war nicht besonders groß, aber sie erkannte trotzdem, dass es die Trauernden an Ernests Grab zeigte. Ganz vorn stand Aurélie, die sich bei Richard eingehängt hatte und in ihrem schwarzen Mantel noch viel zierlicher wirkte, als sie es ohnehin gewesen war. An Richards Seite erkannte sie Damien und Antoinette. Auch Delphine selbst war bei Ernests Beerdigung gewesen, aber sie hatte weiter hinten gestanden.

Die Bildunterschrift vermerkte knapp den Tod Ernest de Montvignons und seine Bestattung in St. Julien, die seine Witwe Aurélie de Montvignon im geschlossenen Kreis abgehalten hatte. Wahrscheinlich hatte irgendein Fotograf aus der Gegend das Bild bei den Redaktionen angeboten, weil er ein bisschen Geld verdienen wollte. Die de Montvignons gehörten immerhin zu den ehemals bedeutenden Familien im Land, auch wenn sich Ernest immer aus dem Leben dieser mondänen Kreise herausgehalten hatte. Delphine war jedenfalls sicher, dass diese Aufnahme ohne Aurélies Zustimmung geschossen und veröffentlicht worden war.

Hastig legte sie den Ausschnitt weg und nahm den anderen, schon vergilbten in die Hand. Er stammte aus einer Zeitung, einer deutschen Tageszeitung. Delphine verstand nicht das Geringste von dieser bekanntermaßen sehr komplizierten Sprache. Ratlos betrachtete sie den Text. Oben rechts stand über einem schwarzen Strich *24. Jg. 18. W. 1973.* Ihre Augen flogen über den Artikel. Einiges war unterstrichen, am Rand standen handgeschriebene französische Wörter. Nervös trat sie einen Schritt in den kleinen Vorraum. Nichts zu hören. Perrin musste trotzdem jeden Moment heraufkommen. So dreist, die Polizei zu rufen, wäre er wohl doch nicht.

Delphine betrachtete den Zeitungsausschnitt erneut. *Erhängen*, las sie am Rand, *scheren, fassungslos.* Zu den unterstrichenen Worten im deutschen Text gehörten *Gelsungen, R., Hauptkommissar* und *Ermittlung.* Es war sinnlos, das jetzt verstehen zu wollen. Sie musste weg.

Noch einmal lauschte sie in Richtung des Korridors, zog dabei ihr Handy heraus, legte die beiden Ausschnitte auf das Sideboard und fotografierte sie. Dann faltete sie die Papiere wieder zusammen, schob sie ineinander, steckte sie zurück in die Brieftasche und war mit einem Schritt zurück im Vorraum. Vorsichtig zog sie die Tür auf. Niemand.

Delphine schlüpfte hinaus und zog die Tür zu. In demselben Moment kam der Lift auf dem Stockwerk an. Die Vergitterung wurde aufgerissen, und Matthieu Perrin stürmte auf den Korridor. Delphine ging ihm Richtung Treppenhaus entgegen. Hatte er sie durch das Aufzugsgitter gesehen? Sein Haar war tatsächlich unglaublich schwarz und eindeutig gefärbt. Er trug senfgelbe Hosen, braune Slipper und ein hellblaues Poloshirt. Um sein rechtes Handgelenk lag ein schweres Goldgliederarmband. Er hatte die Augenbrauen zusammengezogen und presste zwischen den geröteten und leicht dicklichen Wangen wütend seine Lippen zusammen. Rasch kam er auf Delphine zu, und als sie beide etwa die Mitte des Korridors erreicht hatten, sah er sie zornsprühend an. Seine Augen wirkten sehr klein und sehr schwarz unter den schweren Oberlidern. In dieser Sekunde war Delphine sicher, dass er sie vom Aufzug aus gesehen hatte. Sie senkte die Hand, um die Pistole aus der Tasche ziehen zu können. Doch er ging wortlos an ihr vorbei und schloss fluchend sein Zimmer auf. Als sie den Knall hörte, mit dem er seine Tür hinter sich zuschlug, war sie schon halb die Treppe hinunter.

Bevor sie das Foyer betrat, blieb Delphine einen Moment stehen, weil sie nicht dem Zimmermädchen in die Arme laufen wollte. Aber die Frau mit dem braunen Schürzenkleid war nirgends zu entdecken. Zielstrebig durchquerte Delphine die Lobby, verließ das Hotel und ging an dem Parkplatz vorbei auf die Straße.

Nachdem sie die Autotür hinter sich zugeschlagen hatte, ließ Delphine den Kopf zurücksinken und atmete bewusst ruhig. Noch während sie ihre Anspannung herunterfuhr, begann ihr Gehirn schon nach Zusammenhängen zu suchen, um die neuen Informationen mit den bereits vorhandenen zu verknüpfen.

Welche Verbindung bestand zwischen dem Ausschnitt aus der deutschen Zeitung und dem Bild von Ernests Beerdigung? Erfahrungsgemäß brachte es am meisten, sich zuerst mit dem Naheliegenden zu beschäftigen. Und das Naheliegendste war die einzige Verbindung nach Deutschland, von der Delphine in diesem Zusammenhang wusste: die Tatsache, dass Richards Vater ein deutscher Besatzungsoffizier gewesen war.

Zudem kannte Perrin Richard aus ihrer Kindheit im quartier, wusste also wahrscheinlich über seine Herkunft Bescheid, weil Richard auf der Straße zur Zielscheibe von Spott und Verachtung geworden war. Außerdem hatte Perrin später versucht, sich über Richard Zugang zum Salon Claire zu verschaffen.

Aber worum ging es in diesem Artikel? Delphine öffnete das Foto auf ihrem Handy und zog es größer. Die Aufnahme war unscharf. Mühsam entzifferte sie wieder einige der unterstrichenen Wörter: *erhängt*, *Gelsungen*, *geschoren* und *Hauptkommissar*. Sie scrollte auf dem Bild weiter nach oben. Vermutlich hatte der Name der Zeitung links in der Kopfzeile gestanden, doch der linke und der untere Teil der Seite waren abgeschnitten worden. Oben rechts standen die Kürzel, die offenkundig die Ausgabe der Zeitung genauer bezeichneten. Und das Jahr 1973. Dasselbe Jahr, in dem Perrin verurteilt worden war.

Hauptkommissar. Wahrscheinlich ging es in dem Bericht um einen alten Kriminalfall. Warum hätte sonst ein commissaire erwähnt werden sollen? Hatten Perrin und Richard 1973 irgendein Ding zusammen gedreht, und Perrin wollte sich nun für Richards Schweigen bezahlen lassen?

Als sie mit ihren Überlegungen bis zu diesem Punkt gelangt war, klingelte ihr Handy. Karim. Endlich.

«Wo bist du?», entfuhr es ihr schroffer, als sie es gewollt hatte. Doch er meldete sich nicht. Auch nicht, als sie versuchte, ihn zurückzurufen. «Fichtrement», murmelte sie und starrte durch die Windschutzscheibe.

Delphine beschloss, nach Les Balaines zu fahren, um etwas aus Richard herauszubekommen. Er wusste ganz bestimmt mehr, als er bisher gesagt hatte. Aber zuvor würde sie noch etwas anderes versuchen.

«Oh, chef, was verschafft mir das Vergnügen?» Flaubert musste ihre Nummer auf dem Display gesehen haben.

«Sie sind doch jetzt selber chef. Ich züchte Rosen. Na ja, Tomaten.» Sobald sie seine Stimme hörte, begann sich Delphine zu entspannen. Sie hatten in Paris fünf Jahre zusammengearbeitet. Es waren fünf gute Jahre gewesen. Flaubert, inzwischen Mitte dreißig, war ein durchschnittlich großer, nicht ganz schlanker Mann, der auf den ersten Eindruck etwas träge wirken konnte. Ein Irrtum, der ihm bei der Arbeit gelegentlich sehr zugutekam. Delphine dachte an seinen wachen Blick unter der hohen Stirn und den weit geschwungenen Augenbrauen. Zwischendurch einmal hatte er sich einen Seehund-Schnurrbart wachsen lassen, ihn aber bald wieder abrasiert, weil er fand, dass er damit ausgesehen habe wie ein Bahnhofsvorsteher aus dem neunzehnten Jahrhundert.

«Sind Sie im Dienst?», fragte Delphine.

«Ich bin immer im Dienst, das wissen Sie doch, chef.» Er lachte. «Sitze im Kommissariat. Ist nicht viel los. Paris ist im August nach wie vor der reinste Kurort.» Das war eine maßlose Übertreibung, aber der Massenexodus zur Urlaubszeit führte jeden Sommer zu einem wesentlich ruhigeren Dasein in der Hauptstadt.

«Wird Zeit, dass Sie heiraten und sich mit allen anderen Franzosen samt Frau und Kindern acht Stunden in den Stau stellen, wenn die Ferien anfangen.» Delphine trommelte auf dem Lenkrad herum. «Sie sind also gerade unterbeschäftigt, Flaubert?», fuhr sie fort. «Das ist natürlich kein akzeptabler Zustand.»

«Schießen Sie los, chef», sagte Flaubert.

Sie fasste so schnell wie möglich das Wenige zusammen, was sie aus dem Zeitungsartikel geschlossen hatte. «Haben Sie sich die Wörter und die Jahreszahl notiert, Flaubert?», fragte sie zum Schluss.

«Ja. Sonst haben Sie nichts?»

«Nein, das ist es ja. Vielleicht nehmen Sie noch die Namen auf. Matthieu Perrin, Richard Lebrun und de Montvignon.»

«Hab ich schon.» Er klang ein bisschen beleidigt.

«Pardon.» Delphine lächelte. «Wir gehen nicht den üblichen Weg», erklärte sie dann, «das dauert zu lang. Noch dazu im Ausland. Aber in diesem Artikel geht es ja offensichtlich um eine Ermittlung in Deutschland, und in Kehl gibt es doch das CCPD.»

«Das Zentrum für deutsch-französische Polizeizusammenarbeit.»

«Exact. Da gibt es vermutlich eine Datenbank mit alten Fällen, in der man unter dem betreffenden Jahr nach Begriffen suchen kann.» Flaubert brummte etwas vor sich hin. «Hatte ich schon erwähnt, Flaubert», fügte Delphine hinzu, «dass diese Anfrage einer Tomatenzüchterin rein ... privater Natur ist?»

«Das war selbsterklärend», sagte Flaubert trocken.

Eine Gruppe Radfahrer kam den Hang herauf. Alle waren drahtig, wie die meisten, die diesen Sport ernsthaft betreiben. In ihren engsitzenden Trikots und mit ihren blitzenden, schlanken Rädern sahen sie beinahe aus, als hätten sie sich bei der Tour de France verfahren.

«Ich muss jetzt los», sagte Delphine und setzte noch hinzu: «War es auch selbsterklärend, dass es eine Anfrage ist, die ... Wie soll ich mich ausdrücken? ...»

«... die man sich nicht aufhebt, bis man beim Bereitschaftsdienst schon alle Kreuzworträtsel gelöst hat. Trifft es das einigermaßen?», fragte Flaubert.

Als sie das Gespräch beendet hatte, steckte Delphine den Schlüssel ins Zündschloss. Sie musste nach Les Balaines. Doch der Twingo sprang nicht an. «Oh non», murmelte sie und versuchte es noch einmal. Nichts. «Hab ich dich mit Perlmuttstaub vergiftet, oder was?», fragte sie ins Leere, zog den Zündschlüssel ab und musterte ihn auf der Suche nach Lackpartikeln. Auch der nächste Versuch brachte nichts. Wahrscheinlich hatte sie den alten Motor mit seinen porösen Schläuchen auf der Fahrt zum Trois Pins überfordert, sodass er einen Infarkt erlitten hatte.

Weit nach den anderen kam unterhalb der Hoteleinfahrt soeben noch ein Radfahrer die Straße heraufgekeucht. Er wirkte sehr angestrengt. «Der kriegt auch gleich einen Infarkt», erklärte Delphine dem Twingo.

Sie überlegte, wen sie anrufen sollte. Pierre von der Werkstatt könnte sie sogar mitnehmen, falls es ihm nicht gelang, den Wagen gleich wieder in Gang zu setzen. Aber das würde alles eine ziemlich langwierige Prozedur mit viel betrübtem Kopfwiegen über der offenen Motorhaube werden.

Sie rief Bernard an.

«Was verschafft mir das Vergnügen?», fragte er.

«Ich brauche dich», sagte sie ohne jede Einleitung. «Ich war gerade in Matthieu Perrins Zimmer im Trois Pins.» Delphine warf wieder einen Blick in die Richtung der Hoteleinfahrt.

«Sagt mir das was?»

«Nein, noch nicht, aber bald. Im Moment will ich nur wissen, ob du mich jetzt sofort hier abholen und nach Les Balaines fahren kannst. Mein Auto hat schlappgemacht.»

«Ich bin gleich da», sagte Bernard. Delphine war in einer Stimmung, die er nicht an ihr kannte. «Stehst du auf dem Hotelparkplatz?»

«Nein, an der Straße. Du siehst mich gleich, wenn du den Berg raufkommst.»

«Ich bin gleich da», wiederholte er.

Delphine warf einen Blick in den Rückspiegel. Der Nachzügler, der hinter den anderen Radfahrern die Straße heraufgekommen war, hatte sich an der nächsten Kurve auf eine Mauer gesetzt und hielt eine Trinkflasche in der Hand. Auf eine unklare Art war ihm Delphine dankbar, dass er sich ausruhte, statt sich bis zum Zusammenbruch zu quälen. Manchmal gingen ihr andere Menschen, die sie zufällig irgendwo sah und die sie überhaupt nicht kannte, noch tagelang durch den Kopf. Sie fragte sich dann, an was dieser Mann dachte, der im Café seine Zeitung weggelegt und minutenlang mit versunkenem Blick aus dem Fenster sah. Oder ob diese Frau, die mit zwei Kindern und einem vollen Einkaufskarren aus dem Supermarkt kam, in einer Wohnung mit oder ohne Aufzug wohnte. Dieser Radfahrer hätte auch so ein Kandidat werden können.

Sie sah auf die Uhr. Viertel vor drei. Delphine hoffte, dass Bernard unterwegs nicht von einem Mähdrescher ausgebremst wurde. Es war ja ein vielfach bestätigtes Lebensgesetz, dass so etwas passierte, wenn man es besonders eilig hatte. Und wie lange würde Flaubert wohl brauchen, um sie zurückzurufen?

Während sie wartete, lehnte Delphine wieder den Kopf zurück und betrachtete das abfotografierte Bild von Ernests Beerdigung. Was hatte Perrin darin entdeckt, dass er es in seiner Brieftasche mit sich herumtrug? Delphine dachte an jenen Tag zurück. An den kalten Wind, der über den Friedhof gepfiffen hatte, an die schweren, dunklen Wolken, die vom Meer übers Land getrieben worden waren. Der schlichte Grabstein hatte bei dem trüben Licht stumpf und merkwürdig erbarmungslos gewirkt. Selbst der zarte Flechtenbewuchs unter den Buchstaben sah ohne Sonnenlicht nicht mehr grünlich aus, sondern grau. Wie die Spuren von Wimperntusche auf den Wangen einer Frau, die geweint hat. DE MONTVIGNON. Delphine hatte die geraden Messinglettern genau vor sich. Sie löste ihren Kopf von der Nackenstütze. De Montvignon. Das war die Erklärung, das musste die Erklärung sein.

Perrin hatte Aurélie auf dem Foto erkannt. Möglicherweise hatte er auch zuerst den hageren Richard erkannt und dann im Zusammenhang mit ihm die gealterte Aurélie, die neben ihm stand. Perrin hatte sich an Aurélie rächen wollen, weil ihn ihre Aussage ins Gefängnis gebracht hatte. Erst dieses Foto hatte ihm die Möglichkeit dazu eröffnet. Denn wie hätte er sie damals nach seiner Haftentlassung finden sollen? Sie lebte schon seit Jahren nicht mehr in Paris, als Perrin aus dem Gefängnis kam. Sie hatte den Salon Claire und ihre Privatwohnung aufgelöst. Es gab keine Meldepflicht und noch kein Internet, in dem vielleicht etwas zu finden gewesen wäre. Noch dazu hätte er nach Aurélie Meunier gesucht, dabei hieß sie inzwischen wie Ernest. Aurélie de Montvignon. Erst durch das Foto in der Zeitschrift war er auf ihre Spur gekommen. Eine andere Erklärung fiel Delphine nicht ein.

In diesem Moment sah sie, dass sich eine weiße Motorhaube aus der Hoteleinfahrt schob. Sofort rutschte sie in ihrem Sitz nach unten, doch der Wagen entfernte sich in die andere Richtung. Sie sah ihm nach. Es war Perrin. Wohin fuhr er? Wo war sein Begleiter mit dem Coupé? War ihm Karim vielleicht nachgefahren? Hatte Karim aus irgendeinem Grund sein Handy abgeschaltet, oder war einfach nur der Akku leer?

Obwohl sie als commissaire in der Kunst, sich von

spannungsgeladenen Situationen nicht durcheinanderbringen zu lassen, ausreichend geübt war, spürte Delphine Nervosität in sich aufsteigen. Es ergaben sich immer mehr Fragen – und sie konnte keine davon beantworten.

Sie durchforstete ihre Erinnerungen. Wann hatte es die erste Auffälligkeit gegeben? Hatte es mit der Person begonnen, die Aurélie im Garten von Les Balaines bemerkt hatte? Das war lange vor dem Tag gewesen, an dem sie zu dritt nach Biarritz gefahren waren und an dem Aurélie Perrin selbst gesehen hatte. Irgendwann im April.

Wahrscheinlich hatte Perrin einige Zeit verstreichen lassen, damit nach Ernests Tod wieder der Alltag eingekehrt war, bevor er anfing, das Terrain zu sondieren. Und davor? Delphine dachte an die ersten Monate des Jahres. Sie hatte Aurélie in den Wochen nach Ernests Tod mehrfach in Les Balaines besucht, doch bald hatten sie auch wieder ihre Dienstagsverabredung im Atlantique aufgenommen. Alles hatte wieder einen Rhythmus gefunden. Die einzige Besonderheit war Aurélies Bitte, Delphine möge in Les Balaines nach dem Rechten sehen. «Wenn ich mal nicht mehr bin.» Genauso hatte sie es gesagt.

Hatte Aurélie bei dieser Bitte also nicht nur an ihr Alter und den Tod ihres geliebten Ernests gedacht, sondern schon an Perrin? Aber hätte Aurélie tatsächlich nichts gesagt, wenn sie etwas geahnt hätte? Hatte es noch ein anderes auffälliges Ereignis gegeben? Delphine konzentrierte sich. Aber ihr fiel nichts ein. Ungeduldig schüttelte sie den Kopf.

Dann endlich sah sie im Rückspiegel Bernards Peugeot.

22

Karim zog den Helm von seinen verschwitzten Locken und legte ihn hinter der Hecke neben den Roller. Er war mit der lahmen Krücke natürlich später angekommen als der Typ mit seinem Z4, aber als Karim ihn hinter St. Julien in Richtung der Corniche aus den Augen verloren hatte, war ihm schon klar gewesen, wo er hinfuhr. Jetzt war es ungefähr drei Uhr, und er konnte nicht viel später angekommen sein als der andere.

Trotz allem, was Madame Delphine gesagt hatte, fühlte sich Karim schlecht. Er wusste, dass sie recht hatte. Wie hätte er eine Verbindung zwischen dem Mann, den Madame de Montvignon in Biarritz gesehen hatte, und seinem Auto in St. Julien erkennen sollen? Trotzdem.

Wenigstens war er jetzt dem Coupé vom Trois Pins aus nachgefahren. Irgendwie hatte er das Gefühl, dass er damit etwas gutmachte. Als er durch das Tor mit den bröckeligen Tiergestalten gekommen war, das wieder einmal einladend offenstand, hatte er das Auto vor dem Gebäude gesehen und den Roller hinter die Hecke gefahren.

Er schlug einen Bogen rechts um das Gebäude, bis er die Terrasse vor sich hatte. Die Fenstertüren standen offen, aber es war niemand zu sehen. Er schlich sich hinter den Hortensienbüschen ein Stück näher heran. Aus dem Salon drangen Stimmen. Karim glaubte, Monsieur Lebruns Stimme zu erkennen, doch er konnte nicht hören, was gesagt wurde. Behutsam zog er sein Handy aus der Hosentasche und wählte Madame Delphines Nummer. Er musste ihr sagen, dass der eine Typ in Les Balaines war. Tief hinter die Hortensien gekauert, hielt er sich das Telefon ans Ohr und wartete auf die Verbindung. Beim zweiten Klingeln kam jemand aus der Fenstertür auf die Terrasse. Karim wagte nicht zu sprechen. Er drückte die Verbindung weg.

Es war der Jüngere von den beiden Typen. Mit leicht gespreizten Beinen stand er auf der Terrasse. Er war braunhaarig, sonnengebräunt, trug Segelschuhe und ein weißes Hemd mit aufgekrempelten Ärmeln und schwarz unterlegter Knopfleiste, das über seiner Brust spannte und über den Bund seiner Jeans hing. An der linken Hand, in der er ein Smartphone hielt, glänzte ein goldener Siegelring. Er war höchstens drei Meter von Karim entfernt. Wenn Madame Delphine jetzt zurückruft, schoss es ihm durch den Kopf. Mit angehaltenem Atem fuhr er am Rand seines Handys entlang und schaltete es komplett aus, ohne den Mann aus den Augen zu lassen. Das Gerät quittierte den Befehl mit einem leisen *Pling*. Der Mann richtete seinen Blick in Karims Richtung. Während Karim versuchte, sich noch kleiner zu machen, drehte der Typ langsam den Kopf von rechts nach links, um das Gelände zu mustern. Dann wählte er eine Nummer.

Zu melden brauchte er sich anscheinend nicht. «Nein, niemand sonst», sagte er, nachdem er einen Moment zugehört hatte, um gleich darauf hinzuzufügen: «Bis jetzt macht er keine Schwierigkeiten.» Wieder redete sein Gesprächspartner, und der Typ auf der Terrasse gab zurück: «Ist gut, bis gleich.» Während er weiter zuhörte, begann er ärgerlich die Stirn zu runzeln. «Ja. Ist gut, hab ich gesagt», stieß er schließlich wütend hervor und beendete das Gespräch. Dann drehte er sich um, steckte das Handy in seine hintere Hosentasche und ging in den Salon zurück.

Karim atmete auf. Er konnte sich nicht erklären, was gerade vorging, aber es war eindeutig bedrohlich. Und offensichtlich würde der Typ bald Verstärkung bekommen. Er musste Madame Delphine anrufen. Am besten hinter der Hecke bei seinem Roller. Doch als er sich hochdrückte, um geduckt zurückzulaufen, hörte er ein Auto auf der anderen Seite des Gebäudes. Sofort kauerte er sich wieder zusammen.

Ein Mann kam um das Gebäude Richtung Terrasse. Es war der ältere Typ aus Biarritz. Die schwarzen Haare und das breite, volle Gesicht waren unverkennbar. Karim fror auf einmal, obwohl ihm der Schweiß auf der Stirn stand. Unvermittelt blieb der Mann stehen, dann drehte er um. Anscheinend war ihm etwas eingefallen. Kurz darauf hörte Karim, wie eine Autotür zugeschlagen wurde. Oder war es der Kofferraumdeckel? Dann kam der Mann wieder. Er hielt etwas Längliches in der Hand. Karim stockte der Atem.

Der Makhila.

Aber was Karim am meisten gruselte, war etwas anderes. Der Mann trug jetzt Latexhandschuhe, durch die sich seine Hände gelblich von der gebräunten Haut des Handgelenks abhoben.

«Halt gar nicht erst an», befahl Delphine ohne Begrüßung, während sie bei Bernard einstieg. «Wir müssen sofort nach Les Balaines.» Sie wirkte sehr bestimmt und beinahe abwesend, so als wäre sie mit ihren Gedanken ganz woanders. Schweigend fuhr Bernard los.

«Ich stelle mir gerade vor, was in Les Balaines passieren könnte, wenn Perrin tatsächlich dorthingefahren ist», entschuldigte sie sich. Sie tippte auf ihrem Handy herum, hielt es sich ans Ohr und ließ es wieder sinken. «Und wo Karim ist, weiß ich auch nicht.»

Bernard warf ihr einen Seitenblick zu. «Ich kann dir nicht ganz folgen», sagte er freundlich.

«Kein Wunder», gab Delphine zurück und fasste ihre Überlegungen für ihn zusammen. «Ich glaube, dass sich die beiden hier herumtreiben, seit Perrin das Foto von Ernests Beerdigung gesehen hat», sagte sie abschließend, «das würde so einiges erklären.»

«Auch Madame de Montvignons Tod?»

«Vielleicht. Du hast ja gehört, wie einfach es für mich war, im Trois Pins herumzuspazieren. Und im Atlantique ist noch viel mehr los. Perrin hätte nicht mal jemanden fragen müssen, wo ihre Suite ist, das hätte er leicht allein herausfinden können.»

Sie hatten St. Julien inzwischen durchquert. Delphine starrte auf die Festung am Ende der Bucht. «Ich muss Lucien anrufen», sagte sie. Auf dem westlichen Wellenbrecher, der von der Festung aus die Hafeneinfahrt schützte, waren wie beinahe immer ein paar Spaziergänger zu sehen. Auf diese Entfernung wirkten sie wie winzige Strichfiguren.

«Und warum soll dir Richard nichts erzählt haben, wenn er irgendetwas weiß?», fragte Bernard. «Er hat doch unglaublich an Madame de Montvignon gehangen, wenn ich es richtig verstanden habe.»

Darüber hatte Delphine selbst schon wiederholt nachgedacht. «Keine Ahnung», sagte sie. «Es muss irgendeinen Grund geben.»

Eine schaumgekrönte Woge lief gegen den Wellenbrecher und blies Gischt über die Strichfiguren, die sofort begannen, mit ihren Stricharmen herumzuwedeln und die kleinsten Strichfiguren hochzunehmen.

«Das gefällt den Leuten immer wieder», sagte Bernard, der ihrem Blick gefolgt war.

Doch Delphine hörte gar nicht zu, weil endlich ihr Handy klingelte.

Matthieu Perrin betrat den Salon durch die Terrassentür und ließ seinen Blick von dem enormen Kamin auf der linken Seite und weiter über Gemälde und Tapisserien und eine antike Kommode wandern, auf der gerahmte Fotos standen. Jeder Einrichtungsgegenstand atmete Wohlstand aus. Das gefiel ihm. Auf der gegenüberliegenden Seite befand sich ein Durchgang mit einer gerafften Portiere, der vermutlich in ähnlich bombastische Gemächer führte. Er stieß einen anerkennenden Pfiff aus. «Nicht schlecht, das muss man zugeben, gar nicht schlecht.»

Er hatte ihn schon beim ersten Schritt in den Raum gesehen, aber erst jetzt ging Perrin bis zu dem Sessel am Kamin, auf dem Richard saß. «Probleme?», fragte er den jüngeren Mann, der neben dem Sessel stand, und erhielt ein Kopfschütteln als Antwort.

«Na, mein Alter?», sagte er dann zu Richard. «Was für ein Wiedersehen nach all den Jahren, nicht wahr? Ich hoffe, du freust dich. Ich muss aber sagen», er musterte Richard, «du siehst nicht gerade gut aus. Und du ziehst dich immer noch so schauderhaft an wie damals.» Er selbst trug zu seinen senffarbenen Hosen ein blaues Hemd mit weißem Kragen und ein passendes tailliertes Jackett, das ihm um die Mitte ein wenig zu eng war. «Tja», fuhr er milde fort, «das sind Äußerlichkeiten. Wo waren wir? Ach ja, bei unserem Wiedersehen.» Er grinste hinterhältig. «So ruhig, wie du dasitzt, hast du mich wohl schon erwartet.»

Richard berührte die verfärbte Stelle an seiner Schläfe. «Nachdem du deine Visitenkarte hinterlassen hattest, wusste ich, dass du bald wiederkommen würdest», sagte er.

«Wie kannst du nur so was Hässliches von mir denken?», fragte Perrin geziert. «Das war ich nicht. Leider ist mein Sohn gelegentlich etwas übereifrig. Dabei sollte er nur feststellen, ob ihr die Sammlung inzwischen mit einer Alarmanlage gesichert habt. Und da bist du ihm eben dumm in die Quere gekommen.»

Er ließ den Makhila an der Schlaufe pendeln. Dann sah er seinen Sohn an und wurde schlagartig wütend. «Raphael! Ich hatte dir gesagt, du sollst die Handschuhe anziehen. Wie blöd kann man eigentlich sein? Los, mach schon.»

Widerwillig zog Raphael ein paar Latexhandschuhe aus der Hosentasche und zwängte seine Hände hinein.

«Hast du hier irgendwas angefasst?», fragte Perrin drohend. Der Junior schüttelte den Kopf. «Das will ich dir auch geraten haben. Dass du von mir keine Unterstützung bekommst, wenn sie dich wegen deiner Dummheit drankriegen, brauche ich ja nicht noch mal zu wiederholen, du Schwachkopf.»

Raphael war mindestens Ende zwanzig, doch Perrin redete mit ihm wie mit einem Kind. «Und jetzt raus hier, und mach dich zur Abwechslung mal nützlich. Im Kofferraum ist alles, was du brauchst. Ich will, dass spätestens in einer halben Stunde die Tür zu der Sammlung offen ist.»

Raphael sah seinen Vater feindselig an, doch dann drehte er sich wortlos um und ging hinaus.

«Kinder ...», sagte Perrin zu Richard, als wären sie gerade beim Plaudern gestört worden. «Hast du welche? Na ja, vermutlich nicht. Ist auch besser so.» Er warf einen Blick über die Schulter. «Man hat nichts als Last damit. Nie weiß man, in welche Klemmen sie sich mit ihrer Unfähigkeit manövrieren. Geschweige denn», er stieß mit dem Makhila auf den Boden und richtete seinen bohrenden Blick auf Richard, bevor er den Satz beendete, «wozu sie fähig sein können. Nicht wahr?»

Richard hatte sich diesen Vortrag mit undurchdringlicher Miene angehört. «Du hast keine Ahnung, wovon du redest», sagte er nun.

«Ach nein?» Perrin schlenderte zu der Kommode mit den gerahmten Fotos hinüber und nahm eine der Aufnahmen in die Hand. «Die gute Madame Claire», sagte er, «hat einen sauberen Aufstieg hingelegt, was?» Er drehte sich halb zu Richard um. «Das kann man nicht von jeder Hure behaupten, wie du ja aus eigener Erfahrung weißt.» Er lachte verächtlich.

Richard biss die Zähne so fest zusammen, dass sich die Kieferknochen an seiner Kinnlinie abzeichneten. Dann entspannte er sich wieder. «Was willst du?», fragte er.

Behutsam stellte Perrin das Foto zurück. «Was ich will?» Er ging zurück zu Richard. «Ich will eine Entschädigung, das kannst du dir doch denken.» Seine Augen waren voller Hass. «Hast du schon mal einen von den Artikeln über die Zustände in französischen Gefängnissen gelesen, Richard? Von dem Gedränge, der Gewalt, dem Stumpfsinn jeden Tag?» Er wurde immer lauter. «Kannst du dir vorstellen, wie es ist, wenn in deiner überbelegten Viererzelle einer auf den Boden kotzt und es eine Woche lang nicht weggemacht wird?» Er hob den Makhila und stieß Richard die untere Spitze an die Schulter. Und dann begleitete er jedes Beispiel mit einem noch härteren Stoß. «Wenn man an die Zellentür hämmert, weil sich einer die Kehle durchgeschnitten hat, und sie lassen sich so richtig Zeit, um den Arsch rauszuholen? Wenn dir auf der Pritsche die Kakerlaken übers Gesicht laufen?» Er hielt inne. Sein Gesicht war verzerrt. «Fünf Jahre, verdammt. Ich war einundzwanzig. Und ihr?» Er beschrieb mit dem Makhila einen Bogen durch den Raum, bevor er schrie: «Ihr habt so gelebt!» Er war so dicht an den Sessel herangekommen, dass Speicheltröpfchen auf Richards Gesicht landeten. «So was vergisst man nicht. Und auch nicht, wer dafür verantwortlich ist!»

Richard wischte sich mit unbewegter Miene über die Wange. «Du hast Ghislaine umgebracht.»

Perrin starrte ihn an. Auf seinem Gesicht vollzog sich ein beinahe gewalttätiger Akt, als er um seine Selbstbeherrschung rang. «Die schöne Ghislaine», sagte er dann spöttisch, «mein Türöffner. Sie hat mir für das Zeug aus der Hand gefressen, mit mir gevögelt, alles getan, was ich grade wollte.» Er lächelte bösartig. «War eben auch eine Nutte. Genau wie deine Madame Claire, oder Aurélie de

Montvignon, wenn dir das lieber ist.» Er warf einen Blick auf die Kommode mit den Fotos. «Warst du eigentlich mit ihr im Bett?»

Richard stand auf.

«Hab ich dich jetzt endlich gekriegt?», fragte Perrin. «Ich dachte schon, du hast überhaupt keine Gefühle.» Er lächelte selbstzufrieden. Dann erstarb das Lächeln plötzlich.

Perrin lief an Richard vorbei und brüllte seinen Sohn an: «Was soll das? Ich hab dir gesagt, du sollst die verdammte Tür zu der Sammlung aufmachen!»

Als sich Richard zur Terrassentür umdrehte, sah er, wie Raphael jemanden so heftig vor sich herstieß, dass er auf die Knie fiel. Karim.

«Den hab ich draußen hinter der Hecke gefunden», erklärte er. «Der Kameltreiber musste nur kurz hier dran riechen, und schon wollte er mitkommen.» Er hob die rechte Hand in dem Latexhandschuh. Über die Finger liefen die Höcker eines Schlagrings.

«Lass den Jungen in Ruhe», sagte Richard.

«Ta gueule, Richard!» Und zu seinem Sohn sagte Perrin: «Verpass dem Hurensohn eins, wenn er sich hier einmischt. Aber nicht zu fest, ich brauche ihn noch.» Dann wandte er sich drohend an Karim. «Was hast du hier zu suchen?»

Karim hatte Angst. Mit weit aufgerissenen Augen starrte er zu Perrin empor. «Ich ... nichts ...»

«Glaub nicht, dass du mir dumm kommen kannst. Ich habe dich was gefragt.»

«Ich ...» Fieberhaft überlegte Karim, was er sagen sollte.

«Steh auf», befahl Perrin.

Karim kam unsicher auf die Füße. Mit einem Schritt war Perrin bei ihm, packte ihn am Arm und schleuderte ihn in einen Sessel. Dann hob er den Makhila und drückte Karim die Spitze an die Kehle. «Ich warte immer noch», sagte er und verstärkte den Druck. «Wolltest du hier was klauen, oder was?»

Karim stieß ein würgendes Geräusch hervor. «Nein ... ich ... ich wollte zu der Bank», brachte er schließlich heraus.

«Was für eine Bank?», fragte Perrin und zog den Makhila ein Stückchen zurück.

Karim atmete keuchend ein. «Da vorn ist so eine Bank an der Klippe. Die banc des baleines. Da wollte ich mich hinsetzen», sagte er.

«Du wolltest dich also bloß mal so auf eine Bank setzen.» Perrin glaubte ihm nicht.

«Ich ... ich war da mit Madame de Montvignon. Man konnte früher von dort aus die Wale sehen.» Karim drückte sich so weit wie möglich in den Sessel, doch er konnte dem Makhila nicht ausweichen.

«Das stimmt», sagte Richard.

Perrin sah Karim lauernd an. «Bist wohl ein Romantiker, was?» Er lachte verächtlich. Dann verstärkte er den Druck des Makhilas wieder, sodass Karim kaum noch Luft bekam. «Und sonst?»

«Nichts sonst.»

Perrin war nicht überzeugt. «Sag mal», begann er und beugte sich so weit vor, dass Karim sein süßliches Aftershave riechen konnte, «du hast nicht zufällig irgendwas mit den Kratzern an meinem Auto zu tun?»

«Nein!», rief Karim und stemmte sich mit den Füßen gegen den Boden, um den Druck auf seine Kehle zu mindern. Sinnlos. «Ich habe keine Ahnung, was Sie meinen!» Er begann zu husten.

Als Perrin sich unvermittelt wegdrehte, fuhr sich Karim mit der Hand an den Hals. Mühsam atmete er ein. «Pass auf ihn auf», sagte Perrin zu seinem Sohn. «Ich überlege mir später, was wir mit ihm machen. Gibt hier zwar nicht so schöne Calanques wie bei uns in Marseille, aber für so einen jungen Romantiker sind die Steilklippen auch nicht zu verachten.» Mit Blick auf Karim begann er schallend zu lachen. «Ja, die sogenannte Romantik», sagte er dann und drehte sich, den Gehstock schwingend, wie ein Grandseigneur zu Richard um. «Mann und Frau. Das ist doch die Wurzel allen Übels, oder, Richard?»

Karim war erstarrt. Die Klippen. Die Klippen, über denen ausgeblichene Plastikblumensträuße im Wind zitterten.

«Flaubert!», rief Delphine lebhaft. Bernard sah sie ein wenig seltsam an, doch sie ignorierte seinen Blick.

«Ich hab nicht viel», sagte Flaubert. «Konnte auf die Schnelle nur ein bisschen telefonieren, chef.»

«Aber Sie haben was.»

«Ja. Aber nicht vom CCPD. Der Kollege hat mir eine andere Nummer gegeben, weil er meinte, dort könnte man es mit einer INPOL-Anfrage versuchen. Na ja, aber das wollen Sie jetzt bestimmt nicht wissen.»

«Genau.»

«Vorweg», sagte Flaubert, «dieser Perrin hat bei uns eine Akte, ältere Sachen: Einbruchdiebstahl und so weiter –»

«Lassen Sie das weg», unterbrach ihn Delphine.

«Okay.» Flaubert war kein bisschen gekränkt. Und das war eine der Eigenschaften, die Delphine schon in ihrer Dienstzeit so an ihm geschätzt hatte. Flaubert konnte sehr gut unterscheiden, ob es um die Sache oder um ihn ging. «Also, Lebrun: kein Eintrag. De Montvignon: Eintrag in einer ganz anderen Sparte, da läuft ein Veruntreuungsverfahren. Ist aber auch Frankreich.»

«Geht es dabei um Damien de Montvignon?», fragte Delphine.

«Genau.»

«Lassen Sie das auch weg.»

«So. Dann Deutschland. Treffer in der PKS, das ist so eine Kriminalstatistik, die sie da haben. Fall Gelsungen 1973. Tod durch Erhängen.» Delphine richtete sich auf. «Tötungsdelikt vermutet. Kein Täter ermittelt», fuhr Flaubert fort. «Kopf des Opfers teilweise geschoren.»

«Geschoren?»

«Klingt nach Hassdelikt, finden Sie nicht?», fragte Flaubert. Ohne auf eine Antwort zu warten, fuhr er fort: «Opfer war ein Verwaltungsangestellter. Männlich, verheiratet, drei Kinder. Das war's.»

Delphine schwieg. Sie hatten auf der Corniche die letzte, weite Kurve vor Les Balaines erreicht. Die schrägen, von anbrandenden Wellen umspülten Felstafeln der Steilklippe reflektierten die Sonne wie Blendspiegel. Delphine bedeutete Bernard langsamer zu fahren und zeigte auf die schwer einsehbare Zufahrt von Les Balaines, in die er einbiegen sollte.

«Ich hab ja gleich gesagt, dass es nicht viel ist», kam es von Flaubert. «Man müsste sich die Akte aus dem Archiv dort anfordern. Wenn es ein offener Fall ist, haben sie vielleicht noch Spuren gesichert, die man heute ganz anders auswerten könnte.»

«Ja», sagte Delphine nachdenklich. Sie fuhren zwischen den hohen Lorbeerhecken auf das Steintor mit den Figuren zu. «Wo liegt eigentlich dieses Gelsungen?», fragte sie. Vor ihr kam der Vorplatz von Les Balaines in Sicht. Ihre Finger schlossen sich enger um das Handy. Da stand der weiße BMW und etwas weiter links ein blaues Coupé.

«Das ist kein Ort», sagte Flaubert. «Richard Gelsungen ist der Name des Opfers.»

«Sagen Sie das noch mal.»

«Gelsungen ist kein Ort.»

«Nein, den Vornamen des Opfers.»

Aber Delphine hatte richtig gehört. Langsam ergab sich ein Bild. «Haben Sie sein Alter?», fragte sie.

«Ja, warten Sie. Er war vierundfünfzig.»

Delphine überschlug die Zahlen. Es konnte passen. «Flaubert», sagte sie, «ich muss Schluss machen. Ich melde mich, ja?» Ohne auf seine Antwort zu warten, drückte sie auf das rote Hörersymbol. Dann wandte sie sich an Bernard, der rechts angehalten hatte, sobald der Vorplatz in Sicht gekommen war. «Hör zu», sagte sie und kramte in ihrer Handtasche. «Ich gebe dir Luciens Visitenkarte. Lucien Benazet, der commissaire. Du rufst ihn an, die Handynummer steht auf der Karte. Sag ihm, er soll sofort herkommen. Falls er noch im Golfclub ist, kann er in zehn Minuten hier sein. Ich gehe ins Haus.»

Sie legte Luciens Visitenkarte in die Ablage des Armaturenbretts. «Und du gehst bis zum Tor zurück, nicht auf dem Kies, das macht Geräusche, sondern auf dem Grasstreifen. Warte dort auf Lucien. Sag ihm, er soll mir nachkommen, durchs Gebäude oder über die Terrasse, er kennt sich hier aus. Und wenn einer von denen hier wegfährt, während du wartest», sie deutete auf die beiden Wagen, «dann schlägst du dich in die Büsche, okay?»

Sie schaltete ihr Handy stumm und zog den Reißverschluss ihrer Schultertasche auf.

Bernard sah die Pistole. «Sollen wir nicht lieber warten, bis er da ist?», fragte er besorgt, den Blick auf die Waffe gerichtet.

«Hier zählt womöglich jede Sekunde», erwiderte sie schroff. «Tut mir leid», fügte sie sanfter hinzu, «denk einfach daran, dass ich ziemlich viel Erfahrung habe, was solche Situationen angeht.»

Die Zweifel wichen trotzdem nicht aus Bernards Gesicht. Er ließ seinen Blick auf Delphine ruhen. Dann beugte er sich zu ihr, schob ihr eine Haarsträhne hinters Ohr und küsste sie auf die Wange. «*Merde puissance treize*, oder was ihr da für einen Spruch habt», sagte er.

Delphine war irritiert. Sie war vollkommen auf die mögliche Gefahr und die Kontrolle ihrer Reaktionen konzentriert, da hatte Besorgnis keinen Platz. Durfte keinen Platz haben. Sie lächelte Bernard an. «Und nicht mit der Autotür knallen, wenn du aussteigst.»

Sie öffnete die Beifahrertür und lauschte. Es war nur der Wind in den Bäumen und der Schrei einer Möwe zu hören, die über dem Gebäude kreiste. Delphine stieg aus und umrundete den Vorplatz, um nur ein möglichst kurzes Stück auf dem Kies gehen zu müssen. Dann warf sie einen Blick über die Schulter. Bernard entfernte sich auf dem Grasstreifen in Richtung Tor. Delphine legte eine Hand um den Schlüsselbund in ihrer Tasche, damit er nicht klirrte, und zog ihn heraus. Mit langsamen Schritten überquerte sie die Kiesfläche, die Augen auf den Türgriff in Walform gerichtet. Sie drückte den Griff herunter. Es war nicht abgeschlossen. Sie schlüpfte ins Haus.

Raphael Perrin zog eine Pistole unter dem Hosenbund heraus und ließ sich Karim gegenüber in einen Sessel fallen. Dann legte er die Füße auf den Couchtisch und richtete die Pistole lässig auf seinen Gefangenen.

«Mach hier keine Sauerei, verstanden?» Perrin klang gereizt. «Es reicht, dass du neulich die Flics hergelockt hast, weil du mit dem Schlagring mal wieder schneller warst als mit dem Verstand.» Er sah seinen Sohn verächtlich an. «Wie sage ich immer? Es gibt für fast alles eine elegante Lösung, merk dir das endlich.»

Karim versuchte, sich nicht zu bewegen. Die träge Miene des Mannes mit der Pistole erschien ihm noch bedrohlicher als zuvor der Druck des Makhilas an seinem Hals.

«Der sieht sowieso aus, als würde er gleich vor Angst krepieren.» Perrins Sohn hob die Waffe auffordernd ein Stückchen höher. «Na? Tust du uns den Gefallen? Oder soll ich noch ein bisschen nachhelfen?» Grinsend zielte er auf Karim. «Peng!»

«Lass den Scheiß», sagte Perrin.

Richard, der neben dem Tischchen mit dem Antilopenkrug stand, fragte: «Wie viele Menschen hast du eigentlich schon umgebracht?»

«Oh. Mord. Davon spricht man ja im Allgemeinen

nicht sehr gern, oder?» Perrin drehte sich zu Richard um. «Aber wenn wir nun schon mal dabei sind.» Er deutete mit dem Makhila auf ihn. «Du kannst dir nicht vorstellen, was heutzutage per Internet alles möglich ist. Was ich damit früher alles hätte erreichen können! Nicht auszudenken. Zum Beispiel *Google Translate.* Ein fabelhaftes Programm. Man muss natürlich imstande sein, die sinnlosen Übersetzungspassagen richtig zu interpretieren, die sich manchmal einschleichen.» Er klang wie ein Fortbildungsleiter. «Und Namen. Man kann Namen ins Internet eingeben und erfährt über praktisch jeden Menschen etwas. Wo er wohnt, was er so macht. Sogar, wenn ein Mensch schon ... sagen wir mal, 1973 verstorben ist, kann man herausfinden, wo er gewohnt hat.» Er funkelte Richard an. «Dafür braucht man natürlich ein bisschen Glück. Zum Beispiel die Vornamen der Kinder. Am besten von einem Sohn oder von einer Tochter, die bei der Heirat ihren Familiennamen nicht geändert hat. Die Emanzipation der Frau hat eben auch ihre Vorteile. Na ja, wenige.» Er schnalzte abschätzig mit der Zunge, bevor er wieder zum Thema kam. «Und Geduld braucht man natürlich auch. Geduld, Kombinationsgabe und Interesse. Das mit dem lebenslangen Lernen stimmt schon.» Er wirkte, als würde er auf Applaus warten. «Eins muss ich allerdings einräumen», fügte er großzügig hinzu, als von Richard keine Reaktion erfolgte, «ich wäre vielleicht nicht darauf gekommen, wenn deine Mutter nicht so sentimental gewesen wäre. Die Nazihure hat dich nach dem Boche genannt! Ist das zu fassen?» Er schüttelte mit gespieltem Erstaunen den Kopf. «Hatte er ihr ab und zu ein Pfund Butter geschenkt? Oder ein paar Kartoffeln?» Mit einem hässlichen Auflachen sah er zu

Karim hinüber. «Ich sag's ja. Romantik, die Wurzel allen Übels.»

«*Du* hast den Artikel mitgenommen», sagte Richard tonlos.

«Endlich hast du's kapiert! Und zwar schon an dem Abend, an dem uns die schöne Ghislaine für immer verlassen hat. Ich war ja mit ihr in den Salon Claire gekommen, wie du vor Gericht so freundlich bezeugt hast, und zuerst ging es ihr auch noch gut.»

Perrin nahm eine kleine Keramikdose vom Kaminsims und öffnete sie. Der Deckel bestand aus einem filigranen, vergoldeten Gitter, und wo sich die Drähte kreuzten, saßen winzige Goldblüten. Perrin wirkte enttäuscht, als er nur braunrot verfärbte Blütenblätter darin vorfand. Er ließ die Blätter in den Kamin rieseln und warf die Dose hinterher. Richard dachte an die einzelne, prachtvolle Rose, die Ernest jedes Jahr zu Aurélies Geburtstag auf den Frühstückstisch gestellt hatte.

«Ich bin damals mit meinem Whiskey ein bisschen herumgeschlendert», fuhr Perrin fort. «Und da habe ich Madame Claire im Arbeitszimmer gehört. Sie hat die seltsamsten Sachen von sich gegeben.» Er lächelte boshaft. «Es klang wahnsinnig interessant.»

Ein Kreuzungspunkt, dachte Richard. Einer der Kreuzungspunkte, an denen sich Energie zusammenballte, die sich irgendwann wieder entladen musste. Er war an jenem Abend ins Arbeitszimmer gegangen, um den Artikel in den Ordner zu heften.

Aurélie saß an ihrem Schreibtisch und fragte ihn danach aus. «Erhängt?», rief sie entsetzt und drehte den Ordner zu sich, um auf den deutschen Text zu starren.

«Steht das da drin? Wo kommt dieser Artikel her?» Ihre Stimme überschlug sich beinahe. «Hat dich jemand gesehen? Kennt dich dort jemand?» Er hatte sie noch nie so außer sich erlebt. Seine Erklärungen konnten sie nicht beruhigen, aber er stand ja selbst noch unter Schock. Jäh blitzten die Erinnerungen auf. Gelbe Primeln in einem makellosen Vorgarten ... sorgfältig in einer Reihe gepflanzt ... Und die weichen, welligen Haarbüschel, die sich unter seinen Händen derart vertraut anfühlten, dass ihm schlecht wurde.

Wochen später hatte er auf der Straße sein Taschentuch aus der Jackentasche gezogen und daran ein paar dieser Haare gefunden. Das Entsetzen war mit einem Schlag zurückgekehrt. Er hatte sich die Jacke vom Körper gezerrt und sie in den nächstbesten Mülleimer gestopft.

«Eins versprichst du mir», hatte Aurélie an jenem Abend in ihrem Arbeitszimmer schließlich gesagt, «du fährst nie mehr dorthin, ja?» Er versprach es. Sekunden später war Unruhe vor der Tür entstanden, und einer von Aurélies Gästen, ein gutbetuchter Anwalt, hatte die Tür geöffnet und gerufen: «Kommen Sie schnell, eins von den Mädchen stirbt.»

Perrin breitete die Arme aus, als stünde er auf einer Bühne. «Als ihr rausgerannt seid, bin ich in das Arbeitszimmer und hab mich ein bisschen umgesehen. Da wusste ich ja noch nicht, dass es um Ghislaine geht», erklärte er beinahe entschuldigend. «Und im Gegensatz zu den meisten anderen im Salon Claire hatte ich keinen Ruf zu verlieren.»

Er stach mit dem Makhila auf die Dose im Kamin ein. «Dieses scheinheilige Pack.» Als die Spitze des Gehstocks in dem Gitterdeckel hängen blieb, schüttelte er die Dose verärgert ab. «Ich habe den erstbesten Ordner aufgeschlagen, der auf dem Schreibtisch lag, und einen Zeitungsartikel gesehen. Da dachte ich, dass es dieser Artikel sein musste, über den sie sich so aufgeregt hatte.»

Er drehte den unteren Teil des Makhilas über ein Seidenkissen, um die Kaminasche abzuwischen. Auf das Kissen war ein Pfau gestickt, der mit hängendem Schwanzgefieder auf einem Ast saß und nun mit seinem zarten, federgekrönten Haupt in einer dunklen Schmutzwolke zu stecken schien.

«Ich hab den Artikel für alle Fälle eingesteckt, man weiß ja nie, wozu so was noch mal gut ist», erklärte Perrin weiter. «Hab den Ordner zugeklappt und bin nachsehen gegangen, was die ganze Aufregung zu bedeuten hatte.» Er lachte kurz auf. «Hättest mal sehen sollen, wie sich die feinen Leute im Treppenhaus gegenseitig über den Haufen gerannt haben. Ich war schließlich nicht der Einzige, der abgehauen ist. Aber als ich auf die Straße kam, waren sie alle im Handumdrehen wie vom Erdboden verschluckt.» Ein bitterer Zug lag um seinen Mund.

«Und warum bist du damit nicht schon früher angekommen?» Richard wirkte entspannt, beinahe als wäre ihm alles gleichgültig, was Perrin da erzählte.

«Du hörst nicht richtig zu», zischte Perrin aggressiv, «das kann ich nicht leiden.» Hinter ihm zog sein Sohn leicht den Kopf ein. Perrin fand seine Beherrschung wieder. «Wie ich schon sagte: Als ich aus dem Scheißknast kam, gab es noch kein Internet. Der Salon existierte nicht mehr. Ihr wart aus Paris weg. Sie hatte einen anderen Namen. Davon abgesehen warst du nur mein Plan B. Man muss einen Plan B haben, sage ich immer. Stimmt's, Raphael?» Er drehte sich zu seinem Sohn um, der gelangweilt nickte.

«He!», rief Perrin. «Der Junge hat schon einen ganz starren Blick.» Er kam zu Karim an den Sessel und stieß ihn mit dem Makhila an. «Kackst du uns hier ab, oder was?»

Karim sah ihn an und schüttelte stumm den Kopf.

«Hab ja vorhin schon gesagt, am besten krepiert er vor Angst», erklärte Raphael. «Wäre immerhin eine saubere Sache.»

So etwas wie Ermüdung zog über Perrins Miene, als er seinen Sohn betrachtete. Er verpasste ihm eine Kopfnuss. «Manchmal frage ich mich, ob du überhaupt ein Gehirn da drin hast», knurrte er.

«Das alles erklärt noch nicht, warum du gerade jetzt hierhergekommen bist, Matthieu», sagte Richard, um ihn von Karim abzulenken.

«Man muss aufmerksam bleiben», sagte Perrin. «Außerdem sollte man die Klatschpresse nicht unterschätzen. Ich hab ein Foto von euch bei der Beerdigung ihres Mannes gesehen. So bin ich auf ihren neuen Namen gestoßen. Und dann ist mir der Artikel aus dem Salon Claire wieder eingefallen. Damit hat übrigens eine sehr ertragreiche Informationssammlung angefangen. Tja, Ordnung ist das halbe Leben, und irgendwann zahlt jeder.» Er grinste. «Du hast auf dem Beerdigungsfoto ausgesehen wie der trauernde Ersatzsohn. Ich hätte mich totlachen können.»

Perrin kam wieder in sein altes Fahrwasser und redete, als müsse alle Welt seine überragenden Fähigkeiten würdigen. Dann ging er zu der Kommode und nahm erneut das Foto in die Hand. «Das ist sie mit ihrem Comte, oder was auch immer er war. Na ja, wenn er was Besonderes gewesen wäre, hätten die Zeitungen einen größeren Beitrag gedruckt.»

Richard ging zu der schmalen Polsterbank, die an den Erkerfenstern entlanglief, und sah in den Garten hinaus. «Ernest de Montvignon war sogar ein sehr besonderer Mensch. Genau wie Aurélie.»

Perrin drehte sich zu ihm um, während er das Foto wegstellte. Es kippte und brachte auch das Bild von Pablo zum Umfallen, das danebengestanden hatte. «Es war natürlich eine Enttäuschung, dass der Alte schon gestorben war», sagte er. «Ich hätte einen ganz anderen Ansatzpunkt gehabt, wenn ich die beiden vor seinem Tod gefunden hätte. Schließlich wäre es dem noblen Herrn bestimmt nicht recht gewesen, wenn alle Welt erfahren hätte, womit seine Madame Claire früher ihr Geld verdient hat.»

Richard senkte den Kopf. Genau das hatte er befürchtet.

«Aber so wusste ich wenigstens, wo sie ist.» Perrin schlenderte quer durch den Raum zu den Bücherregalen, streifte die Pléiades mit einem achtlosen Blick und musterte eine Tapisserie, die über dem Regal hing. Schließlich blieb er vor dem Antilopenkrug stehen und schob den Makhila durch den Henkel. «Was passiert jetzt eigentlich mit dem ganzen Plunder?», fragte er und zog mit boshafter Langsamkeit den Krug von dem Tischchen, sodass er auf dem Boden zerschellte. Um die gebrochenen Hälse und Beine der eleganten Tiere breitete sich eine Wasserlache aus, die den Teppich dunkel verfärbte, als wäre es ihr Blut.

Richard fuhr herum und starrte auf die Scherben.

«Wahrscheinlich könnten wir einfach mal abends mit einem Transporter herkommen, solange hier noch alles ungeklärt ist», sagte Perrin nachdenklich.

Als der Krug zerschellte, war Karim hochgeschreckt. Eine gefühlte Ewigkeit hatte er mit gesenktem Kopf dagesessen, weil er fürchtete, seine Miene könne ihn verraten. Endlich wagte er es wieder, den Blick zu heben. Raphael spielte mit der Pistole herum. Verstohlen sah Karim an ihm vorbei zu dem Durchgang, der in den Salon führte. Madame Delphine war nicht mehr zu sehen. Sie hatte den Zeigefinger auf den Mund gelegt, als er sie kurz zuvor hinter der Portiere bemerkt hatte. Karim war sicher gewesen, dass man ihm alles vom Gesicht ablesen konnte. Deshalb hatte sich seine Erleichterung über ihren Anblick gleich wieder in Angst verwandelt. Er wandte den Kopf zu Monsieur Lebrun am Fenster. Ob er sie auch gesehen hatte, als Perrin zu der Kommode gegangen war?

«War das dein Plan A?», fragte Richard und drehte sich wieder zu Perrin um.

«Genau. Mein Plan A», sagte Perrin erfreut über Richards Klugheit. «A wie Aurélie. Komischer Zufall, was?» Er lachte.

«Und dann hast du sie umgebracht.» Richard sprach sehr kontrolliert. «Du bist ins Atlantique gegangen und hast sie vom Balkon gestürzt. Sie war ja kein Gegner für dich.» Seine Stimme klang laut und entschlossen.

Karim wollte es nicht riskieren, noch einmal in die Richtung der Portiere zu schauen, aber er glaubte inzwischen, dass auch Monsieur Lebrun Delphine gesehen hatte. Welchen Grund sollte er sonst haben, so laut zu sprechen? Das passte überhaupt nicht zu ihm.

«Ganz so war es nicht», sagte Perrin und versuchte, mit dem Makhila ein Loch in die Polsterung der Bank zu bohren. «Es ist nie ganz so, wie andere glauben.»

«Wie war es dann?», fragte Richard.

Karim hörte nicht mehr zu. Sein Blick war auf die Pistole fixiert, deren Lauf jetzt direkt auf ihn gerichtet war. Perrins Sohn hatte die Waffe zwischen seine Beine geklemmt und die Arme hinter dem Kopf verschränkt. Wenn er jetzt versehentlich eine ruckartige Bewegung machte, konnte sich ein Schuss lösen.

Das Gewebe des Gobelinstoffs mit dem Muster aus Blättern und Granatäpfeln war robust. Aber Perrin blieb hartnäckig, als hätte er es mit einem Gegner zu tun. «Ich hatte gar kein Interesse daran, dass sie stirbt, du Idiot, das ist doch logisch. Sie sollte einfach nur ein bisschen zahlen, damit sich ihre Vergangenheit nicht herumspricht.» Das Gewebe gab nach, und die Spitze des Gehstocks versank in der Polsterung.

«Was erzählst du denn da, Matthieu?», fragte Richard. «Sie hatte ihre Vergangenheit längst hinter sich gelassen. Hast du wirklich geglaubt, dass du einer Frau wie Aurélie jetzt noch damit kommen kannst?» Er sah ihn beinahe mitleidig an. «Könnte es sein, dass du selbst ein bisschen in der Vergangenheit hängengeblieben bist?»

Wütend fuhr Perrin ihn an. «Das sagt der Richtige.» Als er weitersprach, wurde er immer lauter. «Die Vergangenheit ist alles. Alles, was wir sind. Wir sind ein Produkt unserer Vergangenheit! Oder bist du heute etwa kein fils de boche mehr, dessen Mutter mit einem Nazi gevögelt hat?»

Richard sah ihn ruhig an. «So hat Aurélie nicht gedacht», sagte er.

«Kann sein.» Perrins Augen funkelten böse. Dann sagte er: «Sie hat nur gelacht. ‹Mein Ärmster ...›» Er ahmte Aurélies Stimme nach, und Richard hörte geradezu die

Verachtung, mit der sie gesprochen hatte. «‹Da muss ich Sie enttäuschen. Dafür zu bezahlen, was andere Leute von mir denken oder nicht denken sollen, ist unter meinem Niveau.› Sie hat mich angesehen, als hätte ich einen Witz gemacht», sagte Perrin. «Und dann hat sie wieder gelacht. ‹Ich fürchte, Sie haben sich ein bisschen überschätzt. Meine Vergangenheit wäre ja geradezu ein *Aphrodisiakum* in so mancher Runde›, hat sie gesagt. Das fand sie unheimlich lustig.» Perrin hielt den Griff des Makhilas so fest, dass seine Fingerknöchel unter den Latexhandschuhen hell hervortraten. «Aber keiner lacht mich aus», sagte er.

Delphine stand noch immer auf der rechten Seite des Durchgangs hinter der Portiere. Sie hatte den Stoff ein winziges Stück von der Wandseite weggezogen und beobachtete den Raum durch den schmalen Spalt. Bei Perrins Schilderung hielt sie den Atem an. Warum hatte Aurélie ihn nur so provoziert? Es war eindeutig, dass sich Perrin, der bei jeder Gelegenheit seinen Sohn für seine Unüberlegtheit kritisierte, selbst nur schwer beherrschen konnte. Sie warf einen Blick auf Perrins Sohn. Er hatte die Arme wieder heruntergenommen und hielt die Pistole in der Hand. Immerhin klemmte sie jetzt nicht mehr wie eine Zeitbombe zwischen seinen Beinen. Doch Delphine konnte weiterhin nicht eingreifen, ohne Karim zu gefährden. Sie war schon seit mindestens zehn Minuten im Haus, und das spannungsgeladene, labile Gleichgewicht, das im Salon herrschte, würde irgendwann kippen. Lucien, kommen Sie endlich!

«Aurélie hat dich aber ausgelacht.» Richard ging vom Fenster weg. Bei der Kommode mit den Fotos blieb er stehen und betrachtete die umgefallenen Bilder. «Musste sie deshalb», er schluckte, hatte Schwierigkeiten, das Wort auszusprechen, «sterben?»

«Das Lachen ist ihr schnell vergangen.» Perrins Gesicht verzog sich zu einem abstoßenden Grinsen. «Vielleicht war unserer Madame Claire ihre eigene Vergangenheit egal, Richard, aber du warst ihr nicht egal.» Er folgte Richard zur Kommode. «Und hier kommt mein Plan B ins Spiel. Der ist vermutlich ohnehin um Längen besser als Plan A. Schließlich war sie ja schon ziemlich alt. Womöglich hätte ich sie nicht mehr lange anzapfen können. Du dagegen beerbst deine geliebte Aurélie und hast eine ordentliche Rente nach deinem fleißigen Beamtenleben.» Er hob den Makhila an. «Aber stell dir vor, Richard. Als ich sie nach dir gefragt habe und danach, was du in Deutschland angestellt hast, wurde sie richtig biestig. Wollte mir überhaupt nichts sagen.»

Ein quietschendes Geräusch erfüllte den Raum, als Perrin mit den Latexhandschuhen anfing, den Makhila auseinanderzuschrauben.

«Wusstest du eigentlich, dass dieser Gehstock eine Waffe ist?» Perrin warf das Griffstück zu Boden, wirbelte den Stock herum und hob die Lanzenspitze, die in dem Griff verborgen gewesen war, gegen Richard. «Sie hat das Ding auseinandergedreht und damit vor mir rumgefuchtelt. Ich hab richtig Angst bekommen. Sie hat mir damit über den Arm gekratzt! Es hat fast geblutet!» Er lachte bösartig. «Also musste ich ihr den Stock natürlich abnehmen, sonst hätte sie mich am Ende noch ernsthaft verletzt.»

Karim dachte daran, wie scharf sich die zugefeilte Spitze angefühlt hatte, als er in Madame Delphines Auto mit den Fingern darübergefahren war.

«Und dann?», fragte Richard kaum hörbar.

«Und dann?» Perrin zog den Makhila zurück. «Dann hat sie eben einen Schubs mit dem Ding abbekommen. Ihre eigene Schuld, würde ich sagen.»

Delphine glaubte, eine Bewegung vor einem der Terrassenfenster wahrgenommen zu haben. Das musste einfach Lucien sein. Wenn er tat, was sie an seiner Stelle getan hätte, kauerte er jetzt draußen unter der Fensterbrüstung und versuchte, die Lage einzuschätzen. Sie stellte sich den Blickwinkel von draußen vor. Perrin und Richard waren leicht auszumachen. Auch Perrins Sohn mit der Pistole war vermutlich zu sehen. Aber würde Lucien erkennen, dass Karim im Sessel gegenüber bedroht wurde?

«Du erbärmlicher Feigling», sagte Richard. «Sie wollte dir nichts über mich sagen, und du hast sie umgebracht, damit sie der Polizei nichts über dich erzählt.»

«Weißt du was, Richard?» Perrin hob den Makhila. «Es ist mir scheißegal, was du über mich denkst. Man wird mir niemals nachweisen können, dass ich etwas mit ihrem Tod zu tun hatte. Aber dir ...» Er setzte die Lanzenspitze auf Richards Brust. «Dir wird man etwas nachweisen können. Die Deutschen bewahren garantiert einiges zu ungeklärten Fällen auf. Und mit den heutigen Methoden sind da spitzenmäßige DNA-Vergleiche möglich.» Er lachte höhnisch. «Mord verjährt nicht, das dürftest du wissen. Und du hast deinen eigenen Vater umgebracht!»

Karim sah die beiden mit aufgerissenen Augen an. Stimmte das? Er verstand nicht, wie Monsieur Lebrun so gelassen bleiben konnte.

«Ich vermute, jetzt kommst du wieder zu deinem Plan B», sagte Richard vollkommen ruhig.

«Genau. Oder willst du in den Knast? In eine von unseren schönen Haftanstalten?», fragte Perrin.

Richard betrachtete den kleineren, energiegeladenen Mann. Perrin war nicht mehr im Gefängnis, doch er war trotzdem ein Gefangener. Ein Gefangener seiner selbst. Genau wie ich, dachte Richard.

Er lächelte Perrin spöttisch an. «Ich war schon immer in Haft», sagte er, «schon seit meiner Geburt. Das Urteil über mich hat damals die Gesellschaft gefällt, Leute wie du. Mit einer Definition meines Vergehens habt ihr euch nicht abgegeben, wäre auch schwierig geworden bei einem Säugling, denke ich. Aber es gab trotzdem lebenslänglich. Du hast es ja selbst gesagt: Ich bin immer noch ein bâtard de boche.» Er verengte die Augen. Trotzdem war es schwer einzuschätzen, ob Gequältheit oder Überdruss aus seinem hageren Gesicht sprach. «Oder war das ein Justizirrtum, besser gesagt, ein gesellschaftlicher Irrtum?»

«Du kannst ja Reden schwingen», sagte Perrin höhnisch. «Ich bin sehr beeindruckt. Aber du hast dir dein Verlies selber ausgesucht, als du dich wie ein Mistkäfer in die Archive eingegraben hast, oder etwa nicht?» Er taxierte Richard mit einem abschätzigen Blick. «Und jetzt möchte ich wieder zum Thema kommen.» Er prüfte die Lanzenspitze mit dem Zeigefinger. «Verflucht scharf das Ding», sagte er wie zu sich selbst. Dann hob er die Spitze dicht vor Richards Augen, der reflexartig seine Augenlider schloss und einen Schritt zurückwich. Perrin lachte.

Mit provozierender Herablassung sagte Richard: «Matthieu, ich habe dir eben schon erklärt, dass mich keine Haft schreckt.» Er ließ seinen Blick durch den Raum schweifen. «Und außerdem», er sah Perrin direkt an, «würde ich Aurélies Mörder niemals Geld oder sonst etwas geben. Nicht freiwillig, und auch nicht unter Druck.»

In Perrins Augen zeigte sich ein bedrohliches Glitzern. «Du hast noch nicht erlebt, wie es ist, wenn ich Druck mache», sagte er.

Richard tat, als habe er ihn nicht gehört. «Und deshalb gehe ich jetzt, Matthieu», sagte er, «und überlege mir auf dem Weg zum Auto, wen das, was du mir über Aurélies Tod erzählt hast, am meisten interessieren könnte. Als Erstes fällt einem da natürlich die Polizei ein.»

Delphine hielt den Atem an. Sie konnte sich Richards Verhalten nicht erklären. Er wusste doch, wie gefährlich der Mann war.

«Das wagst du nicht», knurrte Perrin.

Aber es war, als würde Perrin für Richard nicht mehr existieren. Er beachtete ihn nicht, und er sagte nichts mehr zu ihm. Stattdessen warf er Karim einen Blick zu und lächelte ein wenig. Dann ging er mit langen Schritten auf den Durchgang zu.

«Bleib stehen!», schrie Perrin, doch Richard hob im Gehen nur die rechte Hand, als würde er zum Abschied winken.

Einen Augenblick stand Perrin da wie erstarrt. Dann sah Karim, wie sich sein Gesicht vor Wut verzerrte. Gleich darauf spannte sich sein ganzer, kompakter Körper an und schien sich ein wenig aufzublähen. Er richtete die Makhila-Lanze nach vorn aus wie der Turnierritter in Karims Geschichtsbuch. Dann rannte er los.

Im gleichen Augenblick sprang Perrins Sohn auf und

drehte sich zu dem Durchgang um. Und während Karim ungläubig mit ansah, wie sich die grässliche Spitze des Makhilas tief in Monsieur Lebruns Rücken bohrte, wurde die schwere Portiere zur Seite gerissen.

«Hände hoch!», rief Delphine. Sie stand in dem Durchgang und zielte mit ihrer Waffe auf Perrin. Gleichzeitig flog von hinten ein Schatten neben Karim und hielt Perrins Sohn eine Pistole an die Schläfe.

«Waffe fallen lassen», sagte Lucien Benazet.

23

Zwei Tage später drückte Delphine die schwere Glastür zur Intensivstation des Krankenhauses von Bayonne auf. Der breite Gang war mit hellem Linoleum ausgelegt, auf dem die Sonne reflektierte, die durch das Fenster am Ende des Korridors hereinfiel. Delphine verengte die Augen. Sie hasste Krankenhäuser. Der Geruch, die vereinsamt wirkenden Menschen, die in kahlen Fluren auf angeschraubten Plastikstühlen saßen, und dann das Personal mit dieser Aura, als würde es einem niemals die ganze Wahrheit sagen. All das flößte ihr jedes Mal Unbehagen ein.

Sie klopfte an die Glasscheibe des Stationszimmers. «Bonjour. Ich bin Madame Gueron», sagte sie zu der Krankenschwester, die über irgendwelche Tabellen gebeugt am Schreibtisch saß. «Hatten wir telefoniert? Ich möchte zu Monsieur Lebrun.»

«Ah ja», antwortete die Krankenschwester mit einem freundlichen Lächeln. Sie stand auf und kam zu Delphine auf den Korridor. «Er hat Zimmer 39, das ist das letzte auf der rechten Seite.» Die Schwester hatte kurzes, hellbraunes Haar und wirkte sehr erfahren. Sie schien sich in dieser Atmosphäre überaus wohl zu fühlen. «Es geht ihm schon viel besser», sagte sie strahlend. «Soll ich Ihnen das Zimmer zeigen?»

«Oh, das ist nett, aber ich finde es schon», sagte Delphine. Ein vages Gefühl der Dankbarkeit gegenüber dieser fremden Frau stieg in ihr auf. Delphine wusste nicht genau, woher ihre Beklemmungen in puncto Krankenhäuser stammten. Schließlich wurde hier alles getan, um Menschen zu helfen. Wahrscheinlich hatte es irgendetwas mit verfehltem Kontrollwahn zu tun.

Bei Zimmer 39 angekommen, klopfte sie und öffnete behutsam die Tür. Es war ein Zweibettzimmer, aber das Bett an der Türseite war nicht belegt. Richard, der in dem Bett am Fenster lag, wandte ihr den Kopf zu. Er war sehr blass, und sein Gesicht wirkte noch hagerer als sonst. Nach dem, was sie nun über ihn wusste, hatte Delphine ihm gegenüber sehr gemischte Gefühle.

«Bonjour, Richard», sagte sie, «ich habe Ihnen die Sachen mitgebracht.» Sie hob die kleine Reisetasche an, die sie in der Hand hielt.

Er deutete auf die kleine Sitzgruppe in der Ecke. «Danke. Stellen Sie die Tasche doch bitte dort auf einen Stuhl», sagte er.

Delphine hatte morgens auf der Station angerufen, um ihn durch eine Krankenschwester fragen zu lassen, ob er etwas aus Les Balaines brauchte. Sie stellte die Tasche ab und nahm einen zweiten Stuhl, um sich zwischen Fenster und Bett neben ihn zu setzen. «Wie geht es Ihnen?», fragte sie.

Richard lehnte mit dem Rücken an dem leicht aufgestellten Kopfteil seines Betts und schob sich nun noch etwas höher. «Ich bin außer Gefahr, wie man so sagt.» Er lächelte schwach. Perrin hatte zwar die Lunge nicht getroffen, aber die Milz durchstoßen. Die Folge waren massive Blutungen in den Bauchraum gewesen. Richard war sofort auf dem Operationstisch gelandet. Er sah Delphine an. «Was ist mit Perrin?», fragte er.

In dem Licht, das von draußen hereinfiel, bemerkte Delphine zum ersten Mal, dass er graugrüne Augen hatte, um deren Pupillen ein dunklerer Lamellenkranz in der Iris zu erkennen war. «Sitzt in Untersuchungshaft», erklärte sie. «Sein Sohn auch.»

«Werden Sie es ihm nachweisen können?»

Delphine hob die Augenbrauen. «Ob wir es ihm nachweisen können?», rief sie. «Es waren schließlich drei Augenzeugen anwesend, die gesehen haben, wie er Ihnen den Makhila in den Rücken gestoßen hat!»

«Das meine ich nicht», sagte Richard, und als Delphine nicht sofort reagierte, fügte er hinzu: «Ich meine den Mord an Aurélie.»

Die Falten, die von seiner Nase zu seinen Mundwinkeln liefen, schienen sich noch vertieft zu haben. Er wandte den Blick nicht von ihr ab.

Delphine hielt kurz den Atem an. «Haben Sie es deshalb getan?», fragte sie und dachte an Richards Drohung, zur Polizei zu gehen, obwohl er wusste, wie gefährlich Perrin war. «Damit er auf jeden Fall verurteilt wird, selbst wenn er behauptet, er hätte alles, was er über Aurélies Tod gesagt hat, nur erfunden, um Sie zu provozieren?» Statt zu antworten, richtete Richard seinen Blick auf das Seerosenbild von Monet, dessen Reproduktion vermutlich in Tausenden Krankenhauszimmern hing. «Sie wussten doch, dass ich da bin.»

«Wenn Perrin behauptet, alles erfunden zu haben», sagte Richard nüchtern, «gibt es keinen Beweis.»

«Das werden wir noch sehen», sagte Delphine temperamentvoll. «Wir werden ihn kriegen. Er wird sich in Widersprüche verwickeln. Außerdem können wir jetzt von der Täterseite aus suchen. Wir werden jedes seiner Telefonate prüfen, jede seiner Internetrecherchen und jede einzelne Faser seiner Kleidung. Wir werden genügend Indizien finden, um ihn zu verurteilen.» Sie atmete ein. «Und wenn sich bei der Neubewertung des Obduktionsberichts herausstellt, dass eine von Aurélies Verletzungen zu dem Makhila passt, ist Perrin ohnehin fällig.»

«Bide zuzenean lagun», murmelte Richard, und sein Mund verzog sich zu einem bitteren Lächeln.

Delphine sah ihn an. Der Wahlspruch Alfonse de Montvignons auf dem Griffstück des Makhilas. *Dieser Freund führt dich auf dem rechten Weg.* «Seit wann wussten Sie eigentlich, dass Perrin in der Gegend ist?», fragte sie.

«Er ist zu ihrer Beerdigung gekommen.»

Delphine starrte ihn an. Richard hob die Hand und ließ sie wieder auf die Bettdecke fallen. «Erinnern Sie sich, dass wir noch auf dem Friedhof zusammengestanden haben, nachdem die meisten Beerdigungsgäste gegangen waren? Da hat er ein Stück entfernt bei einem Grabstein gestanden und mich so lange angesehen, bis ich seinen Blick bemerkt habe. Als er sicher war, dass ich ihn erkannt hatte, ist er gegangen.»

«Aber warum haben Sie mir nichts ...», begann Delphine.

«Sie war tot!», fuhr Richard auf. «Ein Unfall! Das hatten doch alle Untersuchungen ergeben!» Er atmete tief ein. «Ich habe die Zusammenhänge nicht sofort verstanden. Aber später ... habe ich wieder an den Fremden gedacht, den Aurélie auf dem Gelände gesehen hatte. Außerdem hatte sie mich an dem Tag ihres Todes morgens angerufen und mir auf die Mailbox gesprochen, dass sie etwas mit mir besprechen wollte.»

Delphine setzte zu einer Frage an, doch Richard sprach schon weiter.

«Ich war im Archiv in Poitiers. Sie hat nicht gesagt, worum es geht. Aber wenn sie doch wusste, dass ich nachmittags zu ihr fahren wollte, warum hat sie dann extra morgens noch angerufen? Das hätte sie doch nur gemacht, wenn es um etwas Wichtiges gegangen wäre, oder? Also dachte ich später, Perrin wäre vielleicht morgens in Les Balaines gewesen. Sie ist ja auch früher ins Atlantique gefahren als normalerweise.» Er blinzelte und wandte den Kopf ab. «Aber, wie gesagt, auf diesen Gedanken bin ich erst gekommen, nachdem ich ihn auf dem Friedhof gesehen hatte. Da war es zu spät. Sie war ... nicht mehr da. Und es gab keine Beweise.» Er sah Delphine an. «Ich dachte, wenn Perrin es darauf anlegt, dass ich ihn sehe, hat er noch irgendetwas vor. Und ...» Seine Lippen verzogen sich zu einem unglücklichen Lächeln. «Und ich wollte Aurélies Ruf schützen.»

Delphine heftete ihren Blick auf die Seerosen. Das Bild zeigte nur die Wasserfläche des Teichs mit den Blüten, die in arkadischer Unnahbarkeit zwischen den grünen Blatttellern schwammen. Von dem verschlungenen, glitschigen Gewirr der fleischigen Wurzeln und den unbekannten, dunklen Tiefen, aus denen sich die makellosen weißen Kronenblüten ernährten, war nichts zu sehen. Die Umwelt zeigte sich nur in großen, unklaren Baumschatten, die den oberen Bereich des Teichs verdunkelten, wie eine diffuse Bedrohung. Es war überhaupt kein heiteres Bild, fand Delphine. Überhaupt nicht geeignet für ein Krankenzimmer. Seufzend lehnte sie sich auf ihrem Stuhl zurück.

«Aber Sie haben doch diesem Perrin selbst erklärt, dass Aurélie keine Probleme mit ihrer Vergangenheit hatte. Und das stimmt auch.» Sie lachte auf. «Einige der Damen, die solche exklusiven Etablissements geleitet haben, sind ja beinahe zu Legenden geworden, und hinter vorgehaltener Hand wird darüber getuschelt, ob nicht die Karriere der einen oder anderen Sängerin oder Schauspielerin in solch einem Salon begonnen hat.»

Als Richard schwieg, wurde Delphine wieder ernst. «Es ging Ihnen im Grunde genauso sehr um Ihre Mutter wie um Aurélie, nicht wahr?», sagte sie. «Sie wollten verhindern, dass Aurélie so verurteilt wird wie Ihre Mutter.»

Er schloss kurz die Augen. «Wenn Sie wüssten, was sie alles erdulden musste», sagte er dann. «Dieser Hass ...» Er verstummte.

Delphine konnte nur ahnen, was es für ein Kind bedeuten musste, wenn die geliebte Mutter von allen anderen gedemütigt wurde. «Unter alldem haben Sie genauso gelitten», stellte sie fest.

Er hustete, und Delphine reichte ihm das Glas Wasser, das auf dem Nachttisch stand. Er trank einen Schluck. «Bei mir ist es etwas anderes», sagte er.

«Als Deutschenkind wurden Sie jedenfalls genauso verurteilt wie Ihre Mutter», sagte Delphine. «Offen gestanden, war mir das Schicksal von Kriegskindern, wie Sie eines waren, nicht bewusst. Aber was Sie darüber zu Perrin gesagt haben, trifft es genau: Schuldspruch für ein Kind, weil man die Eltern für schuldig hält. Bei den Nazis hieß das Sippenhaft.»

Richard stellte das Glas neben seinem Oberschenkel auf die Decke und umfasste es. «Als Perrin meine Mutter eine Nazihure genannt hat, die für ein Pfund Butter mit dem Feind ins Bett gegangen ist, war das wie ein Echo aus meiner Kindheit. Aber so war es nicht. Vielleicht war sie naiv, aber ich bin davon überzeugt, dass sie meinen Vater geliebt hat. Er war für sie nicht der Deutsche oder der Besatzer oder der Nazi. Er war der Mann, den sie geliebt hat.»

Das Wasser schwappte fast bis zum Rand des Glases, als er die Beine bewegte. Dann sagte er: «Meine Mutter war nicht die einzige Frau, die sich in dieser Situation das Leben genommen hat. Aber in ihrem Fall waren es nicht die Franzosen, die sie mit ihren Beschimpfungen in den Selbstmord getrieben haben, sondern der Mann, den sie liebte.» Er umklammerte das Glas fester und fügte hinzu: «Oder beide Seiten.»

Delphine erinnerte sich nur allzu gut an Aurélies Erzählung von dem blutbesudelten Jungen, der sich an seine tote Mutter geschmiegt hatte. «Und deshalb ist es bei Ihnen etwas anderes», fragte sie, «weil Sie glauben, dass Ihr Vater die Schuld an dem Selbstmord trägt?» Sie ahnte, dass sich Richard mit dieser Bemerkung nicht auf das Schicksal seiner Mutter bezogen hatte. Aber sie wollte es von ihm selbst hören. Obwohl alles, was Flaubert ihr berichtet hatte, und alles, was Perrin gesagt hatte, nur einen Schluss zuließ. Einen Schluss, der erneut bewies, dass aus Unheil nur Unheil entstehen konnte.

Richard richtete seinen Blick wieder auf den Seerosenteich, bei dem das Schöne über dem Wasserspiegel sichtbar war und das Hässliche darunter verborgen blieb. «Bei mir ist es etwas anderes», sagte er, «weil ich mich schuldig gemacht habe.»

Deutschland, April 1973

Er zog die Schultern in der Windjacke hoch und ging weiter. Auf der Garagenzufahrt trieb die Mutter ihre drei Kinder zur Eile an. «Klaus, nun komm schon, wir sollen um drei Uhr bei den Großeltern sein. Du weißt, welchen Wert Opa auf Pünktlichkeit legt.» Sie winkte dem Mann zu, der an der Haustür stand. «Lass dich bei der Sitzung heute Nachmittag nicht wieder zum Kassenwart wählen, hörst du?», rief sie. «Es gibt auch noch andere, die mal ein bisschen mehr für euren Verein tun könnten!»

Richards Deutsch war mittlerweile ganz passabel. Er hatte es abends nach der Arbeit zu Hause mit einem Buch und Kassetten gelernt und konnte sich einigermaßen verständlich machen. Auch wenn ihn manche Leute komisch ansahen. Aber er redete ohnehin mit kaum jemandem. Mit dem Rezeptionisten von der Pension natürlich schon. Oder wenn er in dem Café etwas bestellte, in dem die Zeitung zur allgemeinen Benutzung in einer Halterung neben der Garderobe hing. Aber er suchte keinen Kontakt und beschränkte sich weitgehend darauf, mit dem Stadtplan, den er bei seinem ersten Besuch am Bahnhof gekauft hatte, die Umgebung zu erkunden.

Es war sein dritter Aufenthalt in dieser deutschen Kreisstadt. Anfangs hatte er noch bei jedem Schritt gezittert, vor allem, als er zum ersten Mal durch diese Straße gegangen war. Es war eine wohlhabende Straße mit großen Grundstücken, von denen einige aufgeteilt worden waren. Vermutlich hatte ein Sohn oder eine Tochter im elterlichen Garten gebaut. Alles atmete Sattheit aus. Wirtschaftswunder, Vollbeschäftigung, Exportwachstum, Steigerung der Reallöhne um das Zweieinhalbfache seit 1950. Richard hatte davon in der Zeitung gelesen. Wie auch davon, dass man nach dem Krieg acht Millionen Heimatvertriebene und beinahe drei Millionen Zuwanderer aus dem Gebiet, das inzwischen DDR hieß, problemlos in das Staatsgebiet dieser prosperierenden westdeutschen Bundesrepublik integriert hatte. Zusätzlich waren noch Millionen von Arbeitern aus dem Ausland angeworben worden. Der Aufschwung war überall zu sehen. An den neuen Schulgebäuden, den ausgebauten Landstraßen, den modernen Fabriken.

Vorsichtig steuerte die Mutter den lindgrünen Opel von der Garagenzufahrt auf die Straße. Der Älteste, Klaus, durfte mit seinen vierzehn oder fünfzehn Jahren vorne auf dem Beifahrersitz mitfahren, die beiden Mädchen, das eine hieß Sabine, saßen hinten. Die zwei Namen hatte Richard bei einem seiner Streifzüge durch die Straße aufschnappen können, als die Kinder im Garten spielten. Wie die zweite Tochter und die Mutter hießen, wusste er nicht.

Er sah dem Wagen nach, der sich in langsamer Fahrt entfernte und an der übernächsten Kreuzung nach links verschwand. Noch bevor er den Blick zurück zu dem Haus wandte, wurde ihm bewusst, dass jetzt die Gelegenheit gekommen war, auf die er gewartet hatte. Es war der Sonntag nach Ostern, Ferienzeit, die ohnehin schon stille Wohnstraße vollkommen verlassen, und die Mutter fuhr mit den Kindern zu den Großeltern.

Richard drehte sich zu dem Haus um. Es war ein älteres

Gebäude, aber die linke Seite war teilweise neu aufgemauert worden. Davor breitete sich ein sehr gepflegter Vorgarten aus, um dessen Rasenfläche üppig gelbe Primeln in einem akkurat angelegten Beet blühten. Er hatte keine Schwierigkeiten gehabt, die Adresse zu finden. Es war dieselbe, die auf dem Brief mit dem verwackelten blaulila Stempel gestanden hatte, der an seine Mutter zurückgeschickt worden war.

Nachdem Richard verstanden hatte, was dieses *Annahme verweigert* bedeutete, war er in den ersten Monaten in eine Art Starre verfallen. Die Wut baute sich erst langsam auf. Die Wut auf den Mann, der eines Tages beschlossen hatte, die Briefe seiner Mutter nicht mehr anzunehmen. Auch früher hatte er ihr nie geantwortet und sie im Ungewissen gelassen. Doch mit seiner Weigerung, den Brief anzunehmen, hatte er sie in den Selbstmord getrieben. Das war die einzig mögliche Erklärung. Sonst hätte sie vorher schon ein Schreiben zurückbekommen müssen, auf dem *Empfänger unbekannt* oder *Empfänger verstorben* angekreuzt war. Die Briefe konnten nicht alle verlorengegangen sein. Nein, seine Mutter hatte weiter auf ihren Geliebten vertraut. Aber irgendwann war es dem Geliebten offenbar zu viel geworden, er wollte sich in seinem schönen Nachkriegsleben nicht mehr stören lassen von dieser Französin mit all ihren Schwierigkeiten und ihrem Kind.

Richard verzog den Mund. Er dachte an seine erste Reise in diese Stadt. Er war mit dem Zug gekommen. Auf der Fahrt hatte er trotz allem noch so etwas wie Hoffnung gehabt. Er hatte an ein großes Missverständnis glauben wollen. Doch dann hatte er dieses Haus gesehen, die Frau und die Kinder, den gepflegten Vorgarten. Und er hatte ihn gesehen, den Mann. Kein anderer als er hätte die Annahme des Briefes verweigern können. Vielleicht hatte er damals gerade heiraten und eine Familie gründen wollen, unbelastet von allem, was in seiner Zeit als junger deutscher Offizier im besetzten Paris gewesen war. Ein neues Leben anfangen. Alles vergessen.

Ein sanfter Windzug strich durch die Straße, und Richard spürte, dass ihm der Schweiß auf der Stirn stand, obwohl es nicht besonders warm war. Er wischte sich mit dem Handrücken über die Stirn. Dann hob er das Kinn und kehrte zu dem Haus zurück. Er öffnete das niedrige Türchen zum Vorgarten und ging über den Plattenweg, der in das makellose Grün der Rasenfläche eingelassen war, bis unter das Vordach des Eingangs. Über einem Metallbriefkasten mit Klappe und einer oben angebrachten Röhre für die Zeitung war das Klingelschild in die Wand geschraubt. Es bestand aus einem länglichen, verschnörkelten Messingrahmen mit einem runden Klingelknopf und einem weißen Namensfeld. GELSUNGEN. Einen Moment lang ruhte Richards Blick auf dem Namen, dann klingelte er.

Gleich darauf wurde die Tür aufgezogen. «Habt ihr was ver-?» Gelsungen starrte Richard an. Er trug braune Tuchhosen mit einem Gürtel und ein cremeweißes Hemd. Am Ringfinger seiner rechten Hand, mit der er die Tür aufhielt, steckte ein Ehering. Er wusste sofort, wen er vor sich hatte, das sah ihm Richard an. *Wie aus dem Gesicht geschnitten*, so hatte es in dem Brief gestanden.

Gelsungen trug sein welliges, leicht ergrautes Haar in einem Seitenscheitel, während Richards Haar nicht einmal Streichholzlänge hatte. Aber beide Männer waren gleich groß, beide sehr schlank. Und die Ähnlichkeit ihrer Gesichter mit dem kleinen Höcker auf dem Nasenrücken und den tiefliegenden Augen war frappierend. Noch während Richard das alles registrierte, verschloss sich die Miene seines Gegenübers.

«Nein, *du* hast etwas vergessen», sagte Richard und schluckte. Er sprach Französisch, weil er sich nicht mit seinem holprigen Deutsch begnügen wollte, und schließlich hatte der deutsche Offizier Gelsungen ausgezeichnet Französisch beherrscht, wie Richard von Aurélie wusste. Er spürte, wie ihm die Knie weich wurden. Obwohl er gewusst hatte, was auf ihn zukam, war es ein Schock, so dicht vor diesem Mann zu stehen.

Gelsungen sah ihn einfach nur an. Es war offenkundig, dass ihm diese Überraschung nicht gefiel. Er versuchte, die Situation einzuordnen, überlegte vielleicht schon, welche Konsequenzen sie für ihn haben könnte. Die Hand mit dem Ehering schloss sich fester um die Schmalseite der Tür. «Was willst du?», fragte er. Seine Aussprache klang hart, aber die Worte waren korrekt. Und abweisend.

Die Wut kehrte zurück und stärkte Richard die Knie. Er registrierte den misstrauischen Blick, die zusammengepressten Lippen des Mannes. Die Züge, die seine eigenen waren.

«Willst du Geld?», fragte Gelsungen.

«Geld?» Richard schrie das Wort so laut, dass Gelsungen zusammenzuckte. «Ich brauche kein Geld von einem wie dir. Aber ich habe dir etwas zu erzählen.»

Gelsungen richtete seinen Blick an Richard vorbei auf die Straße. Wahrscheinlich fürchtete er, ein Nachbar könne etwas mitbekommen. Der junge Besucher, der aussah wie er selbst mit Ende zwanzig, bebte vor Zorn. «Komm rein», sagte Gelsungen unwillig.

Sie gingen durch einen gefliesten Eingangsbereich, an dessen Garderobe Mäntel und Jacken ordentlich auf Kleiderbügeln hingen. Auf einer schmalen Kommode stand ein kleiner Trockenblumenstrauß mit einer papiernen Biedermeier-Manschette in einer bauchigen Vase. Richard fiel auf, dass Gelsungen leicht hinkte. Er folgte ihm ins Wohnzimmer, das mit einem grünlichen Teppichboden ausgelegt war. An der Fensterseite stand ein Esstisch mit passenden Stühlen, an der gegenüberliegenden Seite bildete eine Polstersitzgruppe mit Holzarmlehnen ein Halbrund vor einer Schrankwand mit einem Fernseher. Auf dem Sofatisch lagen in wildem Durcheinander buntes Bastelpapier, Kinderscheren, Garnrollen und zwei verunglückte Origamikraniche.

«Setz dich», sagte Gelsungen und deutete auf die Sitzgruppe. Doch Richard blieb stehen und verschränkte die Arme vor der Brust. Gelsungen sah ihn abschätzend an und ließ sich auf dem Sofa nieder. «Hat dich deine Mutter geschickt?», fragte er.

Richard kämpfte um seine Selbstbeherrschung. Dieser Mann, dem es so offensichtlich an nichts fehlte, war auf eine Art eins mit seiner Umgebung, die Richard selbst nie erlebt hatte. Es war, als würden sie im gleichen Rhythmus atmen, der Mann und dieses bürgerliche Wohnzimmer, der Mann und dieser gepflegte Vorgarten, die Straße und die florierende Stadt, womöglich sogar das ganze Land. Gelsungen war bei sich zu Hause. Richard fragte sich, was das wohl für ein Gefühl war.

«Meine Mutter ist tot.» Er spuckte die Worte beinahe aus. Gelsungen hatte *deine Mutter* gesagt, nicht Alice, den Namen der Frau, der er ewige Liebe geschworen hatte.

«Das tut mir leid», sagte Gelsungen und schlug die Beine

übereinander. Vielleicht stand in seinem Gesicht so etwas wie Betroffenheit, aber dieser Ausdruck war sofort wieder verschwunden.

Das galt auch für Richards mühsam behauptete Selbstbeherrschung. «Ach so!» Gelsungens Distanziertheit reizte ihn bis aufs Blut. «Es tut dir leid! Und tut es dir auch leid, was sie deinetwegen durchgemacht hat?», brüllte er. «Dass man ihr auf der Straße den Kopf geschoren hat? Dass man sie bespuckt, beschimpft und ihr das Leben zur Hölle gemacht hat?» Seine Stimme schnappte über. «Und warum?» Mit schnellen Schritten ging er zu dem Sofa und baute sich drohend vor Gelsungen auf. «Weil sie sich mit einem Deutschen eingelassen hat! Weil sie ein Kind von einem Nazi bekommen hat!» Gelsungen schob sich auf dem Sofa ein Stück weg.

«Und sie hat an dich geglaubt», keuchte Richard. «Bis zum Schluss. Hat Erklärungen gesucht, hat darauf vertraut, dass du sie zu dir holst.» Er sprach jetzt ruhiger weiter, auch wenn seine Stimme schwankte vor Anspannung. «Sie hat dich geliebt, trotz allem, hat Erklärungen gesucht, während du hier ...» Er machte eine hilflose Bewegung mit dem Arm. «Sie hat dich geliebt, bis zum Schluss. Bis zu dem Tag, an dem du sie umgebracht hast!» Er hatte wieder geschrien.

Gelsungen war blass geworden. Er fuhr sich durch die Haare, ohne Richard aus den Augen zu lassen. «Ich habe sie nicht umgebracht», sagte er.

«Doch, das hast du.» Richard hielt sich an einer Sessellehne fest. «Du hast ihren letzten Brief nicht angenommen und an sie zurückschicken lassen», sagte er tonlos. «Oder etwa nicht?» Gelsungen sah ihn nur an. «Da wusste sie, dass sie nie mehr aus dieser Hölle herauskommen würde», sagte Richard hasserfüllt. «Dass sie genau das war, wofür sie die Leute verachteten. Ein Naziliebchen, zu naiv, um zu begreifen, dass die Besatzer nur was fürs Bett wollten.» Er krallte sich in die Sessellehne. «Weil eure kleinen Französinnen nach dem Krieg ja nur gestört hätten, ein Fleck auf eurer weißen Weste gewesen wären, beim eurem *Wiederaufbau.*» Sein Gebrüll verhallte nur langsam.

«So war es nicht.» Gelsungen nahm einen der Papierkraniche in die Hand. Der Vogel zitterte ein wenig.

«Eine Stunde, nachdem sie den Brief mit dem Stempel *Annahme verweigert* zurückbekommen hatte», sagte Richard, als hätte er ihn nicht gehört, «hat sie sich die Pulsadern aufgeschnitten.» Der Kranich fiel Gelsungen aus der Hand. «Und da willst du sagen, du hättest sie nicht umgebracht?», zischte Richard. «Du bist ihr Mörder. Ich will, dass du das weißt. Dass du jeden Tag daran denkst!» Er beugte sich über die Sessellehne zu Gelsungen vor. «Dass du vor deinen Kindern am Frühstückstisch sitzt und denkst: Euer Vater ist ein Mörder!»

Gelsungen bückte sich nach dem Kranich und sah mit seltsam machtlosem Blick auf den zarten Papiervogel in seinen Händen hinunter. Eine Locke fiel über seine Stirn.

Nach langem Schweigen sagte er: «Du weißt ja nicht, wie es war.» Richard fuhr auf, aber Gelsungen sprach weiter. «Nach Paris haben sie mich an die Ostfront geschickt. Ich habe einen Bombensplitter im Bein abbekommen. Aber nach ein paar Wochen Lazarett kam der nächste Einsatzbefehl. Bei Kriegsende wurde ich in ein Gefangenenlager gesteckt.» Langsam atmete er aus. «Zwei Jahre.» Er strich mit dem Zeigefinger über die verunglückte, in die falsche Richtung gefaltete Schwinge des Kranichs. «Als ich zurückkam, habe ich erfahren, dass mein Vater an der Heimatfront umgekommen war. Mein Bruder war schon dreiundvierzig auf Sizilien gefallen. Hier lag alles in Trümmern. Von meinen Klassenkameraden haben außer mir nur zwei überlebt.» Er starrte auf das bunte Chaos auf dem Tisch. «Ich hatte keine Ausbildung, musste sofort irgendwo einsteigen.» Hilflos zuckte er mit den Schultern. «Meine Mutter und meine Schwester ... sie waren von mir abhängig.»

Richard, der bei Gelsungens Bericht beinahe so etwas wie Mitgefühl entfaltet hatte, krallte sich erneut in die Sessellehne. «Deine Mutter und deine Schwester!», rief er. «Und was war mit deiner Geliebten und deinem Sohn?» Die Verletzung war seiner Stimme anzuhören. Der Schmerz über das Schicksal seiner Mutter und sein eigenes.

Unwillkürlich schloss sich Gelsungens Hand zur Faust und zerdrückte dabei den Kranich. «Es war alles zu viel.»

«Es war alles zu viel», echote Richard kalt. «Aber du hast es trotzdem geschafft. Hast alles erreicht.» Er sah Gelsungen durchdringend an. «Du hast meine Mutter getötet, um eine neue Familie zu gründen!» Er atmete keuchend ein. «Wissen sie eigentlich etwas von uns? Weiß überhaupt jemand hier von uns? Was hast du mit ihren Briefen getan?» Gelsungen blieb stumm. Richard sah die Frau vor sich, die drei Kinder, die mit ihren Eltern Papierkraniche falteten, um sie den Großeltern mitzubringen. Richard hatte seine Großeltern nie kennengelernt. Seine Mutter hatte nie von ihnen gesprochen. Sie hatten sich von ihrer Tochter und dem Enkel abgewendet. Richard existierte für seine Familie nicht. Und dieser Mann in diesem schönen Haus war schuld daran. Ein Kriegsgewinnler, obwohl die Deutschen den Krieg verloren hatten. Seine Mutter hatte er benutzt

und weggeworfen, ihr Tod war eine Lappalie, um die sich niemand scherte. Denn was war eine junge, naive Französin schon wert, wenn es galt, ein neues Leben aufzubauen. Erneut musste Richard um seine Beherrschung kämpfen. «Wie hast du hier weitermachen können, als würde es sie nicht geben?», schrie er.

Gelsungen öffnete die Faust, und sein leerer Blick lag auf dem zerdrückten Kranich. «Es war zu spät», sagte er.

«Zu spät?» Richard war außer sich. «Es war nicht zu spät! Nicht bis zu dem Tag, an dem sie sich umgebracht hat!» Die Farben des Buntpapiers auf dem Tisch verschwammen vor seinen Augen. Dann nahm alles wieder feste Konturen an. Und alles, was sich an Wut und Schmerz in ihm aufgestaut hatte, entlud sich. Er stürzte zum Tisch, nahm die blaue Kinderschere und warf sich auf Gelsungen. Dann packte er eine Haarsträhne und schnitt sie ab. Und noch eine, und noch eine.

Gelsungen war auf diesen Angriff nicht gefasst. Er begann, sich zu wehren, aber es gelang ihm nicht sofort, den rasenden jungen Mann wegzudrücken. Schließlich stieß er ihn von sich und betastete entsetzt den kahlen Bereich auf der rechten Seite seines Kopfes.

Keuchend stand Richard vor ihm. «Damit du weißt, wie es ist, wenn einen alle Leute anstarren. Wenn sie sich über dich das Maul zerreißen», sagte er atemlos. «Und damit du es noch besser nachfühlen kannst, werde ich morgen deine Geschichte und die meiner Mutter hier verbreiten! Was werden sie wohl sagen ... deine Kollegen und deine Frau? Und was werden deine Kinder in der Schule erleben?» Er spuckte Gelsungen ins Gesicht.

Erst als Richard erschöpft schwieg, bemerkte Delphine, dass sie bei seinen letzten Sätzen den Atem angehalten hatte. Der Wasserspiegel in dem Glas, das Richard noch immer auf den Beinen festhielt, zitterte in konzentrischen Kreisen. «Und dann?», fragte sie behutsam.

Sein Mundwinkel zuckte. «Es stand schon am nächsten Tag in der Zeitung.» Er blickte zum Fenster hinaus. «Gelsungen hat sich noch an demselben Abend im Gartenschuppen erhängt. Sein Sohn hat ihn gefunden. Niemand konnte sich erklären, was passiert war. Stütze der Gesellschaft, Stadtrat und Mitglied bei der freiwilligen Feuerwehr. Vorbildlicher Familienvater.» Richard warf Delphine einen Blick zu, bevor er fortfuhr. «Allseits geschätzt und beliebt. Das abgeschnittene Haar deutete auf einen Überfall hin, aber die Polizei hielt sich mit Aussagen zurück.» Er sah Delphine an. «Ich bin sofort nach Paris zurückgefahren und zu Aurélie gegangen.»

Delphine erwiderte seinen Blick. Der Schluss, den sie aus Flauberts Bericht gezogen und den sie durch Perrins Anschuldigung bestätigt gefunden hatte, war falsch. «Es war kein Mord», sagte sie, «es war Selbstmord.»

«Selbstmord», echote Richard. Das Wort klang im Raum nach. «Er hätte sich nicht das Leben genommen, wenn ich nicht zu ihm gegangen wäre.» Er ließ das Wasser im Glas kreisen. «Ich hätte ihn ebenso gut eigenhändig töten können. Ich trage die Schuld an seinem Tod, genauso wie er die Schuld am Tod meiner Mutter trägt.» Er starrte auf den Wasserstrudel. «Aber man muss diesen Kreislauf durchbrechen. Dafür tue ich das alles.»

Delphine verstand nicht, was er meinte. «Was alles?»

Er schien sie nicht gehört zu haben. «Ich weiß nicht,

was ich damals erwartet habe», sagte er. «Ich bin einfach mit meinem Hass zu ihm gekommen. Um ihm den Tod meiner Mutter vorzuwerfen. Und natürlich auch», er lächelte leicht, «alles, was mir als Kind passiert ist.» Er warf Delphine einen Seitenblick zu. «Vielleicht bin ich aber trotz allem auch mit der Hoffnung zu ihm gegangen, dass er mich anerkennt.»

«Und er war völlig unvorbereitet», sagte Delphine.

«Ja.» Richard fuhr sich mit der Hand über die Stirn. «Deshalb ist es zu dieser Katastrophe gekommen. Ich wurde von meinen Gefühlen überwältigt, und er hat alles in die Brüche gehen sehen, was er sich aufgebaut hatte.» Er versuchte, die Knie unter der Decke anzuziehen, doch von der frischen Operationswunde schoss ein nadelscharfer Schmerz durch seinen Körper. «In Wahrheit hatte ich nicht vor, seine Geschichte öffentlich zu machen. Ich wollte ihn nur demütigen und ihm Angst einjagen.» Er zuckte ohnmächtig mit den Schultern. «Aber er hat mir geglaubt.»

Delphine versuchte, ihre Gedanken zu ordnen. Schuld und Unschuld lagen hier so dicht beieinander, dass es schwierig war, eine Grenze zu ziehen. Mit Schuld und Unschuld im Sinne des Gesetzes hatte das alles natürlich nicht mehr viel zu tun, umso mehr aber mit moralischer Verantwortung und moralischem Versagen – mit individuellem und gesellschaftlichem Versagen.

«Sie sagten eben, dass Sie den Kreislauf durchbrechen wollen, Richard. Was haben Sie damit gemeint?»

Er überlegte einen Moment. «Ich bin vielleicht ein Einzelfall, was meine individuelle Geschichte angeht», erklärte er dann. «Aber es könnte bis zu zweihunderttausend Kinder deutscher Besatzungssoldaten in Frankreich geben.» Bei dieser Zahl hob Delphine die Augenbrauen, sagte jedoch nichts. «Mittlerweile wagen es einige, nach ihrer deutschen Familie zu suchen», fuhr Richard fort. «Die meisten haben es allerdings nicht so leicht wie ich, besitzen keine Adresse von den Vätern und kennen ihre Namen nicht.» Er lächelte bitter. «Aber bei mir hat es sich ja auch als fatal herausgestellt, dass ich diese Informationen hatte und einfach so zu ihm fahren konnte.»

«Sie helfen also bei der Suche?», fragte Delphine, die an Richards Archivaufenthalte dachte.

«Ja», sagte er, «mit Hilfe der fragmentarischen Angaben, die ich von diesen sogenannten Kriegskindern bekomme. Manchmal auch von den deutschen Nachfahren der Väter, wenn etwas im Nachlass gefunden wurde. Einen Vornamen vielleicht oder ein Foto. Wo und wann jemand stationiert war, welches Regiment und so weiter. Und es gibt Behörden, bei denen man Anfragen stellen kann.»

«Das klingt kompliziert», sagte Delphine.

Richard nickte. «Und falls ein Vater identifiziert werden kann, ganz gleich, ob der Mann schon tot ist oder sehr alt, wird es noch komplizierter. Denn viele haben ihren Familien nichts davon erzählt, dass sie ein Kind in Frankreich haben. Die Kontaktaufnahme muss also gut vorbereitet sein, und auch dann ist sie emotional extrem aufgeladen.»

Wie wäre es wohl, wenn sie plötzlich von einem Halbbruder in Deutschland erfahren würde, überlegte Delphine.

«Aber nicht alle Familien auf der anderen Seite wollen eine Begegnung», erklärte Richard. «Falls es eine Ablehnung gibt, muss auch sie verkraftet werden.»

«Haben Sie selbst jemals Kontakt aufgenommen?», fragte Delphine. «Mit ihren drei Halbgeschwistern, meine ich.»

Richard runzelte die Stirn, als verstünde er nicht, dass sie so etwas fragen konnte. «Wie stellen Sie sich das vor?», fragte er. «Hätte ich ihnen sagen sollen, dass ich ihren Vater dazu gebracht habe, sich zu erhängen?» Seine Miene wurde hart. «Es ist besser, wenn sie nichts von meiner Existenz wissen.»

Eine Viertelstunde später verließ Delphine das Krankenhaus, überquerte den Parkplatz und setzte sich in ihr Auto. Der Twingo war nach seinem Streik vor dem Trois Pins bei jedem Versuch sofort angesprungen. Wahrscheinlich hatte er es sich anders überlegt und wollte doch kein Schrottwürfel werden.

Sie steckte den Schlüssel ins Zündschloss und umfasste das Lenkrad, doch dann ließ sie die Hände wieder sinken. Es fiel ihr schwer, die Bilder abzuschütteln, die das Gespräch mit Richard hervorgerufen hatte, und sie ließ sich ein paar Minuten Zeit, um wieder in der Gegenwart anzukommen. Dann nahm sie ihr Handy aus der Tasche, um den Klingelton wieder laut zu stellen. Cécile hatte versucht, sie zu erreichen. Noch während Delphine überlegte, ob sie zurückrufen sollte, erschien Céciles Name erneut auf dem Display, und das Handy begann zu summen.

«Delphine! Wo bist du?», rief Cécile, sobald sich Delphine gemeldet hatte.

«Warum?», fragte sie.

«Das Atlantique brennt! Schon seit einer Stunde! Die halbe Stadt schaut zu. Ich bin auf der Klippe von La Chapelle.»

Ein merkwürdiges Gefühl beschlich Delphine.

«Es hat in einem der oberen Stockwerke angefangen. Angeblich war es ein Kurzschluss, soll's ja geben. Es ...» Cécile unterbrach sich, so gefesselt war sie offenbar von dem Anblick. «Der Qualm ist unglaublich», sagte sie nach kurzer Pause. «Total dick und schwarz. Wälzt sich über die ganze Bucht. So was habe ich noch nie gesehen.»

«Sind die pompiers schon da?», fragte Delphine.

«Ja, schon die ganze Zeit. Vielleicht können sie den Brand eingrenzen. Aber ehrlich gesagt, bei dem ganzen Wasser, das sie mit ihren Schläuchen da reinjagen, ist wahrscheinlich auch so bald alles ruiniert. Es läuft schon von der Terrasse bis auf die Promenade!»

Delphine dachte an die altersmüden, rot samtenen Polsterstühle im Salon de thé und an den zarten, gerafften Vorhang, der die große Fensterfront umrahmte. All das wäre nach einem größeren Wasserschaden nicht zu retten. Wahrscheinlich würde die Gelegenheit zu einer Modernisierung genutzt werden. Der anachronistische Salon de thé mit den Etageren für die Petit Fours würde verschwinden, und an seiner statt würde es eine Chromtheke mit Fingerfood und Austern geben, zu denen Champagner getrunken wurde.

«Kommst du?», hörte sie Cécile.

«Nein, ich habe in Bayonne zu tun.» Sie wollte sich nicht ansehen, wie das Atlantique brannte und auch nicht, wie die Feuerwehrmänner die beiden kleinen Polstersessel zusammen mit dem Tischchen vorn am Fenster und dem ganzen anderen Mobiliar auf die Terrasse warfen. Sie wollte nach Hause in ihren Garten.

Der Twingo sprang sofort an.

24

Der Brand wurde natürlich zum Stadtgespräch. Das Atlantique war eines der prominentesten Gebäude von St. Julien und ein schmerzlicher Verlust auch für diejenigen, die gern mit ruppigen Bemerkungen gegen die «Nobelherberge» polemisiert hatten.

Als Delphine zwei Tage später durch die enge Rue Vasarin kam, die neben dem Hotel zum Meer führte, sah sie dort eine verkohlte Wendeltreppe und die verzogene Zinkhaube einer Dachgaube liegen. Die Brandursache war noch nicht eindeutig ermittelt, trotzdem redeten zahlreiche der selbsternannten Experten von Selbstentzündung. Delphine hatte nur die Augenbrauen hochgezogen. Selbstentzündung? Als hätte das Atlantique eine Selbstverbrennung beschlossen. Tatsächlich war vor rund hundert Jahren das Vorgängerhotel des Atlantique abgebrannt und wie Phönix aus der Asche neu erstanden. Vielleicht würde es ja auch dieses Mal so kommen.

Am darauffolgenden Samstag stand Bernard bei Delphine an der Küchentür zum Garten. Er hob das Gesicht in die Sonne. «Die Stadt ist wie ausgestorben», sagte er. «Na ja, die paar Einheimischen sind noch da.»

Delphine sah zu ihm hinüber. Es herrschten achtundzwanzig Grad, und der Himmel war strahlend blau. Nicht das Geringste an diesem Wetter wies darauf hin, dass sich der Sommer seinem Ende zuneigte. Aber die Ferien waren vorbei, am Montag fing überall die Schule wieder an, und auf den Autobahnen Richtung Norden hatten sich die üblichen Staus gebildet.

Es war wie bei einer Schaukel. Wenn in den Küstenstädtchen wieder Ruhe einkehrte, stellte sich in den Ballungszentren die übliche Hetze ein. Mit der nächsten Saison würde die Schaukel wieder in umgekehrter Richtung schwingen: Die Urlaubsorte am Meer würden aus allen Nähten platzen, während die zu Hause gebliebenen Großstädter einen gemächlicheren Rhythmus genossen.

Es war sechs Uhr abends, und Bernard war gerade erst zurückgekommen. Er hatte Getränke und ein paar frische Baguettes besorgt. Er kam an den Küchentisch und beugte sich über die Platten. «Hoffentlich sind bald alle da», sagte er, «dieser Anblick ist Folter. Ich glaube nicht, dass so was heutzutage noch erlaubt ist.»

Delphine und Sophie lachten. Noch nie hatte Delphine Karims Mutter so entspannt erlebt. Sie trug ihr blondes Haar offen und schien sich nach anfänglicher Befangenheit mittlerweile wohl zu fühlen in dieser fremden Küche. Seit der Mittagszeit bereitete sie mit Delphine das Essen vor. Eben streute sie gehackte Petersilie über eine Platte mit gegrilltem Gemüse, das kalt hervorragend schmeckte. Daneben standen Taboulé, eine Schale mit einer Melone-Mozzarella-Avocado-Mischung, Oliven, Teller mit Käse und dicken Pastetenscheiben und die Platten mit dem marinierten Fleisch und den Garnelenspießen. Den Abschluss der Reihe bildeten am anderen Ende des Tisches eine tarte tatin, aumônières und ein Obstsalat.

Delphine drehte sich an der Spüle um, wo sie den Salat wusch. «Warte erst mal, bis Lucien seinen berüchtigten gâteau au chocolat bringt», sagte sie. «Ich glaube, wenn er den mal zum Verhör mitnähme, bekäme er sofort jedes erwünschte Geständnis.»

«Das habe ich gehört!» Lucien war um das Haus herumgegangen und kam durch die Tür zum Garten in die Küche. «Hier ist sie, die Geheimwaffe.» Er stellte den mit Mandelsplittern bestreuten Schokoladenkuchen auf den Tisch und zog eine Flasche Rotwein aus seiner Schultertasche. Er nickte in Bernards Richtung und ging zu Delphine, die ihre nassen Hände zur Seite wegstreckte, während er ihr zur Begrüßung ein Küsschen neben die Wangen hauchte.

«Sophie Amandier kennen Sie ja schon», sagte Delphine zu Lucien und registrierte, dass Sophie nun ziemlich steif am Tisch stand. Vermutlich dachte sie an den Tag, an dem Lucien ihren Sohn von Amts wegen zu Hause abgeliefert hatte. «Tut mir den Gefallen und macht es nicht zu förmlich», sagte Delphine, um von vornherein etwas gegen Sophies aufkommendes Unbehagen zu tun. «Das hier ist ein Gartenfest unter Freunden. Lucien, könnten Sie mal den Salat auf den Tisch stellen?»

Lucien nahm die Salatschüssel und trat an den Tisch, auf den Sophie ihre rechte Hand gestützt hatte, als müsste sie Halt suchen. «Ich bin Lucien», sagte er. «Enchanté.»

«Sophie.» Sie lächelte etwas gezwungen.

«Von Sophie können Sie noch eine Menge lernen», sagte Delphine zu Lucien, der gerade die vorbereiteten Gerichte musterte. «Sophie ist in der Küche nämlich mindestens genauso gut wie Sie.»

Sophie schüttelte den Kopf, während Lucien auf goldgelbe, mit Puderzucker überstäubte Teigbeutel deutete, die oben mit einem ebenfalls aus Teig bestehenden Band zusammengefasst waren, sodass ihre Form an eine altmodische Geldbörse erinnerte. «Aumônières», sagte er, «was ist drin?»

«Ich habe sie mit Sauerkirschen gemacht», sagte Sophie. «Das schmeckt mit Vanilleeis zusammen sehr gut.»

«Vielleicht fange ich mit den Desserts an», sagte Lucien.

Noni kam aus dem Garten herein. Sie hatte ihr dunkles Haar in einem wilden Knoten auf dem Kopf zusammengezwirbelt und trug ein trägerloses Top zu kurzen Shorts und Strandlatschen. «Fertig mit Tisch decken», sagte sie, «aber mit dem Grill kenne ich mich nicht aus.» In der Woche zuvor hatte Karim die Gartenmöbel noch einmal lasiert und sie nach dem Trocknen mit Bernard unter die Platane getragen.

Sophie betrachtete ihre Tochter, die nie Schwierigkeiten mit neuen Menschen und Situationen zu haben schien. Gleich nach ihrer Ankunft hatte sie sich erst einmal in Küche und Garten umgesehen und sich dann mit den Worten «Keine Kinderarbeit in der Küche!» das Tischtuch für draußen unter den Arm geklemmt. Sie war groß für ihre dreizehn Jahre, und über den Sommer hatte ihre Haut einen warmen, goldbraunen Ton angenommen. Bei Karim war es genauso. Das hatten sie von ihrem Vater.

«Wo bleibt eigentlich Karim?», fragte Noni und schob die ungefähr zehn Freundschaftsbändchen ein Stück zurück, die sie am linken Handgelenk trug.

«Er kommt bestimmt gleich», sagte Sophie. In ihrer Stimme schwang Besorgnis mit, obwohl sie Karim in der letzten Zeit wirklich keine Vorwürfe machen konnte.

«Außerdem ist er nicht der Einzige, der noch fehlt.»

Bernard hatte ein paar Flaschen und Gläser auf die Arbeitsfläche neben der Spüle gestellt. «Aperitif?», fragte er. «Und du, Noni? Soll ich dir ein Glas Eistee geben?»

«Nein danke, ich stehe schon kurz vor einer Eistee-Vergiftung.»

Sophie warf ihr einen strengen Blick zu, doch die anderen lachten, und Noni verschwand wieder in den Garten.

«Gehen wir doch alle raus», sagte Delphine und nahm ein Glas von Bernard. Mit den Aperitifs in der Hand gingen sie nach draußen. Noni hatte sich in einem Liegestuhl an der Hecke niedergelassen und tippte etwas in ihr Handy. Auf dem Tisch unter der großen Platane lag eine baskische Decke, weiß mit grünen und roten Längsstreifen. Das Geschirr und die Gläser funkelten im Licht.

Delphine blieb mit Bernard im Schatten vor der Küche stehen und ließ den Garten und die Atmosphäre auf sich wirken. «Schön», sagte er. Delphine sah ihn an. Manchmal reichte ein kleines Wort.

Vor dem Haus war ein Roller zu hören. Das musste Karim sein. Delphine sah zu Sophie und Lucien hinüber, die sich an der Scheune unterhielten. Sophie hatte aufgesehen. Auch sie hatte den Roller gehört.

Kurz darauf kam Karim um die Hausecke in den Garten. «Ich bin zu spät!», sagte er. «Sorry.»

«Du hattest sicher etwas Wichtiges zu tun», sagte Delphine und betrachtete ihn mit gespielter Strenge.

«Ja, es war etwas Wichtiges.» Karim sah sie merkwürdig an, wirkte jedoch äußerst zufrieden. Er beschloss, nicht auf Madame Delphines auffordernden Blick einzugehen.

Es hatte eine Ewigkeit gedauert, bis Renaud endlich aus

dem Haus gekommen war, in dem er wohnte. Seit zwei Uhr nachmittags hatte sich Karim dort herumgedrückt, früher war mit Renaud nie zu rechnen. Trotzdem hätte Karim die Warterei beinahe aufgegeben. Aber dann war Renaud doch noch herausgekommen, zusammen mit seinem Knecht Philippe.

Beide hatten total scheiße ausgesehen, wahrscheinlich die Nacht durchgemacht. Als Erstes hatten sie ihre Sonnenbrillen aufgesetzt wie beim Synchronballett. Dann waren sie wie erstarrt stehen geblieben, weil Karim ihnen in den Weg trat. Er hatte Renaud das Geld in die Hand gedrückt und gesagt: «Wir sind quitt. Wenn du mich jetzt nicht in Ruhe lässt, wissen deine Freunde, dass man sich auf dein Wort nicht verlassen kann.» Dabei hatte er Philippe direkt in die Augen gesehen. Es war eigentlich super, dass Renauds Lakai zufällig dabei war. Sollte Renaud ihn jetzt weiter drangsalieren, würden seine Speichellecker das Vertrauen in ihn verlieren. Karim war ziemlich stolz auf den Satz. Er kam sich vor wie dieser Italiener aus dem Geschichtsunterricht. Dieser Machiavelli, der Manipulator. Die gesamte Aktion war bestens gelaufen. Jetzt war er zwar wieder pleite, aber egal.

«Ist irgendwas?», fragte Bernard.

Karim sah ihn an, und irgendwie wurde er dieses Grinsen nicht los. «Nein, alles bestens.» Er schaute zu den anderen im Garten hinüber. «Ist Monsieur Lebrun nicht da?», fragte er.

«Nein, er wollte nicht kommen», sagte Delphine. Richard war wieder in Les Balaines und hatte ihre Einladung mit der Erklärung abgelehnt, dass es ihm noch nicht gut genug ginge. Aber daran lag es nicht. Richard fühlte sich nirgends wirklich zugehörig, und das würde sich wohl auch nicht mehr ändern.

«Er hat doch auf dem Friedhof das von dem Kreislauf zu mir gesagt, den man durchbrechen muss, weil sonst die Verfehlungen der Väter eine Saat sind, die bei den Söhnen aufgeht.» Karim sah Delphine an. Sie wusste, dass ihn Richards Geschichte immer noch sehr beschäftigte.

«Ja», sagte sie, «das ergibt jetzt Sinn, wenn man weiß, was in Deutschland war, oder?»

«Irgendwie schon.» Karim klang nur halb überzeugt. Er fand nämlich, dass sein eigener Vater ein Arsch war, weil er sie hatte sitzenlassen. Und wenn die Sache mit dem Kreislauf-Unterbrechen stimmte, musste er dann selbst irgendwas tun, um zu verhindern, dass diese beschissene Saat bei ihm aufging? Das war doch ungerecht.

«Es ist eine echte Tragödie. Auf allen Seiten nur Opfer», unterbrach Delphine seine Gedanken. Und während sie ihren Blick von Karim zu Bernard wandern ließ, fügte sie hinzu: «Ich habe den Eindruck, dass Richard seine Recherchen für andere Kriegskinder als eine Art persönliche Sühne betrachtet.»

«Simul iustus et peccator», sagte Bernard und ergänzte auf Karims ratlosen Blick: «Zugleich gerecht und Sünder.» Er lächelte. «Dieses Zitat ist selbstverständlich vollkommen aus dem Zusammenhang gerissen, aber ich erkläre es dir gern näher, falls du es demnächst benutzen möchtest.» Karim wirkte nicht so, als hätte er das vor.

Delphine sah zu Sophie und Lucien hinüber. «Sag mal, Karim, willst du nicht deiner Mutter mal deine Tomaten zeigen und ein paar mit ihr pflücken? Die könnt ihr dann später mit nach Hause nehmen.»

«*Meine* Tomaten», murmelte Karim abwehrend, doch er schnappte sich trotzdem einen Korb von der Bank neben der Küchentür und schlenderte zu seiner Mutter hinüber.

«Er freut sich», sagte Bernard.

Delphine lächelte. «Das hoffe ich.»

Lucien hatte begonnen, sich um den Grill zu kümmern, den Bernard schon am Nachmittag in der Nähe der Sitzgruppe aufgestellt hatte. Noni erhob sich aus dem Liegestuhl und stellte sich mit in die Seiten gestützten Händen neben ihn. Es war ein wundervoller Nachmittag nach alldem, was im vergangenen Monat geschehen war. Delphine hob ihr Glas. «Auf Aurélie!», sagte sie.

«Auf Aurélie.» Bernard trank einen Schluck. Als Noni und Lucien über irgendetwas lachten, fragte er: «Wo ist eigentlich Luciens Künstlerfreundin?»

«Magali? Die ist in Orléans und versucht, ihre nächste Ausstellung einzufädeln. Ziemlich schwieriges Pflaster diese Kunstszene. Ich hoffe, das alles bringt ihr irgendwann auch mal was.»

«Wenn sie schon länger dabei ist, weiß sie, auf was sie sich eingelassen hat», sagte Bernard. «Und wenn es tatsächlich ihre Leidenschaft ist, kann sie ohnehin nicht anders. Das lehrt einen die gesamte Kunstgeschichte.» Dann neigte er lauschend den Kopf. «So langsam müssten sie kommen», murmelte er. Gleich darauf sah er Delphine an, als sei ihm etwas wieder eingefallen. «Was ich übrigens noch sagen wollte», er trank seinen Aperitif aus und wartete, bis sie seinen Blick erwiderte. «Wie geht es eigentlich deinem Freund, dem großen Flaubert?» Seine Augen blitzten. «Ich würde mich überaus geehrt fühlen, wenn ich einmal seine Bekanntschaft machen dürfte.»

«Wenn Flaubert eins nicht leiden kann», sagte Delphine trocken, «dann sind es Madame-Bovary-Witze.»

Bernard lachte laut auf.

Inzwischen kamen Karim und Sophie von den Tomatenstöcken zurück. Karim trug den vollen Korb und erklärte seiner Mutter etwas. Aus Sophies angewiderter Miene zu schließen, ging es wohl um so etwas wie die mögliche Invasion eines gewaltigen Heeres tomatenliebender Schleimschnecken.

«Ohé!» Ein Blumenstrauß wurde um die Ecke des Hauses gestreckt. «Keiner da?» Albert spähte um die Mauer und versenkte seine Nase schnuppernd in den Strauß mit blauen Japanrosen. «Was meinst du, Louisa», fragte er über die Schulter, «können wir ersatzhalber dieses Gemüse zum Abendessen verspeisen, nachdem uns hier niemand aufmacht?» Dann tauchte auch Louisa auf.

«Wir sind vollzählig», rief Delphine in den Garten, «jeder bringt was raus!»

Epilog

Deutschland, 2012

Sie betrachteten die Papiere, die vor ihnen auf dem Tisch lagen. «Wisst ihr, wer das ist?» Der Mann deutete auf ein altes Schwarzweißfoto.

Seine Schwestern schüttelten den Kopf. «Sieht nach Paris aus», sagte die ältere, «an den Quais der Seine. Vielleicht in den fünfziger Jahren oder noch früher.»

«War sie überhaupt mal in Paris?», fragte die jüngere.

«Dass das nicht unsere Mutter ist, siehst du doch selbst», kam es von ihrem Bruder.

«Das habe ich auch nicht gesagt.» Ihr Bruder wollte ihr immer etwas in den Mund legen, das war schon in ihrer Kindheit so gewesen.

«Ich frage mich, warum sie dieses Foto aufgehoben hat», sagte die ältere Schwester.

«Keine Ahnung», sagte der Bruder und zuckte mit den Schultern. «Womöglich findet sich ja noch eine Erklärung.» Er warf einen Blick auf die Unterlagen, die sie auf den Tisch gestapelt hatten. «Aber wahrscheinlich ist es irgendeine Zufallsbekanntschaft über fünf Ecken, die sie schon längst vergessen hatte.»

Die jüngere Schwester nahm das Foto in die Hand, um es genauer zu betrachten. «Trotzdem», sagte sie, «vielleicht können wir es herausbekommen. Ich wüsste zu gern, wer das ist.»

Dank

Sämtliche Figuren und ihre Schicksale in diesem Roman sind ein Produkt der Phantasie. Auch einen Küstenort namens St. Julien de la mer wird man vergeblich auf den Landkarten der französischen Biskaya suchen. Der historische Hintergrund des Romans jedoch beruht auf realen Gegebenheiten.

In nahezu jeder Besatzungssituation, ganz gleich, wo, zeugen Soldaten Kinder. Ihre Schicksale verlaufen je nach individuellen und politischen Umständen in den jeweiligen Ländern unterschiedlich, sind aber häufig von Tabus und Stigmatisierungen geprägt. Für meine Beschäftigung mit dem Thema der Kriegskinder deutscher Besatzungssoldaten in Frankreich zur Zeit des Zweiten Weltkriegs grundlegend war folgende umfangreiche Darstellung: Jean-Paul Picaper und Ludwig Norz, Die Kinder der Schande, Piper, München, 2004.

Mein Dank gilt dem Verlagshaus Rowohlt und dort vor allem Marcus Gärtner, der mich auf seine unnachahmliche Art dazu ermutigte, tatsächlich Ernst zu machen, und der Delphines Namen gefunden hat, Grusche Juncker, die das Hôtel Atlantique von Beginn an unterstützte, Ulrike Beck vom Wunderlich Verlag und natürlich meiner Lektorin Ditta Friedrich für ihr einfühlsames und sachkundiges Engagement an der Schnittstelle zwischen Text, Autorin und Verlag.